KB270361

일제 말기 국책과
체제 순응의 문학

지은이 **조진기**(趙鎭基, Cho, Jin-Ki)는 경북 영양에서 출생하였으며, 영남대학교 국어국문학과 및 동 대학원을 졸업하였다. 1991년 일본 천리대학 조선학과 객원교수, 2006년 일본 규슈대학 한국연구센터 방문교수를 지냈다. 현재 경남대학교 인문학부 교수이며, 경남대학교 문과대 학장, 대학원장을 역임했다. 문학평론가. 저서로는 『한국현대소설연구』(1984), 『한국근대리얼리즘소설연구』(1989), 『한국 현대작가 작품론』(1995), 『한국현대문학의 위상』(1997), 『한국단편소설의 이해』(1997), 『한일프로문학론의 비교연구』(2000), 『비교문학의 이론과 실천』(2006)이 있고 역서로는 『일본프롤레타리아 문학론』(1994), 『일본프로문학론의 전개』 I·II(2003)가 있다.

일제 말기 국책과 체제 순응의 문학

초판 인쇄 2010년 3월 25일 **초판 발행** 2010년 3월 30일
지은이 조진기 **펴낸이** 박성모 **펴낸곳** 소명출판 **출판등록** 제13-522호
주소 서울시 서초구 서초동 1621-18 란빌딩 1층
전화 02-585-7840 **팩스** 02-585-7848 **전자우편** somyong@korea.com

값 25,000원

ⓒ 2010, 조진기

ISBN 978-89-5626-468-4 93810

일제 말기 국책과 체제 순응의 문학

조진기

소명출판

지난 수년 간 우리 사회는 친일 문제로 엄청난 소용돌이에 빠져들어 많은 사람들에게 아픈 생채기를 남기고 있고, 그것은 아직도 완치에 이르기는커녕 더 큰 상처를 만들고 있다. 광복된 지 근 한 세기에 이르러 친일 문제를 되짚어 보는 것은 어떤 명분을 내걸든 일제 강점기의 청산도, 민족정기의 구현과도 거리가 먼 정치적 성격이 강한 것만 같아 씁쓰레한 기분이 드는 것은 사실이다. 그럼에도 불구하고 인간의 삶(행위)이란 의식적이건 무의식적이건 정치적 행위와 무관할 수 없는 것이라면 친일 문제에 정치적으로 접근하는 자체를 탓할 수만은 없다. 그러나 지나간 인간의 행위를 현재의 입장에 따라 사후적으로 판단하고 비난하는 것이 '후손들의 오만함'에서 비롯되는 것이라면, 그것은 결코 바람직한 행위일 수는 없다. 따라서 친일 문제에 접근하기 위해서는 무엇보다 겸손하고 관용하는 태도가 필요하다. 그렇다고 친일 행위를 옹호하고, 그들의 과오를 없었던 일처럼 묻어 버려야 할 일은 분명 아니다. 오히려 그들의 행위에 대하여 좀 더 진지한 성찰이 필요하다. 친일이라는 역사적 사실은 결코 지워질 수 있는 성질의 것이 아니며, 그것은 개인적 비극이며 동시에 민족의 아픈 상흔으로 자리하게 된다.

그런데 친일의 역사를 살펴보면 대체로 1942년부터 1945년에 걸쳐 집중적으로 친일적 행위(문학)가 나타나고 있다는 것은 무엇을 의미하는 것일까? 이 시기 일제는 전시국가총동원령(1938)을 발동하고, 태평양전쟁(1939)을 일으키면서 근로보국대, 국민징용령, 조선민사령개정을 통한 창씨개명, 조선사상범예방구금령, 전쟁수행을 위한 조선미곡증산 5개년계획을 발표했고, 그에 따른 국민개로운동 등 일련의 식민정책은 내선일체, 황국신민화운동, 대동아공영권의 실현을 위해 강제되었으며, 이를 문학적으로 뒷받침할 것을 강요했다. 따라서 이러한 폭압적 상황 속에서 친일 문학은 하나의 암종처럼 출현하게 되었다. 그러므로 친일 문학은 그것이 사실수리론에 근거한 작가의 자발성에 근거하든, 일제의 강요에 의한 부역의 형태이든 일제의 국책이 어떤 형태로 작품에 수용되어 있는가를 확인하는 것에서 출발하지 않으면 안 된다. 친일 문학이란 한국 근대문학이 안고 있는 가장 깊은 '트라우마'이며, 동시에 씻을 수 없는 '콤플렉스'임에 분명하다. 그러나 상처가 깊은 만큼 연민의 정으로 감싸고 보듬어야 할 문제라고 생각한다. 그것은 역사적 과오에 대한 우리 모두의 자화상이기도 하기 때문이다.

일찍이 문학을 연구하면서 내가 지향하고자 했던 것은 '문학적 삶'이었고, 동시에 살아 있는 학문이기를 희망했다. 소설이 가치 있는 인간 삶의 표현이라는 명제는 나를 항상 긴장하게 했고, 끊임없이 내 삶을 뒤돌아보게 했다. 그런가 하면 단순한 앎에 머물지 않고, 그것을 좋아하고, 마침내 즐길 수 있는 세계에 이르기를 열망했다. 친일 문학에 대한 관심은 바로 나 자신을 돌아보는 자리이기도 했다. 뒤돌아본 나의 삶은 언제나 작은 이익에 집착하고 큰 것을 놓쳐버렸다는 생각 또한 없지 않고, 무언가 제대로 알지도 못했으니, 좋아하고 즐기는 세계와는 너무나 먼 거리에 있음을 부끄럽게 생각한다. 그런 점에서 내가 이 책에서 비판한 친일작가들―주체를 망각하고 일제의 식민정책에 굴복하여 한 시기 훼절했던 작가들―과 별로 다르지 않다는 생각도 없지 않다.

이 책은 두 가지 서로 다른 성격의 글로 이루어져 있다. 그 하나는 일제 말기 일본의 지배정책이 어떻게 문학적으로 실천되고 있는가를 밝히는 것으로, 만주 지배정책, 일제의 수탈정책, 내선일체를 다루고 있는 소설을 집중적으로 살펴본 것이다. 특히, 여기에서 만주문학을 중시한 것은 만주는 일제의 다양한 식민정책이 강력하게 작동한 지역이고, 동시에 이 지역을 소설적 공간으로 하는 일제의 국책소설이 많은 사실과 무관하지 않기 때문이다. 다른 하나는, 일정한 주제 아래 쓴 글이 아니고 학술대회에서 주제발표의 일부로 집필된 것들이다. 돈(화폐)과 소설양식과의 관계, 두만강의 문학적 수용, 김승옥의 장편소설, 매체융합시대 문학 연구의 방향이 그것이다. 개별적으로 쓰인 것을 모아놓고 보니 중복된 부분이 없지 않음에도, 별달리 고치지 않은 것은 게으름 탓이라고 말할 수밖에 없다.

이제 이번 봄으로 42년에 걸친 교직생활을 마감한다. 42년 가운데 36년 동안 대학에서 가르치고 연구하던 교수의 자리를 끝내게 된다. 마지막 강의에서 "꿈을 꾸는 삶은 행복하다"고 했지만, 지난 42년 간은 꿈을 갖고, 그 꿈을 실현하기 위해 나름대로 애쓴 시간이었다고 말하고 싶다. 그러나 그 꿈은 처음부터 작은 것이었고, 지금도 완전히 끝난 것은 아니다. 지난

세월을 돌아보니 길 위에서 보낸 세월이라는 느낌이다. 그 길은 물론 대구와 마산을 잇는 길이기도 하지만, 방황의 길이었고 모색의 길이었다. 방황과 모색의 길에서 좌절하거나 옆길로 빠지지 않을 수 있었던 것은 내 이야기에 즐거운 마음으로 귀 기울여 준 학생들과 내 연구실의 '현대소설 연구회' 멤버들, 그리고 늘 뒤에서 지켜봐 준 가족들이 있었기 때문이다. 그들 모두에게 진심으로 고마움을 표하고 싶다. 지금 나는 길이 끝난 자리에 서 있다. 길이 끝났으니 지난날을 뒤돌아보면서 새로운 여행을 하려고 한다. 새로운 여행을 통하여 무엇을 보고, 무엇을 얻을 수 있을지는 알 수 없지만 작은 깨달음에 이를 수 있기를 기대해 본다.

끝으로 일제 말기 문학을 집중적으로 간행한 소명출판 박성모 대표의 호의로 이 책을 간행할 수 있게 된 것을 기쁘게 생각하며, 출판사 관계자 여러분께 고마운 마음을 전하고 싶다.

2010년 2월
月村齋에서 趙 鎭 基

차 례

제2부_

제1부

일제 말기 친일문학 논의의 성과와 과제

1. 1940년대 현실과 문학 현장

1940년대 문학이란 전기와 후기로 나누어 검토될 성질의 것이다. 1940년대 전기란 소위 일제 말기 '암흑기문학'[1]으로 일제의 강요된 국책을 문학화함으로써 총후문학의 성격을 지니는 것이라면, 후기는 해방공간의 문학으로 식민지시대에 대한 반성과 함께 좌우 이데올로기의 투쟁으로서 문학운동이 주도적 역할을 하던 시기[2]라 할 수 있다. 따라서 1940년대는 전·후기를 통틀어 문학의 정치화 혹은 정치의 문학화시대라고 할 수 있다. 그런 점에서 1940년대 문학은 하나의 시간적 단위로 묶어서 연구할 대상이 아니라 전혀 이질적인 문학적 공간을 기반으로 하고 있기

---

1) 일제 말기 문학을 백철이 '암흑기문학'으로 규정한 이후 이 시기문학은 문학사적 공백으로 남겨져 있다가 임종국의 『친일문학론』(1966)을 거쳐 최근에 이르러 현대문학 연구의 가장 핵심적 과제로 부각되고 있다.
2) 김윤식, 「해방 후 남북한의 문화운동」 『해방공간의 문학운동과 문학의 현실 인식』, 한울, 1989, 9~31면 참조.

때문에 한자리에서 논의하는 데는 무리가 따를 수밖에 없다. 그리하여 이 글에서는 범위를 좁혀 1940년대 전반기, 그 가운데서 소위 친일문학 논의를 중심으로 검토하고자 한다.

일제 말기(1939~1945)란 중일전쟁의 발발과 함께 모든 활동이 전쟁 수행을 위하여 희생되어야 했고, 동시에 문학에 있어서도 전시 국책에 따른 국책문학이 강요되던 시기였다. 그 결과 작가의 문학 활동이란 작가가 의식했던, 의식하지 않았던 정치적 선택의 문제와 관련되지 않을 수 없다. 그러므로 일제 말기 문학은 '정치소설'[3]의 성격을 지니게 된다.

정치소설이란 정치적 상황이나 정치문제를 소재로 어떤 정치 이념을 비판하거나 옹호하는 작품이라 할 때, 이러한 소설은 궁극적으로 둘 가운데 어느 하나를 선택하지 않을 수 없다. 즉 어떤 이념을 위하여, 구체적으로 국가의 이익을 위해서 개인이 희생되어야 한다는 국가주의적 입장을 취함으로서 정치이념을 옹호하거나, 개인의 자유와 권익을 위하여 정치적 이념을 비판하는 태도[4]를 지니게 된다. 이러한 관점에서 일제 말기 문학이 존재했던 공간이란 대동아공영권이라는 미명 아래 전쟁수행을 위해 모든 국가적 역량을 총동원하던 시기이고 보면 어떤 의미에서 이 시기 문학은 문학이 정치의 노예가 되었던 시대의 '노예의 문학'[5]이라 이름해도 지나친 말은 아닐 것이다. 그러므로 이 시기 문학을 어떠한 관점에서 검토해야 할 것인가 하는 문제는 분명해진다. 그럼에도 불구하고 친일문학 연구가 부진했던 이유는 "친일문학적 담론을 들추어내는 것은 민족적 치부를 드러내는 것에 마찬가지였던 셈이니, 이것이 자연스럽게 친일문학적 담론을 해석하고 분석하기보다는 그저 '암흑기'라는 이름으로 묻어두

---

3) 정치소설이란 "정치적인 이념이나 정치적인 환경이 전 소설에 걸쳐 지배적이라 할 수 있는 소설, 또 이러한 전제로 인해 어떤 근본적인 왜곡을 당하지 않고, 오히려 작품 분석에 있어서 어떤 이득을 얻을 가능성마저 가진 소설"(이항재, 『소설의 정치학』, 문원출판사, 1999, 12면)이라 할 때 일제 말기 문학은 정치소설로 규정할 수 있다.
4) 김명열, 「정치와 개인」, 『문학과 정치』(유종호 편), 민음사, 1980, 224면 참조.
5) 小松伸六, 「戰爭文學の展望」, 『昭和文學硏究』(荒正人 외편), 墻書房, 1952, 179면.

게 했으며, 친일문학적 담론에 대한 무관심은 민족자존을 지키는 한 방편"6)일 수 있었기 때문일지도 모른다. 그러나 최근에 와서 친일문학에 대한 관심이 고조되면서 본격적인 연구가 시작되고 있다. 이러한 현상을 두고 류보선은 "1930년대 후반기의 친일문학적 담론은 훼절과 변절의 외화 형식만이 아니라 수많은 하위 주체들이 나름대로 발화형식을 찾고자 하는 고투과정"7)으로 파악하고 있다. 그리하여 여기에서는 일제 말기 친일문학의 연구 현황을 점검하고 연구의 방향을 모색해 보고자 한다.

2. 일제 말기 문학현장과 작가적 태도

일제 말기로 접어들면서 우리의 문학 현장은 급격히 위축되기에 이른다. 1930년대에 170여 종이었던 잡지가 1937년 이후 대부분 폐간되고 1937년 이후에도 지속적으로 간행된 것은 고작 17종8)에 지나지 않는다. 그런 가운데 1940년대에 접어들면서 또다시 당시 문단을 대표하던 『문장』이 1941년에 폐간되고, 『인문평론』(1937)은 『국민문학』으로 개편되어 친일문학의 길을 걷게 되었다. 그리하여 1940년대에 이르러서는 이전부터 간행되던 『야담』(1935.12~1945.2)과 새로이 출현한 친일잡지 『신시대』(1941), 『춘추』(1941), 『대동아』(1942)가 간행되면서 체제 순응의 길을 열었다. 그리고 신문으로는 1940년 『조선일보』와 『동아일보』가 폐간되고 총독부 기관지 『매일신보』만이 존재했다.

---

6) 류보선, 「친일문학의 역사철학적 맥락」, 『한국근대문학연구』 제7집, 한국근대문학회, 2003, 9면.
7) 위의 글, 10면.
8) 「연표로 보는 현대사」의 자료를 근거로 1930년대에 간행되었던 모든 잡지를 대상으로 한 조사임. 신석호 외, 『한국현대사』, 신구문화사, 1974, 539~547면 참조.

이처럼 1940년대의 문학 현장이 협소해지면서 작가활동은 심한 제약을 받게 되었다. 그보다 당시 일제의 식민정책은 작가로 하여금 친일의 길을 강요하고 문학에 직접적으로 영향을 주기 위하여 어용단체를 만드는 한편, 온갖 정책을 통하여 민족의식을 말살하고 황국신민화를 강요했다. 그 대표적 어용단체가 1938년에 결성된 '국민정신총동원 조선연맹'이었다. 이 '연맹'은 강령9)을 통하여 그 지향하는 바가 황국신민화의 실천임을 분명히 했다. 또 '연맹'의 강령을 문학적으로 실천하기 위하여 총독부의 비호 아래 일본인 가라시마 타게시[辛島驍], 츠다 카타이[津田剛]에 의하여 조직된 것이 바로 '조선문인협회'(1939)였으며, "조선에 있어서 진실로 시국의 중대성을 인식하고 동지 상합하여 흥아의 대업을 완성시킬 황군적(皇軍的) 신문화 창조를 위하여 용주매진코저 맹서"10)할 것을 다짐하는 성명서를 발표한다.

이러한 시대적 상황 속에서 작가들이 택할 수 있는 길은 어떠한 것이었을까? 그것은 첫째 변혁에의 적극적인 의미를 가지고 이에 저항을 꾀하는 방법, 둘째 현실에 대한 소극적인 부정의 자세로 이를 등지고 사는 (혹은 도피하는) 방법, 셋째 현실에 대한 순응 내지 복종의 방법 등11)이 있을 수 있다. 그렇지만, 현실적으로 '비상시' 체제의 강화와 더불어 능동적인 저항의 자세가 현실적으로 불가능했기 때문에 후자의 두 가지가 문제시될 수 있다. 여기에서 둘째의 방법이 소위 30년대 후반기의 '순수에의 지향'이라 할 수 있고, 셋째가 소위 친일문학의 길이라 할 수 있을 것이다. 이러한 사정은 1942년 조선어가 말살되면서 또다시 달라지지 않을

---

9) '국민정신총동원 조선연맹'의 강령은 1938년 9월 22일 총독부에서 각도 대표 및 관계자 150명이 출석하여 강령을 다음과 같이 제정하였다. ① 황국정신의 함양, ② 내선일체의 완성, ③ 생활 혁신, ④ 전시 경제정책에의 협력, ⑤ 근로보국, ⑥ 생업보국, ⑦ 총후 후원, ⑧ 방공 방첩, ⑨ 실천망의 조직과 지도의 철저. 임종국, 『친일문학론』, 평화출판사, 1966, 84면.
10) 송민호, 『일제 말 암흑기문학 연구』, 새문사, 1991, 20면 참조.
11) 홍사중, 『한국지성의 고향』, 탐구당, 1966, 224면.

수 없게 된다. 이 시기에 접어들면 작가의 선택이란 ① 붓 끊기, ② 계속 써서 땅에 묻어두기, ③ 친일노선의 글쓰기(조선어 쓰기와 일본어 쓰기 포함), ④ 일본어로 쓰되 친일과는 무관한 창작 자체를 위한 글쓰기[12]로 더욱 협소해지게 된다. 그러므로 이 시기 문학을 대상으로 할 때 1942년 이전의 글쓰기와 이후의 글쓰기는 근본적으로 차이가 있을 수밖에 없다. 그것은 단순히 표현 언어의 문제에만 국한되지 않고 작가의 현실인식과도 일정한 관련이 있기 때문이다.

한국작가에게 있어서 소위 친일문학의 출현은 개화기문학에서 비롯되고 있다. 그러나 민족의 주체성을 망각하고 일제의 국책에 편승하여 '내선일체론'이나 '황국신민화론'에 함몰되어 친일문학의 길을 걷게 된 것은 1937년 중일전쟁 이후 본격화된다. 따라서 일제 말기 문학은 크게 두 단계로 나누어 검토할 필요가 있을 것 같다. 그 첫 단계는 중일전쟁의 발발 직후부터 조선어 말살(1942) 이전까지로, 이 시기에는 『문장』을 중심으로 순문학이 주조를 이루면서 일부 작가에 의하여 일제의 강요에 의한 시국적인 글을 발표한 경향이 짙다고 할 수 있으며, 두 번째 단계는 일본어 창작을 포함하여 작가의 자발성에 의하여 친일문학이 성행한 시기[13]라 할 수 있다. 이러한 사실은 김재용에 의하여 조사, 작성된 친일문학의 작품 목록[14]을 보아도 확인할 수 있다. 이 자료에 따르면 1937년부터

---

12) 김윤식, 『일제 말기 한국작가의 일본어 글쓰기론』, 서울대 출판부, 2003, 150면.

13) 니시대[西田 勝]는 1931년부터 1945년까지 일본문학자의 태도를 3기로 나누고, 만주사변에서 중일전쟁의 발발 직후까지를 제1기로 하고 이 시기에는 프로작가와 자유주의적 작가가 중심세력으로 전쟁에 대해 반대하거나 냉담한 태도를 보였으며, 제2기는 중일전쟁 발발 직후부터 태평양전쟁 개시까지로 이때의 작가는 '마음에는 없으나 전쟁에 협력'한 시기인데 그것은 프로작가의 전향, 전쟁 저널리즘에 편승하거나 내각정보부의 요청에 따른 종군 혹은 전국 유세에 참가할 수밖에 없었기 때문에 이 시기의 작품은 내용과 문체에 있어 굴복과 저항이 복잡하게 착종되어 있는 것이 특징이며, 제3기는 태평양전쟁 개시부터 패전까지로 '마음에 없는 전쟁 협력'에서 '마음에서 우러나는 전쟁협력'으로 급격하게 전환한 시대로 설명하고 있는데 이러한 견해는 우리의 친일문학을 검토하는데 참고가 될 수 있을 것 같다. 西田 勝, 「近代日本における戰爭と文學者」, 『戰爭と文學者』, 三一書房, 1983, 13~15면 참조.

14) 김재용, 「친일문학 작품 목록」, 『실천문학』, 2002년 가을, 123~148면 참조. 이 목록 작

1945년에 이르는 기간에 발표된 친일문학은 총 501편으로 그 가운데 1937년부터 1941년 사이에 발표된 친일작품은 시 5편, 소설 10편, 희곡 5편, 기타 문예비평을 비롯하여 시국적인 글이 53편이다. 이에 비하여 1942년부터 1945년에 이르는 기간에는 시 93편, 소설 33편, 희곡 7편, 기타 문예비평과 시국적인 글이 368편이다. 그리고 친일문학가는 통틀어 41명이다. 이 통계를 근거로 일제 말기 문학을 검토한다면 적어도 1941년 이전까지의 친일문학이란 미미한 것이며, 1942년 이후 친일문학은 비로소 우리 문학계를 지배하게 되었다고 할 수 있을 것이다.

3. 일제 말기 문학연구의 현황

1) 1940년대 문학과 친일문학 논의

(1) 자료의 정리와 종합적 연구

이 시기 문학에 대하여 최초로 논의한 사람은 백철이었다. 그는 『조선신문학사조사』(1949)에서 이 시기 문학을 '암흑기의 문학'으로 규정하면서도 1940년대 전반기의 이태준과 박태원에 의한 암울한 문학과 신인에 의한 순수문학이 존재했음을 지적한다. 그러면서 "1941년 말부터 1945년까지의 약 5년간은 조선신문학사상에 있어서 수치에 찬 암흑기요, 문학사적으로는 백지로 돌려야 할 부랑크의 시대"15)로 규정하고 작가, 작품에 대한 구체적 논의는 배제하고 있다.

성을 위한 기준이나 작품의 선정에 대해서는 많은 이론이 있을 수 있기 때문에 더 많은 논의와 검토가 필요하다.

15) 백철, 『조선신문학사조사』, 수선사, 1949, 399면.

장덕순은 『일제 암흑기의 문학사』(1963, 1975)에서 이 시기 소위 암흑기의 문학을 간략히 소개, 정리한 바 있다. 그는 이 시기에 대두한 국민문학론에 대한 성격을 밝히면서 몇 작품을 대상으로 작품의 성격을 검토하고 있다. 그는 이 시기 소설을 "주제를 상실한 창작과 황민화의 창작"으로 구분하고 전자의 경우로 박노갑의 「백일(白日)」, 김남천의 「등불」, 이석훈의 「고요한 폭풍」을, 후자의 예로 이효석의 「아자미의 장」, 아오키[靑木洪]의 「아내의 고향」, 정인택의 「청량리 계외(界隈)」, 이무영의 「문서방」, 정비석의 「한월(寒月)」을 간단히 해설하고 있다.16) 그러면서 암흑기 후반기는 "창작의 무정부 상태"를 연출한 시기로 "저명한 시인이 소설을 쓰는가 하면 평론가가 무우 밭에서 무를 뽑듯이 소설을 뽑아내는 기현상"이 일어난 시기로 정인택의 「돌아보지 않으리」, 김사영의 「도(道)」, 최재서의 「보도연습반」·「수석(燧石)」·「비시(非時)의 꽃」·「민족의 결혼」, 이석훈의 「선령(善靈)」을 검토하고 있다.17)

이상의 백철과 장덕순의 논의는 일제 말기 문학의 성격을 어떻게 규정할 것인가 하는 문제에 대한 관심을 표명한 것으로 구체적 방법론이나 작품의 평가에는 이르지 못하고 있다고 할 수 있다.

친일문학에 대한 본격적 논의는 임종국의 『친일문학론』(1966)에서 비롯된다. 그는 우리 문학사에서 소위 '암흑기'로 규정되면서 문학사 기술에서 의도적으로 배제되었던 친일문학을 논의의 장으로 끌어올려 폭넓게 논의했다. 그는 먼저 친일문학의 개념을 다음과 같이 규정하고 있다.

(친일문학이란) 주체적 조건을 상실한 맹목적 사대주의적인 일본예찬과 추종을 내용으로 하는 문학이란 뜻으로 사용하였다. 그러나 그것은 친일파들의 문학이라는 의미를 포함하지 않는다. 물론 그 같은 주체성을 몰각한 문학 속에는 소위 친일파들이 저술한 문학도 적지 않지만, 마찬가지로 친일파 아닌 사람들의

---

16) 장덕순, 『국문학사』, 동화문화사, 1975, 440~456면 참조.
17) 위의 책, 464~467면 참조.

추종적인 작품도 제외되어서는 안 되기 때문이다. 다시 말하면 비록 민족주의자의 작품일지라도 그것이 그런 요건을 충족하는 이상 친일문학으로 논하지 않을 수 없다는 말이다.[18]

여기에서 친일문학을 '맹목적 사대주의적 일본 예찬과 추종을 내용으로 한 문학'이라고 하여 친일문학은 작품이 중심이 되어야 함을 간접적으로 밝히고 있다. 그러나 그의 친일문학의 개념이 너무나 광범위하여 막연할 뿐만 아니라 작품론에서 벗어나 작가론으로 흐르고 있음을 확인할 수 있다. 그는 친일문학의 성격과 전개 양상을 확인하기 위하여 당시의 정치, 사회적 배경을 비롯하여 문화기구, 단체의 활동, 작가 및 작품론을 전개하고 있어 친일문학에 대한 기초적 자료를 충실히 제공해주고 있다는 점에서 중요한 의미를 지닌다. 그러나 임종국의 『친일문학론』은 사회적으로 큰 반향을 불러일으켰음에도 불구하고 학계에서는 별다른 반응을 보이지 않았고, 후속 작업으로 확장되지도 못했다.

한편 친일문학에 대해 부정적 견해가 대세를 이루는 가운데 특이하게 일본 학자 사에쿠사 도시카츠[三枝壽勝]는 「1940년대 전반기 소설에 대하여」(『조선학보』 86집, 1979)에서 1940년대 전반기문학이 암흑기라 하더라도, 그것은 한국근대문학사의 전체적 흐름 속에서 파악해야 할 것을 주장하면서, 이 시기의 "대부분의 작가들은 기왕에 존재했던 자신의 작품과 새로운 '시국'적 요구를 어느 지점에서 타협시킨 절충적인 작품"을 썼으며, 그 방법으로 "제재나 배경에 '시국적'인 것을 택하고, 그 속에 자신이 호소하려는 것을 집어넣는 방법"[19]을 사용하고 있다고 했다. 그러한 작품의 예로 채만식의 「민족의 결혼」·「여인전기」, 정비석의 「한월(寒月)」, 이무영의 「문서방」·『향가』·『청기와집』, 조용만의 「배안」, 함세덕의 「에

---

18) 임종국, 『친일문학론』, 평화출판사, 1966, 16면.
19) 三枝壽勝, 「1940년대 전반기 소설에 대하여」, 『사에쿠사 교수의 한국문학연구』, 베틀북, 2000, 554면.

밀레종」에서 굴절된 형식을 취하고 있다고 했다. 그러면서 이들 작품이 공통적으로 추구하고 있는 세계는 "이상향 건설을 다룬 작품의 존재는 한국의 식민지시대 전체에 걸쳐서 근대문학의 저류 속에 변하지 않는 것"[20]이라고 파악했다.

친일문학에 대한 또 다른 종합적 연구는 임종국의 『친일문학론』이 나온 지 25년이 지나서 송민호의 『일제 말 암흑기문학 연구』(1991)에서 좀 더 체계화되기에 이른다. 송민호의 글은 일제 말기 암흑기를 "1939년 『인문평론』의 창간에서 일본 침략전이 거의 종말을 고하는 1944년 중반까지"로 설정하고 "공백상태로 남겨진 이 시기 문학을 정리"[21]하려는 의도에서 쓰인 것이다. 그러므로 1940년대 전반기 문학의 전 장르에 걸친 종합적 연구라 할 수 있다. 그는 1940년대 문학의 성격을 "민족적 저항심이 없었던 것은 아니지만 반대로 친일 아부의 어용작가들이 독버섯처럼 돋아났던 시기"로 규정하고, 친일문학이 중심을 이룬 시기로 파악하고 있다. 그 결과 이 시기 문학을 광적인 전쟁찬미, 도금된 어용문학으로 유형화하여 논의하고 있다. 그러나 이 시기 김남천을 비롯한 몇 사람의 작품을 '민족문학적의 여맥'[22]이라 하여 소개하고 있다.

그런데 이들 연구는 친일문학의 개념과 범주를 지나치게 확장하고 있으며 방법론에 대하여 특별히 관심을 보여주지 못하고 있다. 이런 현상은 물론 초기 연구가 자료의 정리라는 측면이 강조되는 반면 개별적 연구가 미처 이루어지지 않은 상황에서 오는 불가피한 현상이라 할 수 있다.

신희교는 일제 말기 문학이란 "일제의 시책(時策)을 옹호한 어용소설과 순수지향의 소설"[23]로 유형화하고 있는데, 이는 백철의 『조선신문학사조사』에서 제시한 것에서 출발하고 있음을 의미한다. 신희교는 지금까지

---

20) 위의 책, 569면.
21) 송민호, 『일제 말 암흑기문학 연구』, 새문사, 1991, 7면.
22) 위의 책, 158~166면 참조.
23) 신희교, 『일제 말기소설연구』, 국학자료원, 1996, 10면.

친일문학이라 지칭하여 오던 문학을 '어용소설'이라 하면서 그 하위소설로 내선일체, 징병, 전시 하 생활, 개척민의 삶을 다룬 소설로 나누어 검토하고 있으나 소설 자체가 보이는 현상만을 집중적으로 밝히고 그런 소설이 성립할 수 있었던 요인이나 지향성에 대해서는 별다른 관심을 보여주지 못하고 있다. 그런가 하면 그는 어용소설에 대한 대립 개념으로 "종래의 대중성이나 통속성에 대한 대립개념으로서의 순수가 아니라, 순전히 일제암흑기에 나타난 어용성에 대한 대립개념"[24]으로 순수지향의 소설에 대하여 일정한 관심을 보이면서 이를 평가하고 있다. 이러한 작업은 일제 말기 문학을 친일문학 일변도로 이해하고 '암흑기문학'으로만 처리하려는 기존의 태도를 불식할 수 있는 가능성을 보여주었다고 할 수 있다.

이처럼 1990년대까지 일제 말기 친일문학에 대한 연구는 자료의 정리에서 시작하여 친일문학에 대한 범주나 방법론에 대한 모색 없이 평면적 해석에 머물고 있었다고 할 수 있다.

(2) 친일문학의 범주와 방법론의 모색

친일문학에 대한 본격적 연구는 2000년대에 접어들면서 김재용을 중심으로 보다 활기를 띠게 된다. 김재용은 「친일문학의 성격 규명을 위한 시론」(2002)을 비롯하여 『친일문학의 내적 논리』(2003), 『협력과 저항』(2004) 등 일련의 논저를 통하여 친일문학의 범주와 방법론의 모색을 통하여 친일문학 연구에 괄목할 업적을 보여주고 있다.

김재용은 먼저 친일문학이란 편협한 언어민족주의나 일제 말 사회단체의 참여 여부, 혹은 창씨개명을 친일의 지표로 삼는 태도를 극복[25]해야 한다고 전제하고 "대동아공영권의 전쟁 동원과 내선일체의 황국신민

---

24) 위의 책, 10면.
25) 김재용, 「친일문학의 성격」, 『협력과 저항』, 소명출판, 2003, 51~56면 참조.

화라는 두 가지 입장을 글에 담아내면서 선전한 문학이 바로 친일문학이고, 이런 작품을 쓴 이들이 친일문학가이다"[26]라고 했다. 그러면서 그는 중일전쟁 이후 일본이 동북아의 패권을 장악하면서 조선 문학계는 식민주의에 대한 '협력과 저항'이라는 양극화의 양상[27]으로 나타났기 때문에 친일문학에 대한 연구는 '저항'과 더불어 이루어져야만 그 의미가 제대로 드러날 수 있을 것[28]이며, 민족주의와 탈식민주의 이론에서 벗어나 내재적 비판을 통하여 가능한 것이라고 했다. 그런가 하면 친일문학이란 외부의 강요가 아니라 자발적 선택으로서 친일협력의 길을 걷게 된 것이기 때문에 친일문학은 작품론이 아니고 작가론이어야 한다고 강조하고 그 이유를 다음과 같이 설명하고 있다.

> 작가들의 경우 당시에 쓴 글과 통합적으로 고찰하여 친일 여부를 판단할 수 있을 것이다. 어쩔 수 없이 동원된 것인가 아니면 그것이 새로운 시대의 현실이라고 받아들이고 이를 내면화하면서 참여하게 되었는가는 그러한 총체적 고찰 위에서 가능한 것이다. 친일문학론이 작가론인 이유가 바로 여기에 있다.[29]

---

26) 위의 책, 59면. 한편 김재용은 「친일문학 작품 목록」을 작성하면서 친일문학의 기준을 보다 구체적으로 제시하고 있는데 그것은 다음과 같다. "식민주의와 파시즘의 옹호를 친일의 기준으로 삼았다. 중일전쟁 이후 식민주의 논리의 대표적인 것은 '내선일체의 황국신민화론'이고, 파시즘 논의의 대표적인 것은 '대동아공영권의 선생동원론'이다. 이 둘은 밀접하게 연관되어 있지만 개별 작가의 경우 그 강조점이 다르게 나타날 수 있다. 이 두 가지 논리 중 어느 하나에 해당될 경우 친일문학이라고 규정했다. '신체제'라든가 '서양제국주의'라든가 하는 말을 사용하여 당시 국책에 호응하는 듯이 보이지만 식민주의와 파시즘의 논리에 입각해 있지 않는 경우에는 친일에 포함시키지 않았다. (…중략…) 중일전쟁 이후 일본제국주의 폭압성을 고려하여 한두 편에 그친 작가는 제외하였다. 정지용이나 김정한의 경우 친일적 성향을 보인다고 판단할 수도 있는 글이 한 편씩 있지만 자발적인 것으로 보기는 곤란하므로 친일작가에서 제외했다." 김재용, 「친일문학 작품 목록」, 『실천문학』, 2002년 가을, 124면.
27) 김재용, 「일제 말 문학의 양극화」, 『협력과 저항』, 소명출판, 2003, 33면.
28) 김재용, 「친일문학의 내재적 비판을 위하여」, 위의 책, 45면.
29) 김재용, 「친일문학의 성격」, 위의 책, 55면.

김재용은 친일문학 연구를 위한 방법론으로서 그 개념과 범주를 분명히 하려했을 뿐만 아니라 '저항'과 함께 '협력'을 밝힐 때 친일문학의 실상을 명확히 할 수 있다고 주장한다. 이를 위해 작가에 대한 총체적 검토를 통하여 작가의 내적 논리를 밝힘으로써 친일문학의 성격을 판단할 것을 강조한다. 이러한 주장은 매우 합리적이고 동시에 친일문학의 성격을 해명하기 위해서는 필수적 과제라 할 수 있다. 그럼에도 불구하고 그의 주장에는 몇 가지 문제점을 내포하고 있음도 사실이다.

먼저 친일문학의 개념 혹은 범주의 문제를 지적할 수 있다. 이 점은 류보선의 날카로운 지적[30]도 있었지만, 친일문학의 개념을 지나치게 단순화하고 있다. 그는 친일문학의 성격 규명을 위하여 시대적인 것과 친일적인 것의 경계를 면밀히 구별할 것을 주장하면서 대동아공영권의 전쟁 동원과 황국신민화만을 친일문학으로 규정하고 있다. 여기에서 대동아공영권의 전쟁 동원이나 황국신민화라는 것은 일제의 식민정책의 궁극적 목표일 뿐 이를 실현하기 위한 수단으로 채택된 국책은 다양한 것이었다. 그런가 하면 이 두 가지 문제는 표리일체의 관계로 분리될 수 있는 것도 아니다. 이를테면 대동아공영권의 전쟁 동원이나 황국신민화를 실현하기 위해서는 필연적으로 내선일체가 요구되는데 이는 국어(일본어)의 보급과 내선결혼, 창씨개명, 징병제 실시 등으로 연결[31]되며 나아가서는 생산 확충과 총후생활 전반에 걸쳐 나타나게 마련이다.

다음으로 시대적인 것과 친일적인 것의 경계를 명확히 할 필요가 있다

---

30) 류보선은 김재용의 친일문학의 개념과 범주 설정에 대하여 다음과 같이 비판하고 있다. "(김재용의) 친일문학의 범위는 지나치게 좁다. 특히 1, 2편의 작가들에게는 상황의 압력 때문에 어쩔 수 없지 않았겠느냐며 면죄부를 주고, 3편 이상의 친일 문자 행위를 한 작가만을 친일문인이라고 규정하는 것은 문제가 있다. (…중략…) 뿐만 아니다. 당시 대동아공영권, 신체제론 등은 그 이데올로기의 세계사적 의의를 설명하기 위해 '생산의 문화', '흙의 문화' 등등을 중요한 하위 항목으로 설정한 바 있다. 그런데 이런 주제에 관한 글은 친일문학에서 모두 배제하고 있다." 류보선, 「친일문학의 역사철학적 맥락」, 『한국근대문학연구』 제7집, 2003, 14~15면.
31) 宮本節子, 『朝鮮民衆と'皇民化'政策』, 未來社, 1985, 참조.

는 주장을 통하여 일제 말기에 많이 쓰인 생산소설, 특히 프로작가들의 생산문학을 변화하는 현실에 대한 고민의 결과로 나타난 것으로 파악하고, 이기영의 『대지의 아들』, 『생명선』(1942), 『동천홍』(1942), 『광산촌』(1943)을 예시하고 있다. 그런데 여기에서 시대적인 것과 친일적인 것의 경계란 논자의 지적처럼 명확하지도 않을 뿐더러 일제 말기 생산문학이란 전쟁 수행을 위해 생산 확충을 홍보하는 문학[32]이었다. 따라서 이들 작품은 당시의 일제의 대륙개척이나 전쟁 수행을 위하여 황국근로관을 내세워 대대적으로 전개된 농촌갱생운동을 외면한 데서 비롯된 것으로 일제의 국책을 선전하는 국책문학[33]인 것이다.

셋째로 친일문학이 작가론이어야 한다는 것은 일면적으로 타당한 주장임에 틀림없다. 하나의 작품이란 한 작가의 삶의 집적이고 동시에 삶의 투영이기 때문이다. 그러나 일제 말기 문학을 대상으로 할 때 동일한 시기, 동일한 작가의 작품 가운데서 친일문학과 그렇지 않은 문학으로 나누어지는 경우 또한 없지 않다. 이를테면 이무영의 경우나 극단적으로 이광수까지도 양면성을 보여주고 있다는 사실[34]이다. 이러한 경우 과연 그 작가를 어떻게 규정해야 할 것인가 하는 의문을 낳게 해준다. 그런가 하면 다른 한편으로 몇 편의 작품에 나타난 친일작품을 통하여 한 작가를 친일작가로 규정하는 것은 그의 모든 문학을 부정하는 결과를 초래할 수 있는 위험성을 내포하고 있다. 그러므로 친일문학은 작가론이기보다는 작품론이어야 한다.

마지막으로 김재용은 일제 말기 저항의 양상을 "첫째는 침묵이며, 둘

---

32) 일제 말기 생산소설이란 "전시농업정책을 생생하게 당시 농촌의 현실에 침윤시켜 거기에 전쟁에 직면한 새로운 전력원(戰力源)으로서의 새로운 사태, 신생활, 신활동, 이를테면 '농촌부흥'을 그려내어 전쟁에의 맹목적 협력을 배양하기 위하여 정책적으로 의도한 것"이었다. 瀨沼茂樹, 『完本 昭和の文學』, 冬樹社, 昭和51(1976), 40면.
33) 위의 작품의 국책문학적 성격에 대해서는 이 책의 「일제 말기 국책의 문학적 수용」 및 「만주개척민소설 연구」를 참조할 것.
34) 김윤식, 『일제 말기 한국작가의 일본어 글쓰기론』, 서울대 출판부, 2003.

째로는 우회적 글쓰기이며, 셋째는 망명"[35]이라고 하면서 침묵의 경우로 김기림을, 우회적 글쓰기로 한설야를, 망명의 경우로 김사량을 그 예로 들고 있다. 그러나 작가가 글쓰기를 중단한다는 것은 작가 개인적 차원에서는 지조를 지키는 일일 수 있지만 작가의 길을 포기한 것으로 간주되어야 한다. 브레히트(Brecht)가 "우리를 억압하는 방법은 많지만 그것을 표현할 수 있는 방법은 더 많다"고 했을 때 글쓰기에 대한 방법적 모색을 통해 현실을 비판하는 것이야말로 유일한 저항의 길이라 할 수 있다. 그러므로 이 시기 저항적 글쓰기란 우회적 글쓰기만이 저항적 작품이라 할 수 있을 것이다.

류보선 또한 「친일문학의 역사철학적 맥락」(2003)에서 친일문학의 성격을 규명하기 위해서는 개인적 차원에서 접근할 것이 아니라 친일문학이 발생할 수밖에 없었던 역사철학적 맥락을 찾는 일[36]이 시급함을 강조하고 있다. 그는 임종국과 김재용의 친일문학에 대한 개념을 비판하면서 친일문학에 대한 새로운 정의의 필요성을 제기하고 있다. 그의 주장에 따르면 친일문학에 이르는 논리적 과정으로 첫째 서구적 근대성을 부정하고 동양 중심 질서에 대한 재편의 필요성과 그 체제의 획시기적 의미를 제시하고, 다음으로 진정한 동양정신의 구현체로서 천황제와 일본 국가를 설정하기에 이르고, 마지막으로 조선민족의 해소를 통한 일본 국민성의 획득을 주장하는 단계로[37] 나아가게 되었다고 했다. 그리고 마지막 단계에서 내선일체론, 국민문학론, 총후문학론 등등 친일문학이 발생하게 되었다고 진단한다. 그러므로 친일문학이란 "천황이 세계발전의 중심이며 우리 조선민족은 그 천황의 국민이 되어야 한다고 주장했던 당시의 국민문학론, 총후문학론, 내선일체론, 황도문학론, 신체제론 등등이 바로 친일문학"[38]이라고 정의하고 있다. 그 결과 일제 말기 친일문학에로 쉽

---

35) 김재용, 「일제 말 문학인의 세 가지 저항 방식」, 앞의 책, 187면.
36) 류보선, 앞의 글, 17면.
37) 위의 글, 19면.

게 빠져들게 한 이유를 개인적 차원에서만 파악하지 않고 "1930년대 이후 한국문학이라는 장의 구조 전반이 자신을 둘러싸고 있는 현실의 진정한 연관을 발견해야 한다는 문제의식의 부재"에서 비롯된 것으로 파악하고 외적 상황과 작가의 양심문제로 단순화하는 것을 경계하고 있다. 이를 좀 더 부연하여 "1930년대 후반기의 친일문학은 자기를 자학적으로 지워내고 그 자리에 모범적인 세계(보편적 세계)를 의식하고자 했던 한국 근대문학의 왜곡된 과정을 더욱 왜곡된 형태로 넘어서고자 한 과정에서 발생한 것"으로 파악한다. 또한 그는 친일문학의 성격이나 발생을 "한국의 근대 사회 및 근대문학이 그 출발의 단계부터 안고 있던 모순과 갈등이 특정한 역사적 국면에서 그 자신의 개념과 실체를 갖는 하나의 문학적 현상으로 외화된 것"이라는 김철의 견해와 김우창의 "내면으로부터의 괴멸"이라는 지적을 원용하면서 친일문학의 발생론적 요인을 모색[39]하고 있다.

이러한 류보선의 지적은 당대의 역사적 상황과의 관련 속에서 그 원인을 찾고 있다는 점에서 일면적으로 합리적이고 새로운 견해라 할 수 있다. 그러나 이러한 역사철학적 맥락이란 대전제 속에서 일제 말기 문학을 검토하는 경우 이 시기 문학은 필연적으로 동일한 양태로 나타날 개연성을 지닐 수밖에 없다. 그러나 이 시기 모든 작품이 한결같이 친일문학으로 수렴되지 않는다는 사실은 어떻게 설명할 수 있을지 의문으로 남는다. 그러므로 역사철학적 맥락 속에서 친일문학의 발생을 전적으로 개인의 역사의식의 부재에서 비롯된 것으로 평가하는 기존의 견해를 수정하면서 한국 근대문학이 태생적으로 안고 있었던 모순과 함께 작가 개인의 역사의식의 부재가 함께 논의되어야 할 것이다.

한도연과 김재용의 공동 연구인 「친일문학과 근대성」(2003)에서는 친일 파시즘 문학은 외부의 강제에 의한 것이거나, 생계의 방편으로 이루어진

---

38) 위의 글, 26면.
39) 위의 글, 29~33면 참조.

것이 아니라고 주장하면서 "친일 파시즘 문학은 철저하게 자발적이며, 내부에 논리가 있다"[40]고 다시 한 번 강조한다. 이를 증명하기 위하여 그들은 친일문학의 성립은 중일전쟁 이후 사실수리론과 신체제론과 일정한 관련이 있음을 강조한다. 전자는 1938년 무한 삼진의 함락을 목격하면서 이를 "봉건적인 것에 대한 근대적인 것의 승리로 보면서 거기에서 진보의 기미를 읽어내려는" 것으로, 거기에는 철저하게 자발적이고 동시에 내적 논리를 갖추고 있다는 것이다. 그런가 하면 후자는 1940년 중국의 신국민정부의 수립과 파리 함락으로 비롯된 '근대의 극복'은 유럽 중심주의에 대한 반발임에는 분명하지만 그것의 진정한 극복이라기보다는 또 다른 중심주의 즉 전도된 오리엔탈리즘으로서의 동양주의에 지나지 않음[41]을 지적하고 있다. 이러한 주장은 당시의 지성계를 대변해 주는 것이라 할 수 있다. 당시 우리 작가들이 접할 수 있었던 정보란 매우 제한된 것이었고, 제한된 정보 또한 일제에 의하여 왜곡되고 철저하게 통제되었다.[42] 그 결과 당시에 주장된 '근대의 극복'이란 문제는 일본의 경우에도 가와카미 테츠타로[河上徹太郎], 고바야시 히데오[小林秀雄], 미요시 타츠지[三好達治]에 의하여 '근대의 초극'으로 주장되었지만 그것은 자아의 방기 혹은 전쟁에 적극 협력한 궤변에 지나지 않는다는 비판[43]을 받고 있다.

---

40) 한도연, 「친일문학과 근대성」, 『친일문학의 내적 논리』(김재용 외편), 역락, 2003, 35면.
41) 위의 글, 47~48면 참조.
42) 일제의 정보통제는 다음과 같이 이루어졌다. ①신문 통신사 방면 : 신문통신사 사장 및 출입기자 등과 간담회를 자주 갖는 것은 물론 매월 제1, 제3 금요일에 신문 통신사의 편집국장과의 정기간담회를 개최하여 밀접한 연락 협조를 유지하여 계발 선전의 효과를 거둔다. ②각종 단체, 은행회사, 관공서 방면 : 각 방면의 대표를 수시로 모아 계발선전에 대한 협력을 요망, 시국인식의 철저를 권장. ③군부방면 : 조선군 보도부와 정보선전상 연락이 필요한 경우, 특히 매월 제1 수요일에 정기 간담회를 개최하여 원만한 협조 연락을 기함. ④ 내각 정보부와의 연락―정보 선전에 대해서는 언제나 내각 정보부와 밀접한 연락을 유지하며, 기회 있을 때마다 간담회를 개최하여 연락협조를 원활히 한다. 조선총독부 편, 『조선사정』, 소화16년(1931), 270면.
43) 小松伸六, 「戰爭文學の展望」, 『昭和文學硏究』(荒正人 외편), 塙書房, 昭和27(1952), 198면.

한편 친일작가에 대한 개별적 논의나 개별 작품에 대한 논의 성과도 검토되어야 하겠지만, 개별적인 문제를 다루는 자리로 미루고 여기에서는 생략한다.

이상으로 일제 말기 친일문학에 대한 기존의 연구 성과를 간략히 살펴보면서 몇 가지 문제점을 지적하였다. 친일문학의 발생과 친일에 이르는 길은 결코 간단한 문제가 아니다. 친일문학이 발생한 시기가 일제 말기에 집중되고 있다는 사실은 분명 그 이전부터 내재하고 있던 모순이 외화된 요소도 작용했겠지만 보다 직접적인 요인은 일제의 폭압적 강요와 사실수리론에서 직접적 요인을 찾을 수 있을 것이다. 그러므로 친일문학이란 일제의 강요와 역사인식의 부재에 따른 우리 문학사의 아픈 상흔이며, 불행한 시대를 살았던 한 작가의 훼절문학이라 할 수 있다. 그럼에도 불구하고 친일이란 과오에 대한 책임은 당연히 작가의 몫일 수밖에 없다.

2) 일제 말기 문학과 만주문학

(1) 만주문학의 범주와 성격.

일제 말기 만주문학[44]의 범주를 어떻게 설정하고 그 성격을 어떻게 규정할 것인가 하는 문제는 중요한 작업이다.

만주문학의 범주에 대하여 김호웅은 ① 만주국에 거주하면서 만주국의 지면에 발표한 작품, ② 조선 국내에 발표되었다가 만주국의 지면에 전재된 작품, ③ 만주국에 거주하면서 조선 국내의 지면에 발표한 작품, ④ 조선에 거주하면서 조선 국내의 지면에 만주의 생활을 반영한 작품을 만주문학이라 할 수 있다고 했다. 그러면서 "엄격한 의미에서 만주국에 거주

---

44) 만주지역에서 쓰인 작품이나 만주지역을 문학적 공간으로 하고 있는 문학을 논자에 따라 '만주문학', '간도문학', '재만조선인 문학', '이민문학' 등으로 불러왔으나 여기에서는 이를 총칭하여 '만주문학'이라 한다.

하면서 만주국에 발표한 작품들을 재만 조선인 문학"45)이라고 그 범주를 제한하고 실제 연구에서도 이 원칙에 따라 ①과 ②에 해당하는 작가 및 작품을 중심으로 논의하고 있다.

일본인 학자 가와무라 미나토[川村 湊] 역시 만주문학의 범주를 네 가지 타이프로 유형화하고 있다. 첫 번째는 강경애와 같이 조선반도에서 간도로 이주한 사람 가운데서 조선어로 쓴 문학(타이프 1), 두 번째는『싹트는 대지』에 발표한 작가로 만주에 정착하여 조선어로 문학 활동을 한 사람(타이프 2), 세 번째는 이마무라 에이지[今村榮治, 장한기]처럼 재만 조선인 문학자이면서 주로 일본어로 문학 활동을 한 사람(타이프 3), 네 번째는 장혁주와 같이 조선인문학자가 일본에 있으면서 일본어로 문학 활동을 한 사람(타이프 4)46)으로 유형화하고 있다.

이러한 유형화 혹은 범주는 타당한 것이라 할 수 있다. 그러나 김호웅의 지적에서 ②를 '만주문학'의 범주에 넣기에는 문제가 있을 수 있다. 또한 가와무라의 유형화 역시 김호웅의 그것과 별다른 차이가 없다. 그는 일본적 상황에서 장혁주의 경우를 중시하고 있는데, 이는 김호웅의 ④와 같은 경우라 할 수 있다. 그러나 실제 '만주문학'이란 재만 조선인 작가의 작품이 중심이 되어야 하겠지만 작가가 어디에 있던 만주 문제를 다룬 작품 또한 만주문학의 하나로 파악할 필요가 있다. 왜냐하면 이들 작품은 만주라는 특수한 조건을 고려하지 않고서는 작품에 대한 정당한 평가를 할 수 없기 때문이다.

만주, 혹은 만주문학이란 일제 말기 한국문학에서 어떤 의미를 갖는 것일까? 이 물음은 만주문학의 성격을 해명하기 위해서는 필수적 사항이다. 주지하는 바와 같이 일제는 1932년 만주국을 건설하고 왕도낙토, 일시동인, 오족 융화 등의 건국이념을 내걸고 독립 국가를 표방했지만 실질적으로는 관동사령부의 조종에 따른 허수아비 국가였다. 따라서 만주

---

45) 김호웅,『재만 조선인문학 연구』, 국학자료원, 1998, 217면.
46) 川村 湊,『文學から見る滿洲』, 吉川弘文館, 1998, 111~113면 참조.

국의 정책이란 일제가 만주지배를 효과적으로 수행하기 위한 방책에 지나지 않았다. 따라서 만주에서 간행된 『만선일보』를 비롯한 모든 신문사업 또한 일제의 식민정책을 적극적으로 홍보하기 위한 것으로 모든 신문은 일본 관동군의 직접 통제, 지휘한 군치(軍治), 관치의 신문47)이었다. 그 결과 1932년부터 신문을 직접 제어하기 위한 대책48)을 강구하여 추진하였으며, 1934년 4월에는 만주국 화폐 300만원을 투자하여 특수법인 '만주홍보협회'를 설립하여 신문사, 통신사를 지휘하고 각사의 인사, 업무, 재무 등을 직접 장악하였다. 1940년 1월에는 만주홍보협회를 해산하고 만주신문협회를 설립하여 신문의 합병을 강행하여 대동아전쟁 수행을 위한 선전과 통제를 추진하였다.49) 『만선일보』 역시 편집국장으로 일본인 관바라[菅原]에 의하여 학예면의 시, 수필도 번역해서 보고50)해야만 했다.

그런가 하면 만주의 문예정책은 1941년에 만주국 홍보처에서 제정된 '예문지도요강'을 통하여 규제하고 통제하였으니, 만주예문의 특질을 다음과 같이 규정하고 창작을 지도했다.

> 아국(만주국) 예문(藝文)은 건국정신을 기조로 팔굉일우(八紘一宇)의 대정신을 미적으로 현현하고 또 이 나라에 이식된 일본예문을 씨줄로 하고 원주(原住) 제 민족 고유의 예문을 날실로 세계 예문의 진수를 취하여 직조하여 이루어진 혼연 독자적인 예문이 되게 한다.51)

---

47) 張 貴,「東北淪陷期の新聞事業」,『植民地と文學』, オリジン出版センター, 1993, 188면.
48) 만주의 언론에 대한 일제의 통제는 다음과 같다. ①엄격한 신문 검열을 통하여 세론(世論)을 억압하여 각 신문사에 채용된 기사는 만주국 통신사의 기사를 사용해야 하고 일본군은 '황군' 혹은 '우군'으로, 항일의용군은 '비군'으로 불러야 했다. 기사는 편집자에 의해 한 자도 수정해선 안 되고 문장은 '협화체'를 사용해야만 했다. ②반만 항일 사상을 지닌 문화인이 신문사에서 일하는 것을 방지하고, 신문사의 정치적, 사상적 활동을 엄격히 통제하기 위하여 신문종업원의 신분조사를 실시하였으며, ③신문사 직원에 대한 정치적 박해를 가했다. 위의 글, 191~193면 참조
49) 위의 글, 194~197면 참조
50) 김윤식,『안수길 연구』, 정음사, 1986, 41면.
51) 尾崎秀樹,『近代文學の傷痕』, 岩波書店, 1991, 282면.

여기에서 보는 바와 같이 만주국의 문학이란 철저하게 만주의 건국이
념과 일제의 지배정책을 민중들에게 선전하고 이를 실천하도록 하는 한
편 일본 문학을 전범으로 수용하고자 했음을 알 수 있다. 이 점에 대하여
만주국 홍보처장인 무토우 토미오[武藤富男]는 "이 요강은 물적 건설에
병행하여 정신적 건설 공작의 방침"[52]이라고 하여 만주국 예문이란 일제
의 국책문학이어야 할 것을 분명히 하면서 철저하게 통제했다. 이 점과
관련하여 김창걸의 증언에 따르면 신문사에서는 지정 제목과 지정 내용
으로 글 쓸 것을 강요했음을 확인할 수 있다.[53] 이처럼 만주국의 예문정
책은 일제의 국책을 민중에게 선전하고 실천하게 하는 국책문학이었던
것이다. 이와 함께 일본에서는 '대륙개척문예'가 성행[54]하게 되면서 만
주이주민의 삶을 국책적 관점에서 형상화하였고 이와 같은 맥락에서 한
국에서도 만주개척문학이 활기를 띠게 되었다. 이러한 조건에서 생성된
문학이 과연 어떠한 성격을 지닐 것인가는 충분히 짐작할 수 있다. 그 결
과 김윤식은 만주국의 이념에 봉사하는 문학이란 엄밀히 말해 친일(황도)

---

52) 위의 책, 238면.

53) "1943년 가을 어느 날이었다. 신문사에서 지정제목에 지정내용을 붙여 400자 정도의
글을 쓰라는 것이었다. 그 제목이란, 「대동아전쟁과 문인의 각오」란 것이고 그 내용이
란, '대동아전쟁에서의 승리를 위하여 사상상 동요함이 없이 물질 상 곤란을 극복하도
록 문필을 통하여 고무해야 한다.'는 것이었다. 나는 이 주문에 대하여 매우 망설이었다.
(…중략…) 나는 워낙 칼산에도 선뜻 올라설 수 있는 혁명가는 아니었다. (…중략…) 지
정제목에 지정내용으로 쓴 글인데! 남들도 글 쓰는 사람치고 모두 그렇게 쓴 글인데! 그
렇게 쓰지 않으면 모가지가 달아날 터인데! 이런 구실로 변명하여 자기 안위를 가지려
고 했다." 김창걸, 「붓을 꺾으며」, 『일제강점기 재만한국문학 연구』(채훈 편), 깊은샘,
295~296면.

54) 일제는 만주개척을 위하여 농민, 농촌노동자 및 도시의 실업자를 만몽개척이민단으로
만몽지대로 보내었는데 그것은 동시에 일본의 전략기지화하려는 정책에서 나왔다. 이러
한 만몽개척의 현황을 보도하고, 그것을 고전적 '창조개척의 정신'으로 일본의 '대륙정
책'을 합리화하려는 의도에 따라 대륙개척문학이 성행하였는데 이것은 정치지배의 문학
형태였다. 그래서 『개척문학총서』가 간행되었으며, 대표적 작품으로는 湯田克衛의 「先
驅移民」・「遙かなる地平」; 和田 傳의 「大日向村」; 福田淸人의 「日輪兵舍」; 打木村治의
「光をつくる人人」; 丸山義二의 「庄內平野」가 있다. 瀨沼茂樹, 『完本 昭和の文學』, 冬樹
社, 소화51, 41면.

문학의 일종55)이라고 주장하기에 이른다. 이러한 주장은 이 시기 만주문학의 성립을 가능케 한 일제의 만주지배정책에 근거하고 있다. 그러므로 만주에서 성립된 문학은 결코 '망명문학'이거나 '민족문학'이라고 섣불리 규정할 수 있는 성질의 것은 아니다.

(2) 만주문학 연구의 현황과 반성

일제 말기 문학을 '암흑기문학'이라 할 때 이를 극복하기 위해 만주 공간이 중시되었다. 우리 문학연구에서 만주 및 만주문학의 문제를 최초로 제기한 사람은 김윤식이었다. 그의 관심은 물론 안수길 문학의 성격을 규명하기 위한 작업이었지만 『안수길 연구』(1986)는 만주와 만주문학에 대한 총체적 연구에 크게 기여하였다. 그는 먼저 만주에서 이루어진 문학의 성격이 망명문학인가, 국책문학이냐 하는 본질적 문제를 제기하면서 만주국과 당시 문학 활동의 중심 매체였던 『만선일보』의 성격을 해명하고 있다. 물론 그의 해명은 스스로 고백하고 있는 것처럼 '자료의 부족'으로 명쾌하게 해명하지는 못했지만 안수길의 작품을 비롯한 일련의 만주문학은 망명문학이 아니라 일제의 국책문학56)임을 분명히 밝히고 있다.

이후 만주문학은 오양호에 의하여 학계의 관심을 불러 일으켰다. 그는 "1940년에서 1945년 사이의 한국 현대문학사는 '간도이민문학'을 중심으로 써야 한다"고 주장한다. 그는 「이민문학론」(1976)에서 출발하여 『한국문학과 간도』(1989), 『일제강점기 재만 조선인문학 연구』(1996)에 이르는 연구 성과를 통하여 일관되게 만주문학 연구의 필요성을 다음과 같이 강조하고 있다.

---

55) 김윤식, 『안수길 연구』, 정음사, 1986, 57면.
56) 위의 책, 35~50면.

'역사로서 서술되어야 할 문학사'는 1946년의 작품들이 1930년대 말의 문학과 바로 이어지는 설득력을 얻기 위해서, 공백기는 존재하지 않아야 되고 설사 존재한다 하더라도 1930년대의 민족문학과 지속성이 인정되어야 한다. 그렇다면 이 충족되지 못한 근거에 대한 합리적 자료를 어디에서 어떻게 찾을 것인가. 그 해답이 바로 간도 망명지의 이민문학이다.[57]

그는 이러한 주장 아래 그 실증적 작가로 소설의 경우 안수길과 박계주를 중심으로 검토하고 있다. 그런데 문제는 간도이민문학의 존재 여부가 중요한 것이 아니라 그들 문학의 성격이다. 만주에서의 문학 활동 또한 자유롭지 못했을 뿐만 아니라 다루고 있는 세계 또한 만주국의 건국이념을 바탕으로 일제의 지배정책을 수용하고 그것을 만주 이민사회에 선전하고 있다는 사실에 대하여 그는 의식적으로 외면하고 있는 것이다. 그런 점에서 오양호의 주장은 이미 많은 사람에 의하여 비판받은 바 있다.

채훈은 『일제강점기 재만한국문학 연구』(1990)에서 '재만 한국문학'에 대하여 폭넓게 다루고 있으나 자료(작품)의 해설에 머물고 새로운 자료를 통한 새로운 작품 해석 없어 연구사적 의의를 발견할 수 없다.

만주문학에 대한 보다 구체적 논의는 친일문학 논의와 함께 2000년대에 본격적으로 이루어지고 있다.

조진기는 일제 말기 만주문학을 연구함에 있어서 일제의 만주지배정책을 간과했을 때 작품을 왜곡할 수 있는 위험성을 지적한다. 그는 「일제의 만주정책과 간도문학」(2000)을 비롯한 일련의 글을 통하여 만주에서 간행된 『싹트는 대지』는 물론 국내에서 발표된 일련의 만주를 소설적 공간으로 하고 있는 소설을 일제의 만주지배정책과 관련하여 검토하고 이들 작품의 성격을 일제의 국책문학임을 밝히고 있다.

김재용은 「중일전쟁 이후 재일본 및 재만주 조선인 문학의 분화와 식민

주의 협력」에서 "만주에서 식민주의에 협력과 비협력은 반만주국 저항운동에 대한 태도 여하에 따라 달라진다"[58]고 전제하고 식민주의에 협력한 작가로 박영준과 장환기[今村榮治]를, 비협력 작가로 안수길과 현경준을 들고 있다. 그런데 같은 책에서 이선옥은 「협화미담과 금연문제에 나타난 내적 갈등과 친일의 길」에서 현경준의 「유맹」과 『마음의 금선』을 분석하고 이들 작품은 일제의 국책에 동조하는 것[59]임을 분명히 밝히고 있다. 이처럼 만주문학은 일제의 만주지배정책과 관련짓지 않고 작품만을 바라볼 때 작품을 단순화하는 오류를 범하게 되는 것은 당연한 것이다.

이상경은 「'야만'적 저항과 '문명'적 협력」(2004)에서 박영준의 「밀림의 여인」의 원작(1941)과 개작(1974)을 대비적으로 검토하여 친일에 대한 작가의 내재적 논리[60]를 밝히고 있다. 이러한 문제는 처음부터 원작과 개작이 확인되는 경우에는 별다른 문제가 없지만 일제 말기에 쓰인 작품을 해방 후 작품집을 묶는 과정에서 의도적으로 '흠결지우기'를 통하여 최초의 작품에 드러나고 있는 친일문학적 요소를 제거해버리는 경우가 있음에 유의할 필요가 있다.

한수영은 「친일문학 논의와 '재만 조선인문학'의 특수성」(2004)에서 재만조선인 문학의 친일성 여부를 판단하기 이전에 재만조선인 문학의 특수성을 검토할 필요가 있음을 강조한다. 그에 의하면 이 특수성이란 재만조선인을 '이주자 집단'으로서의 이해관계는 '본토인'의 그것과는 일치하지 않는다는 것[61]이다. 그리하어 만주문학은 '이주자—내부의 시선'과 '방외자의 시선' 가운데 어떤 관점에서 그리는가에 따라 형상화 과정이

---

58) 김재용, 「중일전쟁 이후 재일본 및 재만주 조선인 문학의 분화와 식민주의 협력」, 『재일본 및 재만주 친일문학의 논리』, 역락, 2004, 33면.

59) 이선옥, 「협화미담과 금연문제에 나타난 내적 갈등과 친일의 길」, 『재일본 및 재만주 친일문학의 논리』, 역락, 2004, 102면.

60) 이상경, 「'야만'적 저항과 '문명'적 협력」, 『재일본 및 재만주 친일문학의 논리』, 역락, 2004.

61) 한수영, 「친일문학 논의와 '재만조선인문학'의 특수성」, 『재일본 및 재만주 친일문학의 논리』, 역락, 2004, 121면.

다름을 강조하고 있다. 그 결과 안수길의 일련의 작품은 "체제 순응적이고 국책 협력"이지만 '이주자—내부시선'에서 보면 국책 협력이 곧 '친일 행위'로 규정되거나 비난받는 것은 온당한 평가가 아니라고 하면서[62] "만주국의 농업정책의 범위 안에서 삶을 도모하지 않는다면 달리 어떤 방편이 있었겠느냐"고 반문하고 있다. 그런데 이런 관점에 서면 일제 말기 친일작품을 쓴 대부분의 작가들은 생존을 위한 친일이기 때문에 그들의 과오는 묵인되어야 한다는 논리적 위험을 내포하고 있다.

한편 중국에서 이 시기 문학을 다루고 있는 경우에는 대체로 저항문학의 하나로 지적되고 있다. 이를테면『중국 조선족 문학통사』에서 1940년대 소설을 항일문학으로 규정하면서 "이 시기 적 점령구의 대표적 작품들로는 단편소설에서 김창걸의「암야」(1939)를 비롯하여 신서야의「추석」(1941), 한찬숙의「초원」(1942)"[63]을 그 예로 제시하고 있다. 그런가 하면 김장선의『위만주국시기 조선인문학과 중국인문학의 비교연구』에서는 책의 표제에서 알 수 있는 것처럼 만주국 시기 조선인 문학과 중국인 문학을 대비적인 자리에서 연구하고 있다는 점에서 학계의 관심을 모았다. 특히 이 책에서는 지금까지 만주국에서 쓰인 문학이 대체로 일제의 국책에 순응하는 문학이란 평가를 배격하고 자주성과 민족성을 추구한 문학임을 강조하고 있다. 그런데 이러한 사실을 확인하는 과정에서 대상으로 하고 있는 작품은『싹트는 대지』와 안수길의『북향보』가 중심이 되고 있으며, 중요한 작가로 안수길과 황건, 현경준, 박영준을 중심으로 다루고 있어 앞에서의 주장에 의문을 갖게 한다. 또한 이들 문학이 자주성과 민족성을 추구했다는 근거를 조선어 사용과 창씨개명을 하지 않은 점에서 찾고 있는 것[64] 또한 마찬가지다. 이러한 중국 측의 주장은 중국 조선족 문학의 위상을 확립하려는 의도와 무관하지 않겠지만, 작품의 실상을 왜

곡하고 있다는 비판 또한 피할 수 없다.

3) 일제 말기 문학과 일본어 글쓰기

1940년대 문학을 논의할 경우 일본어 글쓰기는 민족문학적 관점에서 볼 때 많은 문제를 제기해 준다. 그것은 일본어로 표현된 문학이 과연 한국문학일 수 있는가 하는 근원적 문제와 관련된다. 그러나 식민지라는 한국적 특수성으로 인하여 일본어 글쓰기 역사는 일찍부터 나타났다. 한국인에 의한 일본어 소설의 효시는 1902년 이인직의 『미야코신문[都新聞]』에 연재한 「과부의 꿈[寡婦の夢]」[65]이고 이후 이광수가 일본 유학시절 소설 「사랑인가[愛か]」(1909)를 발표한 이래 김희명, 장혁주, 김용제, 김사량 등 많은 한국의 작가들이 일본어 글쓰기를 실천했다. 특히 장혁주는 「아귀도」를 『개조』(1932.4)에 발표하면서 일본 문단에 정식으로 데뷔했고, 김사량 역시 1939년 10월 『문예수도』에 「빛 속으로[光の中に]」를 발표하고 다시 『문예춘추』(1940.3)에 재수록되면서 아쿠타가와문학상[芥川文學賞]의 후보작에 올라 일본 문단에 두각을 나타냈던 것이다. 이처럼 "1942년 이전의 이중어 글쓰기란 주체가 그 내면에서 모(국)어를 억제하여 그 모(국)어와 대칭점에 있는 가해자의 언어사용 사이에서 빚어지는 긴장력의 자장 속에 놓인 글쓰기로서 이러한 글쓰기를 통한 작가의 지향성이 문제가 된다"[66]고 할 수 있다. 그러므로 1942년 이전까지 일본어 글쓰기는 작가에 의한 선택의 문제였지만 1942년 10월 이후의 일본어 글쓰기는 선택의 문제가 아니라 강요된 글쓰기이거나 아니면 일제의 국책에 순응하는 친일에의 길이었다. 따라서 김윤식은 문학적 관점에서 1942년 10월까지 문학에서만은 한국은 완전한 독립국이며, 결코 식민지 상태가 아니었다

---

65) 布袋敏博, 「일제 말기 일본어 소설 연구」, 서울대 석사논문, 1996, 21면.
66) 김윤식, 『일제 말기 한국작가의 일본어 글쓰기론』, 서울대 출판부, 2003, 201면.

고 전제하고 "한국 근대 문학사의 암흑기 또는 공백기는 1942년 10월에서 1945년 8월까지 약 2년 10개월에 지나지 않는다"[67]고 하여 민족어(모국어)를 버리고 국민어(일본어)로 글쓰기가 시작되면서 진정한 의미에서 암흑기가 시작되었다고 주장한다.

친일문학에 대한 본격적 논의가 이루어지기 이전에는 '일본어소설=친일문학'이란 관점이 우세하여 일본어소설에 대한 연구는 별달리 관심의 대상이 되지 못하였다. 그런데 일본인 호데이 토시히로[布袋敏博]에 의하여 일제 말기에 발표된 일본어 소설이 본격적으로 연구되기에 이르렀다. 그는 「일제 말기 일본어소설 연구」(1996)를 통하여 한국인에 의하여 쓰인 일본어소설 전반에 대하여 폭넓게 검토하고 있다. 그는 특히 1939년 이후 일본어 소설이 쓰이게 된 정치 사회적 배경을 밝힘과 동시에 작품과 발표 매체를 조사하고 일본어 소설을 유형화하고 있다. 그의 조사에 따르면 일제 말기 일본에서 발표된 작품은 110편, 작가는 22명, 국내에서 발표된 작품은 202편, 작가는 55명[68]이었다. 이들 작품은 그 내용에 있어서 비시국적인 것과 시국적인 것으로 나누어지며, 전자는 다시 ① 생활에의 회귀, ② 고향, 향토, 토속적인 것에의 회귀, ③ 전통에의 회귀로 나뉘어지며, 후자는 ① 내선일체 소설, ② 후방소설(銃後小說), ③ 개척소설, ④ 보고문학, ⑤ 군기(軍記), 군인소설로 유형화하고 있다. 이처럼 호데이의 연구는 300여 편에 이르는 작품을 정리하고 이를 유형화하는 한편 그 성격을 검토하고 있다는 점에서 일제 말기 일본어소설 연구의 초석을 놓았다고 할 수 있다. 그럼에도 불구하고 방대한 자료를 대상으로 하고 있기 때문에 자료의 개관에 머물고 구체적 논의에는 미처 이르지 못하고 있다고 할 수 있다.

일제 말기 일본어 글쓰기에 대하여 집중적으로 논의한 김윤식 교수는 일본어 글쓰기를 3가지 유형으로 나누어 깊이 있는 논의를 하고 있다. 그

---

67) 위의 책, 157면.
68) 布袋敏博, 앞의 글, 50~52면 참조.

의 주장에 따르면 일본어 글쓰기는 '혼'의 과제인 창씨개명과 일정한 관계를 지니는 것으로 파악하고 있다. 창씨개명을 하지 않은 채 '표현 원본주의'를 바탕으로 하면서 이중어 글쓰기의 가능성을 인정한 경우가 이중어 글쓰기의 제1형식(유진오, 이효석, 김사량)이고, 창씨개명을 함으로써 '가면 쓰고 춤추기', 바꾸어 말하면 위장된 글쓰기를 이중어 글쓰기의 제2형식(이광수 / 香山光郞)으로 파악하고 있다. 그는 이광수의 경우 창씨 개명한 가야마 미츠오[香山光郞]란 이름으로 쓴 글을 '가면 쓰고 춤추기'로 이광수란 이름으로 쓴 글을 '맨 얼굴로 춤추기'로 유형화하고 이 둘 사이에 존재하는 거리와 함께 친일문학 일변도의 경직된 해석에서 벗어나 논의의 유연성을 강조하고 있다. 그리고 마지막으로 외부적 정세와 내면적 자기 모순성으로 된 이중성을 극복하기 위한 방편으로써 이중어 글쓰기를 제3형식(최재서 / 石田耕造)이라 했다.[69]

이러한 유형화가 갖는 의미는 지금까지 일본어 '글쓰기=친일문학'이란 논리를 극복할 수 있다는 점에서 새로운 견해라 할 수 있다. 그런데 여기에서 제1형식과 제2형식의 글쓰기에서 과연 모든 작가들이 '표현 원본주의'에 의하여 글을 썼다거나, 창씨개명을 이용하여 '가면 쓰고 글쓰기'에 동참했다고 할 수 있는 것은 아니라는데 문제가 있다. 창씨개명을 하지 않은 채 일본어에 의한 친일문학의 길을 걸은 작가는 얼마든지 있기 때문이다. 또한 이광수의 경우 일본명 가야마[香山光郞]와 이광수라는 이름에 따른 글쓰기의 차이는 보다 깊이 있는 연구가 필요하다고 하지 않을 수 없다.

일제 말기 소설 가운데 일본어 소설에 대한 연구는 가장 부진한 영역으로 남아 있다고 할 수 있다. 그것은 물론 일본어란 언어적 한계에서 비롯된 것이라 할 수 있을 것이다. 그 결과 일본어소설 연구는 김사량에 집중되고 있거나 작품의 친일성 여부를 판단하는데 머물고 있다고 할 수

---

69) 김윤식, 앞의 책, 138~198면 참조.

있다. 노상래는 「김사량의 창작어관 연구」는 김사량의 일본어 창작은 소극적 저항으로서의 작가적 전략이며, 동시에 중개자적 수고를 떠맡는 행위[70]로 규정한다. 그리고 그는 「이중어 소설 연구」(2004)에서 『국민문학』에 발표된 소설 가운데 비친일 소설을 검토[71]하고 있으며, 「『조선국민문학집』 소재 이중어 소설 연구」(2005)는 전시동원체제하에서 신문화건설이라는 목표를 앞세워 조선문인협회가 발간한 작품집 『조선국민문학집』(1943)에 수록된 작품의 분석을 통하여 친일문학의 양상을 밝히고 있다.[72]

서경석 또한 「카프작가의 일본어소설 연구」(2003)에서 한설야의 일본어 소설 「피[血]」와 「그림자[影]」를 대상으로 친일문학적 소재를 다루면서도 친일문학에 빠져들지 않고 '내선일체의 변주'를 보여주고 있는 작품으로 평가[73]하고 있다.

그런데 이들 일본어 소설에 대한 연구는 그 대상 작품이 한정되어 있고, 연구의 방법론 또한 확립되지 못한 채 친일문학 여부에 초점이 모여지고 있다. 일제 말기 일본어소설은 호데이[布袋]의 지적처럼 시국적인 것(친일문학)과 비시국적인 것으로 양분되어 있음에도 불구하고 시국적인 것이 차지하는 비중이 크기 때문에 이들 작품에 드러나는 국책의 수용과 그 성격을 보다 구체적으로 해명하는 작업이 필요한 것이다. 그리고 비시국적인 것이 지향하고 있는 생활에의 회귀나 토속적이고 전통적인 것으로의 회귀가 일제 말기 시대정신과 어떤 관련을 갖는가를 밝히려는 노력 또한 필요한 것이다.

---

70) 노상래, 「김사량의 창작어관 연구」, 『어문학』 제82호, 2003, 209면 참조
71) 노상래, 「이중어 소설 연구」, 『어문학』 제86호, 2004, 307~335면 참조.
72) 노상래, 「『조선국민문학집』 소재 이중어 소설 연구」, 『어문학』 제90호, 2005.
73) 서경석, 「카프작가의 일본어소설 연구」, 『우리말글』 29집, 2003.

4. 일제 말기 문학 연구의 방향과 과제

1) 일제 말기 국책과 친일문학

1940년대 전반기 문학이란 분명 우리 문학사에서 아픈 상흔으로 자리하고 있다. 그래서 '암흑기문학'으로 문학사에서 배제하고 싶은 것인지도 모른다. 문학이란 당대적 삶의 기록이고, 문학연구란 망각의 그물에 갇혀 있던 당대적 현실을 기억이란 이름으로 끌어내어 새롭게 해석하는 일이라 할 수 있다. 1940년대 전반기 문학이란 한마디로 친일문학이 지배한 시대라 할 수 있다. 친일문학이란 추상적 개념이 아니라 구체성을 지닌 하나의 실체인 것이다. '내선일체'나 '대동아공영권'이란 일제의 궁극적 목표를 달성하기 위해 실시해 온 온갖 국책이야말로 친일문학의 실체인 것이다. 그러므로 친일문학의 성격을 해명하기 위해서는 작가의 자발성에 근거하든, 일제의 강요에 의한 것이든 일제의 국책이 어떠한 형태로 작품 속에 수용되어 있는가를 확인하는 것에서 출발하지 않으면 안 된다. 그것은 내선일체,74) 생산 확충과 황국근로정신,75) 일본어운동(국어보급 및

---

74) 내선일체는 내선결혼과 창씨개명으로 대표된다. 주지하는 바와 같이 3·1운동 이후 탄압일변도로는 조선지배가 불가능함을 인식한 사이토[齊藤]의 '문화정치'는 이데올로기저으로 '일시동인(一視同仁)'을 바탕으로 '내선융화'를 보태었다. 이러한 시기 내선융화의 상징이 1920년 4월에 거행된 이왕세자 垠과 일본 황족 梨本宮方子의 '내선결혼'이었다. 이 결혼이 있고 난 다음 해인 1921년 '내선인통혼법안'이 총독부령 99호로 성립되었으며, 내선결혼이 내선인의 융합동화를 위한 수단(鈴木裕子,『從軍慰安婦·內鮮結婚』, 未來社, 1992, 74~75면)의 하나로 전개되었다. 그리고 1938년에는 '내선결혼'은 '내선일체'의 황민화정책의 일환으로 추진(鈴木裕子, 앞의 책, 85면)되었으며, 1939년 11월 '개정조선민사령'을 통하여 조선인의 성명제를 폐지하고 씨명의 칭호를 사용할 것을 강요하게 되었으며, 이는 반도인의 요청에 의한 것이며, 내선일체에 따른 황국신민이란 신념과 긍지를 갖기를 희망하기 때문(조선총독부 편,『조선사정』, 소화16년, 207~209면 참조)이라고 주장했다.

75) 갱생운동의 의의에 대하여 당시 농림관료 오히라[小平權一]는 다음과 같이 총괄하고 있다. "첫째는 농산어촌의 청년 부인이 지금 도시문명의 천박한 영향에서 벗어나 '흙에

국어생활)과 전쟁 참여(징병제)76) 모자보건 및 인구증가,77) 총후생활 자세의
확립(애국반, 공출)78) 등 모든 정책은 상호 관련성을 지니고 작동했다. 이처
럼 일제 말기 친일소설이란 내선일체와 대동아공영권의 실현을 위하여
행하여진 갖가지 국책을 앞장서서 선전, 홍보하는 한편 그 실천을 강요

의 친화', '흙으로 돌아감'이라는 경향, 현실적 경제 사업에 힘을 다하려 하는 경향, 경제
갱생의 정신을 자각하고 그 실행의 선두에 서려고 하는 경향은 경제갱생의 농산어촌에
준 커다란 영향이다. 다음으로 촌의 4대 기둥인 촌장, 학교장, 조합장, 농회장을 중심으
로 각종의 기관단체가 잘 연락 협조하여 또한 부락의 말단까지 조직이 정비된 것은 특
기할 사실이다. 동시에 부락제도가 재인식되고, 생산의 공동체로서 재편성되기에 이르
렀다." 여기에는 도시에 대항하여 '흙으로 돌아감'이라는 농본주의, '현실적 경제사업'에
매진이라는 생산력주의, 말단에 이르는 조직의 정비, '생산의 공동체'로서 '부락제도의
재인식'이 열거되고 있다. 즉 1920년대부터 공황기에 걸쳐 고양하는 농민운동에 의해 동
요하는 농촌을 반도시적 농본주의 이데올로기를 기초로 하여 농촌의 조직화, 부락의 재
편성을 통하여 농촌내의 생산관계=계급관계의 모순을 은폐하고 회피하면서 생산주의
라는 선에서 농민의 지배=통합을 기도하는 것을 기본전략으로 하고 있다. 森 武麿, 「農
村の危機の進行」, 『講座 日本歷史』, 東京大學出版部, 1985, 155면. 한편 '갱생계획'은 표
면상 구농정책의 실시였지만, 의도하는 바는 광의의 국방국가를 건설하려는 국책을 담
당하는 농촌, 농민의 육성이었다. 柚木駿一, 「農村經濟更生計劃と分村移民計劃の展開
過程」, 『日本帝國主義下の滿洲移民』(滿洲移民史研究會 편), 龍溪書舍, 1976, 264면.
76) '황민화'정책의 일환으로 조선인을 병력으로 동원하기 위해 1938년 2월 조선인에 대
한 육군특별지원병령이 공포되고, 다음 해 4월부터 시행되었다. 이를 시행함에 있어서
말단에서는 지방관헌에 의한 반강제적 동원이 행해졌는데, 1943년 징병제가 시행되기까
지 지원자 총수는 802,047명이었으며, 실제로 훈련소 입소자는 17,664명이었다. 鈴木隆
史, 「戰時下の植民地」, 『岩波講座 日本歷史』 21, 岩波書店, 1977, 240면. 육군병지원자
응모자는 항상 많아 소화15년에는 8만4천백여 명에 달했다. 본소는 엄격한 규율 아래
학력이나 기술보다 오히려 정신도장으로서 반도청년지원자의 육성에 임하고 있다. 소화
13년 전기를 수료한 현역보병이 된 최초의 지원병 가운데 약 반수는 北支에 종군하여
일반병으로 하등 손색이 없이 무훈을 세우고, 그 중에 이미 2위(二柱)의 호국의 영령을
내었고, 15명의 부상자를 내어 귀한 피를 바치는 등 충성스런 황국신민으로 그 열매를
맺고 있다. 조선총독부 편, 『조선사정』, 소화16년, 194면.
77) 일제 말기 인구 증강 정책에 대해서는 이 책의 「만주개척과 여성 계몽의 논리」를 참
조할 것.
78) 애국반은 연맹의 말단조직으로 10호를 원칙으로 하였으나 실제로는 7~20호로 구성되
었다. 반원은 주로 호주로 가족도 그 구성원이 되었으며 전조선인이 이 조직의 일원이
었다. 애국반은 전시 하에 강제된 저축, 공출, 배급 등 모든 동원의 최소단위로 기능했으
며(樋口雄一, 『戰時下朝鮮の農民生活誌』, 社會評論社, 1998, 40면), 공출은 물론 조선인
에게 일본어를 강제하고, 창씨개명, 신사참배 등을 행하는 황민화정책의 기둥의 구실을
했다. 위의 책, 43면 참조.

한 문학인 것이다.

그리고 만주문학의 경우에는 오족 협화, 왕도낙토, 만주개척 또는 자작농창정,79) 안전부락,80) 아편정책 등으로 나타나고 있음을 보게 된다. 특히 만주개척과 거기에 따른 안전부락 혹은 집단부락 문제는 일제의 지배정책을 외면할 때 자작농 창정을 '생활의 안정'으로, 안전부락 혹은 집단부락은 '새로운 고향 만들기'로 왜곡하게 되는 것을 피할 수 없게 된다. 그러므로 만주문학의 경우, 만주국의 건국이념과 함께 일제의 지배정책이 지니고 있는 허구성을 면밀히 검토하면서 작품 속에 내재된 작가의 국책 수행의지를 밝히지 않으면 안 된다.

한편 일제 말기 문학에 있어서 일본어 글쓰기는 일본어 글쓰기 자체가 친일문학의 여부와는 무관하다는 사실을 인식할 필요가 있다. 특히 1942년 이후 일본어 글쓰기는 작가의 선택의 문제가 아니라 강요에 의한 글쓰기이기 때문에 글쓰기 자체가 문제가 아니라 일제의 국책을 선전하고 강요하는 것을 내용으로 하는 문학이 문제인 것이다.

---

79) 간도지방에 자작농창설은 1932년부터 총독부에 의하여 시작되었으며, 1937년에는 만주 각지에 흩어져 있던 조선농민을 이주지역을 지정하여 집단화시켰다. 이는 조선농민의 이주지가 지정되고, 동시에 통제가 강화되었음을 의미한다. 依田憙家, 「滿洲における朝鮮人移民」, 『日本帝國主義下の滿洲移民』(滿洲移民史研究會 편), 龍溪書舍, 1976, 592면.

80) 안전농촌(집단부락)이란 만주사변 및 북만 대수해로 이재선농 중 원지기환이 불가능한 자에 대한 항구적 안전책이며, 자작농 창정을 목표로 하는 집단농촌의 선구로서 조선총독부의 지도 보조와 함께 관동군, 만주국 정부 등의 원조 아래 구동아권업회사가 소화7년 이래 건설된 것(藤澤忠雄, 『滿洲開拓年鑑』, 강덕8년, 286면)으로 "생활 안정의 옹호"라고 선전했지만, 실제로는 만주와 조선의 경계지대의 조선인 농민을 항일유격투쟁으로부터 격리시키려는 목적으로 만들어진 것이다. 依田憙家, 앞의 책, 583면. 조선총독부는 1933년 9월부터 제2차 집단부락 891호를 간도지방에 설정했다. 집단부락은 자작농창정 계획과 결합하여 치안경비상 적당한 장소를 선정하여 1호당 3.5정보를 경작하게 하는 것인데, 토지는 동척에서 구입하여 1호당 토지구입비 및 개량비 650圓, 가옥 건축비 40圓, 耕牛 구입비 50圓, 기타 영농자금 60圓을 동척에서 대부하고, 토지대금 및 개량비는 1년 거치 15년 이내 연부상환, 가옥 건축 및 경우구입자금은 5년 이내 정기분할, 영농자금은 1년 이내 단기 대부했다. 이들 차금은 공히 20인 이상의 연대보증을 필요로 했고, 연 8분 2리의 이자를 부담해야 했다. 위의 책, 582면.

2) 친일문학 연구의 과제

일제 말기 문학이란 우리 문학사에서 하나의 오점(汚點)이지만 작가에
게는 개인의 문제를 넘어 '민족의 죄인'이 되는 길이다. 그러므로 친일작
품을 쓴 작가는 해방 이후 간행된 작품집에서 이들 작품을 배제하거나
아니면 개작을 통하여 자신의 '허물'을 지우려는 경향이 없지 않다. 이를
테면 안수길의 일제 말기 대표작으로 알려진 『북향보』는 다른 작품과는
달리 해방 후 다시 간행되지 않고 있는데 그 이유를 오양호는 다음과 같
이 설명하고 있다.

> 필자(오양호)가 가지고 있는 개작 『북향보』는 (…중략…) 우리의 관심을 끄는
> 것은 스크랩에서 지워졌거나 개작된 부분은 거의 당시 일제의 통치 상황과 관련
> 된 것이고, 개작된 부분은 그런 시대 긍정적인 것이 민족문학적인 것으로 처리
> 되고 있다는 점이다. 원작의 이런 면을 보고서야 우리는 이 소설이 왜 지금까지
> 그의 초기 소설과는 달리 생전에 재발표되지 않았으며, 유족들마저 공간(公刊)
> 을 미루어 왔던가를 깨닫게 된다. 즉 그들은 이 소설이 비민족적 요소를 가지고
> 있다고 생각했기 때문인 것이다.[81]

이러한 오양호의 지적은 그가 만주문학에 대하여 매우 관대한 태도를
지니고 있다는 점을 생각할 때 '시대 긍정적 태도'나 '비민족적 요소'라
고 지적하는 것은 안수길의 『북향보』가 지향하는 세계가 일제의 국책을
선전하고 이를 독자에게 주입하려는 국책문학임을 짐작할 수 있다.

표언복 또한 이러한 사실에 관심을 보여주고 있는데, 그는 김창걸의
『만선일보』에 발표한 「낙제」(1940)와 해방 후 『김창걸 단편소설선집』(1982)
에 수록된 「낙제」, 그리고 박영준의 「밀림의 여인」(1941)과 같은 제목으로

---

81) 오양호, 『한국문학과 간도』, 문예출판사, 1988, 115면.

『현대문학』에 발표된 「밀림의 여인」(1974.6) 사이에 나타나는 차이점을 밝히고 있다.[82] 이러한 현상은 이무영의 『향가』에도 두드러지게 나타나고 있다. 『향가』는 『매일신보』에 발표되었을 당시의 작품에서 일제의 국책을 선전하고 있는 장면은 삭제하거나 아니면 반일적인 것으로 대체되어 『이무영 문학전집』 2에 수록되어 있음을 확인할 수 있다. 따라서 일제 말기 문학에 대한 연구는 1차적으로 원전비평에 관심을 가질 필요가 있음을 덧붙여 둔다.

한편 1940년대 문학이 모두 친일문학은 아니다. 그러므로 지나치게 친일문학에 경도된 결과 이 시기 비친일적 문학에 대한 연구가 소홀했던 점을 반성할 필요가 있다. 특히 『문장』, 『인문평론』지에 발표된 작품들은 40년대 전반기 문학에 새로운 의미를 부여해 줄 수 있기 때문이다.

또한 일제 말기 문학론(국민문학론, 신체제론)에 대한 논의의 필요성을 제기할 수 있다.[83] 왜냐하면 일제 말기 문학이란 이념적 문학이기 때문에 작품보다 이론이 중시될 수밖에 없었고, 실질적으로도 작품보다도 양적인 면에서 더 많다는 사실이 이를 뒷받침해 주기 때문이다.

일제 말기 친일문학이란 일제의 국책을 조선 민중에게 주입시키고 실천을 강요한 작품이란 점에서 일제의 국책문학이라 할 수 있다. 그러므로 친일문학은 작가론이기보다는 작품론이어야 한다. 왜냐하면 일제 강점기에 친일한 작가라 하여 그의 문학적 전 생애에 걸쳐 친일한 작가는 없기 때문이다. 그러므로 한 작가를 친일문학가로 규정하는 것은 자칫 그의 모든 문학을 친일문학으로 규정하는 과오를 범할 수 있을 뿐만 아니라 궁극적으로는 한국문학 전체를 부정하는 결과를 초래할 수도 있기 때문이다.

---

82) 표언복, 「해방을 전후한 창작 환경의 차이가 작품에 미친 영향」, 『어문학』 69호, 2000, 377~393면 참조
83) 윤대석, 『식민지 국민문학론』, 역락, 2006.

일제의 만주정책과 간도문학

1. 암흑기 문학과 간도

한국의 근대문학을 논의하는 경우 거기에는 일정한 전제가 필요하다고 생각한다. 그것을 좀 더 구체적으로 말하면 일제의 식민지하 현실에 대한 정당한 인식이라고 할 수 있다. 그러므로 이 시기의 문학은 어떤 형태로든 일제의 지배정책이 강력한 힘으로 작용함으로써 작가의 창작을 위축시킨 사실은 부인할 수 없다. 특히 1930년대 중반 이후가 되면 그들은 이전까지 정치, 경제적 통제에서 한걸음 나아가 우리의 언어를 말살하고, 내선일체라는 이름으로 민족의 정체성을 부정하기에 이르렀고, 마침내 이러한 시대적 상황에 따른 우리 문학계는 친일문학의 길을 열게 됨과 동시에 소위 암흑기를 맞이하게 되는 것이다.

그런데 이러한 암흑기적 상황을 극복하고 민족문학의 새로운 세계를 간도지역에서 찾으려는 노력은 매우 의의 있는 일임에 틀림없다. 그 결과 간도지역의 문학에 대한 연구는 활기를 띠게 되었고 그 연구 성과[1]는 질과 양에 있어서 상당한 수준에 이르고 있음에도 불구하고 이들 연구에 대하여 재검토할 필요가 있다. 그것은 다음의 두 가지 문제로 집약될 수 있다. 그 하나는 소위 지금까지 '재만조선인문학',[2] '조선족문학',[3] '이민문학'[4]이라 불리어진 이 지역의 문학에 대한 성격을 분명히 하기 위해서는 먼저 명칭에 대한 검토가 필요한 것이다. 이들 용어는 특정한 시기나 특정한 문학적 성격을 지칭하는 것으로 반세기에 걸쳐 전개된 '간도문학'을 통칭할 수 없다는 점에서 여기에서는 1920년대에서 현재에 이르는 기간 동안 간도지역을 중심으로 전개된 문학을 통칭하여 간도문학이라 칭하고자 한다. 다음으로 간도문학의 성격을 올바르게 해명하기 위해서는 일제의 만주지배정책과 일정한 관련 속에서 검토되어야 한다는 점이다. 간도문학의 성립은 일제의 만주정책에 따라 생성 발전된 것이기 때문에 일제의 만주정책을 외면하고 이루어진 연구는 일정한 한계를 지닐 수밖에 없다. 그럼에도 불구하고 지금까지 간도문학을 연구하면서 많은 사람들이 '망명문학'[5] 내지 '민족문학'[6]으로 평가한 것은 정당한 것이라 할 수는 없다. 그런데 비하여 김윤식은 안수길을 논의하면서 '국책문학적 성격'[7]을 지적하고 있지만 그것을 안수길 한사람에게만 국한시킴으로써 마치 안수길문학을 예외적 현상으로 바라보게 할 가능성 또한 없지 않다. 그런데 이들 연구가 한결같이 1930년대 후반기에만 연구 범위를 국한시킴으로써 간도문학을 총체적으로 바라 볼 수 있는 길을 외면하고

---

1) 지금까지 간도문학에 대한 종합적 연구로 대표적인 것은 다음과 같다. 오양호, 『한국문학과 간도』, 문예출판사, 1988; 오양호, 『일제강점기 만주조선인 문학 연구』, 문예출판사, 1996; 채훈, 『일제강점기 만주조선인 문학 연구』, 깊은샘, 1990; 조성일 외, 『중국조선족문학통사』, 이회문화사, 1997; 김호웅, 『재만조선인문학연구』, 국학자료원, 1998.
2) 김호웅, 앞의 책.
3) 조성일 외, 『중국조선족문학통사』, 이회문화사, 1997.
4) 오양호, 『한국문학과 간도』, 문예출판사, 1998 참조
5) 오양호와 채훈은 간도문학을 망명문학으로 규정하면서 일제에 대한 저항문학적 세계로 규정하고 있다.
6) 권철, 앞의 책 참조
7) 김윤식, 『안수길연구』, 정음사, 1986 참조.

있다는 점이 가장 큰 문제점으로 지적될 수 있다. 그리하여 여기에서는 좀 더 범위를 넓혀 1920년대 중반 이후 일제의 만주정책과 거기에 따른 문학적 변모를 검토하면서 소위 만주국시대의 문학의 성격을 간략하게 살펴보고자 한다.

2. 일제의 만주정책과 국책문학

일제의 만주지배 정책은 1930년대에 들어 갑자기 나타난 현상이 아니고 1920년대 중반부터 노골화되기 시작했다. 이것은 우리 민족이 간도로 이주하기 시작하면서 일제의 만주지배정책이 표면화되었음을 의미하는 것이기도 하다. 일제는 이미 1907년 조선의정부 참정대신 박제순(朴濟純)으로 하여금 '간도의 조선인 보호'를 요청하는 진정서를 내게 하여 간도에 통감부파출소를 설치하였으며, 1925년 이후에는 보민회(保民會), 조선인민회(朝鮮人民會), 조선민회(朝鮮民會)라는 어용조직을 만들었으며, 회의 임원은 일본 영사관에서 심의하여 선출했다. 특히 조선민회는 호구조사를 비롯하여, 농민의 소출과 축산실적, 심지어 촌민의 사상을 조사하여 영사관에 보고하는 업무를 담당하기도 했다. 이는 일제가 조선인을 직접 통제하지 않고 조선인으로 하여금 조선인을 감시하고 통제하는 소위 '이한제한(以韓制韓)'정책을 채택했다. 그러나 이런 수단은 조선인에게 알려지면서 강한 비판이 있게 되자 일본은 1925년 조선총독부 경무국장 미쓰야 미야마쓰[三矢宮松]와 중국 동삼성(東三省) 수반 장작림(張作霖) 사이에 '미쓰야협정[三矢協定]'8)을 체결하여 '이화제한(以華制韓)'정책으로 바꾸지

---

8) 중국과 일본 사이에 맺어진 三矢協定의 내용은 다음과 같다. ① 중국과 일본의 경찰은 합작하여 한국인의 독립을 방지할 것, ② 한국독립운동가를 체포하면 일본영사관에 이

만 근본정책은 간도에서 조선인을 보호하는 것이 아니라 조선인의 사상을 통제하는 것을 목표로 했다. 그러나 일제는 곧이어 장작림의 학정과 비적의 횡행으로 만주의 주민은 도탄에 빠지게 되고 마침내 중국의 위협에 직면하게 되었다고 주장하며, 위기에 빠진 만주를 안정시키는 것이 필요한데, 그것은 내지의 안전은 조선의 안전을 필수로 하고, 조선의 안전을 위해서는 만주의 안전을 필수로 한다[9]고 하여 새로운 만주건국이 필요함을 강조한다.

한편 1932년 2월 17일 동북행정위원회를 결성하면서 독립선언을 발표하고 신국가 건설의 이상[10]을 발표하고, 3월 1일 일본은 순천안민(順天安民), 왕도낙토(王道樂土)의 실현, 국제신의의 존중, 문호개방, 인재의 등용, 일시동인(一視同仁) 오족협화(五族協和)를 건국이념[11]으로 내세우고 위만주국(僞滿洲國)을 건국하고, 같은 해 9월 15일 일만협정서(日滿議定書)를 체결하여 '양국은 방위동맹에 머물지 않고 실제 일본과 만주는 일심동체'가 되었으며, '해국(海國) 일본은 만소국경을 지키게 됨으로써 만소국경은 일소국경과 동일한 의미를 갖게 되었다'[12]고 주장하고 만소국경을 지킨다는 명분으로 신경(新京)에 관동사령부를 설치하였다. 관동사령부는 전 만주에 있어서 제국육군의 통수, 치안유지, 국방을 담당하는 것은 물론 총리대신의 관리 아래 만주국에 있어서 척식, 만주철도, 기타 업무를 감독함으로써 일본의 만주에 대한 최고의 정치기관으로 자리하게 되었다. 그리하여 민주국에 파견된 내사는 관동군사령관이 겸임하게 되어 실질적으로 만주를 지배하게 되었다.

송할 것, ③ 독립운동자에 대해 일본 측은 상금을 지불하되 그 일부는 체포한 관리에게 지불한다. 이현희, 『한국사대계』 제8권, 삼진사, 1973, 155면.

9) 德富正敬, 『滿洲建國讀本』, 日本電報通信社, 昭和15(1940), 24면.

10) 신국가 건설의 이상으로 ① 군벌을 근절하여 국민을 소생시키는 일, ② 문호개방, 기회균등, 세계민족과 함께 공존공영, ③ 안으로는 안전을, 밖으로는 평화로 민생을 도모하고, 계급투쟁의 절멸을 내걸었다. 위의 책, 29~30면.

11) 香川幹一, 『滿洲國』, 東京古今書院, 昭和15(1938), 114면.

12) 위의 책, 119면.

한편 만소국경지역의 인구 밀도는 상당히 낮아 국방, 척식상 중대한 문제가 된다는 사실을 인식하고 일본은 인구의 증가가 필요하다는 사실을 인식하게 되었는데 이를 해결하기 위하여 만주 3대 정책의 하나인 북변진흥계획을 수립하고 이를 실현하기 위해서 내지인과 조선인의 이주를 강력히 추진하게 되었다. 그 결과 만주사변 이전에는 내지인이 20만이었으나 만주국 성립과 동시에 급격히 증가하여 1932년에는 만주 국내에만 14만 명으로 해마다 증가하여 1937년에는 66만 명이 이주하게 되었으며, 1941에는 만주의 중심세력으로 자리 잡게 된다. 그런데 일제에 의한 만주로의 이주는 국가시책에 따른 특별지원에 의하여 이루어졌는데, 그것은 만주지방에서 일어나는 반일세력을 제압하려는 목적과 함께 만주국을 완전한 일본국으로 만들기 위한 포석이기도 했다. 그리하여 만주국의 건국과 동시에 같은 해 10월에는 오른손에 총을, 왼손에 낫을 든 제1차 무장이민[13]으로 내지인 500명이 입식하게 되었으며, 향후 20년에 걸쳐 만주인구의 1할을 점유할 수 있도록 500만 명의 개척민 이주계획을 수립하였던 것이다.[14] 이와 함께 조선인의 이주 또한 확대되기 시작하였다. 간도는 청조 이래 무거주의 국경지대로 봉쇄되었지만 광서11년(1885) 이래 개방되어 일시에 조선농민이 유입되었다. 왜냐하면 간도란 간도(墾島)의 의미로 함경도보다 비옥하기 때문에 북선인의 월경경작이 성행[15] 했던 것이다. 그러나 1920년대 일제의 토지수탈이 성행하면서 조선인의 간도 이주는 1922년에 약70만 명이던 것이 1933년에는 100만 명으로 증가[16]하였던 것이다.

---

13) 제1차에서 제5차까지 시험이민이 치안(군사)목적으로 일본 내에서 2개월의 군사교육을 받고 만주로 입식되어 대부분 항일빨지산 세력권이나 그 통로가 되는 요충지에 배치되었으며, 4~5차는 산림 입구에 신설된 군용도로의 경호와 치안 유지가 직접 목적이었다. 위의 책, 106~107면; 尾崎秀樹, 『近代文學の傷痕』, 岩波書店, 1991, 270면 참조.
14) 좀川幹一, 앞의 책, 104~105면 참조.
15) 위의 책, 102~103면 참조.
16) 김문식, 『일제의 경제침탈사』, 민중서관, 1971, 62면.

그리고 오족협화[17]라는 건국이념을 표방하기는 했지만 일제는 각 민족의 민족의식을 배격하고 일본인 중심의 만주국 건설을 획책하는 이중성[18]을 드러내었다. 그 결과 내지인(일본인)은 어떤 지방에도 자유롭게 거주하고, 왕래할 수 있었으나 여타의 민족은 거주와 이동이 자유롭지 못하였다. 이런 사정은 각 민족의 역할에서도 뚜렷이 나타난다. 일본인들은 상인이나 관리, 공업지도자로, 조선인은 농업에, 한족(漢族)은 노동에, 만주족과 몽고족은 수렵에 종사하게 함으로써 철저하게 민족적 차별이 이루어지고 있었다.[19] 그런데 1932년 만주국 성립에 대하여 중국 정부에서는 동북 구국의용대를 중심으로 반만항일(反滿抗日) 활동이 최고조에 달하게 되는데 그 숫자는 30만 명에 이르렀으나 1934년 일제의 혹독한 탄압에 의하여 대부분이 하르빈을 버리고 중국 국내로 돌아가고 일부가 소위 '비적'이 되어 간헐적으로 일제에 저항하는 유격전을 전개하게 된다.[20]

한편 1937년이 되면서 일본은 전시 하 국책에 따른 국책문학[21]이 성행

---

17) '五族協和'란 일본족, 조선족, 만주족, 한족, 몽고족은 하나로 융화하여 민족적 차별을 철폐한다는 주장이며, 이를 바탕으로 5색기를 만주국 국기로 채택하였는데, 황색은 만주족, 적색은 내지인, 청색은 지나인, 백색은 조선인, 흑색은 몽고인을 표상하는 것으로 신동아는 만주의 오색기에 나타난 바와 같이 오족협화가 필요하며, 오족협화야말로 신동아 질서의 골자이고 이상이 되지 않으면 안 된다고 주장한다. 香川幹一, 앞의 책, 115면 참조.

18) 川村 湊, 『異郷の昭和文學－滿洲と近代文學』, 岩波書店, 1998, 158면 참조.

19) 당시 재만 일본인의 직업에 대하여 香川幹一는 '소화10년(1935) 현재 만주에서 내지인이 종사하고 있는 업종은 상업 30%, 공무에 22%, 교통업(주로 만철사원)에 21%, 공업에 16%로 농림업에 종사하는 수는 적다. 즉 내지인은 상인이나 관리, 공업지도자가 대다수로 만주인의 지도적 입장'이라고 쓰고 있다. 香川幹一, 앞의 책, 104면.

20) 尾崎秀樹, 앞의 책, 221면.

21) 국책문학이란 전시 하 국책을 수행하기 위하여 농민문학, 대륙문학, 생산문학, 해양문학이라 불린 문학이 성행하게 되는데 이것들을 일괄하여 국책문학이라 부른다. 그 선구는 농민문학으로 시마키겐샤쿠[島木健作]의 「생활의 탐구」(1937)가 계기가 되었다. 1937년 당시 農相을 고문으로 島木健作, 和田傳 외 40여 명이 중심이 되어 '농민문학간화회'를 결성, 농업장려라는 국책과 문학을 직결시켜 농민문학의 유행을 촉진시켰다. 이후 1938년에는 타카미[高見順], 이토우[伊藤整] 등에 의한 '대륙개척간화회', 카와바타[川端康成], 츠보타[坪田讓治] 등에 의한 '소년문예간화회'가 결성되었으며, 이외에도 '해양문

하게 되면서 반관반민 문화문예단체가 결성되어 국책에 따른 문학의 발전을 촉진[22]했다. 특히 이 가운데서 가장 대표적인 것이 '농민문학간화회'(1938.11)를 중심으로 농민문학을 유행시켰으며, '대륙개척에 관심을 갖고 있는 문학자가 회합하여 관계당국과 긴밀한 연락 제휴하여 국가적 사업달성에 일조하고 문장보국의 열매를 거두기 위하여'[23] 1938년에는 '대륙개척간화회'[24]를 설치하고 만주정책을 문학적으로 뒷받침하는 활동을 전개했다. 따라서 만주에서 전개된 문학의 성격을 규명하기 위해서는 일제의 만주정책과 함께 문예정책을 간단히 살펴 볼 필요가 있다.

만주문학의 성립은 전시(戰時)의 분위기가 더해가는 일본 국내로부터 탈출하여 로맨티시즘의 꿈을 밖에서 구하고 새로운 지평을 열고자하는 일본낭만파의 일군과, 프롤레타리아 문학운동에서부터 전향한 작가들을 중심[25]으로 전개되었는데, 후쿠타 키요토[福田淸人]는 대륙개척문학의 의의와 성격을 '식민지적 문학이 아니라 그 문학 이념 속에는 일본 고전 속에 본질적으로 지니고 있는 정신을 오늘의 문제로 나타내는 것'이라고

학협회', '경국문예회', '농산어촌문화협회', '남양문학간화회', '조선문인협회', '일만문예협회' 등이 결성되어 일제의 국책을 선전하는 것을 목표로 활동했다. 三好行雄 편,『近代文學史必携』, 學燈社, 1989, 114면.

22) 위의 책, 114면.

23) 尾崎秀樹, 앞의 책, 266면.

24) '대륙개척문예간화회'의 사업내용으로는 대륙개척을 다룬 우수한 작품의 추천 및 수상하기 위하여 '대륙개척문학간화회상'을 설정하여 시행하고, 대륙개척사업의 시찰 및 견학에 대한 편의제공, 대륙개척문예에 대한 연구회, 좌담회, 강연회의 개최 및 강연회의 강사 파견 등이었으며, 회원 12명의 작품을 모은『개척지대』를 간행하고,『개척문예총서』를 간행하기도 했다. 이 회는 그 후 당초의 목적을 어느 정도 달성하여 소화17년(1942)에 일본문학보국회의 창립에 따라 발전적으로 해소 새로운 문학보국회의 일위원회로 발족하게 되었으며, 이 위원회 규정 제2조에는 '대륙개척위원회는 대륙개척에 관한 문학 활동을 총괄하여 문학에 의한 개척 사업에 대한 협력, 문학자의 현지파견, 기타 일체의 문예적 기획을 심의하고 추진한다'고 사업내용을 명시하고 있다. 尾崎秀樹, 266~267면 참조. 한편 이 사업의 일환으로 한국의 작가들도 만주를 시찰하고 만주의 건설상을 작품으로 쓰게 되는데 이기영의「대지의 아들」(대륙개척민소설,『조선일보』, 1939)이 대표적인 예라 할 수 있다.

25) 尾崎秀樹, 앞의 책, 219면.

규정하면서 그것은 바로 '민족 본원적 정신의 현재적 표현'이라고 설명하고 '민족 본원의 정신'이란 '끝없는 것을 끝없이 가는 힘'이라고 견강부회하고 있다. 그러면서 이를 만주문학에 국한한다면 '민족협화의 이념'을 주제로 한 문학[26]이라고 설명하고 있는데 이는 곧바로 일본문학의 계승을 의미하며 각 민족의 독자적 문학을 부정하고 오족이 협화하여 일본문학을 건설하자는 주장에 다름 아니다. 이러한 분위기에 압도되어 대동 3년(1933)부터 강덕2년(1935)에 걸쳐 만주지역에서 간행되던 중국계 잡지인 『평범(平凡)』, 『야화(夜火)』, 『향도(響濤)』 기타 잡지는 1937년 홍보처의 언론통제책으로 폐간되고 다른 잡지도 점차 자취를 감추었으며, 1937년에 창간된 『명명(明明)』에는 고정(古丁), 의지(疑遲), 소송(小松), 석군(石軍) 등이 간신히 「노신기념특집호(魯迅記念特輯號)」 등을 간행하였지만, 이미 그들의 표정에서는 민족적 정열은 사라지고 그 대신에 어둡고 암울한 분위기가 농후하게 나타나기 시작했다. 1939년에 『예문지(藝文志)』가 창간된 시기에는 이미 저항의 불길은 사라지고 일견 구문예와 악수하는 것으로 볼 수 있는 경향이 표면을 덮었다.[27] 이와는 반대로 만주국에 있어서 일계작가(日系作家)의 활동은 이미 1920년대에 시잡지 『아(亞)』(1924)의 창간에 이어 1927년 11월에 잡지 『대륙생활(大陸生活)』이 창간되고, 1930년에는 『한외시집(寒外詩集)』이 간행되었다. 그리고 1932년 만주국 성립이라는 정치적 상황이 더해져 본격적인 동인지 결성이 이루어져 1932년 10월에 『문학』이 발행되고 제2집 이후에는 『작문(作文)』이라고 개제(改題)하였으며, 제16집을 『일가(一家)』라 개칭하여 1942년까지 간행[28]했다.

그리고 1937년에는 '만주문화회(滿洲文話會)'를 결성하게 되는데 회원 수는 433명으로, 기관지로서 『만주문화회통신(滿洲文話會通信)』을 발행했다. 이 회는 문화 문예에 관심을 갖고 있는 재만 문화인의 종합단체로 회

---

26) 위의 책, 219면 참조.
27) 위의 책, 223면 참조.
28) 위의 책, 223~224면 참조.

원 상호의 연락을 긴밀히 하고 친목을 도모함과 함께 만주국에 있어서 문화 활동을 적극적으로 조성 촉진하는 것을 목적으로 발족했다. 주된 사업으로서는 만주문화회상의 제정, 만주문화연감의 편찬 발행, 만주문예작품집의 편찬 발행,[29] 회원 상호의 원고 알선, 일본문화계, 문화제기관과의 연락, 일만 문화의 상호교류가 중심이 되었다. 본부는 처음에는 대련(大連)에 두었으나 곧이어 신경으로 이전했다.[30]

그러나 만주국에 있어서 예문통제는 1941년 3월에 공포된 만주국 홍보처의 '예문지도요강'[31]에 바탕을 두고 추진되었는데, 그간의 사정을 오오우치 타카오[大內隆雄]는 「만주문학 20년」에서 다음과 같이 설명하고 있다.

우리 만주국의 예문정책은 본년(소화16년, 1941) 3월 정부발표, 예문지도요강을 터득, 그 확립을 보기에 이르렀다. 그 후 이 예문지도요강의 이념에 기초하여 예문 각계의 유지 사이에 각각 그 전문적인 예문단체의 결성준비가 정부와 긴밀한 연락 아래 진행되어 7월 5일 먼저 만주극단협회의 탄생을 보기에 이르렀으나 우리 만주 문예가협회도 6월 이래 山田淸一郎, 大內隆雄, 宮川靖, 古丁, 山崎末治등 유지가 武藤 홍보처장, 中島 동사무관, 磯部 동계원과 수차 회합, 정부의 지도 아래 단체의 설립 준비를 취해왔으나 7월 27일 국무원 강당에서 열린 홍보처장 소집에 의한 만주문예가협회 설립회의에 의해 즉일 본 협회의 창립을 보기에 이르렀다. 설립회의는 홍보처장으로부터 소집을 받은 전만각지(관동주 포함)의 문예가(작가, 시인, 문예평론가) 총계 78명 이외 교통 기타 관계로 결석한 약간

---

29) '대륙개척간화회'가 주도하여 간행된 만주작가의 작품집으로 『廟會－만주작가 8인집』 (소화15년 5월, 1940), 『日滿露在滿作家短篇選集』(山田淸一郎 편, 소화15년 12월, 1940), 『滿洲國各民族創作選集』Ⅰ(소화17년 6월, 1942), 『滿洲國各民族創作選集』Ⅱ(소화19년 3월, 1944)이 간행되었으며, 이상의 네 권 가운데 일계작가의 작품 34편, 중국계작가의 작품 12편, 백계로인의 작품 6편, 몽고인학생 작품 1편 총53편이 수록되었다. 尾崎秀樹, 앞의 책, 247면.

30) 위의 책, 226면

31) '예문지도요강'은 취지, 아국문예의 특질, 예문단체조직의 확립, 예문 활동의 촉진, 예문교육 및 연구기관의 5개 항목으로 나누어져 있으며, 건국정신을 기조로 하는 예문의 창조와 그 육성 및 보급에 대하여 지시하고 있다. 위의 책, 238면.

명을 제외하고 다수의 출석자가 모여 홍보처장을 의장으로 추대하고 만주문예가 협회 설립 요강을 검토 심의하여 만장일치로 회칙을 승인하기에 이르렀다.[32]

이처럼 만주의 예문이란 처음부터 일제의 국책을 수행하기 위하여 일본 정부의 지도 아래 이루어진 것임을 확인할 수 있다. 그러면서 다른 한편으로는 국가의 문예통제는 강화되어 1936년이 되면서 홍보 관계의 국책적 일원화가 강화, 추진되어 만주홍보협회가 창립되고, 재만의 전 신문이 여기에 강제적으로 가맹되어 만주국 통신사는 특수법인, 만주홍보협회의 통신부에 흡수되고 말았다. 그리고 1938년에는 부인잡지에 대한 취재방침, 신문지도 요령, 용지사용의 제한 등의 통제가 이루어졌으며, 1940년에는 대정익찬회(大政翼贊會)가 결성되어 일본문학자회와 일본문예중앙회가 통합되었으며, 내각정보부는 정보국으로 승격, 강화되고, 일본출판문화협회도 통제를·받았다. 1941년에는 정보국으로부터 집필금지자 리스트가 제시되고, 일본문예협회에 의한 문학총후운동도 시작되었으며, 태평양전쟁이 발발과 함께 언어, 출판, 집회, 결사 등 임시취재법이 발령되고, 일본문학자애국자대회가 개최되었다. 1942년에는 일본문학보국회가 창설되고 대동아문학자대회가 열렸다. 이러한 시대적 상황 속에서 만주에서도 대대적인 신문 잡지가 정비되게 되는데, 1936년 일제는 1933년에 창간된 『간도일보』와 『만몽일보』를 통합하여 『만선일보』를 간행하게 되는 것도 그 일환이었다. 『만선일보』는 '민족협화징신을 고무하고 재만 조선계의 국민적 자각을 강화하며, 조선계의 황민화 촉진에 적극적 참획'[33]을 완수하는 것을 목표로 설립되었기 때문에 일본 정부로부터 연간 6만4천 원의 보조금을 받으면서 간행[34]되었다는 점은 『만선일보』의 성격과 존재 이유가 무엇이었던가를 충분히 짐작하고도 남는다.

---

32) 위의 책, 242면 재인용.
33) 김호웅, 앞의 책, 39면.
34) 위의 책, 39면.

3. 간도문학의 성격과 의미

간도문학을 시기적으로 구분하면, 제1기는 1920년대부터 만주국 건국 이전(1931)까지, 제2기는 만주국시대(1932~1945), 제3기는 1945년부터 1949년 중화인민공화국 성립 이전까지, 제4기는 1950년 이후는 소위 중국조선족문학35)으로 나눌 수 있을 것이다.

그런데 여기에서 문제 삼고자 하는 것은 간도문학의 개별적 작품연구보다는 지금까지 간도문학을 검토하는 자리에서 일제의 지배정책을 외면함으로써 해명되지 못한 부분과 잘못 해명된 측면을 재검토하는 데 목표를 두고 제1기, 제2기의 몇 작품을 살펴보고자 한다.

1) 민족 갈등과 분열의 형상화

앞에서 살펴본 바와 같이 일제는 초기 간도에 이주한 조선인의 실상을 파악하고 그들의 정책에 저항하는 인물을 제압하기 위하여 같은 민족인 조선족을 앞세우거나 아니면 중국인을 앞세우게 되는데 그것이 바로 이한제한론(以韓(漢)制韓論)이라 할 수 있다. 일제는 1920년대 후반에 접어들면서 간도지역에 다수의 조선인이 이주하여 사는 것을 기회로 조선족을

---

35) 1950년 이후의 간도문학을 한국문학(국문학)의 범주에 넣을 것인가의 여부는 '재일교포의 문학'과 함께 좀 더 검토되어야 할 것이다. 왜냐하면 중국의 조선족문학은 표기문자는 한국어이지만 그들의 국적은 어디까지나 중국 국적으로 소위 '속인주의'라는 입장에서는 '중국의 소수민족문학'이라 할 수도 있을 것이다. 이와는 반대로 '재일교포문학'은 한국 국적의 교포에 의한 문학이지만 표기문자로 일본어를 사용함으로써 일본에서는 일본문학의 범주에 넣어 검토하고 있음을 볼 수 있다. 따라서 앞으로 한국문학의 범주를 어떻게 설정할 것인가 하는 문제는 한국문학연구의 새로운 과제라 하지 않을 수 없다. 그럼에도 불구하고 필자는 광의의 국문학 범주에 '간도문학'과 '재일교포문학'을 포함시켜야 할 것이라고 생각한다.

보호한다는 구실 아래 간도에 그들의 세력을 구축하게 되는데 그들의 정치적 목적을 달성하고 조선인을 순치할 필요에서 '이한제한'이라는 정책을 통하여 민족 갈등과 분열을 조장하는 한편 그들을 보호하는 세력은 일본이라는 것을 간접적으로 인식시키려 했다. 이러한 사정을 안수길은 「벼」에서 다음과 같이 쓰고 있다.

> 국적에 들건 안 들건 조선 사람은 어디까지나 조선 사람이고 조선 사람인 이상 일본으로서는 보호할 의무가 있다하여 영사관 설치가 문제될 것이고 일본의 영사관이 설치된다는 것은 곧 일본의 정치세력이 만주 땅에 뿌리를 박는 것을 의미한다고 그는 생각하였다.[36]

이처럼 일제는 조선인의 동태를 파악하는 한편 중국인과의 갈등을 야기 시켜 만주에 그들의 세력을 확대하려 했던 것이다. 그 결과 조선이주민에 대하여 조선인 혹은 중국인을 통하여 갖은 횡포를 부리도록 사주했던 것이다. 그럼에도 불구하고 이러한 사정을 모르면서도 당대 현실을 반영한다는 점에서 이를 소설로 형상화하게 되는데, 이는 최서해, 김동인, 그리고 안수길의 작품을 통하여 확인할 수 있다.

최서해는 그의 소설 곳곳에 주인공을 괴롭히는 존재로 조선인 혹은 중국인을 등장시키고 있으며, 당시 간도 내에서 조선인 정탐자의 존재를 밝혀주고 있다. 이를대면 그의 첫 작품이자 사선적 요소가 강한 「고국」에서 주인공 운심에 대하여 '토민들은 운심이가 머리도 깎고 일본말도 할 줄 아니 정탐꾼이라고 처음에는 퍽 수군덕수군덕하였다'[37]고 하여 당시 간도에 조선인 정탐자의 실체를 밝히고 있으며 같은 작품에서 다음과 같이 기록하고 있다.

---

36) 안수길, 「벼」, 『동서한국문학전집』 제12권, 동서문화사, 1990, 390면.
37) 최서해, 「고국」, 『최서해전집』 상(곽근 편), 문학과지성사, 1987, 100면.

　　이때 한창 남북 만주에 독립단이 처처에 벌떼같이 일어나서 그 경계선을 앞뒤
　로 늘인 때였다. 청백한 사람으로서 정탐꾼이라고 독립군 총에 죽은 사람도 많
　았거니와 진정 정탐꾼도 죽은 사람이 많았다. 운심이도 그네들 손에 잡힌 바 되
　어 독립당 감옥에 사흘을 갇혔다가 어떤 아는 독립군의 보증으로 놓였다.[38]

　이처럼 당시 일본의 앞잡이가 간도지역에 존재했음을 증언하고 있거
니와 이들은 이후의 작품에서 조선인을 괴롭히고, 독립운동가를 잡는데
앞장서고 있음을 「해돋이」에서 필현이란 인물로 제시[39]하고 있다.

　그런데 「이역원혼」(1926)이나 「홍염」(1927)에서는 간도 이주 조선인에 대
하여 갖은 착취와 폭행을 일삼는 가해자 집단을 중국인으로 설정하고 있
다. 이것은 물론 당시 남부여대하여 간도로 찾아들어간 조선족이 중국인
지주의 땅을 소작하는 과정에 일어날 수 있는 사실을 소설화한 것이라고
도 할 수 있지만 보다 근본적인 것은 현지인과의 이간질을 통하여 조선
인과 중국인의 갈등을 증폭시키려는 일본의 의도적 정책에서 비롯되었
다는 것을 간과해서는 안 될 것이다. 그런데 지금까지 간도문학을 논의
하는 경우 조선족과 중국인과의 갈등은 지주와 소작인의 갈등이라고 평
가했고, 그것은 어느 정도 납득할 수도 있지만 조선인을 괴롭히는 악질
적 존재로 조선인이 등장하게 되는 사실은 별로 문제시하지 않았다. 그
러나 1932년 만주국 건국 이후의 작품에서는 조선인과 중국인(만주인)과의
갈등을 다룬 소설은 찾아보기 어려운 대신에 조선인과 조선인의 갈등을
다룬 작품이 많다는 사실에 관심을 가질 필요가 있다. 그 대표적 작품이
바로 김동인의 「붉은 산」(1932)이라 할 수 있다.

　이 작품은 의사인 서술자가 만주지역을 여행하는 동안 조선 사람의 마
을에서 '삵'이라는 별명을 지닌 주인공 정익호의 삶을 서술하는 액자형
소설이다. 주인공 '삵'은 고향이 어디인지도 알 수 없으면서 일본말, 중국

---

38) 위의 책, 101면.
39) 최서해, 「해돋이」, 위의책, 212~213면 참조

어, 러시아 말도 할 줄 아는 인물로 장기는 투전과 싸움을 일삼아 마을의
암종으로 취급된다.

> '삵'은 이 동네에는 커다란 암종이었다. '삵' 때문에 아무리 농사에 사람이 부
> 족한 때라도 젊고 튼튼한 몇 사람은 동네의 젊은 부녀를 지키기 위하여 동네 안
> 에 머물지 않을 수 없었다. '삵' 때문에 부녀와 아이들은 아무리 더운 여름저녁
> 에라도 길에 나서서 마음 놓고 바람을 쏘여보지를 못하였다. '삵' 때문에 동네에
> 서는 닭의 가리며 돼지우리를 지키기 위하여 밤을 새우지 않을 수 없었다.[40]

이처럼 '삵'이란 인물은 마을 사람으로 하여금 저주의 대상으로 인식
되고 있다. 그러한 그가 송첨지 노인이 만주인 지주에게 매를 맞고 죽음
에 이르자 그는 아무도 모르게 지주놈과 대결하다가 피투성이가 되어 마
을로 돌아와서 붉은 산과 흰 옷이 보고 싶다고, 그리고 애국가를 불러달
라고 애원하고, '여'를 비롯한 마을 사람들이 부르는 합창을 들으며 죽는
다. 그런데 이 작품은 민족주의문학이라 평가되었음에도 불구하고 주인
공 익호(삵)의 삶을 논리적으로는 설명할 길이 없다. 그는 왜 그토록 조선
인을 괴롭히는 악한이 되었으며, 또 마지막에는 조선인을 위하여 중국인
지주와의 투쟁을 통하여 희생되는가를 설명할 수 없다. 그것은 전반부가
사실에 바탕을 두고 있는데 비하여 후반부는 작가에 의하여 윤색됨으로
써 전후 모순의 인간상을 보어주고 있다고 할 수 있다. 이처럼 「붉은 산」
에서 보이는 동족을 괴롭히는 악질적 인물은 이후의 작품, 이를테면 김
창걸의 「암야」에서 '최영감'으로 나타나고 있으며, 안수길의 「새벽」에서
는 '박치만'으로, 「원각촌」에서는 '한익상'으로 나타나고 있다.
　김창걸의 「암야」는 민족적 색채가 짙은 작품[41]으로 규정하거나, 현실
극복의 자세[42]를 높이 사고 있으나 따지고 보면 민족 간의 갈등을 중심

---

40) 김동인, 「붉은 산」, 『동인전집』 제8권, 홍자출판사, 1968, 140면.
41) 조성일 외, 앞의 책, 213면.

으로 한 내부 모순을 보여주고 있는 작품이라 하지 않을 수 없다. 이 작품에서 만주로 이주한 명손이와 같은 처지의 고분이는 서로 사랑하는 사이지만 최영감의 빚 독촉에 고분이를 오십이 넘은 윤주사에게 팔기로 한 사실을 안 명손은 고분과 함께 야반도주를 결행한다는 이야기로 민족적 색채나, 현실극복의 자세를 발견하기는 어렵다. 거기에는 간도이주민의 극도의 궁핍과 그것을 역이용하여 사리사욕을 채우려는 간악한 조선인이 보일 뿐이다.

안수길의 「새벽」은 간도민의 비극적 삶을 보여주고 있는 작품이다. 그런데 이 작품의 비극은 주인공의 무능이나 자연적 재해에 따른 것이 아니라 오직 지방의 관리인 박치만의 야욕에서 비롯되고 있다는데 문제의 심각성이 있다. 특히 박치만은 중국인 지주인 호씨와 대조적으로 그려지고 있음을 볼 수 있다.

원주인 호씨는 학덕이 겸비한 사람으로 북경에 본집을 두고 거기서 살고 있었다. (…중략…) 호씨는 특히 조선 사람에게 이해가 많아 길림에 있을 때에는 항상 작인들에게 후하게 하였다. ××년의 흉작, ××년 수해에는 소출을 받지 않고 곡창을 열어 이듬 해 추수 때까지의 식량을 나누어 준 일까지 있었다.[43]

박치만은 그런 사람이 아니었다. 소출이 적다고 작인들에게 말성부리기가 일수요, 관청에 등을 대고 주민들을 위협 공갈하여 제 이익만을 취하는 것은 오히려 용서할 일이나 주민들의 부녀자를 농락하는 등 소행이 아름답지 못하였다.[44]

이처럼 이 작품에서는 인정 많은 중국인에 비하여 간악한 조선인이 대비적으로 제시되고 있다. 그 결과 박치만은 주인공의 딸 복동네를 탐하

---

42) 오양호, 『일제강점기 만주조선인 문학 연구』, 문예출판사, 1996, 231면.
43) 안수길, 「새벽」, 『싹트는 대지』, 만선일보사 출판부, 1941, 81면.
44) 위의 책, 82면.

여 소금 밀수를 관청(즙사대)에 밀고하여 백 원의 벌금을 물게 해 놓고 다른 한편으로는 관청에 가서 '오십 원을 안 물게 하고도 석방할 수 있었으나 오십 원을 바치게 한 데 그의 흉계가 있었던 것'이니 그것은 다름 아닌 빚을 핑계로 복동네를 첩으로 삼으려는 속셈이었다. 이러한 박치만의 악랄한 술책에 견디지 못하고 마침내 복동네는 자살을 하고, 어머니는 발광을 하게 되는 것이다. 그리고 「원각촌」에서도 이러한 인물로 한익상이 등장하고 있다. 그런가 하면 안수길의 작품으로 「벼」와 「목축기」는 '남면북양(南綿北羊)'을 정책으로 내건 일제의 생산문학과 밀접한 관련이 있음도 외면할 수는 없을 것이다.

그런데 「붉은 산」을 제외하고는 동족을 괴롭히는 악질적 인물이 마지막까지 그들의 욕심을 버리지 않음으로써 주인공(간도이주민)은 비극적 삶에서 벗어나지 못하는 것이다. 이러한 사실은 결코 작가의 허구에 의하여 창조된 것은 아니다. 특히 일제하 새로운 삶을 찾아 이국 간도를 찾은 사람들에게 같은 동족으로 악인을 설정함으로써 어떠한 소설적 의미를 얻을 수 있는가를 생각하면 민족의 갈등과 분열을 보여주는 것 이외에는 아무 것도 없다. 그럼에도 불구하고 이러한 인물을 설정하고 있는 것은 당시 일제에 의하여 자행된 민족분열과 갈등을 통하여 만주 지배수단으로 채택한 이한제한(以韓制韓)의 실상을 그대로 작품으로 드러낸 것이라 하지 않을 수 없다. 그러므로 이러한 사실을 간과한 채 이국에서 민족 간의 갈등을 아무런 비판 없이 그대로 작품으로 형상화한 것은 작가의 의도와는 관계없이 일제의 국책을 간접적으로 수용한 것이라 할 수 있다.

2) 『싹트는 대지』와 국책문학적 성격

지금까지 간도문학의 성격을 어떻게 볼 것인가 하는 문제는 바로 『싹트는 대지』(1941)를 어떻게 볼 것인가 하는 문제로 수렴된다고 할 수 있다.

『싹트는 대지』는『만선일보』를 중심으로 성립된 문학이기 때문에「만선
일보』의 성격과 함께 검토할 때만 정당한 평가가 가능한 것이다.

　일제는 30년대 후반 일본 국내뿐만 아니라 조선, 만주에 이르기까지
신문지법을 제정하고 한국어사용을 금지하였다. 그런데 만주에서는 한국
어를 허용하고 한국어 신문『만선일보』의 간행을 위하여 연간 6만4천 원
을 지원한 이유는 어디에 있을까? 그것은 말할 것도 없이 일제의 만주지
배정책을 홍보하기 위한 목적에 있었음은 말할 필요가 없다. 그것은『만
선일보』의 실권을 쥐고 있는 사람은 관동군 보도부 홍보협회의 일본인
야마구치[山口]였다는 사실이 이를 말해주거니와, 1937년 이후에는 아예
편집국장으로 조선어라고는 전혀 모르는 일본인 관바라[菅原]를 임명하
였으며, 기사는 한자가 많기 때문에 어느 정도 내용을 짐작할 수는 있기
때문에 문예물에 대해서는 철저하게 대의를 일본어로 번역하여 편집국
장의 허가를 받아야 게재할 수 있었다는 사실45)을 생각하면 거기에서 민
족문학적 성격을 발견한다는 것은 처음부터 불가능에 가깝다. 그리하여
김윤식은 '만선일보의 작품이 민족정신을 담고 있느냐의 여부에 따라 망
명문학이냐 일본 군부의 허수아비인 만주제국의 정책수행에 이바지한
친일문학이냐가 문제될 수 있다'46)고 하여『싹트는 대지』를 검토할 때의
준거를 제시하고 있다. 이러한 주장을 수용하고『싹트는 대지』를 검토하
면 거기에는 오직 '왕도낙토'라는 이름의 새로운 국가건설로서 '개척문
학'이 가능하며, '5족협화'라는 이름으로 일본인을 중심으로 각 민족의
화합을 강조하는 작품이 중심에 놓일 수밖에 없다. 이러한 사실은『만선
일보』에 게재된 논설이나 기사에서 확인할 수 있으며, 소설공모에서도

---

45) 김윤식,『안수길연구』, 정음사, 1986, 41면. 한편 안수길은 이것과 관련하여 '1939년『만
　선일보』에는 일인주간의 감시 아래 신문을 제작하였으며, 1940년에는 한글 한마디도 모
　르는 일본인 국장이 자리를 차지하고 있었으며, 일본인 국장은 특히 학예면의 시문 같은
　것을 매일 번역해 보일 것'을 강요하였으며, 그 담당을 자신이 맡았음을 고백하고 있다.
　안수길,『북간도에 부는 바람』, 영언문화사, 1987, 58면.
46) 김윤식, 앞의 책, 46면.

"만주, 지나의 현실을 취하되 일만국책(日滿國策)에 순응하야 가급적이면 명랑한 건설성(建設性)을 가질 것"[47]을 요구하고 있음이 이를 증명하고 있다. 따라서 『싹트는 대지』는 근본적으로 일정한 한계를 지닐 수밖에 없다. 『싹트는 대지』에 대하여 서문을 쓴 염상섭은 '전기 개척민의 생활을 그린 것'으로 평가하면서 '신만주의 협화정신을 체득한 국민문학에까지 전개'[48]되기를 희망하고 있으며, 편찬을 맡았던 신영철도 '민족협화, 왕도낙토를 목표로 새출발한 만주건국'[49]에 일조하기 위한 만주개척의 전사(前史)로서의 의미를 강조하고 있으며, 김오성 역시 '만주에는 어느 기성문화의 지대에서 찾아볼 수 없는 생산적인 개척정신이 날뛰고 있으며, 또한 금후의 신문화의 성격은 동아적인 것이어야 할 것인데 만주에는 오족협화라는 동아적 이념이 성립하고 있음'[50]을 높이 평가하고 있는데 이 점과 관련하여 오양호는 이들의 주장에 지나친 알레르기성 반응을 보일 필요는 없다[51]고 지적하면서 '시대의 논리가 순응과 거역의 양태로 드러나는 문학적 자취'[52]라고 강변하고 있음은 작품에 대한 정당한 평가라 할 수는 없다. 거기에 수록된 7편의 소설 가운데 노골적으로 일제의 국책문학에 해당되는 것은 박영준의 「밀림의 여인」, 한찬숙의 「초원」, 현경준의 「유맹」을 들 수 있으며, 안수길의 「새벽」은 그의 「벼」와 「목축기」의 전단계로 파악할 때 그 지향점이 '개척문학'임을 알 수 있다. 그리고 김창걸의 「암야」는 앞에서 지적한 바와 같이 일제의 '이한제한'정책을 무비판적으로 수용하고 있다. 그리고 황건의 「제화(祭火)」는 희망을 갖고 만주에 갔던 주인공 '나'는 그곳에서 '문화청년회'를 둘러싸고 벌어지는 친구 간의 갈등을 보고 다시 고향으로 돌아온다는 이야기로 '이상(李箱)

---

47) 「社告」, 『만선일보』, 1940.6.22.
48) 염상섭, 「서문」, 『싹트는 대지』, 만선일보사 출판부, 1941, 3면.
49) 신영철, 「후기」, 위의 책, 2면.
50) 김오성, 「조선의 개척문학」, 『국민문학』, 1943.3, 18면.
51) 오양호, 앞의 책, 230면.
52) 위의 책, 235면.

을 연상케 하는 심리적 탐구'[53]로 평가하고 있으나 작품적 통일도, 갈등에 대한 구체성도 없는 극도의 혼란상을 보여주고 있으며, 신서야의 「추석」은 가난한 간도이주민의 삶을 애상적으로 보여주는 작품이다. 따라서 작품적 성공 여부와는 관계없이 「제화」와 「추석」만이 일제의 국책문학에서 벗어나고 있다고 하겠다.

　박영준의 「밀림의 여인」은 작가 스스로 1938년 길림성 반성으로 이주하여 협화회 회무직원으로 근무[54]한 이력에서 확인할 수 있는 바와 같이 '김순이'라는 처녀가 산 속에서 '주의(主義)'를 실행하다가 부상을 당하여 마을로 내려와 문명사회에 순치되는 과정을 그리고 있는데 이는 일제의 '선무공작의 사실'[55]을 다루고 있는 작품이다. 여기에서 순이처럼 산속생활을 하는 자들을 '공산비'라고 지칭하고 있으나, 이는 바로 당시 만주에서 일제에 저항하여 산속으로 들어 간 '독립군(비적)'임을 쉽사리 알 수 있다. 그리고 보면 일제에 저항하는 세력을 '비적'으로 규정한 만주정책을 수용하고 왕도낙토를 건설한다는 만주국 건국이념을 선전하고 있음을 확인할 수 있다. 그리고 한찬숙의 「초원」은 조선인 축산주임 '임봉익'과 몽고처녀 '마루도'와의 사랑을 다루고 있는 작품으로 소위 '오족협화'를 실천하는 것임을 간파할 수 있다. 그리하여 이 작품에 대하여 김호웅은 다음과 같이 일제의 국책문학임을 분명히 밝히고 있다.

　　만주의 조선인과 몽고족의 애정문제를 다룬 이런 소설의 배경에는 우리 민족은 물론 만주족, 몽고족까지 한 덩어리가 되고 화합하여 대동아의 평화와 영화를 실현하자는 이른바 오족협화정신 내지 시책이 깔려 있으며, 또 이러한 작품의식은 만주국을 발판으로 몽고를 포함한 전체 중국대륙을 손아귀에 넣으려는 일제의 대륙침략계획에 객관적으로 동조한 것으로 된다.[56]

---

53) 김오성, 앞의 글, 24면.
54) 김호웅, 앞의 책, 127면.
55) 김오성, 앞의 글, 22면.

그런가 하면 현경준의 「유맹」은 작가의 말에서 "이것은 한 개의 보고문으로 몇 차례이고 이 부락의 소생 상황을 보고하려 한다"[57]고 하여 일제가 만주에 '왕도낙토'를 건설하기 위하여 아편과 밀수를 자행하던 조선인을 수용하여 새로운 인간개조를 실천하던 보도소생활을 그리고 있는데, 보도소장의 다음과 같은 연설이 이 작품의 성격을 구체적으로 보여주는 실례가 될 것이다.

> 언제나 하는 말이지만 우리 만주국에서 전만(全滿) 오개소에다가 이러한 특수
> 부락을 설치한다는 것은 무슨 까닭인 줄 아시우? 빗두루 인생의 행로에서 탈선
> 하여 나간 여러분을 바른 길루 다시금 인도하여 주려는 것이 그 제일본의라는
> 것을 자초부터 알 수 있는 일이 아니우? 왕도낙토를 건설하려는 만주국이 아니
> 고는 꿈에도 상상할 수 없는 이런 고마운 혜택을 모르구 여전히 빗대루만 나가
> 려는 여러분을 대할 때 나는 참말 세상사가 슬퍼나서 견딜 수가 없소[58]

위의 예문에서 보이는 것처럼 「유맹」은 철저하게 일제의 만주국 정책을 홍보하는 것을 목적으로 쓰인 작품임을 확인할 수 있다. 이처럼 『싹트는 대지』에 수록된 7편의 작품 가운데 3편이 노골적으로 일제의 국책에 순응하는 문학이란 사실을 확인할 수 있다.

---

56) 김호웅, 앞의 책, 128~129면.
57) 현경준, 「유맹」, 『싹트는 대지』, 만선일보사 출판부, 1941, 163면.
58) 위의 글, 172~173면.

4. 마무리

이상의 논의에서 확인할 수 있는 것은 지금까지 간도문학을 검토함에 있어서 일제의 만주지배정책을 고려하여 검토하면 기존의 연구 결과와는 매우 다른 해석과 평가가 가능하다는 사실이다.

일제는 이미 만주국을 건국하기 이전부터 간도지역을 지배하기 위하여 조선인을 보호한다는 구실 아래 영사관을 설치하고 어용적인 조선인 단체를 조직하여 그들을 통하여 조선인의 생활은 물론 사상적 동태를 감시하게 되는데 그것이 바로 '이한제한론'이었다. 그리고 1932년 위만주국을 건국하고는 관동사령부가 만주국의 정치, 군사를 비롯한 모든 영역을 관리하면서 실질적으로 만주를 지배하게 된다. 일제는 만주국 건국이념으로 왕도낙토, 오족협화를 내세우면서 일본인 이주는 물론 조선인의 이주도 확대하여 만주를 명실 공히 일본화하려는 속셈을 구체화하기에 이른다. 그리고 대동아전쟁을 일으키면서 국책문학을 표방하고 생산문학, 대륙개척문학을 강화하게 되며, 언론을 통폐합하게 되는데 만주에서 간행된 『만선일보』는 바로 일제의 국책을 홍보하고 조선계의 황민화를 촉진시키기 위한 홍보기관으로 출현하게 되었던 것이다. 이처럼 일제의 만주지배정책은 정치적 측면에서만 문제가 되는 것이 아니라 문학에도 그대로 파급되어 나타나게 되는데 그것이 바로 간도문학의 성격을 결정하게 되는 가장 기본적인 요인이었음 부인할 수 없다.

그것은 먼저 '이한제한'론에 근거하여 작품 속에 동족을 괴롭히는 인물을 등장시킴으로써 우리 민족 내부의 갈등과 분열을 획책함으로써 간접적으로 일본의 지배정책을 추수하는 경향이 그 하나라 할 수 있다. 최서해의 일련의 작품을 비롯하여 김동인의 「붉은 산」이 이 계열의 작품이며, 『싹트는 대지』에 수록된 김창걸의 「암야」, 안수길의 「새벽」·「원각촌」 등에서 이러한 경향을 확인할 수 있다.

　한편 『만선일보』를 중심으로 일제의 '왕도낙토'와 '오족협화'를 주제로 한 작품들은 직접적으로 일제의 만주정책을 지원하는 국책문학적 성격을 지닌 작품이라 하겠다. 박영준의 「밀림의 여인」은 일제에 저항하는 독립군(비적)을 선무하는 과정을 그린 소설이며, 한찬숙의 「초원」은 오족협화를 홍보하는 작품이며, 현경준의 「유맹」은 왕도낙토를 건설하려는 일제의 정책을 선전하는 작품임을 확인하게 된다. 그리고 안수길의 「벼」와 「목축기」는 '남면북양'을 강조하던 일제의 생산문학의 하나임을 지적하지 않을 수 없다. 그러므로 일제 말 간도문학은 결코 '망명문학'이라거나 '민족문학'이라고 규정하는 것은 재검토되어야 할 것이다.

일제 말기 만주이주와 개척민소설

1. 만주개척과 개척민소설

한국문학을 연구함에 있어서 일제 말기 문학을 어떻게 평가할 것인가하는 문제는 문학이란 차원을 넘어 정신사적 문제와 직결된다고 할 수 있다. 그것은 반세기에 가까운 식민지시대를 거치면서 우리는 민족의 정체성을 확보하고 있었는가 하는 질문과 관련된다. 이 질문은 표면적으로는 친일문제와 맥을 같이 한다. 따라서 일제 말기 문학(1938~1945)은 문학적 자리에서만 검토할 것이 아니라 일제의 지배정책과 거기에 어떻게 문학적으로 대응했는가 하는 문제가 관심의 중심이 되어야 할 것이다.

이러한 인식은 근년에 이르러 일제 말기문학에 대한 관심의 증대로 나타나 상당한 연구 성과를 얻고 있다.1) 그럼에도 불구하고 이 시기문학,

---

1) 일제 말기소설연구의 대표적 논저는 다음과 같다. 송민호, 『일제 말 암흑기문학연구』, 새문사, 1991; 신희교, 『일제 말기소설연구』, 국학자료원, 1996; 김종균, 『일제 말기의 한국소설연구』, 고려대 민족문화연구소, 1999; 오양호, 『한국문학과 간도』, 문예출판사,

특히 간도문학을 민족문학이라거나 망명문학,2) 혹은 항일문학3)으로 평가하는 것은 정당성을 확보하기 어렵다. 따라서 이를 정당하게 해명하기 위해서는 1930년대 후반 일제의 식민정책의 강화와 더불어 국책문학과 관련하여 검토할 필요가 있다. 일제는 1932년 만주건국으로 만주개척의 필요성을 인식하고 국책문학의 하나로 농민문학, 생산문학, 대륙개척문학을 강조한다. 1938년 일제는 '대륙개척간화회'를 결성하고 그들의 만주정책을 문학적으로 뒷받침하려 했다. 이러한 움직임은 그대로 한국의 문학계에도 파급되어 1938년을 전후하여 이기영을 비롯하여 이태준, 채만식, 이무영, 이석훈, 정비석, 정인택 등이 만주시찰단의 일원으로 만주를 시찰하고 이를 작품화하였다. 특히 이 가운데 이기영은 국책문학에 가장 적극적으로 동참한 작가라 할 수 있다. 그럼에도 불구하고 지금까지 이기영을 논의하는 자리에서 이 점을 구체적으로 해명한 사람이 거의 없는 실정이다. 권유는 이 작품에 대하여 '만주를 배경으로 하는 일제의 지배 이데올로기에 적극적으로 찬동하는 것은 아니라고는 해도 그것이 지닌 전망과 의식은 이념의 희석과 식민지제도와 환경을 수용한다는 점에서는 분명히 친일적'4)인 것이라 하여 국책문학으로서의 성격을 간과하고 있다.『대지의 아들』이 '개척민소설'이란 이름으로『조선일보』(1939.10.12~1940.6.1)에 연재되면서 국책문학으로서 개척민소설이 출현하게 된다. 그리고『인문평론』에서는 '생산소설'을 공모하고『만선일보』에서도 만주건국에 따른 개척문학과 협화미담을 모집5)하도록 했다. 이러한 문난의 움

1988; 오양호,『일제강점기 만주조선인문학연구』, 문예출판사, 1996; 김호웅,『재만조선 인문학연구』, 국학자료원, 1998; 布袋敏博,「일제 말기 일본어소설연구」, 서울대 석사논문, 1996.

2) 오양호와 채훈은 1930년대 후반 간도지역에서 발표된 일련의 문학을 망명문학으로 규정하면서 일제에 대한 저항문학으로 파악하고 있으며, 안수길 역시 간도지역의 문학을 시종 망명문학이라고 부르고 있다.

3) 조성일·권철,『중국조선족문학통사』, 이회, 1997, 161면.

4) 권유,『이기영소설연구』, 태학사, 1993, 159면.

5)「社告」,『만선일보』, 1940.3.26.

직임은 마침내 1943년 4월 『춘추』에서 ‘개척민소설 특집’을 게재하기에
이른다. 이처럼 일제 말기에 이르러 국책으로서 개척문학이 성행하게 되
는데, 본고에서는 일제강점기 만주지역을 소설적 무대로 하는 개척민소
설6)을 통하여 일제의 만주지배정책의 실상을 밝히는 동시에 작가의식을
살펴보려고 한다. 이를 위하여 2장에서 만주국 건국과 일제에 의한 국책
문학의 성격을 검토하고, 3장에서는 개척민소설의 실상을 몇 가지 측면
으로 나누어 살펴봄으로써 만주개척민소설은 망명문학이나 저항문학이
아니라 현실을 왜곡하고 낙관주의에 바탕한 체제 순응의 문학임을 밝히
게 될 것이다.

2. 만주국 건국과 국책문학

일제는 만주사변을 일으켜 장작림(張作霖)군벌을 무너뜨리고 1932년에
만주국을 건국하면서 실질적으로 중국의 동북지방을 지배하기 위하여
신경에 관동사령부를 설치한다. 만주에 대한 최고의 정치기관인 관동사
령부를 통해 일제는 갖가지 정책을 동원한다. 그들은 먼저 건국이념으로
① 순천안민(順天安民), ② 왕도낙토의 실현, ③ 국제신의의 존중, ④ 문호
개방·기회균등, ⑤ 인재의 등용, ⑥ 일시동인오족융화(一視同仁五族融和)7)
를 표방하는 한편, 5색기를 국기8)로 채택하고 오족협화라는 미명 아래

---

6) 본고에서는 1차적으로 만주개척민소설만을 대상으로 하는데 대상작품은 다음과 같다.
   이기영, 『대지의 아들』(장편소설, 1939); 안수길, 「토성」(1942)·「목축기」(1943); 松山實, 「寒
   燈」; 신서야, 「피와 흙」; 윤백남, 「벌통」(1945); 정인택, 「검은흙과 흰 얼굴」(1942).
7) 香川幹一, 『滿洲國』, 東京古今書院, 소화15년, 114면.
8) 건국의 대정신을 표징하기 위하여 5색기를 국기로 채택하게 되었는데 ‘황은 생성발전
   을 의미하고, 적은 赤心熱心을, 靑은 자유평등을, 白은 純白淸淨을, 黑은 의지의 강고 혹

중국진출의 교두보를 확보하기에 혈안이 된다. 그리고 이를 실천하기 위하여 건국과 같은 해(1932) 오른 손에 총을, 왼 손에 낫을 든 제1차 무장이민9)이 입식하게 되었으며 향후 20년 간 만주인구의 1할을 점유할 수 있도록 500만 명의 개척민을 이주시킬 계획을 수립10)하였다. 그리고 1937년에는 내지인(일본인) 66만 명이 만주로 이주하였다. 이와 함께 1930년대에 이르러서 일제는 조선인의 만주이주를 정책적 차원11)에서 대대적으로 실시하여 1933년에는 100만 명이 만주로 이주하였다.12) 그런데 1935년 이후 조선인 이주자가 급격히 증가하자 일제는 1937년에 '재만조선인지도요강'을 제정하여 동만 지방의 5개 현과 동변도 지방의 18개 현을 만주지역 한인의 주거지로 정하고 중소, 중몽의 국경일대, 그리고 기타 지역에 산재한 한인을 강제로 특정지역에 집결시켜 집단 부락13)을 건설하였다. 그리고 만주국을 안정시키기 위하여 철저하게 치안확보를 위하여 사상공작14)을 강화했다. 사상공작은 직접적인 토벌을 통해 확보된 곳

은 용감, 강인을 의미한다. 이것을 각민족에 표징한다면 黃은 만주족을 의미하고, 赤은 赤心誠忠의 내지인, 靑은 지나인, 白은 조선인, 흑은 몽고인을 표현하고 있다. 실로 동아는 만주의 오색기에 나타난 바와 같이 5족 협화가 필요하고, 5족 협화야말로 신동아 질서의 골자이고 이상이 되지 않으면 안 된다'고 했다. 香川幹一, 『滿洲國』, 東京古今書院, 소화15년, 115면.

 9) 尾崎秀樹, 『近代文學の傷痕』, 岩波書店, 1991, 270면.
10) 香川幹一, 앞의 책, 104~105면 참조.
11) 일본은 한인이민을 실시하여 ①식민지 조선의 과잉인구와 경지부족을 완화시킬 수 있으며, ②일본으로의 무질서한 진출로 인한 일본에서의 노동문제를 야기시키는 것을 방지할 수 있고, ③재만 한인의 성공은 식민지 조선에서 '사상상의 지극히 명랑한 시사'를 줄뿐만 아니라 내선융화의 기초를 배양할 수 있고, ④한인을 '잘 소화하고 포용하면 전 아세아 민족의 渴仰과 신뢰'를 심화시킬 수 있다고 보는 등 다양한 정치, 경제적 효과를 노리고 있었다. 신주백, 『만주지역 한인의 민족운동사』, 아세아문화사, 1999, 315면 참조
12) 김문식, 『일제의 경제침탈사』, 민중서관, 1971, 62면.
13) 집단부락 건설정책은 항일무장대와 민중간의 연계를 단절시키고 내통을 막았으며, 민중의 동조적인 분위기까지 차단하는 등 커다란 성과를 거두어 1939년에는 13,451개의 집단부락이 결성되었다. 신주백, 앞의 책, 305면 참조
14) 만주에서 일제의 치안숙정 공작은 민중에게 만주국의 건국정신을 철저하게 보급하고 선전 안무를 진행하여 공산주의와 항일, 反滿의 해독사상을 예방, 진압하는데 목표가 있다. 이를 위하여 '治標工作'과 '治本工作'으로 진행되었는데 '치표공작'은 무력토벌에

의 대중에게 만주국의 건국정신을 깊이 인식시키고 사회주의 사상 등을 배격하여 치본공작에 완벽을 기하는데 주된 목적이 있었다. 동만 지방의 경우 일제와 만주국은 1934년 9월부터 1936년 3월까지 세 시기로 나누어 치안공작반 176개를 투입하여 1,623일 동안 군부의 실행공작과 병행하여 순회공작을 실시하였다. 치안공작반은 무장대와 대중을 분리시키기 위하여 각 부락에 보갑제의 확립, 자위단의 훈련, 왕도시정의 보급활동을 벌였다.[15)

한편 1937년 일제는 전시 하 국책에 따른 국책문학을 강조하면서 국책을 문학적으로 뒷받침할 것을 강요하게 된다. 그리하여 같은 해 8월에 '만주문화회(滿洲文話會)'[16)를 결성하는 한편, 계속하여 농민문학간화회(1938.11), 대륙개척문화회(1939.3), 해양문학협회(1939.8), 농산어촌문화협회(1939.11), 남양문학간화회(1939.11), 경국문예회(1939.11), 조선문인협회(1939.11), 국방문예협회(1940.7)가 결성되었다. 그런가 하면 대동아 전쟁의 완수를 위한 대동아문학자대회가 1942년 11월, 1943년 8월, 1944년 11월에 걸쳐 개최되었다. 제1회 대회는 '공영권내 문학자의 협력방법'과 '대동아문학의 건설'이란 의제로 일본측대표(대만, 조선 포함) 57명, 만·몽·중 대표 21명이 모인 가운데 동경과 오사카에서 개최되었으며, 제2회 대회는 '결전정신의 앙양, 미영문화 격멸, 공영권문화 확립, 그 이념과 실천방법'을 의제로 동경에서 개최되었는데, 일본 측 대표(대만, 조선포함) 99명, 만·몽·중 대표 20명이 참가했

바탕을 두었으며, '치본공작'은 무장대오를 직접 대상으로 하지 않고 집단부락의 건설, 교통 통신망의 정비, 민간인 총기 회수 정책을 통하여 匪民分離를 실시하여 민중을 장악하고 민심을 안정시키는 것을 목표로 하였다. 위의 책, 297면 참조.

15) 위의 책, 309면.

16) 滿洲文話會는 1937년 8월에 회원 433명으로 구성되어 9월부터 기관지로서 『滿洲文話會通信』을 발행했다. 이 회는 문화 문예에 관심을 갖고 있는 재만 문화인의 종합단체로 회원 상호간의 연락을 긴밀히 하고 친목을 도모함과 함께 만주국에 있어서 문화활동을 적극적으로 조성 촉진하는 것을 목적으로 발족했다. 주된 사업으로서는 만주문화회상의 제정, 만주문화연감의 편찬발행, 만주문예작품집의 편찬발행, 회원상호의 원고알선, 일본문화계, 문화제기관과의 연락, 일만 문화의 상호교류가 중심이 되었다. 본부는 처음에는 大連에 두었으나 곧이어 新京으로 이전했다. 尾崎秀樹, 앞의 책, 226면.

다. 그리고 제3회 대회는 남경(南京)에서 일본대표(조선포함) 14명, 만·몽·중 대표 54명이 참가하였다. 이들 모임의 추진 모체는 일본문학보국회였으며, 국책에 따른 각종의제를 토의하고 대동아문학자상을 제정하였다.

이처럼 일제는 전시 하 국책의 수행을 위하여 문학을 철저하게 통제했다. 이를 위하여 일제는 이미 1936년에 홍보관계의 국책적 일원화를 강화, 추진했고 만주홍보협회를 창립하였으며, 재만의 전 신문을 여기에 강제적으로 가맹시켰고 만주국 통신사는 특수법인이 되어 만주홍보협회의 통신부에 흡수17)되고 말았다. 이러한 언론 통폐합에 따라 조선어 신문인 『만몽일보』와 『간도일보』는 1937년 『만선일보』로 통합되었으며 일본정부로부터 년 6만4천 원의 보조를 받으면서 '일제와 그 괴뢰인 만주국 정부의 대변인으로 오족협화를 고취하고 조선인의 황민화 촉진에 적극적으로 참획하면서 왕도낙토를 고창하는 것을 자기의 사명으로 내세운'18) 철저한 친일지로 바뀌고 만다.

이러한 시대적 상황 속에서 대륙개척문학이 본격적으로 출현하게 되었으니 후쿠타 키요토[福田淸시는 대륙개척문학이란 "식민지적 문학이 아니라 그 문학 이념 속에는 일본 고전 속에 본질적으로 지니고 있는 정신을 오늘의 문제로 나타내는 것"이라 전제하면서 "민족본원적 정신의 현재적 표현"이라고 설명하고 있는데 이를 만주문학에 국한한다면 '민족협화의 이념'을 주제로 한 문학19)이라 할 수 있으며, '만주문학의 하나에 미물지 않고 일만(日滿)을 포함한 흥아문학(興亞文學)의 싹'20)이라고 견강부회하고 있는데 이는 일본문학을 만주 땅에 계승을 하는 것을 목적으로 하는 것으로 각 민족 문학의 독자성을 부정하고 오족이 협화하여 일본문학을 건설하자는 주장에 다름 아니다. 그리고 마침내 1941년에 '예문지도

---

17) 위의 책, 225면.
18) 최상철, 『중국조선족언론사』, 경남대 출판부, 1996, 120면.
19) 尾崎秀樹, 앞의 책, 219면.
20) 川村 湊, 『異鄕の昭和文學－滿洲と近代日本』, 岩波書店, 1998, 42면.

요강'이 공포되면서 문예는 완전히 국책홍보를 위한 도구로 전락하기에 이른다.

3. 만주개척민의 삶과 문학적 낙관주의

1) 개척민의 삶과 농민문학

(1) 국책과 사이비 농민문학

이기영은 『고향』을 통하여 1930년대 농민소설의 한 정상을 보여준 바 있다.[21] 그러한 그가 1939년 8월 18일부터 약 3주간 만주 취재여행을 다녀와서 그것을 근거로 작품화한 것이 개척민소설의 출발이라 할 『대지의 아들』이다. 그리고 그는 해방 전 그의 마지막 작품인 『처녀지』(1944)[22]에서 한사람의 의학도가 만주 개척지에 투신하는 모습을 그림으로써 국책에 따른 문학적 실천을 충실히 수행하고 있다. 뿐만 아니라 작가 스스로 「신체제하의 여(余)의 문학활동방침」에서 "신체제에 대한 이론을 공부하고 싶다. 동시에 이론을 체득하는 대로 이 시대에 적응할 수 있는 새 인간형을 구상적으로 창조하고 싶다"[23]고 체제에 적극 동참할 것을 다짐하

---

21) 『고향』에 대한 구체적 논의는 조진기, 「이기영의 『고향』」(『한국현대문학의 위상』, 경남대 출판부, 1997)을 참조할 것.

22) "물론 국책소설이라는 일면에서 만주개척이라는 이 시기의 정책을 비판적인 눈으로 보려는 입장은 처음부터 사상되어 있다. 때때로 '지금은 왕도낙토의 안전농촌이 건설되는 과정이다'라던가, '만주는 옛날의 만주가 아니다. 지금은 왕도낙토를 건국하는 황국신민으로 정신적 타락자가 한 사람이라도 있어서는 안 된다'거나 ' 문명국 가운데 우리 일본이 가장 생산력이 있고' 하는 시국편승의 표현이 있다"(芹川哲世, 「李箕永の長篇『處女地』論」, 『朝鮮文學論叢』, 日本 : 白帝社, 2002, 189면)는 점을 들어 국책문학임을 강조하고 있다.

기도 한다. 그 결과 이 시기 그의 문학은『고향』에서 보여주던 성실성은 사라지고 현실을 관념적으로 파악하고 근거 없는 낙관주의에 빠진 채 『대지의 아들』을 쓰게 된다. 그 결과 이 작품이 발표되는 것과 동시에 만 주 현지로부터 "이기영씨가『대지의 아들』을 집필하기 위하여 20일간 기 한의 여행권을 가지고 만주를 시찰하고 도라갔다는 말에는 불안을 늣기 지 안흘 수 없다"24)는 우려와 함께 비판의 목소리 또한 높았다.

지금 조선일보에 연재중인『대지의 아들』에 대하여서도 씨에게는 대단 미안 한 말이지만 우리는 처음부터 기대를 가질 수가 없었다. 겨우 20여일의 만주시 찰에서『대지의 아들』이 나오리라고 기대한다는 것은 문학의 ABC도 모르는 얼 간이들의 철없는 생각이 아니고 무엇이랴? 이씨는 만주를 모른다. 산도 물도 사 람도 모른다. 그러한 씨에게 집필을 요구한다는 것은 확실히 조선문단이 쩌널리 즘에게 유린당하는 것이 아니고 무엇이랴?25)

그러나 다른 한편으로 일제는 국책을 선전하기 위하여『대지의 아 들』을 영화화하려 했을 만큼26) 이 작품이 일제의 국책을 선전하는 역할 을 충실히 수행했음을 알 수 있다. 그럼에도 불구하고 이 작품은 이기영 을 논하는 자리에서도 별달리 논의되지 않았고 언급하고 있는 경우에도 국책문학적 성격을 외면하고 있다.

---

23) 이기영,「신체제하의 여의 문학활동방침」,『삼천리』5권, 현대사, 1941.1, 473면.
24)『만선일보』, 1940.1.23.
25) 현경준,「문학풍토기－간도편」,『인문평론』제9호, 1940.6, 83면.
26)『만선일보』에는『대지의 아들』의 영화화에 관한 기사가 보이는데 동아영화제작소에
    서 제1회 작품「지원병」에 이어 이기영의『대지의 아들』을 4월부터 제작에 착수하게 되
    었음을 밝히고 "『대지의 아들』의 내용은 만주와 北支에 있는 조선인의 약동하는 양자와
    조선농민의 왕도낙토에 새로운 명랑한 생활을 건설해 간다는 줄거리"라고 설명하고 있
    는데(『만선일보』, 1940.2.24 · 3.15), 실제로 영화화되었는지는 확인하지 못했다.

『대지의 아들』은 만주를 배경으로 하는 일제의 지배이데올로기에 적극적으로 찬동하는 것은 아니라고는 해도 그것이 지닌 전망과 의식은 이념의 희석과 식민지제도와 환경을 수용한다는 점에서는 분명히 친일적이다. 더욱이 사건의 전개에 있어서 제시되는 동족간의 대립과 갈등은 그것이 민족에 대한 긍정적이라기보다는 극복되어야 할 부정적 측면으로 부각됨으로써 소위 신민으로서의 소양을 구비해나가는 지배이데올로기의 선전문학적 요건을 구비한다.[27]

이러한 지적은 이 작품이 보여주고 있는 표피적 해석에서 비롯된다. 『대지의 아들』은 만주 이주민 3대에 걸친 이야기이다. 작가는 만주국 건국 이전에 온갖 고난을 견디며 개양둔을 개척한 제1세대인 김노인과 만주국 초기의 왕도낙토를 만들기에 정성을 쏟는 제2세대 황건오, 그리고 완전한 왕도낙토에서 '대지의 아들'로 새로운 삶을 살아갈 제3세대 황덕성의 만주에서 뿌리내리기를 보여주려는데 이야기의 초점을 모으고 있다. 특히 이 작품은 긍정적 인물(positive hero)[28]을 주인공으로 내세움과 동시에 과거는 비판의 대상이 되며, 현재는 변화의 과정이며 미래야말로 바람직한 사회라는 낙관적 당위론을 앞세우는 사회주의 리얼리즘의 양식에 따른 소설로 일제의 괴뢰정부 만주국이야말로 이상적 왕도낙토임을 선전하는 목적문학으로 그가 프로계 작가[29]였음을 다시 한 번 보여주고 있다.

『대지의 아들』은 세 개의 층위로 짜여 있다. 부정적 세계로서 과거, 과거를 비판하고 새로운 세계를 건설하기 위한 과정으로서 현재, 그리고

---

27) 권유, 『이기영소설연구』, 태학사, 1993, 159면.

28) Rufus W. Mathewson Jr., *The Positive Hero in Russian Literature, second edition*, Stanford University Press, 1975, PP.2~3.

29) 일본의 경우 국책문학에 가장 적극적으로 참여한 작가는 프롤레타리아문학으로부터 전향한 작가들로 山田淸一郎이 대표적 인물이었다. 그들은 국책문학에 적극 동참함으로써 그들의 전향이 위장전향이 아님을 확신시키려는 의도와 함께 목적의식에 바탕을 둔 문학을 제작하는데 익숙하였기에 쉽사리 국책문학을 제작할 수 있었다. 尾崎秀樹, 앞의 책, 219면 참조.

미래에 대한 새로운 전망이 그것이다. 그러면서 이 세 개의 층위는 다시 두 개의 대립구조로 나뉘어져 있다. 만주사변 전(만주국 건국 이전)과 사변 후(만주국 건국 이후)로 크게 나누어져 있으며, 또한 어른의 세계와 젊은이 세계, 도시와 농촌이라는 대립구조가 그것이다. 이러한 대립적 구조를 통하여 작가는 만주건국을 기점으로 그 이전의 세계를 가난과 혼란의 시기로, 건국 이후는 풍요롭고 안정된 왕도낙토로 그리고 있다. 그리하여 만주 건국 이전은 가난과 관리의 부정과 비리, 비적의 출몰로 인한 약탈과 불안, 만인과의 갈등으로 점철되어 있으며, 이주민 역시 한 곳에 정착하여 부지런히 농사를 짓기보다는 유랑하거나 밀수를 통하여 일확천금을 노리는 무리로 그려지고 있다.

그들은 해마다 농사를 지어서는 아편과 노름으로 업새버린다. 그러치 안흐면 몇 해간 농사를 짓다가 돌피밭을 만들어 노코 다른 곳으로 떠나버리는 건달농군들이 드나들게 되었다. 더욱 만주사변 이전의 치안이 유지되지 못하엿슬 때는 사실 그들이 안심하고 농사를 지을 수도 업섯다. 풍년이 드는 해는 비적이 대들어서 털어 가고 (…중략…) 관리의 학대는 자심하여 비적이 관리인지 관리가 비적인지 모르게햇다. 그들은 다만 조선인이 된 까닭으로 그런 압제를 받고 살자니 참으로 누구를 밋고 살아야 할는지 호소무처다.[30]

위에서 인용한 것이 실제로 초기 민주이주민의 삶의 실상일시도 모른다. 그러나 문제는 이러한 현실적 고통이 만주국 건국과 함께 완전히 불식되고 이상적 왕도낙토가 되었다는 것은 현실을 의도적으로 왜곡하고 일제의 만주정책을 선전하려는 작가의 의도를 보여주는 것임에 틀림없다. 그런가 하면 조선인이 만주로의 이주가 일제의 수탈에 의한 것이 아니라 '조선가치 땅이 좁아서 살 수업서 너나업시 건너온 백성'[31]이라고

---

30) 이기영, 『대지의 아들』, 『조선일보』, 1939.12.1(『한국근대장편소설대계』 14, 태학사, 51면. 이하 작품 인용은 이 작품집을 사용하고 인용면수만 밝힌다).

주장하는 것은 문제의 본질에서 크게 벗어나고 있는 것이다.

이처럼 만주사변 이전을 부정적으로 인식한 결과 이주민의 성향 또한 사변 이전에 입식한 사람과 사변 이후에 들어온 사람 사이에도 차이가 있다. 만주국 건국 이전에 개양둔을 개척한 제1세대 김노인은 '만인의 방해'와 '탐관오리(중국 관헌)의 행악'에 어쩔 수 없어 뇌물을 주고 농장을 개척하지만 함께 살던 조선인들이 '당파를 만들고 비열한 파쟁'으로 인하여 빛을 보지 못하고 죽게 된다. 그리고 이 작품에서 가장 부정적인 인물로 개양둔에서 가장 재력이 좋은 부락장 홍승구는 대처에서 화약장사와 고리대금으로 돈을 모은 다음 농장을 구입하고 방천제도를 이용하여 엄청난 치부를 한 인물이며, 돈을 빌미로 남의 약혼자를 파혼시키고 자신의 아들과 약혼시킨다. 그런가 하면 병호 역시 일찍이 만주에 들어와 도문 근처에서 밀수를 하여 돈을 모은 다음 개양둔에 들어왔으나 만주사변이 일어나자 고향에 들어갔으나 '조선에서 살 재미가 업서' 다시 들어 온 인물로 하르빈에 나락을 팔러가서 미인계에 걸려 한 해 농사를 날리는 인물이다. 그리고 마을의 지도자 강주사 또한 엄격한 의미에서 보면 변절자이다. 그는 '한말지사로 만주벌판에서 수십 년 방황하다가 번연히 시세가 글른 줄을 깨닫고 큰 뜻을 단념'[32]하고 왕도낙토 건설에 심혈을 기울이는 인물이다. 이처럼 만주사변 이전에 들어온 사람들은 한결같이 부정적인 일면을 지니고 있다. 그러므로 만주사변 이전은 사회적으로나 인간적으로 부정과 비판의 대상이 된다. 이처럼 『대지의 아들』은 만주개척민의 삶을 객관적으로 파악하는 것이 아니라 일제의 만주지배정책에 기대어 현실을 관념적으로 인식하고 있을 뿐만 아니라 현실왜곡을 통하여 미래의 이상적 만주를 전망하는 사이비 농민소설이라 하지 않을 수 없다.

---

31) 위의 책, 87면.
32) 위의 책, 52면.

 일제 말기 국책과 체제 순응의 문학

(2) 왕도낙토의 지향과 현실왜곡

앞에서 이미 살펴 본 것처럼『대지의 아들』은 만주국이 건국되면서 개척민의 삶은 만주 건국 이전과는 달리 가난에서 벗어나 풍요를 누리게 되었다고 주장한다. 이것은 물론 만주국의 건국이념으로 왕도낙토와 오족협화를 성공적으로 실천하는데서 비롯되고 있음을 강조하려는 의도에서 비롯되고 있다. 이를 구체적으로 보여주기 위하여 작가는 만주사변전과 사변 후를 대비적으로 서술하고 있다. 그런가 하면 인물 또한 만주사변을 전후로 삶의 양식이 변모했다고 주장한다.

김노인이 죽고 몇 년이 지나 만주국이 건국되면서 개양툰에 새로운 인물들이 입식함과 동시에 집단부락화되면서 왕도낙토를 건설하게 된다. 그것은 무엇보다도 제2세대로 들어온 사람들의 부지런함에도 원인이 있겠지만 그보다는 만주국의 정책에 따른 것임을 사변 이전과 비교하여 강조한다. 이런 현상은 만주 건국 이후로는 탐관오리가 사라져 수탈이 없어지고, 비적이 출몰하기는 하지만 토벌대의 도움으로 안전이 확보되고 만인과의 갈등이 사라지고 오족협화가 실현되었기 때문이라는 것이다. 그리하여 작가는 만주사변 이전의 만주 현실을 다양한 측면에서 보여주고 있다. 이를테면 사변 전 만주군은 백성을 보호하고 소위 비적을 토벌하기는커녕 집집마다 돌아다니며 재물을 약탈하고 심지어 달걀까지 임의로 가져갔으며, 세금 또한 멋대로 징수했음을 다음과 같이 기술하고 있다.

> 사변 전에는 우리 동포에게 한교연표라는 것을 만들어 가지고 은 이삼 원씩의 인두세를 바더 가고 농우에도 세금을 바치는 표가 따로 잇섯다 합니다. 간도방면에는 문패세가 잇고 문턱세가 잇섯다 합니다. 그것은 누구나 동포가 문턱을 넘어서면 일원씩 문턱세를 바덧다합니다. 화인현 부이강에는 고기표라고—낙시에는 낙시표, 그물에는 그물표로 세를 밧고 표가 업는 사람은 '쓔'를 햇다합니다 (쓔란 무리한 금전을 소거뺏는 것).[33]

이러한 지적들은 당시 간도 이주민의 삶이 얼마나 고난에 찬 삶이었던가를 말하려는 것이 아니라 만주국 건국 이후 일제의 선정으로 개척민의 삶이 얼마나 윤택해졌는가를 보여주려는 작가의 친일적 성향을 그대로 보여준다. 이러한 태도는 소작료의 문제에서도 그대로 드러나고 있다. 그런가 하면 만주국 건국 이전의 개척민 또한 현실의 제모순에 대한 패배 의식으로 인하여 추수를 하고 나면 퇴폐적 생활에 빠져들게 되었음을 지적하고 있다.

> 치안이 유지되지 못하던 만주사변 전에는 탐관오리의 가렴주구와 비적의 횡행 등이 그들의 생명 재산을 여지업시 위협하였다. (…중략…) 그래서 그들은 술 먹고 노름하고, 여색에 빠지고 아편을 빨기에 삼동내 다 파먹고는 그 이듬해부터 다시 빈손으로 새집이 농사를 짓게되는 사람이 적지 안앗다.34)

그러나 만주국이 건국되면서 개양툰은 지상낙원이 되었다는 것이다. 그것은 앞에서 지적한 많은 문제들이 만주건국과 함께 완전히 일소되었기 때문이다. 그러므로 만주(개양툰)는 신학생 서치달의 주장처럼 '우리의 천당은 바루 이 세상에, 현재─ 우리가 사는 이 땅 위에 잇서야'하는 것이다. 여기에서 천당이란 바로 왕도낙토의 다른 이름임은 말할 필요가 없다. 그러므로 왕도낙토를 위한 제도적 장치는 정비되었기 때문에 개척민의 의식 전환이 필요하게 되는데, 그것은 바로 개척민의 사명을 자각하는 일이다. 이러한 점은 추석을 맞아 마을 사람들이 모여 김노인을 추모하는 제사자리에서 마을 대표 강주사의 연설에서 분명히 밝혀지고 있다.

> 우리들은 언제나 위대한 개척민의 사명을 잊어서는 안됩니다. 우리는 다만 구복을 채우기 위하여 이 황량한 만주벌판을 차저온 것이 아니올시다. 그보다도

---

33) 위의 책, 88면.
34) 위의 책, 107면.

우리는 건실한 농민이 되기 위하여 이 동아의 대륙을 개발하는 만주국민의 한 분자로서 개척민의 사명을 다해야 할 것이요 따라서 우리의 자자손손까지 이 땅 우에 번영하도록 위대한 목적을 가져야 할 줄 압니다. 그것은 우리도 대지의 아들이 되고 제이의 고향을 이 땅에서 찾자는 것입니다.[35]

여기에서 만주에 이주한 개척민의 위대한 사명이란 '동아의 대륙을 개발하는 만주국민의 한 분자'[36]가 되는 일이며, 일제의 식민지 백성으로 만주에서 살아가는 것을 의미한다. 이를 구체적으로 실천하기 위해서는 먼저 오족협화가 필요하게 되는데 개양툰에서는 김노인의 추모제에 만인부락의 황노인을 내빈으로 초대할 뿐만 아니라 치수공작에도 만인부락 사람과 합동으로 당국에 청원을 하고 당국 또한 적극적으로 도와준다. 이로써 민족 간에 협화가 실현된다는 것인데, 이는 오족협화가 본질적으로 각민족의 민족의식을 배격하고 일본인 중심의 만주국 건설을 획책하는 이중성을 지니고 있다는 사실[37]을 의도적으로 외면하는 것이다. 그리고 치수공작으로 강 상류 마을과의 동족간의 물길 싸움은 관청과 경찰력이라는 제도적 보장과 합법성이라는 테두리 안에서 해결[38]을 보게 될 뿐만 아니라 강 상류 마을 사람들이 개양툰으로 집단 이주함으로써 안전부락[39]으로 지정되고 현 당국으로부터 보조금까지 받게 되는데, 이는 집단부락이 주민의 사상통제를 위한 제도적 장치[40]이었기 때문이다. 그런가

---

35) 위의 책, 115면.
36) 위의 책, 115면.
37) 香川幹一, 앞의 책, 115면; 川村 湊, 앞의 책, 158면 참조.
38) 권유, 『이기영소설연구』, 태학사, 1993, 157면.
39) '안전부락'이란 '집단부락'의 다른 이름으로 그만큼 조선인이 집단 거주함으로써 사상통제의 필요성을 절감한 결과라 할 수 있다. 집단부락에 관해서는 주 12)를 참조할 것.
40) 집단부락의 건설정책은 주민의 사상통제나 항일무장대와 민중간의 연계를 단절시키기 위하여 保甲制를 실시하였는데 어떤 사람이 '반국가범죄'를 저지르면 소속된 牌의 모든 가구가 공동으로 벌금을 내야만 했다. 보갑제의 편성은 10가구가 1패, 여러 패가 1갑, 여러 갑이 모여 保가 된다. 한석정, 『만주국건국의 재해석』, 동아대 출판부, 1999, 65면.

하면 마을에 출현한 비적[41]을 토벌대가 완전히 섬멸하여 안전 부락이 된다. 이처럼 만주국 건국은 이전의 세계와는 달리 왕도낙토를 지향하기 때문에 개척민은 가난과 불안에서 벗어나 풍요롭고 평화로운 내일을 꿈꿀 수 있게 된다. 그런 점에서 개척민의 사명을 자각한 사람들은 황건오로 대표되는 성실한 개척민으로 자신의 이익보다 마을의 이익을 위해 헌신하게 된다. 이처럼 『대지의 아들』은 만주이주민의 현실적 고통을 지난날의 일로만 처리하고 현재는 아무런 근심과 고통이 없는 지상낙원으로 그리고 있는 것은 작가의식이 처음부터 현실과 밀착되어 있지 않고 일제의 국책에 충실히 따르고 있음을 의미한다. 그리하여 왕도낙토가 누구를 위하여 추진되고 있는가에 대해서는 철저하게 외면한 채 개척민의 현실을 철저하게 왜곡하기에 이른다. 그러나 황건오를 중심으로 전개되는 새 나라 만주 만들기는 과거 만주사변 이전의 병폐를 척결하는 것이기 때문에 이상적 만주국은 결국 다음 세대인 덕성과 귀순에 의하여 이루어지게 되리라는 낙관적 전망을 보여주게 된다.

(3) 낙관적 전망과 만주 국민되기

『대지의 아들』은 앞에서 지적한 바와 같이 '나―지금―여기'를 문제시하는 리얼리즘소설이 아니라 당위적 세계를 지향하는 사회주의 리얼리즘소설의 형식을 취하고 있다. 그러므로 현재적 사실보다는 미래의 세계를 보다 중시한다. 그 결과 이 작품에서는 만주국의 내일을 이끌고 갈 제3세대인 소년 덕성에게 서사의 초점이 놓여져 있다. 이 점은 이 작품의 가장 핵심적인 문제 속에 덕성, 귀순, 황식의 사랑이야기가 밑그림으로 그려져 있을 뿐만 아니라 전체 22장 가운데 12장이 이들 이야기로 전개

---

41) 비적이란 장작림을 비롯한 과거 군벌체제와 잔존하던 일제의 저항세력을 비롯하여 여기저기 흩어져 있는 직업적 산적, 국민당이나 중국공산당의 이념적 동조자, 군벌체제의 지지자, 실직한 전직군인, 부랑자, 일자리 잃은 노동자, 농민을 망라한 사람이라고 규정한다. 위의 책, 61면.

되고 있음에서도 확인된다. 그런 점에서 소년들의 사랑을 둘러싼 어른들의 이해관계와 그에 따른 갈등이 이 작품의 주조를 이루고 있는 것이다. 그러면서 동시에 이 작품이 젊은이의 사랑이야기로 시종하지 않고 보다 이념적 세계로 확대되는 것은 그들이 지향하는 세계가 개인적 차원을 넘어 사회적 문제로 전이되기 때문이다.

작품의 시작에서부터 약혼한 사이에 있는 덕성과 귀순이가 개울에서 고기잡이를 하는 장면이 나온다. 그러나 부락장의 아들 황식이 개입함으로써 이들 사이의 갈등은 물론 그들 가족과의 갈등으로 확대되고 마침내 부락장 부인이 재물과 소작권을 이용하여 변덕이 심한 귀순의 모(신덕이)를 꼬드겨 덕성과의 약혼을 파기하고 황식과 약혼을 감행한다. 파혼이 알려지자 마을 사람들이 다함께 나서 파혼의 부당성을 성토한다. 그러나 당사자인 귀순은 전혀 파혼에 동요의 빛을 보이지 않고 덕성과의 밀회를 통하여 자기의 사랑이 변함없음을 확인시키고 최악의 경우에는 집에서 도망 나와 덕성에게로 가겠다고 다짐한다. 개양툰 학교를 졸업하는 날 덕성은 우등상을 받고 답사를 하게 됨으로써 장래 개양툰을 이끌 장래의 지도자로서 모든 사람으로부터 인정받는 날이 된 반면에 황식은 '겨우 낙제를 면한 꼴찌'로 귀순이는 물론 마을 사람들로부터 외면당함으로써 황식을 비롯한 부락장 집안은 수모를 겪게 된다. 졸업을 한 덕성은 봉천 농림학교에 진학하여 새로운 농사기술을 배우게 되는데 그가 집을 떠날 때 아비지 긴호는 다음과 같이 말하여 진학의 의의를 일깨워순다.

너는 이제부터 소학생은 아니다. 그리고 너는 농림학교를 졸업하고 도라오면 이 개양툰을 위해서 일하지 안으면 안될 사람이다. 너는 졸업식날 교장선생님의 훈사와 내빈제위의 축사를 아직도 잇지 안엇을 줄 안다. (…중략…) 상급학교에 드러갈 수 있는 사람들은 다시 공부를 힘써 해서 각기 천직을 다해야 하겟지만 특히 바라는 것은 농촌건설과 농사개량에 진력하여 이 만주의 보고를 개발하는 개척민의 위대한 사명을 다하라구 하지 안트냐?42)

여기에서도 다시 한 번 강조되는 것은 '개척민의 위대한 사명'을 다하라는 것이다. '위대한 개척민의 사명'이란 무엇인가, 그것이 만주국의 건국이념을 실현하는 일로 왕도낙토를 건설하고 오족협화를 통하여 '흥아의 터전'을 확립하는 일임은 말할 필요도 없다. 따라서 덕성은 방학이 되어 집에 돌아오자마자 어떤 불상사가 일어날지도 모르는 치수공작을 위해 밤중에 마을을 떠나는 사람과 함께 길을 떠난다. 이때 황식이 병을 핑계로 참가하지 않자 건오 역시 아들을 집에 남겨두고자 하지만 덕성은 농림학교에 입학하여 집을 떠날 때 아버지가 "이 개양툰을 위해서 힘써 일하지 안흐면 안될 사람"이라고 한 말을 아버지에게 상기시키면서 함께 갈 것을 강력히 주장하여 마을 어른들과 함께 길을 떠난다.

한편 귀순은 덕성이 돌아오는 것을 보고 밤에 단둘이 만날 수 있으리라는 기대를 갖고 지켜본다. 그러나 덕성이 마을 사람과 함께 치수공작에 참가하는 것을 보고 서운한 마음을 지니고 있다가 다시 그의 행동에 감동을 하게 된다.

덕성이가 자기를 다시 만나보지 안코 그 길로 마을의 큰 일을 위하여 뛰어든 것이 얼마나 사내다운 행동이냐! 그와 반대로 그가 만일 마을에 이런 큰 일이 잇는데도 참으로 어린애처럼 가만히 안저잇섯다면 그의 존재가 얼마나 용렬해 보엿슬 것이냐?[43]

이러한 귀순의 생각은 마침내 자신이 사랑하는 덕성과 파혼시키고 재물이 많다는 이유만으로 황식과 약혼을 하게 한 자기 어머니에 대한 원망으로 나타나게 된다. 그리고 자신과 같이 가난한 사람들의 사랑은 "셋집 살림하듯 옮길 수 잇는 것인가? 가난뱅이는 사랑도 셋집 살림하듯 하란 말인가?"[44]라고 회의하게 된다. 한편, 치수공작에 참가한 덕성은 누구

---

42) 이기영, 앞의 책, 141~142면.
43) 위의 책, 171면.

도 하려고 하지 않는 강 건너 있는 배를 끌어오는 일에 자원하여 성공적
으로 일을 완수함으로써 상류마을 사람들과 아무런 마찰 없이 물막이를
허물 수 있게 된다. 이처럼 덕성은 나이는 어리지만 이미 마을에서 없어
서는 안 될 인물로 부상하면서 다음 시대의 주인공으로 자리하게 된다.
　한편 황식이 집에서 추석 후로 귀순과의 결혼 날을 정하자 귀순은 결
혼식 전날 어머니에게 편지를 써두고 복술의 도움을 받아 덕성에게로 달
려간다. 그리하여 덕성의 하숙에 모인 세 사람은 미래의 개양툰(만주국)을
이끌어 갈 것을 다짐한다.

> "자네두 어서 공부를 잘 하구서 개양툰 농장을 한 번 훌륭하게 만들어보게."
> "음! 내야 물론이지만 너두 딴 생각말구 농사나 갓치 짓자!"
> 귀순이는 그 말을 들으니 머리부터 가슴이 출렁인다. 덕성이가 농림학교를 졸
> 업하고 돌아오면 결혼을 한다. 아니 결혼은 그전에 해도 상관업겠지! 공부에 방
> 해가 안된다면…… 그리고 개양툰 농장의 지도자로 나선 남편을 도와가며 이상
> 적 농촌을 건설한다면 그것은 참으로 낙토를 이룰 것이 아닌가?45)

　위의 예문에서 보이는 것처럼 덕성과 귀순이가 꿈꾸는 이상적 농촌은
민족의식이나 식민지 현실의 극복으로서 농촌이 아니라 민족협화에 바
탕한 대동아 건설임이 분명하다.
　이처럼 이기영의 『대지의 아들』은 그가 이진에 추구한 사회주의문학
의 이상인 사회주의 국가건설과는 달리 식민지 제도권으로 급속한 편입
과 적응을 보이게 된다. 이러한 이유는 제국주의의 논리와 친화작용이
지속될 가능성과 여건이 구비되었기 때문46)이라고도 할 수 있다. 그러나

---

44) 위의 책, 173면.

45) 위의 책, 201면.

46) "이념이 변질을 가져오게 한 가능성으로 그 하나는 지식인에 의한 계몽의 양식은 그
러한 계층의 적극성이 수반되지 않고서는 성립되지 못한다는 사실이다. 이기영은 자신
의 이념적 모색을 근대적 자아의 확립과 사회주의적 세계의 건설에 목표를 두고 있었다.

그보다는 그의 이념이 철저하게 육화되지 못하고 시류에 영합하는 지적
포즈에 바탕하고 있었던 데서 비롯된 것이라 할 수 있다. 그러므로『대지
의 아들』은 일제 말기 시국에 편승하여 당대 현실을 왜곡하고 반민족적
낙관주의에 바탕한 사이비 농민소설임을 확인할 수 있게 된다.

2) 만주국 건설과 문학적 수용

(1) 만주 건국이념의 선전과 실천

『춘추』지는 1943년 4월호에 '만주개척민 창작특집'으로 안수길의 「목
축기」, 마츠야마 미노루[松山實][47)의 「한등(寒燈)」, 신서야(申曙野)[48)의 「피
와 흙」을 발표하고 있다. 이들 작품은 한결같이 조선이주민의 정착과정
과 함께 일제의 만주정책을 홍보하는 국책문학적 성격을 보여주고 있다.
특히 마츠야마[松山實]의 「한등」과 신서야의 「피와 흙」은 만주국 건국 이
념의 실천을 구체적으로 보여주는 작품이다. 따라서 여기에서는 이 두
작품을 검토하고자 한다.

그의 작품은 이러한 목표에 적합한 인물을 '고안'해내는 데 있어서 일관된 지속성을 보
여준다. 그러나 그러한 인물의 한계는 계몽적 정열의 유무에 따라 이상을 구비하게 되
는 것이다. 이로 미루어 볼 때, 변질되어 가는 인물의 돌파구로서 한국 농촌보다 만주는
매력적인, 그리고 동경의 대상으로 고려됨직하다. 또 하나의 가능성은 그의 문학에 흐르
고 있는 집단주의가 쉽게 제국주의 혹은 군국적 파시즘의 국가주의와 친화하여 그들의
상동성에 기인하는 도식성이 서로 일치하되 갔으리라는 가능성이다." 권유,『이기영소
설연구』, 태학사, 1993, 153면.

47) 松山實(마츠야마 미노루)에 대해서는 알려진 것이 없다. 작품의 말미에 '圖們順天病
院'이라고 밝히고 있어 만주 현지의 작가임에 틀림없다. 만주 조선인에 대해서도 1941
년부터 창씨개명이 강요되었으며『만선일보』는 창씨개명을 "內鮮一如의 眞姿"라고 강
조하고 이는 내지인과 동등한 일본국민이 되는 것이라고 주장하고 있음을 볼 수 있다.
『만선일보』, 1939.12.29.

48) 신서야는 1907년 함북 청진출신으로 휘문고보를 졸업했다. 국내에서 신문기자생활을
했으며, 만주에서는 도립병원 서기, 街公署司計, 상공공회 경리과장을 지냈다.『만선일
보』(1940.7)에 「추석」을 발표하였으며, 이 작품은『싹트는 대지』에 재록되었다.

작가는 「한등」의 모두에 "이 작품은 건국 전후 간도농촌에 생긴 어느 개척실화의 일절이라는 것을 미리 밝혀둔다"[49]고 하여 실화임을 강조하지만 실화라기보다는 작가의 이념적 세계를 드러내기 위하여 많은 부분이 왜곡, 과장되고 있음을 짐작할 수 있다. 그리고 사건 중심의 계기적 구성으로 소설적 결구를 제대로 갖추지 못한 작품이다. 그럼에도 불구하고 작가의 이념적 세계를 표출하는 선전문학으로서는 어느 정도 성공하고 있다고 할 수 있다. 이 작품은 비적의 만행에 대한 복수를 다룬 전반부와 만주국 건국이념을 실천하는 후반부로 나누어져 있다.

이 작품 「한등」은 왕청현 탁반구를 무대로 전개되는데 전반부는 할아버지인 송영감이 중심인물이 되어 전개된다. 만주국이 건국되기 바로 전해(1931년)에 비적이 마을을 습격하여 '부락이 전멸을 당하고' 아들과 며느리가 잡혀가자 송영감은 어린 손자와 마을에 외롭게 남아 언젠가 다시 찾아올 비적에게 복수할 날을 기다린다. 그리고 오래지 않아 "네 마리의 비적"이 찾아오자 더 많은 비적이 올 때를 위하여 환대를 한다. 그리고 마침내 한꺼번에 "비적의 떼 열 두 마리"가 찾아옴으로써 복수의 기회를 맞게 된다. 그런데 여기에서 송영감과 비적과의 대화에서 비적의 정체가 분명히 드러난다.

"애가 누구요…… 영감"

"네 ― 제 손자올시다."

"앗다 그놈 잘났다. 그놈 크면 장래 우리 구국군에 대장감도 넉근하겠는걸."

"……"

송영감은 어한이 맥히였다. 자기들이 비적이면서 구국군이라 했고 남의 집 만금자식을 구국군에 대장감이라고 했다.[50]

---

49) 송산실, 「한등」, 『춘추』, 1943.4, 136면.
50) 위의 책, 139면.

위의 인용에서 볼 수 있는 것처럼 '비적'이란 일제의 만주침략에 저항하는 '항일구국군'의 다른 이름임을 확인할 수 있다. 그럼에도 불구하고 항일구국군을 소탕하는 일에 강한 자부심을 갖고 끓는 물을 뒤집어씌워 열두 명을 죽인다. 이후 송영감은 사람을 죽였다는 죄의식에 사로 잡혀 괴로워 하지만 자신의 행동에 대하여 "그것들이 우리 인종에 얼마나 해독을 주며 명랑한 만주건설엔들 얼마나 영향이 미칠 것"51)인가를 생각하며 자위한다. 그러나 그는 중병에 걸려 죽음을 맞이하게 되는데 그는 죽기 전에 '내전외무대신(內田外務大臣)께서 나린 표창장'과 상금으로 받은 현금 일천 원을 손자에게 건네주면서 다음과 같은 유언을 남기고 죽게 되는데 여기까지가 이 작품의 전반부에 해당된다.

> 애 용범아, 네 아다싶이 네 할아버지야 그저 썩어진 영감이었지. 나라를 위하여 한 일이 없다. 그러나 너만은 그러지 말어다구…… 응…… 그러니까 너는 이제부터 너 하나으로 위해서는 땀을 흘려라. 그리고 남을 위해서는 눈물을 흘려라. 또 그리고 나라를 위해서는 피를 흘려야 쓴다, 알었니…….52)

후반부는 송영감이 죽고 10년이 지나 청년이 된 손자 용범이 만주개척에 온 정열을 쏟는 이야기이다. 용범은 학교를 졸업하고 누구의 도움은 커녕 주위 사람들로부터 비웃음을 받아가면서 혼자서 탁반구 재건설에 나선다. 그가 하는 일은 오십 호의 부락을 세워 현 당국의 허가 아래 신규 귀농민을 입식시켜 집단부락을 만드는 일이었다. 그리고 그것을 성공적으로 수행하자 그는 "자기 집 뜰 가운데 높이세운 일만양국기(日滿兩國旗) 기둥을 붓들고 한바탕 울어대"53)는 것이다. 이러한 용범의 헌신적 행위는 개척민을 위한 것이 아니라 일제의 만주정책을 충실히 수행함으로

---

51) 위의 책, 142면.
52) 위의 책, 144면.
53) 위의 책, 147면.

써 황국신민으로서의 사명을 다한 데서 오는 감격의 울음임을 알 수 있다. 그 결과 그는 "정부, 성, 또는 현에서 표창을 받고 신문에도 널리 소개"되기에 이른다. 그리고 "조선이주협회의 주최로 열 두 명의 부인시찰단이 개척부락에 수 없는 총각들에게 하나요메[花嫁]를 알선하기 위하여" 들어와 결혼할 것을 종용하자 그는 개인의 행복을 위해서가 아니라 나라를 위하여 피를 흘려야 한다는 할아버지의 유언을 충실히 이행하는 것만이 자신의 사명이라고 생각한다. 이러한 용범의 생각에 대하여 작가는 다음과 같은 서술로 작품을 끝맺고 있다.

> 참으로 일후의 하야 될 용범의 일은 얼마든지 한없이 있을게라. 용범이가 이제로부터 나라를 위하야 피 흘릴 일이 얼마든지 있을게라. 그러므로 용범의 일은 이제부터 시작이 된다.54)

이상에서 살펴 본 것처럼 「한등」은 철저하게 만주국을 왕도낙토를 실현하는 이상적 국가로 인정하고 그것을 위하여 피를 흘릴 것을 강요하는 선전문학임을 알 수 있다.

그런가 하면 신서야의 「피와 흙」 역시 구정권시대의 혼란과 비적의 만행으로 마을이 참혹한 변을 당하였으나 만주국이 건국되면서 평화와 풍요를 누리게 되었다는 이야기다. 그는 만주사변55)을 일으키게 된 이유를 다음과 같이 서술하고 있다.

> 시가지에 들어간 치업은 모든 사연을 알았다. 쌍푸듸(商埠地—일본에 개방한 땅)의 거리에는 일장기를 들고 만세를 부르는 사람들로 넘어 찼다.

---

54) 위의 책, 149면.
55) 만주사변은 일제가 만주에 진출하기 위하여 만보산사건을 의도적으로 일으켜 조선인과 중국인과의 갈등을 야기하고 이어서 1931년 만철폭파사건을 조작하여 중국과의 전쟁을 일으켜 만주에 정식으로 진출하게 된다. 유신순, 신승하 역, 『만주사변기의 중일외교사』, 고려원, 1994, 31~132면 참조.

당시 국자가의 남영(南營)에 주둔하고 있던 영장(營長) 왕덕림(王德林)은 길돈
성부설(吉敦線敷設)을 위하여 들어 온 조사선발대의 철도기사 일행을 명월구란
곳에서 학살하고 또한 동삼성정부(東三省政府)의 밀령과 아울러 좌익분자의 사
촉에 의하여 방인(邦人)의 압박은 물론 심지어는 백초구 일본영사관을 습격하는
등 폭력 무도한 배일행동은 나날이 높아갔었다. (…중략…) 그러나 동북정권은
주호반점의 반성은커녕 도리혀 배일과 회일의 도수만 높아 갈 뿐이었다. 참을
대로 참은 우리나라에서는 이 이상 더 참을 수가 없어 끝끝내는 출병을 결정하
였다.56)

위의 예문에서 실존인물 왕덕림57)의 항일군대를 비적으로 몰아 세우
고 일제의 만주침략을 정당화하기 위해 역사적 사실을 날조하고 있다.
그런가 하면 작가는 만주사변의 배후세력으로 동삼성정부(중국정부)의 사
주에 따른 만행으로 규정할 뿐만 아니라 일본, 일본군을 '우리나라' 혹은
'우리 군'이라 하여 일본과 조선을 완전히 하나로 인식하고 있는 것이다.
이러한 역사인식을 바탕으로 작가는 만주사변 이전에는 조선인과 중국
인과의 갈등이 극심하였으며, 관리의 부정과 부패가 성행하여 뇌물을 제
공하면 만사가 해결되었다고 했다. 따라서 만주사변을 통하여 이러한 민
족 간의 갈등과 부패는 사라지게 되었으며, 중국군(육군대)은 패주하면서
조선인 부락을 습격하여 살육했다고 서술하고 있다. 그리고 마침내 만주
국 건국과 건국이념을 다음과 같이 예찬하고 있다.

순천안민(順天安民)과 민족협화와 도의를 표대로 한 왕도정치의 신국가가 성

---

56) 신서야, 「피와 흙」, 『춘추』, 1943.4, 152~153면.
57) 王德林은 중국 동북군에 속한 길림 보병의 대대장으로 만주사변이 터진 후 일본군의
    동북침입과 정부의 투항정책에 반대하고 군대를 이끌고 항일전선에 나섰다. 그의 부대
    는 주로 간도지역을 포함한 길림성의 동북지역에서 활동하면서 조선과 중국을 연결하
    는 吉會鐵道(길림과 회령)를 파괴하였으며, 1932년에 중국공산당의 지지를 받아 '길림
    중국국민구국군'을 결성하여 반일단체의 주도세력이 되었다. '東北抗日聯軍鬪爭史'編寫
    組, 『東北抗日聯軍鬪爭史』, 北京人民出版社, 1991; 계곤, 앞의 글, 109면 참조

립되었을 때의 고려촌은 병화를 맞은 이전보다 못지 않게 복구되었다. 왕도의 자광(慈光) 밑에서 봄은 찾어왔다.[58]

여기에서 다시 한 번 만주국 건국이념의 허구성을 외면하고 '왕도의 자광'으로 인식하면서 만주국이 건국되고 난 뒤 고려촌의 "학교에서는 글 읽는 소리가 낭랑히 울여나오며 교정에 드높은 게양대에는 오색이 찬란한 깃발이 봄바람에 펄펄 날리고 있다"[59]고 새로운 세계에 대한 확신을 갖게 된다. 그러나 여기에서 아이들이 읽는 글이 일본어이고 찬란한 오색깃발이 일제의 괴뢰정부 만주국 국기라는 사실을 생각하면 「피와 흙」은 철저하게 만주국 건국의 당위성을 강조하는 선전문학임을 확인하게 된다.

(2) 개척민의 삶과 위장된 고향

개척민의 삶과 만주에서의 새로운 고향을 만들기를 그리는데 주력한 작가는 안수길이다. 그는 간도를 대표하는 작가로 「새벽」, 「벼」, 「원각촌」 등을 통하여 초창기 이주민의 고난과 삶을 문제시하지만 그 지향점은 개척문학에서 크게 벗어나지 못하고 있다. 그러나 그가 일제의 국책에 따른 본격적인 '개척문학'은 「토성」(1941)과 「목축기」(1943)라고 할 수 있다.

「토성」은 안수길의 단편집 『북원』(1943)에 수록된 작품으로 일제의 식민정책을 옹호하는 작품[60]이다. 이 작품은 명수의 이복형인 학수가 비적이 들끓는 농촌에서 농사를 짓지 않고 도시로 나가 여관을 짓기 위하여 동생 명수가 경작한 아편을 훔치려 야밤에 마을로 숨어들다가 비적의 출

---

58) 신서야, 앞의 책, 161면.
59) 위의 책, 161면.
60) 김호웅, 『재만조선인문학연구』, 국학자료원, 1998, 152~154면; 오상순, 앞의 책, 43면.

현을 보고 햇불을 밝혀 마을을 구출하고 자신은 비적의 총에 맞아 죽는 다는 이야기다. 그런데 사실 이 작품이 만주국 시기 일제의 식민정책을 아무런 비판 없이 수용할 뿐만 아니라 그것을 개척민을 위한 최선의 정 책으로 받아들이고 있다는데 문제의 심각성이 있다. "만주에는 새나라가 탄생하였고, 간도에는 새로운 정치가 베풀어졌으며, 비습(匪襲)으로 황폐 한 농촌의 갱생을 위하여 여러 가지 특전과 편의를 베풀었다"는 것이다. 그러면서 작가는 만주국이 베푼 특전 가운데 대표적인 것으로 아편정책 과 토지구입을 위한 연대보증제도, 비적으로부터 개척민을 보호하기 위 한 집단부락제를 꼽고 있다.

이 작품은 아편의 수확장면으로 시작되는데 아편재배를 "정부에서는 다시금 농촌의 갱생을 위하여 한 가지 특전을 베풀었다. 그것은 경작지 의 일부에 따—엔을 재배하라는 것"61)이라 하여 새로운 특전으로 받아들 이고 있다. 그러나 실제 아편재배는 일본이 대륙침략을 위한 자금을 조 달의 수단인 동시에 아편중독을 통하여 배일사상을 둔화시키려는 의도62) 가 있었다는 사실을 외면해서는 안 될 것이다. 그럼에도 아편의 폐해에 는 전혀 관심을 보이지 않고 형은 사업자금을, 동생은 빚의 청산과 결혼 자금을 마련할 수 있는 방편으로 생각한다. 그리하여 형제는 서로 아편 을 차지하기 위하여 혈안이 되며, 형은 아편의 밀매를 시도하지만 실패 하기에 이른다. 그러나 그 뿐 이 작품에서는 아편문제의 본질에 대해서 는 더 이상의 언급은 없다.

한편 토지소유를 위한 연대보증제도의 시행에 대하여 작가는 "이제는 어두운 정치가 아니었다. 일생을 농노의 신분에서 못 벗어지는 지팡사리 가 아니었다"63)고 만주의 토지정책에 감격하고 있다.

---

61) 안수길, 「토성」, 『창작집 북원』, 간도 : 예문당, 1943, 73면.
62) 현경준의 『마음의 금선』은 이주민의 아편중독과 만주국의 아편정책과 관련된 문제를
다루고 있는데 이에 대한 구체적 논의는 이 책의 「만주이주민의 현실왜곡과 체제 순응」
에서 자세히 검토하였기에 여기에서는 생략한다.
63) 안수길, 앞의 글, 73면.

　토지는 수전으로 네상, 한전 두상 (…중략…) 생활에는 문제도 없었거니와 생
전에는 안 돼 하던 토지의 소유가 될 수 있는 것이 아버지에게는 무엇보다도 기
뻤다. 그러나 기한이 긴 것과 연대보증제도를 이해 못하는 사람도 혹 있었다.
　"아유, 십 오 년, 일생이구료."
　"맞보증 서서 그 토지 얻은 사람이 꼭 한테 붙어 십 오 년 간 지내야 될 테니
증역이지."
　아버지는 이런 사람에게 말하였다.
　"십 오 년이 길다구. 지팡사리할 적 일 생각해보슈. 백년가야 제 토지가 되어
본답딧가. 처자 뺏기는 건 어떻구. 십 오 년이래야 십오 년 다요. 서루 돈독해서
빨리 돈 물면 십년이래두 좋구 오년이래두 되잔어요. (…중략…) 또 증역이라니
그두 생각 잘못한 것인게 몇 해 지낸 뒤 사정이 생길 때 그 권리를 다른 사람에
게 넘기진 못한답딧가."[64]

　위의 예문에서 연대보증이야말로 '징역'이라는 주장에서 알 수 있는 것
처럼 일제는 소작농을 자작농으로 만든다면 미명 아래 척식회사를 통하
여 헐값으로 사들인 토지를 조선 농민에게 팔고 10~15년 내에 본전과 이
자를 물게 함으로써 막대한 이득을 얻을 수 있었다. 그와 동시에 연대보
증제도는 그들의 통제 속에 있는 이주민들로 하여금 집단부락에서 떠나
지 못하게 하는 또 다른 통치수단의 하나였던 것이다. 그럼에도 불구하고
이러한 일제의 간교한 정책을 간과하고 일제를 자기 토지를 갖세 해 주는
은인이라고 생각하는 것이야말로 작가의 역사의식의 부재를 드러내주는
것으로 일제의 국책을 충실히 수행하는 허수아비에 다름 아니다.
　그리고 이미 일군장병과 자위단의 토벌로 대부분의 비적은 섬멸되거
나 선무공작으로 귀순하였다고 주장하면서 최후까지 저항하는 것이 왕
덕림 일파로 그들의 공격으로부터 부락을 지키기 위하여 집단부락화와

---

64) 위의 글, 72면.

함께 토성을 쌓는다. 여기에서 왕덕림으로 대표되는 항일구국군을 비적이라 지칭하고 있음은 작가의 현실인식이 이미 일제의 식민정책에 철저하게 동화되었음을 보여주는 것이다. 이러한 현실인식은 말썽꾸러기 학수조차 그들이 애써 만든 집단부락을 지키기 위하여 밤중에 동생이 아편판돈을 훔치기 위하여 부락으로 잠입하는 도중, 비적이 출현하자 횃불을 밝혀 부락사람들을 구출하고 비적의 총탄에 맞아 죽음으로써 새로운 고향을 지키게 된다는 멜로드라마로 드러난다. 따라서 「토성」은 일제의 식민정책에 힘입어 조국과 민족을 망각하고 일제의 식민지 만주 땅에서 만주국민으로 살아가는 가짜 고향 만들기라 할 수 있다.

한편 「목축기」는 『춘추』에 '개척민소설 특집'으로 실린 작품으로 「토성」에서 한 걸음 나아가 만주국의 통치이념과 체제에 순응하는 것에 머물지 않고, 그 시책에 따른 작품[65]이라 할 수 있다. 사실 「목축기」는 이미 안수길을 논의하는 자리에서 많이 논의되었기에 작품의 전체적 성격에 대하여서는 생략하고 다만 일제의 개척문학으로서의 성격을 살펴보고자 한다.

이 작품의 주인공 찬호는 "건국 후 성(省)의 교육방침이 근로의 방향으로 기우려질 때, 거기에 순응하기 위하여 학교당국에 간택 받은"[66] 인물이다. 그렇기 때문에 그는 교사라기 보다는 농업기술자에 지나지 않았다.

> 건국 전까지 호방자유한 분위기에서 살아왔달 수 있는 학생의 유풍이 아직 깨끗이 가시지 않은 그때라 한마디의 속시원한 웅변이라곤 없이 묵묵히 광이와 호미로서 흙을 파는 면에서만 접촉하는 찬호에게 존경이나 흠앙을 가질 수 없는 것은 그때 그 학교생도들이었다.[67]

---

65) 김호웅, 앞의 책, 156면.
66) 안수길, 「목축기」, 『춘추』, 1943.4, 124면.
67) 위의 글, 126면.

여기에서 만주 건국과 함께 교육내용이 크게 변한 사실을 알 수 있으니 건국 전에는 학교수업이 일제 식민지교육이 아니라 민족의식을 일깨워주는 교육이었음에 반하여 건국 후에는 이념적인 교육은 배격하고 만주개척을 위해 필요한 실기교육이 중심이었음을 확인할 수 있다. 그러나 찬호는 당국의 특별한 배려에도 불구하고 학생들로부터 신망도 받지 못했기 때문에 그들에게 농업교육의 필요성도 인식시키지 못하는 무능한 교사라 하지 않을 수 없다. 따라서 찬호가 학교를 그만두고 목축사업에 뛰어드는 것은 교사로서 자신의 무능을 만주국 축산장려책의 실천으로 호도하는 것이라 할 수 있다. 일제는 1930년대 후반 '남면북양(南綿北羊)'이란 슬로건 아래 만주에서 목축을 장려[68]하는데 이 또한 대륙침략을 위한 군수물자를 조달하기 위한 수단이었음은 말 할 필요가 없다. 이런 사실은 "현 당국은 와우산 목장을 목축부락으로 인가하였고 목축자작농으로서의 자급자족경제를 세워나감에 가지가지로 편의"[69]를 제공하게 되는 것이다. 그러나 이러한 정책의 이면에 도사리고 있는 일제의 정략성을 외면하고 "지금은 암흑시대가 아니다. 만주에는 아침이 왔다"고 찬호는 믿는다. 그리고 논산에서 씨돝 70두를 사서 돼지와 함께 숙식을 하며 와우산목장에 입식시켜 양돈전문인부 로우숭[老宋]과 함께 정성스레 기른다. 그리고 자식처럼 기르던 돼지가 범에게 물려가고 이후 로우숭이 범에게 물려 귀를 잃어버리자 로우숭이 범을 잡기 위하여 눈 내린 날 집을 나선다는 것이다.

사실 이 작품은 어떤 의미에서는 완결된 작품이라고 볼 수 없다. 그것은 물론 작품의 말미에 "「목축기」의 一"이라고 명시하고 있다는 점과 함께 작품 자체로서도 만주개척의 한 방편으로 목축의 중요성만 이야기될 뿐 그것이 어떤 결과를 가져왔는지 밝혀지지 않았고, 로우숭의 행위 또

---

68) 『만선일보』에서는 1940년 4월 9일부터 '만주축산강좌'라는 특별란을 통하여 축산을 장려하는데 '양돈법'은 4월 25일부터 5월 22일까지 20회에 걸쳐 연재하고 있다.
69) 안수길, 앞의 글, 127면.

한 작품의 결말로서는 불완전하기 때문이다. 그럼에도 불구하고 안수길은 후속편을 쓰고 있지 않음은 이 작품이 철저하게 만주국의 국책에 따른 것임을 스스로 인정한 결과라 하지 않을 수 없다.

(3) 만주건설과 황도신민의 길

만주국은 농업의 장려는 물론 농가부업을 권장하는 한편으로 농민의 계몽을 중시하였다. 그리하여 개척민소설 또한 이러한 만주국의 정책을 충실히 따랐으니 윤백남의 「벌통」과 정인택의 「검은 흙과 흰 얼굴」이 그것이다.

'개척민소설'이라고 이름 붙여진 「벌통」은 『신시대』(1945.1)에 발표되었다. 이 작품은 영동에서 소작인이었던 광술의 가족이 집단으로 만주로 이주하여 그곳에서 성공적으로 정착해 가는 과정을 그린 소설이다. 양성진(陽城鎭) 개척단의 일원인 광술어머니는 매사에 적극적이고 긍정적 인물이다. 그녀는 영동에서 입식단에 가입하는 것도 그녀의 적극성에서 비롯되었고, 만주에 들어와서도 갖가지 부업을 하면서 농장사무소를 제 집 드나들듯하여 소기의 목적을 달성하는 것이다.

> 부락에서 치마를 벗어버리고 몸뻬를 입고 나선 것도 광술어머니가 봉을 떼었고, 사무소를 동독하여 흥농합작사에서 다량의 마령서를 갖다가 녹말을 만들어서 양식에도 보태었고, 만주사람들에게 국수재료로 내팔기도 하였고, 엿을 고아서 내팔기도 해서 부락의 생활을 다소라도 도운 것도 그의 힘이었다.[70]

위의 예문에서 보는 것처럼 이주 초기의 어려움도 아랑곳하지 않고 현실을 긍정하고 적극적으로 타개할 뿐만 아니라 현실을 왜곡하면서까지 이주민의 삶을 밝고 활기찬 것으로 그리고 있는데 이는 당시 일제에 의

---

70) 윤백남, 「벌통」, 『신시대』, 1945.1, 14면.

하여 작품의 명랑화71)를 강조하던 시대적 요구의 산물이라고 할 수 있
다. 그녀는 스스로 농장사무소를 다니며 그녀의 뜻을 관철시키는 한편으
로 사무소의 요구도 적극적으로 실천함으로써 신경 본사에서 표창까지
받게 되는데 그것은 다름 아닌 일본 황실의 조상신이라는 천조대신(天照
大神)의 신위를 집집마다 모시게 하는 일이다.

> 신경 만척공사에서 개척민들에게 경신(敬神)사상을 집어넣기 위하여 각부락단
> 위로 차차 조그만 신사를 조영할 계획은 있지마는 그것은 적지 않은 경비문제로
> 해서 급거히 실시할 수 없는 일이니까, 우선 매호에 천조대신(天照大神)의 신위
> 를 모시게 하기 위하여 대마를 호수에 따라 부락사무소로 보내온 일이다.72)

이에 광술어머니는 '부락민들의 문화수준이 낮아서 천조대신이 어떠
한 분이신 것조차 모르기 때문에' 그녀는 마을 사람들에게 '우리들을 지
켜주실 분은 천조대신이란 신위'라고 적극 홍보한 결과 "불과 이틀만에
천조대신 지패신위는 집집에서 뫼시게 되었고 일반 여인네는 진정으로
그 신위를 믿고 무슨 일만 있으면 은근히 그 앞에 가서 정안수를 떠놓고
조선식으로 손을 싹싹 빌고 있는 광경"73)을 보게 되었음을 자랑하고 있
다. 이렇게 적극적으로 일제의 침략행위에 동참한 광술어머니는 '신경
본사에까지 알려지게 되어 본사에서 칭찬의 공문과 함께 약간의 포상'까
지 받는 인물이 된다.

그녀는 거기에 머물지 않고 입식한지 삼 년이 되는 올해에는 남들이
염려하는 양봉을 시작하여 성공을 거두게 된다. 그런데 양봉을 한 광술

---

71) 일제는 현실의 어두운 면을 그리는 것은 그것이 현실 그 자체라 하더라도 신체제하에
　서는 지양해야 할 것이라 하여 가능한대로 작품의 명랑화를 꾀할 것을 강요하게 되는데
　작품의 명랑화는 현실을 왜곡하고 체제에 순응하는 작품태도라 할 수 있다. 「작품의 명
　랑화」, 『인문평론』 제14호, 1941.1, 5면 참조.
72) 윤백남, 앞의 글, 15면.
73) 위의 글, 15면.

은 꿀을 팔러 가서 돌아오지 않자 어머니가 그를 찾아 신경에 가서 아들
을 데리고 온다. 돌아온 아들은 꿀을 판돈으로 새비로양복, 나까오리모
자, 도금테안경을 사서 한껏 멋을 부리는데 이를 본 광술어머니는 아들
을 버리게 되었다며 벌통을 부셔버리겠다고 도끼를 찾자 멀거니 바라보
던 남편이 한마디한다.

> 마우. 벌통이 무슨 죄요. 돈 있다고 자식버릴래서야 밤낮 가난뱅이로 살아야
> 겠구려. 그놈이 제 손발을 놀려 번 돈이 아니니까 공돈으로 알고 그런게요. 어서
> 걷어부치고 나와 일을 하도록 허우. 그리고 코떨어지기 전에 며누릿감이나 수탐
> 문할 생각을 허우.74)

이러한 결말은 당시 국책문학의 방법으로 '작품의 명랑화'를 통하여
만주개척민의 삶이 고난과 질곡에서 벗어나 밝고 희망에 찬 삶임을 보여
주어 "개척민정책을 홍보하려는 의도"75)이기도 하지만 그것은 이주민의
삶을 왜곡하면서 황국신민으로 살아 갈 것을 강요하고 있다는 점에서 문
제의 심각성을 지적할 수 있다.

한편 정인택은 조선이주협회의 주선으로 만주시찰단의 일원으로 만주
일대를 시찰하고 작품 「검은 흙과 흰 얼굴」을 쓰게 된다. 이러한 사실은
그대로 작중주인공을 통하여 밝히고 있는데, "철수가 남북만 조선인 개
척지를 시찰하고 거기서 얻은 견문으로 작품을 써달라는 조선이주협회
의 부탁을 받아"76) 개척민 부락인 H농촌을 돌아 본 르포형식의 소설로
작중주인공 철수는 바로 작가임을 알 수 있다.

철수는 만주시찰을 위하여 만주 H촌을 만척출장소에서 보내준 김군의

---

74) 위의 글, 17면.
75) 신희교, 앞의 책, 88면.
76) 정인택, 「검은 흙과 흰 얼굴」, 『조광』, 1942.11, 192면. 한편 정인택은 「만주행 前記」(『삼
     천리』, 1942.7)에서 만주시찰을 위한 준비와 자신의 각오를 밝히고 있다.

안내로 가게된다. 가는 도중에 철수는 만주벌판과 농촌의 모습을 보며 "만주개척이라는 성업(聖業)에 정진하고 있는 조선농민들의 생활"77)에 감격을 한다. 그리고 개척부락의 정경을 보여주고 있는데, 중앙부락에 높다란 망루가 있고, 마을에서 가장 잘 보이는 황무지에 흰 나무로 만든 신사(神社)가 성스럽게 있고, 농촌연합사무소가 있고, 예배당이 있다고 했다. 이러한 풍경에서 주민을 감시하고 통제하기 위한 수단으로 망루를 설치하고, 황국신민이기를 강요하는 "성스러운 신사" 등을 통하여 이미 만주란 일본의 또 다른 식민지임을 확인할 수 있다. 그럼에도 불구하고 철수는 개척민이 살고 있는 가옥이 조선의 농가보다 정돈이 되어 있고 깨끗하여 서운함을 느꼈다고 다음과 같이 쓰고 있다.

> 그것은 도저히 농촌의 풍경이 아니었다. (…중략…) 순간 철수는 일종의 서운함을 금치 못하였다. 비참한 생활, 음산한 생활, 이 북만주벌판에서 조선 농민들은 오직이나 고생들을 하고 있을까 하던, 그리고 꼭 그런 생활만을 예기하고 있던 자기의 예상이 산산히 깨어져나가기 때문이었다. 그러나 철수는 그 서운함을 눈물이 나도록 즐거운 마음으로 달게 받아드리는 것이다.78)

여기에서 작가는 만주가 이미 왕도낙토가 되었으며, 거기에서 살고 있는 조선개척민이 얼마나 안정된 생활을 하고 있는가를 말하고 있다. 그리고 그 날 저녁 숙소에서 그 곳에서 교원생활을 하는 옥같이 흰 얼굴의 젊은 여성을 발견하고 자기의 옛 애인 혜옥임을 짐작한다. 그녀는 당대 서울에서 유명한 소프라노였으나 어머니가 강권으로 돈 많은 사람과 역혼을 발표하자 행방을 감춘 여인이다. 그녀는 자신의 신분을 속이고 마쓰바라라는 이름으로 만주에서 열성적으로 아동을 지도하고 밤에는 야학을 열어 마을 사람으로부터 칭찬이 자자하다. 그리하여 다음날 학교에

---

77) 위의 글, 191면
78) 위의 글, 194면.

가서 그녀의 수업을 참관하려고 그녀가 담당하고 있는 교실 앞에 이르자 그녀 또한 이를 눈치 채고 칠판을 향하고 있을 뿐 얼굴을 끝내 보이지 않자 철수 또한 교실에 들어가는 것을 단념하고 그녀를 지금 만나지 않는 것이 서로를 위하여 좋은 일이라고 생각하며 교실을 떠나며 다음과 같이 생각한다.

혜옥이라면 더욱 반갑다. 그러나 혜옥이 아니더라도 이 얼마나 훌륭한 여자의 생활인가. 갱생이면 더욱 좋고, 갱생이 아니라도 또한 즐거운 노릇이다. 근대의 젊은 여성들이 이런 데서 이렇게 꾸준히 살길을 찾아 나섰다는 것은 이것은 첫째로 누구를 위하야 만세를 부를 일이냐. 그들 여자들 자신을 위하야서이다. 그렇다. (…중략…) 철수는 비로소 그 여자가 혜옥이 아니라도 맘이 뿌듯하게 만족할 수 있었다.[79]

여기에서 작가는 만주개척이란 농민만의 몫이 아니라 모든 지식인이 함께 하여 왕도낙토를 건설하는데 동참할 것을 강조하고 있다. 이처럼 정인택은 일제의 만주지배정책을 단순히 개척민의 문제로 보지 않고 모든 지식인이 적극 동참하여 황도신민으로써 왕도낙토를 실현하는 것이야말로 동아 신질서를 확립하는 길이라 믿었으며, 그것은 바로 조선인의 새로운 길찾기임을 확신하고 있었다고 할 수 있다.

---

79) 위의 글, 201면.

4. 마무리

이상으로 일제 말기 만주개척민소설에 대하여 살펴보았다. 그것을 요약 정리하면 다음과 같다.

일제는 만주사변을 일으켜 만주를 점령하고 왕도낙토, 오족협화를 건국이념으로 만주국을 세운 이후 만주개척을 위하여 일본인을 비롯하여 조선인을 대량 이주시킨다. 그런데 1935년 이후 조선인의 이주가 급격히 증가하자 1937년에 '재만조선인지도요강'을 제정하여 한인을 강제로 집결시켜 집단부락을 건설하였다. 집단부락의 건설은 항일무장대와 연계를 차단하는 동시에 사상통제를 위한 수단이었다.

한편, 1937년 일제는 중일전쟁을 일으키면서 전시 하 국책에 따른 국책문학을 강조하면서 국책을 문학적으로 뒷받침할 것을 강요하는 한편 철저하게 통제했다. 이러한 시대적 상황 속에서 대륙개척문학이 본격적으로 출현하게 되었다. 대륙개척문학은 표면적으로는 만주개척을 문학적으로 뒷받침하는 것이지만 실제로는 일제의 만주지배정책으로서 만주국을 왕도낙토로 찬양하고 오족협화라는 미명 아래 각 민족의 자주성을 배격하고 황국신민화를 추장 하는데 목적을 둔 목적문학이었다. 그러므로 대륙개척문학은 태생적으로 일제의 식민체제에 순응하는 친일문학적 성격을 지닐 수밖에 없었다.

한국에 있어서 만주개척민소설은 이기영의 『대지의 아들』에서 비롯되었다. 이 작품에서 이기영은 프로작가로서의 면모를 다시 보여주고 있는데 그것은 문학을 정치선전을 위한 수단으로 인식하여 만주건국을 정당화하고 만주국민으로 살아갈 것을 권장하고 있다. 이를 위하여 그는 현실을 객관적으로 파악하지 않고 만주사변 이전과 이후를 대립적으로 설정하여 사변 이전의 세계를 부정과 비리, 혼란으로 가득한 모순의 세계로, 사변 이후는 이상적 정치로 왕도낙토가 실현된 세계로 그리고 있다.

그 결과 사변 이전의 제1세대는 부정적 면모를 지닌 인물로 비판의 대상
이 되며, 사변 이후에 입식한 제2세대는 건전한 생활과 부지런함으로 만
주건설에 적극적으로 참획하는 긍정적 인물이며, 제3세대는 만주국의 앞
날을 보다 이상적 국가로 이끌어 갈 세대임을 강조한다. 그러나 제3세대
가 살아 갈 만주 땅은 이미 오족협화에 따라 조국과 민족보다 일제의 식
민지백성으로 살아가는 길임을 작가는 의식적으로 외면하고 있다. 그런
점에서 『대지의 아들』은 일제의 식민정책을 적극적으로 수용하고 이를
선전하는 국책문학임을 확인할 수 있다.

　송산실의 「한등」과 신서야의 「피와 흙」은 만주국 건국이념을 적극적
으로 홍보하는 선전문학이다. 이들 작품은 항일구국군을 비적으로 몰아
세우고 비적 소탕에 몸바칠 뿐만 아니라 만주국의 건국이념을 실천하는
것만이 새로운 왕도낙토로서 만주국 건국에 이바지하는 길임을 강조하
고 있다. 그런가 하면 안수길은 「토성」과 「목축기」를 통하여 만주 땅에
서 새로운 고향 만들기를 적극 권장하고 있다. 그는 여느 작가들과 마찬
가지로 항일구국군을 비적으로 인식하고 그들의 소탕을 주장하는 한편,
사상통제를 위해 실시된 집단부락제를 새로운 고향 만들기로 받아들이
고 있다. 또 아편경작이나 연대보증제도의 이면에 감추어진 일제의 정략
적 성격을 간과한 채 조선개척민을 위한 특전으로 인식하고 있다. 이러
한 현실인식은 그가 일제의 국책에 적극적으로 동참하고 있음을 의미한
다. 특히 그가 만주 땅에 새로운 고향 만들기를 권장하는 것은 조선인으
로서의 삶을 포기하고 일제의 식민지백성으로 살아 갈 것을 강요하는 것
과 다를 바 없다. 그러므로 안수길의 문학은 일제의 국책에 따른 체제 순
응의 문학임을 분명히 해준다. 또 윤백남의 「벌통」이나 정인택의 「검은
흙과 흰 얼굴」에서는 만주개척민의 삶이 조선에서의 삶과는 달리 경제적
으로 풍요롭기 때문에 모든 사람들의 삶이 밝고 의욕적임을 의도적으로
과장하여 보여주고 있다. 그리고 일제는 만주에 신사를 만들고 천조대신
의 신위를 집집마다 모시게 하여 조선인을 황국신민화하려는 술책을 드

러내게 되는데 이 또한 '만주개척의 성업'이라고 주장하는 것은 이들 문학의 성격을 말해준다. 그리고 「검은 흙과 흰 얼굴」에서는 만주개척을 개척민의 문제로만 인식하지 않고 지식인이 적극 동참하여 황도신민으로써 왕도낙토를 실현하는 일이 요긴함을 역설하고 있다. 이는 만주국 건설이야말로 동아신질서를 확립하는 길임을 강조하는 것으로 일제의 국책을 선전하는 목적문학으로 기능하게 된다.

　사실 만주개척문학은 태생적으로 이미 일제의 국책과 맞닿아 있으며, 그 결과 어느 작품 할 것 없이 일제의 만주지배정책을 아무런 비판 없이 수용하게 되었으며 그것은 체제수용의 단계를 넘어 황국신민화를 촉진하는 친일문학적 성격을 지니게 되었음을 확인할 수 있다.

일제 말기 국책의 문학적 수용

이기영의 광산소설을 중심으로

1. 문학과 정치

일제 말기(1937~1945) 소설을 문제시할 때 가장 중심 되는 문제는 일제의 강요된 국책에 대하여 작가는 어떠한 반응을 보였는가 하는 점이다. 주지하는 바와 같이 일제 말기란 중일전쟁의 발발(1937)과 함께 모든 활동이 전쟁 수행을 위해 희생되어야 했고, 동시에 문학에 있어서도 전시 국책에 따른 국책문학1)이 강요되던 시기였다. 그러므로 이 시기 문학은 어

---

1) 戰時下 국책에 따라 농민문학, 대륙문학, 생산문학, 해양문학이라 불려진 문학이 성행하여 이것들을 일괄하여 국책문학이라 한다. 그 선구는 島木健作의 「생활의 탐구」(1937)가 계기가 되었으며, 1937년 당시 農相을 고문으로 島木健作, 和田傳 외 40여명이 중심이 되어 '農民文學懇話會'를 결성, 농업장려라는 국책과 문학을 직결시켜 농민문학의 유행을 촉진시켰다. 이후 1938년에는 高見順, 伊藤整 등에 의한 '大陸開拓懇話會', 川端康成, 坪田讓治 등에 의한 '소년문예간화회'가 결성되었으며, 이외에도 '해양문학협회', '경국문예회', '농산어촌문화협회', '남양문학간화회', '조선문인협회', '일만문예협회' 등 반관반민 문화문예단체가 결성되어 국책에 따른 문학 발전을 촉진했다. 三好行雄 편, 『近代文學史必攜』, 學燈社, 1989, 114면 참조

떤 의미에서 작가가 의식했든, 의식하지 않았든 정치적 선택의 문제와 관련되지 않을 수 없다. 그 결과 어빙 하우(Irving Howe)가 지적한 바와 같이 "정치적인 이념이나 정치적인 환경이 전 소설에 걸쳐 지배적이라고 여길 수 있는 소설, 또 이러한 전제로 인해 어떤 근본적인 왜곡을 당하지 않고, 오히려 작품 분석에 있어서 어떤 이득을 얻을 가능성마저 가진 소설"[2]을 정치소설이라 할 때, 이 시기 문학은 정치소설적 성격을 지닐 수밖에 없다.

사실, '정치소설'이란, 정치적 상황이나 정치문제를 소재로 삼고 있을 뿐만 아니라 그런 소재를 통하여 어떤 정치이념을 비판, 또는 옹호하고 있는 작품을 지칭하는 것이라 할 수 있는데 이러한 소설은 궁극적으로 둘 중의 한 가지 태도를 취할 수밖에 없다. 즉 어떤 이념을 위해서, 구체적으로는 국가의 이익을 위해서 개인이 희생되어야 한다는 국가주의적 입장을 취함으로써 정치이념을 옹호하거나, 아니면 그와는 달리 개인의 자유와 권익을 무엇보다도 우위에 두는 자유주의적, 개인주의적 태도를 취함으로써 정치적 이념을 비판하는 태도[3]를 지니게 될 것이다. 그러나 그것이 어떠한 것이든 스탕달(Stendhal)의 지적처럼 "문학작품에서 정치는 음악회 중간에 들린 총소리처럼 매우 시끄럽고 속된 것이지만, 우리가 관심을 가지지 않을 수 없는 그런 것"[4]이며, 특히 일제의 정책이 전쟁수행을 위해 모든 국가적 역량을 총동원하던 시기이고 보면 이 시기 문학을 어떠한 관점에서 검토해야 할 것인가 하는 문제는 자명해진다. 그럼에도 불구하고 이 시기 문학을 일제의 국책과 관련짓지 않고 논의하는 것은 문제의 실상을 올바르게 해명하는 길을 원천적으로 외면하고 있다고 할 수 있다.

일제는 이미 1920년대의 토지조사를 통하여 농민수탈을 강행하였으며,

---

2) 이항재, 『소설의 정치학』, 문원출판사, 1999, 12면 재인용.
3) 김명열, 「정치와 개인」, 『문학과 정치』(유종호 편), 민음사, 1980, 224면 참조.
4) 이항재, 앞의 책, 11면 재인용.

1930년대에 이르러서는 북선 개척을 정책과제로 설정하고 한국의 지하자원을 수탈하는데 집중하기 시작했다. 1931년 말에 부임한 우가키[宇垣] 총독은 북선 개척, 남면북양(南綿北羊), 농가갱생을 정책슬로건으로 내걸고 대자본을 유치하였으며, 1930년대 후반기에는 산금(産金) 5개년 계획을 수립하고 이 계획을 달성하기 위한 각종 보조금지급과 송전망 및 도로망이 대대적으로 건설5)되었고, 1937년 중일 전쟁이 발발하자 군수자원의 조달과 막대한 군수물자 수입에 대한 지불수단을 획득하기 위한 수단으로 금을 비롯하여 지하자원 개발이 요청되었다. 이러한 시국의 요청에 따라 일본은 '조선산금령'(1937)을 공포하였고, 1938년 5월에는 '조선주요광산물증산령'을 공포하였다.6)

이러한 시대적 상황 속에서 문학계 또한 결코 자유로울 수 없었다. 그리하여 1939년 10월에 친일 어용단체인 조선문인보국회가 창설되었으며, 1942년 9월 5일에는 상임간사회를 소집하여 간부를 개선하고 실천요강으로 ① 문단의 국어화 촉진, ② 문인의 일본적 단련, ③ 작품의 국책협력, ④ 현지의 작가동원 등을 채택하였으며, 작품의 국책협력으로는 일본정신의 작품화, 도의 조선 확립의 의의 탐구, 동아신질서 건설의 인식 철저, 징병제의 취지 철저를 내걸었으며, 선내(鮮內) 증산운동의 현지 조사를 중점 시책으로 제시했다.7) 이러한 시대적 요청은 작가에게 국책문학을 강요하게 되었으며, 이에 가장 적극적으로 호응한 작가가 이기영8)이라 할

---

5) 박기주, 「1930년대 조선 광공업의 기계화와 근로관리 통제」, 『경제사학』 제26호, 경제사학회, 1999.6, 6~7면.
6) 한창호, 「일제하의 한국 광공업에 대한 연구」, 『일제의 경제침탈사』, 민중서관, 1971, 294면.
7) 임종국, 『친일문학론』, 평화출판사, 1966, 106면.
8) 일제 말기 이기영의 대부분의 작품은 일제의 국책에 순응하는 문학이라 할 수 있는데, 그 가운데 이 시기를 대표하는 작품인 『대지의 아들』을 비롯하여 본고에서 다룰 『동천홍』, 『광산촌』과 그의 해방전 마지막 작품인 『처녀지』가 국책문학이라 할 수 있다. 『대지의 아들』의 국책문학적 성격에 대해서는 이 책의 「일제 말기 만주이주와 개척민소설」을 참조할 것.

수 있다.

그리하여 여기에서는 범위를 좁혀 생산소설의 하나로 지하자원 개발을 문제 삼고 있는 이기영의 '광산소설'[9] 『동천홍(東天紅)』과 『광산촌』을 중심으로 일제의 국책을 어떻게 문학적으로 수용하고 있는가를 살펴보고자 한다. 지금까지 이들 작품에 대한 논의는 이기영을 논의하는 자리에서도 배제되기가 일수이고 다루고 있는 경우[10]에도 치밀한 분석에는 이르지 못하고 있다.

2. 일제의 국책과 지하자원 수탈

일제는 1937년 중일전쟁을 일으키면서 모든 체제를 전시체제로 전환하게 된다. 그 결과 정치, 경제, 사회, 문화 등 모든 부문이 전쟁 수행을 위해 집중되었으며, 군수물자의 제작과 조달을 위해 금을 비롯한 지하자원을 개발했다. 이러한 일제의 국책으로서 지하자원 개발은 이미 1931년 우카키[宇垣] 총독이 부임하면서부터 '북선 개척'이란 슬로건을 내걸고 지하자원 개발의 필요성을 강조해 왔는데, 이는 경제의 군사화를 꾀하려는 목적에서 비롯되었다. 1932년 만주국을 건국하면서 중국에 대한 일본의 관심이 확대되어 마침내 1937년 중국본토에 대한 침략전쟁으로 발전

---

9) 광산소설이란 용어는 일본에서 '생산소설'의 한 유형으로 설정하고 있는데, 이를테면 마미야 모스케[間宮茂輔]의 『粗鑛』(1938)을 시작으로 하시모토 에이키치[橋本英吉]의 『갱도』, 오시카 다쿠[大鹿卓]의 『金山』, 『探鑛日記』 등 상당수의 작품이 전시 하 지하자원 개발을 독려하는 작품들인데 이들 작품을 '광산소설'이라 한다. 그런 의미에서 이기영의 『동천홍』, 『광산촌』을 일반적인 생산소설과 구별하기 위하여 편의상 광산소설이라 부르고자 한다.

10) 권유, 『민촌 이기영의 작가세계』, 국학자료원, 2002.

하게 되자 일본경제는 급속도로 전시태세로 강화되는 한편 영·미 각국
은 일본에 대한 경제봉쇄를 시작하게 된다. 이에 대응하여 일제는 중국
에 대한 군사 행동을 확대하게 되고 장기화됨에 따라서 고도 국방국가를
건설[11]하지 않을 수 없게 되었다. 그 결과 국방산업의 강화가 요청되었
고 이를 해결하기 위하여 광공업을 중시하지 않을 수 없었다. 특히 그들
의 결정적인 약점이었던 지하자원의 결핍을 조선에서 보충하지 않을 수
없게 되어, 이전까지 금을 중심으로 이루어졌던 광공업이 군수산업에 필
요한 광물로 그 비중을 높여가게 되었다[12]. 그리하여 1938년 5월에 조선
총독부는 '조선중요광물증산령'을 발표했다. 그들은 '국방산업상 특히 중
요성을 가지며 속히 그 증산을 도모하지 않으면 안될 중요광물'(본령 제1
조)을 규정하고 광물의 증산과 약탈에 광분하였다. 그들이 말하는 군수산
업에 필요한 광물로는 금, 은, 동, 연, 주석, 안티몬, 수은, 아연, 철, 유화
철, 크롬, 망간, 텅스텐, 몰리브덴, 니켈, 코발트, 흑연, 마그네사이트, 사
금, 사철(砂鐵) 등 25종의 광물[13]이었다.

한편, 이러한 국가적 필요를 수행하기 위하여 다수의 광산노동자가 동
원되어야 하는데 광산노동자의 동원은 철저한 계획 아래 이루어졌다.
1938년 말 일제는 한국의 노동력을 일제히 조사하였으며 이를 바탕으로
소작농 가운데 노동력 동원이 가능한 비율은 70%로 파악하고 있었으며,
1939년부터 '노무동원계획'을 수립하고 노동력을 강제 동원했다. 일본이
조선에서 노동력 동원 방식을 이른바 모집알선, 특별알선, 징용 등으로
강화해 감에 따라 노동력의 강제동원 성격도 점차 명확해졌다. 여기에서
관심을 가져야 할 것은 동원 형태에 따른 명칭 변경과 관계없이 국가권
력에 의한 강제적 동원이라는 노동력 동원정책의 본질은 변하지 않았고,
더욱 노골화[14]되었다는 점이다. 그리고 광산에서 필요로 하는 노동력을

---

11) 한창호, 앞의 책, 221면.
12) 전석담, 김인호 역, 『근대조선 경제의 진로』, 아세아문화사, 2000, 304면 참조.
13) 위의 책, 304~305면.

동원하는 방법은 주로 남부지역의 농촌 노동력을 대상으로 관에서 알선하는 방법을 이용하거나, 광산주가 직접 허가를 얻어 노무담당자를 파견해서 모집하는 이른바 자유모집, 출장모집, 연고모집, 근로보국대,[15] 징용 등으로 이루어졌으며,[16] 농촌에서 농사일을 하던 사람들에게 광산의 노동은 그들 생리에 맞지 않을 뿐만 아니라 열악한 설비로 위험성이 높아 관 알선모집은 정착률이 좋지 않으므로 형식에서는 알선 모집이더라도 실제로는 연고자를 찾아 모집하는 연고모집을 선호[17]했다. 따라서 일제 말기 한국의 농촌은 일제의 노동력 공급원으로 전락했다. 이를테면 1939년부터 1945년까지 군수동원령에 의하여 광산노동자로 징용된 인원은 1939년에 24,279명에서 35,441명, 32,415명, 78,660명, 77,850명, 108,350명으로 증가하여 1945년에는 136,810명에 이르게 되었다.[18]

그런데 일제는 단순히 자원의 수탈과 노동력을 확보하는데 머물지 않고, 황국신민화정책을 동시에 실시함으로써 민족동화를 획책하려고 했다. 그리하여 이미 1935년에는 이른바 '심전개발운동(心田開發運動)'을 전개하여 전시 하 황국신민화정책의 원형을 제시하였던 것이다. 일본은 조선에서 '심전개발운동'의 목표를 국체관념의 명징, 경신숭조(敬神崇祖)의 사상과 신앙심 함양, 보은 감사, 자립의 정신을 양성할 것 등으로 설정하여 천황제 이데올로기를 조선 민중에 주입[19]했는데, 황민화정책의 실질적 목

---

14) 곽건홍, 『일제의 노동정책과 조선노동자』, 신서원, 2001, 93면.

15) 조선총독부는 1941년 '근로보국대'를 조직하였는데 그 목적은 공식적으로는 농촌 청장년의 '집단적 노동을 바탕으로 한 근로정신의 함양'과 '국가봉사의 기운'을 높이는 것이었으나, 주된 목적은 '국책사업' 수행에 필요한 노동력을 동원하는 것이었다. 근로보국대의 임무는 ① '국가적 봉사작업'으로 물자공급에 대한 근로작업, 군사원호 근로작업, 군사상 또는 국가적으로 필요한 토목건축 공사장, 농어촌, 공장, 광산 등의 물자증산에 필요한 근로작업, 각종 경비, ② '공공적 봉사작업'으로는 도로 교량의 건설과 수리, 방역 위생에 대한 근로 작업, ③ 노동력 자원의 보급 등이었다. 곽건홍, 앞의 책, 100면.

16) 위의 책, 97면.

17) 박기주, 앞의 글, 28면 참조.

18) 김문식, 「일제하의 농업」, 『일제의 경제침탈사』, 민중서관, 1971, 103면 참조.

19) 곽건홍, 앞의 책, 217~218면 참조.

표는 징병을 통해 조선 민중을 전장으로 동원하는 것과 노동력을 동원하여 군수생산력을 증강하는 것이었다. 근로보국을 병역의 의무와 함께 최고의 도덕으로서 의무와 영예로 규정하고, "노동하지 않는 자는 황국신민이 아니다"라는 구호 아래 국민개로 사상을 고취했다. 그러나 노동통제 이데올로기는 '황국근로관(皇國勤勞觀)'으로 표현되었다. 이는 '천황'에 대한 충성을 바탕으로 한 황국신민화 바로 그것이었으며, 황국신민으로서의 자각을 기초로 자신의 모든 능력을 투입해서 '전장'(공장, 광산)에서 국가에 봉사하는 것으로 인식하게 하는 것이 노동통제의 요체였다.[20]

한편 1940년 '근로신체제확립요강'에 따르면 일본 정부가 규정한 노동이란 개념은 '황국민의 봉사활동으로서 황국에 대한 황국민의 책임인 동시에 영예이며, 능률을 최고도로 발휘하고, 질서에 복종'하는 것으로 규정하고 황국근로관은 노력동원과 '노자협조주의(勞資協助主義)'를 관철시키는 이데올로기[21]이었다.

이처럼 일제는 물적 자원의 수탈과 동시에 인적 자원에 대해서는 천황제 이데올로기로 순치하기 위하여 생산과 교육이라는 양면정책을 실시했던 것이다. 그리하여 광산노동자의 교육과 함께 그 가족에 대한 교육도 실시[22]하였다. 그리고 진정한 황국신민이 되기 위해서는 일본어 해독이 필수조건이 되지 않을 수 없었다. 그런데 1939년 현재 조선총독부 조사에 따르면 일본어를 해득할 수 있는 조선인 비율은 13.9%로 남자 22.1%, 여자 5.6% 이었다. 일본어를 보급한 이유는 징병제 실시에 대비함은 물론 일본으로 동원되는 노동자의 작업환경 적응을 위한 것이었다. 일본어를 강제로 보급하기 위해 공장, 광산에 강습소(직장국어강습소)를 설치하여, 노동대중에게 '일일일어(一日一語)'를 강요했다.[23]

---

20) 위의 책, 219~220면 참조.
21) 위의 책, 220면.
22) 박기주, 앞의 글, 33면 참조.
23) 곽건홍, 앞의 책, 211면.

그러나 노동의무에 대한 반대급부인 임금은 일본 노동자와 동일한 임금을 주지는 않았다. 조선 노동자의 임금은 전 부문에 걸쳐 일본인에 비하여 낮았지만 특히 광업부문에서 현저한 차이[24]를 보여 주었으며, 중급 이상의 기술자는 모두 일본인이고 조선인 노동자에게는 기술교육이 허락되지 않았다. 전체 노동자의 29%에 불과한 조선인 기술자도 모두 하급 기술자 또는 사무원이었다. 광업부문의 조선인 노동자들은 일제의 민족차별과 저임금 하에서 중노동으로 고통 받고 있었다.

이처럼 저임금 속에서 생활하는 광산 노동자에게 그들의 낭비적 생활을 바로잡는다는 명목으로 강제저축을 실시하였다. 조선총독부는 1938년 4월 '조선저축장려위원회'를 조직하고 조선민중에 대한 저축을 장려하였다. 그러나 그들의 실제적 목적은 막대한 군비를 조달하는 방편의 하나인 동시에 노동자의 임금을 인하하는 효과와 함께 노동이동을 방지하는 데 있었고, 이는 일정한 효과를 거두었다. 그리고 1941년 '조선국민저축조합령'을 공포하고, 공장, 광산에 저축조합을 설립하여 노동자에 대한 저축을 조직화·강제화했다.[25]

문학 또한 이들 국가정책을 뒷받침하는 '총후문학(銃後文學)'으로서 국책문학을 강요받게 되었다. 그리하여 이 시기 국책문학의 중요한 과제는 군비강화를 위한 생산문학의 제작이었다.

일본에서 생산문학은 중일전쟁의 발발과 함께 군국주의체제의 정비에 구실을 주어 정치권력이 문화통제를 하면서 비롯되었다. '생산문학'은 국책인 '생산확충'에 관련하여 이름 붙여진 것으로 생산면을 강조, 확대하려는 목적으로 쓰였다. 이들 생산문학에 의해 그 특수한 분위기나 과정이 보다 전문적이고, 조사된 지식이나 적극적인 생활의 장으로 나가는

---

24) 광산 노동자의 임금에 대한 자료를 확인할 수 없어 시멘트공장의 경우를 예시하면 "1940년 5월 조선 오노다[小野田]시멘트공장 노동자의 1일 평균 임금을 구체적으로 살펴보면, 일본 노동자는 평균 2.86원이었고, 조선인은 1.03원이었다"(곽건홍, 앞의 책, 267면)고 하여 일본 노동자 임금의 반액에 미치지 못하고 있다.

25) 위의 책, 296~297면 참조.

점이 지적되어 당시 문학의 적극적 사조가 문학 세계를 개척하려고 하는 새로운 정신과 결부되어 있음을 알 수 있다.[26] 특히 생산문학을 비롯한 국책문학의 선봉에는 프로문학에서 전향한 작가들이 있었다. 이들은 그들의 전향이 위장된 행동이 아님을 증명할 수 있는 기회로 생각하였을 뿐만 아니라 이전까지 프로문학을 통하여 목적문학을 창작하였기 때문에 목적문학으로서 국책문학의 창작에 별다른 부담을 갖지 않을 수 있었던 것[27]이다. 이러한 일본 문단의 동향은 그대로 우리 문단에 영향을 주게 되어 최재서에 의하여 제기[28]되고, 많은 작가들이 이를 문학적으로 실천하게 되었다.

3. 총후문학으로서 광산소설

1) 국민개로(國民皆勞)의 실천과 고통 없는 노동

『동천홍』은 『춘추』 제13호부터 제25호까지 연재(1942.2~1943.3)된 작품으로 1943년 조선출판사에서 단행본으로 간행되었고, 『광산촌』은 처음 『매일신보』(1943.9.23~11.2)에 연재된 작품으로 1944년에 성문당서점에서 단행본으로 출간되었다. 이들 작품은 1941년에 작가 스스로 "신체제에 대한 이론을 공부하고 싶다. 동시에 이론을 체득하는 대로 이 시대에 적응할 수 있는 새 인간형을 구상적으로 창조하고 싶다"[29]고 자신의 작가

---

26) 日本近代文學館 편, 『日本近代文學事典』 제4권, 講談社, 1977, 249면 참조.
27) 三好行雄 편, 앞의 책, 114면 참조.
28) 최재서, 「모던문예사전」, 『인문평론』, 1939.
29) 이기영, 「新體制下의 余의 文學活動 方針」, 『삼천리』, 현대사, 1941.1 473면.

적 계획을 밝힌 이후 의식적으로 신체제 하의 새로운 인간형을 창조한 작품이라 할 수 있다.

『동천홍』은 45개의 장으로 이루어진 장편소설로 일본 유학까지 마친 주인공이 새로운 시대에 건전한 생활인이 될 목적으로 광산의 노동 현장으로 가는 장일훈이란 인물의 시혜자적 삶과 선구자적 모습을 형상화하고 있는데 거기에는 두 가지 문제가 중요한 서사를 이룬다. 그 하나는 가난으로 인하여 술집으로 팔려 가는 15세 소녀 선옥(본명 금남)을 어려운 처지에서 구출하고 잘 가르쳐 시국에 맞는 훌륭한 인간을 만드는 일이고, 다른 하나는 나태와 타락에 빠져있는 광부들에게 황국근로관을 심어주어 황국신민으로서의 사명을 다하도록 계몽하고 지도하는 일이라 할 수 있다. 그런가 하면『광산촌』역시 중학과정을 마친 주인공 형규가 광산 징용에 자원하여 과학 결전에 필요한 특수광물의 생산에 직접 참여함으로써 황국신민의 사명을 성공적으로 수행하고 귀향하는 이야기다.

따라서 여기에서는 이들 작품에서 보이는 주인공의 현실인식과 그 의미를 검토하고자 한다.

『동천홍』은 주인공 장일훈이 옥림광산으로 윤걸이란 친구를 만나러 가는 것으로 시작된다. 가는 도중 그는 강원도의 자연풍광에 감탄하며 여유로운 여행객의 기분을 만끽한다. 그리하여 광산에 일찍 도착할 필요가 없어 부처당(佛堂里) 주막에서 하룻밤 자고 가려고 한다. 거기에서 그는 술집 작부로 팔려 가는 15세의 선옥을 만나게 되고, 그가 팔려 가는 것에 앙탈을 부리고 마침내 밤중에 도망을 가다가 술집주인 백춘호에게 잡혀오는 것을 보고 연민의 정을 느낀다. 그리고 딸을 팔아먹는 부모의 행위를 '개, 돼지짓' 쯤으로 생각한다. 그리고 마침내 술집주인 백춘호에게 선옥을 산 금액(2백 원)을 되돌려 주고 선옥을 집으로 돌려보낸다. 여기에서 주인공은 가난에 대한 근본적 문제의식이 없이 돈 많은 휴머니스트의 동정심으로 문제를 미봉하고 있음을 발견하게 된다. 그는 "자기는 선옥을 구해낸 대신 새로 다른 여자를 불행케 만드는 것이 아닐까? 춘호는 그 돈으로 다시 다른 여자를 사러 갈 것이다. 그 때 그 여자는 선옥이 보다도 더 불쌍한 계집애가 된다면 어찌할 것인가?"[30]하고 고민하지만 자신의 행동이 "남의 절박한 사정을 참아 그냥 보지 못하는" 성격 탓으로 돌려버리고 있다. 이 점은 이후 윤걸과의 논쟁으로까지 확대되지만 주인공은 농촌의 가난을 제도적 모순으로 파악하지 않고 개인이 지니는 동정심으로 해소하고 만다.

사실 주인공 일훈은 부유한 백부와 목재상을 하는 부친으로부터 소학교를 마치자 장가들 것을 강요받고 내지로 가서 신문배달, 공장 노동자 생활을 하며 대학 예과를 졸업한 지식인이다. 그러한 그가 광산으로 가게 된 것은 자신을 포함하여 "도시인들의 허위에 가득 찬 삶"과 "저 혼자 잘 살려고 이윤을 추구하기에 여념이 없는" 사람들에 대한 반발에서 비롯되었다. 그리하여 "국가와 사회를 위하는 제이세 국민으로서의 자각"을 하게 되었으며, "머리로만 살려고 하는 불구자적 생활태도"를 버리고 "생산지대"를 찾아가서 건실한 국민이 되려고 한다. 이러한 시대 인식은 다름 아닌 일제의 국책에 영합하려는 태도에 다름 아니다. 그 결과 그는 일체의 과거를 부정하게 되는데, 옥림광산 역시 광산을 발견하여 오늘에 이르기까지 권모술수가 판을 치던 곳으로 그려지고 있다. 최초 광맥을 발견한 김사문은 자금을 조달하기 위하여 애쓰다가 조만용, 박준대와 동업하기로 하고 광산을 운영하지만 이들은 김사문을 축출하기 위하여 간계를 꾸미고 이에 반발한 김사문이 일본인 광산업자 고산(高山)의 신임을 받고 있는 윤걸의 주선으로 고산씨에게 넘어가면서 비로소 광산으로서의 면모를 갖추게 된다. 이처럼 옥림광산의 내력을 통하여 과거의 광산은 권모술수와 투기의 현장이었다면, 현재의 광산은 국가가 필요로 하는 자원의 생산지임을 대비적으로 보여줌으로써 새 시대 정신을 보여주려는 의도를 드러내고 있다. 이 점은 옥림광산의 실질적 책임자인 윤걸을 만난 일훈이

---

30) 이기영, 『동천홍』, 조선출판사, 1943, 43면.

생산 현장의 노동자로 자원하는데서 두드러지게 나타난다.

> 그가 광산일을 해보자 한 것은 단순한 자기 일신의 영달을 꾀하자는 노릇이
> 아니었다. 보다는 과거의 모순된 생활에서 시대양심을 올바로 붙들고 건실히 살
> 길을 찾아 몸소 그것을 실천해 보자는 데 그의 이상이 불타고 있었던 것이다. 그
> 럼으로 그는 자기 한 몸뿐 아니라 주위의 사람들로 하여금 그와 같은 생활환경
> 을 만드러 보자는 것이 그의 원대한 목적이었다.31)

여기에서 일훈의 행동은 어떤 의미에서 돌발적인 것이라 하지 않을 수
없다. 그가 서울을 떠나 윤걸을 만나러 오게 된 것은 노동을 하기 위한 것
이 아니라 새로운 생활의 활력을 얻기 위한 것이었고, 오는 도중에 선옥을
도와주는 것도 충동적인 행동이었다. 그러한 그가 갑자기 광산노동자가
되어 광부들과 함께 합숙을 하고, 힘든 일을 하자 동료 노동자들은 "무슨
사람이기에 노동일을 하면서 저렇게 진국일 수 있으며, 또한 잘두 감내해
간다"고 이상하게 볼 정도로 고통 없는 노동에 보람과 희열을 느끼는 것
이다. 그리고 노동을 천시하는 정생원을 가증스럽게 생각한다. 이러한 장
일훈의 성격적 변모는 "섬약한 지식인이 일제의 시책에 동화되었음을 의
미하기도 하지만, 정신의 황폐화를 육체적 적응으로 대체하려는 몸짓32)"
이라기보다는 그 반대로 정신적 황폐화에 따라 일제의 국책에 별다른 비
판적 태도를 갖지 못하고 맹목적으로 수용하려는 태도에서 비롯된다고 할
수 있다. 특히 작가는 일훈의 행동을 통하여 노동의 신성함과 근면성을 지
속적으로 강조하고 있는데 이는 일제의 국민개로의 국책에 따른 생산소설
로서의 성격을 부각시키려는데 그 목적이 있다. 이처럼 지식인의 노동자
화와 함께 노동의 신성함은 『광산촌』에서도 동일하게 나타난다.
　『광산촌』의 주인공 형규는 글방도령이란 별명처럼 성실한 인물인데,

---

31) 이기영, 앞의 책, 165~167면.
32) 권유, 『민촌 이기영의 작가세계』, 국학자료원, 2002, 159면.

그는 충청도 산촌 출신으로 국민학교를 졸업하고 중학강의록으로 중학 과정을 마쳤으나 가정 형편이 어려워 공부를 그만 둔 인물이다. 작년에 광산징용[33])에 구장의 권유가 있자 어머니의 만류도 뿌리치고 자원한 인물이다.

> 어머니, 우리들은 나라를 위하여 병정이 될 몸입니다. 한 두해쯤 광산일을 가는 것이 뭐 그리 대단할 것 있겠어요. 그리구 사람이란 문견이 있어야 하는 겐데 우물안 개고리처럼 집안에 있어서만 뺑뺑 돌면 무엇에 쓰겠세요.[34])

이처럼 '나라를 위하여 병정이 될 몸'임에도 불구하고 병정이 되어 전장으로 가지 못하고 "광산에 일개 징용인부로 뽑혀갔지만" 학식이 있고 성실하여 감독의 신임을 받고, 그의 집에 하숙까지 하게 된다. 이후 형규는 "광부생활을 한갓 품파리꾼으로밖에 생각하는 사람"이 많을 뿐만 아니라 그들 대부분이 주색잡기에 빠져 있음에 대하여 안타까워한다. 그러면서 그는 "농사를 지어서 만인의 의식주를 당하기나, 광석을 파내서 공업을 발전케 하기나 직접, 간접으로 국가를 위하는 일"이라는 자각과 함께 광부야말로 "산업전사"이기 때문에 강한 자부심을 갖고 다른 광부에게 직업에 대한 새로운 인식을 심어주려고 노력하기에 이른다. 이처럼 시대적 요청에 적극 호응하는 주인공은 처음으로 하는 지하갱도에서의 고된 노동에도 전혀 고통을 느끼지 않는다. 고통을 느끼기는커녕 "묘리를 알게되면 그것은 수월하다 할 수 있다. 왜 그러냐 하면 광업이나 공업은 기계를 사용하기 때문"이며, "몇 일 동안을 지긋이 참으며 차차 일에 숙달하기 시작하면 도리혀 긴장한 생활감정과 왕성한 정신력을 얻을 수 있다"고 주장하는데 이는 농민은 물론 지식인까지 노동 현장에 참여함으

---

33) 조선총독부는 1941년 12월 1일 '국민근로보국협력령'을 공포하고, '근로보국대' 방식의 노동력 동원을 본격화했다. 곽건홍, 앞의 책, 72면.
34) 이기영, 『광산촌』, 성문당서점판, 1943, 26면.

로써 국민개로(國民皆勞)의 국책을 성실히 수행할 것을 촉구하는 의미를 지닌다. 특히 광산노동자를 전장에 나가 싸우는 병사와 같은 차원에 둠으로써 황국근로관을 실천하는 황국신민으로서 의무를 다한다는 인식을 심어주고 있는 것이다.

2) 지하자원의 수탈과 그 현장

지식인 노동자들이 광산에서 하는 일은 1차적으로는 근면하게 지하자원을 채굴하는 일로 나타난다. 그러면서 다른 한편으로 광산노동자의 의식개혁에 더 많은 관심을 보이게 되는데 이는 노동에 앞선 '심전개발운동'으로서 '황국근로관'을 심어주기 위한 방편임은 말할 필요가 없다.

『동천홍』에서 주인공 일훈은 노동자의 삶이란 "하루 이원 미만"의 품삯으로 "그 날 그 날의 품파리로 겨우 연명하는 사람"이라고 하면서 그 원인을 낮은 임금에서 비롯된 것이 아니라 "낭비와 소비가 미풍으로 되어 있는 그들의 사회" 탓으로 돌리고 있는데, 이는 다른 측면에서 보면 광부들의 쾌락적 삶은 또 하나의 시대적 절망의 다른 표현[35]일 수도 있는 것이다. 그럼에도 불구하고 교화적 인물인 일훈은 이러한 광부들의 생활태도를 바로잡는 것이야말로 생산성을 높이고 국책에 따르는 길이라고 생각하게 된다. 그리하여 일훈은 그들 노동자 가운데 자신을 따르는 창수와 김사문과 더불어 절주운동, 저축운동, 야학을 통한 국어(일본어) 교육을 실시하기로 한다. 특히 힘든 노동을 하는 사람이 절주를 하기 위해서는 모든 사람이 함께 하여야 하며, 또 다른 취미생활을 통하여 극복할 수 있다는 점에서 저축운동과 야학이 문제되는데 이 점에 대하여 주인공은 다음과 같이 강조하고 있다.

---

35) 권유, 『민촌 이기영의 작가세계』, 국학자료원, 2002, 160면.

그렇습니다. 한 두 사람이 제가끔 할랴면 물론 제대로 지키기가 어렵겠지요. 그렇지만 이렇게 한 곳에 모여있는 여러분이 합심이 되어서 실행한다면 못할 것도 없을 줄 압니다. 가령 저축조합과 같은 형식으로 매달 얼마씩 떼어서 저금을 해두었다가 몇 달 만큼씩 본집으로 부친다든가, 무슨 사고가 생길 때 쓰기로 한다면, 얼마나 유조하겠습니까. (…중략…) 그야말로 진합태산으로 모르는 사이에 목돈이 모아질 것입니다.[36]

노동자에게 저축이란 매우 필요한 것임에 틀림없다. 그러나 최저임금을 받는 노동자에게 저축이란 또 다른 의미에서 착취의 수단일 수도 있는 것이다. 이러한 사실은 1938년 일제는 '조선저축장려위원회'를 조직하고 전조선인에게 강제저축을 강요한 사실과 무관하지 않다. 그리고 1941년에는 이를 더욱 강화하여 '조선국민저축조합령'을 공포하고 공장, 광산에 저축조합을 설립하여 노동자에 대한 저축을 조직화·강제화했던 사실[37]과 무관하지 않은 것이다. 특히 광산노동자의 강제저축은 노동이동을 막는 수단으로도 일정한 효과를 거둘 수 있는 방편이었다는 점을 고려한다면 저축조합운동은 일제의 국책을 따르는 행위임은 말할 필요가 없다. 그리고 저축운동과 함께 펼친 야학을 통한 국어(일본어)보급 운동도 같은 차원에서 검토될 수 있는데 이 점에 대하여 주인공은 다음과 같이 그 필요성을 강조하고 있다.

우선 국어를 배운다 합시다. 하루에 서너 마디씩만 익히신다 할지라도 일년이면 천 마디 이상을 배울 수가 있지 않겠습니까. (…중략…) 만일 여러분이 모다 국어를 해득하신다면, 그것은 여간 큰 유익이 아닐 것입니다. 첫째는 황민으로서 벙어리와 귀먹어리를 일시에 면하기도 하시겠지만, 생활상 수입으로도 유익이 많으실 줄 압니다. 어느 일판에 가든지 국어를 모르는 분이 품삯이 적다는 것

---

36) 이기영, 『동천홍』, 조선출판사, 1943, 212면.
37) 곽건홍, 앞의 책, 296~297면 참조.

은 저보다도 여러분이 더 잘 아실테니까요.[38]

여기에서 일본어 보급이야말로 '내선일체'를 실천하는데 가장 긴요한 일이 된다. '내선일체'의 가장 근본적 문제는 징병제와 일본어보급이었다. 식민지인에게 총을 들게 하는 것을 뜻하는 이 징병제는 식민지 조선의 민중들이 완전한 일본인이 되었다는 확신 없이는 이루어질 수 없는 사안이었다. 그리고 이와 동시에 징병을 위해서는 일본어 사용은 필수적 사항이었다. 그리하여 1942년 5월 8일 징병제 실시에 앞서 같은 해 5월 1일 국민총력 조선연맹의 주창에 의해 '국어전해운동(國語全解運動)'이 실시되는데 이전의 '교실국어'에서 '생활국어'운동으로, 다시 '국어상용운동'으로 강화되었다. 그런데 일본어 보급운동은 실제로 병력과 노동력으로 이용할 수 있는 조선인을 중점 대상으로 하고 있다는 점이다. 그 결과 청년과 남자 45세, 여자 40세 이하의 사람을 집중적으로 교육[39]시키려 했던 것이다. 이처럼 일본어를 상용화하기 위하여 의도적으로 노동자에게 임금 차별이란 방법을 통하여 일본어 보급을 강제했던 것이다. 이처럼 저축운동과 일본어 보급운동은 당시의 국책으로 추진된 사항이기 때문에 주인공 일훈은 도(道)로부터 표창을 받게 되고 회사에서는 유관기관장을 초청하여 거대한 잔치를 베풀기로 계획하고, 광산주 고산(高山)씨는 일천 원의 위로금을 준다. 그러나 잔치 전날 낙반사고로 일훈이 부상을 당하여 서울 병원에 입원하게 되어 광산촌을 떠닌다. 그리고 되원하면 다시 농촌으로 들어가 교사가 될 것을 다짐한다. 이처럼 『동천홍』은 지식인의 노동자화를 통하여 무지한 노동자에게 새로운 황국신민으로서 황국근로관을 심어주는 동시에 전쟁 수행을 위한 지하자원 개발의 중요성을 일깨워주는 선도자의 역할을 충실히 수행하고 있다.

그런데 『광산촌』에서는 보다 직접적으로 노동력 수탈에 대한 문제가

---

38) 이기영, 앞의 책, 216면.
39) 최유리, 『일제 말기 식민지 지배정책연구』, 국학자료원, 1997, 180면 참조.

제시되고 있는데, 작가는 광산촌이 생김으로써 마을에는 돈이 흔해졌고, 여자도 선광공(選鑛工)으로 일하게 되어 생활수준이 향상되었다고 주장하고 있다. 그리고 빼어난 산악미를 자랑하는 강원도에 광산이 개발됨으로써 "금번 대동아공영권의 중요한 광산기지로 약진한 반도광업의 기초를 쌓게되자 격렬한 과학결전을 안 하면 아니 될 특수광물의 생산으로까지 우렁찬 발걸음을 내딛게 되었다"고 주장하여 광산개발이 갖는 역사적 의의가 대동아공영권을 위한 전쟁준비임을 분명히 하고 있다. 이와 동시에 일제는 이미 조선의 지하자원을 약탈하기 위하여 명치 35년(1902)부터 반도의 지질조사를 했으며, 조선총독부 지질조사소에서 계속적으로 지하탐사를 했음을 밝히고, 특히 군수물자의 생산에 필수광물인 희유원소광의 발견은 최근이라고 장황하게 서술하고 있다. 그리고 각종 희유원소광의 용도를 밝히면서 "희유원소는 무선전신, 라디오 등에도 응용되는데 이미 남방의 결전장에서 그 위력을 발휘하였다 한다"고 하여 지하자원 수탈의 현장을 거리낌 없이 보여주고 있다. 이처럼 군비를 조달하기 위한 광산노동자의 작업 역시 "항부는 마치 참호를 하고 적진을 돌격하는 제일선 용사와 같다"하여 총후 결전을 독려하고 있음을 확인할 수 있다. 그런데 일제는 노동력을 보다 효율적으로 착취하기 위하여 한 달에 한번씩 '증산주간'40)이란 이름으로 1주일동안 각 작업장을 대상으로 경쟁심과 보상을 통하여 생산을 강행하였는데, 그러한 사정을 다음과 같이 서술하고 있다.

이 광산에서는 올부터 끝주일로 증산주간을 정해 놓고 각 작업장이 성적을 올

---

40) 1942년 전시광산증산강조운동(1942.9.1.~10.31) 기간에는 "우리들이 파내는 석탄과 광석도 전부가 병기다, 탄환이다"(『매일신보』, 1943.9.2)라는 구호와 함께 조선총독부 관료와 도지사를 동원하여 생산력 증강을 독려했다. 곽건홍, 앞의 책, 62면. 한편, 증산주간의 활동 가운데 모범사례로 "日室鑛業開發株式會社 ××광산의 광석운반부 廣田德鳳은 1943년 4월 23일 입사한 이래 13개월 동안 하루도 결근, 지각없이 노동에 종사했다. 심지어 그는 5살 난 아이가 사망했을 때에도 근무했으며, 1943년 9~10월 2개월 동안 전개된 중요광물증산 기간에 먼지가 눈에 들어가 눈이 충혈되고 작업이 곤란한데도 6일간 평소의 2배에 해당하는 광석을 생산했다"고 대대적으로 선전했다. 곽건홍, 앞의 책, 224면.

리기에 힘을 썼다. 그것은 일종의 경기행사와 같았다. 이렇게 각 부문을 한달 뒤로하여 여러 단체가 제각금 작업에 경쟁을 하게 된다. 그래서 성적이 우수한 단체에게는 상을 주고 그들을 격려하였다. 이와 같은 단체적 경쟁일은 그들에게 비상한 충동을 주었다.[41]

이와 같이 경쟁심을 통한 노동력 착취는 "주야 삼교대"로 이루어지며, "이 주간에는 비단 광산의 작업뿐이 아니라 그들의 사생활까지도 규범을 지켜서 자숙운동"을 할 것을 강요받게 되었다. 이처럼 모든 방법을 동원하여 노동력을 착취하고 개인의 사생활까지 규제하려 한 것은 생산성을 높이는 동시에 황국근로관을 주입하려는데 목적이 있음은 말할 필요도 없다. 그리하여 주인공 형규는 "광부는 한갓 인부가 아니라 국가, 사회를 위한 훌륭한 생산자라는 점이고, 이런 생각을 할 때 자기의 하루 일이 조금도 고달픈 줄을 몰랐다"고 하면서 전쟁 수행을 위해 자원을 개발한다는 사실에 "자부심과 긍지"를 느낀다고 주장한다. 이러한 주장의 이면에는 주인공 스스로 자기 자신을 충실한 황국신민의 하나로 인식하고 그것에 강한 자부심과 긍지를 느끼고 있음을 의미한다. 그리하여 주인공 형규는 마침내 나이 많은 사람이 있음에도 불구하고 노동자 가운데 학식이 있고, 위인이 건실할 뿐만 아니라 국어에 능하고 두뇌가 명석하기 때문에 반장이 된다. 그런가 하면 광산촌 사람에게 야학을 통하여 "국어와 산술을 하루 밤에 두 시간씩" 배우게 하여 '심진개발'에 동참하게 한다.

한편 힘든 노동에 지친 광부들에게 위로회라는 이름으로 이동극단의 공연을 통하여 시국에 대한 인식과 노동자의 사명을 주입시키는 역할을 한다. 그러나 가난한 노동자들은 25전하는 입장권을 사지 못하여 애를 태우고, 외상으로 입장권을 구입하는 형편이고 보면 광산이 생겨 마을에는 돈이 흔해졌다는 앞의 주장은 거짓임이 드러난다. 그리고 공연에 앞

---

41) 이기영, 『광산촌』, 성문당서점판, 1943, 91면.

서 시국에 대한 선전을 통하여 노동자들의 의식을 세뇌시키는 것이다.

> 무대 위에서는 우렁찬 목소리가 흘러나온다. 남녀 배우들이 제각금 변장을 하
> 였는데 농민은 호미를 들고, 광부는 곡괭일 메고, 학생은 책을 들고, 어부는 다
> 락길 들고 일렬로 느러서서 돌려가며 한 마디씩 힘차게 부르짖으면 일동이 따라
> 서 외치는 것이었다. (…중략…)
> "우리는 광산노동자다!"
> "그렇다! 우리들은 직장에서 싸우는 산업전사다!"
> "결전이다!"
> "다같이 싸우자!"
> "그렇다, 다같이 나가자!"[42]

위의 예문에서 보는 것처럼 예술 공연이 아니라 철저하게 일제의 국책을 선전하고, 선동하는 자리임을 알 수 있다.

이처럼 『동천홍』과 『광산촌』은 일제의 지하자원 개발 현장을 아무런 비판 없이 수용하면서 그것의 필요성을 적극적으로 선전하는 기능을 담당하고 있다.

3) 대동아공영권의 낙관적 전망

『동천홍』과 『광산촌』은 다 같이 일제의 국책으로서 전시 하 생산을 독려하려는 목적으로 쓰인 총후문학의 하나라 할 수 있다.

앞에서 이미 살펴본 바와 같이 『동천홍』의 서사구조는 긍정적 주인공에 의하여 현실을 낙관적으로 전망하고 있다. 그것을 다른 말로 하면 식

---

42) 이기영, 『광산촌』, 성문당서점판, 1943, 132면.

민지 지배논리의 교화와 감화라는 구도로 요약할 수 있으며, 이 같은 변질된 계몽성은 그 바탕에 시대적 고뇌라기보다는 현실감이 결여된 채, 문제적 인물을 통해 제시되고 있다[43]고 할 수 있기 때문이다. 이를테면 일훈에 의하여 전개되는 광산 내의 개혁은 정생원의 사주를 받은 몇 사람에 의하여 도전을 받기도 하지만, 야나기[柳, 이전의 선옥]의 도움으로 그들의 음모가 사전에 탄로 나게 되는데 이것이야말로 전화위복이 되어 이들에게 개과천선의 기회가 주어지고 대동단결의 계기로 작동하게 된다. 그리고 옥림광산은 일훈을 중심으로 완전히 새로운 세계가 된다. 그것은 모든 노동자들이 절주운동을 통해 일치단결하여 생산성을 높이고, 저축운동을 펼치며, 국어교육을 성실히 이수함으로써 황국근로관에 바탕한 완전한 황국신민으로서 자리하게 되는 것이다. 거기에다 일훈의 끝없는 동정심은 가난으로 인하여 술집으로 두 번이나 팔려간 금남이(처음 팔려갔을 때는 선옥이고, 다음에는 산월이가 됨)를 자신의 돈으로 빚을 갚아주어 집으로 되돌려 보낸 사실에 보람을 느끼는 동시에 장래 국가를 위해 유익한 인재로 기를 것을 다짐하는 것이다. 그리고 마지막으로 서울의 병원에 입원해 있으면서 자신을 따르던 창수와의 대화에서 옥림광산에서 자신의 역할을 완수했음에 만족하고 "이제는 내가 없어도 당신들이 잘 해나갈 것"이라며, 건강이 회복되면 농촌으로 가서 교사가 되겠다고 다짐한다. 그런데 여기에서 교사란 무엇을 뜻하는 것일까. 그것은 두말 할 것 없이 조선의 어린이로 하여금 일제의 국책에 따른 훌륭한 황국신민이 되도록 가르치는 일일 수밖에 없다. 그리고 일훈이 외롭게 병실을 지키고 있을 때 금남이가 병원으로 와서 혼자 있음을 알고 완쾌될 때까지 병구완을 할 것을 자청하게 되어 함께 지내면서 "천사와 같은 사랑을 그에게 느끼게" 된다. 그리하여 금남이를 훌륭한 사람으로 키울 것을 마음 속으로 다짐하는 것이다.

---

43) 권유, 『민촌 이기영의 작가세계』, 국학자료원, 2002, 161면.

남이라 하여 상관없다고 그들의 천품을 썩여야 할까? 가석한 일이다. 후진을
지도할 의무는 선배에게 있다. 시대를 따라서 이 책임감은 굳세여야 할 것이다.
개인으로도 힘이 미치는 데까지는 그들을 향도해야 할 것이 아니냐. 더욱 그것
은 지금과 같은 비상시국에 그러하다. 한 사람이라도 훌륭한 인재를 만들어서
국가적으로 유용하게 쓰여야 할 판국이다.[44]

이처럼 주인공은 비상시국을 맞아 인재교육의 중요성을 강조하면서
앞으로 올 세계야말로 모든 사람들이 국책을 충실히 따라 그들의 궁극적
목표인 대동아공영권이 확립될 것을 낙관하고 있는 것이다. 그리하여 작
품의 마지막에 병원을 퇴원하는 날 금남이와 함께 아침햇살을 보면서 다
음과 같이 감격한다.

그는 동쪽 하늘을 바라보았다. 훤—하게 날이 밝아오며 동천이 붉으래 해진다.
장한 여명(黎明)이다.
아침놀에 물들어 가는 동쪽 하늘은 점점 더 붉은 빛을 더해 간다.
아니 그것은 놀이 아니다. 욱일(旭日)의 광휘(光輝)가 대계를 밝혀옴이었다.
이 새봄의 쾌청한 아침해는 만물에게 은총을 베풀기 위하여 또 한날의 통곡을
함이 아니냐? 일훈은 이때 기분이 상쾌하였다. 갑자기 생명의 희열을 왼 몸으로
느끼었다. 그는 새 희망이 가슴 속에 용솟음쳐 올랐다.[45]

이 작품의 표제가 되는 이 장면은 일제의 미래를 "욱일의 광휘"로 표
현하면서 그 미래에 대한 낙관적 전망으로 기우러져 있다. 이처럼『동천
홍』에서 보여주는 작가의 현실인식이란 이미 그가 과거 프로작가로서 현
실비판에 앞장섰던 모습은 완전히 사라지고, 일제의 국책에 기댄 아지 ·
프로(선동, 선전)에 다름 아니다. "묘사되는 세계에 대한 지배력이 상실되

---

44) 이기영,『동천홍』, 조선출판사, 1943, 375면.
45) 위의 책, 1943, 377~378면.

면, 작가는 그가 취택한 장면, 사건, 인물 등으로부터 압도적인 영향을 받게 되며, 나중에는 아주 동화되어 버리기까지 된다"[46]는 임화의 지적처럼, 이기영도 일제 말기라는 사회적 정황에 압도되어 자신의 이상을 사회정세와 맞바꾸어 버린 것[47]에 머물지 않고 한 걸음 더 나아가 일제의 지배 정책에 강한 신뢰성을 두고 이를 문학적으로 수용하여 독자들로 하여금 일제의 국책에 적극적으로 동참하도록 아지·프로(선동·선전)하는 역할을 충실히 수행함으로써 그가 과거 프로작가였음을 확인하게 해준다. 이처럼 『동천홍』은 일제의 국책을 선전하기 위한 목적문학이었기 때문에 소설적 구성도 무시되고 있으며, 일훈과 금남이의 연애담이 위장된 휴머니즘으로 포장되어 센티멘털리즘에 빠져 있기도 하다.

한편 『광산촌』에서는 일제 말기 지하자원 수탈에 대하여 대동아공영권 건설을 위하여 가장 필요한 사업으로만 인식하고, 거기에 따른 노동자의 고통과 저렴한 임금 등에 대해서는 아무런 반응도 보이지 않고 있다. 오히려 광산이 생김으로 하여 마을에 돈이 흔해지고, 여자들도 선광공으로 나가 일을 할 수 있게 되어 생활이 여유로워졌다고 주장하는데 여자까지 광산노동에 끌어들인 일제의 노동수탈을 애써 외면하고 있는 것이다. 그리고 일본은 일찍부터 한국의 지하자원에 대하여 치밀한 조사를 하고, 전쟁의 발발과 함께 금광 중심에서 희유원소광물로 관심을 돌리게 된 사정을 다음과 같이 서술하고 있다.

종래는 금은광에 치중해 왔었는데 그것은 일시 황금전성시대를 만들게 하였다. 그러든게 금번 대동아공영권 중요한 광산기지로 약진한 반도광업의 기초를 쌓게되자 격렬한 과학 결전을 안 하면 아니 될 특수광물의 생산으로까지 우렁찬 발걸음을 내딛게 되었다.[48]

---

46) 임화, 「생산소설론」, 『인문평론』 7호, 1940.4.
47) 권유, 『민촌 이기영의 작가세계』, 국학자료원, 2002, 159면.
48) 이기영, 『광산촌』, 성문당서점판, 1943, 32면.

위 서술은 일제의 지하자원 개발이라는 것이 처음부터 전쟁을 수행하기 위한 방편이었음을 분명히 보여준다. 그리고 이를 위하여 갖은 방법으로 남녀 노동자를 광산에 끌어들여 저임금과 '증산주간'이란 이름으로 노동자 사이에 경쟁을 유도하여가면서 노동력을 착취한 사실을 외면하고 있는 것이다. 그러면서 전쟁에 대한 예찬까지 서슴지 않는다.

> 전쟁은 파괴인 동시에 건설을 가져온다. 그것은 엄청난 소비인 동시에 또한 거대한 생산력을 갖게 한다. 따라서 전쟁의 규모가 크면 클수록 모든 국력은 진중하게 된다. 금차 대동아전쟁과 같이 일억 국민의 총동원이다.[49]

일제의 대동아공영권을 위한 침략전쟁을 이처럼 미화하고 있음을 보게 되는데, 이는 일제 말기 이기영의 문학적 궤적을 보여주는 것이라 할 수 있다. 이 점과 관련하여 권유는 "작가의 내면세계의 황폐화와 그것조차 토로하지 못하게 하는 일제의 '신체제문학론'의 억압적인 현실 속에 적극적으로 참여하고 있다는 사실"[50]이라고 하여 일제의 억압적 현실 탓으로 돌리고 있는가 하면, "식민지 현실 안에서 이기영이 추구하고 있었던 문학적 지향은 결국 자신이 살고 있었던 사회와 역사에 대응하기 위한 그 나름대로의 최대의 응전방식이었음을 간과해서는 안될 것"[51]이라고 지적하고 있는데 이러한 견해는 일제 말기 이기영의 문학에 대한 관대함을 넘어 사실을 왜곡하고 있다는 비판을 모면할 수 없을 것이다. 이기영은 이미 「신체제하의 여의 문학적 방침」에서 천명하고 있는 것처럼 이들 작품은 '신체제가 필요한 인간상'을 적극적으로 창조하려는 작가의 의식적 활동이라 하지 않을 수 없다.

한편, 『광산촌』도 『동천홍』과 마찬가지로 서사구조가 단순하고, 작가

---

49) 위의 책, 97면.
50) 권유, 『민촌 이기영의 작가세계』, 국학자료원, 2002, 291면.
51) 위의 책, 298면.

 일제 말기 국책과 체제 순응의 문학

서술에 크게 의존하고 있어 소설적 긴밀성이 약하다. 그런가 하면 주인공 형규와 마을 처녀 을남과의 연애담이 끼여들어 있으나 그것 역시 이념적 세계로 바뀌어지면서 마지막 결구에 이르러 을남의 기대와는 달리 아무런 약속도 없이 끝나버리는데, 이는 형규라는 인물을 통하여 대동아전쟁을 수행하는 총후 황국신민의 모범을 보여주고 있는 것이다.

4. 마무리

이상으로 일제 말기 이기영에 의하여 쓰인 광산소설 『동천홍』과 『광산촌』을 살펴보았다. 그것을 요약 정리하면 다음과 같다.

일제 말기에 접어들면서 이기영은 자신의 문학적 태도를 밝히는 자리에서 "신체제에 대하여 공부한 후에 이 시대에 적응할 수 있는 새 인간형을 창조하고 싶다"고 작가적 포부를 밝힌 바 있다. 이러한 인식의 연장선 위에 그의 일련의 체제 순응 문학이 자리하고 있다고 할 수 있다.

일제는 1937년 중일 전쟁 이후, 고도의 국방국가를 지향하면서 여러 가지 방면에서 통제와 함께 전쟁수행을 위한 국책을 전개한다. 그 가운데 하나가 군수물자를 생산하기 위하여 지하자원을 개발하는 것이 필수적이었다. 그리하여 '조선중요광물증산령'을 공포하는 한편 노동자들을 동원하기 위하여 '노무동원계획'을 수립하여 처음부터 치밀하게 노동력을 강제 동원했다. 또 노동자들의 노동력을 보다 효율적으로 활용하기 위하여 일제는 정신교육을 동시에 실시하였으니, 그것이 이른바 '심전개발운동'이었으며, '일일일어(一日一語)'운동을 전개하여 일본어를 강요하였다. 그런가 하면 1941년 '조선국민저축조합령'을 공포하고, 저임금에 허덕이고 있는 노동자에게 강제저축을 통하여 노동이동을 막는 효과와 함께 군비를 효율적으로 조달하려 했다. 이처럼 노동자의 노동력과 함께 정신교육이라는 이중적 장치를 통하여 그들이 노리고 있었던 목표는 당면한 전쟁을 효과적으로 수행함은 물론 궁극적으로는 '내선일체'를 통한 대동아공영권 건설을 당면한 국책으로 추진하려 했다. 그리하여 이 시기 문학 역시 일제의 국책을 효율적으로 국민에게 선전하기 위해 동원될 수밖에 없었다. 여기에 가장 적극적으로 참여한 인물이 바로 이기영이었다.

이기영은 『동천홍』과 『광산촌』을 통하여 일제의 지하자원 개발을 위하여 지식인의 노동자화를 보여주고 있는데, 이는 당면한 국가시책을 수행하기 위해서는 일억 국민이 총화 단결하여 산업전사로 참가하지 않으면 안 된다는 사실을 강조하면서 노동의 고통이나 저임금의 문제는 의도적으로 외면하고 생산만이 총후국민의 사명이라고 주장하기에 이른다. 그 결과 그는 당시 일제의 국책이었던 생산증대는 물론 '심전개발운동'으로 전개된 '일일일어' 정책으로 일본어 보급 운동을 강요하고, 저축운동을 장려함으로써 국책을 소설로 형상화하기에 이른다. 그런가 하면 지하자원 개발이 전쟁수행을 위한 길임을 조금도 거리낌 없이 강조하여 의도적으로 일제의 국책을 선전하고, 전쟁의 당위성을 자랑스럽게 주장하게 된다. 이처럼 일제 말기 이기영은 스스로 '황국신민'으로 순치된 작가의 정신적 허약성을 여실히 보여주고 있는 것이다.

만주이주민의 현실왜곡과 체제 순응

1. 현경준과 『마음의 금선』

　1940년대의 한국문학에 대한 논의가 활기를 띠면서 당대의 작가 및 작품에 대한 평가가 정당성을 확보하기보다는 과대평가 되는 경우가 적지 않다.[1] 그러나 이 시기의 문학을 크게 두 가지 흐름으로 유형화하여 그 하나는 친일어용문학이고 다른 하나는 현실과 유리된 신변체험 내지는 순수지향의 소설[2]이라고 할 때 상당수의 작가 및 작품이 체제 순응 문학으로 규정될 수 있을 것이다. 특히 만주국시기 간도문학[3]을 대상으로 할

---

1) 소위 일제 말기문학 혹은 간도문학이란 이름으로 발표된 글들 가운데 상당수의 논고가 이 시기의 문학에서 민족의식을 찾으려는 노력을 보여주고 있다. 특히 간도문학을 대상으로 하는 경우에는 이러한 경향이 더욱 우세하다.

2) 신희교, 『일제 말기소설연구』, 국학자료원, 1996 참조

3) 간도문학이란 용어는 1920년대부터 비롯된 간도지역을 문학적 공간으로 하여 쓰인 일련의 작품을 비롯하여 만주국 건국(1931년) 이후부터 현재 조선족에 의한 문학까지 포함할 수 있지만(季琨, 「일제강점기 간도소설연구」, 경남대 박사논문, 2002.6, 6면 참조) 여기에서는 만주국시기의 문학을 대상으로 한다.

때 이런 현상은 두드러지게 나타난다. 그럼에도 불구하고 지금까지 이들 문학을 민족문학으로 평가하게 된 요인은 일제의 만주지배정책을 외면한데서 비롯된 것이라 할 수 있다.

이 시기의 간도문학을 한마디로 말하면 개척문학이라 할 수 있다. 개척문학이란 일제의 국책문학4)의 하나로 1938년 '대륙개척간화회'를 결성하고 만주정책을 문학적으로 뒷받침하는 활동을 전개했는 바, 가장 중요한 사업은 만주개척을 다룬 우수한 작품을 발굴하는 동시에 대륙개척에 관한 문학 활동을 적극적으로 지원하는데 있었다. 그럼에도 불구하고 이러한 사실을 간과하고 당시의 문학작품, 이를테면 안수길의 「벼」나 「목축기」와 같은 작품을 간도로 이주한 이주민들의 정착과정을 소설화한 것으로 파악하는 것은 작품이 지니고 있는 역사성을 배제했다는 비난을 면할 수 없을 것이다.

---

4) 전시 하 국책에 따라 농민문학, 대륙문학, 생산문학, 해양문학이라 불린 문학이 성행하여 이것들을 일괄하여 국책문학이라 부른다. 그 선구는 농민문학으로 시마키 겐샤쿠[島木健作]의 「생활의 탐구」(1937)가 계기가 되었다. 1937년 당시 農相을 고문으로 島木健作, 和田傳 외 40여 명이 중심이 되어 '농민문학간화회'를 결성, 농업장려라는 국책과 문학을 직결시켜 농민문학의 유행을 촉진시켰다. 이후 1938년에는 高見順, 伊藤整 등에 의한 '대륙개척간화회', 川端康成, 坪田讓治 등에 의한 '소년문예간화회'가 결성되었으며, 이외에도 '해양문학협회', '경국문예회', '농산어촌문화협회', '남양문학간화회', '조선문인협회', '일만문예협회' 등 반관반민 문화문예단체가 결성되어 국책에 따른 문학의 발전을 촉진했다. 이들의 문학은 광범한 소재 중심이었기 때문에 '소재파'라 불려진 국책문학을 산출했다. 특히 국책문학은 주체성을 상실하고 자기소외에 빠져있던 전향작가가 중심세력이 되었다. 그들은 적극적으로 국책문학에 참여함으로써 그들의 전향에 대한 의심에서 벗어날 수 있었고 동시에 좌익문학이 보여준 정치우위의 사고가 국책이라는 정치성과 별다른 저항감을 갖지 않고 결합될 수 있는 측면도 있었다고 할 수 있다. 한편 1938년 국가의 문예통제는 강화되어 부인잡지에 대한 취재방침, 신문지도요령, 용지사용의 제한 등의 통제가 이루어졌으며, 1940년에는 大政翼贊會가 결성되어 일본문학자회와 일본문예중앙회가 통합되었으며, 내각정보부는 정보국으로 승격 강화되고, 일본출판문화협회도 통제를 받았다. 1941년에는 정보국으로부터 집필금지자 리스트가 제시되고, 일본문예협회에 의한 문학총후운동도 시작되었으며, 태평양전쟁의 발발과 함께 언어, 출판, 집회, 결사 등 임시취재법이 발령되고, 일본문학자애국자대회가 개최되었다. 1942년에는 일본문학보국회가 창설되고 대동아문학자대회가 열렸다. 三好行雄 편, 『近代文學史必攜』, 學燈社, 1989, 114면.

이러한 점은 현경준[5]의 경우도 예외는 아니다. 그에 대한 연구는 아직 본격적으로 이루어지지 않고 있지만 일찍이 백철은 그의 초기 작품을 평가하는 자리에서 "「마음의 태양」, 「격랑」, 「귀향」, 「명암」 등에서 「별」에 이르기까지 주로 그 초기의 작품들은 작자의 소년시절의 유랑생활의 체험을 이 시대의 격랑 위에 얹어서 다분히 경향파적인 내용을 담은 것"[6]으로 규정한 바 있고, 김하철 역시 초기소설만을 대상으로 '현실은 부정되고 극복되어야 할 대상으로 주체적인 문제로 받아들이고 있다'[7]고 평가하고 있다. 최근 고등학교 교재에 현경준의 작품 「탁류」가 부분적으로 수록, 논의되면서 그의 문학에 대하여 윤홍로는 "현경준의 작품들은 망국민으로 떠돌아다니는 한민족의 삶이 얼마나 불구적인 삶으로 분열되고 병들어 있는가를 보여주고 있다"고 전제하고 "그의 작품들은 휴머니즘과 신경향파적 민족의식이라는 시대사조를 수용하고 있다"[8]고 규정한

---

5) 현경준(玄卿俊)은 1909년 함북 명천군 하가면 화태리에서 태어났다. 호는 금남(錦南) 또는 경운생(耕云生)이라 하고, 金鄕雲이라는 필명을 사용하기도 했다. 1925년 경성고보에 입학했다가 시대적 풍조에 휘말려들어 1927년 3학년 1학기에 학업을 중단하고 시베리아를 방랑하였다. 1929년 시베리아에서의 방랑생활을 끝내고 귀국하여 숭실중학, 일본의 간사이[關西]대학 등에서 공부하다가 사상문제로 졸업을 하지 못하고 만주로 이주하였다. 1937년부터 1940년 7월까지 도문(圖們)의 백봉국민우급학교에서 교원생활을 하였고, 1940년 8월부터는 『만선일보』에서 반년간 기자생활도 하였다. 그는 1934년 9월 『조선일보』에 중편소설 「마음의 태양」이 당선되면서 문단에 데뷔하였으며, 1935년에 『동아일보』 신춘문예에 단편소설 「격랑」이 당선되어 30년대의 신진작가로 상당한 작품을 발표하였는데 작품의 주조는 경향성을 띠고 있었다. 해방 직후 고향인 함북으로 돌아가 이기영이 위원장으로 있던 '조선프롤레타리아문학동맹'의 맹원으로 가담하였으며, 함경북도 예술공작단 단장, 중쏘문화협회 함경북도 위원장, 문학동맹 함경북도 위원장 등 북한 내에서 활발한 문단활동을 하는 한편 중편 「불사조」(1949) 등 소설을 발표하기도 하였다. 6·25 사변이 발발하자 종군작가로 남한에 파견되었던 그는 김사량, 이동규의 경우처럼 종군 중이던 1950년 10월 전사했다. 그의 작품으로는 단편 「젊은 꿈의 한 토막」(1935), 「명일의 태양」(1935), 「귀향」(1935), 「탁류」(1935), 「그늘진 봄」(1935), 「鄕約村」(1936), 「저물어 가는 거리」(1936), 「별」(1937), 「조그마한 삽화」(1937), 「출범」(1937), 「청담일수」(1938), 「寫生帖」(1938), 「밀수」(1938), 「벤또바고 속의 금괴」(1938), 「배회」(1938), 「유맹」(1939), 「오마리」(1939), 「급료일」(1939), 「소년록」(1939), 「퇴조」(1939), 「夜雨」(1940), 「첫사랑」(1940), 「길」(1941), 장편 『마음의 琴線』(1943) 등이 있다.
6) 백철, 『조선신문학사조사』 현대편, 백양당, 1950, 270면.
7) 김하철, 「박노갑·현덕·현경준 소설의 작중인물연구」, 서울대 석사논문, 1989, 91면.

바 있다. 그런가 하면 또 다른 쪽에서는 철저하게 일제의 국책에 순응하여 집필된 「유맹」마저 일제에 저항하고 민족의식을 일깨워주는 문학으로 평가하고 있는 실정이다.

> 현경준이 말하고자 하는 것은 암울한 현실과 그것을 극복하려는 강한 의지다. 아버지의 죽음을 계기로 전향을 반성하고 다시 새로운 투쟁의욕을 갖게 되는 「귀향」의 주인공이나 그 후편과도 같은 「탁류」의 주인공, 심지어 마약중독자에서 다시 정상적인 인간으로 회복되는 「유맹」의 명우까지도 이런 의지의 표현에 다름 아니다. 이를 통해서 작가는 식민지 구석구석에 스며드는 일제의 지배정책에 맞서고 역사의 올바른 방향성에 대해서 암시하고 있는 것이다.[9]

이러한 논의는 우리의 문학연구가 '민족문학=좋은 문학'이라는 고정관념에 사로잡혀 작품을 왜곡하고 자의적으로 해석한 결과라 하지 않을 수 없다. 따라서 여기에서는 현경준의 『마음의 금선(琴線)』을 대상으로 일제의 국책문학으로서의 성격을 밝혀보고자 한다. 이를 위하여 2장에서는 『마음의 금선(琴線)』의 선행 작품인 「유맹」과의 관련성을 검토하고, 3장에서는 『마음의 금선』과 국책문학으로서 양상을 밝혀보고자 한다.

2. 「유맹」과 『마음의 금선』의 상호텍스트성

현경준은 「중독자들의 말」이란 글에서 대리수구(大梨樹溝)란 지역을 방문하여 그곳의 형편을 다음과 같이 보고하고 있다.

---

8) http://osan.hs.kr/~hoho/korean/novel/star.html.

9) http://www.booknjoy.net/site3/writer_file/korean_writer/0153.html.

　이 부락은 재작년 치외법권 철폐지 검거한 부정업자(밀수업자), 사기횡령범, 중독자 등을 전만(全滿) 4개소에 나누어 설정한 부락중의 하나인데 그중 대부분은 아편중독자들이다. 부락에는 보도소까지 있어서 적극적 지도를 하여 그 성적은 예기(豫期) 이상으로 양호하다하나 그러나 다년의 악습은 좀체로 없어질 줄 모르고 그들 특유의 비밀공작은 그칠 줄 모른다고 한다.10)

　이러한 자신의 탐방기를 바탕으로 「유맹」을 쓰게 되는데 이 작품은 자신이 말한 것처럼 보고문학적 성격이 강함을 확인할 수 있다. 「유맹」이 처음 발표된 것은 1939년 『인문평론』 7월과 8월호였다. 그리고 1941년 만주에서 간행된 『싹트는 대지』에 그대로 전재하고, 1943년에 이를 개작하여 장편소설 『마음의 금선』으로 간행하고 있음을 볼 수 있다. 그런데 여기에서 우리의 관심을 끄는 것은 작품의 표제가 '유맹'에서 '마음의 금선'으로 바뀐 사실이다. 그것은 단순히 제목의 변경에 머물지 않고 작가의 주제의식이 변모되었음을 의미한다고 할 수 있다. 「유맹(流氓)」이란 글자 그대로 나라를 잃고 새로운 삶을 찾기 위하여 만주에서 유랑하는 민족의 비극적 삶과 거기에서 좌절하고 아편중독자가 되어 버린 사실을 보고형식으로 기록하는데 초점을 두고 있는 리얼리즘소설이라고 한다면, 『마음의 금선』에 이르러서는 유랑민으로 살아가는 이주민의 삶의 양태를 보고하는 것에 머물지 않고 외부적 자극, 다시 말하여 일본의 만주지배정책인 왕도낙토, 오족협회란 위장된 시혜정책에 감격하고 이를 홍보하려는 의도가 강하게 작용한 국책문학(선전문학)으로서의 기능을 충실히 수행하고자 하는 작가의 반민족적 행태의 노정이라고 할 수 있다. 이러한 점은 작가의 말에서도 분명히 드러나고 있다. 「유맹」에서 작가는 "이것은 한 개의 보고문에 불과하다"11)고 밝히고 있는데 반하여, 『마음의 금선』에서는 이 작품의 성격을 다음과 같이 밝히고 있다.

---

10) 현경준, 「중독자들의 말」, 『문장』, 1939.11, 190면.
11) 현경준, 「유맹」(작가의 말), 『인문평론』 제10호, 108면.

　　신흥국가 만주국에서는 그들의 그 과거에 착안하고 단 한사람이라도 좋다, 한
사람이라도 완전히 소생 식혀서 국가의 구성분자로 맨들 수가 있다면 이 얼마나
뜻 깊은 일이랴? 하고 이를 악물고 달려들었다. 왕도낙토를 건설하려는 만주국
이 아니고는 생각도 할 수 없는 일이다.12)

　　위의 글에서 보는 바와 같이 작가는 이미 왕도낙토를 건설한다는 일제
의 기만적 정책을 신뢰하고 그들의 정책에 동조하고 있을 뿐만 아니라 이
를 선전하기 위하여 이 작품을 쓰고 있음을 노골적으로 밝히고 있으며,
"재작년 만주국 정부 금연총국의 위촉을 받고"13) 쓰인 것을 자랑스럽게
생각하고 있다. 그러므로 이들 두 작품 사이에는 개작이라는 단계를 넘어
작가의식의 변모를 확인할 수 있다는 점에서 상호텍스트성(intertextuality)이
존재한다. 이를 밝히기 위하여 「유맹」과 『마음의 금선』을 대비하여 두 작
품의 거리(작가의식)를 확인하고자 한다.
　　전체적으로 『마음의 금선』은 「유맹」에서 간략하게 처리된 부분을 보완
하면서 묘사 및 대화를 대폭 첨가하여 확장하고 있으며, 새로운 장과 절
을 설정하고 있다. 그 결과 「유맹」에서 7장으로 되어있던 것이 『마음의
금선』에서는 9장으로 2장이 새로이 첨가되었으며, 「유맹」의 제1장 '최초
의 탈주'는 4절이 5절로, 제2장의 '부락점묘'는 3절이 4절로, 제3장의 '천
국도'는 4절이 5절로, 제4장의 '양심의 잔편(殘片)'은 6절이 8절로 확대되
어 있으며, 장편의 제목이 된 제5장 '마음의 금선'은 4절이 7절로 가장 많
이 확장되어 있다. 특히 이 장에서 「유맹」의 경우에는 명우와 규선 두 사

---

12) 현경준, 「서」, 『마음의 금선』, 홍문서관, 1942, 1면.
13) 위의 글, 2면. 한편 중앙민족대학교(중국북경) 오상순교수는 「유맹」을 '만주국금연총
　　국의 위탁을 받고 이 글을 썼지만 전반 작품의 밑바닥에는 만주국 시책에 대한 부정과
　　저항의지와 민족의 정서가 굽이치고 있으며 당시의 어려운 상황에서 나름대로 자기의
　　민족의지를 잘 보여주었다'고 평가하고 있으나 이는 「유맹」이 아니라 『마음의 금선』이
　　며 만주국 시책에 순응하는 체제 순응의 문학이다. 오상순, 『개혁개방과 중국조선족 소
　　설문학』, 월인, 2001, 31면 참조.

람만이 등장하여 과거의 그리움에 겨워 '심금(心琴)'이라는 시를 읊조리는 것으로 끝나고 있으나, 『마음의 금선』에서는 집단부락내의 지식인인 명우와 규선을 비롯하여 인규, 금옥이 등장하고, '심금'을 비롯하여 새로이 2편의 시가 삽입되어 젊은 시절의 사랑을 되새기고 있을 뿐만 아니라 부락 내의 어린이에 대한 교육의 필요성과 여성계몽의 필요성, 보도소장에 대한 감사의 마음이 강조되고 있다. 이러한 변화는 작품 「유맹」이 『마음의 금선』으로 바뀌어야 하는 이유이기도 하다. 다시 말하면 『마음의 금선』은 일제의 집단부락정책을 비롯하여 아편중독자의 갱생을 위한 국가정책에 대한 선전은 물론 이에 동조하는 지식인의 모습을 통하여 일제의 만주지배정책이 왕도낙토를 실현하고 있음을 보여주려는 작가의식의 표현임을 확인하게 된다. 그리고 「유맹」의 제6장인 '지옥으로 가는 길'과 마지막 장인 '빛과 어둠'은 각각 4절이 5절로, 5절이 6절로 바뀌어져 있다.

『마음의 금선』에서는 제6장으로 '잃어진 세월'이란 8절에 이르는 새로운 장이 첨가되어 보도소장의 희생적 생활을 비롯하여 인규의 연애실패담과 이를 위로하는 명우가 과거의 삶은 피동적인 삶이었기 때문에 실패하지 않을 수 없었고 이제는 보다 시대의 변화에 따라 능동적 삶의 필요성을 강조하고 있다. 또 '지옥으로 가는 길'의 다음에 새로이 '향수의 노래'라는 장이 첨가되어 주인공 명우가 어머니에 대한 죄책감과 순녀에 대한 사랑을 느끼며 새로운 삶에 대한 의지를 드러내고 있다.

그런데 이들 두 작품에서 결말은 편이하게 바뀌어져 있다. 『마음의 금선』에서는 명우, 인규, 금옥이 새로운 삶을 찾게 되며, 전혀 개전의 정이 없는 규선이와 새로이 검거된 부락민이 구류소로 요양을 가는 것으로 끝나는데 반하여, 「유맹」에서는 그들이 떠난 지 약 두어 시간이 지나서 규선의 처는 끝끝내 서른아홉 살을 일기로 뒷강 버드나무가지에 목을 매어 버렸다[14]고 하여 규선이 처가 자살하는 것으로 끝남으로써 비극적 상황

---

14) 현경준, 「유맹」, 『인문평론』, 1939.8, 171면.

을 보여주고 있다.

이상에서 살펴 본 것과 같이『마음의 금선』은「유맹」에서 불완전한 부분을 손질하는 정도에서 벗어나 일제의 만주지배정책의 하나로 채택한 집단부락정책, 아편중독자의 갱생이라는 이름으로 실시한 노동력 착취를 아무런 비판 없이 수용하면서 만주에 이주한 유랑민의 아픔에 대해서는 외면하고 있다는 비판을 면할 수 없을 것이다.

3.『마음의 금선』과 국책문학

1) 일제의 만주정책과 국책문학의 성격

일제의 만주지배정책은 다양하게, 그리고 기술적으로 실시되었다. 그들은 1932년 순천안민, 왕도낙토, 국제신의의 존중, 문호개방, 인재의 등용, 오족협화를 건국이념15)으로 내세우고 만주국 건국을 선포하고, 이어서 일만의정서(日滿議定書)를 체결하여 '일본과 만주는 일심동체'라 규정하고 만·소국경을 지킨다는 명분으로 신경에 관동사령부를 설치하고 만주를 실질적으로 지배하게 된다. 그리하여 일제는 만주국을 지배함은 물론 앞으로 대륙침략을 위하여 갖가지 정책을 치밀하게 추진한다. 그러므로 이 시기 간도문학은 일제의 만주지배정책을 배제하고는 정당한 평가를 기대할 수 없다. 따라서 여기에서는『마음의 금선』에서 문제되고 있는 이주민에 대한 정책으로 집단부락문제와 아편정책을 살펴보고 이를 문학적으로 실천할 것을 강요한 일제의 국책문학을 간략하게 검토하

---

15) 香川幹一,『滿洲國』, 東京古今書店, 소화15년(1938), 114면.

고자 한다.

일제는 만주국을 건설함과 동시에 대대적인 이민정책을 실시하게 되는데 이는 개인적 차원에서 이루어진 것이 아니라 국책이민[16]이었다. 만주에 최초로 이주한 것은 위만주국(僞滿洲國)을 건국한 다음 해인 1932년 10월 아오모리현[靑森縣]을 비롯한 동북지방의 재향군인 500명이 이주하였다. 당시 동만주에는 30만 명의 비적이라 일컫는 저항세력이 있었기 때문에 그들은 오른 손에 총을, 왼손에 낫을 들고 이주하여 소위 제1차 무장이민(武裝移民)[17]이 실시되었으며, 이어서 제2차 이민은 1933년 7월에 482명, 3차는 1934년 10월 300호(605인), 4차는 1934년에 800명, 5차는 1936년 1,000명, 6차는 1937년에, 계속하여 7차 8차로 이루어져 약 1만여 명이 이주하게 되었다. 한편 청년의용군도 일본에서 2개월의 훈련 후 만주로 건너가 3년 간 만주의 농업개척자로서 필요한 심신의 단련과 건국정신의 철저, 농업기술의 습득을 통하여 만주개척의 지도자로 만들었다. 그리고 만주에 7개소의 훈련소를 개설하여 매년 3~5만 명의 이민을 계획하고 있었으며, 1936년부터 향후 20년 간 백 만호 5백만 명의 이주계획을 수립[18]했다. 이러한 계획은 만주를 일본인에 의한 완전한 일본국으로 만들려는 속셈이었다.

이처럼 일본인의 이주와 함께 일제는 대대적으로 조선인의 이주를 장려했는데 그들은 한인의 이주를 통하여 ① 식민지 조선의 과잉인구와 경지부족을 완화시킬 수 있으며, ② 일본으로의 무정건한 진출로 인한 일본에서의 노동문제를 야기시키는 것을 방지할 수 있고, ③ 재만 한인의 성

---

16) 만주 이민정책에 대하여 矢內原忠雄은 '일본 농촌인구의 과잉문제를 해결하기 위한 것으로 경제이민이라기 보다는 국책이민이라 할 수 있다. 즉 만주에 일본인을 이식시켜 민족적 발전지로서 일보의 권익을 영구적으로 확보하려는 정치, 군사적 사상이 배후에 존재한다'고 지적한 바 있다. 川村 湊, 『異鄕の昭和文學－滿洲と近代文學』, 岩波書店, 1998, 36면 참조. 따라서 만주이민은 경제문제보다도 '국책'문제로서 실행되었다.

17) 香川幹一, 앞의 책, 104~105면 참조.

18) 위의 책, 106~107면 참조.

공은 식민지 조선에서 '사상상의 지극히 명랑한 시사'를 줄뿐만 아니라 내선융화의 기초를 배양할 수 있고, ④ 한인을 '잘 소화하고 포용하면 전 아세아 민족의 갈앙(渴仰)과 신뢰'를 심화시킬 수 있다고 보는 등 다양한 정치, 경제적 효과를 노리고 있었다.[19)

　다른 한편으로 일제는 만주국을 안정시키기 위하여 치안확보정책을 실시하였다. 일제와 만주국의 치안숙정공작은 직접적인 무력토벌인 '치표공작(治標工作)'을 선결조건으로 하면서 '사상공작'과 '치본공작(治本工作)'을 동시에 실시하는 방식이었다.[20) 사상공작은 직접적인 토벌 등을 통해 확보된 곳의 대중에게 만주국의 건국정신을 깊이 인식시키고 사회주의 사상 등을 배격하여 치본공작에 완벽을 기하는데 주된 목적이 있었다. 동만 지방의 경우 일제와 만주국은 1934년 9월부터 1936년 3월까지 세 시기로 나누어 치안공작반 176개를 투입하고 1,623일 동안 군부의 실행공작과 병행하여 순회공작을 실시하였다. 치안공작반은 무장대와 대중을 분리시키기 위하여 각 부락에 보갑제의 확립,[21) 자위단의 훈련, 왕도시정의 보급 활동을 벌였다.[22) 그 결과 일제는 대대적으로 이주해 온 조선인을 통제하기 위하여 사상공작과 더불어 치본공작의 하나로 집단부락을 건설하여 외부와 차단하고 집단 수용하였다. 집단부락 건설정책은 항일무장대와 민중간의 연계를 단절시키고 내통을 막고, 민중의 동조적

---

19) 신주백, 『만주지역 한인의 민족운동사』, 아세아문화사, 1999, 315면 참조.
20) 치표공작은 무력을 사용하여 무장 대오를 소멸시키는 것이 목표이며, 여기에는 적극적 토벌과 귀순공작이 있다. 사상공작은 민중에게 만주국의 건국정신을 철저하게 보급하고 선전 안무(按舞)를 진행하여 공산주의와 항일 반만의 해독사상을 예방 진압하는 데 목표가 있다. 치본공작은 무장 대오를 직접 대상으로 하지 않고 집단부락의 건설, 교통 통신망의 완비, 민간인 총기의 회수정책을 통하여 비민분리(匪民分離)를 실시하여 민중을 장악하고 민심을 안정시키는 것을 목표에 두었다. 위의 책, 297면 참조.
21) 비적과의 내통이나 주민의 사상통제를 위하여 保甲制를 실시하고 어떤 사람이 '반국가범죄'를 저지르면 소속된 牌의 모든 가구가 공동으로 벌금을 내야하는 제도로 비적이 출몰하는 지역에는 주민들을 격리시키고 대신 집단부락을 건설하여 비적과의 연결을 차단하였다. 보갑제의 편성은 10가구가 1패, 여러 패가 1갑, 여러 갑이 모여 保가 된다. 한석정, 『만주국건국의 재해석』, 동아대 출판부, 1999, 65면 참조.
22) 신주백, 앞의 책, 309면.

인 분위기까지 차단하는 등 커다란 성과를 거두었으며, 1937년 7월 25일 '재만조선인지도요강'을 제정하여 동만 지방의 5개현과 동변도지방의 18 개 현을 만주지역 한인의 주거지로 정하고 중소, 중몽의 국경일대, 그리고 기타 지역에 산재한 한인을 강제로 특정지역에 집결시키고자 하였다. 식민지 조선에서도 1만여 명의 농민을 이민시켜 중국인에 대한 통치를 보조할 수 있는 2등 민족으로 활용하고자 하였으며, 1939년에는 13,451개 의 집단부락이 결성[23]되었다. 따라서 일제에 의하여 강제된 집단부락은 조선인의 주거를 확보하고 비적의 습격으로부터 보호하기 위한 정책이 아니라 철저하게 외부와의 접촉을 막고 효과적인 사상통제를 수행하기 위한 식민정책의 하나[24]임을 확인할 수 있다.

한편 일제는 만주국 건설을 위하여 엄청남 자금을 투자하지 않을 수 없었다. 그리하여 일제는 만주건설에 필요한 자금을 충당하기 위하여 거액의 공채를 발행하는 한편 아편을 공식적으로 제조, 확산시키는 정책을 펼치기도 했다. 이는 만주국 건국 원년(1932년)에 '아편 흡연의 누습을 버리고, 민중건강 회복하여 만주국 건설을 완성하자'는 특별성명[25]과는 상반되는 것이었다. 만주국의 아편정책은 군수보충의 목적으로 소위 "이전양전(以戰養戰)"의 경제적 약탈이며, 아편중독으로 동북민중의 반항의지 내지 전체적인 국력을 약화시키는 수단[26]이 될 만큼 양면성을 지니고 있었다.

만주국은 1932년 '아편법'과 '아편법실시령'을 반포하면서 아편전매제

---

23) 위의 책, 305면 참조.
24) 중국학자인 齊福霖에 의하면 집단부락의 구조는 부락의 주변에 3m정도의 벽을 쌓고 그 위에 철조망을 설치하여 부락민의 출입을 통제하기 위하여 출입구는 4개밖에 없고 출입구마다 망루와 보초를 설치하였다. 부락의 중앙에 주민의 동정을 감시하고 친일사상을 고취하기 위하여 村公所가 있고 그 밑에 자위단을 결성하였다. 농장은 집단농장으로 자유 경작을 금지하였으며, 열악한 거주환경으로 인하여 굶어죽고 얼어 죽고 전염병으로 죽은 사람이 수없이 많았다. 李琨, 「日帝强占期 間島小說研究」, 경남대 박사논문, 2002, 26면 재인용.
25) 한석정, 앞의 책, 132면.
26) 李琨, 앞의 글, 84면.

도를 확립했다. 아편법에 따르면 만 25세의 아편중독자에 대하여 정부가
치료할 필요가 있다고 판단할 때 정부에서 판매하는 아편을 피울 수 있
게 허락하고, 양귀비 재배는 정부의 허가를 받아야 하며, 수매와 제조, 가
공, 판매는 정부에서 관장했다. 일제는 아편의 전매를 통하여 거대한 이
윤을 얻는 동시에 만주의 거주민을 아편중독자로 만들어 그들의 지배정
책에의 저항력을 약화시키려 했다. 1936년 초까지 아편중독자와 마약중
독자의 총수는 111만 명으로 만주 총인구의 3.4%를 차지하였으며, 매년
아편중독자는 평균 15%, 약 16만 명씩 증가하였고, 양귀비의 재배를 장
려하기 위하여 ①지정 면적에 따라 양귀비를 재배하면 토지세의 면제,
②재배 면적이 5묘를 넘으면 토지세 외에 병역면제, ③재배 면적이 20
묘를 넘으면 ①과 ②의 특전은 물론 현(縣)정부의 표창을 받으며, ④재배
면적이 50묘를 넘으면 앞의 ①, ②, ③의 특전과 함께 촌이나 현의 유력
자 내지 사회직무를 담당할 수 있는 후보자가 될 수 있었다. 1938년 국내
외적인 반대로 인하여 금연운동을 실시하였으나 1942년 태평양전쟁의
수요에 따라 일제는 만주와 몽골지역에서 아편생산을 다시 늘려 1945년
일본이 패전할 때까지 만주에서 아편중독자는 최소 254만 명이나 되었
다.[27]

한편 일제는 아편중독자를 치료한다는 명목으로 '강생원(康生院)'을 설
치하여 아편중독자를 수용하였는데, 이는 중독자를 치료하기보다는 아편
을 미끼로 그들의 노동력을 착취[28]하기 위한 수단이기도 했다.

이처럼 일제는 만주국 건국과 함께 그들의 식민정책을 강화시키는 한
편, 이를 문학적으로 뒷받침하도록 종용했으니 그것이 이른바 국책문학
이며, 만주의 경우에는 대륙개척문학으로 전개된다.

대륙개척문학은 1938년 국책을 뒷받침하기 위하여 발족된 '농민문학
간화회'를 중심으로 "대륙개척에 관심을 갖고 있는 문학자가 회합하여

---

27) 齊福霖, 『僞滿洲國史話』, 北京社會科學文獻出版社, 2000; 季琨, 앞의 글, 84면 참조.
28) 위의 글, 84~85·112면 참조.

국가적 사업달성에 일조하고 문장보국의 열매를 거두기 위하여"29) '대륙
개척간화회'를 결성하고 만주정책을 문학적으로 뒷받침하는 활동을 전
개30)하였는데 그것을 한마디로 요약하면 대륙개척을 다룬 우수한 작품
을 추장하기 위한 종합적 후원 사업이었다. 그런가 하면 일제의 국책을
일원화하기 위하여 만주홍보협회가 창립되고 재만 전 언론이 여기에 강
제적으로 가맹하기에 이른다. 그 결과『만선일보』는 "협화정신을 고무하
고 재만조선계의 국민적 자각을 강화하며, 조선계의 황민화 촉진에 적극
적 참획"을 선언하고 일본 정부로부터 연간 6만4천 원의 보조를 받으면
서 만주국 정부의 대변인으로 어용의 길을 걷게 되는데,31)『싹트는 대
지』를 비롯하여 현경준의『마음의 금선』또한 이러한 정책을 충실히 따
른 결과였다. 그리고 마침내 1941년에는 만주국에 있어서 예문을 통제하
는 '예문지도요강'을 발표하여 예문은 물론 언론까지 통제하기에 이르니
만주국의 문예는 철저하게 국책수행을 위한 총후문학32)의 성격을 지니
게 된다.

2) 국책의 선전과 위장된 자기희생

『마음의 금선』에서 가장 중요한 문제는 앞에서 이미 지적한 바와 같이
아편중독자들을 집단수용하고 있는 보도소의 생활이 중심을 이룬다. 그
러므로 이곳에서는 당연히 엄격한 규율과 감시가 있고, 수용자와 이를

---

29) 尾崎秀樹,『近代文學の傷痕』, 岩波書店, 1991, 266면.
30) '대륙개척문예간화회'의 활동에 대해서는 이 책의 「일제의 만주정책과 간도문학」을
    참조할 것.
31) 최상철,『중국조선족언론사』, 경남대 출판부, 1996, 118~120면 참조.
32) 銃後文學이란 전선에서 싸우는 병사와는 달리 작가는 후방에서 병사의 사기를 진작
    하는 한편 전쟁에 참가하지 않는 사람들에게 전쟁 승리를 위해 건전한 생활태도를 고취
    하는 문학을 일컫는 것으로 '후방문학'이라고 할 수 있다.

관리하는 사람들 사이에 갈등이 있어야 할 것이다. 그러나 이 작품에서는 우리의 예상과는 달리 수용자와 관리인 사이에 갈등이란 존재하지 않고 보도소 소장으로 대표되는 관리인에 의하여 일제의 국책이 선전되고 그들의 끝없는 봉사와 자기희생이 강조되고 있을 뿐이다.

그들은 먼저 일제의 국책으로 아편중독자(범법자)들을 집단 수용하는 이유를 다음과 같이 밝히고 있다.

> "언제나 하는 말이지만 우리 만주국에서 전만 5개소에다가 이러한 특수부락을 설치하는 것은 무슨 까닭인줄 아시우?"
>
> 소장은 잠시 끊지고 군침으로 목을 축인 다음,
>
> "왕도낙토를 건설하려는 도의국가가 아니고는 꿈에도 상상할 수 없는 이런 고마운 혜택을 몰으고 여전히 빗두루만 나가려는 여러분을 대할 때 나는 참말 세상사가 슲어저서 견딜 수가 없단 말이오.
>
> 여러분, 여러분은 모도다 쓰라린 과거를 가지고 있습니다. 그러기 때문에 우리는 이렇게 여러분과 고락을 같이 하며 여러분의 그 쓰라린 과거를 여러분의 기억 속에서 흔적도 없이 말쑥하게 씻어버리고 새로운 광명의 길을 밟게 하자는 것이 아닙니까? (…중략…) 우리는 여러분께 은혜를 지워서 그 갑품을 받으려구 이러는 것두 아니구."
>
> 소장의 말소리는 떨리기까지 하며 점점 울음쪼로 변해간다.[33]

이러한 작가의 주장 속에는 일제의 꼭두각시 만주국을 "왕도낙토를 건설하려는 도의국가"로 인식함으로써 일제의 만주정책에 대한 강한 신뢰를 보내고 있다. 그러나 만주국이 중시한 것은 "은혜를 지워서 그 갑품을 받으려고 이러는 것이 아니라"고 강변하지만 실상은 중독자들이 지니고 있는 기술과 지식을 이용하려는데 궁극적 목적이 있었다. 그들은 '갱생

---

33) 현경준, 『마음의 금선』, 홍문서관, 1942, 23~24면. 이하 작품 인용은 이 작품집을 사용함.

원’에 입소시키는 과정에서 그들의 직업을 중시하여 기술자, 특히 군수
물자를 만들 수 있는 목수, 피혁공, 제화공과 같은 사람을 가장 우선시하
였고 다음으로 지식인을 입소시켰다. 그럼에도 불구하고 왕도낙토, 도의
국가를 건설하는데 그 선봉에 있는 보도소 소장의 행태는 성인군자의 면
모를 가장한 채 그들이 필요로 하는 중독자들을 회유하고 설득하기에 안
간힘을 쓰는 것으로 나타난다. 다른 한편으로 자위단을 만들어 그들을
통제하고 감시하는 일을 소홀히 하지 않는다. 그러면서도 소장은 자신을
“한 알의 보리알”로 자부하면서 집단부락 내의 중독자를 갱생시키는 일
과 동시에 “명일의 국가의 기둥이 될 제2세 국민의 교육문제도 엄연히
부여된 사업”34)이라고 믿고 자녀들 교육에 관심을 가질 것을 스스로 다
짐한다. 그런데 여기에서 교육이란 어떤 교육일까를 생각할 필요가 있다.
그것은 결코 민족교육일 수는 없다. 만주국 건국에 따른 일제의 식민교
육을 어린 아이들에게 일찍 주입시키려는 술책임은 말 할 필요가 없다.
그런가 하면 다른 한편으로는 한 번 탈주 소동을 벌린 명우의 약점을 이
용하여 그에게 친절을 보여줌으로써 그를 집중적으로 회유한다.

　　소장은 자애로운 우슴을 만면에 띄우며 조용히 부드럽운 어조로 그러나 힘을
주어서 타일러 말한다.
　　“군은 아직 한 쪼각의 잔편(殘片)에 불과하다 하더라도 양심을 가지구 있네.
그것을 곱게 키워서 다시금 이전과 같이 훌륭히 소생하여 준다면 나는 얼마나
반갑겠는지 몰르겠네. 자네 한 사람이라도 온전히 소생하여 참다운 길을 밟어준
다면 나는 누가 와서 내 한편 다리를 잘러달라구해두 조금도 애껴안하구 떼여줄
랴네. 이것은 조금도 거짓이 아닐세. 나는 진정으로 군에게 애원하네.”
　　소장의 눈에는 눈물까지 글썽하여 금시에 두볼을 적실 것 같다.35)

---

34) 위의 책, 142면.
35) 위의 책, 95면.

이러한 소장의 과장된 친절과 자신의 어려움에 특별히 관심을 보살펴 줄뿐만 아니라 명우도 모르는 사이에 생일잔치까지 벌려주자 "소장의 앞에 다시 달려가서 땅바닥에 머리를 부비며 울고 싶은 충동"을 느낄 만큼 명우는 감격한다. 소장의 이러한 친절에는 그를 회유하려는 치밀한 계산이 도사리고 있음은 물론이다.

> 인젠 규선이네 피로두 회복된 듯해서 내일 아침이면 구류소로 보낼까 하는데, 그런데 난 첨부터 그렇게 봤지만 군과 규선이와 인규만은 달리 봐왔네. 다행히 내 눈이 틀리지 않아서 군에게선 애써온 보람을 느꼈지만 아직 규선이와 인규만은 잘 넘어가지 않는단 말야. 그래 생각다 못해 군의 공작을 좀 빌어볼까 하는데 어떻게 묘한 방책이 없을까?[36]

여기에서 소장의 의도가 분명히 드러나고 있다. 그것은 중독자를 갱생시킨다는 미명으로 그들을 탄압하고 회유하여 일제의 만주지배정책을 수행하는 하수인으로 활용하고자 하는 계략임을 스스로 확인시켜주고 있다. 이러한 일제의 행태는 자신들은 뒤로 숨어버리고 조선인을 앞세워 조선인을 통제하려는 '이한제한정책(以韓制韓政策)'에 다름 아니다. 소장은 명우로 하여금 인규와 규선을 개심시킨다면 순녀와의 결혼을 주선하고 고향에 있는 어머니를 만주로 불러 만나게 해 줄 것을 약속하자 명우는 하루아침에 소장의 하수인이 되어 스스로 보도소 내의 지식인이며 자기의 친구인 인규와 규선, 금옥을 설득하고 회유하기에 앞장을 선다. 물론 표면적으로는 아편을 끊고 새로운 삶을 살 것을 권유하는 것이지만 실상은 이후의 그들에게 부과할 과제로 그곳에서 교편을 잡도록 권고하고 여성계몽에 앞장서 주는 것이 바로 새로운 삶임을 강조한다. 이처럼 일제는 만주국을 지배하기 위하여 표면적으로는 왕도낙토, 오족협화를

---

36) 위의 책, 221면.

앞세우면서도 그들의 지배정책에 순응하지 않는 사람들을 집단부락에 수용하고 보갑제를 통하여 감시, 통제하는 한편 갖가지 방법으로 회유하여 또 다른 식민지 백성으로 순치하려 했음을 확인할 수 있다.

3) 지식인에 대한 회유와 체제 순응

앞에서 지적한 바와 같이 『마음의 금선』에서는 작품의 중심인물로 지식인이 등장하며 이들을 회유하여 만주국 건설에 동참하도록 하는데 작품의 주제가 놓여있다. 따라서 보도소장으로 표상되는 일제는 이들 지식인을 갖은 '공작'으로 협박하고 회유하여 그들의 체제에 순응하게 하려고 노력한다. 명우와 인규 그리고 규선이 직접적 대상이다.

명우는 일본에서 미전에 입상한 경력의 소유자로 실연의 고통에서 벗어나기 위하여 만주에 와서 아편중독자가 된 인물이다. 그는 처음에는 보도소 내에서 반항적인 인물로 보도소에서 일어나는 폭력에 대하여 강하게 반발한다. 그 결과 보도소의 단장은 다른 사람들과는 달리 그의 거만함에 대하여 불만을 갖고 그를 폭행하기도 한다. 이에 대하여 명우는 강력하게 항의하게 되고 이에 보도소 내의 지식인인 인규와 규선이 가세하여 단장에게 항의함으로써 단장의 폭력행위는 종지부를 찍게 된다. 그러나 이것이 계기가 되어 소장은 명우를 비롯하여 인규, 규선을 회유하기 위하여 갖은 편의와 친절을 베풀게 된다. 특히 소장은 명우의 비리(아편흡연)를 빌미로 "군은 아직도 한쪼각의 잔편에 불과하다 하더라도 양심을 가지구 있네"라고 말하자 명우는 소장의 말에 강한 자극을 받아 "그만 참다못해 두 손으로 얼골을 가리우더니 그 자리에 주저앉어 늑기고만"다.37) 이후 명우는 소장의 지시에 따라 인규와 규선, 그리고 지식인

---

37) 위의 책, 96면.

여성 금옥을 회유하기에 앞장을 선다. 회유의 1차 대상은 만주에 들어오기 전에 소학교 교사로 근무한 인규였다. 인규는 "버젓한 전문학교 영문과를 나와가지구 중학교에서 오라는 것두 뿌리치구 어린이들의 교육을 위해 일신을 받칠 결심루 일부러 소학교를 골라 들어간"38) 인물이다. 그는 보도소 소장이 부락내의 어린이를 위하여 학교 개설을 결심하고 그에게 교편을 잡아줄 것을 요청하자 "이렇게 썩었기로 애색기들의 방구냄새까지 맡으란 말씀"이냐고 거절한다. 이를 알게 된 명우는 소장의 입장이 되어 인규에게 거칠게 항의한다.

> 명우는 졸지에 그 무슨 발작이라도 일으킨 듯 비길데 없이 흥분되어 덤빈다.
> "너는 과거에 뭘 했느냐? 버젓한 교원이 아니냐? 교원보구 교원노릇을 해달라는 게 뭐가 그리 잘못이란 말이냐?"
> 그러나 인규는 반대로 극히 침착하게 미소까지 머금으며 응수한다.
> "그런데 넌 왜 그렇게 역정스레 말하느냐?"
> "말하잔쿠. 소장이 말이 뭐가 잘못이란 말이냐? 부락의 아동들을 위해서 학교를 세우구 너보구 교편을 잡아달라는 것이 어째서 안 될 수작이란 말이냐? 너는 과거에 교편을 잡은 교원이 아니냐."39)

여기에서 인규의 '미소'가 무엇을 의미하는지 생각해 볼 필요가 있다. 그는 앞에서 지적한 바와 같이 중학교를 외면하고 소학교를 택할 만큼 초등교육의 중요성을 인식하고 있었을 뿐만 아니라 하나의 소명의식을 지니고 있었으며, 실제 아편중독자가 되어 보도소에서 생활하면서도 어린이 교육에 대한 꿈을 버리지 않고 있다. 그럼에도 불구하고 소장의 요구에 응하지 않는 것은 만주에서의 교육이 결코 민족교육이 될 수 없고 철저하게 일제에 의한 만주지배정책을 주입하는 식민지교육일 수밖에

---

38) 위의 책, 107~108면.
39) 위의 책, 107면.

 일제 말기 국책과 체제 순응의 문학

없음을 꿰뚫어 보았기 때문이다. 이러한 사정은 김진수의 「이민의 아들」에서 만주에서 교육실상을 분명히 알 수 있다. 만주에서 교육이란 일본어를 배우는 일이며 만주건국의 정당성과 함께 건국이념을 실천하는 인물을 양성하는 것을 목표로 했다. 이러한 실상을 외면한 채 명우는 쉽사리 그들의 회유를 포기하지 않는다. 그는 과거의 삶이란 피동적인 것이라 규정하고 "피동적 시대를 게을르게 회상하며 자아를 망각하고 시대의 흘음을 무시한다는 것이 얼마나 어리석은 수작"인지를 강조할 뿐만 아니라 "국가나 사회는 우리들을 얼마나 아까워하는지"를 역설한다. 이러한 명우의 설교에 "명우, 너는 이젠 아주 속물이 됐구나. 세속말로 다시 말하면 개과를 했단 말이지"하고 반격을 가하면서 아편을 함으로써 과거와 함께 현실적 질곡을 잊어버리기를 희망하고 있다.

한편 명우에 의하여 포섭의 대상이 된 규선은 정치운동가 출신이다. 여기에서 정치운동가란 일제에 대한 저항운동(사회주의운동을 포함하여)을 펼친 인물임에 분명하다. 그러므로 그가 꿈꾸는 것은 '자유'라고 믿으며 "난 아무 때 빠져나가두 이 구렁텅을 빠져나가구 말겠다"[40]는 신념을 잃지 않는다. 그 결과 그는 행동에 적극적이다. 그럼에도 불구하고 보도소 소장이나 명우가 인규를 회유하기 위해서는 적극성을 보이는데 비하여 규선에 대해서는 소극적이다. 그것은 한마디로 인규에 비하여 그의 이용가치가 크지 않기 때문이다. 일제의 꼭두각시인 만주국에서 조선인 정치기 혹온 정치운동이란 존재가치가 있을 수 없음과 무관하지 않다. 이 점은 규선 자신도 잘 알고 있다. 그는 "앞날에 대한 아무런 희망도 가지지 못한 나로서는 결국 과거의 꿈밖에 회상할 것"[41]이 없다고 믿게 된다. 그 결과 규선은 '자유'를 얻기 위하여 아편밀수의 앞장을 서게 되고 마침내 실패하여 구류소로 가게 된다. 또 남편이 아편중독자로 집단부락에 함께 입식된 지식여성인 금옥 또한 소장에 의하여 회유의 대상이 되지만 거절

---

40) 위의 책, 116면.
41) 위의 책, 232면.

하고 거듭된 남편의 구류로 인하여 고향으로 돌아가게 된다.

이처럼 『마음의 금선』에서 작가는 보도소 소장과 명우의 이데올로기적 담화[42]를 통하여 만주지배정책을 홍보할 뿐만 아니라 명우와 같이 체제에 순응하는 인물을 제시하려고 했다. 명우야말로 왕도낙토와 오족협화를 앞세우는 만주국이 요구하는 가장 이상적 인물이라 할 수 있다. 그러나 작가의 의도와는 달리 소장이나 명우의 회유를 거부하는 인물은 만주국에서 그들의 하수인이 되지 않고 조선의 지식인으로 살아가기 위해서는 아편에라도 의존하지 않을 수 없음을 역설적으로 보여준다고 하겠다.

4) 이주민의 좌절과 현실왜곡

『마음의 금선』에는 조선이주민의 삶의 실상이 구체적으로 밝혀져 있지 않다. 집단부락 내에서 생활하는 인물들이 어떤 이유로 아편에 중독되게 되었는지는 문제시하지 않고 있다. 이 점은 이 작품이 만주에 이주한 민족의 삶을 다루려는 것이 아니라 일제의 만주지배정책을 선전하려는데 초점을 둔 국책문학임을 분명히 해준다. 그 결과 이 작품에서는 아편중독자의 생활이 게으르고 부도덕한 것으로 묘사된다. 그러나 아편중독자는 그들이 중독자가 된 것은 만주사회의 모순과 무관하지 않음을 다음과 같이 공격하고 있다.

> "현재 누구니 누구니 하며 돈푼씩이나 지니구 뽐내는 그들 중 자초부터 한푼 두푼씩 얻은 바른 돈으루 부자라는 일흠을 어든 자가 그래 몇이나 되는 줄 아십니까? 전부가 일확천금을 한 것이라구 해두 과언은 아니겠지요"
>
> "그렇지만 자네가 생각하는 것처럼 부정업을 해서 얻은 것이야 아니겠지."

---

42) 페터 V. 지마, 서영상 역, 『소설과 이데올로기』, 문예출판사, 1997, 410면.

"천만의 말씀입니다. 그들의 사업은 전부가 밀수가 아니면 부로카였지요. 그두 대낮에 공공연하게 한 축이랍니다. 멀리를 생각지 마시구 전일에는 목단강에서 소장님을 찾아왔던 그 무슨 회사 사람인가 한 양반이 무엇을 해서 회사 사장까지 됐는지 아십니까? 그두 도문개척시에 밀수를 해서 얻은 것으루 그렇게 된 것이란 걸 소장님께서두 잘 알구 계실 일이 아닙니까?"43)

이러한 공격이야말로 왕도낙토 만주의 실상인 것이다. 그럼에도 소장은 "아모 말도 없이 슬픈 표정"을 짓고 바라볼 뿐, 만주사회의 현실에 대해서는 외면하고 있다. 그리고 의도적으로 중독자의 어두운 생활을 들춰내는데 집중된다. 71가구가 입식하고 있는 중독자들의 집단부락이란 "지저분한 좁은 골목"에 "썩은 냄새"가 진동하는 공간이다. 거기다가 중독자의 갱생을 위한 시설이나 특별한 교육도 없이 오직 감시만 할 뿐이다. 그 결과 그들은 감시의 눈을 피해 아편을 피우려 하고 이를 위하여 아내나 딸을 만인에게 파는 반인륜적 행위마저 저지르게 된다. 이러한 중독자의 행태에 대하여 소장으로부터 신임을 받고 있는 순동이는 중독자인 아버지 명보에게 다음과 같은 말을 쏟아놓는다.

애비…… 애비라구요? …… 흥 그런 뻔뻔스런 소리가 대체 어디서 나와요 애비라구 하기가 부끄럽지도 않아요? 걸핏하면 애비라구 하면서 이때까지 자식들에게 애비의 노릇을 한 게 뭐요? 난 입때까지 수무 살이나 먹는 동안 애비의 신세를 저본 일은 한번두 없어요. 되려 어린것이 푼푼히 어더오는 돈을 뺏어가지구는 양관(아편흡연소)에나 댕기면서 애편만 빤건 누구요? 애비라구 하면서 자식들에게 옷 한 벌 지어주었소? 언제 한 번 먹구 싶어 하는 음식을 먹여 본 일이 있소? 애비? …… 그런 뻔뻔스런 말이 어디서 그렇게 쉽사리 나와요? 내가 만약 불칙하구 못생긴 놈이라문 벌서 개굴창에 들어간 지가 오랬을꺼요44)

---

43) 현경준, 『마음의 금선』, 홍문서관, 1942, 26면.
44) 위의 책, 43면.

위의 예문은 어떤 의미에서 아편중독자인 아버지를 둔 자식으로서 당연한 항변처럼 보일 수 있다. 그러나 왜 그들이 만주 땅으로 이주하게 되었으며, 어떻게 하여 중독자가 되지 않으면 안 되었던가 하는 보다 근본적인 문제에 대해서는 철저하게 외면하고 있다는 데 문제의 심각성이 있다. 그들이 조선에서부터 중독자가 되어 이주한 것이 아니라면 그들을 중독자로 만든 것은 바로 만주의 정치·사회적 조건에서 비롯된 것임은 분명하다. 만주란 일제의 대륙진출을 위한 교두보였기 때문에 일제는 만주국 건설을 위하여 막대한 자금을 투입하지 않을 수 없었다. 이를 해결하기 위하여 일제는 아편을 이용했다. 그들은 아편의 전매를 통하여 막대한 국가 건설에 필요한 자금과 군비를 마련하는 한편 항일세력을 약화시키기 위하여 아편의 흡연을 방치하여 아편중독자를 양산했다. 이러한 사실을 전제한다면 순동이의 항변이야말로 "불칙하구 못생긴 놈"의 터무니없는 짓임에 틀림없다. 그럼에도 불구하고 만주에서 그들의 지배정책에 순응하지 않고 좌절하여 아편중독자가 된 조선인을 게으르고 부도덕한 인간으로 매도하는 것은 현실을 왜곡하고 그들의 허구적 왕도낙토를 선전하려는 국책문학의 성격을 드러내는 것이라 하지 않을 수 없다.

4. 마무리

지금까지 현경준의 『마음의 금선』에 나타난 일제의 국책문학적 성격을 살펴보았다. 그것을 요약 정리하면 다음과 같다.

현경준은 1939년 『인문평론』에 단편소설 「유맹」을 발표한다. 이 작품은 1941년 만주에서 간행된 『싹트는 대지』에 수정 없이 재록되었다. 그리고 1942년에 그는 '만주국 금연총국'의 위촉을 받고 「유맹」을 『마음의 금선』이란 장편소설로 개작하여 『만선일보』에 연재하고 이를 홍문서관에서 단행본으로 간행하였다. 이러한 사정만으로도 『마음의 금선』은 일제의 만주정책을 선전하려는 국책문학임을 짐작할 수 있을 것이다.

「유맹」과 『마음의 금선』사이에는 상당한 변화가 있다. 이는 단순히 양적문제가 아니라 작가의 주제의식에도 큰 변화가 있다. 전자가 만주이주민의 비극적 삶을 보고하는데 초점이 놓여 있다면, 후자는 여기에서 한걸음 나아가 일제의 만주지배정책의 근간이 되는 왕도낙토를 건설하는 과정을 선전하는데 목표를 두고 있다. 그 결과 아편중독자를 비롯하여 그들의 가족까지 집단부락에 수용하여 가족으로 하여금 중독자를 감시하고, 그들이 지니고 있는 지식을 만주국 건설에 이용하려는 저의를 드러내고 있다. 그럼에도 불구하고 아편중독자를 갱생의 길로 인도하는 것은 "도의국가인 만주국에서만 있을 수 있는 일"이라고 호도하고 있다. 그러므로 『마음의 금선』은 단순히 「유맹」을 개작하는 것에 그치지 않고 동일한 소재를 심화 확대시키고 있다는 점에서 상호텍스트적 성격을 지닌다.

『마음의 금선』에서 가장 강조되고 있는 것은 일제의 만주지배정책으로서 왕도낙토의 건설을 선전하는데 있다. 보도소장으로 대표되는 일제당국은 아편중독자를 수용하여 갱생을 도모하는 것은 "도의국가"에서만 가능한 것이고 이를 통하여 "왕도국가"를 건설하려는 원대한 꿈을 갖고 있는 만주국에서만 가능한 것임을 강조한다. 그러므로 과거의 잘못은 문제시하지 않고 한 사람이라도 갱생시켜 새나라 건설에 동참하게 하기 위해서 당국에서는 모든 것을 희생한다는 것이다. 따라서 보도소장은 자기희생을 실천하는 인물임을 강조한다. 그러나 보도소장은 모든 수용자에게 동일한 관심을 보이는 것이 아니라 그들에게 필요한 인물만을 선택적으로 관심을 보인다는 점에서 그들 주장이 계산된 행위임을 드러내고 있다.

그럼에도 불구하고 그들의 간교한 술책에 빠져 그들의 의도를 간과하고 오직 특별한 관심으로 받아들인 명우는 그의 정성에 감복하여 아편의 금연은 물론 만주국 건설에 참여하기 위하여 친구의 설득공작에 앞장을 섬으로써 일제의 만주지배정책에 순응하게 된다. 그러나 당국의 공작과 명우의 노력과는 달리 인규와 규선은 보도소장을 비롯하여 명우의 행동의 이면에 숨겨진 진실의 실체를 알고 있기 때문에 그들의 공작에 넘어가지 않는다. 그들은 만주국 교육이나 정치가 어떠하리라는 것을 잘 알고 있기 때문에 명우의 행동을 '전향'이라고 규정한다. 그렇다고 하여 이들이 미래에 대한 확고한 전망을 가지고 있는 것은 아니다. 작가 현경준은 분명히 만주국은 왕도낙토의 이상국이 될 것임을 확신하며 국책에 순응하여 만주국 건설에 동참하려는 명우야말로 시대가 요구하는 인물임을 강조하고 있다. 그럼에도 불구하고『마음의 금선』에서 작가의 의도와는 달리 인규와 규선의 삶을 통하여 일제의 만주지배정책의 허구성을 드러내고 있다는 점에서 작품적 의의를 지닌다고 할 수 있을 것이다.

만주개척과 여성계몽의 논리

1. 만주개척과 『처녀지』

일제 말기(1938~1945)의 문학을 어떻게 볼 것인가 하는 문제는 그리 간단하지 않다. 지금까지 이 시기의 문학은 암흑기문학이나 친일문학이란 일방적 관점에서 논의되었으나 최근 이러한 논의를 비판하면서 일제 말기 문학을 '협력과 저항'이라는 양극에서 접근할 필요성이 강조[1]되고 있다. 이러한 주장은 기존의 논의들이 범하고 있는 관념성을 극복하고 작품 자체를 통하여 친일의 내면화를 확인할 수 있다는 점에서 주목된다. 그러나 결과론적으로 이 시기 문학은 '사실수리론'[2]에 근거하든 '헤게모니적 지배'[3]에 의한 것이든 많은 작가들이 일본제국주의 체제에 순응함

---

1) 김재용, 『협력과 저항』, 소명출판, 2004, 45~46면 참조.

2) 1937년 중일전쟁을 일으킨 일본이 1938년 중국의 무한·삼진을 점령하자 일본은 물론 한국의 지식인들은 대동아공영권이 실현될 수밖에 없다는 인식에서 일본에 스스로 협력하는 길이 보다 나은 길이라고 인식하고 친일의 길을 걷게 되는데, 이 점은 서정주 스스로 밝히고 있다. 서정주, 「천지유정」, 『서정주문학전집』 3, 일지사, 1972, 239면.

으로써 당시 일제의 국가정책을 문학적으로 수행했다는 점이다. 그러므로 이 시기 많은 작품이 국책문학의 성격을 지니게 되었다는 사실에 주목한다면 이들 작품이 갖는 성격을 해명하기 위해서는 필연적으로 일제의 국책과 관련 속에서 검토될 필요가 있게 마련이다.

일제는 1937년 중일전쟁을 통하여 대동아공영권을 실현하기 위하여 안간힘을 쓰게 되는데, 그 바탕에는 '열등한 아시아[劣亞]'라는 의식에 괴로워하면서 동시에 '아시아를 깔보는[蔑亞]' 우월감을 팽창시킴으로써 국가의 위세를 '완고하고 고루한' 인접 아시아 국가에 심고자 했던 국책4)에서 비롯되었다. 이 후 일본은 아시아에 대한 지정학적인 헤게모니의 확립을 위하여 "동화와 배제의 이중적 담론전략"5)을 통하여 식민지인을 설득하고 포섭하기 위한 방책을 마련해 갔다. 그러한 과정의 하나가 문학으로 나타난 것이 '총후문학(銃後文學)'으로써 국책문학이며, 일제는 국책을 작품화할 것을 강요하기에 이르렀고, 식민지 작가들이 이를 실천함으로써 친일문학의 길을 걷게 되었다. 친일문학의 가장 큰 문제가 폭력성으로 진화해 간 국가적 집단주의 이념에 동조하고 이를 선전하는 문학6)이라 할 때 국책문학이야말로 이 시기 전형적인 친일문학으로 기능하게 된다.

국책문학은 1940년을 전후하여 성행하게 되는데 이때 누구보다 앞장서서 일제의 국책을 문학으로 실천했던 사람이 민촌 이기영이다. 그는 만주개척민 소설인 『대지의 아들』(1939)을 시작으로 생산소설의 하나인 광산소설 『동천홍』(1942), 『광산촌』(1943)7)에 이어 일제강점기의 마지막 국

---

3) 일제는 3·1운동 이후 폭력을 통한 지배 대신 소위 사상교육을 통하여 일본 제국주의의 헤게모니적 지배 속으로 포섭하여 황도신민, 내선일체를 최종 목표로 설정하였다.
4) 강상중, 이경덕 역, 『오리엔탈리즘을 넘어서』, 이산, 1997, 90면.
5) 고모리 요이치, 송태욱 역, 『포스트 콜로니얼』, 삼인, 2002, 32면.
6) 김재용, 「친일문학에 대한 새로운 접근」, 『실천문학』 65호, 2002년 봄, 170면.
7) 이 작품들에 대한 논의는 이 책의 「만주 개척민소설 연구」 및 「일제 말기 국책과 광산소설」을 참조할 것.

책소설로『처녀지』(1944)를 발표하기에 이른다.

그런데 지금까지 이기영에 대한 논의가 상당수에 이르고 있음에도 불구하고 이 작품을 비롯하여 일제 말기 국책문학에 대한 논의는 그리 많지 않다. 그것은 이기영이 작품『고향』에서 얻은 성과를 지나치게 의식하거나 일제 말기 강원도에 숨어살았다는 사실을 의식한 결과일지도 모른다. 이미림은 일제 말기 이기영의 작품을 논의하는 자리[8]에서 「처녀지」를 생산소설과 만주개척소설의 혼합 형태로 파악하고 있으며, 이선옥은 '우생학' 이론에 바탕을 두고 제국주의의 출산 통제 논리에 동화되어 간 특이한 작품[9]으로 규정했으며, 또 다른 글에서는 여성의식의 변모과정과 함께 '젠더 정치'란 측면에서 '제국주의적 모성의 형상화'[10]로 규정하고 "『처녀지』 이전에 쓴 두 편의 생산소설과 마찬가지로 이 작품 역시 전시체제로 돌입한 일제의 생산독려를 정당화하기 위한 친일소설"[11]임을 분명히 하고 있다. 그리고 김진아 역시『처녀지』는 제국주의 파시즘을 내면적으로 실천하는 작품[12]으로 규정하고 치밀한 작품분석을 보여주고 있다. 그런데 이와는 달리 김재용은 이기영의 일제 말기 작품은 프로문학의 연장선상에 놓인 생산소설로 규정하고 친일문학(국책문학)이 아니라고 주장[13]하지만 그의 주장은 설득력을 얻지 못하고 있다.

이처럼 지금까지『처녀지』에 대한 논의는 이 작품이 지니고 있는 국책

---

8) 이미림,『월북작가 소설연구』, 깊은샘, 1999.

9) 이선옥,「우생학에 나타난 민족주의와 젠더 정치ー이기영의『처녀지』를 중심으로」,『실천문학』 69호, 2003년 봄, 88면.

10) 이선옥,『이기영 여성소설 연구』, 국학자료원, 2002, 154면.

11) 위의 책, 158면

12) 김진아,「이기영 장편소설『처녀지』연구」, 영남대 석사논문, 2003.6.

13) 친일문학에 대하여 깊이 있는 연구 결과를 보여주고 있는 김재용은 이기영의 작품은 친일문학이 아니라 프로문학의 연장선 위에 있는 생산소설로 보고 있다. 김재용,『강요된 부역인가, 내재된 신념인가』, 민족문제연구소, 2002, 20~21면 참조. 그러나 일본의 경우 이 시기 생산소설론은 일제의 국책문학의 한 유형으로 설정되었고 프로문학에서 전향한 작가들이 그들의 전향을 확신시키기 위하여 솔선수범하여 생산소설을 창작했다. 따라서 이기영의 일제 말기소설은 일제의 국책을 충실히 따르는 국책문학의 하나인 것이다.

문학적 성격을 단순화시키고 있으며, 일제의 지배정책을 소홀히 다루고 있다는 한계를 지닌다. 그리하여 여기에서는 일제가 만주개척과 동시에 모자보건 및 인구정책을 중시한 이유를 검토하고 이러한 국가정책을 『처녀지』에서는 어떻게 문학적으로 수용하고 있는가를 확인하고자 한다.

2. 만주 개척과 보건·인구정책

일본은 일찍부터 식민정책학을 통하여 식민지 지배 방책을 강구했으며, 그 근본은 의학과 위생에 있음을 분명히 했다.[14] 그럼에도 불구하고 일제는 폭력을 통한 지배와 식민지의 자원 수탈에 집중했다.

1931년 만주사변을 통하여 괴뢰정부 만주국을 건국한 이후 일제의 당면과제는 광대한 만주대륙을 실질적으로 지배하기 위하여 내지인의 이주를 실시하는 일과, 1937년 중일전쟁을 일으키면서 전쟁 수행을 위하여 막대한 군비와 군수물자를 조달하는 일이었다. 그리하여 농촌진흥운동이

---

14) 일본에서 식민정책학을 창시한 사람은 니토베 이나죠[新渡戶稻造]다. 그는 농학박사이자 법학박사로 1903년 京都대학에서 식민정책을 강의한 것을 시작으로 1906년에 동경대로 와서 식민정책을 강의하게 된다. 그의 「植民政策講義及論文集」은 1943년 그의 제자(矢內原忠雄, 전동경대 교수)가 강의 노트를 정리 보완한 것이다. 그의 식민정책의 가장 중심 되는 과제는 "식민은 문화를 전파하는데 있다(Colonization is the spread of civilization)"는 것을 주안으로 삼고, 원주민의 풍속습관을 간섭하지 않는 것, 원주민의 사상을 존중할 것을 강조하면서 일례로 "조선인의 흰옷은 노동의 능률에는 대단히 해롭지만, 그 개량은 서서히 자연적으로 이루어져야 한다"고 했다. 新渡戶稻造, 「植民政策の原理」, 『新渡戶稻造全集』 제4권, 敎文館, 1969, 165~167면 참조. 한편 니토베[新渡戶稻造]는 이미 1918년 「의학의 진보와 식민발전」이란 강연을 통하여 "식민이란 사업은 민족의 발전이라거나 제국주의 혹은 경제상의 발전과 같은 다양한 이름 아래 일국의 힘이 국경을 넘어 신장하는 것"(327면)이라 규정하고, "식민의 목적은 국가 혹은 민족의 발전이기 때문에 그 理想하는 바는 인도(人道)이다. 그래서 그 바탕은 의학이고 위생"(新渡戶稻造, 「醫學の進步と發展」, 『新渡戶稻造全集』 제4권, 敎文館, 1969, 329면)임을 강조했다.

전개되면서 '자력갱생'이 강조되었다. 그런데 1937년 이후 '자력갱생'이
란 슬로건은 '생업보국'으로 대치되었으며, '생업보국'이란 전시체제하
물자동원정책에 협력하는 것을 의미[15]했다. 그런가 하면 중일전쟁 이후
일제는 전시저축, 노무동원 등 전시 조선민중 및 농민을 동원하기 위한
새로운 조직이 요구되었다. 그리하여 1938년 7월에 국민정신총동원조선
연맹이 결성되어 황민화정책 등 정신적인 방면이 강조되었으나 1940년
10월에 국민총력 조선연맹으로 개편되면서 '농촌의 생산 확충 계획을 포
섭한' 운동을 가미하여 실시[16]되었다. 그런가 하면 1941년 대동아 전쟁
으로 확대되면서 인적 자원이 대대적으로 필요하게 되었다.

　이처럼 1937년 이후 일제는 농촌진흥운동과 함께 대대적인 인구증강
정책을 시급히 해결하지 않으면 안 되게 되었다. 그리하여 일제는 만주
를 실질적으로 지배하기 위하여 분촌계획(分村計劃)에 따라 만주에 내지
인의 대대적 이주를 실시하는 한편, 인구증가를 중요한 국가정책으로 설
정하고 강력하게 추진하였다. 특히 고도국방국가에서 필요한 병력과 노
동력을 확보하는 한편, 동아 제 민족에 대한 지도력을 확보[17]하기 위해
서 인구증가는 필요한 것으로 인식했다. 그리하여 일본에서는 각종 보건
및 인구정책과 관련된 법령[18]을 공포하고 1941년에 이르러서는 나치 독
일의 인구정책에 근거하여 '인구정책확립요강'을 제정 공포하여 전시 하
인구증강을 위한 종합대책을 강력하게 추진하는 한편, 인구정책과 국민
체위 향상을 위해 후생성을 설치[19]하였다. 그리고 그 해 11월에는 아동

---

15) 松本武祝, 『植民地權力と朝鮮農民』, 社會評論社, 1998, 210면.
16) 樋口雄一, 『戰時下朝鮮の農民生活誌』, 社會評論社, 1998, 38면 참조.
17) 岡崎文規, 『新東亞確立と人口對策』, 千倉書房, 昭和16(1941), 37면.
18) 당시에 발표된 중요한 인구정책을 다룬 법령은 다음과 같다. 보건소법(법률 제42호, 1937
　　년 4월 5일); 모자보건법(법률 제19호, 1937년 3월 31일 공포); 모자보호법시행령(칙령 제707
　　호, 1937년 12월 4일); 사회사업법(법률 제59호, 1938년 4월 1일); 사회사업법시행규칙(후생
　　성령 제14호, 1938년 6월 29일); 결핵예방법(1919년 3월, 1938년 4월 2일 법률 제41호 개정);
　　화류병예방법(1927년 4월 제정, 1939년 3월 29일 법률 43호 개정).
19) 후생성의 중점사업은 다음과 같다. ① 국민체위 향상 시설, ② 국민체육운동 단체의 일

보호와 가족제도의 확보, 국운의 번창을 도모한다는 명분으로 후생성에 의해 10남매 이상을 둔 가정을 뽑아 제1회 우량다자가정(優良多子家庭) 표창[20]을 하였다. 또한 인구증가의 필요성을 절감하여 여자의 결혼 연령을 2년 앞당길 것을 권장하는 한편, 소화 35년(1960)에 이르러 일본인 인구 1억을 실현하는 것을 목표로 하고, 만주 인구의 20%를 일본인 이민으로 충당할 것을 정책과제로 설정했다. 이러한 정책을 실현하기 위하여 일본에서는 출생증가, 결혼 장려, 건전한 가족제도 유지, 모성, 피임 낙태를 금지하는 법령을 비롯하여 불임, 유산 및 사산의 가장 중요한 원인의 하나로 화류병이 문제로 되기 때문에 인구문제에 '화류병예방법'이 포함되어 실시되었다.[21] 그런가 하면 1932년에는 임산부보호심득(姙産婦保護心得) 및 유유아보호심득(乳幼兒保護心得)을 제작하여 임산부 및 유유아에 대한 보호와 마음가짐을 강조하게 되는데, 이는 육체적으로 건강한 아동(미래의 노동력 및 전투력!)의 획득[22]에 있었다. 이러한 인구정책 및 의료시책은

원화, ③ 결핵 및 성병 대책, ④ 의료기관의 일원화 촉진, ⑤ 의약품 대책의 강화 철저, ⑥ 군사 원호사업의 강화, ⑦ 사회사업체제의 정비, ⑧ 인적 자원의 증강, ⑨ 주택 영단의 증자와 주택건설, ⑩ 노동자의 징용 및 공출, ⑪ 한국 내 노동자의 수급조정. 신동원, 앞의 글, 94면 참조.

20) 일제는 다자녀가정을 표창하는 이유를 "견실한 가정을 경영하여 자녀를 건전하게 육성하는 것은 국민생활의 근간인 집안[家]의 기초를 공고히 하고 국가의 근본을 배양하는데 기여하는 까닭에, 특히 다수의 자녀를 낳아 기르는 것은 일반의 귀감이 되기에 충분하다. 이런 가정을 표창하여, 이를 통하여 아동보호정신의 앙양을 도모하고 가족제도의 확보와 국운의 번창에 이바지한다"고 밝히고, '우량다자가정(優良多子家庭) 표창'을 위한 '요강'을 다음과 같이 규정했다. 1. 피표창자 : 피표창자는 아래의 각호에 해당하고 타의 모범이 되기에 충분한 가정의 부모이다. 단 부 또는 모가 없을 때는 현재 있는 한면도 가능하다. ① 부모를 같이하는 만 6세 이상의 적출자녀 10인 이상을 스스로 육성한 경우. ② 자녀(6세 미만을 포함. 이하 같다) 중 사망한 자녀가 없을 것. 단 전몰 사변이나, 천재지변 등 피할 수 없는 사유로 인하여 사망한 경우는 이를 생존자로 간주할 것. ③ 자녀는 심신이 건전할 것. 단 戰役사변이나 천재지변 등 피할 수 없는 사유로 인하여 건전하지 못하게 된 사람은 건전한 자로 간주할 것. ④ 부모 및 자녀는 언제나 성행이 선량하여 그 가정이 견실할 것; 2. 표창기일 : 소화15년 11월 3일; 3. 표창방법 : 후생대신 이름의 표창장과 함께 기념품을 지방장관이 전달. 岡崎文規, 앞의 책, 183~184면.

21) 위의 책, 73면.

22) 조형근, 「식민지체제와 의료적 규율화」, 『근대주체와 식민지 규율권력』(김진균 외편),

일본에만 국한된 것이 아니라 한국을 비롯하여 만주국에도 동일하게 적용되었다. 이처럼 일제는 중일전쟁 이후 전시비상체제로 전환하면서 '삶을 관리하는 권력' 즉 생체권력(bio-power)[23]을 통하여 식민정책을 강화하고자 했다. 그런데 한국에서 가족의 의료화는 한편으로는 건강한 민족구성원의 재생산이라는 한국인의 민족주의적 열망에서, 다른 한편으로는 식민지 자원의 총동원이라는 일제의 제국주의적 요구에 의하여 진행[24]되었다. 따라서 일제 말기 보건 및 인구정책은 필연적으로 여성의 역할이 강조되면서 건강한 자녀 생산을 위하여 모자보건이 중시되게 되는데 이는 곧 의료보국이라는 국책을 실천하는 길이었다.

3. 만주현실과 보건·인구정책의 형상화

1) 만주의 현실과 중견인물

『처녀지』는 일제 말기 일제의 보건의료 및 인구정책을 소설로 재구성한 국책문학의 하나이다. 전체 27장으로 구성된 이 작품은 3개의 사랑 이야기가 서사의 축을 이루고 있다. 주인공 남표와 그를 둘러싸고 옛 약혼

문학과학사, 1997, 193면.

23) 푸코(Foucault)에 의하면 생체권력은 개별적인 신체와 사회적 신체로서의 인구, 양자 모두를 겨냥해 새로운 기술체계를 발전시키게 되는데 그것이 바로 '신체의 해부정치학'과 '인구의 생체정치학'이다. 전자가 신체의 조련, 신체적 적성을 최대로 활용하거나, 체력의 착취, 신체의 유용성과 순응성의 병행증대 등과 관련된 것들, 즉 규율(discipline)을 특징짓는 권력의 절차라면, 후자는 인구의 증식, 출생률과 사망률, 건강 수준 등에 대한 일련의 개입 및 '조직적 통제' 전체를 의미한다. 김진균·정근식, 『근대주체와 식민지 규율권력』, 문학과학사, 1997, 174면 참조.

24) 조형근, 앞의 글, 192면.

자 선주와 만주의 대동병원에서 함께 일하던 간호부 경아 사이에 일어나
는 사랑이 중심서사를 이루고 있으며, 만주 현지인으로 개척소설가를 꿈
꾸는 소학교 선생 현림과 애나의 사랑, 그리고 미래의 만주를 이끌어 갈
일성과 득순의 사랑으로 짜여 있다. 그럼에도 불구하고 이 작품은 연애
소설과는 달리 만주개척민, 특히 여성계몽을 다룬 계몽소설이라 할 수
있다. 따라서 작품에서 다루어지고 있는 문제 또한 다양하여 당시 만주
국의 건국이념은 물론 농사개량, 아편문제, 국어(일본어) 보급, 보건 및 인
구문제 등을 폭넓게 다루고 있다. 이 작품의 주인공 남표는 농촌진흥운
동에서 강조하고 있는 전형적인 중견인물25)이다. 그의 성격은 매우 의지
적이고 재기 발랄하고, 언변이 좋고, 한 시대의 지도자가 갖추어야 할 덕
목을 모두 지닌 인물로 그려지고 있다.

> 태풍과 싸우는 거함과 같다할까. 그의 호방한 성정과 굳세인 정의감은 어떠한
> 위험이라도 돌파하며 전진하려는 기개와 투지가 만만하다. 그것은 무엇보다도
> 그의 형형한 안광이 증명했다.26)

> 남표는 사령이 좋고 언변에 능하였다. 그런데도 열성적이요, 재기 발랄한 이
> 지의 섬광이 비최였고, 남표가 동무들과 둘러앉아서 리론 투쟁을 하는 자리에는
> 참으로 장엄한 광경을 전개하였다. 그야말로 청산유수와 같이 리로(理路)가 정
> 연한 어감은 듣는 사람이 황홀한 경지로 끌려 들어가서 마침내는 무아몽중이 되
> 게 한다.27)

---

25) 갱생운동에서 '중견인물'이란 구래의 명망가가 아니라 '국책'에 동조하고, 그 수행에 자
　　발적으로 참여하는 인물(柚木駿一, 「農村経濟更生計劃と分村移民計劃の展開過程」, 『日
　　本帝國主義下の滿洲移民』(滿洲移民史研究會 편), 龍溪書舍, 1976, 285면)이었다. 특히 일
　　제는 '중견인물'을 통하여 궁핍화와 영농기반이 붕괴된 농민에게 자력갱생을 강요하고
　　'인보공조'의 정신을 내세워 농촌, 농민의 통제, 지배를 실현하려 했다. 위의 책, 291면.
26) 이기영, 『처녀지』 상, 삼중당서점, 1944, 9면.
27) 위의 책, 24면.

이처럼 주인공 남표는 완벽에 가까운 인물로 평양에서 병원을 하고 있는 친구 동준의 "조그만 달팽이집과 같이 오직 개인적으로 혼자서만 안전하게 살려는 인간"에 대하여 비판적인 태도를 보인다. 그런 그가 때맞춰 자신의 약혼자인 선주가 파약을 하고 돈 많은 사람과 결혼을 하자 "실연의 독배를 마신 뒤에 인생의 커다란 체험"을 하고 "참패자"가 되어 "새로운 생활을 찾아" 한 해 남은 의학전문학교를 그만두고 만주로 들어간다.

"예라! 만주나 들어가 보자!"

하고 실로 막연히 하루밤새에 마음을 작정하고 그 이튿날 봉천행 급행차를 표연히 잡아탔다.28)

남표의 만주행은 앞에서 작가가 밝힌 주인공의 이지적 성격과는 달리 매우 충동적인 것으로 젊은이의 치기에 지나지 않는다. 뚜렷한 목적의식을 갖지 않고 만주에 들어왔기 때문에 그는 만주에서 한 때 술과 아편에 빠져지내게 된다. 이처럼 충동적인 그가 만주 신경에 있는 대동병원의 조수가 되어 간호부 신경아와 가까운 사이가 되면서 동지의식을 갖게 된다. 그러다가 정안둔에 살고 있는 정애나가 입원을 하게 되면서 농촌에 의사가 필요함을 인식하고 농촌에 가서 진정한 의사가 되기로 결심한다. 특히 그는 의사가 사회적으로 존경을 받는 것은 "병고에 신음하는 인간을 사경에서 구해낼 수 있는 신성한 천직을 가졌기 때문"이며, "의업을 한 개의 영업수단으로 안다면 그야말로 언어도단이며, 그들은 사회의 공기이며, 더욱 현하와 같은 비상시국에 있어서" 의사의 사회적 책임이 막중하다고 생각한다. 그런가 하면 "더욱 현시국하에서 이기주의적인 낡은 사상을 떠러버리고 정말로 나라를 위하는 의료보국을 투철히 할 생각"을 가져야 할 것을 역설한다.

---

28) 위의 책, 31면.

과연 자기가 의학도로써의 철저한 자각이 있다면 마땅히 선구자적 정신을 발휘해야 할 것이다. 문화의 수준이 높고 문명의 혜택이 많은 도시보다는 도리혀 농산어촌의 무의촌에 할 일이 많지 않느냐. 진정한 의료보국은 이런 곳에서 의미가 있을 것이다. 생활정도가 얕은 그들은 위생사상이 전혀 없다. 따라서 그들은 상약을 무지하게 써서 귀중한 생명을 뺏기고 병신이 되지 않는가. 또한 생활이 빈약한 만큼 그들은 비싼 약을 쓸 수 없거니와 의료시설도 없다. (…중략…) 그러므로 궁벽한 시골이야말로 자기와 같은 의학도가 필요하다.[29]

여기에서 남표가 가난한 농촌의 무의촌으로 들어가려는 뜻은 "현재의 비상시국에 대한 의료보국"을 실천하려는 것임을 분명히 하고 있다. 주지하는 바와 같이 일제는 1937년 중일전쟁에 이어 1941년 대동아 전쟁을 일으키면서 전시체제로 들어가게 된다. 그 결과 국가의 모든 체제가 전쟁수행을 위한 총동원체제로 바뀌고 의료사업 역시 그 일환으로 전개되었다. 따라서 일제의 의료정책은 의사경찰(medical police)[30] 개념에 근거하게 되었다. 일제의 의료 및 인구정책은 개인의 건강에 초점이 놓여있는 것이 아니라 국가 이익을 위하여 개인의 신체를 통제하는 수단으로 작동하게 되었다. 그런 점에서 남표가 농촌에 들어가 '의료보국을 실천'하려는 것은 의사라는 직업을 통하여 만주개척민을 철저하게 식민지 백성으로 통제하고 육성하는 길이 된다.

이처럼 의료보국을 위한 그의 마음가짐과는 달리 그는 친구의 소개로 신가진에 있는 병원으로 가던 도중 옛 약혼자 선주를 뜻하지 않게 기차

---

29) 위의 책, 61면.
30) 일제의 보건 의료는 내무성 위생국과 경무청에서 함께 담당했는데 실제 운영은 경무청이 중심이 되었다. 경찰에 의한 위생업무는 서양에서 중상주의와 절대주의 시대의 "국가는 백성의 건강을 책임져야 하며 최선을 찾아내어야 하고 감독해야 한다"는 의사경찰(medical police) 개념에서 비롯된 것으로 나폴레옹 집정의 종말과 함께 사라졌던 제도이다. 그러나 이 시기 의사경찰제도의 형태가 일본에 의하여 조선에 강제되었다. 신동원, 「일제의 보건의료정책 및 한국인의 건강상태에 관한 연구」, 서울대 석사논문, 1986, 58면.

속에서 만나 심한 다툼을 하고 신가진행을 포기하고 갑자기 정안둔으로
가게 되는데, 이 또한 일시적 충동에 의한 우발적 행동인 것이다. 그런가
하면 남표는 선주와 싸움을 하면서도 경아에게서는 '안존하고 청초한 순
결'을, 선주에게서는 '요염한 육향을 발산하는 여자'로 느낄 만큼 전적으
로 선주를 미워하거나 그의 의식에서 완전히 배제하고 있는 것도 아니다.
이처럼 남표는 의지적 인물이라기보다는 충동적인 인물인 것이다.

　이처럼 충동적 인물인 남표가 진정한 개척정신을 실현하기 위하여 대
동병원의 환자였던 정애나가 살고 있는 정안둔에 정착하면서 갑자기 중
견인물로 변신하게 된다. 그는 정안둔에서 애나의 아버지 정해관으로부
터 환대를 받고, 개척문학가를 꿈꾸는 애나의 약혼자 현림을 만나고, 정
안둔 개척자 권덕기의 위업에 대하여 듣게 된다. 그는 만주개척의 제1세
대인 권덕기가 수전 개발과 정안둔의 비화(匪禍)를 막기 위하여 집단부락
을 만들었다고 밝히고, 집단부락의 모습을 다음과 같이 묘사하고 있다.

　　치안유지를 위해서는 흩어져 있는 인가를 한 곳으로 모이게 하고 주위를 삥
　둘러가며 토성을 쌓는 방비를 하였다. 성에는 동서남북으로 사대문을 내었다.
　그들은 토치카를 두 구석에 만들어 놓기도 하였다. 이 토치카에는 토성을 지대
　고 사격을 할 수 있게 총구멍을 뚫어 놓는다. 네 구석에다 토치카를 안 만드는
　것은 액내끼리의 혼잡을 피하기 위함이었다.

　　이와 같은 집단농촌을 건설한 부락에서는 무장한 자경단을 조직하고 주야로
　순경을 돌게 함은 물론이었다.31)

　여기에서 집단부락은 조선총독부에서도 밝히고 있는 것처럼32) 만주와

---

31) 이기영, 『처녀지』 상, 삼중당서점, 1944, 146면.
32) 간도지방은 사상적으로 극히 복잡하여 만주사변 이전부터 불령단(不逞団)의 소굴, 공
　비의 근거지가 되어 선량한 선농은 끊임없이 박해를 받아 왔으나, 특히 만주사변 직후
　에는 王德林의 소요(騷擾)가 있고, 또 병비공비가 곳곳에서 발호하여 살해, 방화, 약탈,
　납치 등이 끊이지 않아 오지거주의 선농을 안전지대로 피난시켜 집단부락을 만들었다.

조선의 경계지대에 있던 조선인 농민을 항일유격투쟁으로부터 격리시키려는 목적으로 만들어진 것[33]으로 겉으로는 생활안정의 옹호라고 선전했지만 실질적으로는 보갑제[34]를 통하여 항일운동을 원천적으로 차단하기 위한 수단으로 조성되었다. 일제는 중국의 동북지방을 항일운동의 중심지로 만주지배에 가장 큰 장애로 인식하고 1937년 이후 이 지역의 치안대책에 최대 중점을 두었으며, 만주국의 일반회계 세출액에도 치안비는 매년 총액의 30~40%로 최고의 비중을 차지했다. 특히 '비민분리(匪民分離)'를 위하여 집단부락의 건설은 매년 수와 규모가 확대되어 1939년 말에는 누계 13,451개소에 이르렀다.[35] 집단부락을 설립할 때는 자작농창정[36]을 통한 생활안정의 옹호라고 선전했으나, 실제 생활은 현저히 불

집단부락은 소화6년(1930)에 鐵領(349호, 1,701명), 소화8년(1933)에 營口(1,564호, 7,827명) 및 河東(1,000호, 5,000명) 소화9년(1934)에 緩化(465호, 2,014명), 소화10년(1935)에 三源浦(177호, 866명), 소화11년(1936)에 旺淸門(300호)에 안전농촌을 건설했다. "집단부락은 自衛自耕하는 특이한 농민부락으로 간도에서 안전권을 확대하게 되자 비적은 필사적으로 부락건설 작업을 방해하여 수십 회에 걸쳐 습격을 감행했다. 자위단은 용감하게 응전하여 부락을 완성했다. 본 부락은 요소 요소를 점거하고 있기 때문에 간도 치안상 가장 효과적인 일대 역할을 하고 있다." 조선총독부 편, 『朝鮮事情』, 조선인쇄주식회사, 소화11년, 321~323면 참조.

33) 依田憙家, 「滿洲における朝鮮人移民」, 『日本帝國主義下の滿洲移民』(滿洲移民史硏究會 편), 龍溪書舍, 1976, 583면.

34) 보갑제(保甲制)란 부락민과 항일문장대와의 연결을 단절시키기 위한 자체 감시체제로 10가구가 1패, 여러 패가 모여 1갑, 여러 갑이 모여 보가 된다. 한석정, 『만주국건국의 재해석』, 동아대 출판부, 1999, 65면.

35) 鈴木隆史, 「戰時下の植民地」, 『岩波講座 日本歷史』 21, 岩波書店, 1977, 231면.

36) 조선총독부는 1933년 9월부터 제2차 집단부락 891호를 간도지방에 설정했다. 집단부락은 자작농창정 계획과 결합하여 치안경비상 적당한 장소를 선정하여 1호당 3.5정보를 경작하게 하는 것인데, ①토지는 동척에서 구입하여 1호당 토지구입비 및 개량비 650圓, ②가옥 건축비 40圓, ③耕牛 구입비 50圓, ④기타 영농자금 60圓을 동척에서 대부하고, 토지대금 및 개량비는 1년 거치 15년 이내 연부상환, 가옥 건축 및 耕牛 구입자금은 5년 이내 정기분할, 영농자금은 1년 이내 단기 대부했다. 이들 차금은 공히 20인 이상의 연대보증을 필요로 했고, 연 8분2리의 이자를 부담해야 했다. 제2차 집단부락은 1934년 3월 16개소에 건립되었다. 이 집단부락은 '자주 공비의 습격을 받는' 곳이었으나 그것은 '치안농촌'이라 불리는 이 집단부락의 참된 목적은 무장항일세력과의 내통을 방비하기 위한 대책이었다. 依田憙家, 앞의 책, 582~590면 참조.

리[37]하게 되었으며, 조선 농민의 이주지가 지정되고 집단화됨으로써 일제의 감시와 통제가 더욱 강화되었다. 이러한 사정은 집단부락의 구조가 감옥의 형태를 지니고 있다는 점에서도 알 수 있는데, 그것은 외부의 적을 감시하는 동시에 부락 내부의 동태를 서로 감시하는 이중적 기능을 갖게 되는 것이다. 그런가 하면 비적들은 권덕기를 무서워했다고 밝히고 있는데 "그것은 정안둔을 조직적으로 무장을 하기도 하였지만 일본 영사관과 교묘히 연락을 취하면서 기민한 활동을 하였든 까닭에 비적들도 만만히 습격을 못해왔다"고 술회하고 있다. 사실 만주를 건국하기 이전까지 일제는 조선이주민을 보호한다는 구실을 앞세워 중국에 그들의 세력을 공식화하기 위한 술책으로 조선인과 중국인의 갈등을 부추기고 이를 이용하고 있었던 것이다. 이러한 사정은 1928년 척무대신 관방문서과에서 편찬한 자료(『滿洲と朝鮮人』, 拓務調査資料 第三編)에서도 분명히 확인할 수 있다. 자료에 의하면 조선이 완전한 일본의 식민지가 된 이후 중국에서 조선인이 심한 수난을 받게 된 요인 가운데서 가장 먼저 문제가 된 것이 중국인들은 조선인을 "일본의 주구"[38]로 인식하고 있었다는 점이다. 그럼에도 불구하고 당시 만주의 조선인은 일제의 기만정책의 본질을 이해하지 못하고 자신들의 어려움을 해결해 주는 시혜자로 인식하고 있는 것이다. 이처럼 작가는 일제의 지배정책이 갖는 본질적 문제에 대하여 애써 외면하면서 집단부락 건설을 개척 농민의 새로운 삶의 보금자리로 인식하고 그것을 긍정적으로 평가하고 있는 것이다.

---

37) 집단부락의 건설 이후 농민의 생활은 더욱 어려워졌는데, 그것은 ① 농경지 면적의 협소화, 농구, 가축의 감소 등으로 나타나는 경영 규모의 축소, 농업의 粗放化, ② 농민소유지의 상실, 소작지, 소작농의 증가, ③ 농경지까지의 먼 거리, ④ 부락비, 부역노동의 증가, ⑤ 부채의 증가, ⑥ 농민생활의 곤궁화로 나타났다. 依田憙家, 앞의 책, 588면.

38) 중국인이 조선인을 미워한 제1의 이유로 "지나인은 조선인이란 일본제국주의의 주구로 일본인의 만주침략의 선구자로 해석되어, 이를테면 조선인이 만주의 어디에든 이주하여, 하나의 부락을 만드는 곳에는 일본 영사관 및 경찰서를 설치하고 조선인 보호를 구실로 각종 문제를 야기함으로 지나(支那) 주권을 침해하는 사실"이라고 밝히고 있다. 依田憙家, 앞의 책, 509면 재인용.

그런가 하면 작가는 만주국 건국 이전 비적의 발호와 동북군벌의 압제를 의도적으로 강조하고 있을 뿐만 아니라 사실을 왜곡하고 있다. 이것은 초기 개척민의 고난의 역정을 말하자는 것이 아니라 만주국 건국의 당위성과 일제에 의하여 만주국이 왕도낙토가 되었음을 강조하기 위한 소설적 장치에 지나지 않는다. 그리하여 남표는 진정한 왕도낙토를 만들기 위하여 스스로 만주 개척의 제2대 선구자로 자처하고 농민의 머리를 개척하기로 결심하는데, 이는 일제의 국책으로 중시된 심전개발운동의 실천이었다.

> 권노인은 수 십 년 전에 여기로 들어와서 수전을 처음 개척한 선구자다. 그러면 자기가 여기로 들어오는 목적은 무엇일까? 그는 농토를 개척하였으나 자기는 농민의 머리를 개척하는 문화적 사명을 수행해야 된다.
> 사실 개척 사업은 그들의 정신과 병행해야 비로소 완성할 수 있을 것이다. 그렇다! 자기는 농민의 생활을 개척하자! 그는 이렇게 부르짖었다. 제이대의 선구자!39)

새로이 정안둔에 정착한 남표는 스스로 제2대의 선구자로 자처하고 농민의 머리를 개척하는 문화적 사명을 실현할 것을 목표로 하게 된다. 그는 만주이주민의 가난한 현실을 농민의 무지와 만주 농업의 폐단에서 찾고 있다. 그 결과 "남표가 정안둔에 들어온 근본목적은 자기도 농민이 되어보겠다는 생각"을 갖고 미간지를 구입하고 농사개량으로 이전의 산종방식에서 정조식을 위한 못자리판을 설치하지만 마을 사람들에 의하여 공동 경작될 뿐 자신은 방관자적 자세에서 벗어나지 못하고 있다. 그리고 마을 사람에게 농촌의 문명화를 위해 건전한 생활을 강조하는데, 그것은 규칙적 생활과 규율에 따른 생활이다. 여기에서 규칙과 규율은

---

39) 이기영, 『처녀지』 상, 삼중당서점, 1944, 145면.

개인의 생활을 통제하는 기능을 하게 되는데, '규율=훈련'의 메커니즘은 새로운 유형의 권력공간[40]으로 기능하게 된다. 그럼에도 남표의 활동은 '의학청년 중심으로, 동민이 일치협력 농사개량에'이란 제목으로 신문에 보도됨으로써 중견인물로써 자리를 확고히 하게 된다. 그러나 남표가 농사개량과 함께 농민들의 문화 수준을 향상시키기 위하여 시행한 수많은 사업들은 일제의 원활한 식민지 정책 수행에 도움을 주는 일이었을 뿐 실질적으로 조선인이나 만주인의 삶의 질을 향상시키는 일은 아니었다. 남표의 사업들은 농민들의 생활과 농사에 있어서 매우 합리적이고 근대적인 듯 하지만 이것은 근본적으로 일본화를 위한 것이었으며, 문명화된 일본이야말로 조선인들이 도달할 수 있는 최상의 목표로 위치[41]하게 된다. 따라서 그가 실현하고자 하는 '농민의 머리를 개척하는 일'이란 일제의 식민정책을 뒷받침하는 심전개발을 통하여 내선일체를 이루는 것임을 간과해서는 안 될 것이다. 이러한 현실인식은 표면적으로 보면 만주개척민에게 매우 필요하고 중요한 일로 보일 수도 있다. 그러나 심전개발이나 의료사업의 이면에 숨어있는 일제의 지배정책을 올바르게 파악할 때 그것은 또 다른 일제의 수탈행위이자 황국신민화를 실천하는 길임을 남표는 외면하고 있다. 그러므로 남표는 일제의 식민정책을 추종하는 중견인물임을 확인하게 된다.

2) 심전개발과 의료보국의 실천

일제는 농촌 위기를 극복하기 위하여 1933년부터 1942년까지 농촌경제갱생운동을 전개했는데, 그 중심과제를 ① 산업조합 확충, ② 농가경영 개선 사업, ③ 농촌 중견인물의 양성, ④ 부채정리 사업, ⑤ 만주이민사업,

---

40) 강상중, 이경덕 역, 『오리엔탈리즘을 넘어서』, 이산, 2004, 35면 참조.
41) 김진아, 앞의 글, 38면.

⑥정신운동[42]으로 설정하였다. 경제적 갱생이란 정신운동이 뒷받침되어야 한다는 인식 아래 민중교화를 물심양면에 두고 경제갱생운동에 정신 방면의 지도를 강조했다. 그리하여 1936년 1월 심전개발운동[43]에 관한 정무총감 통첩을 발표하고, 팸플릿 「심전의 개발」을 수만 부 반포[44]했다. 이처럼 심전개발운동을 중시한 것은 식민지인에게 천황제 이데올로기를 철저히 주입하여 일제의 궁극적 목적인 대동아공영권을 확립하기 위해서였다.

남표가 정안둔에 정착하기로 결심을 하고 난 뒤 그 곳에서 하고자 하는 것은 무엇보다도 개척민을 정신적으로 황국신민으로 개조하는 일이었다. 이를 위하여 의료사업은 물론 영농방법을 개선하고 안전농촌을 확립하며, 개척민의 사명을 완수할 수 있도록 지도하는 일이 시급했다. 그는 먼저 정안둔에 자리를 잡자 마을 사람들을 무료로 진료하는 한편 땅을 사서 경작할 것을 다짐한다. 그가 정안둔에 와서 벌인 최초의 의료행위는 만인(滿人) 집에 왕진을 하여 출산시키는 일이었으며, 그로 인해 만인으로부터 환대를 받게 된다. 이것은 당시 일제의 만주 의료정책의 하나이며 만주 건국이념의 하나인 오족협화의 실천이란 점에서 중요한 의미를 지닌다.[45] 그리고 권덕기 중심의 제1세대가 그들의 안전을 위하여 집단부락을 만들고 수전 개발을 통하여 만주 농업의 새로운 길을 열어 놓은 것을 높이 평가하면서도 이제는 문화사업과 농업기술을 개량할 필

---

42) 森 武麿, 「農村の危機の進行」, 『講座 日本歴史』, 東京大學出版部, 1985, 154면 참조.
43) '心田開發運動'의 목표를 국체관념의 명징, 敬神崇祖의 사상과 신앙심 함양, 보은 감사, 자립정신의 양성에 두고 천황제 이데올로기를 주입하는데 목적을 두었다. 곽건홍, 『일제의 노동정책과 조선노동자』, 신서원, 2001, 217~218면 참조.
44) 조선총독부 편, 『朝鮮事情』, 조선인쇄주식회사, 소화11년(1936), 56면 참조.
45) 일제는 만주 이민의 보건위생을 유지향상을 도모하기 위하여 각 이민지에 척무성의 촉탁 의사를 배속시키고 이 촉탁의에 대하여 현공의(縣公医)를 위촉하고, 공의로서의 봉급을 지출하는 외에 일정한 시료비를 지급했다. 또한 이민지 부근의 만주인의 시료에도 종사하게 하였으며 이 방침은 이민과 만주인과의 융화를 도모하는데도 좋은 성적을 보여주었다. 菱沼右一 외, 앞의 책, 54면.

요가 있음을 강조한다. 그는 "지금은 왕도낙토의 안전농촌이 건설되는 과정"이기 때문에 "이들을 다시금 문화생활로 끌어올리는 건설 사업은 역시 황무지를 개척하는 이상의 개척정신이 필요"하다고 믿으며 무수한 난관이 잠복해 있으리라는 것을 예견한다. 그 최초의 난관은 마을의 말썽꾼 만용에 의하여 현실로 나타난다. 만용은 남표를 야부의사(돌팔이 의사─필자)라고 경찰에 투서하여 남표는 경찰서에 가서 조사를 받게 되지만 곧바로 방면된다. 그는 방면되는 것으로 만족하지 않고 아편중독자인 만용을 치료하기까지 한다. 여기에서 작가는 중국의 아편 실태를 소개한 뒤에 "물론 지금은 그렇지 않지마는 만주사변 이전만 해도 대도회에는 아편굴이 어디나 있었다"고 하면서 만주에서 아편이 성행하여 패가망신 하는 사실을 장황하게 설명하고 있다. 사실 일제는 식민지와 내지를 각각 유기적으로 연결하여 동아시아적 규모로 아편, 모르히네정책을 전개하여 세계 유수의 일대 마약제국을 구축[46]하려 하였으며, 아편을 식민지 지배정책의 하나로 이용[47]했던 것이다. 일제의 아편정책은 막대한 군비를 조달하기 위해 필요한 자금을 마련하는 수단이기도 했으며 동시에 식민지인을 아편중독자로 만들어 일제에 대한 저항의식을 원천적으로 봉쇄하고, 심지어 아편중독자를 치료한다는 명목으로 그들을 감금하여 노동력을 착취하는 방편으로 악용하기도 했던 것이다. 남표는 자기를 모함한 만용이 아편에 중독된 것을 경찰의 도움을 받아 치료를 해 준다.

"예, 환자를 감금하고 며칠 동안은 의사가 환자의 옆에 붙어있어 가지고 불면불휴의 치료를 극진히 해야 되는데 그렇게 건강 회복기까지 삼 주일간 완전 치료를 받은 환자는 아까 말씀드린 바와 같이 잘 자고 깨날 때처럼 완전 고통으로 중독성을 떼게 됩니다."

---

46) 倉橋正直, 「ケシを植える話」, 『近代日本と植民地』 月報 6, 岩波講座, 1993.4, 3면.
47) 일제의 아편정책은 현경준의 『마음의 금선』에서 주된 제재로 취급되고 있는데 이에 관한 논의는 이 책의 「만주이주민의 현실왜곡과 체제 순응」을 참조할 것.

"아 그렇습니까. 잘 알았습니다. (…중략…) 그럼 당국에서는 철저히 후원할 테
니 아무쪼록 좋은 성과를 얻도록 바랍니다." 48)

여기에서 보는 것처럼 중독자에 대한 치료란 특별한 것이 아니라 중독
자를 감금하고 사회로부터 격리시키는 것에 지나지 않는다. 이런 사정은
조선 전체에 전염병원은 고작 공립 6개소에 불과한데 비하여 격리병사는
공립 381개소49)이었다는 통계에서 보듯이 일제의 의료사업은 치료보다
는 격리시키는 것이 중심이었음을 알 수 있다.

하긴 그들이 제 몸을 망치는 것은 자작지얼이다. 누구를 원망하고 하소할 것
이냐 마는 명예스런 개척민인 동포에게까지 일어탁수의 누명을 쓰게 하여 국가
사회에 해독을 끼침이 적지 않음을 볼 때 유심자의 어찌 통탄사가 아닐까 부냐!
만주는 옛날 만주가 아니다. 오늘날 왕도낙토를 건설하는 황도신민 중에는 이와
같은 정신적 타락자가 한 사람도 없어야 한다.50)

여기에서 남표가 아편중독자를 치료해주는 이유가 환자 개인을 위해
서가 아니라 왕도낙토를 건설하는데 방해가 되고 황도신민으로서의 사
명을 저버리는 배은망덕이기 때문이다. 그리하여 그는 자신이 해야 할
일이 "농장의 개척 보담 정신의 미간지"를 개척하는 일임을 다시 한 번
다짐한다. 그는 이전까지 의사자격을 갖는 것은 인술을 포기하고 돈을
벌기 위한 수단으로 생각했지만 마을 사람에게 신뢰를 주고 자신이 뜻하
는 바를 강력하게 실천하기 위해서는 권위가 필요하다고 생각하여 의사
시험을 준비하게 된다.

---

48) 이기영, 『처녀지』 상, 삼중당서점, 1944, 344면.
49) 조선총독부 편, 『朝鮮事情』, 소화12년(1939), 269면 참조.
50) 이기영, 앞의 책, 350면.

현실을 이상으로 높이는 데는 권위가 필요하다. 권위는 즉 힘이다. 힘이 없는 사람은 결국 아무 일도 못한다. 세상만사는 모두 힘으로 움직인다. 아무리 좋은 일이라도 힘이 없으면 그 일을 성공하지 못한다. 실력이 없으면 정의도 이루지 못한다.51)

남표가 힘(권위)을 통하여 개척민을 계몽하려는 것은 곧바로 제국주의적 힘의 논리에 근거하고 있다. 심지어 그는 "인술은 그와 같은 합법적인 권위 밑에서야 도리혀 널리 베풀 수 있다"고 생각하고 있으며, 그의 의료행위란 개인의 건강과 행복을 위해서가 아니라 제국의 힘과 왕도낙토를 지향하는 만주국 건설을 위해 필요한 것으로 인식하고 있다. 그러므로 남표는 의사라는 권위(힘)를 활용하여 의료행위와 함께 부인야학을 통하여 마을 사람을 황국신민으로 의식화한다.

우리들은 더욱 분발해서 물심양면으로 건전한 생활을 개척해야 된다. 그래서 이 만주 농촌으로 하야금 왕도낙토를 건설하야 문화수준을 향상하지 않으면 안 된다. 이 만주의 천여 보의 보고는 우리들에게 문을 열어 놓았다. 우리는 황은에 감사하는 동시에 그와 같은 개척정신으로써 농촌문화를 창조하지 않으면 안 된다. 남표는 이와 같은 의미로 다시 부언하여 말했을 때 좌중은 감격한 듯이 가슴을 치바치는 열정을 안고 있었다.52)

여기에서 '물심양면으로 건전한 생활을 개척'한다는 것이 구체적으로 어떠한 것인가 하면 그것은 일본 특유의 생활문화를 받아들이는 일이고 일본인과 완전히 일치하는 내선일체의 실현임을 강조하기에 이른다.

우리들은 지금은 생활을 문화적으로—일본 특유의 생활문화를 여기서부터 연

---

51) 위의 책, 335면.
52) 위의 책, 418면.

구하는 것이 가장 중요한 일이라고 생각하는 바올시다. (…중략…) 그럼으로 우리들은 집과 함께 자질과 함께 살면서 충군애국의 일본정신을 체득하지 않으면 안 될 줄로 압니다. 그러면 여러분께서는 내일부터라도 위생관념을 철저히 가지셔서 음식과 거처를 가급적 청결히 하시는 동시에 아무쪼록 건전한 정신과 아울러 건전한 체격을 만들어 주시기를 이 사람은 간절히 바라오며 이것으로써 오늘 밤 강연을 끝막겠습니다.[53]

남표가 만주개척민에게 강조하고 있는 것은 일본 특유의 생활문화를 확립하는 일이라 할 수 있는데 그것은 곧바로 황국신민이 되는 것을 의미한다. 황국의 신민이 된다는 것은 열등한 조선인이 진보한 문명국의 황민이 되는 것으로 신민으로서의 신분상승[54]을 의미하는 것이기도 하다. 이러한 의식의 밑바닥에는 만주란 개척되어야 할 미개의 세계이며, 일본이란 완미(完美)의 이상적 문명 세계로 바라보고 있음을 확인하게 된다. 이러한 태도야말로 굴절된 오리엔탈리즘[55]을 보여주는 것이며, 제국주의 침략을 도덕적으로 정당화시켜주는 근거로 작용[56]하게 했다. 그리하여 남표는 정안둔에서 개척민에게 비상시국하 황국신민으로서의 사명을 지속적으로 일깨워주는 동시에 스스로 자기 희생을 통하여 의료보국을 실천한다.

남표가 의사시험에 합격을 하자 마을 사람들은 그가 이제는 농사에는 관심이 없고 의사로 돈벌이를 하려는 것으로 오해도 한다. 그러는 사이 경아가 남표를 만나로 와 있을 때 선주 또한 남표를 찾아오게 되어 남표와 선주가 심하게 싸움을 하고 마침내 선주가 자신의 과오를 참회하고 자살을 함으로써 남표와 경아는 서로 독신주의자로 지낼 것을 다짐한다.

---

53) 이기영, 『처녀지』 하, 삼중당서점, 1944, 412면.
54) 코모리 요우이치, 송태욱 역, 『포스트콜로니얼』, 삼인, 2002, 156면.
55) 강상중, 앞의 책, 120면.
56) 김진아, 앞의 글, 38면.

그 후 남표는 더욱 농사개량을 위해 노력하는 한편으로 병원을 신축하여 일성이를 조수로 하여 본격적으로 연구와 진료를 한다. 이때 과거 아편 중독자였던 만용은 남표의 수면요법으로 완치되자 오래지 않아 또다시 술타령을 하게 되고, 이웃 부락에서 페스트 환자가 발생한다. 이에 남표는 마을 사람들을 모아놓고 전염병에 대한 강연을 하는 한편 쥐와 벼룩을 힘써 잡고 집안을 청결히 할 것을 지도한다. 그럼에도 불구하고 만용이가 페스트에 감염된다.

> 이즈음 만용이가 아푸대서 진찰을 해본즉 그의 병중이 아무래도 수상하다. 이런 의심이 들어간 남표는 은근히 놀래기를 마지않는 동시에 우선 그를 격리병사로 옴기도록 거드렀다. (…중략…) 남표는 그것을 선(腺)페스트로 진단하는 동시에 그 즉시 경찰서로 보고하는 한편 방역진을 엄중히 치기에 불면불휴의 활동을 계속하였다.[57]

여기에서 남표가 페스트에 걸린 만용에게 취하는 조치는 격리병사로 옮기는 일이다. 이것은 물론 전염병을 차단한다는 면도 있지만 규율에 대한 감시와 처벌이라는 의식을 마을 사람에게 심어주는 기능[58]도 하는

---

57) 이기영, 『처녀지』 하, 삼중당서점, 1944, 711면.
58) 격리병사는 엄격한 공간적 분할의 모습을 보여준다. 이는 전염병 환자를 수용하는 공간으로 감옥의 기능을 수행하고 있다. "격리병사의 공간적 위치는 본관과는 격리되어 있음에도 불구하고 기본적으로는 하나의 공간 속에 배치되어 있다. 이러한 구조는 전염병 내지 정신병이라는 비정상적인 상태, 즉 일탈을 가시화하는 데에는 가장 효과적인 구조였다. 예컨대 이는 수용소를 별도의 고립된 지역에 만드는 것에 비하여 전염병의 공포를 직접적으로 가시화하는 효과를 낳는다. 병원출입자들은 전염병의 두려움을 격리병사를 통해 항상 상기하게 됨과 동시에 자신은 그러한 전염병의 공간이 아니라 안전한 공간에 있다는 소속감을 재확인하게 된다. 이러한 소속감, 안정감은 동시에 질병을 관리하는 현존의 체제, 일제의 의료체계 자체에 대한 소속감으로 연장되는 효과를 지니고 있다는 점에서 중요한 의미를 갖는다." 푸코는 이러한 공간적 격리에 대해 '나병의 모델'을 통해 설명하고 있다. 나병의 모델에서 격리된 공간은 나환자를 대표적 존재로 하는 비정상인들의 위험을 상징하고 있었고, 역으로 정상인들을 사회적 질서로 인입하기 위한 정당화의 근거지가 되었다고 한다. 조형근, 「식민지체제와 의료적 규율화」, 『근대

것이다. 그는 "무사한 평상시보다도 비상시를 막아내는데 의사의 역할이 크다"는 사실과 함께 "전 부락의 수백 명 인종의 생명은 마치 자기 한 손에 달린 것과 같은 중대한 책임감에 왼 몸이 떨리는 공포"를 느끼면서 만용을 수술(페스트 환자를 수술로 치료한다는 것은 터무니없는 발상이기는 하지만)하여 그를 살리는 대신 자신이 페스트에 전염되어 앓아눕게 된다. 그는 다른 사람에게 전염을 시키지 않고 자기가 감염된 것을 다행하게 생각할 뿐만 아니라 의사의 도리로 떳떳하다고까지 생각한다. 그리고 죽기 전 마을 사람들에게 병원과 자기의 토지를 일성이에게 넘겨줄 것과 훌륭한 의사로 만들어 줄 것을 유언하고 숨을 거둔다. 남표가 죽고 난 뒤에 비로소 도착한 경아는 남표의 병원 개원과 때를 같이 하여 오지 못함을 후회하면서 남표의 유지를 지킬 것을 다짐한다.

이처럼 정안둔에서 남표가 일생을 바쳐 하는 일은 권위(힘)를 바탕으로 한 의료사업과 심전개발과 같은 만주 개척민의 정신을 개조하는 일이었다. 그러므로 『처녀지』는 이기적이고 무지한 농촌 사람들을 깨우친다는 농촌계몽소설의 전형적인 서사구조59)를 보여주고 있으며, 남표를 중심으로 옛 애인 선주와 간호부 경아 세 사람이 벌이는 치정극으로 결말에 이르러 남표의 죽음으로 그의 유지를 경아가 이어가게 된다는 점에서 멜로드라마적 구조라 할 수 있다. 그럼에도 불구하고 남표의 역할은 농민들에게 개척민으로 경제적 자립과 함께 심전개발운동을 실천함으로서 황국신민으로서의 자각을 확립시키는 일이야말로 제2대 선구자가 되는 길이라 믿고 실천하는 것이었다. 이를 위해서 생체권력을 쥐고 있는 의사라는 자신의 우월한 지위를 이용하여 일제의 식민정책을 주입시켜 그들을 황국신민으로 만드는데 일생을 바치는 것이다. 그러나 그가 꿈꾸던 왕도낙토는 그의 갑작스런 죽음으로 온전히 실현되지 못하고 미완으로 끝난다. 그러나 그의 꿈은 그의 후계자이자 동지인 경아와 다음 세대인 일성에게 맡

주체와 식민지 규율권력』(김진균·정근식 편), 문학과학사, 1997, 188면 참조.
59) 이선옥, 「우생학에 나타난 민족주의와 젠더 정치」, 『실천문학』 제69호, 2003년 봄, 89면.

 일제 말기 국책과 체제 순응의 문학

겨짐으로써 미래에 대한 밝은 전망을 제시해주고 있는 것이다.

3) 거짓된 모자보건과 인구정책

『처녀지』에서 작가가 가장 관심을 보이고 있는 문제는 모자보건과 인
구증가 문제라 할 수 있다. 이 문제는 일제의 인구정책과 직접적으로 연
결되어 있다. 일제는 만주국을 건설하고 실질적으로 만주를 지배하기 위
해서는 최소한 만주인구의 20%를 일본인으로 충당해야 한다고 생각했
다. 그런가 하면 중일전쟁과 대동아 전쟁을 수행하면서 급격하게 전시
인력이 필요하게 되었다. 그리하여 일제는 일본인구 1억을 실현하는 것
을 목적으로 소화 16년(1941) '인구정책확립요강'(이하 '요강'이라 함)을 발표
했다.[60] 일제의 인구정책은 나치스의 인구정책을 바탕으로 제정되었다고
할 수 있는데, 나치스의 인구정책은 나치스적 세계관에서 비롯된 것으로
인구의 증가와 더불어 피의 순수성을 확립하는 것을 목적[61]으로 했다.
그러므로 그들의 인구정책은 '국민혈통보호법'을 근간으로 수행되었으
며, 그 성격은 다음과 같다.

'국민혈통보호법'은 독일 민족 혈통의 순수성을 보호하려는 것으로 유태인과
의 결혼은 물론 45세 미만의 유태인을 가정부로 일하게 하는 것을 금지하고 있
다. 또 유전병적 자손방지법은 독일 민족의 피의 건전성을 보지하려는 것으로,
천성적으로 백치자, 정신분열환자, 정신착란자, 유전적 나간(癩癎)병자, 유전적
무답(無踏)병환자, 유전적 맹목자, 유전적 농아자, 유전적 요소가 심한 기형아 등
을 말하며, 의학의 실험에서 보아도 자손이 육체적 및 정신적으로 중대한 유전
적 장해를 받는 것이 확실히 예기되는 경우에는 유전병자를 단종 시킬 수 있도

---

60) 岡崎文規, 『新東亞確立と人口對策』, 千倉書房, 昭和16(1941), 36면.
61) 위의 책, 107면.

록 하는 것을 규정한 것이다.62)

위의 인용에서 볼 수 있는 것처럼 나치스의 인구정책은 피의 순수성을 확보한다는 명목으로 단종을 근간으로 하고 있음을 알 수 있다. 그런데 일제의 인구정책 목표는 ① 인구의 영원한 발전성 확보, ② 증식력과 자질에서 타국에 능가, ③ 고도국방에 필요한 병력 및 노동력의 확보, ④ 동아 제 민족에 대한 지도력을 확보하기 위한 적정한 배치63)에 둠으로써 나치의 인구정책에서 강조하고 있는 것처럼 인구증식과 함께 우수한 자질의 확보를 강조하고 있는 것이다. 이러한 일본의 인구정책은 한국과 만주에서도 동시에 국가정책으로 추진64)되었으며, 『처녀지』는 이 문제를 만주 개척민에게 주입시키기 위해 쓰인 국책소설인 것이다.

앞에서 이미 살펴 본 것처럼『처녀지』의 중견인물 남표는 만주 개척민에게 시급한 것은 그들을 정신적으로 철저하게 황국신민으로 교육하는 일이라고 믿고 있다. 그리하여 그는 심전개발운동의 일환으로 일제의 인구정책을 만주 개척민에게 교육시키는 한편 강력하게 추진하고자 한다. 그는 인구증강을 위하여 의료사업과 함께 모자보건 문제를 개척촌의 중심과제로 설정하고 부인야학회를 통하여 "명실이 상부한 개척촌"을 만들고자 한다. 그는 먼저 여성의 역할을 다음과 같이 강조한다.

---

62) 위의 책, 107면.
63) '要綱'의 제2 목표에서 "① 인구(人口)의 영원한 발전성을 확보하는 것, ② 증식력 및 자질에 있어 타국을 능가하는 것, ③ 고도국방국가로서 병력 및 노력의 필요를 확보하는 것, ④ 동아 제 민족에 대한 지도력을 확보하기 위해 적정한 배치를 할 것"이라고 명시하고 있다. 「人口政策確立要綱」, 소화16; 岡崎文規, 앞의 책, 259면.
64) 당시『동아일보』와『매일신보』에 실린 출산장려와 관련된 대표적 기사는 다음과 같다. 「우생사상 보급의 필요」(『동아일보』, 1935.1.26); 「억센 어린이, 조선을 어떻게 건설할까」(『동아일보』, 1938.1.1); 「이상아동 보호법의 목표」(『동아일보』, 1938.6.15~16); 「국민체력관리제도의 실시」(『동아일보』, 1939.10.5); 「영아를 보호하자」(『동아일보』, 1939.1.9); 「결혼을 권하는 書」(『매일신보』, 1941.10.24) 이상 이선옥, 앞의 글, 90면. 「나허라! 불려라! 조선의 인구증식 대책」(『매일신보』, 1941.6.29); 「조혼을 장려하여 출산율을 올리자」(『매일신보』, 1942.9.2); 「시국이 요구하는 새아씨감, 어린애 잘 나흘 인물」(『매일신보』, 1943.1.23).

우리나라의 여성은 현모양처를 이상으로 삼는데 무엇보다도 여자는 모성으로써 가장 현량한 부덕을 갖추어야 하겠습니다. (…중략…) 부국강병이 되려면 훌륭한 자녀를 많이 낳고 또한 길러야 되는 겁니다. 이렇게 우량한 자녀를 많이 두려면 그것은 전혀 모성에게 달린 줄 압니다. 바꿔 말하면 훌륭한 어머니가 많아야만 훌륭한 자손을 많이 둘 수 있다는 것이올시다.

그런데 우리나라는 다행히 출생률이 매우 좋다는데 그것은 독일이나 영국에 비하면 거의 배에 가깝다 합니다. 그래서 문명국으로서는 우리 일본이 제일 생산을 잘하는 편으로 이것은 여러분의 매우 자랑거리인 줄로 생각합니다.[65]

위의 인용문에서 보는 것처럼 남표가 강조하고 있는 것은 하나의 독립된 인격체로서 여성이 아니라 부국강병을 위해 자녀를 생산하는 도구로서 여성임을 알 수 있다. 그래서 "인구문제는 나라의 흥망이 달린 것이라 지금 한 부부간에 네 사람 평균으로 낳는다면 하나씩 더 늘려서 5명 평균으로 자녀를 생산하게 되어야만 우리나라의 인구문제는 완전히 해결된다 합니다"라고 하여 당시 일본의 '요강'[66]의 내용을 그대로 전달하고 있다. 그러나 그가 강조하고 있는 여성 건강의 본질은 "우생학에서 생각해 보면 유전적으로는 모친편이 부친보다도 더 많이 아이한테 피를 가지게" 되기 때문이고, "더욱 사내아이는 외탁을 하기" 때문이며, "건민(健民)이 되지 않으면 건병(健兵)도 될 수 없기" 때문에 "오늘날 의학은 개인을 떠나서 국가의학으로 발전"하지 않을 수 없다고 주장한다. 여기에서 "건민이 되지 않으면 건병도 될 수 없다"는 주장은 아들 생산이 전쟁 수행을 위한 일제의 병사 충원정책과 맞물려 있음을 드러내는 것[67]이며, 국가의학이란 자녀의 출산을 국가가 통제한다는 것을 의미한다. 그것은 곧

---

65) 이기영, 『처녀지』 하, 삼중당서점, 1944, 403면.
66) '요강'에서 출생증가의 방책의 그 첫 번째로 "혼인연령을 현재에 비하여 3년 빠르게 하여 그 부부의 자녀 출생 수를 평균 5명에 달하게 하는 것을 목표로 계획함"이라고 하고 있다. 岡崎文規, 앞의 책, 260면.
67) 이선옥, 「우생학에 나타난 민족주의와 젠더 정치」, 『실천문학』 69호, 2003년 봄, 90면.

바로 나치의 국민혈통보호법과 일치하는 것임을 남표의 주장을 통하여 확인할 수 있다.

> 건민운동의 목적을 달하기에는 임의 출생된 아이에게 손을 대는 것은 벌써 늦었다 합니다. 건강한 신체와 우수한 두뇌를 가진 애기를 낳는 것이 제일 근본적인 줄을 알게 되었다면, 따라서 현금의 의학은 선천의학(先天醫學)—즉 낳기 전의 의학을 연구하여야만 된다는 것입니다. 다시 말하면 어떻게 해야만 즉 건강하고 머리가 좋은 애기를 낳을 수 있겠는가, 그것을 연구하는 중이올시다. 그것은 유전우생학의 연구에 의해서 어떤 부부에게는 어떤 아이를 낳을 수 있는가 하는 연구를 해서 그들 부부의 배우(俳優)를 잘 선택하는 데서 우수한 아이를 낳도록 하자는 것입니다. 즉 유전결혼 상담소란 것이 독일에서는 국민학교 한 구역에 하나의 비례로 생겨서 거기를 가보면 관할 안의 가족계도(家族系圖)가 적어도 3대까지—할아버지 때까지의 계통도면이 있어서 그들은 어떠한 사람이었다는 것을 쉽사리 알게 되는데 거기에 의사와 심리학자 두 사람이 있어서 당자의 신체는 의사가 보고 마음은 심리학자가 보아 가지고 이 결혼이 장래 좋은 아이를 낳게 할 수 있을 것이라는 판정이 붙으면 곧 증명을 해 준다 합니다. 그러나 이래서는 변변한 자식을 못 두겠다는 인정이 붙을 때에는 법률로써 그 혼인을 금지시킬 수 있게 됩니다. 임의 결혼을 한 자에 대해서는 소위 단종법(斷種法)이란 것이 있어서 그 부부간에 생산을 해서는 안 되겠다고 생각되는 경우에는 아이를 낳지 못하도록 단종의 수술을 강제로 하게 됩니다.[68]

위의 인용에서 남표가 강조하고 있는 것은 우생학적으로 훌륭한 자녀를 낳기 위하여 필요하다면 단종도 강제로 시행해야 한다는 것이다. 이러한 주장 역시 '요강'의 "우생사상 보급을 도모하고, 국민우생법의 강화, 철저를 기할 것"[69]이라 하여 사실상 단종의 길을 열어 놓고 있는 것이다.

---

68) 이기영, 『처녀지』 하, 삼중당서점, 1944, 405~406면.
69) '요강'의 제5, 자질증강의 방법 중 일곱 번째 항은 다음과 같다. "우생사상의 보급을

그런데 이 시기 우생학 담론은 일제의 병사 충원정책이었다는 측면뿐만 아니라 근본적으로 식민지의 열등화와 제국주의의 배타적 우월성을 형성하는 논리[70]일 수도 있다. 그러므로 '건민=건병'을 위해서 건강한 부녀자에 의하여 건강한 아들을 많이 생산하여 전쟁터에 보내는 것이 완전한 황국신민으로 책무를 다하는 길이었다. 남표는 부녀자들에게 건강한 아들을 낳기 위하여 영양을 섭취하고 낮잠을 자고, 체조하기를 권장하고 있는데, 이는 가난한 만주 개척민의 현실적 조건과는 동떨어진 주장으로 일제의 인구정책의 하나로 추진한 임산부보호심득(姙産婦保護心得) 및 유유아보호심득(乳幼兒保護心得)의 내용[71]을 그대로 전달하고 있음을 알 수 있다. 이처럼 일제가 부녀자의 건강을 배려하는 것은 남표의 표현대로 "그들의 건강만을 위함이 아니라 그보다도 그들의 건강은 그들이 낳은 자녀—제2세 국민에게 건강을 끼치자는 목적"에 있었던 것이다. 이처럼 일제는 부녀자의 건강을 전시체제 아래서 건강한 전시인력을 공급하는 동시에 대동아공영권 건설이라는 식민정책을 성공적으로 수행하기 위해 필요한 인구 증식을 위한 조건으로 인식하고 있을 뿐이다. 그러나 이러한 인구정책이 국가정책으로 성공하기 위해서는 무엇보다 여성의 적극적 참여가 필요하게 되었고 이를 위하여 황국신민으로 의식화할 필요가 있었다. 그리하여 남표는 여성에게 황국신민으로서의 의무와 책임을 다음과 같이 역설하게 된다.

여자도 인구의 절반을 차지하는 국민의 일분자요, 사회의 성원인 만큼 그들에게도 중대한 책임이 있다. 아니 도리혀 그들이야말로 가정에 있어서는 주부로서

도모하고, 국민우생법의 강화·철저를 기하도록 함." 岡崎文規, 앞의 책, 264면.

70) 이선옥, 「우생학에 나타난 민족주의와 젠더 정치」, 『실천문학』 69호, 2003년 봄, 91면.

71) 임부심득의 주요내용 : 산부인과 의사 및 산파와의 상담 및 건강진단에 대한 강조, 정확한 위생지식의 습득, 수면과 신선한 공기, 햇빛, 적당한 운동, 영양가 있는 음식, 알맞은 의복과 청결의 유지, 청결한 주거와 보온의 중요성을 들고 있다. 조형근, 앞의 글, 192면 재인용.

자녀에게 있어서는 모친으로서 남자 이상의 중대한 역할을 해야 된다. (…중략…) 그들이 영양을 섭취하는 것은 그들의 건강을 위함만이 아니라 그 보다도 그들의 건강은 그들이 낳은 자녀—제2세 국민에게 건강을 끼치자는 목적이다. 같은 이치로 그들이 정신수양을 하는 것도 그들의 지식을 높이자는 것뿐만 아니라 그 보담도 그들의 인격과 교양을 높여서 자녀의 가정교육에 유조한 효력을 걷우자는 것이 근본 목적이다. 이와 같이 생각한다면 부인으로서 특별한 자각이 누구에게나 있어야 할 것이다. 그들은 맛당히 자기의 직책과 사명을 깨다라야 한다.72)

여기에서 남표가 강조하고 있는 여성상은 하나의 인격체를 가진 개인이 아니라 일제의 지배정책을 뒷받침하는 도구에 지나지 않는다. 이러한 인식은 일제의 인구정책에 근거를 두고 있음은 물론이다. '요강'에서도 강조하고 있는 것처럼 그들이 추진하고자 하는 건민=건군을 위한 인구 증가정책의 실현은 무엇보다 부녀자들의 정신 확립이 필요하다고 믿었다. 그리하여 부녀자들의 의식개혁을 위한 기본정신으로 ① 영원히 발전할 민족이라는 것을 자각하는 일, ② 개인을 기초로 하는 세계관을 배격하고 집과 민족을 기초로 하는 세계관의 확립을 철저히 도모할 것, ③ 동아공영권의 확립, 발전의 지도자라는 긍지와 책임을 자각할 것, ④ 황국의 사명달성은 내지인 인구의 양적 및 질적인 비약적 발전을 기본적 조건으로 한다는 인식을 철저히 할 것73)이라 하고 이 가운데서 가장 중요한 것은 ②라고 주장하고, 급기야 일본은 천황을 위로 받드는 하나의 대가족국가74)라고 주장하기에 이른다.

---

72) 이기영, 『처녀지』 하, 삼중당서점, 1944, 416~417면.

73) '要綱의 第三'. 岡崎文規, 앞의 책, 260면.

74) 우리 국가는 권력복종의 인위적 관계 또는 이익적 계약에 기초하여 구성되어진 것이 아니고, 만세일계(万世一系)의 천황을 위로 받드는 하나의 대가족국가이다. 천황과 신민과의 관계는 의(義)는 군신으로, 정(情)은 父子라는 신념, 우리 신민은 민족적으로 서로 결합하여 하나의 큰 가정을 이루고 있다는 국가사상은 (…중략…) 건국 초부터 부동의

이처럼 일제의 인구정책은 식민정책의 하나로 추진되었다. 그 결과 표면적으로는 여성의 건강에 관심을 보이지만 그것은 어디까지나 건민=건군을 위한 수단에 지나지 않았다. 또한 인구증가는 일제의 궁극적 목표인 대동아공영권을 실현하는데도 핵심적인 과제였다. 그리하여 부녀자에게 황국신민 이데올로기를 주입하여 건강한 자녀를 많이 낳는 것만이 국가에 대한 충성이고 자신의 직책과 사명을 다하는 것이라고 세뇌시켜 마침내 군국의 어머니를 이상적 여인상으로 부각시키려 했다.

4. 마무리

지금까지 이기영의 『처녀지』를 몇 가지 측면에서 검토해 보았다. 그것을 요약, 정리하면 다음과 같다.

『처녀지』는 일제시대 이기영의 마지막 국책소설로 만주개척문제를 다루고 있다는 점에서 『대지의 아들』의 연장선상에 있는 작품이라고 할 수 있다. 이기영에게 있어서 만주라는 공간은 욕망 충족의 공간이며, 이상적 공간이고, 황은이 미치는 땅75)이었다. 그러므로 그에게 있어서 만주와 그곳에 살고 있는 조선인의 현실은 완전히 외면되고 황국이데올로기를 선전하고, 실천하는 기회의 땅이 된다. 그래서 작중주인공 남표는 서울에서 실연의 아픔을 잊기 위하여 무작정 만주에 와서 짧은 방황을 끝내고 일제의 국책에 동조하고 그 수행에 자발적으로 참여하는 중견인물로 다시 태어난다.

일제는 만주국 건국에 이어 1937년 중일전쟁을, 다시 대동아 전쟁으로

___

대본이다. 岡崎文規, 앞의 책, 253면.
75) 김진아, 앞의 글, 48면.

전쟁을 확대하면서 모든 국가정책을 전시체제로 강화하였으며, 이에 따라 막대한 군비와 군수물자, 그리고 인적 자원을 필요로 하게 되었다. 그리하여 군비와 군수물자를 조달하기 위하여 농촌진흥운동을 전개하면서 경제적인 면과 함께 정신운동을 동시에 전개하여 황국신민의 이데올로기를 주입시켰으니 그것이 소위 심전개발운동이었다. 이 운동은 또한 내선일체를 실현하는 것을 궁극 목표로 하였다. 또한 이 시기 일제는 실질적인 만주지배와 전쟁을 수행하기 위하여 대대적인 인적 자원이 필요했다. 그래서 1941년 '인구정책확립요강'을 제정하고 이를 국책으로 강력하게 추진했다.

이러한 시대적 상황 속에서 『처녀지』의 주인공 남표는 중견인물로 만주의 개척민에게 비상시국하 황국신민의 사명을 주입하는데 집중한다. 그는 스스로 개척민 제2대의 선구자임을 자처하고 1세대가 농업개척에 힘쓴 데 반하여 자신은 개척민의 정신을 개발하여 "명실이 상부한" 황국신민이 되도록 지도 계몽할 것을 다짐한다. 그는 제1세대의 지도자였던 권덕기가 수전을 개척하고 비화(匪禍)를 막기 위하여 집단부락을 만든 것을 높이 평가하고 있다. 그런데 집단부락이란 표면적으로는 개척민의 생활안전을 확보하기 위한 것으로 선전했지만 실질적으로는 보갑제를 통하여 항일운동을 원천적으로 봉쇄하기 위한 수단이었음을 의식적으로 외면하고 있음을 지적하지 않을 수 없다. 이처럼 남표는 일제의 지배정책을 맹목적으로 수용함으로써 만주 현실을 단순화하거나 심지어 왜곡하고 있는 것이다.

제2대의 개척자로서 농민의 머리를 개척하는 일에 뜻을 둔 남표는 정안둔에 정착하여 의료사업과 함께 부인야학을 통하여 마을 사람에게 황국신민으로 의식화 교육을 실시한다. 특히 남표는 생체권력을 지니고 있는 의사라는 권위(힘)를 바탕으로 의료보국을 실천하기 때문에 효과를 극대화하고 있다. 그가 강조하고 있는 것은 심전개발운동의 실천이었다. 심전개발운동이란 특히 국체관념을 명확히 함으로써 식민지인에게 천황제 이데올로기를 주입하는데 목적을 두었다. 따라서 남표는 부인야학을 통하여 모든 생활을 건전히 하며 만주를 왕도낙토로 건설하고, 황은에 감사할 것을 강조한다. 그렇게 하는 것이야말로 충군애국의 일본정신을 체득하여 진정한 황국신민이 될 수 있다고 주장한다. 이처럼 그가 행하고 있는 의료보국이나 심전개발운동이란 결과적으로는 개척민 개인의 행복을 위해서가 아니라 근본적으로는 황국신민으로 일제의 전쟁 수행을 뒷받침하는 행위이고, 내선일체를 실천하는 길이었다. 그가 마을 사람들에게 보건 위생의 필요성을 일깨우는 한편으로 마을 사람들을 치료하고 아편중독자를 치료하고, 페스트에 걸린 인물을 치료하는 행위는 개인의 행복을 위해서가 아니라 왕도낙토를 건설하는데 장애가 되기 때문이며, 황도신민으로서의 사명을 다하기 위한 방편이었음을 분명히 하고 있다.

특히 이 작품에서 강조되고 있는 모자보건과 인구문제는 일제의 '인구정책확립요강'에 바탕을 두고 있음을 확인할 수 있다. 일제는 만주개척과 중일전쟁 이후 급격하게 인적 자원이 필요하게 되어 인구증식과 우수한 자질을 확보하는 일이 시급했다. 이를 위하여 일제는 모자보건법을 비롯하여 각종 보건 및 인구증가와 관련한 법령을 통하여 부녀자의 건강에 특별한 관심을 보여주고 있다. 이러한 관심이 건강한 부녀자에 의하여 건강한 아들을 많이 생산하여 건강한 군인을 만들기 위한 수단이었음은 말 할 필요도 없다. 그 결과 부녀자에게 우생사상을 보급하고 건강한 자녀를 낳도록 권장했다. 이러한 인구정책을 실현하기 위해서는 부녀자의 적극적 참여가 요청되었고, 이를 위하여 황국신민으로 의식화할 필요가 있었다. 그런 점에서 남표가 부녀야학을 통하여 모자보건을 강조하고 건강한 자녀를 많이 낳는 것이 부녀자의 직책이고 사명이라고 역설하는 것은 건민=건군이라는 일제의 인구정책의 궁극적 목표를 수행하기 위한 방편이었다. 따라서 남표가 부녀자를 상대로 모자보건의 필요성을 역설하는 것도 개인의 행복을 위해서가 아니라 황도신민으로서의 사명을 다하기 위한 방편이고, 건민=건군을 위한 도구로서 부녀자의 건강이 문제시될 뿐이다. 사실 『처녀지』는 중견인물 남표의 의료보국을 중심으로 사건이 전개되지만 철저하게 계몽의 대상이 여성이기 때문에 여성의 역할이 중시된다. 그러나 이 작품에서 여성은 개성적이고 주체적 인물이 아니라 도구화된 인물에 지나지 않는다. 그러므로 이들 부녀자들은 남표에 의하여 지속적으로 세뇌되어 황국신민 이데올로기에 함몰됨으로써 마침내 군국의 어머니로 전락하기에 이른다.

　이처럼 이기영의 『처녀지』는 1936년 이후 전개된 심전개발운동과 1941년에 제정된 '인구정책확립요강'을 바탕으로 만주개척민에게 황국신민으로서의 사명을 주입시킴과 동시에 내선일체를 통하여 신민으로서의 신분 상승을 지향하는 국책문학임을 확인하게 된다.

일제 말기 황국근로와 생산소설

1. 일제 말기 국책과 문학

일제 말기 한국문학이란 강요된 일제의 국책을 실천하는 과정으로 이해할 수 있다. 일제는 중일전쟁(1937)에 이어 소위 태평양전쟁으로 확대하면서 국가의 중요정책을 전시총동원체제로 전환하면서 군비조달에 혈안이 되었다. 그 결과 전시인력을 농촌에서 공급하게 되면서 농촌은 인력난에 시달리는 한편으로 전시 보급품을 조달하는 생산기지로써 디욱 필요하게 되었다. 이러한 시대적 조건 속에서 일본문단은 국책협력 일색으로 돌변하였으며, 순수한 문학정신을 버리고 편승적 민족주의 현상[1]이 나타나게 되었다. 1938년에는 내각정보부의 명에 따라 무한(武漢)작전에 종군하게 되고, 1939년에는 국가총동원령이 전면적으로 발동된다. 1940년에 이르러서는 일본문학자회가 결성되어 문학(자)이 정치권력에 예속화

---

1) 村松定孝, 『近代日本文學の系譜』, 社會思想社, 1987, 261면.

되면서 국책문학이 성행하게 되었다. 이러한 일본문단의 동향은 그대로
한국 문학계에도 파급되어 『인문평론』에서는 국책이란 "국가가 국민생
활을 보호하여 가면서 국가 자체의 이상을 실현시키는 지도정신"2)이라
고 규정하고 국책문학은 일시적으로 국책에 편승한 문학이거나 영합하
는 문학이 아니라 작가의 성실성에 근거를 둔 문학3)이기 때문에 문학자
는 국책에 적극적으로 협력해야 할 것을 다음과 같이 강조하고 있다.

> 문예인은 다만 국책에 순응할 뿐만 아니라 그에 협력해야 한다. 이 점에 있어
> 아리마[有馬] 전농상(前農相)이 농민문학간화회 석상에서 한 연설은 퍽 교훈적
> 이다. "시마키 겐사쿠[島木健作]군은 앞으로 국책의 선(線)에 연(沿)하여 적극적
> 으로 활동하겠다고 말한 것은 대단히 고마운 일이지만 농민문학은 기성의 국책
> 에 따르는 것이 아니라 차라리 앞으로 농촌을 구제할만한 국책을 세울 그 원동
> 력이 되어주기를 바란다." 이렇게 되려면 문예인은 무엇보다도 먼저 그 퇴영성
> 을 버려야겠다. 억지로 시국에 끄을려가는 것이 아니라 솔선하여 시국을 지도한
> 다는 열의와 패기가 있어야 할 것이다.4)

이처럼 일제는 전시국가정책으로 동양신질서 확립을 위한 민족협화
문제, 만주개척민 문제, 조선의 산업적 사명, 특히 국방에 대한 신성한 의
무 등을 강조하였는데, 이 시기를 대표했던 문학이 농민문학이었다. 그런
데 1935년 이후의 농민문학이 국책문학이라는 틀 속에서 전쟁문학과 병
행하여 나타났다는 점에서 그 이전(명치·대정기)의 농민문학이나 소화 초
기와도 다른 농민문학의 모습5)을 보여주고 있는데 그것이 바로 생산문
학6)으로서 농민문학이다. 그런데 이 시기 국책으로서 농민문학은 "프롤

---

2) 「국책과 문학」, 『인문평론』 통권7호, 1940.4, 3면.

3) 위의 글, 4면.

4) 위의 글, 6면.

5) 南雲道雄, 『現代文學の低流』, オリジン出版センター, 1983, 191면.

6) 이 시기 '생산문학'은 국책인 '생산 확충'에 관련하여 이름 붙여진 것으로 생산면을

레타리아문학시대의 '정치와 문학'의 문제를 뒤집어 놓은 것"[7]이며 마침내 소재에 대한 예술말소화의 성격을 지님으로써 '소재파'[8]라는 명칭을 얻게 되었으며, 국책문학을 선두로 전시(戰時) 문학 전체가 비문학적 황폐로 전락했다.

이와 같이 전시 국책으로 나타난 생산문학은 1940년을 전후하여 우리 문학계에 파급되어 최재서를 중심으로 논의되었다. 그는 1939년 『인문평론』의 모던문예사전에서 농민문학의 성립과 성격을 소개[9]하고, 임화 역시 「일본 농민문학의 동향」이란 글을 통하여 생산소설의 성격[10]을 밝혀

강조, 확대하여보려는 것을 목적으로 쓰였다. 이것의 필두는 광산문학이라 할 마미야[間宮茂輔]의 『粗鑛』(인민문고, 소화13년)으로 기후(岐阜)의 광산노동자의 생활에서 취재하였으며, 그 후 그는 해양문학으로 방향을 바꾸어 『현대의 영웅』, 『고래』 등을 집필했다. 그것들을 계승한 작품은 하시모토[橋本英吉]의 『갱도』, 大鹿卓의 『金山』・『探鑛日記』, 고야매[小山いとこ]의 「오일 세루」 등으로 이 시대의 기록, 자료라는 역할을 담당했다. 다음은 산업소설로 나카모토[中本たかこ]의 『南部鐵瓶工』은 그 전에 쓰인 『耐火煉瓦』, 그 후에 쓰인 『건설의 명암』과 3부작이 되었다. 이 외에 산업이라는 이름을 덧붙인 문학으로는 오오에[大江賢次]의 「개구리와 함께」, 아키배[秋葉東三]의 『西陳』 등이 있다.

7) 平野 謙, 『昭和文學史』, 筑摩書房, 1963, 227면.

8) 日本近代文學館 編, 『日本近代文學事典』 제4권, 講談社, 소화52년, 249면.

9) 농민문학 : 널리 농촌을 배경삼아 농민의 생활을 그리는 문학이면 무엇이나 농민문학이겠지만, 요새 쓰이는 이 말은 특히 거번 有馬農相을 고문으로 소화13년(1938) 10월 4일에 결성된 「농민문학간담회」원들의 작품을 지칭한다. 이 회는 新居格, 藤森成吉 씨와 8氏를 상담역으로 추대하고 회원은 伊藤永之介, 橋本英吉, 德永直, 和田傳, 間宮茂輔, 島木健作, 森山啓씨 외 34씨이다. 이 회는 유마농상의 적극적인 지원과 작가들의 협조 하에 탄생된 국책적 문학단체인데 발회사 가운데 유마농상은 다음과 같은 말을 하였다. "島木健作군은 '국책의 선에 따라 석극적으로 활동하겠다'고 말한 것은 대단히 고마운 일이지만, 농민문학은 기성의 국책에 따르는 것이 아니다. 차라리 앞으로 농촌을 구제할 만한 국책을 세울 그 원동력이 되어주기 바란다" 운운. 이 그루프에서 가장 중요시되는 점은 흙에 대한 농민의 애착을 강조하는 동시에 명랑한 농촌을 그리자는 것이다. '태고의 신들과 같이 과묵하고 손이 굵은 농경인의 깊은 예지와 정서와 생활의 탐구에 있어 실체를 파악하는 동시에 그것을 시국 내지 시대와의 관련하의 처리하야 나가는 것이 금일 농민문학의 중요한 과제'라고 한다. 현재에 있어 島木健作의 『생활의 탐구』, 和田傳의 『沃土』, 久坂榮太郎의 『火山灰地』 등이 농민문학의 대표작으로 주목되고 있다. 최재서, 「모던 문예사전」, 『인문평론』 창간호, 1939.10, 106~107면.

10) 임화는 총후에 대한 관심이 농촌으로 향하게 된 이유를, ① 사변에 의하여 사람들이 성실해지고, 華美 대신 견실에 기우는 경향, ② 사변의 영향으로 소비절약이 요구되고, 생활이 간이화가 개시되면서 도시적 허식 대신에 농촌적 소박과 강건한 원시성을 찾고

주고 있다. 1940년에는 인문평론사에서는 『인문평론』 창간 1주년 기념 현상모집으로 상금 200원을 걸고 '생산소설'을 모집하면서 생산소설의 성격을 "농촌이나 광산이나 어장이나를 물론하고 씩씩한 생산 장면을 될 수 있는 대로 보고적으로 그리되 그 생산 장면에 나타나 있는 국책이 있으면 그것도 고려할 것"11)을 권장하고 있다. 그런가 하면 1941년 『문장』에서는 「신춘좌담회」를 통하여 생산문학에 대하여 문단적 관심을 표명했다.

이태준: 최근 조선 문학계에 생산문학이란 말이 들리기 시작하는데 먼저 그 개념이 어떠한 것인지 알았으면 합니다.

이원조: 생산문학이란 말은 최재서씨가 먼저 쓴 것 같은데 이것은 추측컨대 지금까지는 대개 소비면을 취재 혹은 묘사하여 왔으나, 지금 이런 때를 당하였으니까. 활발하고 건전하고 건설적인 방면을 탐구하자는 데서 아마 이것은 『인문평론』에서 작품 모집할 때에 국책에 순응할 생산면을 그 취재에 요구한데 처음 사용한 것 같습니다.

이태준: 그러면 이것이 요즘 국책에서 나온 것인지 또는 문학 자체의 보조로 부딪힌 것인지요.

임 화: 역시 이원조씨 말대로 이것은 최재서씨가 제창한 것이라고 보는데, 그 전에 동경에서 '흙의 문학'의 운동이 있었드키, 조선에서도 소설이 어떤 한계에 왔다, 즉 이것은 내면적인 문제로서 보다도 외부적으로

일종 도시의 농촌화 현상이 일어났다. ③ 따라서 사변을 체험하면서 사람들은 도시적 요소를 삭감(削減)하고 농촌적 요소를 생활기조로 하였다. ④ 국가의 총동원체제는 모든 사람으로 하여금 전체적 시야에서 사물을 생각하는 습관을 일단 강화시켰다(임화, 「일본농민문학의 동향」, 『인문평론』, 1940.1, 13면)고 지적하고, 일본 농민문학의 두 경향으로 하나는 소위 도회의 농촌화의 경향을 표현하는 작가(島木의 「생활의 탐구」)와, 다른 하나는 농촌의 자주적 昻騰의 경향을 묘하고 있는 작가(和田 傳의 「沃土」, 伊藤永之介의 「燕」)로 구분했다. 임화, 「일본농민문학의 동향」, 『인문평론』, 1940.1, 15면 참조.

11) 『인문평론』, 1940.2, 69면; 『인문평론』, 1940.3, 204~205면. 한편 작품모집 결과 윤세중의 『백무선』이 당선작으로 선정되어 1940년 『인문평론』 11월호부터 연재하다가 『인문평론』 폐간(1941.1)으로 연재 4회로 중단된다.

　　도 소재를 바꾸어 보자 하는데서 소재의 타개책으로 생산면, (…중
　　략…) 생산적인 면을 그려보자, 하는 것인데 그것이 국책산업에서 취
　　재되는 이유는 국책산업이야말로 현대산업의 중심을 이루고 있기 때
　　문일 것입니다.12)

　위의 대담에서 생산문학이란 국책문학의 하나로 성립된 것이며, 동시
에 소재적 차원이 중시되고 있음을 분명히 하고 있다.
　이처럼 일제 말기에 이르러 생산소설이 강조되면서 작품의 제작 또한
상당수에 이르고 있다. 그럼에도 불구하고 이들 작품에 대한 연구는 기
대에 미치지 못하고 있는 실정이다.13) 그리하여 여기에서는 일제 말기
생산소설 가운데 단편소설14)만을 대상으로 일제의 국책을 어떻게 수용
하고 있는가를 살펴보고자 한다.

---

12) 「신춘좌담회, 문학의 제문제」, 『문장』 제22호, 1941.1, 148면.
13) 이 시기 생산소설에 대한 논의는 신희교의 『일제 말기소설연구』에서 '전시 하의 생활
　　양식을 장려한 소설'과 '개척민의 삶을 다룬 소설'이란 항에서 간단히 다루고 있으나,
　　일제 말기 국책문학적 성격과 관련하여 깊이 있게 다루고 있지 않다. 그리고 만주개척
　　민소설 또한 넓은 의미에서는 생산문학적 성격을 지니고 있다.
14) 일제 말기 생산소설의 범주를 어떻게 설정할 것인가 하는 문제는 간단하지 않다. 그
　　러나 직접적으로 농촌, 어촌, 광산을 중심으로 생산 장려를 다루고 있는 소설을 생산소
　　설이라 할 때, 만주개척민소설을 비롯하여 광산소설이 대표적인데 이들 작품은 대체로
　　장편소설이고, 생산소설의 대표작이라 할 수 있는 이무영의 『향가』 역시 장편이다. 그런
　　데 이들 작품에 대한 논의는 이 책의 다음 글들을 참조할 것. 「일제의 만주정책과 간도
　　문학」, 「만주개척민소설연구」, 「일제 말기 국책의 문학적 수용」, 「만주개척과 여성계몽
　　의 논리」, 「일제의 자력갱생과 농촌 현실의 왜곡」.

2. 농민 수탈과 생산 장려의 모순

일제의 식민정책은 한국을 그들의 병참기지화함은 물론 군비조달을 위한 전초기지로 이용하는 데 중점을 두었다. 그러나 1920년대 이래, 일제는 갖은 방법으로 농민수탈을 하였기 때문에 더 이상 한국에서 그들이 필요로 하는 물자를 조달하는 데는 한계가 있었다. 그리하여 일제는 만주사변 이후 국제적 고립과 경제공황의 충격으로부터 벗어나기 위하여 농촌진흥운동을 전개했다. 1932년 우가키 카츠시게[宇垣一成]총독은 농촌진흥위원회(이하 농진운동이라 함)를 설치하였는데 이 위원회는 전국의 농촌과 농민을 대상으로 관의 강력한 지도와 조직력을 총동원하여 국민운동의 색채를 띠면서 나타났다. 그리고 식량충실, 수지개선, 부채정리의 3대 목표를 중심으로 농가갱생 5개년 계획을 작성 실행했으며 1935년부터 확충단계에 들어갔다. 총독부는 1935년 1월 갱생지도부락확충계획을 발표하여 1947년까지 전체 촌락을 지도부락으로 선정하여 갱생계획을 시행한다고 하였다. 이와 동시에 일본정신을 체득한 건전한 국민으로서의 갱생을 목표로 하는 심전개발운동도 병행할 것을 천명하였다.[15]

일제는 1937년 9월 '농산어촌 대중의 동향 여하는 바로 전시체제 아래 거국일치, 내선일체에 영향을 미친다'고 전제하고 '시국의 인식과 생업보국'을 강조함으로써 농진운동이 생업보국의 단계로 발전시키려 했다. 그런가 하면 일제는 지도부락을 설치하고 지도부락 가운데 성적이 좋은 부락은 갱생공려부락으로 선정하였으며, 1940년에는 농촌사회는 농촌진흥회를 통해 적어도 82%가 통제를 받는 가운데, 56%의 촌락이 식민지 권력의 직접 통제망에 놓이게 되었다.[16] 농진운동으로 경제 방면에서는 다

---

15) 김영희, 『일제시대 농촌통제정책 연구』, 경인문화사, 2003, 75면.
16) 농촌진흥회가 농민들을 편입시킬 수 있었던 요인으로, 생활에 중요한 공제시설을 흡수하고 있었음을 지적할 수 있다. "부락에서 일상생활의 소비조합, 저축, 혼상계 등도 진

소 반응이 나타났지만 정신방면에서는 권력이 의도한대로 이루어지지 않게 되자 심전개발운동을 확충, 강화하는 형식으로 1937년 국민정신총 동원운동[17]을 전개하였는데, 이는 전쟁을 위한 국력증진운동의 하나였 다.[18] 그리고 1938년 6월에는 종래 부역제도의 강제성을 소위 '근로봉사, 근로보국'으로 대체하여 집단성과 공공성을 크게 강조한 형태의 근로보 국대[19]가 결성되고, 7월에는 국민정신총동원조선연맹의 발족과 함께 황 국신민화를 위해 행정단체 레벨의 연맹이 결성되고 마을에는 부락연맹 이 만들어졌다. 부락연맹의 기저조직으로 10호 정도로 '애국반'이 조직되 었으며, 결성 3개월 후에는 조선의 전 가구가 애국반 반원으로 조직화되 었다.[20] 또 1940년 12월 '농산어촌생산보국지도방침'에 따라 부락생산 확 충계획이 마련되었는데 그 중심 내용을 요약하면, 국방국가체제를 완성 하기 위해 생산력 확충을 도모하는 것을 목적으로 모든 생산 활동을 개

흥회에서 취급"하면서 일제는 농촌진흥회를 농민들의 생활의 중심으로 자리 잡게 하려 했다. 위의 책, 98면.

17) 국민정신총동원운동은 1937년 10월 '전쟁 처리의 원동력'을 확립하고 국가총력전을 민간 차원에서 지원할 목적으로 결성되었는데, 거국일치, 견인지구, 진충보국을 내걸고 개인주의를 부정하거나 약화시키고 전체주의, 국민주의의 발흥과 국체본의에 기초한 '신민의 천황봉사'를 운동의 목표로 설정했다. 정동운동은 본래의 목적인 황민화, 전쟁 동원 협력을 위한 전시체제의 기본 토대를 확립했고, 이후 국민총력운동으로 확대되면 서 정동운동(농진운동 포함)이 구축해 놓은 조직과 활동을 흡수 재편하여 전시체제를 확 충해 갔다. 위의 책, 193면 참조.

18) 八尋生男,「朝鮮における農村振興運動を語る」,『資料選集 朝鮮における農村振興運動』, 友邦協會, 1983, 24면.

19) 근로보국대의 실시요강 가운데 중요한 것을 들어보면, 국가 관념의 함양과 내선일체 의 심화, 근로애호, 인고단련, 희생봉공의 정신 함양, 공동일치적 행동의 훈련, 비상시국 인식의 철저를 운동의 목표로 설정하고, 참가범위는 만 12세부터 40세까지 남녀를 대상 으로 하며, 작업의 종류는 황무지 개간, 도로 하천의 개수, 저수지 혹은 용배수로의 준설 등 공공사업을 주로 하되 농번기의 공동 작업에도 동원할 수 있도록 했다. 보수는 받지 않는 것을 원칙으로 하고, 받을 때는 공동기금이나 국방헌금 혹은 보국대 비용으로 충 당해야 한다. 김영희, 앞의 책, 216~218면 참조. 한편, 조선총독부는 1941년 12월 1일 '국민근로보국협력령'을 공포하고, '근로보국대' 방식의 노동력 동원을 본격화했다. 곽 건홍, 앞의 책, 72면.

20) 松本武祝,『植民地權力と朝鮮農民』, 社會評論社, 1998, 211면.

별적 영농이 아니라 촌락 단위로 한 계획생산과 경작 강제가 이루어지고,
1941년 9월부터 국민개로운동이 전개되었다.

한편 일제는 군수물자를 조달하기 위하여 공출제라는 강제적 수단을
동원하여 식량자원을 비롯하여 전시에 필요한 갖가지 물품을 징발하였
다. 이를 보다 효율적으로 실천하기 위하여 공출 성적이 우수한 부락에
대하여 일제는 필요한 물자를 특별배급이라는 방법을 통하여 유인했
다.21)

또한, 일제는 전쟁 수행을 위하여 군수장비의 증강이 절실히 요청되면
서 지하자원의 개발에도 관심을 기울였다. 1942년 '전시광산증산강조운
동' 기간(1942.9.1~10.31)에는 "우리들이 파내는 석탄과 광석도 전부가 병기
다, 탄환이다"22)라는 구호 아래 조선총독부 관료와 도지사를 동원하여
생산력 증강을 독려했다.23)

이처럼 일제는 중일전쟁을 거쳐 태평양전쟁에 돌입하면서 가장 시급
한 군수물자의 조달을 위하여 전 부문에 걸쳐 생산을 독려하였다. 이러
한 시대적 조건 속에서 이 시기 우리 소설은 일제의 국책을 실천하는 소
위 생산소설을 창작하게 된다.

---

21) 위의 책, 224면.
22) 『매일신보』, 1943.9.2.
23) 곽건홍, 『일제의 노동정책과 조선노동자』, 신서원, 2001, 62면.

3. 농촌현실의 왜곡과 국책에의 협력

1) 생산을 통한 진충보국의 실천

일제 말기 일제의 국책에 따른 생산소설을 적극적으로 창작한 작가는 이무영이다. 이무영은 일제 말기 국책문학의 선봉에 섰던 가토 다케오[加藤武雄][24]의 문하생으로 조선총독부 문학상을 받은 인물로 그의 농민문학은 어떤 의미에서 일제 말기 생산소설의 하나로 규정할 수 있다. 특히 그의 대표작이라 일컬어지는 「제1과 제1장」은 일본 최초의 국책문학인 시마키 겐사쿠[島木健作]의 『생활의 탐구』의 영향이라 할 수 있으며, 일제 말기 그의 마지막 작품인 『향가』[25]에서는 철저하게 일제의 농촌갱생 운동을 소설화하고 있다.

일제 말기 그의 현실인식은 그의 문학적 스승에게 보내는 편지(「加藤武雄先生へ」)를 통하여 확인할 수 있다. 그는 조선의 문화인으로서 앞으로 나아가야 할 길을 "내선일체의 이념을 파악하여 양실(良實)한 황국신민으로 강하고 바르고, 그리고 아름답게 사는 것"이며, "내선일체는 조선민중에

---

24) 가토 다케오[加藤武雄, 1888~1956] : 가나가와현[神奈川縣] 출생으로 가난한 농민의 아들로 소학교 고등과를 졸업하고 검정시험으로 소학교 준교사 자격으로 소학교 교원으로 근무했다. 이후 신조사의 기사가 되었으며(1911), 저녀작 「흙을 떠나서[土を離れて]」(1916)를 발표하면서 작가로 활동하게 되었으며, 제1 창작집 『鄕愁』(1919)를 간행하고 이어서 단편집 『꿈에 본 날[夢見る日]』, 『처녀의 죽음[處女の死]』을 간행하면서 신현실주의시대의 농민문학 작가로서 주목을 받았다. 이후 통속작가로 전향하여 장편소설 『久遠の像』(1922)을 비롯하여 『新生』 등을 발표하였다. 1925년 가을 北多摩郡으로 이사하여 李淵裕(후의 한국작가 이무영)를 서생으로 두었으며, 무산농민학교 창설에 기여하였으며, 농민문예회 기관지 『농민』(1927)의 발간에 자금을 부담하고 사무실을 자택에 두고 농민문학의 발전에 크게 기여하였다. 제2차 대전 중에는 문예총후운동의 순회강연, 농민문학간화회의 상담역, 대동아문학자회의 석상에서 의견을 발표하는 등 시국에의 대응을 보여주었다. 『일본문예대사전』 제1권, 396~397쪽 참조.

25) 이무영의 『향가』는 일제 말기 생산소설의 대표적 작품이지만, 장편소설이기 때문에 이 책의 「일제의 자력갱생과 농촌 현실의 왜곡」에서 따로 논의하였다.

게 주어진 과제이며 내선인이 상호 협력하는 것 이외에는 없다"26)고 단언한다. 그런가 하면 그는 지나사변 이후 조선의 장래에 대하여 심각하게 생각하게 되었다고 전제하면서 "지나사변 발발을 계기로 조선인으로 어떻게 살아가는 것이 자신의 행복이고, 조선의 행복일 것인가? 조선인은 훌륭한 황민으로 살아가는 길밖에 없다고 생각한다"27)라고 하여 이 시기 그의 작품의 지향성을 충분히 짐작하게 한다. 일제 말기 이무영의 작품 가운데 생산소설은 「문서방」(1942), 「모(母)」(1944), 장편소설 『향가』가 있다.

「문서방」은 전체 3장으로 구성된 단편으로 1장과 2장은 삼우날 아내의 무덤을 찾아가면서 첫 번째 아내와 재취한 아내에 대한 애틋한 사랑을 장면중심으로 묘사하여 가난한 주인공 문서방의 언행이 잘 그려져 있다. 제3장 이후의 이야기는 산에서 내려와 공출로 할당된 가마니를 열심히 짜서 국가의 요구에 기여한다는 내용이다. 여기에서부터 작가의 개입이 드러나면서 앞에서 주인공의 행동을 객관적으로 묘사하여 보여주려던 태도와는 달리 설명과 해설에 크게 의존하면서 국책소설적 성격을 드러내고 있다.

> 산에서 내려온 그 날 밤 (…중략…) 이러케 문서방의 이야기를 다시 시작하면 지금까지의 문서방의 행장을 보아온 독자는 깜박 깜박하는 등잔불 앞에 앉아서 한숨짓는 그를 상상하기 십상이리라. (…중략…) 그러나 그 날 밤도 문서방은 여느 날 밤처럼 가마니틀에 매달려 있었다. 오른 쪽에는 이쁜이, 바른 쪽에는 창식이가 제각금 짚을 멕이고 문서방은 오늘이 그처럼 아끼던 안해의 삼오젯날이라는 사실조차도 잊어버린 사람처럼 바디를 치기에 경황이 없었다. (…중략…) 만일 독자가 전장의 이야기를 듣지 않은 채 산촌 들창 밖에서 이 가족의 가마니 치는 소리를 들었다면 거기에서 좋은 음악을 듣는 때와 같은 이종의 즐거움을 느꼈을 것이다.28)

---

26) 이무영, 「加藤武雄先生へ」, 『국민문학』, 1942.4, 70면.
27) 이무영, 「국어문제회담」(日文), 『국민문학』, 1943.1, 53면.

이처럼 작가의 목소리가 드러나면서 작중 주인공 문서방은 아내의 죽음에 대한 슬픔은커녕 충직한 황국신민이 되어 일제의 국책인 가마니 공출 작업에 한 점 불평 없이 실천하는 것이다. 그런데 일제 말기 공출제도란 원칙적으로 농민의 자발성에 근거하게 되었으나 실제는 지방 관리나 경찰에 의해 강제적으로 곡물을 비롯하여 군수에 필요한 각종 물품을 조달하게 되자 조선농민의 반발을 사게 되었다. 그리하여 이를 무마하기 위하여 부락민 연대책임제로 공동 처벌 혹은 성적 우수 부락에 특배 혹은 우선배급이란 제도를 실시했다. 전시 경제하에서 생산재, 소비재의 입수가 곤란한 현실에서 특배 혹은 우선배급 제도는 농민의 공출에 대한 동기부여에 일정한 효력을 지니게 되었다.29) 특히 연대책임제에 의한 공출은 촌락을 위해라는 의식을 농민들에게 환기시킴으로써 농민 자신에 의한 농민 통제가 가능하게 되었다.30) 그러나 농민들은 암거래를 하면 공출하는 것보다 높은 가격으로 판매할 수 있고, 그것을 다른 잡곡으로 바꾸어 식량을 확보할 수 있었다. 그 결과 공출량을 확보하는 것은 상당히 어려움에 직면하기도 했다. 그리하여 공출량을 충족시키지 못하면 경찰에 의하여 가택수색을 당하게 되었는데, 가택수사는 땅 밑에서 지붕 위까지 철저하게 조사하고, 익숙한 경찰에 의해 발견되는 것이 예사였고 감추고 있는 것이 판명되면 검거되는 경우가 많았다.31) 이처럼 불합리한 공출제도였음에도 불구하고 주인공 문서방은 불평은 고사하고 국민된 도리라고 생각하고 철저히 수행한다.

그는 일찍이 단 한 번도 나라에 받히는 세금을 하로라도 늦추어 본 적이 없다. 언제 한 번 많다 적다 논란을 해 본적도 없었다. 바로 수년 전 변소 옆에 학교를

---

28) 이무영, 「문서방」, 『국민문학』, 1942.3, 91~92면.
29) 松本武祝, 「植民地權力と朝鮮農民」, 社會評論社, 1998, 224면.
30) 위의 책, 225면 참조.
31) 樋口雄一, 『戰時下朝鮮農民生活誌』, 社會評論社, 1998, 49면.

질 때다. 남의 소작으로만 연명을 해 가는 문서방에게 사십 원이라는 큰돈이 배
당되었었다. 그것은 분명 면의 착오였다. 그러나 그는 기일까지 아모 말없이 갖
다 물었다. 나종에 그것이 잘 못된 것이 판명되었고 그가 그 기부금을 물기 위하
여 집을 잡혔던 것도 드러나서 면장으로부터 상장과 상품을 받으러 오라는 통지
를 받았다.

그 때 문서방이 이런 말을 했다.

"면장어른이 처사는 잘 하는구만서두 농사꾼의 사정은 모르시는군."

마침 논가리가 시작될 때라 끝끝내 문서방은 가지 않고 말았다. (후에 면에서
일부러 보내서 종이 한 장과 호미 한 자루를 받기는 했었지마는).[32]

여기에서 보는 것처럼 면의 착오로 과도한 세금이 나왔음에도 불구하
고 집을 저당 잡혀가며 납부하고 오히려 면에서 잘못된 세금부과를 변제
받은 것만을 감사하고 있을 뿐만 아니라 농사철에 면사무소로 오라는 것
은 농사꾼의 사정을 모르는 처사라고 하면서도 은근히 일제의 식민정책
의 공평무사함을 강조하고 있다. 그는 일제에 빌붙어 농민에게 갖은 명
목으로 공출과 세금을 강요하는 면서기도, 주재소 순사, 금융조합 서사,
동리 구장, 진흥회장이 하늘이고, 그들의 명령은 거역할 수 없는 하느님
의 명령이라고 인식하고 있다. 이러한 생각은 그가 「농군이라는 것」[33]이
란 글에서 "현하 농군은 당국을 하느님으로 믿고 있다"고 주장하고 일제
의 모든 시책을 철저하게 신뢰하고 있음을 볼 수 있다. 이러한 인식은
"그가 지금 짜는 가마니도 기실은 동리 소임의 명령을 받았던 것이다. 여

---

32) 이무영, 앞의 글, 97면.
33) 이무영은 「農軍のこと」라는 글에서 "조선에서는 예로부터 농민을 농군이라고 불러
왔다"고 말하면서 "오늘의 농촌은 정말 전장이고 농민은 농군이다", 농민은 하느님을
믿고 농사를 지었으나 지나사변 이후 丑魃이 심하게 되어 어려움에 처하고 있다고 전제
하면서 "하느님 대신에 그들은 당국의 식량정책은 물론, 하느님에 대한 신념도 당국으
로 바뀌었다"고 하는가 하면, 초근목피로 연명하면서도 "차례로 공출을 부과해도 한마
디 불평도 없다"(大村益夫 편, 『近代朝鮮文學日本語作品集』 3, 綠陰書房, 2002, 308~309
면 참조)고 말하고 있다.

편네도 없는 호라비 살림에 가마니 백 개란 좀 과한 점이었다"[34]고 인정
하면서도 그것은 하늘의 명령이기에 전혀 불만을 드러내지 않는 것이다.
그런데 아들 중식이가 만성이네는 쉰 장 배당인데 반만 치고 안친다는
이야기를 하자 문서방은 다음과 같이 아들을 타이른다.

> "걔가 학골 좀 다니더니 너무 아는 체 하나 보드라. 없는 짚에 바쁜 백성들한
> 테 가마닐 치울 땐 나라에서두 쓸 데가 있어서 그러겠지 공연히 백성을 들볶느
> 라구 그럴까."
>
> 그는 이렇게도 말했다.
>
> "사람이란 공을 알아야느리라구. 부모의 공두 알어야 하구 이웃집 사람의 공
> 두 알아야하구 나라 공두 알아야하구. 바른대로 말이지만 지난 해 삼 년이나 내
> 리 흉년이 들었을 때 나라에서 그처럼 해 주잖았으면 이 근동만 해두 수백 명
> 죽었느니라. (…중략…) 너들은 모르겠지만 옛날엔 흉년이 들면 그대루 앉아서
> 굶어죽었느니라. (…중략…) 지금 세상은 고마우니라. (…중략…) 그런 공을 모르
> 구 가마니 좀 짜란 다구 이러고저러고 해? 몹쓸 생각이니라. 나라 공을 알아야
> 지. 고마운 줄을 알아야지. 만성이 그놈 잘못 생각이지."[35]

여기에서 작가가 강조하고 있는 나라의 공이란 대체 무엇을 의미하는
가? 그것은 일제가 태평양전쟁을 수행하기 위하여 온갖 물자와 인력을
수탈한 사실은 의도적으로 외면하고 수탈의 반대급부로 실시된 배급제
를 '나라의 공'으로 돌리고 있다. 그런가 하면 아들 중식이 농촌에서 일
하는 것은 모두 서울 사람을 위한 것이라고 하자 문서방은 도시와 농촌
의 상호보완적 관계를 다음과 같이 설명한다.

> "사람 사는 게 다 그러니라. 우리네 농군은 서울 사람한테 쌀 나무 대줘 먹구

---

34) 이무영, 앞의 글, 98면.
35) 위의 글, 99~100면.

살구, 또 대처(도회) 사람들은 옷감이구 성양이구 고무신이구 이런 걸 만들어서 우리닐 주구. 너들은 가끔 학교 못 다닌 걸 한 하지만 공불 못했으면 대수냐. 우리네 같은 무식꾼두 더러 있어야 세상 사람들이 쌀밥을 먹지. 그래 모두 공부만 했어봐라. 제가끔 공부했다구 면서기가 됩네, 조합엘 다닙네 해노면 농사 질 사람은 없잔냐? 면서기나 단긴다구 우리네 농군는 발때곱 만큼두 안 알아주지만 네들 봐라. 정말 도저한 사람들은 안 그러니라. 구눗같은 양반들두 우리네 농군을 여간 소중히 녀기는게 아니야. 올부터 벼 한 섬에 오원씩 장려금을 준다잖든? 그게 다 그런 게니라…."

문서방은 기운이 버쩍 나는지 성양을 허들겁스럽게 드윽 그어 담배에 불을 붙였다.

중식이도 행결 기운이 낫다. 낫 놓고 기억자도 모르는 자기는 아모 쓸데도 없는 식충이거니 쯤만 생각해 오던 그로서도 어쩐지 어깨가 우쭐해지는 것 같았다.[36]

여기에 이르러 작가는 일제의 국책을 맹목적으로 수용하고 이를 독자에게 권장하고 있음을 알 수 있다. 이러한 국책에의 순응은 일본어 소설인 「모(母)」에서 더욱 구체적으로 드러나고 있다.

「모(母)」는 액자소설 형태로 관촌 문방구집 주인이 작중 주인공(대근 어미)이 집안이 어려워져 큰 집을 팔기 위하여 소설가인 '나'에게 소개시켜 주기 위하여 가는 길에 들려주는 이야기 형식으로 전쟁수행을 위하여 애써 개간한 복숭아밭을 파헤치고 곡식을 심는다는 전형적인 생산 장려 소설이다.

7년 전 게으른 남편은 그의 아버지가 남의 머슴으로 시작하여 일군 네 정보의 논과 세 정보의 밭을 3년도 되지 않아 노름과 난봉으로 없애버리고 죽는다. 그런데 아들 대근이는 효자일 뿐만 아니라 성격 또한 조부를

---

36) 위의 글, 103면.

닮아 국민학교를 졸업하고 유산으로 물려받은 삼천 평가량의 모래 산을
어머니와 함께 개간한다. 그런데 여기에서 작가는 이들 모자의 행위에
대하여 작중인물 '나'의 입을 통하여 다음과 같이 감격의 언사를 늘어놓
고 있다.

> 그녀가 모래 산에 복숭아를 심고서부터 3년간의 피눈물 나는 노고는 .... 그러
> 나 나는 여기에서 붓을 놓아야겠다. 그것은 그야말로 예사 인간으로서는 해내기
> 어려운 노동이기 때문이다.
> 그녀가 얼마나 지독하게, 얼마나 미친 듯이 일했던가를 여기에다 쓴다한들 아
> 무도 믿지 않을 거라는 의구에서는 아니다. 아니, 그것도 있기는 하다. 하나 그
> 런 이유보다도 내가 연약하다는 점이다. 그것을 쓰기에는 나는 너무나도 소심하
> 기 때문이다.
> 단지 지금까지 몇 천 년간 인간이 아예 손도 대지 않았던 그 모래산이 그들
> 모자가 배토하고 비료를 줌에 따라 실로 놀랄 만큼 훌륭한 과수원으로 갱생하게
> 되었다는 것만을 전하기로 하자.[37]

그런데 대근 모자가 갖은 고난을 이겨내고 복숭아 과수원을 일구게 되
면서 살림에 여유가 생기자 아들 대근은 지원병으로 나갈 것을 희망한다.

> "니가 나라를 위해서라구 허두, 농사짓는 건 나라를 위하는 게 아닌간. 이 에
> 미는 잘 모르지만서두."
> "그건 그럴지도 모르지만유, 웬지 부족한 것 같아유. 전쟁하고 있다는 소릴 듣
> 고서는 저는 자꾸 미안한 생각만 들어유."
> "그렇지만 안 돼. 미안타구 생각하는 맘으로 농사나 열심히 지여. 그럼 미안하
> 다는 생각도 없어질 껴. 네가 군인 가고 나면 이 에민 누굴 믿고 살란 말이여?

---

37) 이무영, 「母」, 『情熱の書』, 東都書籍發行, 1944.4.25; 김병걸·김규동 편, 『친일문학작
품선집』 Ⅰ, 실천문학사, 1987, 210면.

대근아, 이 에미 혼자서는 나랏일이고 뭐고 할 수 없지 않겠니? 아이구 대근아 그렇게 말하지 말구 앞으로 1년만 연기한다고. 그라문 에미도 혼자서 살아갈 수 있을껴.”38)

여기에서 대근이 지원병으로 전쟁에 나가지 않음이 황국신민으로서 불충이란 인식을 드러내고 있는데 대근이 갑자기 감기로 죽게 된다. 곧 이어 면사무소에서 전시 식량증산을 위해 모든 과수원을 전업시키기로 한다. 그런데 대근 어미는 그렇게 어렵게 일군 과수원을 겨우 1년 농사를 짓고 전시식량증산을 위해 보리밭으로 전업한다. 나중에 오과부(대근 어미)의 사정을 듣고 면 주사가 전업을 면제해 주겠다고 하지만 대근이가 나라를 위해 일하지 않았기 때문에 스스로 나라를 위해 전업할 것을 선언한다. 이러한 대근 어미의 생각은 일제의 강제경작에 충실히 따르는 길이었다. 실제로 일제는 1940년 12월 ‘농산어촌생산보국지도방침’에 따라 부락생산 확충계획이 마련되었는데 그 중심 내용을 요약하면, 국방국가체제를 완성하기 위해 생산력 확충을 도모하는 것을 목적으로 모든 생산 활동을 개별적 영농이 아니라 촌락 단위로 한 계획생산과 경작 강제가 이루어졌던 것이다.

“저는 괜찮아유. 괜찮다구유. 복숭아는 먹지 않구서두 사람이 살 수 있는디 복숭아를 잔뜩 심어서 위로부터 배급받는 게지는 가슴이 아퍼유. 죄스럽단 말여유, 보리를 많이 심어서 배급받지 않으믄유.” 이러는 거여 그 날도.39)

작가인 나는 보리밭에서 일하고 있는 오과부를 만나 그녀가 집을 팔아 논을 사겠다는 이야기를 들으면서 “이 보리밭에 서린 그녀의 정신을, 나같이 게으르고 무식한 놈으로서는 도저히 되살릴 자신이 없어” 집 사는

---

38) 이무영, 앞의 글, 211~212면.
39) 위의 글, 214면.

것을 포기한다. 그러면서 "누구든 이 여주인의 뜻을 잘 새겨 이 밭의 정신을 되살릴 수 있기를 절실히 생각했다"[40]고 하여 전시 하 생산을 통하여 진충보국의 실천을 강조하고 있다.

계용묵 또한 일제 말기 생산소설의 하나로 「묘예(苗裔)」[41]와 그 속편으로 「불로초」를 발표하였다. 그는 자신의 문학적 태도를 "문학이 허하는 한 어디까지나 건설적이고 명랑한 장면을 그리면서 신시대가 요구하는 정열을 집어넣을 생각이다. 주제로서는 근로의 역군인 농민층으로부터, 농촌의 생산부면을 다루어보고자 한다"[42]고 밝히고 있는데, 이를 실천한 작품이 「불로초」이다.

「불로초」는 중풍에 걸려 농사일을 할 수 없게 된 할아버지가 어린 손자가 농사일을 흉내 내는 것을 보면서 장래 훌륭한 생산자가 될 것을 믿는다는 이야기다. 주인공 노인은 "농사하는 집티구 밥 굶는 집 없느니라. 농사허는 나라티구 흥허지 않는 나라 없구"라고 하여 농사의 중요성을 역설하고 있는데, 이는 일제의 생산장려정책을 충실히 따르는 것을 의미하는 것이다. 따라서 그는 마지막 죽음을 앞두고 자신의 죽으면 산에 묻지 말고 밭에 묻어줄 것을 부탁한다.

"나 죽은 댐에 내 몸뚱이는 산에 갰다 묻지 말고 밭에 갰다 묻어 다우."

"어머님과 합장으로 모시야디요."

"건 너들 인시구. 난 산에 가서 쓸데없이 썩어지기 보디 밭으로 기 썩어져서 곡식을 키우는 걸금이 되구 싶구나."

"……."

"내 맘은 거저 죽어서두 농사를 하구만 싶어. 내가 밭으로 감은 몬저 죽은 내

---

40) 위의 글, 214면.

41) 계용묵은 「불로초」를 발표하면서 이 작품을 「묘예」의 속편이라고 밝히고 있으나, 「묘예」는 어디에 언제 발표된 것인지 작품을 확인하지 못하여 논의에서 제외한다.

42) 계용묵, 「今後如何に書くべきか?―特に貴下の興味を感する主題は?」, 『국민문학』, 1942.1, 165면.

에민 산에서 좀 섭섭해 할리라만……."43)

그러면서 어린 손자가 물 푸는 시늉을 하자 손자야말로 장래 국가의
보배라고 기쁨에 겨워 물 푸는 노래를 부르면서 새벽을 맞는 것으로 끝
난다.

이처럼 이무영과 계용묵의 일련의 작품은 일제의 농민 수탈정책으로
공출제나 강제경작을 의도적으로 외면하고 일제의 생산장려정책을 농민
에게 주입시키기 위하여 창작된 것임을 알 수 있다.

2) 노동력 착취와 근로보국

근로보국운동은 종래 부역제도의 강제성을 소위 근로봉사, 근로보국으
로 대체하여 집단성과 공공성을 크게 강조한 형태로 1937년에 부분적으
로 전개되었다. 1938년 6월에 학무국 사회교육과의 통첩으로 학교 단위
의 근로보국대가 본격적으로 결성되고, 이것이 확대되어 '국민정신총동
원 근로보국운동 실시 요강'이 정무통감의 통첩에 의하여 일반인으로까
지 확대되었다.

실시요강은 국가관념의 함양과 내선일체의 심화, 근로애호, 인고단련,
희생봉공의 정신 함양, 공동일치적 행동의 훈련, 비상시국인식의 철저를
운동의 중요 목표로 설정하고, 참가범위는 만 12세부터 40세까지 남녀를
대상으로 하며, 작업의 종류는 황무지 개간, 도로 하천의 개수, 저수지 혹
은 용배수로의 준설 등 공공사업을 주로 하되 농번기의 공동 작업에도
동원할 수 있도록 했다. 보수는 받지 않는 것을 원칙으로 하고, 받을 때
는 공동기금이나 국방헌금 혹은 보국대 비용으로 충당44)하는 것을 원칙

---

43) 계용묵, 「不老草」(「苗裔」의 속편), 『春秋』 6월호, 소화17년(1942), 157면.
44) 김영희 『일제시대 농촌통제정책 연구』, 경인문화사, 216~218면 참조.

으로 했다. 이러한 목표는 일제가 조선인 노동자를 무임금으로 동원하여 전쟁수행을 위해 생산 현장에 투입하여 생산 확충을 도모하기 위한 술책이었다. 근로보국운동은 1941년 9월부터 국민개로운동으로 전개되면서 전국적으로 근로보국대가 조직되었다. 근로보국대는 노무수급 차원의 성격이 강한 것으로, 생산노동력을 확보하기 위하여 본격적이고 대규모적으로 조직되었으며45) 조선총독부는 1941년 12월 1일 '국민근로보국협력령'을 공포하고, '근로보국대' 방식의 노동력 동원을 본격화했다.46)

이처럼 근로보국운동은 농촌의 젊은 노동력을 강제적으로 동원한 노동력 착취의 대표적 사례라 할 수 있다. 그럼에도 불구하고 이 시기 이북명은 「형제」라는 작품을 통하여 근로보국대가 일자리 없이 가난하게 살아가는 젊은이에게 높은 임금으로 일자리를 마련해주는 고마운 정책으로 받아들여지고 있다.

이 시기 이북명은 자신의 문학적 태도를 밝히는 가운데 '전환기를 맞아 과거 자신의 공식적 수법에서 벗어나 체제에 순응할 것인가에 대하여 관심을 갖고 있음'을 밝히면서 "생산 장면을 주제로 하는 작품을 쓸 것이며, 이러한 주제(생산 장면을 그리는 것)야말로 국민문학적인 측면에서 금후 작가에게 매우 중대한 일"47)이라고 주장한 바 있다.

'근로소설'이라고 명시된 이북명의 「형제」는 동곡수전 공사에 날품팔이를 하는 홀아비와 장성한 세 아들이 움막집 단칸방에 살고 있다가 맏아들이 동생의 돈을 빌러 술집에서 심부름하던 고분이에게 장가들게 되면서 가난하나마 단란했던 가족 사이에 잠잘 곳이 없어 서로 갈등하게 된다. 그리고 고분이 들어 온 이후 두 동생은 집에 돈 한 푼 들여놓지 않고 술집으로만 돌아다닌다. 양식이 떨어져 동생들에게 밥값을 요구하자

---

45) 위의 책, 295면.
46) 곽건홍, 앞의 책, 72면.
47) 이북명, 「今後如何に書くべきか?ー特に貴下の興味を感する主題は?」, 『국민문학』, 1942.1, 164면.

빌린 돈 먼저 주면 내 놓겠다고 버티자 이를 보고 있던 아버지는 집을 나가고, 두 동생 또한 집을 나가버린다. 그런데 어느 날 집으로 돌아온 두 동생은 내일 근로보국대원으로 나가게 되었다고 자랑한다. 그리고 아버지 역시 허천강수전사호 발전소에서 일하고 있음을 알게 된다. 이에 형인 명칠은 지금까지의 집안의 모든 갈등은 잊어버리고 보국대원으로 나가게 되었다는 두 동생을 자랑스럽게 생각하며 그들의 이야기를 기쁜 마음으로 듣는다.

> "형님, 우리는 내일 아침에 연포(連浦)로 가우다."
>
> 명팔이가 두 손을 짚으면서 굽석 절하였다.
>
> "연포는 무시래?"
>
> "몸이 튼튼하구 일 잘한다구, 근로보국대원에 뽑혔습지요."
>
> 명구의 설명.
>
> "보국대라니?"
>
> "보국대라는 것은 나라에 충성을 다하는 뜻으로 각 동리에서 한 사람 두 사람씩 뽑아서 두어 달씩 공장에 가서 일하는 것이지우."
>
> 명팔의 설명.
>
> "거참, 장한 일이다. 그런데 삯전은 어떠하니?"
>
> "아, 삯전이야 아주 후하지오. 그뿐이우, 밥집도 좋구 잠자리도 좋구, 글도 배우구, 학생들처럼 체조두 한다우다."
>
> (…중략…)
>
> "오늘 낮에 주재소에서 오라구 해서 갔드니 부장 영감이 여러 가지 말씀을 해주는데 다른 동내의 보국대원들한테 일하는데 저서는 못쓴다는 말과 형님을 찾아 사연 이야기를 하구 가라는 말이 제일 가슴에 찔립데다. 그래 형님한테 간다는 인사 겸 사과하러 왔습지우."[48]

---

48) 이북명, 「형제」, 『야담』, 1942.3. 117~118면.

여기에서 두 동생은 보국대원으로 나가게 된 것을 나라에 충성하는 일
이며, 대우도 좋은 것으로 설명한다. 앞에서 살펴 본 것처럼 보국대는 무
임금임에도 불구하고 사실을 왜곡하여 후한 삯전과 함께 글을 배우고 체
조도 한다고 자랑하고 있다. 그리고 그들 보국대원에게 글을 가르치고
체조도 한다는 것은 그들을 정신적으로나 육체적으로 일제의 황국신민
으로 동화시키려는 제국주의의 기만정책임을 작가는 애써 외면하고 있
다. 그러면서 그것이 무슨 커다란 출세인 양 삼 형제는 밤새는 줄 모르고
술을 마시며 명칠은 감격하여 "세상에서 내 동생들처럼 착하고 일 잘하
는 녀석들이 있을까—명칠은 군중 가운데서 소리소리 질러가면서 동생
들의 이번 일을 자랑하구 싶었다"49)고 작품을 끝맺고 있다.

　이처럼 이북명의 「형제」는 일제 말기 조선인의 노동력을 착취하기 위
하여 실시된 근로보국대의 실상을 의도적으로 왜곡하고, 일자리 없는 사
람에게 후한 임금으로 일자리를 만들어주는 정책이라고 선전하는 국책
소설이라고 할 수 있다.

3) 기반시설 확충과 건설 현장에의 복무

　일제 말기 국가정책의 최우선 과제는 전쟁수행을 위한 총동원이었다.
그 결과 산업시설의 확충을 위한 기반시설의 확보는 시급한 과제였다.
그리하여 이 시기에 지하자원의 개발과 수리시설의 정비가 집중적으로
이루어졌다.

　이러한 시대적 상황 속에서 지하자원을 개발을 독려하는 광산소설이
쓰이고 있다. 광산소설을 대표하는 작품으로는 이기영의 『광산촌』과 『동
천홍』(장편소설)50)을 비롯하여 『인문평론』에서 실시한 생산소설 현상모집

---

49) 위의 글, 119면.
50) 일제 말기 지하자원 개발을 중요하게 다룬 대표적 소설은 이기영의 「광산촌」과 『동천

의 당선작인 윤세중의 『백무선』,51) 그리고 이북명의 「빙원(氷原)」, 석인해의 「귀거래」를 손꼽을 수 있다.

이북명의 「빙원」은 '하지천수진회사'의 기술자 최호가 한겨울 사수(泗水)의 S저수지의 언제(堰堤) 일수문(溢水門) 공사를 통하여 전기보국(電氣報國)을 성실히 수행하는 과정을 그린 작품이다. 주인공 최호는 작년 봄 우수한 성적으로 K고공 기계과를 졸업하고 C수력발전사무소 기계과에 특채된 인물이다. 사람됨이 착실 온후하고 사상이 온전하고 일에 충실하여 소장의 신임을 받고 있는 인물이지만, 언제나 약병이 그의 손에서 떨어지는 날이 없을 만큼 병약한 인물이다. 그럼에도 불구하고 그는 회사에서 전력 증강을 위하여 추운 겨울에 저수지 수문공사를 하게 되자 공사장에 나갈 것을 자원한다.

> "제가 가겠습니다."
> "군이 가주어야겠지만, 군의 건강은 어떤가?"
> "괜찮습니다. 보내주십시오."
> "그럼 건강에 주의해서 가주게."52)

여기에서 최호처럼 병약한 인물을 주인공으로 설정한 것은 전시 하 모든 신민이 총동원되어 총후보국에 참여해야 할 것을 강조하려는 의도라 할 수 있다. 그는 많은 종류의 약을 준비하고 공사 현장인 사수에 간다. 그는 그 곳에서 만수 노인 집에 기숙한다. 그는 현장에 도착하고 나서 곧바로 두만강변의 눈보라치는 벌판에서 공사 자재 검수작업을 하다가 감기에 걸려 드러눕게 되지만 만수노인과 그의 딸 금순의 각별한 보살핌을

홍』인데, 이에 대해서는 이 책의 「일제 말기 국책의 문학적 수용」에서 구체적으로 논의되었다.

51) 이 작품은 『인문평론』에 4회까지 연재되다가 『인문평론』의 폐간으로 연재가 중단되어 본고에서는 논의하지 않았다.

52) 이북명, 「氷原」, 『春秋』 7월호, 소화17년, 173면.

받아 쾌차하게 된다. 그는 만수 노인의 생활을 보면서 만수 노인과 같은 인간의 필요성을 느낀다. 만수노인은 가난하지만 근면하고 어려움 속에서도 긍정적 생활태도를 보여주고 있다.

> 생활에 대한 강렬한 욕구라던가 부자유하고 부족한 생활을 어데까지던지 꾸준히 극복하고 해결지워 나갈 수 있는 인간들이 있다면 그것은 만수노인과 같은 그런 종류의 인간들이 아닐까?[53]

만수노인과 같은 인물이란 바로 당시 일제에 의하여 강조된 전시 하 이상적 인간상임을 알 수 있다. 병석에서 일어난 최호는 그동안의 고마움에 답하기 위하여 술을 사서 만수 노인에게 대접하면서 그의 파란만장한 일생을 듣게 되는데, 그것은 바로 일제하 가난한 한국농민의 몰락과정이라 할 수 있다. 화전민인 만수노인은 아내와, 아들 내외, 그리고 딸 하나 다섯 식구로 가난하기는 했지만 별달리 생계걱정을 하지 않고 평화롭게 살았지만, 그들이 살고 있던 곳이 어느 날 아무런 의논도 없이 저수지를 만들기 때문에 이주하라는 통보를 받게 된다. 그리고 얼마 되지 저수지 공사가 시작되면서 각지에서 노동자와 술집색시들이 몰려들면서 화전민의 삶은 파탄에 이르게 된다. 그 결과 공사장에서 일하던 아들은 술집색시와 바람이 나서 보상비로 받은 돈을 모두 들고 가출을 하자 며느리는 몇 년 뒤 개가를 하고, 아내는 독사에게 물려 죽고 만다. 이러한 만수노인을 비롯한 농민의 몰락은 전쟁 수행을 위하여 무리한 개발을 전개하는 과정에서 파생된 제도적 희생이라 할 수 있다. 이러한 만수노인의 비극에 대하여 주인공 최호는 다음과 같은 반응을 보여주고 있다.

> 위대한 건설 뒤에는 희생도 많을 것이며 비극도 있을 것이다.

---

53) 위의 글, 178면.

그렇다면 나는, 최호는? (…중략…) 머리를 흔든다.

물론 나는 희생이나 비극을 원하는 자는 아니다. 그러나 나도 이번 공사에 대하여 어느 정도의 희생과 비극을 각오하지 않으면 안 될 것이다. 큰 희생을 내겠느냐, 적은 희생으로서 끝막겠느냐는 것은 나의 기술문제보다도 마음과 마음의 단결이 절대로 필요한 조건이다. 일심전력으로 국가를 위한 건설에 참가해야 될 것이다. 그러자면 나의 전기보국이 참된 뜻을 노동자들에게 이해시켜주도록 힘써야 한다.

최호의 흐리멍텅한 머리에는 건설에 대한 위대한 정열이 부글부글 용솟음친다.[54]

만수노인의 비극적 삶에 대한 최호의 반응은 오히려 국가건설을 위해서 어느 정도의 희생은 당연한 것으로 인식하고 있음을 드러낸다. 그가 강조하고 있는 것은 개인의 삶은 관심권에서 멀어지고 오직 마음을 다해 국가를 위한 건설이 최고의 선임을 강조하고 있다. 이러한 태도는 공사 자재를 실어오기 위해 동원된 노동자 오십 명에게 하는 훈시를 통해서 더욱 분명하게 알 수 있다.

여러분은 삯전도 삯전이겠지만 우리에게는 돈보다도 더 값있고 성스러운 단결의 정신이 있어야 할 것입니다. 우리나라는 지금 남에서 북에서 강적을 물리치면서 싸우지 않습니까! 총후의 국민인 여러분은 제일선에서 싸우고 있는 용감한 장졸들의 마음을 본받아서 '나'라는 것을 버리고 이번 이 공사에 일심합력해주시기를 바랍니다.[55]

총후보국이란 미명 아래 조선인의 노동력을 착취하고자 했던 일제의 국책을 실천하는 최호의 주장이 잘 드러나고 있다. 기술자인 자신은 기술

---

54) 위의 글, 182면.
55) 위의 글, 182면.

을 통하여 총후국민으로서 나라에 충성하는 길이라고 강조하는 것이다.

그리고 마지막으로 다시 한 번 짐을 실어 오는 도중 수몰지역(만수노인의 집터)을 지나면서 개인의 희생과 비극은 건설을 위해서는 불가피한 것이라고 전제하고, 그 책임은 기술자의 책임만은 아니며, 사회는 그 희생과 비극에 대하여 관대한 처분을 내릴 것이라고 스스로 자위한다. 이러한 최호의 생각은 전시 하 총후국민의 비극과 희생을 당연시하면서 전쟁수행을 위한 기반시설 확충의 필요성을 강조하는 것이다.

석인해의 「귀거래」 역시 지하자원개발의 필요성을 주장하는 생산소설이다. 그는 문학자도 전선에서 싸우는 병사와 같은 마음으로 일제의 국책에 협력할 것을 다짐하면서, 자신의 문학적 관심을 "확실하게 정신을 집중하여 임할 때 주제에 어려움은 없을 것이라 생각한다. 대륙개척이나 건강한 생산면 등 얼마든지 있지 않을까"56)라고 하여 전시 하 생산문학의 필요성을 강조하고 있다.

석인해의 「귀거래(歸去來)」는 주인공 허군(나)이 친구 문군과 함께 광산사업을 하였으나 자금과 기술이 부족하여 실패한다. '나'는 5년 후 기술을 익혀 다시 광산 일을 하기 위하여 옛날 자신들이 운영하던 광산으로 돌아온다. 그런데 지금의 광산은 옛날 자신들이 경영하던 때와는 달리 엄청난 발전이 있음을 보면서 새로이 광산 일에 전념할 것을 다짐한다. 이 작품은 전형적인 생산소설의 하나로 이기영의 『광산촌』의 서사구조와 유사하나.

소설의 주인공 '나'는 5년 만에 옛날 자기가 일하던 K광산을 찾아가면서 처음 그곳에 가는 도중 만났던 강노인과의 인연을 회상한다. 평생에 광산을 찾아다니던 강노인이 K광산을 처음 발견했으나, 원시적 채굴법으로 채산이 맞지 않아 남의 손에 넘어 갔던 것을 다시 친구 '문군'이 인수하여 거기에서 강노인과 함께 일하던 시절을 회상한다. 문군 역시 광

---

56) 석인해, 「今後如何に書くべきか?―特に貴下の興味を感する主題は?」, 『국민문학』, 1942.1, 162면.

산 운영을 위한 자금조달이 어려워 광산에서 물러나게 된다.

> 바로 지나사변이 일어나든 그 무렵이었다. 나라에서는 산금장려에 적극적인
> 원조와 보호책을 강구해 주던 터이지만 그만 용수를 할 수가 없이 돼놔서 선선
> 이 물러서는 수밖에 없었다.57)

여기에서 말하는 산금장려책이란 1937년 조선산금령을 말하는 것으로
일제는 군수자원의 조달과 막대한 군수물자 수입에 대한 지불수단을 확
보하기 위하여 금을 비롯한 지하자원의 개발이 절실히 요청되었다. 그리
하여 1938년에는 조선주요광산물증산령을 공포하고 각종 장려방법을 강
구58)하였다. 그럼에도 불구하고 '문군'이 자금조달이 어려워 광산에서
물러날 수밖에 없었다는 것은 조선인에게는 이러한 장려금의 수혜를 받
지 못했음을 의미한다. 그런데도 그들은 일제의 정책에 대하여 불만을
갖기는커녕 문군은 상해로 가서 "대동아신질서 건설에 빛난 업적을 보여
주고" 있으며, 나는 기술을 공부하여 다시 광산을 찾아간다. 그런데 그가
찾은 광산은 그들이 운영하던 시절과는 달리 사람들이 홍청거리고 옛날
강노인의 집을 찾을 수 없을 만큼 매우 발전하고 있음을 발견하게 된다.

> 한참을 멍하니 넋을 놓고 황진(黃塵)만이 뒤를 따르는 차를 눈여겨본다. 포장
> 한 선광석과 목(汰粉)을 잔뜩 짊었다. 광산의 마크가 분명하다. 그만 눈가상이
> 쓰려진다. 성쇠의 대조가 저렇듯 또렷하냐. 나는 픽키트로 격정을 삭이지 못한
> 채 땅을 꽉 찍었다.59)

이처럼 주인공 '나'는 짧은 기간에 몰라 볼 정도로 번창한 광산의 모습

---

57) 석인해, 「귀거래」, 『춘추』 1943.6, 152면.
58) 조선총독부 편, 『조선사정』, 소화16년(1941), 111면.
59) 석인해, 앞의 글, 152면.

을 보면서 자신들의 실패의 원인을 알게 된다. 그것은 새로 광산을 맡은 광주는 그 작업 규모를 근본적으로 개혁하고, 전기가설을 해서 경비를 줄이고 제련장을 확충하여 "이마적에는 매삭 누만금을 제대중으로 채굴해낼 수 있게 되어 채산이 맞게 되었음"[60]을 알게 되면서 "결국은 모든 것이 과학적 힘"이란 것을 알 수 있었으며, 자신들의 기술이나 수법이 너무나 유치했음을 느끼게 된다. 그러면서도 문군과 함께 광산 일이 개인적으로는 실패했지마는 그것이 바탕이 되어 현재와 같이 성공적인 광산이 되었다는 것은 국가사회를 위하여 축복할 일이라고 확신하고 있다. 그리하여 자신이 새로이 광산에 들어와 과거와는 다른 새로운 각오로 국가정책에 매진할 것을 문군에게 보내는 편지를 통하여 다짐한다.

> 홀가분한 마음으로 산의 유혹에 응할 수 있음은 이번이야말로 산과 더불어 단판 씨름을 겨루어 아주 평생의 부침을 결정지으랴 함이오. 일을테면 그동안 기술에 대해 관심이 컸음도 그 때문이었고 산일을 경영하는 슬기를 터득하노라 단잠을 못 이룬 것도 그 욕망의 소치였오 (…중략…) 한 가지 정열을 애끼자는 남아의 이 감격이 식기 전에 어서 새로운 직장을 찾고 싶은 일념에서였오[61]

'나'의 이러한 각오는 문군이 상해에서 '대동아 신질서 건설에 빛나는 업적'을 보여주는 것처럼 자신 또한 국가를 위해 생산 현장에서 일하는 것이야말로 황국신민의 길임을 보여주는 것이라 할 수 있다. 일제는 1940년 '근로신체제 확립요강'을 발표하는데 노동이란 황국민의 봉사활동으로서 황국에 대한 황국민의 책임인 동시에 영예이며, 능률을 최고도로 발휘하고 질서에 복종하는 것으로 규정하고 있다. 이는 천황에 대한 충성을 바탕으로 한 황국신민화 바로 그것이며, 황국신민으로서의 자각을 기초로 자신의 모든 능력을 투입해서 전장(戰場)인 공장이나 광산에서 국

---

60) 위의 글, 159면.
61) 위의 글, 159~160면.

가에 봉사하도록 하는 것이 일제의 노동 통제의 요체[62]였다. 따라서 '나'
가 한 번의 실패를 반성하고 새로운 기술과 경영기법을 익혀 최고의 능
률을 올리려는 태도야말로 일제 말 국가정책을 충실히 실천하는 황국신
민의 자세임을 분명히 하고 있다.

4) 지식인의 귀농과 황국근로관의 확립

일제 말기 전쟁 수행을 위한 총동원령이 내려진 가운데 또 하나 주목
할 것은 지식인의 귀농과 함께 '황국농민정신의 앙양'에 바탕을 둔 황국
근로관[63]을 확립하는 일이었다. 이러한 일제의 노동정책은 생산보국에서
생업보국을 거쳐 국민개로로 발전되는데 "노동하지 않는 자는 황국신민
이 아니다"[64]라는 구호 아래 조선인을 생산현장으로 내몰았다. 그 결과
지식인의 귀농이 권장되게 되었는데, 이는 이전의 생산보국이 생업보국
으로 확대되면서 황국황민 이데올로기를 조선 농촌에 정착시키려는 목
적에서 비롯되었다.[65] 이러한 시대적 상황 속에서 나타난 일련의 지식인
의 귀농을 다룬 대표적 작품은 이무영의 「제1과 제1장」과 박노갑의 「백
일」이다.

이무영의 「제1과 제1장」은 작품이 발표되자 당시 평단에서는 일본 최
초의 국책문학인 시마키 겐사쿠[島木健作]의 『생활의 탐구』[66]와 관련하여

---

62) 곽건홍, 『일제의 노동정책과 조선노동자』, 신서원, 2001, 219~220면 참조.

63) 황국근로관이란 천황에 대한 충성을 바탕으로 한 황국신미화인 동시에 황국신민으로
서의 자각을 기초로 자신의 모든 능력을 투입하여 戰場(공장, 광산, 농촌, 어촌)에서 국
가에 봉사하는 것으로 노동통제 이데올로기의 요체였다. 곽건홍, 『일제의 노동정책과
조선노동자』, 신서원, 2001, 219~220면 참조.

64) 위의 책, 221면.

65) 松本武祝, 앞의 책, 213면 참조.

66) 島木健作(1903~1945)는 북해도 출신으로 2세에 아버지를 어의고 고등소학교 1학년을
수료하고 북해도의 척식은행의 급사가 되었다. 16세에 동경으로 가서 고학으로 야간부
정칙영어학교를 다니다 병으로 귀향했다. 향리에서 독지가의 도움으로 중학교를 졸업했

논의하였다. 「생활의 탐구」는 과거 프롤레타리아 작가 측에서는 시대에 굴복하여 전향을 한 유행작가[67]라는 비난에서부터 전혀 새로운 형태의 농민문학[68]이라는 긍정적 평가를 받기도 했지만, 이 작품이 일제 말기 국책문학을 대표하는 작품이란 점은 분명하다.

> 「제1과 제1장」에 나타난 작가의 기백은 흡사 島木健作의 「생활의 탐구」를 연
> 상시킬 만큼 진지한 것이 있어 좋았다. 사실 기백뿐만이 아니라 취재에 있어서
> 도 공통된 점이 없지 않았다. (…중략…) 수택의 의기는 「생활의 탐구」에 나오는
> 杉野에 조금도 讓頭할 것이 없다고 본다.[69]

윤규섭의 이러한 지적은 이무영의 「제1과 제1장」의 집필의도와 함께 그 성격을 말해주고 있다. 그런데 윤규섭은 이 작품을 『생활의 탐구』에 비하여 '관념적인 미봉을 처처에서 발견할 수' 있다고 지적하면서 그 이유를 농촌에 대한 조사연구가 면밀하지 못한 탓임을 지적했다. 또한 이무영은 「제1과 제1장」과 같은 시기에 지식인의 귀농을 다룬 「도전」(『문장』, 1939.10)이란 작품도 발표하고 있는데, 이 작품 역시 교사가 교직에 회의를 하고 교직을 떠나 선대로부터 이어온 어부생활에 도전한다는 이야기다. 이에 대해 윤규섭은 "인테리로서의 약점을 체험할 대로 체험한 작자의 자기반발"이라고 규정하고, "인테리의 무기력함을 간파하였다고 하

다. 그 후 동북제대 법학부에 입학하고 사회주의에 경도되어 이듬해 퇴학을 당했다. 1928
년 3·15사건으로 검거되어 병세악화로 이듬해 가석방되면서 전향을 선언했다. 1937년
에 발표한 『생활의 탐구』는 대학생 츠키노[杉野駿介]가 병으로 요양차 고향에 왔다가 농
촌 현실을 직시하고 고향에 남아 농민갱생운동을 펼친다는 이야기로 이 소설이 기폭제
가 되어 아리매[有馬] 농상 주도의 농민문학간화회가 결성(1938)되고 생산소설이 국책문
학으로 권장되었다. 이무영의 「제1과 제1장」과 시마키의 「생활의 탐구」의 비교연구는 芹
川哲世의 「1920~30년대 한일농민문학의 비교연구」(서울대 박사논문, 1993)에서 간단히
논의된 바 있다.
67) 窪川鶴次郎, 「島木健作論」, 『近代文學評論大系』(昭和期) 제7권, 角川書店, 1962, 371면.
68) 板垣直子, 『事變下の文學』, 第一書房, 1941, 65면.
69) 윤규섭, 「현실과 작가적 세계」, 『인문평론』, 1939.11, 128면.

여 그를 생산 장면(농촌이나 어장이나)으로 끌고만 가면 그만일는지? 노동과 인테리의 갈등은 시야권외에 두어도 좋을는지?"70)라고 반문하고 있다. 이러한 문제 제기는 당대 취업난과 조선의 농촌 현실을 외면하고 시류에 영합하려는 작품임을 지적하려는 것이다.

사실 이무영의 「제1과 제1장」에서 수택의 귀농은 매우 관념적일 뿐만 아니라 주인공 스스로 "로맨틱한 계획"이라고 이를 만큼 현실과 유리되어 있다. 「제1과 제1장」의 주인공 수택은 동경에서 공부하고 돌아 온 문화인 아들로 농촌에서 일만하는 원시인 아버지를 경멸했고, 흙투성이 아버지가 부끄러워 결혼을 하면서도 아버지를 청하지 않았던 위인이다. 그러한 인물이 느닷없이 도시에서의 자신의 생활을 스스로 패배자로 자처하는가 하면 일금 오십 원의 적지 않은 월급을 받는 셀러리맨으로 주위의 만류를 뿌리치고 귀농을 결행하려는 것은 분명 "철없이 날뛰는 행위"라 할 수 있다. 그럼에도 불구하고 그는 "고향에 가면 십여 두락의 땅이 있고, 생활수준이 얕어질 것이오, 고료수입도 다소 있을 것"71)이라는 "로맨틱한 계획" 아래 이백 원의 퇴직금을 갖고 문학적 성공을 꿈꾸며 귀향하는 것이다. 그러나 막상 귀향하고 보니 "그의 집안에는 논 닷마직이와 밭 두어대기가 남어 있을 뿐"임을 알게 되고 아버지의 소작을 물려받아 농사짓기를 시작한다. 그러면서 주인공을 비롯하여 그들 가족이 어떻게 농촌에 적응하고 있는가를 보여주고 있다. 특히 이 작품에서는 수택의 아버지 김영감을 통하여 농민의 삶이 긍정적으로 그려지고 있다. 특히 과도한 소작료로 인하여 살길마저 막막한 소작인의 비참한 삶도 농사에 대한 "이해관계를 초월한 애정"으로 해소하려고 한다. 이 애정은 소작농의 문제해결에 머물지 않고 "이 애정으로 인류는 살아가는 것이오, 이 애정으로 도덕을 삼는데서만 인류는 행복해지는 것"이라 하여 마치 일제의 농촌갱생이란 미명 아래 농민을 수탈하려는 생산정책을 암묵적으로 지

---

70) 위의 글, 129면.
71) 이무영, 「제1과 제1장」, 『인문평론』 창간호, 1939.10, 144면.

지하고 있다. 따라서 이 작품은 "노예적 농민상의 형상화"72)라는 지적이 과장이 아님을 알 수 있게 된다. 이러한 현실을 왜곡하는 관념적 귀농은 앞서 지적한 「도전」에서도 동일한 양상으로 나타나고 있다. 그런가 하면 '노동하지 않으면 황국신민이 아니다'라는 황국근로관을 보여주고 있는 것이 「원줏댁」이다. 이 작품은 본격적인 생산소설은 아니지만 일제 말기 국민개로정책을 우회적으로 지지하는 작품으로 지주계급의 유한적 삶에 대하여 강력하게 비판하고 있는 작품이다. 작품의 표제로 「원줏댁」이라 했지만 실제는 인색하고 시대의 변화를 외면하며 살아가는 지주 '윤구' 의 삶에 초점을 맞추고 있으며, 그의 삶을 비판하고 희화화하면서 노동 의 중요성을 강조하고 있다.

박노갑의 「백일」은 "불건전한 도시생활을 버리고 농촌으로 돌아가 생 활하려는 지식인의 이야기로, 하나의 방향을 암시한다"73)는 지적에서 알 수 있는 것처럼 황국근로관에 근거한 국민개로운동을 실천하려는 작품 이다. 「백일」에서 작중 주인공 '시재'는 불안정한 도시생활을 청산하고 집도 땅도 없는 농촌으로 귀향할 것을 결심한다. 이에 아내가 선뜻 찬성 을 하지 않자 그는 농촌생활을 다음과 같이 낭만적으로 설명하고 있다.

> 원두 몇 두렁만 놓으면 참외 실컷 먹을 것, 물외 몇 포기만 놓으면 외냇국 싫 것 먹을 것, 수박 한 두렁만 놓으면 수박 싫것 먹을 것, 울타리에는 호박을 올리 면 호박나물 실컷 믹을 깃, 지붕에 박을 올리면 바가지 싫도록 쓸 것, 이런 것을 돈주고 살 까닭이 있느냐 말야. 제 몸만 부지런히 하면 모다 될 것이라!74)

이처럼 주인공이 생각하는 농촌은 현실과 유리된 낭만적 공간으로 인 식되고 있다. 그러나 그는 아무 것도 가진 것 없이 빈손으로 귀향을 한

---

72) 이주형, 『이무영』, 건국대 출판부, 2001, 166면.
73) 「편집후기」, 『국민문학』, 1942.2, 194면.
74) 박노갑, 「백일」, 『국민문학』, 1942.2, 109면.

다. 그런데 농사도 지어 본 적이 없는 그는 마을 사람들의 반대에도 불구
하고 소작하는 친척의 논밭을 얻어 농사를 짓기로 한다. 그는 가뭄 끝에
비가 와서 모내기를 하려 해도 일손이 없어 농사일이라고 해 본 적이 없
는 아내와 둘이서 여러 날에 걸쳐 모내기를 마치고 비로소 첫 농사에 자
신감을 갖게 된다. 그리고 어느 날 밭에서 김을 매다가 밭둑에 있는 소나
무 밑에서 잠시 잠이 들어 서울에 올라가 친구를 만나는 꿈을 꾸게 된다.
그는 친구들과의 대화를 통하여 농사란 "누구나 하면 될 수 있는 일"이
며 농민이 된 자신의 검소한 삶을 들려주고 함께 술을 마시러 가자는 친
구의 말에 깜짝 놀라 잠이 깨어 웃으며, 다시 호미를 잡고 일을 하는 것
으로 끝맺고 있다. 여기에서 이 작품은 편집후기의 지적과 같이 전시총
동원체제 아래서 지식인까지도 생산 현장에 참여하는 것이야말로 생업
보국이란 국책에 호응하는 길이며, 황국근로관을 실천하는 길임을 제시
하려 했음을 알 수 있다.

4. 마무리

　지금까지 일제 말기 국책문학으로서 생산소설의 성립과 그 성격을 살
펴보았다. 그것을 요약, 정리하면 다음과 같다.
　일제는 1937년 이후 국가의 중요정책을 전시총통원체제로 전환하면서
군비조달에 집중하였다. 그 결과 전시 인력을 농촌에서 공급하면서 농촌
은 인력의 부족과 함께 전시 보급품을 조달하는 생산기지로서 이중의 부
담을 갖게 되었다. 이러한 농촌문제를 해결하기 위하여 일제가 실시한
정책이 농촌갱생운동이었다. 농촌갱생운동은 '생업보국'을 강조하면서,
계획생산과 경작강제가 이루어지고 국민개로운동으로 확대, 전개되었다.

이러한 시대적 상황 아래서 나타난 문학운동이 국책문학으로서 생산소설이다.

생산소설에 대한 논의는 1940년 『인문평론』을 중심으로 최재서, 임화에 의하여 주창되고 이를 바탕으로 상당수의 생산소설이 발표되었으니, 그것은 다음과 같은 네 개의 유형으로 전개되었다.

첫째로, 생산을 진충보국의 실천으로 인식하고 이를 적극적으로 독자에게 주입하려는 작품 군이라 할 수 있다. 이들 작품은 생산이란 개인적 삶의 문제가 아니라 국가의 정책을 충실히 수행하는 과정이며, 이를 통하여 황국신민으로서의 본분을 지키는 것으로 인식하고 있음을 확인할 수 있다. 둘째로, 근로봉사, 근로보국대로 대표되는 노동력 착취를 가난한 농민에게 새로운 삶의 길을 열어주는 것으로 왜곡하고 있는 작품 군이다. 이들 작품은 근로보국대원으로 나가게 된 것은 나라에 충성하는 길이며, 좋은 대우를 받으며, 글과 체조까지 배운다고 하여 일제가 이들에게 황국신민으로 순치하려고 하는 제국주의의 기만정책을 의도적으로 왜곡하고 있다는 점을 지적할 수 있다. 셋째로, 일제의 전쟁수행을 위한 기반시설의 확충에 적극적으로 참여함으로써 총후국민으로서의 사명을 일깨우고 있다. 마지막으로 지식인의 귀농과 황국근로관을 확립하기 위한 노력이다. 이들 작품은 일제의 국민개로운동을 실천하는 것으로 모든 국민이 생산 현장에 참여하는 일이야말로 진정한 황국신민의 삶의 자세임을 상소하고 있다.

이처럼 일제 말기에 쓰인 일련의 생산소설은 일제의 국책을 선전하는 데 급급하여 농민들이 겪어야 하는 삶의 질곡이나 고통을 의도적으로 외면하고 있다. 그 결과 이들 작품은 현실을 왜곡하고 있을 뿐만 아니라 주제의식을 지나치게 강조하는 과정에서 소설적 형상화에는 별다른 관심을 보이지 않아 소재주의적 태도에서 크게 벗어나지 못하고 있다는 것은 또 다른 한계점으로 지적될 수 있다.

일제의 자력갱생과 농촌현실의 왜곡

1. 이무영과 『향가』

이무영 문학에 대한 기존의 평가는 농민문학의 선구자로 평가되면서, 그의 작품에 대하여 진정한 민족의식의 구현[1]이라거나 농민현실에 대한 문학적 실천의 구체적 모습[2]이라고 긍정적으로 평가했다. 그러나 다른 한편으로는 이들 긍정적 평가가 지니고 있는 오류에 대하여 강하게 비판하는 견해가 있음도 사실이다. 이러한 비판적 평가를 가능케 한 것은 이무영 문학을 당대 식민지 정책과 관련하여 검토할 경우 기존의 견해와 전혀 다른 평가를 하지 않을 수 없기 때문이다.

김윤식은 "이무영에서 드러나는 귀농문학의 성격은 엄밀히 말해 총독부 생산증산운동과 분리시키기 어려운 측면을 가진다"[3]고 했으며, 이재

---

1) 오양호, 『농민소설론』, 형설출판사, 1984, 71면.
2) 김주연, 『문학을 넘어서』, 문학과지성사, 1987, 100면.
3) 김윤식, 『한국근대문학사상비판』, 일지사, 1980, 245~246면.

선 역시 "그의 농민소설은 비역사적(ahistorical)인 텍스트의 구조 자체만을 문제할 경우와 그것의 역사적(historical)이고 발생론적인 사회조건과 작품과의 친족관계를 전제로 할 경우와는 그 해석에 있어서 상당한 질적인 변화가 일어나게 된다"[4]고 지적한 바 있다. 그러나 보다 본격적으로 이무영의 농민소설에 나타난 작가의식의 변화과정을 추적한 류양선은 일제 말기 이무영의 문학을 친일문학으로 파악하고 있는 것이다. 그것은 무엇보다 먼저 1940년 전후 작가 이무영의 행동양식에서 찾고 있다.

이무영은 『청기와집[靑瓦の家]』이라는 장편소설로 1943년도 제4회 조선예술상 문학상을 수상한 사실을 자랑스럽게 생각하고 이를 기회로 호화로운 생활[5]에 탐닉하고 있었을 뿐만 아니라 「문학의 진실성(文學の眞實性)」(1942)이란 글에서는 '건전한 국민생활'을 주장하며 일본국민으로서의 건전한 생활을 강조하는 한편, "내선일체의 이념을 파악하여 양실(良實)한 황국신민으로 강하고 바르고, 그리고 아름답게 사는 것"을 강조하고, "내선일체는 조선민중에게 주어진 과제이며 내선인이 상호 협력하는 것 이외에는 없다"[6]고 강변하고 있다. 이처럼 일제 말기 이무영의 역사인식은 철저하게 일제의 지배정책을 수용하고 이를 문학적으로 실천하는데 집중되었다고 할 수 있다. 따라서 류양선은 이무영의 대표작으로 일컬어지는 「제1과 제1장」, 「흙의 노예」에 대하여 민족적, 계급적 의식이 없고, 농사일에 대한 무조건적 애정과 흙에 대한 맹목적 애착에 근거한 체념적 패배주의[7]라고 규정하고 있을 뿐만 아니라 오양호가 '도시란 일제와의 타협지요, 농촌이란 민족전통의 세계'라는 주장에 대하여 당시의 국책적

---

4) 이재선, 『한국현대소설사』, 홍성사, 1981, 360면.

5) "당시 정인택, 김용제, 이무영 등은 조선총독상을 받았다 하여 아주 기개가 높던 때였다. 무영은 군포리에 자리 잡고 앉아서, 고기에 굶주린 친구들이며 총독부 고관들을 초대해서 '닭고기會' 등을 베풀어 대접하며, 서울서는 볼 수도 없는 호화연회 등을 하며 있었다." 김동인, 「문단 30년의 자취」, 『동인전집』 8권, 홍자출판사, 1968, 477면.

6) 이무영, 「加藤武雄先生へ」, 『국민문학』, 1942.4, 70면.

7) 류양선, 『한국농민문학연구』, 서광학술자료사, 1994, 332면 참조.

(친일적) 농민문학론에 호응하는 논리라고 반박하고 있다.[8]

이처럼 이무영을 지금까지 한국의 농민문학을 대표하는 작가라고 평가한 것은 실상 그의 문학 속에 내재된 시대정신을 외면할 때만 가능한 것이다. 일제 말기의 그의 소설들은 상당수가 일제의 지배정책을 맹목적으로 수용하면서 일제의 국책에 따른 생산소설의 성격이 매우 강하다.[9] 특히 1943년에 발표한 장편소설『향가』는 그 정점에 놓여 있는 작품이다. 그럼에도 불구하고『향가』에 대한 구체적 논의는 별로 이루어지지 않고 있으며, 실제 이 작품을 두고도 상반된 견해를 보여주고 있다. 오양호가 『향가』를 향토애 또는 민족의 전통의식[10]을 드러내고 있는 작품이라고 높이 평가한 사실에 대하여 류양선은 "그것은 논의할 여지조차 없는 오류"[11]라고 전제하고 임종국의 지적에 따라 "대동아공영권 수립이라는 하나의 목적을 위해서 국민이 총력을 결집하는 전시 하에서 역시 부락의 갱생이라는 하나의 목적을 위하여 합심 협력하는 농촌의 풍경을 그린 작품"[12]으로 국책적 농민소설의 성격이 노골적으로 드러난 작품[13]이라고 했다. 그런가 하면 이주형은『향가』는 일제의 농촌재편성 정책을 추진하기 위해 설치한 '조선총독부 농업계획위원회'의 '조선농업계획요강' 가운데 일부[14]를 이야기로 꾸민 것으로 당대 농민의 진실은 은폐·왜곡[15]되었음을 강조하고 있다.

---

8) 위의 책, 333면.

9) 이러한 사실은 이 책의 「일제 말기 황국근로와 생산소설」을 참조할 것.

10) 오양호, 앞의 책, 47면.

11) 류양선, 앞의 책, 337면.

12) 임종국, 『친일문학론』, 평화출판사, 1978, 311면.

13) 류양선, 앞의 책, 337면.

14) 이무영의『향가』는 조선농업계획요강의 내용 가운데, 1. 황국농민도의 확립, 2. 농촌생산체제의 정비 ① 농지의 확충·확보, ② 농지의 개량, ③ 농지의 적정 이용, ④ 자작농의 유지 창설, ⑤ 소작관계의 조정, ⑥ 농촌노무의 공출과 조정, ⑦ 협동산업의 확충, ⑧ 개척사업의 촉진, ⑨ 농업금융의 확립, (3~6은 생략) 7. 지주의 활동 촉진을 소설화한 것이라 했다. 이주형, 『이무영』, 건국대 출판부, 2001, 174면; 이주형, 「일제강점시대 이무영 소설연구」, 『국어교육연구』 제31집, 1999, 237면 참조.

15) 이주형, 『이무영』, 건국대 출판부, 2001, 180면.

이처럼 이무영의 『향가』를 국책문학 혹은 친일문학으로 규정하고 있음에도 불구하고 류양선이나 이주형 다 같이 『향가』를 구체적으로 분석하지 않은 채 주제적 접근에 머물고 있을 뿐만 아니라 텍스트 또한 『매일신보』에 연재되었던 작품으로 하지 않고 작가에 의하여 개작된 『이무영대표작전집』(신구문화사, 1975)을 사용하고 있다는 점은 이들 논의가 출발부터 일정한 한계를 지닐 수밖에 없다. 『이무영대표작전집』에 수록된 『향가』는 『매일신보』에 연재했을 때와는 달리 전집으로 간행하면서 일제의 국책을 선전하는 부분은 삭제하거나 다른 장면으로 바꾸어 놓아 국책에 적극적으로 동조하고 있었던 사실을 은폐하고 있기 때문이다. 그리하여 이 글에서는 일제의 농가갱생운동의 전개과정과 수탈정책의 실상을 살펴보고 이어서 원전(『매일신보』에 게재된 작품)과 전집 사이에 나타나는 변모를 확인하면서 작가 스스로 자신의 흠집 지우기 실상을 밝히고, 원전을 텍스트로 하여 이 작품에서 드러나는 국책문학적 성격을 밝혀보려고 한다.

2. 농가갱생운동과 농민 수탈

일제는 만주사변 이후 국제적 고립과 경제공황의 충격으로부터 벗어나기 위하여 농촌진흥운동(이하 '농진운동'으로 약함)을 전개했다. 물론 농진운동은 1932년 우가키[宇垣] 총독에 의하여 농촌진흥위원회를 설치하여 전체 농촌과 농민을 대상으로 관의 강력한 지도와 조직력을 총동원하여 다분히 '국민운동'의 색채를 띠면서 나타났는데[16] 이는 고도국방국가를

---

16) 김영희, 『일제시대 농촌통제정책 연구』, 경인문화사, 2003, 74면 참조.

지향하면서 전쟁을 위한 군비증강을 강화하기 위한 수단[17]이었다. 농진운동은 1932년 농림대신의 훈령에서 농산어촌경제갱생계획(이하 '갱생계획'이라 칭함)의 근본정신과 사업방향[18]을 지시하고 있는데, 갱생계획은 표면적으로는 구농정책의 하나로 실시되었지만, 실질적으로 의도하는 바는 광의의 국방국가를 건설하려는 국책을 담당하는 농촌, 농민의 육성[19]에 목표를 두고 있었다. 이러한 사실은 1932년 11월 '농산어촌경제갱생협의회'에서 농림대신은 물질적 구제를 피하고 정신적 구제가 중시되어야 하며, 능동적으로 일할 수 있는 중견인물의 양성을 특히 강조함으로써 중견인물에 의한 '농민정신의 작흥'을 갱생운동의 중심과제로 설정했다. 그리하여 갱생계획의 목적을 달성하기 위하여 학교 및 청년단, 부인회, 교화단체, 재향군인회 등 교육교화 기관은 산업경제기관과 연락하여 정신작흥에 임할 것을 지시하는 한편으로 "경제갱생은 먼저 정신갱생으로부터"라는 표어를 만들어 일정한 이데올로기적 강제를 불가결한 요소로 작동하게 했다.[20]

그 결과 농진운동은 개별 농가에 경제 완화의 가능성을 느끼게 함과 동시에 일본정신을 체득한 건전한 국민으로서의 갱생을 목표로 식량충실, 수지개선, 부채정리의 3대 목표를 중심으로 농가갱생 5개년 계획을 확립하여 실행할 것[21]을 강조하였지만, 갱생계획은 처음부터 일본제국주

---

17) 八尋生男,「朝鮮における農村振興運動を語る」,『資料選集 朝鮮における農村振興運動』, 友邦協會, 1983, 24면.
18) ① 인보공조의 정신을 활용, ② 농업경영의 기본적 요소 정비, ③ 중심인물을 통해 견실적절한 계획을 수립·실행, ④ 관민일치로 자력갱생의 민풍을 흥기할 것. 柚木駿一,「農村經濟更生計劃と分村移民計劃の展開過程」,『日本帝國主義下の滿洲移民』(滿洲移民史研究會 편), 龍溪書舍, 1976, 266면.
19) 위의 책, 264면.
20) 일제는 농촌 위기를 극복하기 위하여 1933년부터 1942년까지 '농촌경제갱생운동'을 전개했는데, 그 중심과제는 ① 산업조합 확충, ② 농가경영개선 사업, ③ 농촌중견인물의 양성, ④ 부채정리 사업, ⑤ 만주이민사업, ⑥ 정신운동이었다. 森 武麿,「農村の危機の進行」,『講座 日本歷史』, 東京大學出版部, 1985, 154면 참조.
21) 김영희, 앞의 책, 76면.

의에 의한 농촌·농민구제책이란 표면적 의도와는 달리 농촌·농민을 침략전쟁에 동원하기 위한 농촌, 농민 통제책이란 측면을 갖고 전개되었다. 그럼에도 불구하고 농진운동을 통하여 경제 방면에서는 다소 반응이 나타났지만 정신방면에서는 권력이 의도한대로 좀처럼 이루어지지 않게 되자 심전개발운동을 확충, 강화하는 형식으로 1937년 국민정신총동원운동을 전개[22]하여 농민의 대다수를 농민진흥회에 편입시켜 총독부의 통제 하에 놓이게 되었는데 그것은 부락에서 일상생활에 필요한 소비조합, 저축, 혼상계 등도 진흥회에서 취급하면서 일제는 농촌진흥회를 농민생활의 중심으로 자리 잡게 했기 때문이다. 그런가 하면 이 시기에 이르러 '자력갱생'이란 슬로건은 '생업보국'이란 슬로건으로 대치되었으며, 중일전쟁기 내선일체나 생업보국이란 슬로건으로 체현된 '황국신민이데올로기'는 조선 농민에게 황국신민으로서의 분별, 이를테면 호양(互讓)과 자기희생의 정신을 지니고 행동할 것을 요청했으며, 진흥운동의 정책과제는 황국황민이데올로기를 조선농민에게 주입하는데 집중[23]되었다.

한편, 조선총독부는 1934년 이후 중지되었던 산미증식계획을 재검토하고, 1940년도부터 새로운 증식계획을 실시했다. 그것은 경종법(耕種法)의 개선과 토지개량에 의해 680만 석을 증산하고, 50년에는 총생산량 3,500만 석을 목표로 설정[24]했다. 그러나 조선에서 생산된 식량을 비롯한 전쟁에 필요한 물자는 생산자인 농민의 실질적인 갱생을 위하여 사용되지 못하고 내부분이 일본으로 수출되었으니 그 구체적 사례로 1935년의 경우 수출가액이 내지로 485,893천 엔, 관동주에 8,009천 엔, 만주국에 50,034천 엔이며, 수출은 쌀이 244,083천 엔이며, 해산물이 12,398천 엔, 목화[綿]가 13,475천 엔, 생사(生糸) 14,189천 엔, 철, 철광이 24,522천 엔, 구리[銅]가 21,607천 엔 등이며, 사과, 해태, 석탄, 흑연, 소, 비료 등 온갖 것을 수출[25]했다. 이런

---

22) 위의 책, 105면.

23) 松本武祝, 『植民地權力と朝鮮農民』, 社會評論社, 1998, 210~211면 참조.

24) 鈴木隆史, 「戰時下の植民地」, 『岩波講座 日本歷史』 21, 岩波書店, 1977, 228면.

사실로 미루어 볼 때 농산어촌의 궁핍을 해소하기 위해 갱생계획을 추진하면서 그 수익의 대부분을 일본으로 가져감으로써 갱생운동의 목적이 어디에 있었는가를 확인할 수 있다. 그럼에도 불구하고 일제는 조선의 식량을 수탈하기 위하여 1936년에 근로보국대를 결성[26]하고, 1941년 9월부터는 이를 더욱 강화하여 국민개로운동(國民皆勞運動)을 전개하면서 전국적으로 근로보국대를 조직하였다. 근로보국대는 생산노동력을 확보하기 위한 노무수급 차원의 성격이 강했다.

1939년 국민정신 총동원 조선연맹의 조직은 조선연맹 아래에 행정단체 레벨의 연맹이 결성되고 마을에는 부락연맹이 만들어졌다. 부락연맹의 기저조직으로 10호 정도로 애국반이 조직되었으며, 결성 3개월 후에는 조선의 전 가구가 애국반 반원으로 조직화되었다.[27] 그리고 일제는 지도부락을 설치하고 지도부락 가운데 성적이 좋은 부락은 갱생공려부락으로 선정하였으며, 1940년 농촌사회는 농촌진흥회를 통해 적어도 82%가 통제를 받는 가운데, 56%의 촌락이 식민지 권력의 직접 통제망에 놓이게 되었다.[28] 또 같은 해 일제는 전쟁수행을 위하여, 육군지원병제를 실시하여 조선인을 전장에 투입하기 시작했는데 이는 진정한 황국신민으로서 조선인에 대한 특별한 배려라고 강조했다.[29] 그런데 지원병제도가 처음 실시

---

25) 조선총독부 편, 『朝鮮事情』, 소화12년(1939), 215~219면 참조.
26) 근로보국대의 실시요강 가운데 중요한 것을 들어보면, 국가 관념의 함양과 내선일체의 심화, 근로애호, 인고단련, 희생봉공의 정신 함양, 공동일치적 행동의 훈련, 비상시국 인식의 철저를 운동의 목표로 설정하고, 참가범위는 만 12세부터 40세까지 남녀를 대상으로 하며, 작업의 종류는 황무지 개간, 도로 하천의 개수, 저수지 혹은 용배수로의 준설 등 공공사업을 주로 하되 농번기의 공동 작업에도 동원할 수 있도록 했다. 보수는 받지 않는 것을 원칙으로 하고, 받을 때는 공동기금이나 국방헌금 혹은 보국대 비용으로 충당해야 한다. 김영희, 앞의 책, 216~218면 참조.
27) 松本武祝, 앞의 책, 211면.
28) 김영희, 앞의 책, 104면.
29) 조선 현재의 풍속, 습관, 민도에 있어 곧바로 병사로 채용할 수 없는 사정이 있어 본부는 관립의 육군병지원자훈련소를 신설하여 본소를 수료한 자로 병사로 채용자격을 주고 있다. 동소의 훈련기간은 종래는 6개월로 6월 입소자는 전기생, 12월 입소자를 후기생으로 칭하여 전기수료생은 현역보병으로, 후기수료생은 제1 보충병으로 입영 또는

되던 1938년에는 지원자 수 2,946명에 입소자 406명이던 것이 1943년에는 지원자 수는 무려 303,294명에 6,300명의 입소자로 증가하였으며, 1941년 지원자 145,046명의 지원 동기는 자발적으로 지원한 자가 50,184명(35%)이고, 관청의 종용 79,672명(55%), 기타 15,190명(10%)[30]으로 나타나고 있어 지원병이 강제에 의한 것임이 드러나고 있다.

또한 1940년에는 '국민정신 총동원조선연맹'은 '국민총력 조선연맹'으로 개편되고 실천요강으로 고도국방국가체제의 확립을 최고 목표로 하여 사상의 통일, 국민총훈련, 생산력 확충을 실천요강으로 채택하고 이를 강력히 실천했다. 그런가 하면 국민총력운동의 일환으로 "국민총력농산촌생산보국운동"이 개시되어 증산을 위하여 종래의 자유주의적 경영에 바탕을 둔 농업생산자 개인의 자의적 경영을 허가하지 않고 부락단위, 단체단위로 계획생산을 강제하는 농업정책으로 전환하게 되었다.[31]

한편 일제는 농민갱생운동을 전개하면서 저축심을 기른다는 명목으로 전쟁 수행에 필요한 재원을 확보하기 위하여 우편저금을 강요하기에 이른다. 그리하여 1938년(소화13년)의 구좌 수는 17,986,350건에 금액 187,552,404원(圓), 신규인원이 1,494,355명이었으며, 1939년도에는 구좌 수 19,022,176건에 예금액 262,509,145원, 신규인원 1,130,056명[32]으로 급증하고 있음을 볼 수 있는데, 절양농민이 속출하던 시기에 이만큼 저축을 했다는 것은 일

소집을 정하였으나, 소화15년도부터 훈련기간을 단축하여 매년 4월, 8월, 12월 3기로 입소시키고 있다. 입소생은 소화13년도 400명, 소화14년도 600명, 소화15년에는 3,000명을 모집했다. (…중략…) 응모자는 항상 많아 소화15년에는 8만4천백여 명에 달했다. 본소는 엄격한 규율 아래 학력이나 기술보다 오히려 정신도장으로서 반도청년지원자의 육성에 임하고 있다. 소화13년 전기를 수료한 현역보병이 된 최초의 지원병 가운데 약 반수는 北支에 종군하여 일반병으로 하등 손색이 없이 무훈을 세우고, 그 중에 이미 2위(二柱)의 호국의 영령을 내었고, 15명의 부상자를 내어 귀한 피를 바치는 등 충성스런 황국신민으로 그 열매를 맺고 있다. 조선총독부 편, 『조선사정』, 소화16년(1941), 193~194면.

30) 김영희, 앞의 책, 225면 참조.
31) 松本武祝, 앞의 책, 212면.
32) 조선총독부 편, 『조선사정』, 소화16년(1941), 178면 참조.

제가 강제적 수단을 동원한 또 다른 농민착취의 수단이었음을 확인할 수 있다.

한편 일제는 식량증산을 위하여 자작농 창정을 농정의 중심과제로 설정하고 이를 적극적으로 추진[33]하였는데, 이 제도의 원래 목적은 소작쟁의를 진정시키는 것을 최대 목표로 했다. 창설정책은 소작쟁의 진정에 의한 기생지주적 토지소유의 기본적 유지를 기초로 하는 동시에 일본 독점자본주의의 미곡정책, 저임금구조를 유지하기 위해 필요하다는 지주와 독점자본주의 쌍방의 의도가 유착, 결합하여 생긴 정책[34]이라 할 수 있다. 그러나 제2기에 접어들면서 자작농창정은 전시 식량 확보라는 국책이 창설정책과 결합된 시기[35]로 이 시기 일제는 전시식량 확보책에 본격적으로 나서게 되면서 그 일환으로 종래의 창설정책에 개인 및 단체가 자작농 창설에 필요한 미간지 구입을 위한 자금대부 등을 새롭게 부가한 '자작농창설 유지 조성규칙'을 1937년에 공포했다. 특히 이 시기의 특징은 전시 식량 확보를 절대 목적으로 하는 국책에 바탕을 둔 것으로 미간지를 창설정책에 부가하여 농지확충에 많은 비중을 두었으며, 농지에 대한 모든 권리를 국가에서 규제하였다.[36] 따라서 이 시기는 전시체제하에 있어 전시 식량 확보를 일의적 목표로 하고, 이를 수행하는 과정에 농민의 사상을 파시즘의 영향 아래 두고 국책과 자작농 창설을 결합하여 전시색이 농후한 성격을 지니게 되었다. 그리고 제3기는 글자 그대로 성전(聖戰) 수행에 따른 식량증산을 위한 선병으로서 농민을 만드는 것에 최대의 목표를 두었다는 것은 제2기와 동질적 성격을 지니지만, 거기에 더

---

33) 자작농 창정사업은 대체로 3기로 나누어 검토할 수 있는데, 제1기는 1926년부터 1936년까지, 제2기는 1937년부터 1942년까지, 제3기는 1943년부터 패전까지로 구분할 수 있다. 河相一成, 「自作農創設維持政策の性格」, 『國家獨占資本主義下の日本農業』(菅野俊作 編), 農山漁村文化協會刊, 1979, 55~65면 참조.

34) 위의 책, 54면.

35) 위의 책, 59면

36) 위의 책, 59~60면 참조.

하여 분촌계획과 함께 새롭게 '적정규모 농가'를 목표로 하여 일정한 토지집중을 의도한 방향으로 나타나게 하였다.[37]

지금까지 살펴 본 것처럼 일제 말기 일제의 농촌정책은 농촌갱생이란 이름 아래 시행된 갖가지 농민정책은 전쟁 수행을 위한 농민수탈에 집중되어 있음을 확인할 수 있다.

3. 농촌 현실의 왜곡과 식민정책의 수용

1) 작품의 원전과 흠집 지우기

『향가』는 처음 발표지인 『매일신보』(1943.5.3~9.6)에 연재했을 때의 작품과 『이무영전집』(2000, 국학자료원)에 수록된 작품 사이에는 상당한 차이가 있다. 작가가 자기 작품의 완성도를 높이기 위하여 개작하는 것은 작가의 성실성과 관계되는 것으로 바람직한 일이라 할 수 있다. 그와는 달리 자신의 과오를 은폐하기 위하여 작품을 첨삭하는 일은 독자에 대한 모독이자 작가의 양심을 의심하지 않을 수 없게 한다. 그런데 이무영의 『향가』는 부분적으로는 작품의 흐름을 자연스럽게 하기 위하여 첨삭이 이루어진 곳도 있지만 그것보다는 자신의 체제 영합적 행위를 은폐하기 위해 교묘하게 첨삭을 가하여 자신의 흠집을 지우고 있다는 점에서 작가적 양심을 의심하게 한다. 따라서 발표 당시의 원작을 텍스트로 하여 이 작품을 검토할 때 이무영의 일제 말기 문학의 성격을 명확히 해 줄뿐만 아니라 그가 '조선예술상'을 받게 된 것이 특정한 작품을 통하여 수상했다기

보다는 일제 말기 그의 모든 문학적 행적에 대한 포상의 성격을 지니게
된다. 그리하여 여기에서는 작품의 완결성을 위하여 첨삭된 경우는 작품
을 논의하는 과정에서 검토하기로 하고 일제의 국책과 관련된 부분을 의
도적으로 고치거나 삭제한 부분은 일제 말기 작가의 현실인식을 가장 구
체적으로 보여주는 것으로 이를 정리하면 다음과 같다.38)

　　* 준섭이는 혹은 이민들의 자녀를 모아놓고 ①가나와(㉮ *가나다를…그리고*)
아라비아 숫자도 가르쳤고.(1943.5.8, 전집 24면)

　　* 김구장은 나이도 사십 줄에 들었고 한문이 능한데다가 ①국어(㉮ *일어*)도 의
사상통은 되어 이 면에서는 중견 측에 드는 사람이다.(1943.6.11, 전집 78면)

　　* "작업과 식사를 가르게 해서 ①당국의 **지시대로**(㉮ *삭제*) 한번 시행해보지
요. 준섭씨와 구장어른은 작업을 맡으면, 전 부인네 몇 만 데리고 식사 준빌하지
요.(1943.7.2, 전집 112면)

　　* 명옥이는 이번 나온 공출 수량을 어떻게 채워야겠는가가 큰 두통이다(㉮ *삽
입, 하늘이 두 쪽이 나는 한이 있더라도 절대명령인 이 공출수량을 내지 않고는
견딜어낼 재주가 없다. 여기에는 변명도 없고 연기도 없다. 공출 수량을 못 채운
사람을 위해서 주재소에는 수백 수천 장의 호출장이 와서 쌓였고, 또 그들을 위
해서 들창 높은 마룻방이 즐비하게 대비하고 있다*). ②이것도 교육의 힘만 빈다
면 훨씬 수월할 것 같다(㉯ *삭제*).(1943.7.6, 전집 119~120면)

　　* "①지나사변(㉮ *전쟁*)이 끝나기까지는 난 어떤 경우든지 석 잔 이상 술을 하
지 않기로 했네" 하고 ②정색을 하고(㉯ *삭제*) 거절을 한 일이 있다. (…중략…)
　'뭘 제가 가장 애국잔 것처럼 (…중략…) 안 먹긴 뭘 안 먹어(㉰ *삽입, 세상은
모두 이렇게 탈을 쓰고 살아야 하는 겐가*). ③이렇게 비웃은 것이나 그 날 밤의
면장의 말과 종래의 말과의 사이에 별 차이가 없다. 이야기를 하는 동안에 자기만

---

38)『매일신보』에 게재된 원본 텍스트는 진한 글씨 ①②③으로,『전집』의 개작은 ㉮㉯
　㉰로 하여 필기체로 표시하고, 삭제되거나 새로 첨가된 것은 (첨가), (삭제)로 표시하였
　으며, 인용 뒤에 게재된 날짜와 전집의 해당 면수를 (　) 속에 함께 표시한다.

이 지나사변이고 전시 하 국민도덕에 너무나 무관심했다는 반성을 느껴보는 것이다. 그는 갑자기 (…중략…) 부끄러워 어쩔 수 없어서 (…중략…) 자리를 일어서려니까(㉣ 삽입, 그러면서도 용훈이는 자기가 잘 했노라 할 염치는 없었다).(1943.7.9, 전집 124면)

* 밤에는 부인과 노인들에게 ① 국어(㉮ 한글) 강습을 시키되 삼 개월씩 나누어 만 이태 동안에 한 사람도 ② 국어(㉯ 글자)를 이해 못하는 사람이 없도록 할 것과 ③ 청년훈련소를 세워서 위선 기본적인 교련을 가르치어 우수한 청년을 뽑아 지원병에 응모시키는 것이며, (㉰ 삭제 후 새로 삽입, "허지만 원, 지금 그런 것을 당국이 허락할까").(1943.7.11, 전집 127면)

* 엄준섭이네 사랑과 김 구장 집 사랑으로 나누어서라도 우선 ① 국어강습(㉮ 학술강습)이라도 개강을 하기로 하였다.(1943.7.13, 전집 128면)

* 명옥이는 그날그날 우울을 겨우 부인반한테 ① 국어(㉮ 들려) 강습을 시키는 것으로 헤치고 지났다(㉯ 삽입, 살짝쌀짝 가갸 거겨도 가르쳤다).(1943.7.13, 전집 128면)

* 그러고 보니 자연 전황(戰況)에 어둡고 어찌해야만 ① 싸우는 국민의 태세를 갖추는 것인지도 모르는 채 그날그날을 살아왔다. 그들이 안다는 것은 오직 우리가 이기고 있다는 것뿐이다(㉮ 조선백성이 잘 사는 길인지도 모르는 채 그날그날을 살아왔다. 그들이 안다는 것은 오직 살기가 점점 더 어려워지고 있다는 것뿐이다).(1943.7.23, 전집 142면)

* 김구장과 승선이가 있었으나 불행한 일은 이 두 지도자가 다 같이 ① 면에서 오는 공문을 읽어 줄 학문은 되나 무지한 농민들에게 그것을 이해시킬 능력이 없었던 것이다. 그렇다고 팔선동민이 일본 국민으로서 임무를 게을리 했다는 것은 아니다(㉮ 신문보도를 읽어 줄 수는 있었으나 농민들에게 사실을 이해시킬 능력이 없었던 것이다. 그렇다고 팔선동민이 국민으로서 임무를 게을리 했다는 것은 아니다).

* ① 면장은 다시 오늘날 전시 하 농촌의 중임(重任)을 말하고 조선 민초가 갈망하던 지원병제도가 실시된 지도 수년에 지금껏 단 한 사람의 지원병도 보내지

못한 지금까지의 불명예도 성명옥양이 깨끗이 씻어 주리라 결론을 지었다(㉮ *삭 제*).(1943.7.24, 전집 144면)

* 지금 명년 봄까지는 무슨 일이 있든지간에 ① 청소년들에게는 웬만한 일상용 어만이라도(㉮ *성명 석자는*) 해득시킬려고 서둘기는 합니다만.(1943.7.24, 전집 144 면)

* 어떻게든지 우선 급한 대로 지원병 적령자에게 만이라도 단기강습은 마치 게 ① 할 계획입니다. "고맙습니다, 고맙습니다." 부장과 면장은 이렇게 몇 번이나 번갈아 가며 치하를 하고 그들의 사업을 격려하는 의미라 하여 금일봉을 두고 갔 다. 이 고마운 뜻에 대답이나 하는 것처럼(㉮ *해주십시오 이하 삽입 "네, 알아 하 겠습니다. 속으로는 무슨 마음을 먹었던 이렇게 대답해야 할 시대의 일이다*). 때 마침 학교기지를….(1943.7.24, 전집 144면)[39]

* 팔선동에 그렇게 큰 ① 국기(㉮ *기*)가 달려본 것도 처음이었다.(1943.8.11, 전 집 171면)

* 성대한 개강식이 시작된 것은 열한시가 조금 지나서다. ① 국민의례에 의한 식이 거행된 것도 팔선동으로는 처음이었다. 면장의 발성으로 만세삼창을 봉창한 후 바로 잇대어 동민대회가 열리기로 되었다(㉮ *삭제*).(1943.8.14, 전집 176면)

* 이사는 다시 어려운 말에는 일일이 주석을 해가면서, ① 오늘날 우리나라가 대동아공영권 건설의 성업을 완수하기 위하여 얼마나 큰 기대를 농촌에다 걸고 있다 는 것을 설명하고 잠시 사이를 띠어 좌중의 시선을 집중시킨 뒤,(㉮ *삭제*).(1943.8.17, 전집 180면)

* 그저 어련무던하게 장자늪에서 손을 떼기를 약속한 정도에 지나지 않는다 (㉮ *첨가, 끝끝내 말을 안 듣다가는 순사부장이 뭐라고 할지 그것이 무서웠 다*).(1943.8.18, 전집 181면)

* 강습소에서는 아침부터 어린이들의 ① 국가(㉮ *노랫소리*)가 들려왔고.(1943.8.19, 전집 183면)

---

39) 이 장면에서는 화자가 바뀌어져 면장이 부탁을 하고 준섭이가 소극적으로 대응하고 있는 것으로 바꾸어지고 있음.

* 요 근년에는 구경할 수도 없던 농기(農旗) 상상목에는 ① 국기(㉠ 기다란 기폭이)가 펄펄 날린다.(1943.8.23, 전집 190면)

* 성낙중이에게는 그렇게 하지 않으면 안 될 곡절이 또한 있었던 것이다. ① 때는 마침 제국의 조야가 함께 대동아를 잠식해 온 미영 두 나라를 처물리치자는 강경론이 대두될 때다. 아세아 사람이 아세아를 건설하기 위해서는 아세아의 적인 미영을 두고는 제국의 천년대계도 수포로 돌아간다는 것이다. 은인(隱忍)을 다한 제국의 최후의 절충안도 오만한 그들을 반성시키지는 못했다. 민심은 극도로 흥분했다. 경제계도 이에 보조를 맞추어 흥분했다. 이에 성낙중이는 착안을 했다. 과거 수년간에 야곰야곰 준 재력을 회복하려 했다(㉠ 삭제 후 성낙중의 파산과 이에 대한 명옥의 위로와 평범한 삶을 낙으로 삼을 것을 주문하는 것으로 대체됨).(1943.9.3, 전집 206~207면)

* "미영 격멸의 의기로-" 이런 표어를 내걸고 읍에서 출발한 강행대는(삽입, 이런 표어라도 내걸지 않고서는 산에도 못 오를 시절이었다).

* 9월 6일자(마지막 회)는 끝부분 15행(전집기준)을 남겨두고 전면적으로 개작되어 있는데, 동회를 통하여 조용훈의 땅을 분배하는 절차와 결과를 밝히고 난 뒤에 ① 자작농 창설이 끝나자 뒤이어 위문대와 애국저금 등의 배당을 하고 금년 최초로 지원병에 응모한 여섯 명의 여비와 기타 준비며, 보리공출, 배급 등 전시 하의 동회다운 긴장 속에서 진행이 되었다(㉠ 삭제, 전면 개작). 이렇듯 갱생한 팔선동에 도향(稻香)이 풍기기 시작한 어느 날….(1943.9.6, 전집 210~212면)

이상 두 판본의 비교를 통하여 확인할 수 있는 것은 『매일신보』에 발표된 원본 『향가』에서 대동아전쟁의 당위성과 함께 전시 하 국책에 따른 국민의 생활지침을 강요하고 있었던 사실을 확인할 수 있다. 그런데 『전집』에서는 일제의 국책과 관련된 부분은 대부분 삭제하고 일제의 국책에 따를 수밖에 없었던 것은 일제의 강압에 의한 것이라고 변명하고 있다. 이러한 개작행위는 작품의 완성도를 위해 첨삭을 한 것이 아니라 국책을 선전하고, 스스로 대동아공영권에 대한 강한 신념을 드러내고 있었던 부

끄러운 과거를 애써 지우려는 불순함에서 비롯되고 있음은 말 할 필요도
없다.

2) 중견인물의 양성과 농민정신의 작흥

『향가』는 구래의 명망가인 엄달근과 새로운 중견인물40) 엄준섭과 성
명옥, 그리고 이들의 사업에 적극 협조하는 조용훈에 의하여 전시 국책
에 따라 농지를 확보하고 자작농창설을 통하여 농촌갱생을 도모하는 것
을 중심서사로 하고 있다. 그러므로 『향가』에서는 장자늪의 수리공사와
함께 간이학교 설립을 핵심 과제로 설정하고 있는데, 이것은 1932년 11
월 '농산어촌경제갱생협의회'에서 농림대신이 갱생운동의 중심과제로 물
질적 구제를 피하고 정신적 구제가 중시되어야 하며, 능동적으로 일할
수 있는 중견인물의 양성을 특히 강조함으로써 '농민정신의 작흥'을 강
조했던 사실과 일정한 관련을 갖고 있다. 그리하여 갱생계획의 목적을
달성하기 위하여 "경제갱생은 먼저 정신갱생으로부터"41)라는 표어를 내
걸고 학교 및 청년단, 부인회, 교화단체, 재향군인회 등 교육교화 기관은
산업경제기관과 연락하여 정신작흥에 임할 것을 지시했다. 그리하여 이
작품에서는 이러한 일제의 농가갱생협의회에서 제시한 농민정신의 작흥
을 실천하는 엄준섭과 성명옥이란 중견인물을 통하여 팔선동을 새로운
우량농촌42)으로 만드는 과정을 보여주고 있다.

---

40) 갱생운동에서 '중심인물' 또는 '중견인물'이란 구래의 명망가가 아니라 '국책'에 동조
하고, 그 수행에 자발적으로 참여하는 인물을 지칭한다. 柚木駿一, 「農村経濟更生計劃
と分村移民計劃の展開過程」, 『日本帝國主義下の滿洲移民』(滿洲移民史研究會 편), 龍溪
書舍, 1976, 285면.
41) 위의 책, 271면 참조.
42) 조선총독부는 각도의 부락 또는 지방개량 단체 중 지방교화, 농촌진흥에 공헌하고, 그
성적이 우량하여 타의 모범이 되는 마을을 우량부락으로 선정하고, 그 발달을 촉진하기
위해 조성금을 교부하여 소화2년도(1927)부터 소화10년도(1935)까지 328단체를 조성했

『향가』는 오래 동안 갈등을 빚어 온 두 집안(엄달근과 성락중)의 자녀인 엄준섭과 성명옥이 우연히 같은 날 나루터에서 만나 고향인 팔선동으로 함께 귀향한다. 엄준섭은 서울에서 고학을 하고 난 뒤 간도 등지를 다니면서 체제 순응적 삶을 살다가 귀향을 하게 되고 명옥은 학교를 마치고 고향에서 새 일터를 찾아 귀향을 하게 되는데, 이는 일제의 농촌갱생운동을 실천하려는 것[43]이라 할 수 있다. 그러나 준섭이나 명옥의 귀향의 동기와 목적이 처음부터 명확한 것은 아니었다. 준섭은 귀향하여 자기 집 땅이 자기 형 대섭의 투전으로 성낙중에게 넘어간 사실에 대하여 그 잘못을 형에게 돌리지 않고, 그것을 사들인 성낙중에게 돌리면서 "성낙중 같은 자는 우리 집의 적만이 아니라, 팔선동의 적이다. 더 크게 보면 국가의 적이다"[44]라고 하여 문제의 본질을 호도하고 있으며, 명옥 역시 구체적으로 고향에 돌아와 무엇을 할 것인지 명확히 밝히지 않고 있다. 그러면서도 명옥은 고향에 돌아와 절량민을 위해 아버지 몰래 무이자로 쌀을 나누어주고, 이를 치하하기 위하여 명옥이네 집으로 찾아간 준섭은 성낙중으로부터 봉변을 당한다. 이후 준섭과 명옥은 각각 분한 마음과

다. 조선총독부 편, 『朝鮮事情』, 조선인쇄주식회사, 소화11년(1936), 55면.

43) 갱생운동의 의의는 당시 농림관료 小平權一은 "첫째는 농산어촌의 청년 부인이 지금 도시문명의 천박한 영향에서 벗어나 '흙에의 친화' '흙으로 돌아감'이라는 경향, 현실적 경제 사업에 힘을 다하려 하는 경향, 경제갱생의 정신을 자각하고 그 실행의 선두에 서려고 하는 경향은 경제갱생의 농산어촌에 준 커다란 영향이다. 다음으로 촌의 4대 기둥인 촌장, 학교장, 조합장, 농회장을 중심으로 각종의 기관단체가 잘 연락 협조하여 또한 부락의 말단까지 조직이 정비된 것은 특기할 사실이다. 동시에 부락제도가 재인식되고, 생산의 공동체로서 재편성되기에 이르렀다"고 평가하고 있는데, 갱생운동의 본질은 전시 하 동요하는 농촌을 반도시적 농본주의 이데올로기를 기초로 하여 농촌의 조직화, 부락의 재편성을 통하여 농촌내의 생산관계=계급관계의 모순을 은폐하고 회피하면서 전쟁수행을 위한 생산주의라는 선에서 농민의 지배=통합을 기도하는 것을 기본전략으로 했다. 森 武麿, 「農村の危機の進行」, 『講座 日本歷史』, 東京大學出版部, 1985, 155면.

44) 이무영, 『향가』, 『이무영문학전집』 2, 국학자료원, 2000, 51면. 이하 작품인용은 『매일신보』에 발표된 원전과 전집 사이에 차이가 없는 경우에는 전집의 면수만을 밝히고 차이가 있는 경우에는 ( )로 묶어 인용한다. ( ) 속 흘림체는 전집에 개작되거나 일부 삽입한 부분을, ( ) 속 진한 글자는 전집에서 삭제된 부분으로 『매일신보』의 원전을 그대로 인용하고 『매일신보』의 발표일자를 함께 표기한다.

미안한 마음에 잠을 자지 못하고, 마침내 명옥이는 마을을 위해 무언가 일을 할 것을 결심하게 되면서 육촌동생 승선과 의논하면서 새로운 사업을 위해서는 구장 김찬도와 준섭의 도움이 필요하다는 이야기를 듣고 승선에게 준섭과의 만남을 주선하도록 한다.

명옥이가 준섭이를 만나고자 하는 동기는 다른 데 있었다. 첫째 명옥이는 준섭이를 너무 몰랐다. 인격적으로나 사상적으로나 준섭이를 좀 더 알고 싶었다. 청년 시절의 오륙 년을 대륙에서 살아온 준섭이가 그 후 어떻게 변했으며, 고향에 돌아오게 된 동기며, 고향 땅에 돌아온 후로는 어떤 생각이며 계획을 가지고 있는가도 알고 싶었다. 또 한 가지 명옥이가 알고 싶은 것이 있었다. 그것은 준섭이가 자기를 어떤 눈으로 보고 있는가 하는 것이다.[45]

그러나 명옥은 그 약속을 기다리지 못하고 준섭에게 행패를 부린 아버지를 대신하여 그의 집으로 찾아가 사과하기로 한다. 명옥이 준섭이를 찾아간 그날 밤, 그의 집에는 마을 사람들이 모여서 마을 일을 의논하고 있었다. 명옥이 우연히 그들의 이야기를 엿듣게 된다. 그들은 지금까지 마을을 대표하던 김구장을 대신하여 새로운 지도자로 준섭을 추대하고 마을의 사업으로 "강습소의 설치, 농삿일의 공동작업, 보리공출, 양잠 등 면에서 통고해 온 일"을 적극적으로 수행할 것을 결의하고, 햇곡이 날 때까지 식량대책을 의논하게 되는데 면에 가서 양곡대여를 부탁하자고 하자 엄달근은 터무니없는 제안이라고 핀잔을 준다.

"괜시리 대섭이 어른은 알지두 못허구 그런단 말여. 누가 민장 먹는 쌀을 달라는긴가베. 민장두 나라서 다 타다가 주는 게지."

"저런 사람 좀 보지. 우리네 농군이 농사 져서 갖다가 바쳐야 했을 겐데 재작

---

234 일제 말기 국책과 체제 순응의 문학

년부터 우리 농군네가 바치길 부실하게 바쳤으니 나라엔들 쌀이 있겠는가 생각
해 보게."46)

여기에서 이러한 엄달근의 태도는 당시의 농민의식과는 달리 공출제
도에 대한 협력을 주장함으로써 체념적 순응주의를 보여주고 있다.47) 그
리고 마을 사람들에 의하여 제시되는 것이 강습소 설치, 공동작업, 공출
이 중시되는데 이는 바로 농촌갱생이란 이름 아래 자행된 일제의 전쟁수
행을 위한 농민수탈정책이었다. 특히 이 가운데 공출제도야말로 농민수
탈의 대표적 제도였다. 공출은 원칙적으로 농민의 자발성에 근거하는 것
이었으나 실제는 지방 관리나 경찰에 의해 강제적으로 곡물을 조달했다.
그 결과 조선농민의 반발을 사게 되자 이를 무마하기 위하여 부락민 연
대책임제로 공동 처벌하거나 성적 우수 부락에 '특배' 혹은 '우선배급'이
란 제도를 실시하여 농민의 반발을 약화시키거나 포상의 성격을 가미했
다. 특히 전시 경제하에서 생산재, 소비재의 입수가 곤란한 상황에서 '특
배' 혹은 '우선배급' 제도는 농민의 공출에 대한 동기부여에 일정한 효력
을 지니게 되었다. 또 연대책임제에 의한 공출은 '촌락을 위해' 라는 의
식을 농민에게 환기시킴으로써 "농민에 의한 농민 통제"48)가 가능하게
되었으며, 공출의 대부분은 일본으로 수출되었다.49) 그럼에도 불구하고
마을의 지도자인 엄달근은 절량농민의 현실을 외면하고 오히려 농민이
공출을 제대로 하지 않았기 때문에 당국의 지원을 요구하는 깃은 국민
된 도리가 아니라고 핀잔까지 준다.
이후 준섭과 명옥은 합심하여 "지금까지 팔선동에서는 공동 작업이니,
부인근로대니 말만 났지 한 번도 실행이 되지 못했던"50) 사업과 교육 사

---

46) 위의 글, 79면.
47) 류양선, 앞의 책, 342면 참조.
48) 松本武祝, 앞의 책, 225면 참조.
49) 앞의 주 25)를 참조할 것.
50) 이무영, 『향가』, 『이무영문학전집』 2, 국학자료원, 2000, 111면.

업을 하기로 한다. 이는 당시 농촌갱생운동으로 일제 당국의 권장사항이
었으며 노동력을 착취하기 위한 수단이었음은 물론이다. 그리하여 그들
중견인물은 "당국의 지시대로" 이번 가을부터 공동 작업을 실시하기로
한다.

> "이번 가을엔 만난을 무릅쓰고 공동 작업을 실시해보면 어떻겠어요" 하고 명
> 옥이는 준섭이한테 의논을 했다.
> "좋겠지요. 다만 기술적으로 어떤 방법을 취했으면 좋을지 모릅니다만."
> "작업과 식사를 가르게 해서 **당국의 지시대로**(전집 삭제) 한 번 시행해보지요.
> 준섭씨와 구장 어른은 작업을 맡으면, 전 부인네 몇 만 데리고 식사 준빌하지
> 요."
> "식산 다른 사람한테 맡기구 부인작업반을 좀 동원시켜서 그 반의 지휘를 맡
> 아보시면."
> (…중략…)
> 이렇게 의논이 되고 보니 명옥이는 새벽부터 바람이 나게 돌아다닐 수밖에는
> 없었다.[51]

또한 명옥은 교육의 필요성을 강조하고 있는데, 그녀가 주장하고 있는
교육이란 민족의식을 심어주기 위한 교육이 아니라 일제의 국책을 실천
할 수 있는 내선일체 혹은 황국신민화를 위한 의식화 운동으로서 심전개
발임을 알 수 있다.

> 무엇보다 먼저 이 동리가 요구하고 있는 것은 교육이다. 교육의 길이 열리지
> 않고는 아무리 많은 일을 한댔자 그것은 결국 밑 없는 독에 물을 붓기다.
> (…중략…)

---

51) 위의 글, 112면.

명옥이는 이렇게 생각했다. 첫째, 명옥이는 교육을 받지 못한 사람들과 일을 한다는 것이 얼마나 어려운 일이며, 또 얼마나 큰 희생을 강요하는 건지를 이번 공동 작업에서 절실히 깨달았다. 명옥이는 이번 나온 공출 수량을 어떻게 채워야겠는가가 큰 두통이다(삽입, *하늘이 두 쪽이 나는 한이 있더라도 절대명령인 이 공출수량을 내지 않고는 견디어낼 재주가 없다. 여기에는 변명도 없고 연기도 없다. 공출 수량을 못 채운 사람을 위해서 주재소에는 수백 수천 장의 호출장이 와서 쌓였고, 또 그들을 위해서 들창 높은 마룻방이 즐비하게 대비하고 있다. 이것도 교육의 힘만 빈다면 훨씬 수월할 것 같다.*)[52]

여기에서 명옥이가 교육 사업을 중시하고 있는 것은 마을사람들에게 민족의식을 일깨우기 위한 수단으로서가 아니라 일제의 국책을 효율적으로 수행하기 위한 방편이며, 특히 지원병 양성을 위한 방편임을 여러 곳에서 강조하고 있다. 그것은 금융조합 이사와의 대화에서 잘 드러나고 있을 뿐만 아니라 학교 신축 기공식에서 면장과의 대화에서도 명확히 확인할 수 있다.

"그 여자하군 거진 두어 시간이나 이야길 했는데 (…중략…) 학교를 경영하되 낮에는 학령 아동을 교수하고, 밤에는 부인과 노인들에게 **국어**(한글)강습을 시키되 삼 개월씩 나누어 만 이태 동안에 한 사람도 **국어**(글자)를 이해 못하는 사람이 없도록 할 것과 **청년훈련소**를 세워서 위선 기본적인 **교련을 가르치어 우수한 청년을 뽑아 지원병에 응모시키는 것**이며(전집 삭제), 자작농 창설과 고리채를 쓴 사람들의 정리, 하여튼 어떻게 계획이 큰지 모르겠는데, 만일 그대로만 나간다면, 오 년 후엔 훌륭한 이상촌이 될 걸세."
이사는 긴 설명을 하고는,
"*허지만 원, 지금 그런 것을 당국이 허락할까*"(전집 삽입).[53]

면장은 다시 오늘날 전시 하 농촌의 중임을 말하고 조선민초가 갈망하던 지원병 제도가 실시된 지도 수년에 이제껏 단 한 사람의 지원병도 보내지 못한 지금까지의 불명예도 성양이 깨끗이 씻어주리라 결론지었다(전집 삭제).

명옥이는 눈 둘 곳을 몰라 한동안은 딴전만 피는데 주재소 좌등(佐藤) 부장이 나서더니 다시 한 번 명옥의 장지를 절찬하고 총후 국민으로서의 각오를 촉진한 다고 했다. 준섭이가 통역을 했다.

(…중략…)

"하여튼 열을 식히지 말고 꾸준히 나가주십시오. 공사만 해도 꽝꽝 얼어붙어 놓으면 그것도 어려울 게니까 자연 시간도 좀 내어지겠지요."

"어떻게든지 우선 급한 대로 지원병 적령자에게 만이라도 단기강습은 마치게 할 계획입니다."

"고맙습니다, 고맙습니다."

부장과 면장은 이렇게 몇 번이나 번갈아 가며 치하를 하고 그들의 사업을 격려 하는 의미라 하여 금일봉을 두고 갔다(전집 삭제).

"어떻게든지 우선 급한 대로 지원병 적령자에게 만이라도 단기강습은 마치게 해주시오."

"네, 알아 하겠습니다."

속으로는 무슨 마음을 먹었던 이렇게 대답해야 할 시대의 일이다(전집 개작).[54]

이처럼 명옥의 교육에 대한 관심은 일본어교육을 통하여 전시 지원병 확충에 일조하기 위한 것[55]으로, 지금까지 마을에서 한 사람의 지원병도 보내지 못한 사실에 대하여 심한 부끄러움과 죄책감을 느끼고 있다. 그

---

54) 위의 글, 144면.
55) 지원병제도는 1938년에 시행되면서 일본어교육이 강조되는데, 일제는 1942년 '국어전 해·상용운동'을 전개하면서 일본어교육이 강제되었지만, 일정 연령을 초과하여 병역이 나 노동력으로 동원하기 어려운 사람에 대해서는 적극적인 보급책을 강구하지 않음으 로 일본어보급운동의 본질을 알 수 있다. 최유리, 『일제 말기 식민지지배정책 연구』, 국 학자료원, 1997, 167면 참조.

럼에도 불구하고 작가는 개작(전집)을 통하여 이러한 일제의 국책이 강제
에 의하여 수행되고 있는 것으로 바꾸어 놓고 있어 작가적 양심을 다시
생각하게 된다.

한편, 『향가』에서 가장 핵심적 문제는 농지확충을 통한 자작농창정인
데, 이는 조용훈의 지원에 의하여 이루어진다. 조용훈은 명옥과 혼인 말
이 오간 사이였지만 명옥을 몇 차례 만난 이후 시국의 중대성을 인식하
고 "자기만이 지나사변이고, 전시 하 국민도덕에 너무나 무관심했다는
반성"을 하고, 조합이사로부터 명옥의 계획을 전해 듣고 조합에서 대부
해주는 것으로 하고 자신이 1차로 돈 만 원을 빌려준다. 그러나 용훈의
이러한 행동은 아버지 조참봉에게 알려지면서 장자늪에 대해 성낙중과
권리문제를 둘러싼 분쟁으로 비화된다. 이 분쟁을 해결하기 위하여 강습
소 낙성식에 맞추어 동회가 열린다. 동회는 금융조합의 공식적 개입으로
성낙중과 조참봉은 장자늪 권리를 포기하기로 하고 금융조합이 장자늪
공사를 완성할 수 있도록 지원하기로 한다.

> 이사는 다시 어려운 말에는 일일이 주석을 해가면서, 오늘날 우리나라가 대동
> 아공영권 건설의 성업을 완수하기 위하여 얼마나 큰 기대를 농촌에다 걸고 있다는
> 것을 설명하고 잠시 사이를 띄어 좌중의 시선을 집중시킨 뒤(전집 삭제),
> "그러나 여러분의 그 위대한 열성은 헛되지 않았습니다. 나는 지금 목계 금융
> 조합의 대표자의 이름으로서 팔선동의 여러분과 면상 이하 관공직에 계신 여러
> 분 앞에서 절대 책임을 지고 공사에 필요한 자금을 조달해 줄 것을 약속합니
> 다."56)

금융조합의 지원을 받게 되면서 성명옥과 엄준섭은 일제의 농촌갱생
운동의 최대 목표로 전개한 자작농창정을 실현하게 된다. 이처럼 성명옥

---

56) 이무영, 『향가』, 『이무영문학전집』 2, 국학자료원, 2000, 180면.

과 엄준섭을 비롯한 마을 사람들이 공동 작업을 통하여 자작농 창정에 최대의 관심을 가지게 되는 것은 표면적으로는 농지 확보를 통하여 농민의 생산증대를 위한 것으로 위장하면서 실질적으로는 전시체제하에 있어 전시식량확보를 일의적 목표로 하고 있다. 그리고 이를 수행하는 과정에는 농민의 사상을 파시즘의 영향 아래 두고 "성전" 수행을 위해 식량증산을 위한 선병으로서 농민으로 만드는 것을 최대의 목표[57]로 했다. 이것은 일제의 농가갱생정책을 철저하게 수행함으로써 전시 건전한 국민생활을 실천하는 것으로 인식했기 때문이다. 그리고 자작농 창정을 위한 회의가 끝난 다음 그들은 전시 하 시국에 맞추어 중대한 결정을 하게 된다.

> 자작농 창설이 끝나자 뒤이어 위문대와 애국저금 등의 배당을 하고 금년 최초로 지원병에 응모한 여섯 명의 여비와 기타 준비며, 보리공출, 배급 등 전시 하의 동회다운 긴장 속에서 진행되었다(전집 삭제).[58]

여기에서 성명옥과 엄준섭에 의하여 시행된 모든 농가갱생사업은 일제의 전시식량증대 사업과 연결되며, 절량농민이 속출하던 시기에 전시 국민총동원의 하나로 시행된 위문대, 애국저금[59]이나 보리공출 등이 자발적이라는 허울 속에 얼마나 강제적으로 할당되어 농민을 수탈했던가를 여실히 보여주고 있다.

그런데 이러한 일제의 농가갱생운동에 대하여 솔선수범하는 것은 소위 중견인물이라 할 수 있는 준섭과 명옥, 그리고 심지어 구장에 의하여 주도되고 있다는 점이다. 그들은 농가갱생운동이 전시 물자수급을 위한

---

57) 河相一成, 앞의 책, 63면.

58) 이무영, 『향가』, 『매일신보』, 1943.9.6.

59) 애국저금이라 불린 우편저금은 소화13년도의 구좌 수는 17,986,350건에 금액 187,552,404 圓, 신규인원이 1,494,355명이었으며, 소화14년도에는 구좌 수 19,022,176건에 예금액 262,509,145원, 신규인원 1,130,056명으로 나타나고 있다. 『조선사정』, 소화16년, 178면 참조

통치수단이고, 그로 인하여 농민수탈이 심각해진다는 사실을 의도적으로 외면하고 건전한 전시국민의 생활태도라는 이름으로 적극 옹호하고 있다는 점에서 일제의 국책을 충실히 선전하고 실천함으로써 황국 농민정신을 작흥시키는데 크게 기여하고 있다.

3) 정태적 지주와 국책에의 동참

『향가』에서는 중견인물을 통한 농촌갱생사업과 함께 정태적 지주[60]인 성낙중과 조참봉이 자신들의 권리와 이권을 포기하고 자작농 창정에 참여함으로써 소기의 목적을 달성하게 된다. 여기에서 정태적 지주들이 일제 농정에 적극적으로 참여하게 되는 것은 이들이야말로 식량증산에 장애를 야기하는 주범으로 치부하고 간섭과 통제를 강화하여 동태적 지주로 전환[61]시키려 한 일제의 지주정책과 무관하지 않다. 이러한 일제의 지주 정책에 대하여 이무영은 적극적으로 옹호한다. 그는 일제 말기 조선농촌의 어려움의 원인을 부재지주와 마름의 횡포에서 비롯된 것으로 인식하고 "지주야말로 농촌의 암적 존재"라고 주장하면서, "일한합병 후 선정과 함께 이 암이 완전히 제거"되었으며, "자본주의 경제조직에 의한 희생은 선견지명이 있는 우카키[宇垣] 총독에 의해 악덕 지주와 마름의 피해는 조선농지령 공포로 서서히 제거 내지 교정되고 있나"고 했다. 그러면서 "지금 수천년래 농민의 꿈이고 최대의 기원인 자작농 창설이 당국과 금융조합의 협력으로 착착 진행되고 있다"[62]고 하여 일제의 농업정

---

60) 이 시기 일제는 지주들이 식량증산에 적극 동참하도록 지주에 대한 통제를 강화하였는데, 증산정책에 호응하는 지주들과 그렇지 않은 지주들을 구분하고 농사개량에 적극적이고 몸소 농민을 지도하여 생산에 협력하는 지주를 動態的 地主라 하고, 농사개량에는 관심이 없고 농민수탈에만 관심을 가진 지주를 靜態的 地主라 하여 정태적 지주에 대한 탄압을 강화했다. 정연태, 「일제의 한국 농지정책」, 서울대 박사논문, 1994, 278면.
61) 위의 글, 279면.

책을 적극 옹호한다. 그런가 하면 부재지주에 대해서는 보다 강권을 통하여 자작농 창설에 협조하게 해야 한다고 주장한다. 그는 "지금 우리는 전쟁을 하고 있는 국민이다. 국민이 총력을 다해 미영응징(米英膺懲)의 위업에 매진하고 있다. 전시 하 국가의 식량정책의 여하에 따라 승패가 결정된다. 이러한 중대한 시점에 일부 아전인수적인 부재지주들에게 강청을 통하여 하려고 해서는 안 되며, (…중략…) 자작에 의한 실수고(實收高)는 소작에 의한 경작의 최저 2할강의 증수는 틀림없다고 생각한다. 이 막대한 숫자를 알고 조금도 주저할 필요가 없다"63)고 하면서 강제적 방법을 통하여 정태적 지주를 척결할 것을 주장한다.

따라서 『향가』의 성낙중이나 조참봉은 정태적 지주이기 때문에 철저히 배격되어야 할 인물일 수밖에 없다. 따라서 성낙중이나 조참봉은 지주로써 별달리 마을 사람들에게 행악을 부리지 않음에도 불구하고 준섭은 "성낙중 같은 자는 팔선동의 적이다. 더 크게 보면 국가의 적"이라고 쉽사리 규정하기에 이른다. 성낙중은 이해타산이 밝은 사람으로 동민의 가난에 대하여 외면하고 살아가는 인물이다. 그런 그가 장자늪 공사가 시작되고 돈의 출처에 대한 문제가 제기되자 명옥에게 이 공사를 자기 독력으로 할 것을 제안한다. 그러나 부재지주인 조참봉이 자기 아들이 명옥에게 돈을 빌려 준 사실을 알게 되면서 이권을 둘러싸고 두 사람 사이에 갈등이 심화되기에 이른다.

장자늪 축보공사를 싸고도는 조·성 두 집의 투쟁은 날로 날로 격렬해갔다. 조준식에게는 현재 만 원이라는 자금을 출자했다는 것이 유력한 조건이요, 성낙중이의 주장은 수로에 요하는 토지를 제공했다는 것과 자기의 딸인 성명옥이가 대표가 되어 시작한 공사일뿐더러 만원의 자금은 이 성명옥이와 조용훈과의 순

---

62) 이무영, 「朝鮮農民を語る」, 『近代朝鮮文學日本語作品集』 3(大村益夫 편), 綠陰書房, 2002, 455면.
63) 위의 글, 457면.

이러한 이해관계를 둘러싼 두 사람의 갈등은 마침내 동민 총회를 통하여 새로운 국면을 맞이하게 된다. 총회에 앞서 마을의 중견인물들인 이사, 명옥, 용훈은 성낙중과 조준식의 체면과 경쟁의식을 부추겨 강습소를 구하기 위해 기부금을 청하기로 한다. 이러한 결정은 예상대로 마을 사람들의 환심을 사기 위하여 조준식이 자기 몫으로 일천 원과 아들 용훈의 몫으로 5백 원이란 거금을 내기로 하자 성낙중은 또한 이에 질세라 자기 몫으로 일천 원과 명옥의 몫으로 5백 원을 기부하기로 약정한다. 그리고 마을 총회에서 어느 누구에게도 표를 주지 않고 백지투표를 하자 마침내 면장과 교장, 그리고 순사부장이 앞장서서 성낙중과 조준식에게 장자늪 권리를 포기할 것을 권고한다.

면장과 교장이 그리고 부장이 번갈아 가며 오늘날 시국의 긴급성을 말하고 국가를 위해서는 개인의 여하한 이권도 즐기어 바치는 것이 국민의 가장 큰 의무임을 역설하는 바람에 그저 어련무던하게 장자늪에서 손을 떼기로 약속한 정도에 지나지 않는다(*끝끝내 말을 안 듣다가는 순사부장이 뭐라고 할지 그것이 무서웠다, 전집 첨가*).[65]

여기에서 정태적 지주들인 성낙중과 조준식은 그들의 권리를 포기하게 되는데 이는 당시 일제의 지주에 대한 통제정책을 통하여 강압적으로 증산시책에 적극 호응하는 동태적 지주 중심으로 개편하고자 했음을 보여주고 있다. 이처럼 정태적 지주에 대한 일제의 통제정책은 표면적으로는 지주 스스로 자신의 재산을 희사하는 것처럼 호도하고 그들의 토지를 자작농 창정에 내놓기를 강요했다. 그 결과 조참봉은 아들의 몫인 땅 이백 여

---

64) 이무영, 『향가』, 『이무영문학전집』 2, 국학자료원, 2000, 164면.
65) 위의 글, 181면.

두락을 자작농으로 내어놓기에 이르며, 성낙중 역시 장자늪 권리를 포기하는 데서 한 걸음 나아가 자신이 가지고 있던 전장을 자기 집 머슴으로 20년 간 부려먹은 정도령에게 모두 주겠다고 약속을 하고, 자기에게도 새롭게 마련된 농지를 분배하여 줄 것을 요구한다. 이에 구장을 비롯한 마을 사람들은 성낙중이 스스로 농민이 되겠다는 사실에 흔쾌히 농지를 제공하기로 한다. 그리하여 정태적 지주인 조참봉은 동태적 지주가 되고 성낙중은 지주계급에서 몰락하여 자작농이 되어 총후국민으로 새롭게 태어나게 된다. 이러한 지주의 급격한 변화와 몰락은 당시 일제의 강압적 지주정책에 따른 지주계급의 해체를 통하여 한국의 모든 토지를 완전히 총독부의 관리 아래 두고 통제하려는 의도를 여실히 보여주는 것이라 할 수 있다.

4. 마무리

지금까지 이무영의 일제 말기 장편소설 『향가』에 대하여 살펴보았다. 그것을 요약 정리하면 다음과 같다.

이무영은 지금까지 일제시대 한국 농민소설의 대표적 작가로 평가되었으나, 그의 작품은 결코 민족현실에 바탕을 둔 농민소설과는 상당히 이질적인 자리에 있다는 사실은 최근의 논의에서 밝혀진 바 있다. 그러나 일제 말기 그의 문학을 대표하는 장편소설 『향가』에 대한 논의는 원전이라 할 『매일신보』에 연재된 작품을 텍스트로 하지 않고, 작가에 의하여 개작된 『이무영선집』에 수록된 작품을 텍스트로 사용하고 있다는 점에서 기존 연구의 한계를 지적할 수 있다. 그럼에도 불구하고 『향가』에 대한 평가는 일제의 식민지 농업정책을 맹목적으로 수용한 국책적 농민문학이며, 당대 농민의 진실은 은폐, 왜곡되었음이 지적된 바 있다.

이러한 사실은 원전을 대상으로 할 때 기존의 논의는 완전히 무색해지게 된다. 이무영은 일제 말기 누구보다 일제의 식민정책에 대하여 적극적으로 호응했고, 그 결과 조선총독부 문학상을 받은 바 있으며, 완벽한 일본어로 글을 쓸 수 있음을 자랑스러워했을 뿐만 아니라 내선일체야말로 조선인이 사는 길임을 강조하기도 했던 인물이다. 따라서 그의 일제 말기 마지막 작품인 『향가』는 그의 현실인식을 가장 명확히 보여주는 것이라 할 수 있다. 그는 『향가』에서 당시 일제의 식민정책으로 실시된 모든 제도를 적극적으로 옹호하고 그 당위성을 역설하고 있다. 그런 그가 선집에서 이 작품에서 강조했던 일제의 식민정책에 대한 부분을 삭제하거나, 아니면 그러한 행위가 강요에 의하여 자행되었다고 고쳐놓고 있다. 이러한 개작은 오히려 원전을 그대로 두고 자신의 과오를 인정하는 것보다 치졸한 행위라 하지 않을 수 없다. 그는 일본어 교육의 중요성을 강조하고, 특히 적령기 젊은이에게 빠른 기간에 일본어를 가르쳐 많은 지원병을 보내는 것을 중견인물의 사명으로 인식하고 있었고, 전쟁을 승리로 이끌기 위하여 식량을 증산하는 것이 후방에 있는 국민의 도리라고 생각했다. 그러기 위해서는 토지확충을 통하여 자작농을 창설하는 것이 필요하다고 강조하고 있다. 이러한 주장이나 시대인식은 일제의 식민정책을 적극적으로 추종하고 있었음을 의미한다. 그 결과 그는 작중주인공인 중견인물을 통하여 일제가 내세운 허울뿐인 농가갱생운동이 실질적으로는 농민수탈정책이라는 사실을 의도적으로 외면하고 직극적으로 실천하게 된다. 특히 명옥의 주도 아래 이루어지는 일본어교육을 통한 지원병 양성이나 공동작업, 자작농창정은 일제 말기 농가갱생운동이란 이름 아래 전쟁수행을 위한 수탈정책을 실천하는 중견인물의 사명으로 인식하고 있다. 그런가 하면 부정적 인물로 제시되고 있는 지주 성낙중이나 조참봉은 시국의 중대성도 몰각한 채 개인의 이익을 추구하다가 면장과 순사부장, 금융조합 이사의 강권에 못 이겨 자신의 땅을 자작농 창정에 내어놓음으로써 비로소 정태적 지주에서 동태적 지주로 전환되면서 일제의 국책에 순응하고 건전한 황국신민으로 새롭게 출발하게 된다.

한편 이 작품에서 정도령의 명옥에 대한 터무니없는 사랑과 그로 인하여 몇 차례 돌발적 사건이 벌어지고 있는데, 이는 성낙중의 탐욕적 성격을 보여주기 위한 것이라 할 수 있지만, 소설적 리얼리티를 잃고 있으며, 이런 현상은 일제의 국책을 선전하는데 목적을 두고 당대 농민현실을 의도적으로 왜곡하고 희화화하고 있음을 의미한다.

내선일체의 실천과 내선결혼소설

1. 민족동화와 내선결혼

일제 말기 문학은 일제의 국책을 수용하는 국책문학적 성격을 지니고 있음은 이미 잘 알려진 사실이다. 일제는 일찍부터 민족동화정책[1]을 통하여 조선민족의 말살을 기도했다. 이러한 일제의 동화정책은 1930년대 후반으로 접어들면서 '내선융화'의 단계를 넘어 터무니없는 동조동근론(同祖同根論)[2]을 앞세워 '내선일체'로 이어졌고, 그 실전석 과세로 제시된 것 가운데 가장 대표적인 것이 창씨개명과 내선결혼이었다. 그런데 창씨

---

1) 일본의 대조선 민족동화정책은 皇領 초기 동화정책시대(1910~1919)에서 비롯하여 황령 동화정책 정착시대(1919~1932)를 거쳐 동화정책 강화완결시대(1932~1945)로 전개된다. 保坂祐二, 『日本帝國主義의 民族同化政策分析』, J&C, 2002, 27~46면 참조
2) 일제는 『古事記』와 『日本書紀』를 근거로 일본의 시조 아마테라스 오오미카미[天照大神]의 동생 수사노오노 미코토[素戔嗚尊]가 조선에 강림하여 조선의 시조가 되었기 때문에 조선과 일본은 민족적으로 같은 조상이며 같은 뿌리[同祖同根]라고 주장하면서 '내선일체'는 고대로의 복귀라고 주장했다.

개명이란 일제의 민족동화정책이 노골적으로 드러나는 것이기 때문에 강한 저항이 있었지만 내선결혼이란 표면적으로는 내선 남녀의 사랑을 전제로 하는 것이기에 일제의 동화정책은 내면화되고 개인적 사랑의 실천이란 이름으로 호도될 수 있었다. 진부한 표현이지만 '사랑이란 국경도 없다'는 말처럼 내선 남녀의 사랑과 사랑의 결실로서의 내선결혼은 개인적인 것이며, 탈이념적인 것으로 인식될 수도 있었다.

그러나 일제 말기에 이루어진 내선결혼은 단순히 개인적 차원에서 이루어진 것 보다 일제의 지배정책에 의하여 강제된 측면이 보다 우세했다. 따라서 일제 말기 소설 가운데 내선연애나 내선결혼을 다룬 소설은 상당 수에 이르고 있으나 이 문제에 대한 연구는 이경훈과 이상경, 그리고 심진경에 의하여 이루어진 바 있다. 이경훈은 이광수의 친일문학에 대해 폭넓게 다루면서 내선결혼 문제를 '내선일체의 소설화'라는 이름으로 다루고 있다.[3] 특히 그는 이광수의 「마음이 서로 만나고서야」를 춘원의 전향과 관련된 것으로 파악하고 전향소설의 하나로 규정하고 있다. 그러나 이 논문은 내선결혼소설을 이광수의 소설에만 한정하고 있어 내선결혼을 본격적으로 다루었다고 보기에는 한계가 있다. 이상경은 일제 말기에 쓰인 내선결혼을 다룬 소설을 내선결혼 긍정론과 내선결혼 부정론이라는 두 가지 층위로 나누어 검토[4]하고 있다. 이 연구는 내선결혼소설을 본격적으로 다루고 있다는 점에서 그 의의를 찾을 수 있을 뿐만 아니라 내선결혼소설을 두 가지 유형으로 나누어 작가적 태도를 규명하고 있어 의미 있는 작업이라고 할 수 있다. 그럼에도 불구하고 이 연구는 심진경

---

3) 이경훈, 『이광수의 친일문학연구』, 태학사, 1998, 170~298면 참조.

4) 내선결혼의 긍정론은 ① '피'의 동일성에 기반을 둔 내선결혼과, ② 사라질 구세대와 낡은 인습을 배격하고 새로운 세대의 결혼관으로 내선결혼을 주장하는 유형을, 내선결혼 부정론은 ① 숙명적인 '피'의 이질성을 강조하는 경우와 ② 기질의 차이를 낳는 사회적 환경의 차이로 인하여 내선결혼을 부정하는 경우로 나누어 검토하고 있다. 이상경, 「일제 말기 소설에 나타난 '내선결혼'의 층위」, 『친일문학의 내적 논리』(김재용 외편), 역락, 2003, 117~152면 참조.

의 지적5)처럼 작품의 표면에 나타나는 작가의 태도를 단순화시키고 있
어 일정한 한계를 지닌다.

그런가 하면 심진경은 "내선결혼은 식민주체의 식민／탈식민의 상상력
이 남녀의 애정문제를 둘러싼 인종, 민족, 문화, 관습, 성과 같은 다양한
요소와 결합되어 나타나기 때문에 식민지 모순을 중층적으로 보여주는
중요한 허구적 형식의 하나"6)라고 규정하고 내선결혼을 다룬 소설 가운
데서 식민지 남성과 제국 여성의 사랑을 다룬 소설로서 이광수와 한설야
의 작품만을 대상으로 검토하고 있다. 이 연구는 내선결혼소설이 지니고
있는 내재적 의미를 분석하고 있다는 점에서 의미 있는 작업이라고 할
수 있지만, 다양한 내선결혼소설들 가운데 특수한 경우(식민지 남성과 제국
여성의 연애 혹은 결혼)만을 대상으로 하는 것은 문제의 다양성을 하나의 틀
로 묶어 단순화시키고 있다는 점에서 또 다른 한계를 지니고 있다. 그리
하여 본고에서는 내선결혼이 내선일체의 실천적 방안으로 제기된 사정
을 점검하고 내선결혼이 실제로 이루어진 소설과 내선결혼이 실패에 이
르는 소설들을 통하여 내선결혼에 대한 태도와 함께 남성과 여성의 성
역할에 따라 어떠한 변화가 이루어지고 있는가를 살펴보면서 내선결혼
의 내적 논리를 검토해보고자 한다.

2. 내선일체의 실천과 내선결혼

일제 말기 국책의 가장 핵심적 과제는 민족동화정책이었다. 이 민족동

---

5) 심진경, 「식민／탈식민의 상상력과 연애소설의 성정치」, 『민족문학사연구』 제28집, 2005,
   166면 참조.
6) 위의 글, 165~166면.

화정책은 이미 1910년대부터 시작되었지만 1930년대에 이르러 보다 강력하게 실시되었다. 일제는 중일전쟁의 발발과 함께 내선일체 정책을 본격적으로 시행하게 되는데, 이는 조선인을 완전히 일본 내지인과 완전히 동화시켜 조선을 전쟁의 병참기지로 활용하기 위한 방편이었다. 그 결과 1936년 8월 제3대 총독으로 부임한 미나미 지로[南次郎]는 온갖 법령과 관제조직을 통하여 이전까지 강조해 오던 내선융화에서 한 걸음 나아가 내선일체를 주창하기에 이른다. 특히 내선일체의 실현을 위한 핵심적이고 구체적인 과제는 창씨개명과 내선결혼이라고 할 수 있는데, 미나미[南]는 '내선일체'의 성격을 다음과 같이 밝히고 있다.

> 천황을 중심으로 하는 신념에서 비로소 내선일체가 가능한 것이다. 즉 내선일체를 이론적으로 역사적으로 혹은 동양의 현상세계의 환경으로부터 논의하는 것도 가능하지만 오직 그 귀착점은 반드시 천황을 중심으로 하여 내선이 일체가 되지 않으면 안 된다. (…중략…) 내가 늘 역설하는 것은 '내선일체'는 상호 손을 잡거나 모양만 융합하는 것처럼 그런 미온적인 것이 아니다. 손을 잡은 자는 놓으면 또다시 갈라진다. 물과 기름도 억지로 혼합하면 융합된 형태가 되지만 그래서는 안 된다. 모양도 마음도 피도 살도 모두가 일체가 되지 않으면 안 된다.[7]

여기에서 미나미[南次郎]가 내선일체란 '상호 손을 잡거나 모양만 융합하는 것'이 아니라 '모양도 마음도 피도 살도 모두가 일체'가 되는 것임을 강조하고 있는데, 일본인과 조선인을 표면적(모양)으로 일치시키는 것이 창씨개명이라면, '피도 살도' 일체가 되게 하려는 것이 내선결혼이다. 따라서 내선결혼을 통하여 민족 고유의 정체성을 부정하고 혼(魂)의 일체, 피[血]의 일체를 강요했던 것이다. 이러한 논리의 근거로 일제는 터무니없는 동조동근론을 내세워 내선일체란 새삼스러운 것이 아니고 옛날로 회

---

7) 鈴木裕子, 『從軍慰安婦·內鮮結婚』, 未來社, 1992, 84면 재인용.

귀하는 것이라고 강조했다. 이러한 미나미[南]의 내선일체 정책을 뒷받침하기 위하여 1939년 11월 '씨설정(氏設定)에 관한 제령(19호)'이 공포되고, '조선민사령'의 일부가 개정되면서 사법 영역에서 내선일체의 구현이 완성되었다고 자화자찬을 했다.[8] 그러나 일제의 내선일체 정책이란 조선인으로부터 황민화에의 내발성을 끌어내기 위한 수단에 지나지 않았으며, 실제로는 조선인을 철저하게 차별했던 것이다. 이를테면 미나미 총독이 '내선의 무차별 평등'이라는 말을 의도적으로 사용했음에도 불구하고 일본인들은 조선인을 어디까지나 이민족임을 엄연한 사실로 받아들였다. 그들 내지인은 민도(民度)에서 뒤떨어진 조선인을 계몽하고 인도하여 내지인과 조선인 사이의 거리를 좁힐 수는 있지만 결코 어깨를 나란히 할 수 없다는 차별의식을 내포[9]하고 있었던 것이다. 그런데 반하여 일부 조선의 지식인들은 미나미 총독의 '무차별 평등'을 믿고 내선일체야말로 '차별로부터 탈출'[10]할 수 있는 기회로 생각하여 내선일체를 적극 지지하고 이를 실천하려고 했다. 일제는 조선인에 대한 차별을 합리화하기 위한 논리로 '민도의 상위'를 일관되게 강조하자 이를 극복하기 위해서는 조선인의 '황민화의 정도'를 완벽하게 함으로써 '일본인 이상의 일본인'을 지향하기에 이르렀다. 이에 가장 앞장선 사람이 현영섭(玄永燮)이었다. 그는 내선일체론의 3대서[11]의 하나로 일컬어지는 「조선인이 나아가야 할 길

---

8) 사법의 영역에 있어 내선일체의 구현에 부쳐 ①氏名의 공통, ②내선통혼, ③內鮮緣組의 3항목을 들 수 있는데, '이름[名]'은 소화12년(1937) 이래 반도인도 내지인과 같은 이름을 사용할 수 있게 되었고, 내선통혼이 해마다 격증하여 반도인이 내지인의 양자가 되는 수도 매년 현저하게 증가하고 있는 것은 사실인 바, 이번 조선민사령의 개정으로 ─전술한 3항목이 전부 실현을 보게 되어 사법상 내선일체를 구현하는 길은 완전히 열리게 되었다. 「內地人式氏の設定に就き總督談」; 鈴木裕子, 위의 책, 86면 참조.

9) 宮田節子, 『朝鮮民衆と皇民化 政策』, 未來社, 1992, 167면 참조.

10) 미야다[宮田節子]는 일본 측의 '동화의 논리'와 조선 측의 '차별로부터 탈출'의 논리가 내선일체의 추동력으로 작용했음을 밝히고 "참된 내선일체가 되려면 내지인의 조선인에 대한 특권의식을 버리는 것으로부터, 내지인은 조선인이 정말 일본인이 되는 것을 싫어하지 않는다는 마음"에서 가능한 것이라 할 때, 일본 측의 동화의 논리란 차별을 전제로 하고 있기 때문에 일제에 의한 동화의 논리와 조선의 '차별로부터 탈출'이라는 논리는 본질적으로 상호모순과 상극의 관계임을 분명히 밝혀주고 있다. 위의 책, 173면 참조.

[朝鮮人の進むべき道]」에서 "조선인은 완전히 일본민족이 될 운명에 있다. 그것은 우리 조선인이 나아가야 할 길"12)이라고 강조하고 있을 뿐만 아니라 조선을 멸망에 빠트린 고유의 모든 것, 이를테면 조선어, 조선옷, 조선의 가옥, 형식적 조상숭배, 조선역사 등을 청산하고 정신적으로 일본인적 감정에 침윤될 것을 주장하고 실제로 총독과의 면담에서 내선일체의 실현을 위하여 '조선어 사용의 전폐'를 건의했다. 이러한 현영섭을 일본인조차 '일본에 혼을 팔아버린 진정한 매국노'13)라고 조소했지만 이러한 극단적 사고의 밑바닥에는 '차별로부터 탈출'하여 '일본인 이상의 일본인'이 되고자 하는 열망이 자리하고 있었기 때문이다.

이처럼 일제의 차별로부터 탈출하려는 노력의 하나로 내선일체 정책을 실천하기 위하여 1940년 1월에 내선일체사가 설립되고 잡지『내선일체』를 간행했는데, 그 창립 취지는 다음과 같다.

> 내선일체를 구현하고, 이를 충실하게 강화하기 위하여 정신적 국민결합(거국일체)을 철저하게 도모하기 위한 국민운동을 기도하기 위한 목적으로 설립하였으며, 그 방법으로는 '내선일체'라는 월간소책자를 간행하여 내선일체의 실천화를 창도하고 아울러 내선결혼을 촉진하는 외에 강연회, 좌담회, 전람회, 영화회 등을 통하여 선전, 알선한다.14)

잡지『내선일체』는 실질적으로 내선일체를 실천하기 위한 국민운동을 전개하였으며, 특히 창씨개명과 함께 내선결혼을 중요한 사업으로 전개하기 위하여 창씨 상담부와 내선결혼 상담부를 두어 운영하였다.

한편 조선총독부에서는 내선일체의 강화를 위해 12항목15)에 이르는

---

11) 당시 내선일체를 주장한 대표적인 글로 현영섭의 『朝鮮人の進むべき道』, 金斗植의 『防共戰線勝利の必然性』, 金文輯의 『臣民の書』로 이를 내선일체의 3大書라 했다.
12) 현영섭, 『朝鮮人の進むべき道』, 綠旗連盟, 1939, 29면.
13) 宮本節子, 앞의 책, 162면.
14) 「내선일체 실천사 창립취지서」, 『내선일체』 창간호, 1940.1, 19면.

'시설계획'을 제시했는데, 그것은 철저하게 황국신민화를 목표로 하는 것으로 그 가운데 내선결혼을 적극적으로 장려했으며, 내선결혼을 한 부부에게는 국민총력 조선연맹 총제를 겸한 총독 미나미의 이름으로 표창장과 기념품을 증정하여 내선결혼을 독려했다. 이처럼 일제의 황민화정책이 강화되면서 거기에 저항하는 움직임이 없었던 것은 아니지만 다른 한편에서는 이러한 시대적 풍조에 편승하여 내선결혼이야말로 진정한 황국신민이 되는 길임을 강조하기도 했다.

이를테면 김용제는 내선일체란 내선인의 생활의식과 형체가 동화, 동체가 되는 것으로 규정하고 이를 바탕으로 황국신민화를 실천하는 것을 궁극적 목표로 했다. 그는 내선인 사이에는 언어, 풍속, 습관, 문화, 전통 등에서 많은 차이가 있지만 그것을 해결하기 위한 출발점은 가정이기 때문에 내선일체운동은 가정에서 비롯되어야 하며, 내선결혼이야말로 가장 효과적인 것이라고 주장했다. 이러한 주장은 일제의 민족동화정책이 갖는 민족말살 의도를 외면할 때에만 가장 효과적임에 분명하다. 그 결과 그는 보다 적극적으로 내선결혼을 보급하기 위한 방안으로 네 가지 조건16)을 제시하면서 "내선일체의 완전체는 내선결혼"이라고 확신하고 있다. 이러한 김용제의 주장은 조선민족을 '피'의 단계에서부터 일본민족으

---

15) ① 소선동지의 정신을 천명할 것, ② 국체관념의 명징을 도모할 것, ③ 내선의 史的관계를 천명할 것, ④ 국민정신총동원운동의 철저를 기할 것, ⑤ 교육의 보급 및 쇄신을 도모할 것, ⑥ 청소년의 훈육 및 지도를 통제할 것, ⑦ 근로보국대의 확충 강화를 도모할 것, ⑧ 일상생활의 내선일체화를 도모할 것, ⑨ 내지인의 증가를 도모하고 그 정착을 장려하는 방도를 강구할 것, ⑩ 내선인의 통혼을 장려하는 적당한 처치를 강구할 것, ⑪ 불교, 유교, 기독교 기타 유사종교로 하여금 일본정신에 합치할 수 있도록 노력할 것, ⑫ 지원병제도 실시의 보급철저를 도모할 것. 鈴木裕子, 『從軍慰安婦·內鮮結婚』, 未來社, 1992, 81~82면.

16) ① 국가의지가 그것을 장려하기 위한 가능성과 편의를 제공하는 것―결혼 수속 및 호적법상의 편의, ② 사회적 인식의 시정 또는 상식화의 문제―내선결혼을 이단시하는 경향에 대한 교화, ③ 자녀를 둔 부모가 충분히 이해를 하고 자녀의 장래 행복을 믿어주는 일, ④ 가장 중요한 것으로 내선청년 남녀 당사자 간 연애나 결혼에 대한 태도 김용제, 「內鮮結婚我觀」, 『내선일체』 창간호, 1940, 57~58면.

로 동화시킴으로써 민족성을 말살하려는 기도[17]를 철저하게 외면하고 있음을 확인하게 된다. 이처럼 내선결혼이란 '피'의 순수성을 훼손하고 민족의 동질성을 말살하는 정책임에도 불구하고 일제의 강요에 따라 내선결혼은 점차 증가하는 추세를 보여 내선결혼이 강요되기 이전인 1937년에 이미 1,206쌍이나 되었고, 본격적으로 내선결혼이 실시되던 1941년에는 1,416쌍으로 증가하여 1941년 현재 총 5,747쌍[18]이 내선결혼을 했다.

3. 소설에 나타난 내선결혼의 논리

우리 소설에서 일본인과의 결혼을 다룬 소위 내선결혼소설의 효시는 이인직의 「빈선랑(貧鮮郞)의 일미인(日美人)」(『매일신보』, 1912.3)이다. 이 작품은 가난한 한국인 남편과 동거생활을 하는 일본 여인 사이의 델리케이트한 심리와 생활고로 인한 갈등을 그린 작품이지만 일제의 민족동화정책과는 무관하다. 그런데 1930년대에 접어들면서 내선결혼(연애)은 채만식

---

17) 鈴木裕子, 앞의 책, 76면.

18) 내지인과 조선인과의 배우자 통계표에 따르면 대정12년(1923), 245쌍이었던 것이 소화 12년(1937)에는 1,206쌍으로 증가하였으며, 1941년에 이르러 내선결혼자의 총누계는 5,747쌍이었다. 保坂祐二, 앞의 책, 208면. 그런데 1937년까지 통계에서 내지인으로 조선부인을 처로 한 경우가 664쌍이고 조선인으로 내지인을 처로 하고 있는 경우가 472쌍이며, 조선인으로 내지인의 집에 입양된 것이 48명, 내지인이 조선인의 가정에 입양된 것이 22명이었다. 이를 다시 직업에 따라 분류하면 농업 및 목축업이 158쌍, 어업 및 제염업 30, 공업 355, 공무 및 자유업 294, 기타 유업자 86, 무직 및 직업을 신고하지 않은 경우 42쌍이었다. 『내선일체』 창간호, 87면 참조. 그런데 1941년도의 내선결혼자의 경우 조선인 남편─일본인 부인이 1,303쌍이고, 일본인 남편─조선인 부인은 113쌍이었는데, 이를 두고 당국에서는 "가정의 자녀에 대한 일본식 훈육은 남편이 내지인인 경우보다 아내가 내지인인 경우가 보다 좋은 결과를 얻을 수 있다는 것은 분명하므로 바람직한 경향이라 할 수 있다"(『新しき朝鮮』, 75면)고 하여 내선결혼을 통하여 조선민족을 말살하고 민족동화를 꾀하려 했음을 확인할 수 있다.

의 「치숙」, 「냉동어」, 김사량의 「빛 속에서」, 「광명」에서도 보이고 있지만 이들 소설은 내선결혼을 정면으로 다루지 않았다는 점에서 일제 말기의 내선결혼소설과 차이를 보여주고 있다. 그런데 일제 말기에 접어들면서 내선결혼소설은 국책문학적 성격을 지닌다. 그 결과 실질적으로 내선결혼이 성공하거나 아니면 실패하더라도 표면적으로는 내선인의 사랑(결혼)을 다루고 있다. 문제는 그들의 사랑이 결혼이라는 최종 목표에 도달하는 경우와 연애 도중 어떠한 장애를 만나 파탄에 이르게 되는 경우에도 그 내적 요인을 면밀히 검토할 때 내선결혼에 대한 작가의 태도를 분명히 확인할 수 있게 될 것이다. 그런데 내선결혼을 문제로 하는 경우에도 내지인 남자(남편) / 조선인 여자(아내)의 경우와 조선인 남자(남편) / 내지인 여자(아내)인 경우에 각각 상이한 양상을 보여주고 있다는 점에 주목할 필요가 있다. 그러므로 내선결혼에 대한 양상을 네 가지 양태[19]로 나누어 검토할 필요가 있다.

1) 계몽을 통한 동화와 일본인 만들기

이광수의 「마음이 서로 만나고서야[心相觸れてこそ]」[20]는 작가의 말[21]

---

19) 내선결혼이 성공하는 경우 '내지 남자 / 조선 여자'와 '조선 남자 / 내지 여자'를, 내선결혼이 실패하는 경우에도 '내지 남자 / 조선 여자'와 '조선 남자 / 내지 여자'로 나눌 수 있다. 이렇게 할 때 심진경이 식민지 남성과 제국 여성의 사랑을 식민 / 탈식민이란 논리로 단순화한 것을 바로 잡을 수 있을 것이다. 그런데 실제 작품에서 내선결혼이 실패하는 경우 '내지 남자 / 조선 여자'를 다룬 작품은 없다.

20) 이광수의 「心相觸れてこそ」를 이경훈은 「진정 마음이 만나서야말로」라고 번역하고 있으나 어색한 감이 없지 않다. 그래서 「마음이 서로 만나고서야」로 하는 편이 자연스러운 표현일 것 같아 여기에서는 「마음이 서로 만나고서야」라고 번역하고 본문에서는 「마음이」라고 줄여서 표기한다.

21) "천하를 다스리시는 천황의 신, 그리고 군과 나란히 야마토[大和]도 고구려도 하나가 되기를." 나는 이렇게 기도하는 마음으로 이 이야기를 씁니다. 야마토와 고구려는 하나가 되지 않으면 안 됩니다. 그러나 힘으로 또는 싫어하면서 억지로 그렇게 되면 안 됩니다. 마음과 마음이 서로 만나 서로 사랑하며 융합된 하나가 아니면 안 되는 것입니다.

에서 밝히고 있는 바와 같이 동조동근론에 바탕을 두고 내선결혼을 적극적으로 옹호하고 권장하는 내선결혼소설의 대표적 작품이다. 이 작품은 타케오와 석란, 충식과 후미에 사이에 전개되는 두 개의 사랑이야기가 서사의 중심을 이루고 있는데, 핵심적인 것은 타케오―석란의 사랑이고, 타케오―충식의 우정이 또 다른 층위를 이루고 있다. 여기에서 타케오―석란, 타케오―충식의 관계는 계몽주체―계몽대상이라는 관계이며 동시에 일본/조선, 제국/식민이라는 인종적, 민족적 경계로 파악할 수 있다.22) 그러므로 이 작품의 행위 주체인 타케오가 석란을 비롯한 그녀의 가족을 대하는 태도를 구체적으로 검토할 필요가 있다.

타케오는 등산을 하다 조난을 당하여 충식의 도움으로 구출되고 충식의 집에 머물면서 석란의 간병을 받게 된다. 타케오가 의식을 찾아 처음으로 조선풍의 천정과 감색 치마에 하얀 옥양목 저고리를 입은 석란을 보고, 또 자기의 누이가 조선 이불을 덮고 조선옷을 입고 있으며, 자신 또한 조선옷이 자기에 몸에 감겨 있다는 사실에 "깜짝 놀랐을 뿐만 아니라 일순간 불쾌함조차" 느낀다. 그런데 석란의 일본어가 훌륭했기 때문에 친근감을 느끼게 된다. 여기에서 타케오의 의식에는 조선옷/일본어의 대비를 통하여 조선에 대한 거부와 일본에 대한 강한 자부심을 지니고 있음을 확인하게 된다. 이러한 의식은 "남성=식민자=제국에 의해 비로소 대표되는 여성=피식민자=종속국23)이라는 오리엔탈리즘의 변형으

그러한 경우를 그리고자 하는 것이 이 이야기의 의도입니다. 같은 神의 일족[氏子]입니다. 같은 大君의 赤子입니다. 야마토와 고구려가 융합하지 않고 어찌 하겠습니까. 그러나 실제에 있어서 그것은 결코 보통 노력으로는 불가능한 일이라고 생각합니다. 나를 비운다는 것은 슬픔을 가진 범부에게는 결코 간단한 일이 아닙니다. 하지만 야마토도 고구려도 小我를 잊고 大我에 殉하자는 결심만 있다면, 서로 융합되지 않으면 안 될 인과에 눈뜨기만 한다면, 역시 그다지 어려운 일도 아니라는 것이 내 신념입니다. 지환즉리(知幻卽離)라고나 할까요. 눈뜨는 일이 긴요합니다. 이 작고 변변치 않은 이야기가 내선일체의 대업에 티끌만한 공헌이라도 될 수 있다면 나의 바람은 이루어진 것입니다." 이광수, 「작가의 말」, 『진정 마음이 만나서야말로』(이경훈 편), 평민사, 1995, 9면. 이하 작품 인용은 이 작품집을 사용하고 인용 뒤에 면수만 밝힌다.
 22) 심진경, 앞의 글, 170면 참조.

 일제 말기 국책과 체제 순응의 문학

로 일본=중심, 조선=주변이라는 차별적 인식의 결과라 할 수 있다. 따라서 조선적인 것에 대한 부정적 인식은 한 순간 낯선 곳에서 오는 순간적 감정이 아니라 오래 전부터 그의 의식 속에 조선의 모든 것을 부정적으로 본 결과라고 할 수 있다.

> 조선인 학생들이 교실이나 어디서 자기들끼리 조선어로 술술 이야기하고 있는 것을 볼 때마다 타케오는 한 대 패주고 싶을 정도로 불쾌한 감정을 느꼈던 것을 떠올렸다. 뭔가 하등한 노예처럼, 보는 것만으로도 가슴이 메슥메슥한 것이었으며, 내지인끼리 모인 곳에서는 자주 조선인 학생의 버릇없는 일이라든지, 건방진 것, 편벽된 근성 등을 깎아내렸던 것이었다.[24]

이처럼 조선인과 조선어에 대하여 부정적으로 인식하고 있던 타케오가 충식의 가족이 보여주는 친절로 말미암아 이전에 가졌던 생각을 바꾸고 진정한 내선일체의 가능성을 발견하게 되는데, 그것은 그의 계몽을 통하여 일본인으로 동화시킬 수 있으리라 믿게 된 데서 비롯된다. 타케오는 석란의 아버지 김영준과 충식, 그리고 석란을 계몽의 대상으로 생각한다. 특히 김영준에 대하여 특별한 관심을 보인다. 그 이유는 불령선인(不逞鮮人)으로 표상되는 김영준을 계몽하여 진정한 황국신민으로 만든다는 것은 조선인 모두를 황국신민으로 만드는 것을 의미하기 때문이다. 이 점은 타케오의 아버지 히가시 대좌가 "조선인을 진실로 천황의 신민으로 하기 위해서는 김영준같은 사람의 마음을 획득하지 않으면 안 된다"고 생각하는 데서 분명히 드러난다. 그런 의미에서 타케오 역시 김영준에 대하여 적극적으로 동화의 논리를 펼치게 된다. 타케오는 누이동생 후미에가 조선옷을 입고 충식의 집을 찾아 간 것을 기회로 내지인과 조선인이 결국 다를 바 없음을 김영준에게 토로함으로써 내선일체의 당위

---

23) 강상중, 임경덕 역, 『오리엔탈리즘을 넘어서』, 이산, 2004, 90면.
24) 이광수, 『진정 마음이 만나서야말로』(이경훈 편), 평민사, 1995, 17면.

성을 제기한다. 이에 대하여 김영준 역시 타케오 남매를 '자식처럼 귀엽다'고 대답함으로써 내선일체에 대한 가능성을 열어놓고 있다. 이러한 김영준의 태도에 고무된 타케오는 충식에게 더욱 구체적으로 내선일체의 중요성을 역설하게 된다.

> 어이 김 군, 우리들은 정말로 하나가 되자. 칠천만과 이천만이 정말 하나가 되자. 지금까지의 잘못은 우리들이 바로 잡고자 하는 것이 아닌가. 그리고 더더욱 살기 좋은 새롭고 높은 문화를 산출할 수 있는 일본을 만들어내려 하는 것이 아닌가. 미나미[南] 총독이 말하는 내선일체라는 것도 그 일이 아닐까. 하지만 요는 우리들 젊은이들에게 있지 않을까. 군은 어떻게 생각하나?[25]

이러한 타케오의 주장은 조선인이 일본인으로 동화된다는 것은 살기 좋고 높은 문화를 향유할 수 있는 길임을 의미한다. 그리고 거기에 이르는 길은 사랑이고, 정(情)이라고 한다. 따라서 타케오가 석란을 사랑하는 것은 사랑 그 자체에 무게 중심이 있는 것이 아니라 진정한 내선일체를 실천하기 위한 과정에 다름 아니다. 타케오는 후미에와의 대화에서 "내지인과 조선인이 정으로 맺어지지 않으면 진짜가 아니라고 생각한다"고 하여 사랑하기 때문에 결혼하는 것이 아니라 내선일체를 실천하기 위해서는 서로 사랑해야 한다는 논리를 강조한다. 거기에는 일본인이야말로 조선인에게 살기 좋고, 높은 문화를 향유할 수 있게 해주는 시혜자적 존재임을 드러내고 있다. 이 후 타케오가 출정을 하면서 충식에게 보내는 편지를 통하여 다시 한 번 내선일체의 필요성을 강조하고 자신이 석란에게 청혼할 계획이었지만 부모가 허락하지 않을 것 같아 청혼하지 못했음을 분명히 하고 있다.[26] 그런데 타케오가 전쟁터에서 실명하게 되면서

---

25) 위의 책, 40면.
26) 여기에서 부모로 대표되는 일본의 우생학계에서는 '일본민족 순혈론'을 주장하였는데, 小熊英二는 "잡혼은 많은 경우 성충동에 의한 것이며, 잡혼의 부부는 그 민족의 평

타케오와 석란은 결혼에 이르게 되는데, 이것은 이상경의 지적27)처럼 내
선 남녀 사이에 대등한 관계의 결혼이란 불가능함을 보여주는 것일 수도
있다. 그러나 석란의 입장에서는 실명한 타케오와 결혼하는 것이야말로
자신의 희생을 발판으로 진정한 황국신민의 길로 나아갈 수 있는 첩경이
기에 스스로 선택한 결혼이라 할 수 있다(이 점은 후술될 것임).

사실 이광수의 「마음이」에서는 내선결혼을 긍정하면서 주인공 타케오
를 통하여 조선인을 교화하고 계몽하여 일본인으로 동화시키려는 논리
를 적극적으로 전개하고 있음을 확인하게 된다.

이처럼 일본인 남성이 조선인 여성을 계몽하여 진정한 일본인으로 동
화시키려는 논리를 보여주고 있는 작품으로 최정희의 「환영 속의 병사
[幻の兵士]」에서도 확인할 수 있다. 「환영 속의 병사」는 일본인 병사(야마모
토)와 조선인 여성(영순) 사이에 있었던 짧은 연애를 다루고 있는 것으로
연애를 통해 상호 이해의 폭을 넓힌다는 점에서 일제가 내세운 정신적
차원의 내선일체28)로 볼 수도 있지만 보다 중요한 것은 야마모토가 영순
에게 내선일체의 실천을 적극적으로 권장하고 있다는 사실이다. 야마모
토는 영순의 이름을 언문(한글)으로 써 줄 것을 요구하는데 엉뚱하게도 언
문을 통하여 일본과 조선 그리고 지나가 동조동근임을 주장하면서 영순
에게 자신과 같은 이념을 가져주기를 요구한다.

균보다도 사회적 지위, 지능이 열등하고 부모의 반대를 받는 경우가 많아 가족 해체까
지 부른다. 또 혼혈아는 적응력과 질병에 대한 저항력이 결핍되어 대를 거듭하면서 원
주민에 가까워지든가, 멸종의 민족이 되어 지배민족과는 멀어지고 나아가 성격적 의뢰
심, 사대주의, 무책임, 의지박약, 또는 허무주의적, 성격파산적 경향을 가진다고 지적했
다. 이상경, 앞의 글, 122면 재인용.

27) 그럴싸한 내선일체의 이론을 서로 납득했더라도 이들의 마음이 완전히 일치하여 내선
결혼을 이루는 데는 일본 남성의 '실명'이라는 과정이 필요했다는 것이다. (…중략…) 대
등한 위치의 남녀가 연애를 통해 피와 살을 섞는 내선결혼에까지 이르는 것이 식민지
남성과 여성 사이에는 쉽지 않다는 것을 외면하지 못한 것이다. '실명' 같은 것을 하지
않은 일본 남성과 조선 여성의 '연애'는 불가능했다. 위의 글, 134~135면.

28) 위의 글, 135면.

실은 여기에 와서 깨달은 것입니다만 당신이 써준 당신의 이름과 언문을 보면
서 당신을 느끼고 당신 어머님과 친척들과 같은 동포인 조선인 전체를 느낍니
다. 그리고 언문의 모양이 조선의 가옥 구조와 지나의 가옥구조와 닮았다는 것
을 생각하며 지나와 조선과 일본은 아주 오래 전의 신대(일본의 천황가의 기원)
로부터 연결되어 있다는 것을 믿지 않을 수 없습니다. 저 먼 옛날부터 숙명적인
관계가 있다는 것은 부정할 수 없는 사실이라고 생각합니다.

부디 당신도 저와 같은 이념을 가져 주시길 바랍니다. 그리고 신의 의지인 동
양 평화를 위해 강한 여성이 되어 주십시오 싸우기 위한 싸움은 죄가 되겠지만
평화를 위한 싸움은 신도 기뻐할 것이라 생각합니다.29)

위의 인용에서 보는 것처럼 야마모토에게 있어 영순은 사랑의 대상이
아니라 한 사람의 황국신민으로 동화시켜야 할 계몽의 대상에 지나지 않
는 것이다. 계몽의 대상으로서 영순은 야마모토의 말에 감동하고 "당신
이 가지고 계신 이념으로 살아 갈" 것을 다짐하게 된다.

이상에서 살펴 본 것처럼 일본인 남성과 조선인 여성 사이에 전개되는
사랑은 내선일체를 실현하기 위하여 사랑이란 이름으로 조선 여성을 철
저하게 계몽하여 민족동화를 실현하는 과정임을 확인하게 된다.

2) 차별로부터 탈출과 일본인 되기.

이광수의 「마음이」에서 가장 두드러진 인물은 소위 불령선인(不逞鮮人)
으로 일제의 감시를 받는 김영준이라 할 수 있는데 이 인물은 춘원 자신
의 변모(변절)를 보여주고 있는30) 인물이기도 하다. 그는 병합 이래 해외

---

29) 최정희, 「환영 속의 병사」, 『식민주의와 협력』(김재용 편), 역락, 2003, 46면.
30) 이경훈은 김영준을 춘원 자신의 투영으로 규정하고 "이 작품은 일종의 전향소설로서
　　의 요소를 내포하기도 한다"고 했다. 이경훈, 『이광수의 친일문학연구』, 태학사, 1998,

에서 방랑을 하다 만주사변 직후 길림에서 잡혀 10년 징역을 받고 작년에 가출옥하였으며, 배일가(排日家)의 우두머리로 알려진 인물이다. 그러나 세상에 알려진 것과는 달리 실제에 있어서는 일본역사에 대하여 정통한 인물일 뿐만 아니라 앞으로 아시아를 지배할 자격을 갖춘 나라는 일본이라고 믿고 있는 인물이기도 하다.

김영준은 일본의 것이라면 무엇이든지 깎아내리고 일본인이라면 누구든지 미워하는 그런 배일가가 아니다. 그는 일본의 역사도 잘 알고 있다. 특히 명치유신사에 대해서는 일가견을 세우고 있을 정도로 연구가 깊었으며, 따라서 일본의 좋은 점도 단점도 잘 이해하고 있다. 조선인 중에 『신황정통기』나 『산양외사』나 『고사기』, 『일본서기』를 독파한 사람은 그 이외에 그렇게 많지 않다.31)

이처럼 일본의 고대사에 대하여 정통하고 있다는 것은 일제의 내선일체를 얼마만큼 필연적 과제로 인식하고 있었음을 의미한다. 그 결과 그는 지나사변이 발발하자 "아시아 제 민족 중에서 영도권을 가질만한 민족은 일본 이외는 없으며, 그렇게 하는 것이 영도되는 제 민족의 이익이기도 하다"고 주장하게 된다. 그러면서도 그가 불령선인으로 주목받고 있는 것은 조선인이 식민지의 토착민으로서 차별이 완전히 해소되지 않고 있기 때문에 일본인이 입으로만 주장하는 내선일체를 신뢰할 수 없다고 생각하기 때문이다. 그러므로 그는 진정한 내선일체가 되기 위해서는 차별로부터 벗어나 평등하게 되는 일이 시급한 과제라고 인식했다. 이를 해결하기 위해서 일본인은 마음을 열고 조선인에 대한 차별의식을 버려야 하며, 조선인은 스스로 충량한 황국신민이 되어 일본인 이상의 일본인이 되는 것이 요청되었다. 이러한 의식은 그대로 충식과 석란의 행동으로 나타나게 된다. 충식과 석란은 출정하는 타케오를 환송하고 조선신궁에 참배를

270면.
31) 이광수, 『진정 마음이 만나서야말로』(이경훈 편), 평민사, 1995, 36면.

하면서 타케오의 무운과 일본이 전쟁에서 승리할 수 있기를 기원한다. 그리고 마침내 집으로 돌아 온 충식은 아버지 김영준에게 "아버지, 우리들에게도 조국을 주세요. 그것을 위해 싸울 수 있는 조국을 주세요. (…중략…) 소자도 군의(軍醫)를 지원해서 출정하고 싶습니다. 일본을 제 조국으로 정하고 처음으로 충의를 다하고 싶습니다"라고 말하자 김영준은 "비상한 결의"를 하고 지원병으로 나가는 것을 승낙한다. 여기에서 충식과 김영준이 보여주는 행동은 일본의 강요에 의해서 이루어지는 것이 아니라 스스로 행함으로써 일본의 차별로부터 벗어나 완벽한 내선일체를 실현하는 길이라고 믿기 때문이다. 또한 석란이 간호부로 지원하는 것도 같은 맥락에서 이해할 수 있다. 간호부 석란이 전장에서 실명하여 정상적인 활동을 할 수 없는 타케오와 결혼을 하는 것도 따지고 보면 사랑의 결실이라기보다는 진정한 황국신민으로 일본을 위한 길이라고 믿기 때문이다. 그것은 타케오가 장님이 되어 귀향하는 것이 아니라 더 큰 임무, 대동아공영권을 실현하기 위하여 중국군을 선무하는 공작에 동행하게 되는 것도 사랑하는 사람을 위한 것이라기보다는 성스러운 전쟁을 승리로 이끌기 위한 자기희생이라고 할 수 있다. 따라서 석란의 행동은 자기희생을 통하여 차별로부터 탈출하는 계기가 되었으며, 그녀의 행동은 죽음을 담보로 하는 것으로 일본인 이상의 일본인이 되는 길이었다.

한편 정인택의 「껍질」은 사라질 구세대와 낡은 인습에 대한 비판에 초점을 두고 "피의 동일성을 내세우지 않고 실제 생활에서 있을 수 있는 문제를 가지고 내선결혼론을 펼친 작품"32)이라고 할 수 있다. 이 작품은 조선 남자와 내지 여자의 결혼을 다룬 소설이기 때문에 이광수의 「마음이」와는 달리 계몽주체/계몽대상이라는 관계 속에서 이루어지는 것이 아니다. 왜냐하면 일본 여성은 이미 조선인에 비하여 민도가 높기 때문에 조선인에 의하여 계몽의 대상이 될 필요가 없기 때문이다. 따라서 이

---

32) 이상경, 앞의 글, 138면.

작품에서는 조선인 남성에 의하여 우리가 지니고 있는 전통적 관습이나 일본인에 대한 몰이해, 나아가 내선일체의 역사적 당위성을 인식하지 못하고 있는 것에 대한 비판에 초점이 놓여 있게 마련이다. 그러므로 낡은 관습을 스스로 깨트리는 것은 차별로부터 탈피하는 최선의 방법이며, 바로 일본인 이상의 일본인이 되는 길이라고 믿고 있기 때문이다.

「껍질」의 주인공 학주는 내선결혼을 한 인물이다. 학주는 동생으로부터 아버지가 병으로 위독하다는 편지를 몇 차례 받지만, 그 때마다 새 장가 들기를 강요하는 아버지의 속임수라고 믿고 고향에 가지 않는다. 그러다가 또다시 전보를 받고 임종이라도 지켜보아야 할 것 같아 고향에 가지만 끝내 아버지가 새 장가 갈 것을 강요하자 아버지의 마지막 부탁을 거절하고 몰래 서울로 돌아오는 이야기이다. 그런데 이 작품에서는 일본인 아내 시즈에의 인물됨이 긍정되는 것은 물론 아버지로부터 정당한 대우를 받지 못함에 대하여 주인공은 안타까워하고 있다. 아버지가 위독하다는 전보를 받고 시골로 내려가려는 학주에게 시즈에는 며느리로서 "임종만은 지켜봐야죠"라고 하면서 남편과 함께 갈 것을 부탁하는가 하면 아버지가 받아들이지 않을 거라는 남편의 말에 "아버님은 아버님이고 저는 저예요"라고 대답하는데, 이는 자식(며느리)으로서의 도리를 다하겠다는 의지의 표현이다. 이러한 시즈에의 간청을 거절하면서 "풀이 죽은 아내의 모습이 언제까지나 눈에 아른거려 눈시울이 뜨거워"지는가 하면 "학주 너석이 눈이 높다. 조선에서 제일가는 며느리다, 고 이버지도 자랑스러워 하실텐테…"라고 확신할 만큼 시즈에의 인물됨을 높이 평가하고 있다. 그처럼 착한 아내를 아버지가 며느리로 받아들이지 않는 것을 이상하게 생각하면서 아내를 불쌍하게 생각한다.

태생도 모르는 여자라는 이유만으로 남편이라 부르는 사람의 집에 받아들여지지 않는다는 사실은 여자에게 너무 가혹하고 슬픈 일임에 틀림없었다. 그래도 시즈에는 그 슬픔을 혼자 가슴에 묻고 원망하지 않았다. 원망은커녕 오히려 신

　　분이 낮은 자신에게는 과분하다면서 학주에게 온갖 애정을 쏟으며 이를 악물고
참았다.33)

　여기에서 시즈에야말로 일본의 전통적 양처상(良妻像)으로 그려지고 있
다. 그러므로 학주에게 아내란 계몽의 대상이 될 수 없으며, 스스로 일본
인다운 일본인이 되는 일이 아내를 위해 시급한 일이다. 따라서 학주가
할 수 있는 일이란 이를 용납하지 못하는 아버지가 만들어 놓은 낡은 껍
질을 깨트리는 일일 수밖에 없다. 학주가 시즈에를 알게 된 것은 4년 전
으로, 2년 전 아들이 출생하여 시즈에와 함께 집으로 갔을 때, 아버지는
"뒷짐을 지고 마당으로 내려가 내지인과는 풍속도 습관도 다르고, 집안
도 천하고 조상도 모르는 여자와는 같이 앉지 못하겠으니 집에 들일 수
없다, 가문의 수치다, 라며 문턱도 넘지 못하게"34)하자 소리도 지르고,
애원도 하고, 울기도 하였으나 받아들여지지 않았을 뿐만 아니라 이후
아들은 폐렴으로 사망하자 아버지도, 고향도, 모든 인연을 끊어버렸다.
그리고 다시 아버지와의 만남에서 그의 아버지는 여전히 새 장가들 것을
권하고 있다. 그러나 아버지를 묶어두고 있는 껍질도 이미 그 견고성이
점차 약화되면서 시즈에와의 결혼을 실질적으로 용납하기에 이른다.

　나를 닮아 너도 고집이 세니 너희들을 억지로 헤어지게 하고 싶지는 않다. 그
래서 나도 포기했다. 그 대신 내 말대로 명목상 만으로라도 황 씨 딸과 결혼해라.
결혼하고 너 하고 싶은 대로 해라. 경성에서 살고 싶으면 경성에서 살아. 황 씨
딸은 나와 네 형이 맡으마, 알았지? 왜 대답이 없어? 이렇게 말해도 모르겠느냐?
　(…중략…)
　시즈에를 첩으로 만들라는 것입니까? 황 씨 딸에게 그런 벌 받을 짓을 해도
된다는 말씀입니까? 학주는 이렇게 소리치고 싶은 걸 꾹 참았다. 분노 때문인지

---

33) 정인택, 「껍질」, 『식민주의와 협력』(김재용 편역), 역락, 2003, 141면.
34) 위의 글, 141면.

슬픔 때문이지 학주의 두 눈이 빨갛게 충혈 되었다.[35]

　여기에서 처음 아버지가 내지인과 결혼을 거부했던 것은 풍속이나 습관과 같이 민족의식에 기반을 둔 것이었으나, 학주의 고집으로 자신의 생각을 포기하고 마침내 버려야 할 낡은 인습의 소유자로 전락해 버린다. 그 결과 아버지는 시즈에와 황 씨 딸 모두에게 커다란 죄를 짓는 일에 주저하지 않음으로써 도덕적으로 단죄 받아야 할 존재[36]가 된다. 그런 점에서 학주는 "시즈에를 첩으로 만들고, 황 씨 딸에게 벌 받을 짓"을 하는 아버지보다 도덕적으로 우월한 위치에 서게 된다. 그러면서 그가 취해야 할 태도란 단순히 "아버지를 죽일 것인가, 시즈에를 살릴 것인가"라는 문제에 머물지 않고 보다 본질적이고 중대한 문제와 직면해 있다고 믿는다. 이 점에 대하여 학주 스스로도 "그 심연에는 깊이를 알 수 없을 만큼 잡다한 시사가, 제시가, 의문이 존재하고"[37] 있음을 알고 있다. 그것은 "내가 아버지 말을 거역하는 것은 사랑에 살고 사랑에 죽겠다는 감상이 아니라는 것을 새삼 깨닫고"에서 분명히 확인된다. 학주가 아버지의 마지막 타협안까지 거부하고 몰래 서울로 올라오는 자신을 "대역죄인"이라고 생각하면서도 아내 시즈에를 포기하지 않는 것은 단순히 아내를 사랑하기 때문만은 아니라고 믿고 있다. 이러한 사실은 서울로 다시 돌아가기 위하여 역으로 나가는 학주에게 동생 용주가 따라오며 두 사람이 나누는 대화에서 보다 구체적으로 드러나고 있다.

"그래도 나 경성에 갈 거야."
"공부하고 싶어서?"
"응, 그리고 교장선생님한테 지원병 이야기 듣고 결심했어. 나도 지원병이 되

---

35) 위의 글, 146면.
36) 이상경, 앞의 글, 139면.
37) 정인택, 앞의 글, 146면.

어 일본을 위해 싸울 거야."

"……"

학주는 목이 메어 곧바로 대답할 수가 없었다. 그래, 용주도 아버지와 싸우지 않으면 안 될 것이다. … 아버지의 딱딱한 껍질에 부딪쳐 튕겨 나갈 사람이 여기 또 하나 있었다. 그러나 그 껍질을 깨부수기는 어려울 것이다. 아버지는 그 껍질을 등에 진 채로 그 무게에 눌려 부서질 것이다. 대역 죄인이 눈앞에 또 하나 있었다.[38]

여기에 오면 학주가 아버지의 명을 거역하고 시즈에와의 결혼을 유지하려는 것은 시즈에를 사랑하기 때문만이 아니라 시즈에와의 결혼을 유지하는 것이야말로 보다 큰 이상으로서 내선일체에 이르는 길이기 때문임을 확인하게 된다. 그에게 있어 아버지의 명을 따르는 것이 자식 된 도리이고, 그것에 따르지 않는 것이 '대역죄'임도 알고 있다. 그러나 그것은 이미 낡은 것이고 새로운 시대(대동아공영권)를 살아가는 데는 무거운 껍질에 지나지 않으며, 그 껍질은 무게에 눌려 머지않아 부서질 것임을 인식하고 있기 때문이다. 여기에서 조선의 전통이나 민족의 정체성을 낡은 껍질로 인식하면서 조선인이 지니고 있는 낡은 껍질을 스스로 부정하고 벗어버리는 것이야말로 내지인의 차별로부터 벗어나는 길이며, 내선일체를 실현하기 위해 내선결혼은 물론 지원병으로 전장에 나감으로써 일본인 이상의 일본인, 진정한 황국신민이 될 수 있음을 분명히 보여주고 있다.

3) 계몽주체의 부재와 내선결혼의 실패

내선결혼이 실패로 끝나는 소설은 한설야의 「피[血]」와 「그림자[影]」,

---

38) 위의 글, 148면.

이효석의 「아자미의 장[薊の章]」이다. 이들 소설은 내선결혼이 이루어지는 소설과는 달리 식민지 남자와 제국 여성의 사랑을 문제시하고 있다는 점에 주목할 필요가 있다.

한설야의 「피」와 「그림자」를 이상경은 "숙명적인 '피'의 이질성"에 바탕을 두고 식민주의에 협력을 거부한 작품39)으로 파악하고 있지만 그렇게 볼 수 있는 근거는 미약하다. 이 점은 일찍이 최재서의 지적40)처럼 내선결혼소설이 아니다. 심진경 역시 한설야의 작품을 '식민주의에 협력을 거부한' 것으로 규정한 이상경의 견해를 부정하면서, "한설야 소설의 회고적 형식은 현재를 은폐하거나 현재로부터 도피하기 위한 일종의 완충장치로 해석할 수도 있다. 현재는 부재함으로써 '부정적으로' 존재하게 되는 것이다. 한설야 소설에서 이렇게 '현재 / 나 / 생활'은 '과거 / 여성 / 사랑'에 압도된다"41)고 하여 실패한 사랑에 대한 회고적 작품으로 파악하고 있음에 주목할 필요가 있다.

사실 「피」의 주인공 '나(김상)'는 이미 선전(鮮展)에 입선한 경력의 소유자로, 아내와 딸을 거느리고 있지만 생활에 대해 무능하여 처갓집에서 눈칫밥을 먹고사는 인물이다. 그러므로 그가 동경으로 미술공부를 하러 가는 것은 일종의 도피적 성격을 지니고 있다.

> 나는 당시 이미 딸을 둔 상태여서 가족에 대한 책임감 같은 것을 강하게 느끼고 있었지만 모든 것이 힘들기만 한 경성에서는 생활의 양식을 구할 수도 없었다. 그러므로 이번 기회에 고학을 하게 되면 처갓집에서도 나의 무능을 그리 탓하지 않을 것이고 나 자신도 구속이 가벼워질 것만 같았다.42)

---

39) 이상경, 앞의 글.
40) "「피」의 처음 몇 구절을 읽은 독자는 틀림없이 내선일체를 그린 소설이라고 생각할 것임에 틀림없다. (…중략…) 그러나 「피」는 그렇게 이름 붙여 읽어야 할 작품이 아니다. 내지인 처녀에 대한 짙은 짝사랑의 추억이다. 다만 그뿐인 작품이다. 그것을 공연히 시국 문제와 연결시켜 읽으면 불만과 분노조차 일어난다." 石田耕人, 「文藝時評」, 『국민문학』, 1942.12, 52면.
41) 심진경, 앞의 글, 179면.

이렇게 하여 동경의 스이후[翠風] 선생의 문하에 들어간다. 거기에서 선생의 수제자인 이소가이[磯貝]로부터 심한 차별을 받지만 스이후 선생은 나의 그림을 보고 쇼토쿠태자 전람회에 출품해 보라는 권고를 한다. 그 이후 나에게 마사코[眞佐子]가 호감을 갖고 접근을 하지만 마사코는 한 사람의 여성이 아니라 '신기루'이며, 동시에 나의 어려움을 해결해 주는 구원자가 된다. 그러므로 나에게 있어서 마사코는 계몽의 대상도 아니며, 그녀로부터 차별을 받기는커녕 나에게 도움을 주고 있다는 사실은 '나'가 차별로부터 탈출하여 일본인다운 일본인이 되어야 할 필요도 없게 된다. 나는 마사코의 청혼에 대하여 이미 결혼을 했다고 고백하면서도 다음과 같이 생각한다.

> 나는 거짓말의 효용을 알고 있으면서도 진실을 고백하지 않을 수 없었다. 나는 이미 아내가 있고 아이도 있는 몸이라는 것을 처음으로 마사코에게 고백하였다.
>
> 고백을 해버리자 애매한 짐을 벗어버린 듯 마음이 가벼웠지만 그 때까지만 해도 잠재의식 속에서는 마사코가 내 고백을 듣고도 마음의 행방을 다른 쪽으로 돌리지 않았으면 하고 바랐다. 또한 동시에 마사코를 위해서 나 자신이 이제까지 일궈온 생활을 뿌리 채 바꾸리라는 결심도 있었다.
>
> 그러나 내 결심이라는 것이 얼마나 교활하고 불순한 것인가를 마사코의 행동을 통해 확연히 깨달았다. 마사코는 그 후 내 하숙집에도 학원에도 얼굴을 비치지 않았다.[43]

여기에서 나와 마사코의 결혼이 불가능하게 된 원인은 물론 '나'가 이미 결혼을 했다는 점에서 찾을 수도 있지만 '나'의 내면에는 마사코가 나를 좋아한다면 아내와의 이혼을 하고라도 결혼할 결심을 했다고 할 수 있다. 그러나 마사코가 결단을 보임으로써 결혼은 이루어지지 않는다. 이

---

42) 한설야, 「피」, 『식민주의와 비협력의 저항』(김재용 외편), 역락, 2003, 170면.
43) 위의 글, 181면.

점은 4년 후 '나'가 조선의 온천장에서 결혼을 하여 남편과 함께 온 마사
코를 만나서 아내와 헤어졌음을 말하면서 "이렇게 헤어질 줄 알았으면
좀 더 빨리 헤어질 걸 그랬어요. 제가 동경에 있을 때……"라고 말하는
데서 확인할 수 있다. 그런가 하면 그녀가 나에게 그림 한 점을 부탁하자
나는 기쁜 마음으로 그림을 그려주지만 그녀는 그림 값을 지불함으로써
나와 그녀의 관계가 애정을 전제로 한 행위가 아님을 분명히 하고 있다.
그 결과 나는 "결혼해서 그녀를 잃는 것보다는 삼계(三界)까지 그녀를 쫓
아 갈 수 있는 영혼을 갖고 싶다"고 하여 4년이 지난 지금까지도 그녀를
사랑하고 있음을 분명하게 말하고 있다. 그러면서 다음과 같은 말로 끝
맺고 있다.

마사코는 자신의 이러한 호의가 내게는 고통이라는 것을 몰랐겠지만 결국 이
번에는 그녀는 내게 고통 이외에는 아무 것도 남기지 않았다. 괜찮다. 평생 고통
과 싸우지 않으면 안 될 운명을 타고났으니 어쩔 수 없겠지. 그러나 나의 고통이
라는 것은 외부에서 오는 것이 아니라 내 피 속에 있는 것이 아닐까?44)

위의 인용에서 여러 차례 반복하여 말하는 나의 '고통'이란 결국 마사
코와 결혼을 하지 못한 데서 오는 고통이라 할 수 있는데, "나의 '고통'이
라는 것은 '외부'에서 오는 것이 아니라 내 '피' 속에 있는 것"이라 한 사
실을 간과해시는 안 될 것이다. 어기에서 '외부'란 조선인과 일본인이라
는 민족적 차이나 아니면 일제의 지배정책과 같은 것이라 할 수 있는데
그러한 것들과는 아무런 관련이 없다는 것이다. 그러면서 그 원인은 '내
피 속에 있는 것'이라 했을 때, "피의 이질성"을 민족적 차이로 해석할 수
있는 것은 아니다. 그것은 자신의 기질, 거짓말 할 수 없었던 자신의 성
격을 두고 한 말임에 분명하다. 이러한 사실은 그가 마사코가 청혼을 했

---

44) 위의 글, 186면.

을 때 "거짓말의 효용을 알고 있으면서도 진실을 고백하지 않을 수 없었다"거나 4년 후 마사코와 다시 만나서도 "지금 생각해 보면 거짓말 할 줄 모르는 인간은 결국 불행해지는가 봅니다"라는 말에서 그가 거짓말을 하고서라도 마사코의 청혼을 받아들이지 못함에 대해 후회하고 있는 것임에 틀림없다. 그러므로 「피」는 내선결혼을 거부한 소설이라거나 식민주의와 파시즘에 협력하지 않고 저항45)한 작품도 아니며, 내선일체의 논리를 피해나가는 전술적 글쓰기46)도 아니다. 이 작품은 지난 날 이루지 못한 내선 남녀 간의 사랑에 대한 회한을 그린 작품에 지나지 않는다. 그러면서도 이 작품에서 주목할 것은 마사코에 대한 '나'의 태도이다. 내지여성 "마사코의 잘 정돈된 얼굴, 나긋나긋하고 투명하게 보이는 몸매, 형태는 있으나 향기 이외에는 아무 것도 가지고 있지 않을 것 같은 깨끗한 육체는 나같이 미천한 존재에게는 오히려 신기루에 불과했다"는 사실이다. 여기에서 '내지여성 / 조선남성', '완벽한 여성 / 미천한 남성'이라는 관계를 통하여 '나'가 능동적으로 할 수 있는 역할은 있을 수 없다. 따라서 '나'는 철저하게 마사코의 선택에 의존할 수밖에 없게 된다. '나'가 이소가이로부터 심한 차별을 받게 되었을 때 이를 해소시켜주는 것도 마사코이고, 청혼을 하는 것도, '나'가 결혼한 사실을 안 이후에도 마사코가 '마음의 행방'을 다른 쪽으로 바꾸지 않기를 바라지만 마사코가 결단을 보임으로써 사랑은 끝나게 된다. 그런 점에서 일제의 내선결혼이란 정책은 처음부터 남녀 간의 사랑이 중요한 것이 아니라 계몽과 차별로부터 탈출이라는 논리적 기반에서 출발한 것이기에 이 기반에서 벗어났을 때 그것은 한낱 내선남녀의 사랑을 소재로 한 연애소설의 범주에서 벗어날 수 없게 마련이다. 이러한 사실은 「그림자」 역시 「피」와 마찬가지로 이러한 지난날 이루지 못한 사랑을 다루고 있는 작품이란 점에서 내선일체에 대한 거부라 할 수 있는 것은 아니다. 다만 이들 작품은 당시 일제의

---

45) 김재용 외편, 「머리말」, 『식민주의와 비협력의 저항』, 역락, 2003.
46) 서경석, 「카프작가의 일본어소설 연구」, 『우리말글』 제29집, 2003, 385면.

국책인 내선결혼을 중심서사로 하면서도 '나'는 '미천한 조선인'으로 계몽의 주체도 아니고 차별로부터 탈출하여 일본인다운 일본인이 되려는 강한 의지도 없기 때문에 그들의 사랑은 실패에 이르게 된다. 분명한 것은 이들 작품은 일제의 국책에 동조한 작품은 아니지만, 일제의 지배정책에 대한 비판의식이 부재란 점에서 "주어진 여건을 역이용하여 자신의 문학을 계속 견지해낸 작품"[47]이라고 할 수 있는 것도 아니다.

이효석 또한 「아자미의 장[薊の章]」을 통하여 내선인의 결혼 문제를 그려주고 있다. 이 작품에 대하여 이상경은 "강한 기질을 가진 일본여성과 우유부단한 조선 남성의 기질의 차이로 화합하기 어렵다고 하고 있지만 그 이면을 들여다보면 그러한 기질을 낳은 문화적, 경제적 요소가 있고 그것들 때문에 내선결혼은 요원하다는 상황인식을 읽을 수 있다"[48]고 했다. 그러나 이 작품은 유진오의 지적[49]처럼 내선결혼을 직접적으로 문제시하고 있는 것은 아니다. 이효석은 「아자미의 장」을 발표하기 이전에 이미 「초록의 탑[綠の塔]」(1940)과 「봄의상」(1941)을 통하여 내선남녀의 사랑을 다루고 있다. 이들 작품 역시 「아자미의 장」처럼 내선결혼을 직접적으로 문제시하지 않고 있다고 할 수 있는데, 이 점에 대하여 김윤식은 "이효석의 작품에서는 창작의 모티브 자체가 미적 감각에 놓여 있어 어떤 역사의식이나 이데올로기적 내용도 끼어들 틈이 없다"[50]고 했다.

사실 「아자미의 장」은 "빨간 서양 엉겅퀴[薊]의 그 노여움을 품은 듯한 상큼한 생김새"와 카페 여급인 내지 여성 '아자미[阿佐美]'를 동일시[51]

---

47) 위의 글, 387면.

48) 이상경, 앞의 글, 151면.

49) "「아자미의 장」의 경우에도 「혈」의 경우에도, 이 '내선'이라는 것이 별로 이렇다 할 의미를 얻지 못한 것은 무슨 까닭일까? 모처럼 이런 제재를 취급할 바에는 더욱 깊숙이 풍속, 습관, 풍토와 정치적, 사회적 지위 등의 차이에서 오는 여러 가지 마찰이나 갈등, 그리고 그것을 극복해 나가는 과정도 취급했어야 좋았을 텐데 어찌된 영문인가?" 유진오, 「國民文學といふもの」, 『國民文學』, 1942.11, 8면.

50) 김윤식, 『일제 말기 한국작가의 일본어 글쓰기론』, 서울대 출판부, 2003, 276면 참조.

51) 엉겅퀴의 일본어 '薊(あざみ)'와 주인공 '아자미[阿佐美]'는 발음이 같기 때문에 '엉겅

하면서 지식인 남성 '현'과의 결혼이 집안의 반대에 부딪히면서 해결의
실마리를 찾지 못하고 고뇌하는 나약한 지식인의 이야기다. 그런데 이
작품의 서사 주체는 현이라기보다는 '아자미'다. 카페에서 사랑의 대상으
로 '현'을 선택한 것도 그녀이고, 모든 의사결정 또한 그녀가 주도한다.
따라서 나는 "아자미 마음에 엉뚱한 변심이라도 일어나지 않는가 하고
저도 모르게 당황하는 건 노상 있는 일"[52]이라 할 만큼 수동적인 자세에
놓여 있다. 그 결과 아자미가 정식 결혼을 위하여 부모로부터 승낙을 받
아 올 것을 요구하자 그의 아버지는 피가 현격히 다른 혼인이 정상이 아
니라는 것과 장유의 서열에 따른 결혼을 강조하자, 고작 "케케묵은 짓거
리"라고 비판하면서 아버지를 설득하거나 이해시키려는 노력도 하지 않
고 고작 돌아오는 길에 술이나 마시는 인물이다. 이와는 달리 아자미는
현을 이해하고, 나아가서는 조선의 문화를 익히기 위하여 애쓴다. 그녀는
현으로 하여금 마늘 먹는 것을 허용하고, 한복을 입고 외출할 때 "아자미
는 '기모노'를 입었을 때와는 전혀 다르게 옆으로 지나치는 같은 차림의
여자들과 같은 핏줄의 사람임을 절감"하기도 한다. 그런데 현의 의식 속
에는 아자미가 일본적인 것(기모노)에서 벗어나 조선의 문화(음식이나 옷)를
수용했을 때 비로소 완벽한 사랑을 느끼게 된다는 것은 일본=우월, 조선
=열등이라는 피해의식을 지니고 있다고 할 수 있다. 이것은 아자미가 한
복을 입음으로써 다른 남성으로부터 희롱의 대상으로 전락한다는 사실
에서도 분명히 드러나고 있다. 그러나 아자미는 현의 누이동생으로부터
온 편지를 통하여 집안에서 현의 혼인이 결정되었음을 알고는 심한 다툼
이 벌어진다. 또 며칠이 지나서 집으로 현의 누이동생이 집안에서 현의
신부로 결정한 여희라는 여자를 대동하고 나타나자 아자미는 헤어질 것
을 일방적으로 선언한다. 이러한 아자미의 선언에 대하여 현이 할 수 있

퀴'의 모양과 주인공을 동일시하여 제목을 '아자미의 장[薊の章]'이라 했다고 할 수 있다.
52) 이효석, 「아지마의 장」, 『친일문학작품선집』 I(김병걸 편), 실천문학사, 1987, 219면.
　　이하 작품 텍스트는 이 번역집을 사용함.

는 일이란 누이동생과 여희를 돌려보내고 자신을 믿어달라고 애원하는 것이 고작이다. 그리고 며칠 후 아자미는 사라져버린다. 그리고 일주일 후 그녀는 고향인 구마모토[熊本]에서 다음과 같은 편지를 보낸다.

이곳까지 쫓아온다든지 하지는 제발 말아줘요. 곧 일어날 것이고 게다가 남 보기가 흉측할 테니까. 당신 일은 언제든 잊지는 않고 있어요. 단지 전 꽤나 지 쳐 있어요. 새 기운 차릴 때까지는 당신은 안 만날 생각이에요.[53]

아자미의 편지를 받고 현은 "언젠가는 돌아 올 것이 틀림없다"고 생각하면서도 자신과 아자미 사이에 운명은 어찌 될 것이며, 몇 번이나 파란을 넘어야 하는가를 생각한다. 이처럼 「아자미의 장」은 표면적으로는 완고한 아버지의 반대(전통과 피의 차이)로 인한 내선결혼의 어려움을 토로하는 것처럼 보이지만, 그들 불행의 원인은 우유부단한 현의 태도에서 비롯되고 있다는 점에서 정인택의 「껍질」과 비교되는 작품이다. 다시 말하면 현에게 있어서 아자미는 자신이 계몽하고 가르쳐야 할 대상이 아닐 뿐만 아니라, 스스로 조선의 문화를 이해하려고 한다. 그러므로 현에게는 민족적 차별의식이란 존재하지 않는다. 현에게 있어서 아자미는 단순히 내지 여인이 아니라 빨간 서양 엉겅퀴로 표상되는 귀엽게 노여움을 품은 한 사람의 여인일 뿐이다.

---

53) 위의 글, 233면.

4. 마무리

지금까지 내선결혼을 다루고 있는 소설을 간략하게 살펴보았다. 그것을 요약 정리하면 다음과 같다.

중일전쟁을 일으킨 일제는 조선을 그들의 병참기지화하기 위하여 이전까지 이름뿐인 '내선일체'가 아닌 '피의 결합으로서 내선일체'를 강조하면서 내선결혼을 하나의 정책으로 강력히 실천하게 된다. 그럼에도 불구하고 일본인들의 의식 밑바닥에는 내지인과 조선인은 민도의 차이로 인하여 완전히 하나가 되는 것에 대하여 부정적이었다. 따라서 내지인에게는 참된 '내선일체'를 이루기 위해서는 먼저 조선인을 계몽하여 민도를 높이는 것이 중요한 과제로 대두했다. 이와는 달리 조선인은 내선일체가 실질적으로 실현되기 위해서는 일본의 차별로부터 벗어나는 일이 시급하다고 생각했다. 그 결과 조선인은 스스로 일본인 이상의 일본인이 됨으로써 진정한 황국신민이 되고자 했다. 이처럼 일본인과 조선인은 서로 상반된 논리 위에서 내선일체를 실현하고자 했으며, 이의 실천으로 내선결혼을 추진했다.

이러한 서로 상이한 논리는 내선결혼을 다룬 소설에서 보다 분명하게 나타나고 있다. 이광수의 「마음이」에서 내지인 타케오와 조선인 석란의 결혼이 전자의 경우라면, 정인택의 「껍질」은 후자의 예라 할 수 있다. 타케오는 석란을 비롯하여 그녀의 아버지 김영준과 오빠 충식에게 지속적으로 내선일체의 필요성을 터무니없는 동조동근론을 앞세워 강조하면서 민족동화를 꾀하고 있다. 이와는 달리 김영준도 타케오의 주장에 동조하게 되고 석란과 김충식은 보다 적극적으로 일본을 조국으로 생각하게 되면서 일본인 이상의 일본인이 되기 위해 솔선수범한다. 따라서 타케오의 행위는 식민지인을 계몽하여 민족동화를 실천하는 과정으로 내선결혼을 하고, 석란과 충식은 물론 김영준까지도 일본의 차별로부터 탈출하기 위

하여 적극적으로 내선일체에 참여하게 되는 과정에서 내선결혼이 이루
어진다.

한편 「껍질」에서는 일본인 아내 시즈에는 착한 아내임에도 전통의 전
통적 관습과 민족의 정체성을 지키려는 아버지가 며느리로 받아들이지
않음을 비판하고 있다. 따라서 주인공 학주가 아버지의 명을 거역하고
시즈에와의 결혼을 지속한다는 것은 단순히 사랑의 문제가 아니라 진정
한 내선일체를 실천하는 길이기 때문이다. 그러므로 아버지로 대표되는
구세대의 가치관은 버려져야 할 것이며, 새로운 세대는 전통적인 것을
버리는 것에서 한 걸음 나아가 스스로 일본인 이상의 일본인이 되어야
진정한 내선일체가 이루어지며, 그 때 비로소 진정한 황국신민이 될 수
있음을 강조한다.

그런데 한설야의 「피」와 「그림자」, 이효석의 「아자미의 장」에서는 조
선 남자와 내지 여성의 사랑을 다루고 있는데, 이들 작품에서는 내선결
혼이 실패로 끝맺고 있다. 그것은 조선 남성들에게 있어서 내지 여성은
자신들보다 우월한 존재이기 때문에 그녀들을 계몽의 대상으로 보지 않
으며, 동시에 그녀들은 모두 자상하고 포용심이 강하여 상대방인 조선인
에 대하여 헌신적인 사랑을 한다. 그러므로 그들은 조선인으로서 차별을
받지 않기 때문에 차별로부터 탈출하여 일본인다운 일본인이 되어야 할
필요성도 없다. 다만 그들은 기혼자이거나 소극적인 성격으로 그녀들의
사랑을 실현시켜주지 못할 뿐이다. 그러므로 이들 소설은 일제의 내선결
혼 정책에 저항하여 민족의 정체성을 강조하고 있는 것이라 할 수도 없
다. 따라서 이들 작품은 진정한 의미에서 내선결혼을 다룬 소설이 아니
라 단순히 시국적 소재를 취하여 내선 남녀의 애정을 그린 현실도피적
소설이라 할 수 있다.

일 제 말 기 국 책 과
체 재 순 응 의 문 학

제2부

리얼리즘소설과 돈의 의미

1. 문제의 제기

리얼리즘문학의 성립을 가능케 한 요인이 과학적 발견과 실증주의, 그리고 산업혁명의 영향이라 할 때, 산업혁명은 산업화에 따른 물량적 세계의 점증과 그 압력으로 말미암아 인간의 가치 척도를 바꾸어 놓았으며, 돈, 재물, 이득과 같은 물질적 가치가 존중되고 추구되기에 이르렀다. 그 결과 리얼리즘 소설은 돈의 위력에 대한 반영 또는 경제적 테마가 증대될 수밖에 없었다. 그 결과 돈은 리얼리즘문학의 본질적 문제가 되었으며, 리얼리즘문학은 경제적 측면을 배제하고는 설명할 수 없게 된다.[1] 그런데 여기에서 돈이란 문제를 단순히 소제나 제재의 문제로 파악할 때 그것은 별다른 의미를 갖지 못한다. 그와는 달리 돈이 소재적 차원을 뛰어넘어 현실에 대한 인식뿐만 아니라 소설의 양식에도 일정한 영향을 주

---

1) John Vernon, *Money and Fiction*, Cornell University Press, 1984, 17면.

고 있다는 점을 문제시할 때 그것은 소설 논의의 중심에 자리하게 된다.

리얼리즘 소설은 예술표현에 많은 변화를 초래했는데 그것은 화폐(지폐)의 발명과 일정한 관계가 있다. 돈은 인류문화의 모든 영역, 이를테면 예술, 정치, 경제, 종교를 넘나들며 광범위하게 변화시켰다. 특히 금화에서 지폐로의 대체는 엄청난 사회변화를 가져왔으며, 이와 함께 문화전반에 커다란 이동을 불러일으켰으며, 리얼리즘소설이 이러한 이동의 한 부분을 담당했다.[2] 이러한 사실은 쿡(J. Goux)에 의하여 보다 구체적으로 해명되고 있다. 그의 주장에 따르면 현금으로서 금·은이 그 때까지 경제행위의 질서를 모조리 보증하는 '일반등가물'로 보아온 사람들에게 금본위제의 붕괴는 경제적 영역뿐만 아니라 문학이나 회화를 비롯한 예술의 세계에도 엄청난 변화를 초래하게 되었다는 사실이다. 금본위제가 붕괴되고, 통화가 금과 맞바꾸어지지 않게 된 사태는 재산이 금이라고 하는 현물적인 일반등가물의 존재에 의해 보증되지 않음을 의미하게 되었으며, 소설을 통하여 현실 재현을 꿈꾸던 리얼리스트에게 현실 대신에 현실 속의 욕망을 그리게 되었다.[3]

그런가 하면 화폐경제의 침투는 사물을 중세적 질서 감각이나 자연관으로부터 해방시켜 주었을 뿐만 아니라 즉물적인 사물로서 출현되는 관계를 촉발시켜 주었다. 다시 말하면 화폐경제는 즉물적인 사물과의 만남을 가능케 했다. 그런가 하면 돈이란 유동적인 사회를 조성하는 매개물로서 계급의 변화가 빈번한 사회를 조성하게 되었으며, 이러한 사회는 실질보다는 '외관'이 강조[4]되기에 이른다. 이처럼 돈의 출현은 이전의 인간관계를 해체하고 새로운 인간관계를 형성하게 했다. 그리하여 19세기 이후의 소설, 특히 리얼리즘 소설은 돈을 통하여 인간의 욕망을 제시하기에 이르렀고,[5] 돈은 소설의 의미론에 있어서 사회적 성격을 말하는 주

---

2) 위의 책, 18면.

3) 土田知則 외, 『現代文學理論』, 新曜社, 1999, 138면.

4) Lionel Trilling, 양병탁 역, "The Liberal Imagination", 『문학과 사회』, 을유문화사, 1960, 80면.

된 이미지가 되었다.[6]

그 결과 리얼리즘소설의 출발이라 일컬어지는 발자크의 『인간희극』은 돈, 성, 권력이라는 사회적, 경제적 사실을 중시함으로써 당대 사회의 풍속사를 보여주고 있을 뿐만 아니라 마침내 이런 현상은 리얼리즘소설의 표제로 돈이 제시될 만큼 소설의 중심문제가 되었다. 이를테면 졸라의 「돈(L'Argent)」, 드라이저의 「자본가(The Financier)」가 그러한 실례이고 우리의 소설에서도 1920~30년대에 접어들면서 나도향의 「17원 50전」(1923), 최서해의 「13원」(1925), 「5원 75전」(1926), 이종명의 「19원」(1927), 이태준의 「50전 은화」(1930), 김일엽의 「50전 은화」(1933), 강경애의 「월사금」(1933), 「원고료 이백 원」(1935), 한인택의 「월급날」(1934), 이기영의 「돈」(1937)처럼 돈이 소설의 표제로 나타나고 있음을 볼 수 있다.

그리하여 이 글에서는 우리의 소설에서 돈이 서사의 중심을 이루고 있는 작품을 통하여 그것들이 보여주는 양식적 특성과 함께 돈에 대한 인식을 살펴보고자 한다.

2. 돈의 출현과 사회적 변화

A. 피아즈는 『악마의 사전』에서 '머니 ─ 교양의 징표이며, 또한 사교계에의 입장권, 많이 갖고 있어도 나쁘지 않고, 가지고 다닐 수 있는 재산'[7] 이라고 하여 현대의 인간 삶에서 '돈'이 차지하는 무게를 야유적으로 표현했다. 그런데 화폐(학)라는 용어인 'numismatics'는 프랑스어 'numismatica'

---

5) J. Vernon, 앞의 책, 18면.
6) 이재선, 『한국문학 주제론』, 서강대 출판부, 1989, 319면.
7) 三上隆三, 「貨幣學入門」, 『言語生活』 통권409호, 筑摩書房, 1985.12, 24면.

에서 유래하고 있는데, 그것은 그리스어 'nomisma'의 분사형 'nomizein'으로 '제도로서 공인되고 관용되다'는 의미를 지니고 있다.[8] 이처럼 돈이란 사회적 제도의 하나로 출현되었으며, 돈이 지니는 특수한 속성으로 말미암아 사회의 변화와 함께 인간관계에 커다란 변모를 가져오게 되었다. 그리하여 여기에서는 먼저 돈의 속성을 간단히 살펴보고 그것이 몰고 온 사회적 변화 및 인간관계의 변화를 검토해 보고자 한다.

일반적으로 돈의 기능으로 가치척도, 교환수단, 가치저장, 지불수단이란 네 가지를 들고 있다. 그러나 현대사회에서 화폐는 사물과 사물의 교환을 안정화하는 제도이다. 그것은 미지의 사람들이 만나 거기에서 나타나는 위기에 가득 찬 기분을 사물의 교환을 통하여 관리하고 불확실성을 감축하는 제도이면서 동시에 사물이 지니고 있는 체계의 중심으로 자리하면서 사물의 지배자가 된다.[9] 이러한 기능은 돈이 지니고 있는 특별한 속성에서 비롯되는 것이라 할 수 있는데 그것은 다음의 몇 가지로 요약할 수 있다.

먼저 지적할 수 있는 것은 돈의 관계성이다. 돈의 가치는 특별한 관계에 의하여 형성되는 것이다. 가치란 일반적으로 값어치 있는 사물의 효용에서 비롯된다. 따라서 가치란 인간의 호오(好惡)의 대상이 될 수 있는 성질을 갖고 있기 때문에, 이는 생리적 욕구에 직접 관계하는 차원에 머물지 않고 다수의 사람이 승인할 때만 비로소 가치를 지닐 수 있게 된다. 이러한 관점에서 볼 때 돈은 그 자체로는 아무런 가치를 지닐 수 없다. 그것이 가치를 지니는 것은 특정한 '관계' 속에서만 가능하다. 이를테면 1만 원의 화폐는 1만 원의 가치를 지니는 것으로 생각하지만 그것은 1만 원이라는 지폐와 교환 가능한 물건, 이를테면 1만 원에 해당하는 쌀과 같이 특정한 사물과 관계를 맺게 될 때 비로소 1만 원의 가치를 지닌다. 그런데 돈이 문제로 하는 관계는 실체론적 관계가 아니라 그 가치가 재질

---

8) 위의 글, 25면.
9) 佐伯啓思, 「言語のゲ〜ムと貨幣のゲ〜ム」, 『言語生活』 통권409호, 1985.12, 48면.

과는 아무런 관련이 없다는 특질 때문에 비실체적 관계[10]라 할 수 있다. 그리하여 화폐가 대행, 재현하고 있는 것처럼 보이는 제가치는 실은 화폐 스스로 만들어 낸 비실체에 다름 아니다. 그리고 돈의 지향 대상은 실제로는 존재하지 않는다. 일반적으로 우리는 자신이 하고자 하는 것은 모두 저절로 생존하기 위한 본능적 욕구로 생각하거나, 그 대상이 자연적 유용성을 내재하고 있다고 믿어 왔으나, 순수한 생산물의 '사용가치'도 화폐가 만들어낸 '교환가치'에 오염된 문화적 욕망의 대상으로서만 존재하는 것이라 할 수 있다. 그러므로 화폐란 실제적으로는 교환 가능한 것이 아니고, 교환 가능을 보증하는 것에 지나지 않는다. 교환 가능을 보증하는 화폐의 출현에 의해 사물과의 관계가 실체처럼 착각하게 됨으로서 상품의 물신화가 성립하게 되며, 이렇게 되는 상황이란 반복 가능성으로 대상과 자신을 동일시하는 데서 오는 착시현상에 지나지 않는다. 이 착시현상이 페티시즘(fetishism)으로 나타나게 된다. 따라서 화폐가 만들어내는 교환가치도 비실체적 카테고리에 지나지 않는다. 그리하여 화폐는 문화의 페티시즘을 분명히 보여주고 있는 것이다.

이러한 물신숭배는 사물이 지니고 있는 사용가치를 뛰어넘어 교환가치로서 기능하기 때문에 모든 사물을 상품화하고 인간의 행위까지도 상품화와 관련을 맺게 된다. 그리하여 마르크스는 상품이란 본질적으로는 생산물이고 다양한 사용가치를 지니고 있음에도 불구하고 '인간의 의지를 뛰어넘어 작용함으로써 인간을 구속하는 하나의 관념형태로 된다'고 지

---

10) 실체론적 관계란 이를테면 '직장에서는 무엇보다도 인간관계가 중요하다'거나 '최근 학교에서 사제관계가 무너지고 있다'처럼 여기에서 '관계'는 이들 관계가 성립하기 이전부터 인간이 존재하고, 선생과 학생이 존재했다. 분명하게 있는 '사물'과 '사물'이 어떠한 관계를 맺음으로써 발생하는 '형성적 관계'를 문제시할 때 이를 '실체론적 관계'라고 한다. 그러나 화폐는 '실체하지 않는 관계'라는 성질을 지니고 있다. 예를 들면 '자기와 타인의 관계'가 그 전형이다. 분명하고 확고한 아이덴티티를 지닌 자아와 타자가 실체적으로는 존재하지 않는다. 이 양자는 특정한 관계에 의하여 비로소 '관계'를 지니게 된다. 따라서 이는 호환적, 상호의존적으로 결정되는 것이라 할 수 없다. 丸山圭三郎, 「貨幣と言語」, 『言語生活』 통권409호, 筑摩書房, 1985.12, 18면 참조.

적하고 이를 도착성으로 규정하고 있다. 도착이라고 하는 것은 도착되는 어떤 원물(original)이 없어서는 안 되지만 그것이야말로 생산물 자체가 지니고 있는 사용가치에 있는 것은 당연하다. 그리하여 상품의 논리가 일반화되면서 노동과정이나 물질생산뿐만 아니라 문화 전체, 성행위, 인간관계, 환각, 개인적 욕망마저 지배하고 있다[11]는 보드리야르(J. Baudrillad)의 지적은 현대사회의 특수성을 시사해 주는 것으로 그것은 특히 화폐를 통한 상품의 페티시즘으로 나타나게 된다. 그 결과 모든 사물은 인간의 감각에 어필하도록 상품화되고 인간의 소비활동까지도 미학적으로 만족스럽고 양식화된 경험으로 바뀌게 되었다. 이 점과 관련하여 하우크(W. Haug)는 '생산품은 구경꾼에게 소유하고자 하는 욕망과 사고자 하는 충동을 자극하도록' 디자인되어 있다고 지적하고 있는데[12] 그의 주된 논의들 가운데 하나는 인간의 육체적 욕망이 소비상품의 판매를 증가시키기 위해 조종되고 변형된다는 것이다. 즉 부르주아 사회에서는 상품 판매를 위하여, 그리고 경제가 최대한 효율적으로 돌아가도록 하기 위하여, 사람에게로 향하는 성적 욕망이 반드시 상품에게로 향하도록 만든다는 것이다. 그리하여 우리의 성적 욕망은 소비자 욕망[13]으로 변하게 된다고 주장한다.

이처럼 돈의 출현은 사회의 변화와 함께 인간 삶의 양식을 바꾸는 계기가 되었다. 짐멜(G. Simmel)은 경제적 교환행위는 하나의 사회적 상호작용으로 파악할 때 가장 잘 이해될 수 있다고 전제하면서, 금전거래는 이전의 거래형식을 대신하게 되었으며 사회적 행위자들 간의 상호작용이란 형식에 중요한 변화가 생긴다는 사실을 그의 『돈의 철학』[14]에서 강조하고 있다.

한편 돈의 사용은 인간의 삶의 양식에도 커다란 변화를 초래했다. 그

---

11) 위의 글, 22면.
12) A. A. Berger, 김기애 역, 『*Cultural Criticism*(문화비평)』, 한신문화사, 2000, 65면.
13) 위의 책, 65면.
14) 게오르그 짐멜, 안준섭 외역, 『돈의 철학』, 한길사, 1983 참조.

것은 무엇보다도 합리적 계산을 증대시키고 현실사회의 특징인 합리화
를 더욱 촉진시켰다. 그런가 하면 돈은 교환행위를 손쉬운 목적에 국한
시킬 수 있게 해 주기 때문에 인간의 자유를 증대시키고 사회 분화를 촉
진시키는 긍정적 역할을 하기도 한다. 그런가 하면 잔여적 집단을 합리
적 목적에 의하여 설립된 집단들로 대치되도록 기능하기도 한다. 이처럼
돈이 지니는 기능은 전통적 인간관계를 완전히 바꾸어 놓게 되었다. 돈
이 사람들 사이를 연결시켜주는 일반적인 매개물이 되면서부터 이전까
지 다양한 감정들에 기초하였던 인간적인 유대가 특별한 목적에 국한된
비인간적인 관계로 바뀌게 되었다. 그 결과 이전까지 양적으로보다는 질
적으로 평가되던 영역, 예컨대 친족관계나 미적 인식과 같은 사회생활의
영역에도 이러한 추상적인 계산이 침투하게 된다.15) 현금거래가 생활 속
에 침투하게 되면 혈연이나 친족 또는 충성에 입각하여 이루어졌던 유대
관계는 붕괴되며 전통적으로 존재하던 수직관계는 소멸되고 수평관계로
나타나게 되는데, 이러한 수평관계는 돈의 합리성, 계산성, 비인간성과
같은 현대 정신을 상징적으로 보여주는 것이라 할 수 있다. 그 결과 돈은
사물이나 인간들 서로간의 질적 차이를 없애버리고 공동사회에서 이익
사회에로의 길을 포장하는 가장 중요한 메커니즘16)이 되었으며 감정과
상상에 우위를 두었던 이전의 세계관을 압도하고 말았다.

　이상에서 살펴 본 것처럼 돈이 생활의 중심으로 자리한 이후 사회변화
와 함께 인간의 생활은 페티시즘적 삶으로 깊이 빠져들게 되어 '호모 에
코노믹스의 욕구신화'17)를 낳게 되었으며 돈이란 문제를 시장경제적인
유통영역에만 초점을 맞추던 종래의 관점에서 한 걸음 나아가 문화의 제
영역에까지 엄청난 변화를 몰고 온 사실에 관심을 갖게 했다. 그 결과 19
세기 이후 돈이란 밀러(J. H. Miller)의 지적처럼 '단순히 교환의 매개물이

---

15) Lewis A. Coser, 신용하 외역, 『사회사상사』, 일지사, 1991, 291면.
16) 위의 책, 291면.
17) 丸山圭三郎, 앞의 글, 21면.

아니라 상상의 대상이고 욕망의 대상'[18]이 되었다. 그러므로 인간의 현실적 삶을 재현하는 것을 목표로 했던 리얼리즘문학에서 돈을 문제로 하는 것은 당연한 일이라 하지 않을 수 없다.

3. 교환방식으로로서의 소설양식

돈을 문제시한다는 것은 전통적 미의식에서 본다면 분명 반문학적 세계라 할 수 있다. 그러나 근대문학, 특히 리얼리즘문학에 이르면 돈이야말로 가장 라디칼하고 노골적 대상[19]이 된다. 그것은 돈의 출현에 따라 현실에 대한 인식과 인간관계를 크게 바꾸어 놓은 것처럼 소설의 양식에서도 큰 변화를 초래했다. 그것을 한마디로 말하면 소설의 서술양식이 상업적 거래관계를 기본 축으로 전개되게 했다.

화폐를 교환수단으로 사용하는 상인은 대상(상품)에 대해서도 사는 사람의 입장과 동시에 파는 사람의 입장에 선다. 따라서 대상에 대한 시점은 상대적일 수밖에 없다. 재빨리 시점을 이동시켜 상대화하는 능력이 요청된다. 이 능력이 없으면 돈을 교환수단으로 물건을 거래할 수 없게 되는데 이러한 상업적 방법이 소설의 서술양식으로 채용[20]되게 된다.

전통적 소설의 서술방식을 한마디로 지적하기는 어렵지만 대체로 하나의 인물이나 그의 행위에 대하여 일방적으로 서술하고 난 뒤에 다시 서술의 시점을 바꾸어 상대방에 대하여 서술하는 전달방식이 중심이었다. 이러한 현상은 전통적 소설에 있어서 서술자의 위치가 작중인물보다

---

18) J. Vernon, 앞의 책, 20면.
19) 廣末保, 「近世文學にとっての金」, 『言語生活』 통권409호, 筑摩書房, 1985.12, 55면.
20) 위의 글, 57면.

우위에 자리하고 있음은 물론 인물간의 관계도 수직적 관계가 중심축을
이룬 사실과 무관하지 않다. 이러한 현상으로 전통적 소설에서 자주 사
용되어지는 '각설'이나 '차설'을 하나의 단위로 서사단락을 이루고 있는
데 이들 각 단락은 전달방식에 크게 의존하고 있는 것이다.21) 그러나 리
얼리즘소설에 오면서 소설의 서술양식은 주인공과 상대방이 한 자리에
서 한 쪽의 언행에 대하여 즉각적인 반응을 보임으로써 질문↔응답, 혹
은 자극↔반응이라는 교환양식으로 바뀌고 있음을 확인할 수 있다. 이
러한 즉각적 반응은 다름 아닌 돈을 통한 상거래방식과 일치하는 것이다.

　그런가 하면 인간관계의 변화를 생각할 수 있다. 소설에 등장하는 인
물은 비실제적 관계라는 점에서 돈의 속성과 일치한다. 전통적 소설의
인물이 가족 중심으로 설정되었다는 사실과 비교해 보면 리얼리즘소설
에서는 아무런 혈연적 관계와 같은 실제적 관계와는 무관하다. 「삼대」는
가족관계가 중심축을 이루지만 그것은 조-부-손이라는 위계질서에 따
른 수직관계로서가 아니라 철저하게 개별적으로 존재하여 긴장과 갈등
을 불러일으키는 수평관계임을 간과할 수 없다. 이처럼 리얼리즘 소설에
서 보이는 인물간의 관계는 철저하게 종전의 수직관계에서 벗어나 수평
관계를 유지하고 있다. 이러한 현상은 이미 개화기소설 「치악산」에서 보
이고 있는 바, 김승지 부인과 비복 점순의 관계에서 확인할 수 있다. 거
기에는 표면적으로는 주인과 비복이라는 상하의 수직관계로 나타나지만
이면에는 철저하게 수평적 관계로 작용하고 있다. 수인이 비복을 지신의
뜻에 따르게 하기 위하여 속량이란 신분적 특혜와 함께 돈을 제공함으로
써 주인과 비복은 상하의 관계에서 벗어나 대등한 관계를 유지하고 있다.
이런 현상은 본격적인 리얼리즘소설에 이르면 주인과 하인(「물레방아」), 남
편과 아내(「감자」, 「뽕」)는 대등한 관계를 넘어 의사결정권을 하인과 아내

---

21) 전통적 소설에서 보이는 서술양식은 작중인물 한 사람의 이야기를 일방적으로 서술하
　　고 난 뒤에 서술의 초점을 바꾸어 다른 사람의 이야기를 하고 있다. 이런 현상은 이광수
　　의 「무정」에서도 그대로 나타나고 있다.

가 지니고 있는데, 이는 그들 자신이 욕망의 대상으로 군림하고 있기 때문이다.

한편 돈이 즉물적인 사물과의 만남을 가능케 했다는 사실은 소설에서도 그대로 나타나고 있다. 특히 이 점은 남녀의 만남에서 두드러지게 나타난다. 일반적으로 남녀의 만남이란 상당한 시간에 걸친 정서적 관계(사랑)가 유지되었을 때만 가능한 것이다. 그러나 그와 같은 정서적 감정이 배제된 채 즉각적인 남녀의 만남이란 즉물적 상행위에 다름 아니다. 「감자」에서 복녀가 만나는 대상으로서 감독이나, 돈 많은 거지, 왕서방과의 관계에는 정서적 세계가 처음부터 배제되어 있으며, 그들을 매개해 주는 것은 돈이다. 「뽕」 또한 마찬가지다. 그런데 「뽕」의 안협집의 태도에는 두 가지 태도가 분명하게 드러난다. 하나는 돈이 매개되지 않는 만남에 대해서는 정서적 조건을 중시하여 상대를 거부하는 것과는 달리 돈이 매개될 때는 감정이 배제된 채 만남이 쉽사리 가능하다는 사실이다. 이처럼 리얼리즘소설에 이르면 인간관계가 즉물적인 하나의 거래로 나타나는 것이다. 이러한 즉물적 인간관계는 소설 속의 주인공을 욕망의 대상으로 제시하게 된다. 그 결과 부인물들은 주인공에 대하여 사는 사람(상품의 고객)의 입장에 서게 된다. 이런 현상은 모든 생산품은 구경꾼에게 소유하고자 하는 욕망과 사고자 하는 충동을 자극하도록 디자인되어 있다는 사실과 일치한다. 따라서 주인공들은 모두 그들 나름대로 매력(상품성)을 지닌 인물로 묘사된다.

* 복녀는 열아홉 살이었다. 얼굴도 그만하면 빤빤하였다.(김동인, 「감자」)

* 나이는 열아홉이라면 조금 노성한 편이요, 스물이라면 어디인지 어린 티가 보일 정도다. 속눈썹이 기름한데 정채 있게 도는 눈이라든지, 보리퉁한 뺨과 둥그스름한 턱, 날카롭지도 않고 넓적하지도 않은 웬만한 코라든지, 어디로 보아도 밉지 않은 여자였다.(나도향, 「전차 차장의 일기 몇 절」)

* 새침한 얼굴이 파르족족하고 길다란 눈썹과 검푸른 눈 가장자리에 예쁜 입, 뾰르퉁한 뺨이며 콧날이 오똑한 데다가 후리후리한 키에 떡 벌어진 엉덩이가 아무리 보더라도 무섭게 이지적인 동시에 또는 창부형으로 생긴 것이다.(나도향, 「물레방아」)

* 그는 시골 아낙네로는 용모가 매우 반반하였다. 남편은 아내의 손에서 얼레빗을 쑥 뽑아들고는 시원스리 쭉쭉 내려빗긴다. 다 빗긴 뒤 옆에 놓인 밥사발의 물을 손바닥에 연신 칠해가며 머리에다 번지르하게 발라 놓았다. (…중략…) 남편은 그 이 원을 고이 받고자 손색없도록, 실패 없도록 아내를 모양내 보냈다. (김유정, 「소나기」)

위의 예문에서 보이는 것처럼 이들 주인공들은 분명 상품으로서 가치를 충분히 지니고 있다. 그러므로 주변 인물에 의하여 욕망의 대상이 되고 욕망을 충족시키기 위하여 일정한 돈을 지불하게 된다. 이처럼 돈을 문제로 하는 소설은 돈이 지니고 있는 속성을 고스란히 소설의 양식으로 수용하고 있음을 알 수 있다.

그런가 하면 구체적 표현으로 돈과 물건과의 비교를 통하여 즉물적 이미지와 교환함으로써 사물로서의 질량감이나 존재감을 제시하기도 하고, 그와는 반대로 물건을 돈으로 환산하여 사물이 갖고 있는 질량감을 사상해 버림으로써 추상화의 과정을 보여주기도 하는 바, 이는 다음 장에서 구체적으로 검토하고자 한다.

4. 돈에 대한 인식과 삶의 양식

돈을 소설의 제재로 다루고 있는 소설은 상당수에 이르고 있으나 여기에서는 1920~1930년대 단편소설만을 대상[22]으로 돈에 대한 인식과 삶의 양식에 따라 다음과 같이 유형화할 수 있을 것이다.

돈이 생활의 중심 수단으로 사용된다는 것은 시장경제의 확립을 의미하는 것이라 할 수 있다. 그리고 시장경제가 중심이 된다는 것은 삶의 기반이 도시를 중심으로 이루어지는 것을 의미하는 것이기도 하다. 그러나 1920~1930년대란 한국의 경우 농촌을 중심으로 한 농경문화(물물교환 양식)가 점차 도시문화(화폐경제)로 이동하던 시대라 할 수 있다. 그러므로 농촌, 혹은 농촌의 삶이라는 주변부에서 화폐경제가 지배하는 자본주의 체제라는 중심부로 자리바꿈 하던 시기와 대응된다. 그 결과 우리의 소설에서 다루어지고 있는 문제도 대부분 '주변부에서 중심부'[23]로 이동하는 과정을 문제시하고 있음을 알 수 있다. 그리하여 여기에서는 이를 중심으로 1920~1930년대 단편소설을 몇 가지 유형[24]으로 나눌 수 있는데 그것은 주변부에서 중심부로의 이동을 긍정하면서 거기에 적응하려는 유형(제1 유형), 주변부에서 중심부로 이동을 거부하는 유형(제2 유형), 주변부에서 중심부로 이동에 적응하지 못하고 다시 주변부로 되돌아오는 유형(제3 유형), 처음부터 중심부에 있는 인물의 삶의 양식을 보여주는 유형(제4 유형)으로 유형화할 수 있을 것이다. 그리하여 여기에서는 이들 유형을 중

---

22) 돈에 대한 문제는 장편소설, 특히 염상섭의 「삼대」나 채만식의 「탁류」, 박태원의 「천변풍경」을 대상으로 검토할 경우 앞에서 제시된 돈의 소설적 기능과 새로운 의미를 보다 분명히 밝힐 수 있을 것이나, 이는 후속작업으로 미룬다.

23) 여기에서 '주변부'와 '중심부'란 개념을 잠정적으로 전자를 농경사회, 자급자족(물물교환), 가치 지향적 삶을 중시하는 세계를, 후자는 도시사회, 화폐경제, 물질 지향적 삶을 중시하는 세계를 포괄하는 개념으로 사용한다.

24) 여기에서의 유형도 1920~1930년대 리얼리즘소설 모두를 대상으로 한 것이 아니기 때문에 유형화를 위한 하나의 가능성으로 제시해 본다.

심으로 돈에 대한 인식과 삶의 양식을 검토해 보기로 한다.

1) 중심부적 삶의 지향

제1유형에 해당되는 작품으로는 김동인의 「감자」, 나도향의 「전차 차장의 일기 몇 절」·「뽕」·「물레방아」를 들 수 있는데 이들 작품은 돈에 대한 욕망과 그것으로 인하여 세계로부터 소외되는 존재들이다.

김동인의 「감자」는 돈에 대한 인식을 가장 잘 보여주고 있는 작품이라 할 수 있다. 복녀는 주변부에서 태어나고 자랐으나 남편의 게으름으로 돈이 지배하는 중심부로 이동하는 과정에 파멸하는 것이 중심서사라 할 수 있다. 「감자」의 경우 복녀는 주변부의 인물로 태어나고 거기에서 자랐기 때문에 기존의 질서와 전통적 가치관을 중시하는 인물임을 분명히 하고 있다.

> 복녀의 부처는 (사농공상의 제2위에 드는) 농민이었다.
> 복녀는 원래 가난은 하나마 정직한 농가에서 규칙 있게 자라난 처녀였었다. 이전 선비의 엄한 규율은 농민으로 떨어지자부터 없어졌다. (…중략…) 그러나 그의 마음속에는 막연하나마 도덕이라고 하는 것에 대한 기품을 가지고 있었다.

그러한 그녀가 '열다섯 살 나는 해에 동네 홀아비에게 80원에 팔려서 시집이라는 것을 갔다'는 사실은 그녀와 남편의 관계가 정서적 유대에 기초한 것이 아니라 돈을 매개로 하여 부부관계를 맺고 있음을 의미한다. 그런가 하면 여기에서 '80원에 팔려서'라는 말속에 복녀는 이미 하나의 인격체로서가 아니라 사물(상품)로서의 질량감을 보여주고 있다. 그러나 복녀는 매우 가난한 형편임에도 불구하고 아직도 주변인으로서의 가치를 지니고 있다. 그것은 '남들처럼 돈벌이를 좀 잘하는 사람의 집에라도 간간이 찾아가면 매일 5,60전은 벌 수 있었지만 선비의 집안에서 자라난 그는 그런 일은 할 수 없었'기 때문에 거러지노릇을 하게 된다. 거러지노 릇이란 경제적 측면에서 보면 사용가치에 충실한 삶이라 할 수 있다. 그 러나 그것마저 젊다는 이유로 사람들로부터 외면당하자 그는 노동을 통 하여 삶을 영위하려고 한다. 그런데 여기에서 노동이란 상품을 낳는 계 기, 이를테면 교환가치를 창출하는 수단이다. 그러므로 그녀가 노동 현장 에 뛰어든다는 것은 주변부에서 중심부로 이동함을 의미한다. 중심부적 삶이란 돈이 지배하는 세계로 거기에서 그는 '하루에 32전씩의 품삯이 그의 손에 들어오게' 된다. 여기에서 이미 구체적인 노동이 32전이라는 돈으로 추상화된다. 그러는 가운데 그녀는 새로운 현상으로 '송충이는 안 잡고 놀고 있을 뿐만 아니라 일하는 사람의 삯전보다 8전이나 더 많 이 내어주는' 새로운 사실을 발견한다. 새로운 사실의 발견은 욕망으로 바뀌면서 지금까지 그녀를 지탱해온 주변부적 삶의 가치를 버리고 중심 부의 삶에 굴복하게 한다. 중심부적 삶에 발을 들어놓는 순간 그녀는 이 미 중심부가 지니고 있는 욕망의 세계를 발견하게 된다.

> 사람인 자기도 그런 일을 한 것을 보면 그것은 결코 사람으로 못할 일이 아니
> 었다. 게다가 일 안하고도 돈 더 받고 긴장된 유쾌가 있고 빌어먹는 것보다 점잖
> 고…. 일본말로 하자면 「삼박자」같은 좋은 일은 이것뿐이었다. 이것이야말로 삶
> 의 비결이 아닐까.

이처럼 주변부에서 중심부로의 이동과 동시에 돈에 대한 집착(욕망의 실현)을 삶의 비결로 인식함으로써 그녀 스스로 보다 높은 상품적 가치를 창출하기 위하여 '그 뒤부터 그의 얼굴에 조금씩 분도 바르는' 보다 적극 적 태도를 보여주게 된다. 그리하여 그녀의 상품적 삶은 주변부에서와는 달리 남편보다 우월한 지위를 획득하게 되는데 그것은 부(돈)를 창출하는 능력을 스스로 가지고 있기 때문이다. 그러나 마지막에 이르러 지나친

물질적 욕망이 그녀를 죽음에 이르게 하지만 그녀의 시신은 왕서방과 남편, 그리고 한방의사에 의하여 돈으로 추상화되고 '돈의 속악성'이 폭로되기에 이른다. 이처럼 「감자」는 돈이 지배하는 사회가 몰고 오는 인간의 욕망과 욕망이 불러오는 파멸, 그리고 그것을 돈으로 환산하여 추상화시켜버리는 중심부적 삶을 가장 극적으로 보여주고 있다. 「감자」가 보여주는 이러한 행태는 나도향의 소설에도 거의 그대로 재현되고 있다.

2) 중심부적 삶의 거부

「감자」가 물질적 욕망에 대한 집착이 가져오는 비극적 삶을 문제로 하고 있다면, 계용묵의 「백치 아다다」는 자본주의 체제 하에서 물질적 욕망을 거부하는 데서 오는 비극을 보여주고 있다는 점에서 관심의 대상이 될 수 있다.

「백치 아다다」는 이미 표제가 암시하고 있는 바와 같이 벙어리인 아다다는 상품적 성격과는 거리가 멀다. 그녀가 어머니로부터 온갖 구박을 받다가 논 한 섬지기를 지니고 시집을 가게 된다. 여기에서 '논 한 섬지기'가 돈으로 환산되지 않음으로서 '논'은 사용가치로서 기능하고 있음에 유의할 필요가 있다. 그런가 하면 즉물화로서 여인이 상품으로 잘 포장되는 것과는 날리 이 작품에서는 가난한 사람의 삶의 실체로서 아다다를 아내로 받아들이는 것이다.

> 벙어리라는 조건이 귀에 들어맞는 것은 아니었으나, 돈으로 아내를 사지 아니하고는 얻어볼 수 없는 처지에서 스물여덟 살에 아직 장가를 못 들고 있는 신세로 (…중략…) 벙어리이나 일생을 먹여줄 것까지 가지고 온다는데 귀가 번쩍 띄어 그 자리를 앗기울까 두렵게 혼사를 지었던 것이니.

이러한 결혼은 주변부에서만 볼 수 있는 삶의 양식이다. 그러나 아다다를 아내로 맞이하고 '한 섬지기라는 거금이 차츰 그들을 여유한 생활로 이끌어, 몇 백 원 돈이 굴게 되니, 까닭 없이 남편 되는 사람은 벙어리로서의 아내가 미워졌다'는 점이다. 여기에서 보는 것처럼 처음의 한 섬지기 논은 원래의 사용가치를 벗어나 '거금'으로 바뀌고 거기에다 '몇 백 원이 돈'이 보태어짐으로써 남편의 삶은 이전의 주변부적 삶의 양식에서 벗어나 중심부적 세계로 바뀌게 된다. 그 결과 벙어리라는 조건은 이미 상품으로서 가치를 상실하게 마련이다. 그리하여 남편은 투기를 하여 많은 돈을 벌게 되자 '돈에 따르는 여자'를 새로운 아내로 맞이하게 되는 것이다. 그리하여 아다다는 자기를 위해 주는 수룡과의 결합을 하게 된다. 그러나 수룡이와 아다다 사이에는 어느 정도 정서적 교류가 있긴 했지만 아다다가 자신의 아내가 된다는 것을 확인하게 되는 순간 그때까지 간직하고 있던 순수한 감정은 강한 물질적 소유욕으로 변질된다. '벙어리인 아다다가 흡족할 이치는 없지만 돈으로 사지 아니하고는 아내라는 것을 얻어볼 수 없는 처지'였던 수룡에게 '돈 한 푼 들이지 않고' 아다다를 아내로 얻게 된 것은 '망외의 행운'이라 하지 않을 수 없다. 그리하여 그는 아내를 얻기 위해 모아두었던 '일백 오십 원'이 새로운 욕망을 낳게 되는데 그것이 바로 물질적 '소유욕'으로 나타나게 되고 그의 욕망은 밭을 사는 것을 시작으로 끝없이 이어지게 된다. 그는 아다다에게 '일천 오백 냥이야. 지금 시세에 이천 평은 한참 놀다가 떡먹도록 살건데!'라고 하여 돈과 사물(이천 평의 토지)을 비교함으로써 돈이 지닌 사물로서의 질량감을 확인시키고 있다. 이처럼 수룡에 의하여 삶의 무게 중심이 주변부에서 다시 중심부로 이동하는 것에 대하여 아다다는 심한 불안과 거부감을 느낀다.

아다다는 돈이 있다 해도 실로 그렇게 많은 줄은 몰랐다. 그래서 그 많은 돈으로 밭을 산다는 소리에 지금까지 꿈꾸어 오던 모든 행복이 여지없이 일시에 깨어지는 것만 같았다. (…중략…) 수룡에게 그렇게 많은 돈이 있어, 그것으로 밭을

산다고 기꺼워하는 것을 볼 때, 그 돈이 밑천은 장래 자기에게 행복을 가져다 주
리람 보다는 몽둥이를 벼리는데 지나지 못하는 것 같았고, 밭에다 조를 심는다
는 것은 불행의 씨를 심는다는 것만 같았기 때문이다.

이러한 아다다의 인식은 돈의 본질을 꿰뚫어 본 것이라 할 수 있다. 그
리하여 그녀는 수룡이 몰래 돈을 버림으로써 행복을 지키려 한다. 그럼
에도 불구하고 이미 수룡이에게 있어서는 아내와의 행복(사용가치)보다는
물질적 소유욕(교환가치)이 더욱 강하였기 때문에 아다다보다 돈을 중시하
게 되는 것이다. 이처럼 「백치 아다다」는 현대적 삶에 있어서 무조건적
으로 돈에 대한 거부와 돈에 대한 집착이 몰고 오는 비극적 세계를 동시
에 보여주고 있는 것이다.

3) 주변부적 삶으로 회귀

사회의 변화는 필연적으로 주변부적 삶에서 중심부로 이동하지 않을
수 없도록 만든다. 그리하여 주변부적 인물들이 어쩔 수 없이 중심부로
이동하지만 거기에 적응하지 못하고 다시 주변부로 돌아오는 것이다. 이
러한 문제를 다루고 있는 소설로 현진건의 「정조와 약가」, 이상의 「날개」
를 들 수 있을 것이다.

물론 「정조와 약가」는 직접적으로 돈의 문제를 다루고 있는 것은 아니
다. 그럼에도 불구하고 거기에는 돈에 대한 독특한 인식이 자리하고 있
다. 남편의 발병(發病) 이전까지의 내외의 삶은 돈을 통한 교환적 삶이 아
니라 자급자족의 사회라 할 수 있다. 남편의 발병은 비로소 그들이 살아
온 자급자족의 범위를 벗어남으로써 비로소 돈의 필요를 인식하게 해준
다. 그러나 그들은 돈을 마련하는 방법을 알지 못함으로써 아내의 정조
를 거래의 수단으로 제공함으로써 문제를 해결한다. 그러나 그들은 남편

의 병치료가 완결되면서 거래(화폐경제)를 중단하고 주변적 삶으로 되돌아가고 있음을 보여준다.

「날개」는 이미 중심부에 살고 있는 인물이 거기에 적응하지 못하여 주변부로 회귀하려는 이야기라고 할 수 있다. 사실 「날개」에 대해서는 이미 많은 사람에 의하여 논의되었기 때문에 작품의 전체적 의미는 생략하거니와 거기에는 돈에 대한 인식이 많이 나타나고 있다. 아내에게 내객이 있는 날이면 나는 우울하고, '그러면 아내는 나에게 돈을 준다. 오십 전 짜리 은화다. 나는 그것이 좋았다. 그러나 그것을 무엇에 써야 옳을지 몰라서' 모아만 둘 뿐이다. 이에 비하여 '아내에게 왜 늘 돈이 있나, 왜 돈이 많은가를 연구'하는 것은 나의 삶이 중심부에 있으면서도 중심부의 본질을 모르고 있음을 의미하는 것이다. 그러나 아내는 중심부의 삶에 대하여 잘 알고 있을 뿐만 아니라 거기에 적응하여 살고 있음을 의미한다. 그런데 주인공은 '내객이 아내에게 놓고 가는 것이나 아내가 내게 돈을 놓고 가는 것이나 일종의 쾌감'이라는 사실을 알게 된다. 여기에서 쾌감이란 돈으로 표상 되는 허위욕망의 다른 이름일 뿐이다. 그리하여 나는 돈 5원을 가지고 거리로 나오지만 '돈을 쓰는 기능을 완전히 상실한' 사실을 알게 된다. 그러나 나는 마침내 돈의 용처를 알게 되는데 그것은 다름 아닌 아내와의 동침이다.

나는 아내의 이불 위에 엎드려지면서 바지 포켓 속에서 그 돈 5원을 꺼내 아내 손에 쥐어준 것을 간신히 기억할 뿐이다. 이튿날 잠이 깨었을 때 나는 내 아내 방 아내 이불 속에 있었다. 이것이 이 33번지에서 살기 시작한 이래 내가 아내 방에서 잔 맨 처음이었다.

그 돈 5원을 아내 손에 쥐어주고 넘어졌을 때에 느낄 수 있었던 쾌감을 나는 무엇이라고 설명할 수가 없었다. 그러나 내객이 내 아내에게 돈 놓고 가는 심리며 내 아내가 내게 돈 놓고 가는 심리의 비밀을 나는 알아낸 것 같아서 여간 즐거운 것이 아니다.

여기에서 나는 분명 돈을 매개로 한 관계가 '쾌감'임을 다시 한 번 강조하고 있는데, 이러한 쾌감을 지속하기 위하여 나는 노력도 하고 '하늘에서 지폐가 소낙비처럼' 퍼붓지 않는 것을 야속하게도 생각한다. 그러나 나는 돈이 지배하는 세계의 실상('절대로 보아서는 안 될 것을 그만 딱 보아버리고 만 것')을 보게 됨으로써 '내 바지 '포켓'속에 남은 돈 몇 원 몇 십 전을 가만히 꺼내서는 몰래 미닫이를 열고 살며시 문지방 밑에다 놓고 나는 그냥 줄달음박질을 쳐서' 아내로부터 도망치게 된다. 여기에서 돈을 버리고 아내와 결별하는 것은 중심부로부터 단절을 의미한다. 이러한 단절이 갖는 의미는 분명하다. 앞에서 살펴본 것처럼 나와 아내 사이에 부부로서 완전한 관계는 돈을 통해서만 가능한 것으로 나타나고 있다. 그리고 보면 이들의 관계는 돈이 배제될 경우 필연적으로 부부라는 관계는 단절되게 마련이다. 그러므로 이들의 만남은 사물과 사물과의 관계로 전락하고 만다. 이러한 물화된 상황에서 벗어나려는 의도가 바로 돈을 아내에게 되돌려주고 원초적 세계를 지향하게 되는데 그것이 바로 날개에의 희구라 할 수 있다. 이처럼 「정조와 약가」나 「날개」는 돈이 지배하는 사회란 인간을 상품화하게 된다는 사실을 통찰하고 거기에서 벗어나 보다 건강한 인간성을 확보하려는 강한 의지를 확인하게 된다.

4) 중심부의 삶과 허위욕망

염상섭의 「전화」는 중심부의 삶을 다루고 있는 소설이다. 이 작품은 현대 도시문명의 이기인 전화를 둘러싸고 벌어지는 소시민의 삶의 양식을 보여주고 있는데 거기에는 돈에 대한 도시인의 인식이 극적으로 제시되고 있다. 우선 무대가 서울이고 등장인물이 화물회사 회사원으로 설정되어 있다. 여기에서 '화물회사'란 물건의 배송을 전문으로 다루는 사업이라는 점에서 작품의 전체적 의미를 암시적으로 드러내고 있을 뿐만 아

니라 인간관계가 철저하게 화물의 배송관계(거래)로 다루어지고 있다. 주
인공인 화물계주임 이주사와 출하계 주임 김주사는 함께 요릿집 출입을
하면서 기생 채홍에 대하여 관심을 갖고 그녀의 환심을 사기 위하여 벌
이는 사건을 중심서사로 하면서 마지막 장면25)에 이르러 돈에 대한 현대
인의 끝없는 욕망을 보여주고 있다. 여기에는 먼저 소설의 양식으로 물
건을 돈으로 환산함으로써 사물이 갖고 있는 질량감을 사상해 버리고 추
상화의 과정을 즐겨 사용하고 있으며, 개개의 사물을 열거하는 방법을
통하여 사물과 돈의 교환관계에 있는 미묘한 이중구조를 방법화하고 있
음을 볼 수 있다. 이를테면 김장에 대한 걱정을 하면서 이를 백 원이라는
돈으로 환산하고 있으며, 요릿집 출입으로 화가 난 아내의 입을 막기 위
하여 '부인용 속적삼 한 벌과 회색 장갑을 3원 60전에 사 가지고'로 표현
함으로써 추상화 과정과 함께 중심부의 삶의 양식으로 교환관계를 보여
주고 있다. 그리고 기생으로부터 계속되는 전화로 인하여 내외간에 잦은
싸움이 벌이지게 되자 남편이 전화를 제값에 팔려고 하자 전화 팔기를
강요하던 아내는 '삼백 원 들여서 삼백 원에 팔면 그동안 전당 변리는 손
아닌가? 기생한테 자랑하자구 몇 십 원씩 날려보내요?'하고 강하게 반발
한다. 이러고 보면 아내에게 있어서 돈이란 것을 단순히 교환의 수단으
로 머물지 않고 이윤을 추구하는 재산축적의 방법으로 인식함으로써 중
심부적 삶의 실상을 극명하게 확인하게 된다. 그리하여 마침내 전화를
이주사에게 오백 원에 팔기로 약속한다. 그리고 그 오백 원의 용처를 다
음과 같이 늘어놓고 있다.

　　우선 오십 원은 채홍이 집 김장값 또 오십 원은 자기 집 김장에 이백 원은 전

---

25) 「전화」는 처음 『조선문단』(1925)에 발표되었을 때는 결말부분이 '김주사 부친의 보낸
영수증 독촉편지를 받아 찢으면서 아내가 자신이 사준 속적삼을 입고 있다'는 사실을
밝히는 것으로 끝맺고 있으나, 이후의 작품집에서는 개작되어 있는데 여기에서는 개작
된 작품을 텍스트로 한다.

당 찾고, 빚갚을 것, 삼십 원은 장인 환갑에 옷 해갈 것…이만하면 마누라의 비
가지 긁는 소리도 쏙 들어가겠고, 합계 삼백 삼십 원 제하고 일백 칠십 원으로
당분간 술 잔 먹고 월급 때까지 용돈 쓴다면 잔 돈냥에 꿀릴 리는 없다고 생각
하였다.

이렇게 물건을 돈으로 환산하여 사물이 가지고 있는 질량감을 사상해
버리고 있으며, 사물의 열거를 통하여 사물과 돈의 교환관계가 현대인의
삶의 전부임을 보여주고 있는 것이다. 그런데 실제로 전화를 산 이주사
의 부친으로부터 전화값 700원 영수증을 써 보내지 않느냐는 독촉편지를
받고 자초지종을 알게 된 아내는 반색을 하고 나머지 이 백 원을 받아 오
게 되는데 돌아오는 아내의 모습이 '아씨의 신기가 이렇게 좋기란 결혼
이후의 처음'이라고 서술함으로써 아씨의 돈에 대한 집착이 어떠한 것인
가를 잘 보여주고 있다. 그런가 하면 거기에서 한 걸음 더 나아가 남편에
게 오는 기생들의 전화로 인하여 속을 태웠다는 사실도 완전히 잊어버리
고 '여보, 우리 어떻게 또 전화 하나 맬 수 없소?'라고 조르는 것이다. 여
기에서 아내로 대표되는 중심부적 삶이란 돈이 지배하는 세계이고 모든
고통도 돈에 의하여 해소될 수 있다는 생각을 가짐으로써 끝없는 물질적
허위욕망을 키워나가는 중심부의 삶을 확인하게 된다.

5. 마무리

지금까지 리얼리즘소설에서 돈이 소설의 양식과 삶에 어떤 변화를 가
져 왔는가를 살펴보았다. 리얼리즘소설이 경제적 측면을 배제하고 성립
할 수 없다고 할 때 돈(지폐)이란 문제는 단순히 소재적 차원에 머물지 않

고 소설의 양식에도 일정한 변화를 가져오게 되고 동시에 인간 삶의 양식을 크게 바꾸어 놓았다고 할 수 있다.

돈이 지니고 있는 관계성과 비실제성, 그리고 생산물로 대표되는 교환경제는 모든 생산물이 본질적으로 지니고 있는 '사용가치'가 배제되면서 '교환가치'에 오염된 문화적 욕망의 대상이 됨으로써 페티시즘을 낳게 되었으며, 그러한 사회적 변화는 즉물적인 허위욕망을 끝없이 불러일으키는 계기가 되었다.

그런가 하면 돈이 삶의 중심수단으로 적용되면서 삶의 방식은 이전까지 자급자족에서 교환경제로 바꾸어지는데 이러한 상업적 교환방식은 소설에 있어서 양식의 변화를 가져오게 했다. 그리하여 전통적 소설의 서술양식이 전달방식에 의존하고 있는데 반하여 리얼리즘소설에서는 교환방식이 중심적 서술양식으로 채용되었으며, 혈연이나 친족, 또는 충성에 기초한 전통적 인간관계로서 수직관계가 붕괴되면서 즉물적이고 교환을 위한 상품으로서의 수평적인 인간관계로 변모되게 하였다. 그리고 사물을 돈과의 비교를 통하여 질량감이나 존재감을 제시하는가 하면 반대로 물건을 돈으로 환산하여 추상화하는 경향을 낳게 하였다. 이러한 돈에 대한 삶의 변화는 우리 소설에서 보다 구체적으로 확인할 수 있다.

1920~1930년의 우리 소설은 농경사회에서 도시사회로 전환하던 시기였기 때문에 돈에 대한 인식도 주변부에서 중심부로 이동하는 과정에서 일어나는 삶의 양식을 보여주고 있다. 그리하여 중심부적 삶을 긍정하고 거기에 적응하려고 노력하지만 마침내 물신주의에 빠져 파멸에 이르는 인간 삶을 보여주고 있거나, 주변부적 삶을 지키기 위하여 중심부적 삶을 의도적으로 외면함으로써 현실로부터 소외되며, 사회의 변화에 따라 어쩔 수 없이 중심부로 들어가 보지만 그것이 지니는 한계를 인식하고 다시 주변부로 귀환하게 되는 것을 문제로 하고 있음을 볼 수 있다. 그리고 처음부터 중심부에서 살아가는 도시인의 삶을 다룬 소설에서도 진정한 가치를 외면하고 끝없는 허위욕망을 추구하려는 현대적 삶이 비판적

으로 제시되고 있는 것이다. 이처럼 돈을 문제로 하고 있는 소설에서는 어느 것 하나 온전히 긍정되는 세계가 아니고 부정되고 비판되고 있다는 사실은 현대 사회에 있어서 돈이 지니고 있는 양면성을 극명하게 보여주는 것이라 하겠다.

지리공간의 문학적 수용과 그 의미
두만강을 중심으로

1. 문제의 제기

문학이 인간 삶의 기록이라 할 때 거기에는 필연적으로 시간과 공간으로부터 자유로울 수 없다. 따라서 일찍이 레싱(Lessing)의 지적처럼 그림이 공간예술을 대표하고, 시(문학)는 시간예술을 대표하는 것이라는 고전적 명제는 이제 그 유효성을 상실했다. 그런가 하면 시간과 공간에 대한 인식 또한 시대의 변화에 따라 변화한 것도 사실이다. 그럼에도 불구하고 문학에 있어서 시간에 대한 관심에 비하여 공간에 대한 관심은 그리 높지 않은 실정이다. 그러나 우리 문학에서 많은 작품들이 작품의 표제로 공간(성)에서 취택하고 있다는 것은 우리가 공간문제에 관심을 가질 필요가 있음을 말해주는 것이라 할 수 있다. 그 결과 최근 우리 문학에 나타난 공간(성)에 대한 논의는 지리적 공간은 물론 상징적 공간에 대하여 다양한 측면에서 검토되고 있음을 볼 수 있다. 여기에서 공간이 문제시되는 것은 단순히 리얼리티를 제공하는 것이 아니라 텍스트의 의미기능에 참여할 때 비로소 문학적 공간으로 기능하게 되는 것이다.

한국문학에서 지리적 공간이 문학적 공간으로 자주 수용된 것은 다양하여 한 마디로 말하기는 어렵지만 식민지시대를 문제로 하는 경우 두만강1)은 낙동강2)과 함께 중요한 문학적 공간으로 제시되고 있다. 두만강은 일찍부터 문학적 공간으로 자주 등장하였지만, 8·15 이전에는 망국의 한을 주제로 한 노래로도 자주 등장했다. 특히 1935년 가수 김정구에 의하여 〈눈물 젖은 두만강〉3)이 불린 후 이 노래는 민족의 애환을 노래한 국민가요로 지금도 애창되고 있다. 그런데 놀랍게도 두만강은 한국의 근대문학에서는 강의 일반적 의미 기능과는 달리 비극적 공간으로 기능하고 있다는 점이다. 그것은 무엇보다도 두만강이 국경에 위치하고 있기 때문에 국가의 중심부로서가 아니라 나라 잃은 일제강점기 민족의 애환을 환기하는 주변부로서 그 기능을 하고 있음과 무관하지 않다고 할 수 있다. 그리하여 여기에서는 두만강이 우리 문학 속에 어떤 모습으로 형

---

1) 두만강(豆滿江)은 한반도의 북동부, 북한과 중국의 국경지대를 흐르는 강으로 길이는 547.8㎞, 유역면적 33,269㎢(북한 10,743㎢, 중국 22,526㎢). 북한 양강도(兩江道) 삼지연군 무두봉 북동면에서 발원하여 북동방향으로 중국과의 국경을 따라 흐르다가 온성읍 부근에서 남동방향으로 흐름을 바꾸어 동해로 흘러간다. 한반도의 5대강 중의 하나로 길이는 압록강에 이어 두 번째이고, 유역면적은 압록강, 한강에 이어 세 번째이다. 유역에는 길이가 5㎞ 이상 되는 하천이 150여 개나 되며, 주요지류는 상류에서 흘러드는 소홍단수(小紅湍水, 82.5㎞), 연사군 신장에서 흘러드는 서두수(西頭水, 173.1㎞), 무산군 홍암에서 흘러드는 연면수(延面水, 80㎞), 무산읍에서 흘러드는 성천수(成川水, 76.3㎞), 회령 일대에서 흘러드는 용천수(龍川水)와 박천수(博川水), 샛별군에서 흘러드는 오룡천(五龍川, 61.5㎞), 중구에서 흘러드는 해란강, 훈춘강 등이다.
2) 낙동강의 문학적 수용은 조명희의 소설 「낙동강」이 대표적이며, 1980년대 김정한문학은 대부분 낙동강을 소설적 공간으로 설정하고 있다. 조진기, 「조명희의 「낙동강」 — 지리공간의 문학적 수용」, 『한국현대문학의 위상』, 경남대 출판부, 1997, 150~172면 참조.
3) 〈눈물 젖은 두만강〉(1935)의 가사는 나라 잃은 민족의 슬픔뿐만 아니라 해방에 대한 애절한 마음을 담고 있으니 가사를 옮겨보면 다음과 같다. '1. 두만강 푸른 물에 노젖는 뱃사공 / 흘러간 그 옛날에 내 님을 싣고 / 떠나던 그 배는 어디로 갔소 / 그리운 내 님이여, 그리운 내 님이여 / 언제나 오려나. // 2. 강물도 달밤이면 목메어 우는데 / 임 잃은 그 사람도 한숨을 지니 / 추억에 목메인 애달픈 하소 / 그리운 내 님이여, 그리운 내 님이여 / 언제나 오려나.' 이후 김정호, 김태곤, 나훈아, 조영남, 최희준, 송대관 등이 다시 부르기도 했다.

상화되어 있으며, 그것이 의미하는 바가 무엇인가를 밝혀보려고 한다.

2. 지리공간의 문학적 수용

전통적으로 문학에 있어서 공간이란 인물과 사건의 리얼리티를 제공해 준다는 일차적 기능으로부터 점차 확대되어 분위기를 창조하고, 나아가서는 상징적 의미로 확대되고 있다.[4] 그 결과 소설에 있어서 공간의 문제는 사실적 정확성이란 관점에서 판단되는 것이 아니라 스토리를 위해서 무엇을 성취했는가[5] 하는 문제와 결부되기 때문에 소설의 공간은 2차적 환상(secondary illusion)[6]이란 개념에 바탕을 두어야 한다. 그래서 라브킨(Eric S. Rabkin)은 소설에 있어서 공간형식의 중요성을 다음과 같이 말하고 있다.

> 공간형식이란 설화기법의 발전에 우리의 주의를 집중시키기 위해 쓸모가 있는 하나의 메타포라고 결론을 내릴 수 있다. 만약 우리가 어떤 시점에 의해서만 관찰 할 수 있는 범위의 것으로 플롯 사건을 이해한다면 공간형식이란 개념은 텍스트의 병렬법에 의하여 독자에게 최종의 시점이 떠맡겨지는 (…중략…) 것이다. 분편화가 가장 두드러진 표명이기는 하지만 유일한 표명은 아닌 이 병렬법에 의하여 도움을 받을 수 있는 두 가지 필연성을 느끼고 있기 때문이다. 그것은 첫째, 공간화의 경향을 지지함으로 해서 친숙한 문학 형식을 다시 활성화시킨다는 것이고, 둘째는 분편화를 포함하는 병렬법이라는 특수한 공간화 기법은 일관

---

4) C. Brooks, R. P. Warren, *Understanding Fiction*, Appleton-Century Crofts Inc. 1959, P.648.
5) 위의 책, P.647.
6) Joseph A. Kestner, *The Spaciality of the Novel*, Wayne State Univ. Press, 1978, P.9.

성 있는 세계에 살아야 기분이 좋은 독자들에게 일관성 있는 가치체계를 되찾아
주기 위하여 독서의 공시적 국면과 통시적 국면간의 필연성인 변증법을 사용해
야 한다는 것이다. 현대의 설화적 실험에 대한 반응으로 발생한 '공간형식'은 이
처럼 우리가 문학사를 통한 기법상의 문제를 통찰하는 데에 도움이 된다.[7]

이러한 지적들은 물론 소설이 지니는 특성과 일정한 관련을 갖는 것이
지만 시의 경우에도 예외는 아니다. 이미 앞에서 지적한 것처럼 문학에
있어서 공간이란 물리적 공간만을 의미하는 것이 아니며, 그 기능 또한
상징적 요소를 지니고 있음을 간과할 수 없기 때문이다.

그리하여 가브리엘 조란(G. Zolan)은 서사물에서 공간 구조의 세 수준을
① 지형학적 수준(topographic level)으로 정태적 실체로서의 공간, ② 시·공적
수준(chronotopic level)으로서 사건과 계기에 의해 공간에 강요된 구조, ③ 텍
스트 수준(textual level)으로 언어적 텍스트 내에 의미화된 사실에 의하여 공
간에 강요된 구조[8]로 나누고 있는데, 지형학적 수준의 장면 단위는 장소
(place)이고, 시·공적 수준의 장면 단위는 행동의 영역이고, 텍스트 수준은
시야(field of vision)라 할 수 있다. 따라서 소설에 있어서 시간과 공간의 문제
는 소설 논의에 있어서 주된 초점을 이루며 소설시학의 한 핵심적인 위치
를 차지하고 있다. 그러므로 소설의 공간이란 그것이 이야기 공간이든,
담화 공간이든 동시대의 세계구성에 대한 작가 나름의 진단과 해석을 함
축하는 의미론적 차원에서 논의[9]되어야 한다. 그렇다고 시의 경우라고
하여 공간이 전혀 무의미한 것은 아니다. 소설을 포함하여 문학이란 따지
고 보면 작가(서술자)가 대상을 바라보고 그것을 평가하는 사람이고, 민감
하게 지각하는 사람이며, 관찰하는 사람[10]이라고 할 때 서술자는 세계를

---

7) Eric S. Rabkin, 『현대소설의 이론(*Spatial Form and Plot*)』(김병욱 편), 대방출판사, 1984,
   245~246면.
8) 김병욱, 「소설과 공간의 의미」, 『현대소설연구』 제5호, 1996.12, 9~10면.
9) 김경수, 「소설의 공간과 정치적 상상력」, 『현대소설연구』 제5호, 1996.12, 44면.
10) F. K. Stanzel, 김정신 역, 『소설의 이론』, 문학과비평사, 1990, 19면.

그 자체로 인식하는 것이 아니고 관찰하는 정신이라는 매개를 통하여 인식하는 것이다. 그러므로 서사문학에서 서술자는 자신이 인식한 세계를 이야기라는 방식으로 청중에게 전달하고자 한다면 시의 경우에는 시적 화자가 인식한 세계에 대한 이미지를 형상화하여 보여주는 것이라 할 수 있다.

한편, 20세기에 이르러 시간과 공간은 선험적인 것이 아니라 인간의 경험과 밀접한 관련을 가지고 있을 뿐만 아니라, 인식 주체의 지각과 경험의 장으로서 존재하는 것이다. 또한 공간은 시간과의 결합을 통한 주체의 행위에 의하여 비로소 그 존재가 가능하다. 그 결과 시간과 공간에 대한 근대적 인식은 서구 자본주의의 확장과 함께 식민지에도 그대로 이식되었으며, 근대적 공간을 규정하는 요소로서 균질화, 파편화, 위계화로 나타나게 되었다.[11] 이러한 공간인식은 마침내 제국(帝國)을 중심 공간으로 인식하고 식민지는 그 변두리에 존재하는 주변적인 공간으로서의 의미를 지니며, 주변부에서는 또 다른 세계(공간)를 타자화함으로써 주체의 위치에 서려고 한다. 그런가 하면 소설에 형상화된 공간은 문화, 사회적 관례와 밀접한 관계가 있다는 점도 간과할 수 없다. 이러한 사실은 뒤에서 작품을 통하여 보다 구체적으로 분석되겠지만 일제 강점기에 '두만강'이 문제가 되는 것도 '중심부로서 서울―주변부로서 두만강―타자로서 간도'라는 인식이 크게 작용하고 있다고 할 수 있다.

---

11) 김종욱, 『한국소설의 시간과 공간』, 태학사, 2000, 31면 참조.

3. 두만강의 문학적 수용

1) 두만강과 시적 변용

한국 근대시사에서 최초의 서사시로 일컬어지는 김동환의 『국경의 밤』은 표제가 암시하고 있는 것처럼 두만 강변에 살면서 소금밀수로 생계를 이어가는 젊은 부부의 비극적 삶을 노래하고 있다. 『국경의 밤』은 지금까지 서사시로서의 성격을 지적한 글이 대부분이다.12) 그러나 엄밀한 의미에서 『국경의 밤』은 '소설에 담을 만한 내용을 시로 다루어 서사시이긴 하지만 판소리 같은 재래의 서사시와 접맥되지 않아 표현이 어색'13)한 작품이라고 할 수 있다. 그럼에도 불구하고 일제 강점기 두만 강변에 살고 있던 민족의 참담한 현실과 쫓기는 자, 소외된 자의 비극적 좌절 체험을 제시하고 있다는 점에서 역사성을 지닌다.

아하, 무사히 건넜을까.

이 한밤에 남편은

두만강을 탈 없이 건넜을까?

저리 국경 강안(江岸)을 경비하는

외투 쓴 검은 순사가

왔다―갔다―

오르명 내리명 분주히 하는데

---

12) 김동환의 『국경의 밤』을 다룬 대표적 글들은 다음과 같다. 오세영, 「『국경의 밤』과 서사시의 문제」, 『국어국문학』 75집, 1978; 염무웅, 「서사시의 가능성과 문제점」, 『한국문학의 현 단계』, 창작과비평사, 1982; 이동하, 「김동환의 서사시에 대한 한 고찰」, 『가라문화』 제3집, 1985.
13) 조동일, 『한국문학통사』 5, 지식산업사, 1994, 172면.

발각도 안 되고 무사히 건넜을까?

소금실이 밀수출(密輸出) 마차를 띄워 놓고
밤새 가며 속 태우는 젊은 아낙네,
물레 젓던 손도 맥이 풀려서
파! 하고 붙는 어유(魚油) 등잔만 바라본다.
북국(北國)의 겨울밤은 차차 깊어 가는데.[14]

『국경의 밤』의 시작부분인데, 여기에서 두만강은 지형학적 공간이자 시적 주인공의 행동 영역으로 시·공적 구조로 기능하고 있다. 그리하여 두만강은 위험한 삶의 현장이자 비극의 공간으로 등장하고 있다. 이 시에서 두만강은 "외투 쓴 검은 순사"가 국경을 넘는 사람들을 검문하는 가운데 가난으로 인하여 죽음과 맞바꿀지도 모를 소금 밀수출이라는 범법행위를 감행하지 않을 수 없는 밀수꾼과 이를 지켜보고 있어야 하는 젊은 아내의 근심이 어우러져 제시되고 있다. 그리고 이러한 목숨을 건 밀수행위는 마침내 젊은 밀수꾼 남편의 죽음으로 종결되고 있는데, 이러한 비극적 죽음은 주인공 남편 한 사람의 문제로 인식하지 않고 있다. 남편의 주검이 사실로 확인되고 그 시체가 집으로 돌아오자 이를 지켜보고 있던 여러 사람이 "흥! 언제 우리도 이 꼴이 된담!"[15]이라고 죽은 이와 자기들을 동일시하고 있다. 그러나 서당집 노훈장은 "그래두 조선 땅에 묻힌다!"고 그나마 위로의 말을 잊지 않는데, 이는 당시 삶을 영위하기 위하여 간도로 유랑하던 민족 현실을 일깨워주는 기능을 하고 있다. 이처럼 일제 강점기를 살아가는 가난한 사람들이 목숨을 부지하기 위하여 목숨과 맞바꿀지도 모르는 위험한 밀수를 할 수밖에 없는 정황을 제시하고 있는 것이다. 이렇게 볼 때 『국경의 밤』에 드러나고 있는 두만강은 삶

---

14) 김동환, 『국경의 밤』, 한성도서주식회사, 1925, 37~38면.
15) 위의 책, 122면.

 일제 말기 국책과 체제 순응의 문학

의 중심부에서 밀려나 주변부에서 살아가는 가난한 사람에게 생사의 갈림길이며, 위험지대로 표상 되고 있음을 확인하게 된다.

한편 1930년대에 이르러 국내외 유이민의 비극적 삶을 깊이 있게 통찰하고, 또 이를 민족 모순의 핵심으로 명확하게 인식하고 이를 정당하게 형상한 시인16)으로 이용악(1914~?)을 들 수 있다. 그는 함경북도 경성 출신으로 누대로 가난한 생활을 했으며, 그의 유년시절의 기억을 「우리의 거리」라는 시에서 "아버지도 어머니도／젊어서 한창 땐／우라지오로 다니는 밀수꾼／눈보라에 숨어 국경을 넘나들 때／어머니의 등곬에 파묻힌 나는／모든 가난한 사람들의 젖먹이와 다름없이／얼마나 성가스런 짐짝이었을까"라고 노래하고 있을 만큼 어려서 아버지를 여의고 가난 속에서 '성가스런 짐짝처럼' 자라게 된다. 아버지의 객사 이후 그의 어머니는 온갖 장사를 하면서도 아들 삼형제를 모두 고급학교에 진학시키는 억척스런 생활인의 면모를 보여주기도 하였다.17) 이용악은 일본에 건너가 갖은 노동을 하면서 고학하지만 중도에 그만 두고 귀국하였으며, 일제강점기에는 조선민족을 해방시키려는 혁명 운동에도 참가하여 여덟 번이나 일제의 악독한 경찰에 붙들리고, 그 무서운 고문18)에 시달리기도 했던 인물이다. 그런 그가 일제강점기를 살아가는 민족의 애환을 두만강을 통하여 극적으로 제시하고 있다. 그는 두만강을 의인화하여 화자의 감정을 이입시키고 있으며, 우리 역사의 흐름을 지켜보고 증거해 주는 상징물로 두만강과 정면으로 대면하고 있다.

나는 죄인처럼 수그리고
나는 코끼리처럼 말이 없다
두만강 너 우리의 강아

---

16) 윤영천, 「이용악론」, 『한국근대리얼리즘작가연구』(김윤식 편), 문학과지성사, 1988, 321면.
17) 위의 글, 325면 참조.
18) 위의 글, 326면.

너의 언덕을 달리는 찻간에
조고만 자랑도 자유도 없이 앉았다.

아무 것두 바라볼 수 없다만
너의 가슴은 얼었으리라
그러나
나는 안다.
다른 한 줄 너의 흐름이 쉬지 않고
바다로 가야 할 곳으로 흘러내리고 있음을.

지금 차는 차대로 달리고
바람이 이리처럼 날 뛰는 강 건너 벌판엔
나의 젊은 넋이

무엇인가 기대리는 듯 얼어붙은 듯 섰으니
욕된 운명은 밤 우에 밤을 마련할 뿐.
잠들지 말라 우리의 강아
오늘밤도
너의 가슴을 밟는 뭇 슬픔이 목마르고
얼음길을 거츨다 길은 멀다.

길이 마음의 눈을 덮어줄
검은 날개는 없느냐
두만강 너 우리의 강아
북간도로 간다는 강원도치와 마조 앉은
나는 울 줄 몰라 외롭다.[19]

"만주 간도 등지를 배경한 침통한 북방의 정조"[20]를 나타내고 있는 것으로 평가되는 이 시는 전체가 5연으로 짜여 있다. 제1연에서 3연까지 시적 화자는 시인 자신인 이용악이다. 그는 죄인처럼 수그리고 코끼리처럼 말없이 나라 잃은 백성이 되어 '자랑도 자유도 없이' 만주행 유이민 열차에 몸을 싣고 얼어붙은 두만강을 건너면서 저 깊은 강 밑바닥에 또 다른 한 줄기의 물줄기가 쉬지 않고 은밀히 바다로 흘러가고 있음을 말하고 있다. 이를 통하여 시인이 말하고자 하는 것은 말할 것도 없이 역사의 흐름은 결코 단절될 수 없다는 점이다. 그러나 바람이 이리처럼 혹독하게 불어대는 벌판과 같은 일제강점기 현실에서 민족을 위해 어느 것 하나 해결해주지 못하는 자신을 죄인으로 인식하고 자괴심과 죄책감을 안고 얼어붙은 듯 서 있는 것이다.

그러나 제4연에 이르러 시인은 가슴을 밟는 뭇 슬픔을 극복하지 못한 오늘날과 같은 암울한 시대 상황 속에서도 '우리의 강, 두만강아 잠들지 말고 깨어 있으라'고 외친다. 이것은 단순히 두만강을 두고 하는 말이 아니라 자신에 대한 다짐인 동시에 이러한 상황에 이르게 된 현실과 함께 준엄한 자기 질책과 자기반성을 동시에 일깨워 주려는 것임을 확인하게 된다.

마지막 제5연은 결국 마음의 눈을 덮어 줄 검은 날개를 희구하고 있다. 그것은 결코 현실 도피를 의미하는 것은 아니다. 그는 만주행 이민 열차에 몸을 싣고 두만강 무쇠다리를 건너가는 '뭇 슬픔'을 극히 냉정하게 노래하고 있다. 시인은 화전을 일궈먹다가 그나마도 여의치 못해 만주행을 결행했음직한, "북간도로 간다는 강원도치"의 고통스런 현실과 정직하게 대면[21]하고 있는 것이다. 그는 조국 땅에서 뿌리 뽑힌 채 새로운 삶을 찾아 간도로 가는 조선인의 삶의 현장에서 아무런 역할도 할 수 없다는 사실에

---

19) 이용악, 「두만강 너 우리의 강아」, 『낡은 집』, 1938.

20) 백철, 『조선신문학사조사』 현대편, 백양사, 1949, 356면.

21) 윤영천, 앞의 글, 346면.

괴로워하고 있다. 그런 점에서 이 시는 나라 잃고 조국의 마지막 경계지점 인 두만강을 건너면서 "가슴을 밟는 뭇 슬픔"을 원천적으로 제거하지 못하는데 따른 회한어린 자기 반성적 사고를 드러내고 있는 것이다.

이처럼 이용악에게 있어서 두만강은 역사의 단절을 거부하고 역사에 대한 애정과 절망감을 이겨내려는 의지를 드러내고 있을 뿐만 아니라 힘든 현실에 굴복하지 않고 가야할 길을 묵묵히 가는 꿋꿋하고 믿음직한 모습, 또 나약한 자신에 힘과 용기를 주기도 하는 상징적 공간으로 기능 한다.

따라서 두만강을 통하여 시인이 드러내고자 하는 역사인식은 때로는 역설적으로 나타나고 있는데, 그것은 「천치(天痴)의 강」에서 더욱 분명하 게 드러나게 된다. 그는 제국주의 열강의 고압적인 힘에 눌려 숨죽여 지 내는 식민지 백성과 "무장열차"와 "언덕에 자리 잡은 포대"에 압도되어 공포에 떨며 "선지피"를 흘리는[22] 현실을 형상화하고 있다. 이처럼 조국 의 현실은 일제의 폭압과 중일전쟁으로 군대와 군수물자를 실어 나르는 무장열차의 행렬로 이어지고 있음에도 불구하고 유유히 흐르는 두만강 이야말로 역사 현실을 외면하고 있다는 인식에 도달하게 된다. 그리하여 그는 두만강에 묻고 있다.

네가 흘러 온
흘러온 산협에 무슨 자랑이 있었드냐
흘러가는 바다에 무슨 영광이 있으랴
이 은혜롭지 못한 꿈의 향연을
전통을 남기려는가
강아
천치(天痴)의 강아.

---

22) 이용악, 「천치의 강아」, 『분수령』, 1937.

여기에서 시인은 조선의 어느 곳에도 이미 자랑스런 일도, 영광스런 일도 존재할 수 없음을 분명히 하고 있다. 그러나 다른 한편으로 "너를 건너 / 키 넘는 풀 속을 들쥐처럼 기어 / 색다른 국경을 넘고저 숨어 다니는 무리"로서 독립운동가의 모습을 놓치지 않고 있다. 이처럼 현실은 위기로 가득하고 그 위기를 극복하려는 노력으로 "강안(江岸)에 무수한 해골이 뒹굴러도 / 해마다 계절마다 더해도 / 오직 너의 꿈만 아름다운 듯 고집하는 / 강"이기에 두만강은 분명 '천치의 강'이라 불러도 좋을 것이다.

한편 「전라도 가시내」란 시에서는 간도로 팔려온 여인의 비극적 삶에 대하여 "무쇠다리를 건너온 함경도 사내"의 눈을 통하여 제시하고 있다. '네 두만강을 건너왔다는 석 달 전이면 / 단풍이 물들어 천리 천리 또 천리 산마다 불탔을 겐데 / 그래두 외로워서 슬퍼서 치마폭으로 얼굴을 가렸더냐. / 두 낮 두 밤을 두루미처럼 울어 울어 / 불술기 구름 속을 달리는 양 유리창이 흐리더냐'(「전라도 가시내」 부분)고 묻고 있다.

여기에서 작중화자 '나'(함경도 사내)와 '전라도 가시내'는 분리된 개체로 따로 떨어져 있지 않고 튼튼한 공동운명체로서 강하게 결속되어 있다23)고 할 수 있는데, 아름다운 고향을 두고 이국 간도로 밀려오기까지 두만강을 건넘으로써 비극적 삶이 시작되고 있음을 알 수 있다. 그러므로 두만강은 국경선으로만 기능하지 않고, 민족의 행·불행을 가르는 경계지역으로 상징되고 있음을 확인하게 된다.

또한 일제강점기의 민족적 비극을 당대적 상황에서 노래한 것과는 달리 김규동은 회고적 관점에서 두만강을 형상화하고 있다. 1985년에 발표된 김규동의 「두만강」 역시 일제 강점기 독립군이 국경을 넘어 일제와 투쟁하던 역사의 현장이면서 원초적 꿈의 공간이고, 미래에 대한 전망을 보여주는 역사적 공간으로 드러나고 있다.

---

23) 윤영천, 앞의 글, 351면.

얼음이 하도 단단하여
아이들은
스케이트를 못 타고
썰매를 탔다.
어름장 위에 모닥불을 피워도
녹지 않는 겨울 강
밤이면 어둔 하늘에
몇 발의 총성이 울리고
강 건너 마을에서 개 짖는 소리 멀리 들려왔다.
우리 독립군은
이런 밤에
국경을 넘는다 했다.
때로 가슴을 가르는
섬뜩한 파괴음은
긴장을 못 이긴 강심 갈라지는 소리.
이런 밤에
나운규는 아리랑을 썼고
털모자 눌러 쓴 독립군은
수많은 일본군과 싸웠다.
지금 두만강엔
옛 아이들 노는 소리가 남아 있을까?
강 건너 개 짖는 소리 아직 남아 있을까?
통일이 오면 할 일도 많지만
두만강을 찾아 한 번 목 놓아 울고 나서
흰머리 날리면서
씽씽 썰매를 타련다.
어린 시절에 타던

신나는 썰매를 타 보련다.

전체 29행으로 이루어진 이 시에서 1~9행까지는 과거 회상으로 일제 하 현실을 노래하고 있지만 강심이 꽁꽁 얼어 썰매 타는 아이들의 세계와, 밤이면 총소리와 개 짖는 소리가 대조를 이루면서 긴장을 유발하고 있다. 그리고 10~19행에서는 역시 과거회상을 통하여 독립군이 두만강을 건너 일제와 투쟁하던 역사적 사실을 형상화하고 있는데 "이런 밤에 / 나운규는 아리랑을 썼고 / 털모자 눌러 쓴 독립군은 / 수많은 일본군과 싸웠다"고 증언하고 있다. 그리고 23~29행에 이르러서는 통일에 대한 염원과 함께 통일이 되면 두만강에 가서 목 놓아 울고 나서 흰머리 날리며 옛날 어린 시절로 돌아가 썰매를 타보고 싶다고 노래하고 있다. 이처럼 김규동의 「두만강」은 시인 자신의 어린 시절의 추억이 묻어 있는 강이면서 일제 강점기 독립군이 투쟁하던 공간이었고, 다가올 통일의 그 날을 지켜볼 역사의 강으로 형상화된다.

한편 두만강은 우리에게 뿐만 아니라 조국을 떠나 간도(연변지역)에 살고 있는 조선족에게도 조국의 또 다른 상징물로 인식되고 있음을 볼 수 있다. 그런가 하면 연변지역에서 실시하는 문학상 가운데 '두만강 여울물 소리 시인상'이 있고, 그들의 시집 제목 또한 『두만강 여울물소리』[24]라 할 만큼 두만강은 조국에 대한 그리움의 표상이라고 할 수 있다.

시집 『누만강 여울물 소리』에 수록된 시 가운데 두만강을 노래한 시들은 대부분 조국에 대한 그리움과 함께 자신의 정체성을 두만강을 통하여 확인하고 있음을 보게 된다.

연변지역의 대표적 시인인 김정호[25]는 두만강을 통하여 암울했던 일

---

24) 김정호 외, 『두만강 여울물 소리』, 문학과지성사, 1991.
25) 1949년 중국 길림성 혼강시 서천마을에서 태어나 연변대학 조문학부 졸업. 연변문학 예술연구소 『문학과 예술』 잡지 편집인. 1976년 중문으로 시를 발표하여 중국시단에 데 뷔하였으며, 1980년부터 한글로 시를 창작, 시 300여 수와 번역, 평론 100여 편을 발표했 다. 백두문학상, 두만강여울소리 시인상(2차), 장백산문학상, 해란강문학상, 진달래문학

제 강점기를 회고하고 지난날 불행했던 역사를 반성하면서 새로운 출발
을 다짐하고 있다.

> 우리 가슴에 박힌
> 7백리 구부러진 칼날
> 살과 뼈와 피의
> 아우성 속에
> 아직도 차가운 추억.
>
> 이젠 그 칼날을 뽑아
> 활활 타오르는 불길에
> 다시 아프도록 뻘겋게 구워
> 분한 마음 때리고 두드려
> 시퍼런 칼을 만들자.
>
> 그 칼날로
> 할아버지 때부터 지었다는
> 저 눈물의 이야기 주머니를
> 쭉— 찢어
> 고였던 눈물을 몽땅 쏟자.
>
> 새로 세운 칼날
> 번득이는 칼날에
> 우리 마음은 시퍼렇다.

상, 연변일보 수필상 수상. 시집으로 『달빛의 언어』, 중문시집 『꿈의 발자취』(홍콩)가 있
다. 세계중문시인연합회 회원, 중국작가협회 길림분회 회원, 중국작가협회 연변분회 회
원, 사단법인 중국연변오월시회 회장.

어제 역사의
저 차디찬 페이지를 덮으며
오늘 우리는
이 칼을 차고
머나먼 길을
떠난다.

　여기에서 시인은 '두만강'을 칼날로 은유하면서 과거의 아픈 역사를 녹여 뜨거운 불길에 넣어 새롭게 칼을 만들어 눈물로 얼룩진 과거를 베어내고 새로운 출발을 다짐하고 있다.
　그리고 김학송26) 역시 「심곡(心曲)」이란 작품에서 두만강을 "겨레의 강"으로 인식하면서 지난날의 아픈 역사를 다음과 같이 되새김질하고 있다.

구슬픈 이야기 땅을 적시누나.
출렁이는 사색이 하늘을 만지누나.
아, 두만강― 겨레의 강아!

쪽박 차고 괴나리보짐 지고
건너던 우리의 할배는 어디?

김씨 족보가 이슬에 젖던
무궁화 흐느끼던
차거운 한숨의 여울은 어디?

---

26) 1952년 출생. 연변대학 문학과를 졸업하고 현재 도문시 문화국 창작실 주임 겸 도문시 문련 부비서장으로 있음. 1980년 문단에 등단한 후 시, 수필, 가사등 약 500여 편을 발표했음. 『연변문예』문학상, 두만강여울소리 시인상, 『도라지』문학상, 수필문학상, 가사창작전국상을 수상. 사단법인 중국연변오월시회 회원.

그 날의 할아버지의 그 손자가
너의 강반에 달려와 오늘은
파란 많은 칠백 리
긴─ 긴 흐름 위에

찾는다─
부른다─
떠나간 조상의 꼬부라진 그림자…

　여기에서 시인은 '족보' '무궁화'로 상징되는 조국을 등지고 낯선 이국 땅으로 밀려난 조상들의 아픈 내력을 두만강을 통하여 확인하고 있다. 그런가 하면 두만강을 통하여 찬란했던 고구려시대와 대비적으로 "깨어진 쪽박에 / 비운을 싣고" 두만강을 건너 "침략을 꾸짖어 / 서리발치던 / 투사들"의 삶을 되돌아보며 자유의 새날로 달려가는 백의민족의 청정한 꿈을 그려보고 있다. 그리고 「흰 물새」라는 작품에서는 우리 민족을 두만강의 흰 물새로 표상하면서 민족의 애환을 노래한 〈눈물 젖은 두만강〉이란 노래를 겨레의 노래로 인식하고 그 노래에 가슴 아파 하고 있다. 역시 같은 시인의 「여울 소리」에서는 맑은 여울물 소리에서 훈민정음의 향기로운 낱말을 연상하는가 하면 역사 교과서 펼치는 소리와 흰 두루마기 자락소리를 듣기도 하고, 새날로 마음이 열리는 소리, 마침내 두만강 여울 소리를 연상하게 된다.
　이상에서 살펴 본 것처럼 두만강의 시적 변용은 대체로 일제강점기를 시대적 배경으로 하여 고국에서 밀려나는 민족의 슬픈 역사를 되새기는 시적 공간으로 기능하고 있으며, 두만강은 국경이기 때문에 국내와 국외를 경계 짓는 경계지역으로 인식함으로써 나라 잃은 민족의 회한의 지역으로 인식하고 있음을 확인하게 된다.

2) 두만강과 서사공간

　소설의 공간성은 은유적이며, 상징적 의미를 지니는 것이라 할 수 있다. 특히 이기영의 대하소설 『두만강』[27]은 그 표제가 말하는 것처럼 지리적 공간으로서 두만강을 문제시하는 작품은 아니다. 여기에서 두만강은 은유적이고 상징성을 지닌 것이다. 3부작(전5권)으로 쓰인 『두만강』의 중요한 서사공간은 '충청도의 송월동—서울—두만 강변(무산)—만주(용정)'로 이동하면서 1900년대 초인 구한말에서 1930년대 초 일제강점기에 이르는 30여 년간 "민족의 투쟁 현실을 생동하게 반영한 서사시적 작품"[28]이다. 그러므로 직접적으로 두만강을 소설적 공간으로 한 소설이라고 할 수 있는 것도 아니고, 그렇다고 두만 강변에 살고 있는 사람들의 삶을 집중적으로 조명하고 있는 작품도 아니다. 그러므로 주제를 암시하기에 충분한 제목은 되지 못한다는 지적[29]도 가능하지만, 여기에서 두만강이란 표제는 그만큼 은유적이고, 상징적 의미를 지니고 있음을 말해 준다고 할 수 있다.

　『두만강』 3부작에서 다루고 있는 사회적 상황과 소설의 공간을 살펴보면 제1부는 대체로 1900년에서 1910년까지를 역사적 배경으로 하면서 소설적 공간으로 충청도 송월동과 서울이 중심무대로 나타나고 있으며, 제2부는 1910년 이후부터 1919년 3·1운동 전후의 시기를 배경으로 두만강 유역, 무산을 서사공간으로 하고 있으며, 제3부는 1920년부터 1930년대 초까지 만주를 서사공간으로 하여 항일투쟁을 다루고 있다. 이를 좀 더 구체적으로 살펴보면 전체 102장으로 이루어진 『두만강』의 서사공간은 제1부 29장 가운데 28장이 송월동을 1장이 무산으로 설정되어 있다.

---

27) 여기에서는 지리적 공간으로서 '두만강'의 의미만 검토하고 작품에 대한 종합적이고 구체적 논의는 별도로 집필될 것이다. 여기에서 사용하는 텍스트는 『두만강』(전5권, 풀빛, 1989)임을 밝혀둔다.

28) 박종원·류만, 『조선문학개관』 II, 인동, 1988, 216면.

29) 신춘호, 「이기영의 『두만강』 연구」, 『중원인문논총』 제15집, 1996, 64면.

제2부는 전체 37장 가운데 송월동은 13장, 무산이 19장, 용정이 4장, 서울이 2장으로 편성되어 있어 공간의 무게 중심이 송월동(국내)에서 두만 강변(경계지역)으로 이동하고 있음을 알 수 있다. 그리고 제3부에서는 송월동이 9장, 무산(함흥)이 4장, 용정이 14장, 서울이 7장, 일본이 2장으로 소설 공간이 확대되고 있지만 역시 공간의 무게 중심은 용정으로 이동하고 있음을 확인할 수 있다.

이렇게 볼 때 이 작품의 서사공간은 '국내 — 국경지역 — 국외'로 확산·이동되고 있다고 할 수 있는데 그것은 중심부로서 송월동, 주변부 혹은 경계지대로서 두만강(무산), 타자로서 간도를 상정하고 우리 민족의 수난사를 보여주려고 했음을 알 수 있다. 이러한 점은 지리적 공간으로서 두만강의 의미에 대하여 작중 서술자는 다음과 같이 이야기하고 있는 것이다.

두만강!

너는 얼마나 많은 이 땅의 인민들이 제 나라 강토에서 쫓기어 가는 것을 보았느냐? 그리고 너는 또한 얼마나 많은 이 나라 사람들이 큰 뜻을 품고 너를 건너오가는 것을 보았더냐? 사람은 제가끔 환경을 타고난다. 이것은 천부의 생활 조건으로서 그 권리를 인정해야 할 것이다.

하다면 조선 인민에게는 반도의 삼천리강산이 그들의 고향이 아니겠는가!

고구려시대에는 그의 판도가 멀리 송화강 유역에까지 미쳤지만, 삼국시대를 거쳐서 고려와 이조에 이르는 동안 조선은 압록강과 두만강으로 자국의 영토를 획정하였다.

(…중략…)

삼천리 강산은 유구한 역사를 가진 조선 민족의 피와 흙으로 뭉쳐졌다. 이 땅에는 그들의 역대 조상들의 백골이 묻혀 있으며 또한 그것은 그들의 자손들이 장래 무궁하게 번영할 것을 약속하고 있다.

그런데 오늘 조선 인민들은 왜 자기의 고국에서 못살고 타국으로 쫓겨 가고 종살이를 하지 않으면 안 되게 되었는가?[30]

여기에서 작가는 두만강을 역사적 관점에서 바라보고 있다. 과거 조선은 반도 삼천리가 고향이었던 것이 일제의 침탈에 의하여 어쩔 수 없이 두만강을 건넘으로써 타국으로 쫓겨 가거나 종살이를 하게 되었다고 했다. 사실 우리의 두만강이란 중국의 관점에서는 도문강(圖們江)으로 국경이라는 경계지대이기 때문에 안(內)이면서 동시에 밖(外)이라 할 수 있다. 그러므로 은유적·상징적 공간으로서 두만강은 조국에서 밀려난 민족의 최후의 영역이며, 한 발짝만 나가면 조국에서 밀려나 이국으로 유랑하는 민족의 비극적 삶의 출발점으로 기능하게 된다. 그런가 하면 국경을 백두산으로 하지 않고 두만강으로 표상하고자 한 것은 강이 지니고 있는 상징성과도 무관하지 않다고 할 수 있다. 강, 혹은 강물이란 '흐름'을 의미하는 것으로 변화와 지속을 의미하며, 정화의 의미까지 지닌 상징적 의미[31]를 지니고 있다고 하겠다. 그러므로 두만강은 단순히 지리적 공간이 아니라 우리나라의 역사를 지켜보는 역사적 증인이라는 인식과 함께 과거와 미래, 주인과 종살이를 경계 짓는 시간과 공간의 의미를 지니는 것이라 할 수 있다.

한편 최인훈의 처녀작이라 할 수 있는 「두만강」[32] 또한 두만강안의 회령을 소설적 공간으로 하면서 일제강점기 한국인의 삶을 회고적 관점에서 그리고 있다. 사실 두만강변의 국경도시 회령과 원산은 최인훈 소설의 원초적 상상력의 공간[33]이라 할 수 있는데 「두만강」을 비롯하여 「회색인」, 「하늘의 다리」와 그의 출세작이라 할 『광장』이 바로 이곳을 소설

---

30) 이기영, 『두만강』 제2권, 117면.
31) 아지자, 장영수 역, 『문학의 상징·주제사전』, 청하, 1989, 145~157면 참조; 조진기, 「조명희의 「낙동강」」, 『한국현대문학의 위상』, 경남대 출판부, 1997, 157면 참조.
32) 최인훈은 「두만강」의 '작가의 말'에서 "현재 통용되고 있는 나의 작품 연보로는 「그레이 구락부 전말기」(1959)가 데뷔작입니다. 이것은 사실입니다. 그러나 이 작품이 처녀작은 아닙니다. 대학시절에 소설을 하나 쓰고 있었습니다. 그것이 「두만강」입니다"라고 하여 「두만강」의 발표 시기(1970)와는 상관없이 작가 스스로 「두만강」을 처녀작임을 밝히고 있다. 최인훈, 『하늘의 다리 / 두만강』, 문학과지성사, 2000, 121면.
33) 장영우, 『소설의 운명, 소설의 미래』, 새미, 1999, 109면.

적 공간으로 하여 자신의 유년 체험을 다루고 있다. 『두만강』은 작가의
표현대로 "빼앗긴 들에도 봄은 온다는 것은 슬프고 무섭고 (…중략…) 멍
하도록 신비한"34) 이야기라고 할 수 있다. 이 작품에서는 일제강점기인
1943년 두만강변의 H마을에서 조선인과 일본인이 공존하는 세계를 다루
고 있다. 1943년이란 기울어지는 전세를 역전시키기 위하여 일제는 갖은
방법을 동원하여 총력전을 전개하던 시기이다. 그럼에도 불구하고 이 작
품에서는 그러한 역사적 흐름과는 상관없이 '일상 속에 주저앉은 비극'
을 보여주고 있어 우리가 살았던 한 치욕적인 시대의 풍속도를 펼쳐 보
이고 있는 작품35)이라고 할 수 있다.

소설의 공간인 H읍은 작가의 고향인 회령이라 할 수 있는데, 당시 그
곳은 조·만·소 국경에 위치한 곳으로 일제의 특고(特高)와 헌병, 특무의
그물이 거미줄처럼 널려 있는가 하면 한말 이래 의병, 독립군, 빨치산의
무대이기도 한 지역이었음을 작가는 밝히고 있다. 그런 곳이기에 밤이면
'만주각(滿洲閣)'에서는 "두만강 푸른 물에 노젖는 뱃사공"이 흘러나오고,
일본 카페 히노데[日の出]에서는 "고꼬와 조오센 호꾸단노"란 일본 노랫
가락이 흘러나오는 것이다. 이러한 소설적 공간 속에서 일본, 일본인에
대하여 아무런 저항의식도 없이 살아가는 한국인의 삶이야말로 가장 비
극적인 순간이라고 작가는 프롤로그에서 말하고 있다.

　　빼앗은 들에도 오는 봄 (…중략…) 의 슬픔들. 침략자와 피침략자 사이에 가장
비극적인 시기는 언제일까? 암살의 방아쇠가 당겨지고 가죽조끼가 울고, 기름불
이 튀고 주제소(지서)가 타오르는 시기일까? 아니다. 비극의 큰 윤곽이 원경으로
물러가고 피침략자가 침략자의 언어로 조석 인사말을 하게 되는 때다. 일상 속
에 주저앉은 비극, 비극의 구도 속에서의 희극, 아니 그 속에 있는 당자들은 아
지랑이 (…중략…) 계절의 양기, 엄청난 봄을 앞에 두고도 예사 봄의 징후밖에는

---

34) 최인훈, 『하늘의 다리 / 두만강』, 문학과지성사, 2000, 123면.
35) 천이두, 「추억과 현실과 환상」, 『하늘의 다리 / 두만강』, 문학과지성사, 275면.

비치지 않는 역사의 돈환같은 속모를 깊이. (…중략…) 물론 어리석은 자에게 만
이지만, 1943년의 H읍은 이런 아지랑이 속에 있다.36)

　여기에서 작가는 일제강점기에서 있어서 가장 비극적 순간이란 침략
자에 대하여 아무런 저항도 하지 못하고 그들의 체제에 익숙해지는 때로
규정하고 있다. 사실 1943년이란 소위 성전(聖戰) 수행을 위하여 징병제를
실시하고, ‘국어전해운동’이란 이름으로 일본어 상용을 강요하고, ‘조선
국민저축조합령’(1941)을 공포하여 저금을 강요하였으며, 공출이란 이름으
로 온갖 물자를 수탈하고 온갖 “폐물들이 지체 높은 대일본 제국의 권위
를 유지하는 일에 한몫을 하기 위하여 동원”37)되던 시기였다. 그럼에도
불구하고 「두만강」에서는 이러한 시대정신을 망각하고 일제의 체제에
철저하게 순응하며 살아가는 두 가족(한의사와 현도영)의 이야기를 다루고
있다. 한의사는 일본에서 의전을 나오고 평상시에도 집에서 일본어를 쓸
뿐만 아니라 “조선 사람의 살림은 일본식으로 동화되어야 참다운 내선일
체가 된다”38)고 생각하는 인물이다. 그런가 하면 현도영은 군납업으로
치부한 인물로 자신의 친구인 혁명가 고진형을 “앞으로 일본의 황금시대
가 바야흐로 오고 있는데 그 일본에 대항해서 독립운동을 해! 하룻강아
지 범 무서운 줄 모르는 격”39)이라고 불쾌하게 생각하는 인물이다. 그리
고 그들의 자녀(현경선과 한동철)들 또한 시대정신을 망각하고 그들의 부와
지식을 한낱 개인적 안일에 국한시킴으로써 미래에 대한 희망마저 상실
하고 있다. 그런가 하면 H읍민들 또한 일본과 일본인에 대하여 저항하기
는커녕 그들이 한국인에 비하여 모든 방면에서 우월적 지위를 누리고 있
음을 당연시하고 있다.

---

36) 최인훈, 앞의 책, 125면.
37) 위의 책, 218면.
38) 위의 책, 136면
39) 위의 책, 150면.

경제적 우월에 대해 당연한 존경, 관료적 위엄에 대한 절대적 복종, 군사적 위력에 대한 은근한 신뢰, 이런 감정을 일으키는 건전한 역할을 하는데 도움이 될 뿐이다. 일본 사람이 이렇듯 모든 자리에서 자기들 보다 우월한 지위에 있다고 생각하는 것은, 사실 그런 생각도 하지 않는 것이었으나 H읍 사람들에겐 조금도 이상하거나 하물며 불쾌해 할 일이 아니었다. 구리모도가 군수를 하지 않고 누가 군수를 하겠으며, 유다끼가 식산은행 지점장을 않고 누가 하겠으며, 사람 좋은 노나까를 빼놓고 누가 A소학교 교장을 할 것이냐. 그것은 눈 위에 눈썹이 있는 것처럼 아무 사람에게나 분명한 이치였다.[40]

그런데 실상 조선에 건너온 대부분의 일본인은 일본에서 생활이 어려웠던 가난한 농민이었다. 그럼에도 불구하고 그들은 빈손으로 들어와 짧은 기간에 조선인보다 경제적으로 안정되고 우월한 지위를 차지하게 된 것은 일제의 차별정책에서 비롯되고 있다. 그럼에도 불구하고 H읍 사람들은 일본의 식민정책을 비롯하여 일본이 한국 지배에 대하여 저항하기는커녕 그것을 전적으로 수용하고 그 속에 순치되어 있다는 사실이야말로 가장 비극적 순간이라고 작가는 인식하고 있다. 따라서 이러한 시기에 우리의 역사를 다시 한 번 되새기며 내일을 꿈꾸는 것은 어쩌면 일제에 직접 저항하는 것 이상으로 중요한 의미를 지닐 수 있게 된다. 그리하여 작가는 H의 상징이요, 어머니인 두만강을 통하여 고난의 역사를 증언하고자 한다.

삼십여 년 전 이 나라가 송두리째 일본의 총칼로 점령되었을 때 나라를 되찾을 날을 기약하고 제 땅에서 제 손으로 일하면서 남의 말을 쓰고 남의 손으로 얻어먹고는 못 사는 성미 가진 사람들이 눈에 핏발을 세우고 건너던 한말 적부터 줄곧 지사들의 분한 눈물이 방울방울 맺힌 두만강의 흐름이다.

---

40) 위의 책, 254면.

얼마나 많은 사람들이 이 강을 건넜던가? 청춘의 순결한 정열이 명령한 이상에 끝내 일생을 바친 현도영의 옛 친구 고진형이 이 강을 건넜고 아담한 오막살이에서 호박꽃 같은 단란한 생활을 하던 삼봉이네가 그 자그마한 행복조차 등지고 이 강을 건너야 했으며 대대로 호통 치며 살던 집안인 허진사네가 새 제도에 어느 누가 왜 가져갔는지도 모르게 기름진 농토를 다 빼앗기고 어제까지 사람으로 치지 않았던 정거장 마을 고리대금업자 서서방의 빗발 같은 독촉에 못 이겨 몰래 밤도망을 쳐 건넌 이 강이요, 달이 가고 해가 갈수록 아랫목에 파묻은 엿가락처럼 맥없이 풀어지는 민족의 정기를 한탄하며 더 있다가는 내 몸도 별수 없이 물들세라 비루하고 더러운 원수의 종 되는 출세의 길을 박차고 성스러운 지도자의 품안에 온몸을 바치려 이 강을 건넌 젊은이가 그 얼마나 많았던가.

두만강은 이 나라에서 일어난 일들을 차례대로 보아왔기 때문에 이 강의 역사는 이 땅의 역사다.[41]

위의 인용에서 확인할 수 있는 것처럼 두만강은 역사의 증인일 수 있는 것은 항일독립운동가들이 이 강을 건넜고, 가난한 사람들이 새로운 삶의 터전을 찾아 이 강을 건너 간도로 흘러든 사실을 잘 알고 있으며, 토지를 빼앗긴 지주조차 고향을 버리고 떠났다는 사실을 증언하고 있기 때문이다. 그럼에도 불구하고 지금 두만 강변 살면서도 그러한 역사적 사실을 망각하고 일본인에 대하여 아무런 저항의식도 없이 그들과 더불어 사는 사실에 대하여 강력하게 비판하고 있다.

---

41) 위의 책, 188면.

4. 마무리

이상으로 두만강이 한국현대문학에 수용된 양상과 그 의미를 살펴보 았다. 그것을 요약 정리하면 다음과 같다.

문학에 있어서 공간 및 공간성은 단순히 지형학적 수준에 머물지 않고 상징성을 지니는 것으로 두만강 역시 일제 식민지 민족의 비극적 상황을 상징적으로 드러내는 공간이다. 그것은 제국(帝國)을 중심공간으로, 식민 지는 그 변두리에 존재하는 주변부로 인식하고 간도(만주)를 타자화한 것 처럼 식민지 현실에서 두만강은 언제나 경계지역이며, 비극의 현장으로 인식되기에 이르렀다. 이러한 사실은 한국 현대서사시의 출발이라 일컬 어지는 김동환의 『국경의 밤』에서부터 비롯되고 있다. 이 작품에서 두만 강은 중심부에서 두만 강변으로 쫓겨난 가난한 사람들이 목숨을 걸고 밀 수를 해야만 하는 위험한 공간으로 제시되고 있을 뿐만 아니라 죽음의 공간으로 인식하면서 식민지 백성의 비극적 삶을 극적으로 형상화하고 있다.

한편 이용악 역시 「두만강, 우리의 강아」에서 두만강은 조국에서 밀려 나는 유이민의 비극적 삶을 지켜보고 있는 역사의 증인이다. 「천치의 강」에서는 식민지 고향에서 밀려나 새로운 삶을 찾아 간도로 떠나는 유 이민의 비극적 역사의 현장을 지켜보면서도 유유히 흐르는 두만강이야 말로 '천치의 강'이라고 역설적으로 노래하고 있다. 그리고 김규동 역시 두만강을 통하여 역사의 현장으로서 두만강을 노래하고 있다. 그는 두만 강을 통하여 어린 시절을 회고하면서 동심의 세계와 일본군과 싸우던 독 립군의 총소리, 나운규의 아리랑을 대비적으로 제시하면서 통일의 그 날 을 기대하고 있다. 또한 연변지역 조선족에게 있어서도 두만강은 조국의 상징이며, 고난과 역경의 지대로 표상되고 있다.

한편 이기영의 『두만강』에서 소설적 공간은 송월동-서울-두만강(무산-간도로 이동되는데 이는 일제 강점기 민족의 삶이 중심부에서 주변부로 밀려나고 있음을 상징적으로 보여주고 있다. 그러므로 두만강은 국내와 국외를 경계 짓는 지역으로 설정되어 일제강점기 마지막 저항을 하는 경계지역으로 서사적 기능을 하고 있다. 또 두만강은 강의 흐름을 통하여 면면히 흐르는 우리 역사의 지속성을 상징적으로 드러내고 있다고 할 수 있다.

한편 최인훈은 일제강점기 일제의 지배에 아무런 저항도 없이 그들과 공존하는 민족의 무기력을 비판적으로 보여주고 있는데, 두만강이야말로 우리나라에서 일어난 모든 것들을 보아왔기 때문에 역사의 증인이며, 이 땅의 역사임을 강조한다.

불안한 감수성과 퇴폐적 일상

김승옥 장편소설의 통속성을 중심으로

1. 1960년대와 감수성의 문학

1960년대의 우리 문단을 한마디로 말한다면 어둡고 칙칙한 바깥 세계와는 달리 뛰어난 두 사람의 문인으로 말미암아 새로운 빛을 던져주었다고 할 수 있다. 이어령과 김승옥이 바로 그들이었다. 이어령은 「고독한 군중」, 「흙속에 저 바람 속에」, 「바람이 불어오는 곳」 등의 에세이[1]를 통하여, 김승옥은 단편집 『서울, 1964년 겨울』로 새로운 문학세계를 펼쳐놓았다. 그런가 하면 김승옥의 「무진기행」을 영화화한 〈안개〉는 배우 윤정희와 가수 정훈희를 '스타덤'에 올려놓기도 했다. 그리하여 1960년대는 어떤 의미에서는 이어령의 시대였고, 김승옥의 세상이기도 했다. 이들의

---

1) 1960년대는 소설보다 에세이가 성행한 시대라고도 할 수 있다. 김형석, 안병욱, 이어령의 에세이를 비롯하여 서구의 실존주의 혹은 염세주의 철학자로 일컬어지는 니체, 키에르게고르, 쇼펜하우어 등 철학적 에세이가 베스트셀러였다. 이러한 점은 당대 사회분위기를 시사해 주는 것이라 할 수 있다.

공통점은 무엇보다도 신선하고 감각적인 문체와 참신한 소재였다고 할 수 있다. 특히 그 이전 문학이 보여주던 강력한 이슈나 교훈주의에서 벗어나 재기 활발한 감수성과 싱싱한 위트[2]에 바탕한 김승옥의 소설은 새로운 소설의 시학으로 확고한 자리를 확보하게 되었다. 이러한 점은 이후 김승옥을 논의하는 자리에서는 빠짐없이 거론되었고, 그를 60년대의 대표적 작가로 자리매김하는데 주저하지 않았다. 이러한 평가는 지금도 유효하다. 그러면서도 다른 한편으로 김승옥이 지향하는 감수성의 문학이 지니는 한계 또한 조심스럽게 지적되기도 했다.

> 날카로운 감성이나 언어에 대한 감각이 보다 중요한 윤리의식이나 종합력과 제휴되지 못하고 도리어 그러한 것이 빈곤의 대상(代償)으로 획득된 듯이 보일 때 과연 그 재능을 말의 엄격한 의미에서 재능이라 부를 수 있는가 하고 (…중략…) 모국어의 한 형용사에 대해서는 섬세한 반응을 보일 수 있으면서도 가령 사회구조의 모순에는 전혀 태연할 수 있는 감성이 올바른 감성일 수 있을까.[3]

이러한 지적은 김승옥 문학의 한계이면서 동시에 소설의 본질적 물음이라고 할 수 있다. 소설이란 본질적으로 인간의 삶에 대한 끝없는 반성과 새로운 인식을 통하여 삶의 의미를 새롭게 하는 것이라 할 때, 현실과 직접적인 대결을 회피하고 예민한 감수성으로 현실을 감각하는 것은 어떤 의미에서 작가정신의 허약성을 드러내는 것이라 할 수도 있다. 이러한 점을 긍정적으로 수용한다면 김승옥 문학에 대한 평가는 재검토되어

---

2) 천이두, 『문학과 시대』, 문학과지성사, 1982, 62면.
3) 유종호, 「감수성의 혁명」, 『한국문학전집』 34, 민중서적, 567면. 이 점은 백낙청도 "소시민의식이 팽배해 있는 60년대 한국에서 하나의 정직한 문학적 기록으로, 그러니까 소시민의식의 한계를 한계로서 제시하는데 어느 정도 성공한 문학"이라고 전제하면서도 "단순한 감수성의 기록은 그것이 신선감을 주는 동안에도 부지중에 현실의 문제를 흐려 놓기 쉽거니와 그것을 되풀이하면 신선감마저 없어지기 때문이다. 잠깐의 눈부신 활약 이후 이 작가가 계속 고전하지 않을 수 없는 이유의 일단도 아마 거기 있을 것"이라고 지적하고 있다. 백낙청, 『민족문학과 세계문학』, 창작과비평사, 1978, 65면.

야 할 것이다.

김승옥이 20대의 예민한 감수성을 바탕으로 1960년대의 대표적 작가로 군림하다가 1960년대 후반 중·장편에서는 철저하게 대중취향의 소설을 남기고 있다는 사실을 외면할 수 없다. 여기에서 우리는 두 가지 문제를 지적할 수 있다. 그 하나는 왜 1960년대, 그것도 20대의 떠돌던 시대에만 글을 쓸 수 있었는가 하는 점이며, 다른 하나는 어찌하여 중·장편에 와서 대중취향의 통속소설로 작가적 태도가 바뀌었는가 하는 점이다. 그것은 '60년대를 고려하지 않는다면 내가 써낸 소설들은 한낱 지독한 염세주의자의 기괴한 독백'4)이라는 작가의 고백처럼 그의 문학은 출발에서부터 '안개'로 상징되는 시대적 상황 속에서 오직 예민한 촉수에 의지하여 살아가는 독특한 개인적 삶이 반영되고 있을 뿐 그것이 외적 현실과의 응전력을 상실하고 있음에서 비롯된다. 그것은 작가가 1960년대 현실에 대하여 민감한 반응을 보이면서도 새로운 전망을 획득하지 못하고 단순히 역사와 현실에 대한 강한 거부의식으로 나타나게 된 데서 비롯되었다고 할 수 있다. 그리고 예민한 감수성에서 벗어나 당대 현실과 마주했을 때 전염병처럼 펼쳐지는 물신주의에 압도되어 건강한 작가의식도, 투철한 현실인식도 갖지 못한 채 방관자적 이야기꾼으로 전락했다고 할 수 있다. 따라서 그의 장편소설에 나타나는 통속성은 우연의 산물이 아니라 단편소설에서 보이던 역사와 현실에 대한 의도적 외면과 거부의 몸짓의 연장선상에 놓여 있다고 할 수 있다. 그리하여 먼저 단편소설에 나타나는 인물의 삶의 양식을 살펴보고, 이어서 장편소설에 나타나는 현실추수적 태도와 함께 통속성을 살펴보고자 한다.

---

4) 김승옥, 「나와 소설쓰기」, 『김승옥소설전집』 1, 문학동네, 1995, 7면.

2. 지적 환상주의 혹은 허무의식

「생명연습」(1962)으로 비롯되는 김승옥의 문학은 「무진기행」(1964)을 거쳐 「서울, 1964년 겨울」(1965)을 정점으로, 「야행」(1966), 「서울의 달빛 0장」(1977)으로 1960년대 대표적 작가로서 명맥을 유지하는 사이에 장편소설 『내가 훔친 여름』(1967), 『60년대식』(1968)으로 확대되는 듯하지만, 『보통여자』(1969), 『강변부인』(1977)에 이르러 퇴폐적 일상으로 추락하기에 이른다.

그런데 김승옥의 작품 가운데 『강변부인』을 제외하고 모든 소설의 주인공들은 20대 초반의 청년들이다. 이들 20대의 인물은 '이미'와 '아직'의 중간에서 어정쩡하게 살아가는 인물들이다. 그의 주인공들은 '이미' 소년의 순수성을 상실하고 있으면서도, '아직' 성인에 이르지 못한 인물들이다. 그들의 사고는 이성적 판단이나 논리적인 사유의 과정을 외면하고 철저하게 불안한 감수성에 바탕을 두고 있으면서 행동은 즉물적이고 쾌락주의에 탐닉하고 있다. 이 점은 그의 소설의 성격을 규정하는데 중요한 단서가 된다. 그런가 하면 그의 작품의 주인공들이 다양한 모습으로 나타나고 있음에도 불구하고 자세히 검토하면 「생명연습」의 '나'는 「환상수첩」에서 '전우'로, 다시 「무진기행」의 '나'로, 「서울, 64년 겨울」의 '나'로 이어지고[5] 장편소설 『내가 훔친 여름』의 '나'로 지속되고 있음을 어렵지 않게 확인할 수 있다.

김승옥이 그의 문학적 출발점이 된 「생명연습」에서부터 가장 지속적으로 문제시하고 있는 것은 60년대의 시대적 상황, 기존의 정치체제가 붕괴되고 혼란의 와중에서 군사정권이 들어서고 소위 개발독재라는 이름으로 불려지는 급속한 산업화가 이루어지던 시대 속에서 '자기 세계'를 어떻게 확립해야 하는가 하는 문제이다. 이 작품에는 '자기 세계'를

---

5) 정현기, 「1960년대적 삶」, 『한국문학의 사회사적 의미』, 문예출판사, 1986, 254~255면 참조.

갖고 있는 다양한 인물들의 삶의 양식을 보여주고 있다. 여기에서 '자기 세계'란 기성의 관념체계, 허구화된 제도, 내용 없는 윤리감각 등에 묻혀 사는 삶을 거부하고 자기 고유의 삶의 논리를 찾아 헤매는 것6)이라 할 수 있는데, '자기 세계'를 갖고 있다는 사람조차 밝고 건강한 성곽이 아니라 '곰팡이와 거미줄로 얽힌 지하실'이라는데 문제가 있다.

> '자기 세계'라면 그것을 가지고 있는 사람을 나는 알고 있는 셈이다. '자기 세계'라면 분명히 남의 세계와는 다른 것으로서 마치 함락시킬 수 없는 성곽과도 같은 것이 아닌가 생각한다. 그 성곽에서 대기는 연초록빛에 함뿍 물들어 아른대고 그 사이로 장미꽃이 만발한 정원이 있으리라고 나는 상상을 불러 일으켜 보는 것이지만 웬일인지 내가 알고 있는 사람들 중에서 '자기 세계'를 가졌다고 하는 이들은 모두가 그 성곽에서도 특히 지하실을 차지하고 사는 모양이었다. 그 지하실에는 곰팡이와 거미줄이 쉴 새 없이 자라나고 있었는데 그것이 내게는 모두 그들이 가진 귀한 재산처럼 생각된다.7)

'자기 세계'란 남과 다른 세계이면서 동시에 타인에 의하여 간섭받지 않는 성곽과 같은 것이며 그것은 밝고 건강한 것으로 인식하고 있다. 그러므로 '자기 세계'를 갖는 일이야말로 가치 있는 삶이다. 그런데 기실 '자기 세계'를 갖고 있다는 인물들은 '극기'라는 이름으로 거세된 인물들, 이를 테면 머리카락과 눈썹마저 밀어버린 대학생이나 자신의 생식기를 잘라버린 전도사이거나, 권위주의적 인물들, 사랑하는 여인을 잊어버리기 위하여 그녀와 성행위를 하고 유학을 떠나는 한교수, 편의성 때문에 자(尺)를 사용하여 직선을 그리는 만화가 오선생, 밤이면 몰래 수음하는 선교사이다. 그런가 하면 '어머니의 아버지 찾기'에 반발하여 어머니를 죽이려는 '형'의 살의 또한 '자기 세계'의 확립을 위한 노력으로 인식한

---

6) 류보선, 「개인과 사회의 대립적 인식과 그 의미」, 『문학사상』, 1990.5, 159면.
7) 김승옥, 「생명연습」, 『김승옥소설전집』 1, 문학동네, 1995, 26면.

다. 이들 인물에 대하여 류보선은 작가가 긍정적 의미를 부여하는 인물군8)으로 규정하고 있으나, 작가는 이들 인물을 부정적 인물로 보고 있다. 그들이 표면적으로는 권위와 점잖음으로 위장하고 있지만 내면에는 위악적인데 '나'는 놀라게 된다. 그러므로 '자기 세계'를 갖는다는 것이 얼마나 어려운 일인가를 '나'는 어렴풋이 알고 있을 뿐이다.

> 하나의 세계가 형성되는 과정이 얼마나 기막히다는 것을 나는 잘 알고 있다. 그 과정 속에는 번득이는 철편(鐵片)이 있고 눈뜰 수 없는 현기증이 있고, 끈덕진 살의가 있고 그리고 마음을 쥐어짜는 회오와 사랑도 있는 것이다. 이렇게 말하면 봄바람처럼 모호한 표현이 아니냐고 할 것이나 나로서는 그 이상 자세히는 모르겠다.9)

이처럼 김승옥은 '자기 세계'가 필요한 것으로 인식하고 그것을 확립하는 것이 어렵다는 사실도 알고 있기 때문에 진정으로 '자기 세계'를 갖고 있는 인물을 찾지만 실패하고 있다.

「무진기행」은 어떤 의미에서 '자기 세계'를 갖기 위한 노력에서 실패하고 현실과 타협하는 인물을 보여주고 있다고 할 수 있다. 김승옥의 초기소설을 대표할 뿐만 아니라 그의 문학적 위상을 확고히 해 준 「무진기행」과 「서울, 1964년 겨울」이야말로 작가의식을 가장 잘 드러내주고 있는 작품이다. 그러므로 이 두 작품의 검토야말로 김승옥 문학의 성격을 파악하는 요체라 할 수 있다.

'출세한 촌놈'의 귀향 풍경10)으로서 「무진기행」에는 세 사람의 주요인물을 만날 수 있다. '빽이 좋고 돈이 많은 과부'와 결혼함으로써 '해방 후의 무진중학 출신 중에선 제일 출세한' '나'(윤희중)와 '고등고시에 패스해

---

8) 류보선, 앞의 글, 159면.
9) 김승옥, 「생명연습」, 『김승옥소설전집』 1, 문학동네, 1995, 30면.
10) 류보선, 앞의 글, 155면.

서 지금 여기 세무서장'으로 있는 '조', '모교에 와 계시는 음악선생' '하인숙'이 그들이다. 이들 세 사람은 그들 나름대로 '자기 세계'를 가졌다고 생각하거나, 갖기를 꿈꾸고 있다. 그럼에도 불구하고 '손바닥에 좋은 손금을 파가며 열심히 일'하여 성공한 소년의 이야기에 감격하던 '조'는 세무서장이 되고부터는 일상적 퇴폐 속에 함몰하여 있고, 속물들과 어울려 '무자비한 청승맞음'과 '절규보다 훨씬 높은 옥타브의 절규'로 〈목포의 눈물〉을 부르고 무작정 서울로 가기를 원하는 '하인숙', 그리고 서울 가기를 열망하는 하선생과 정사를 벌이고 무책임하게 돌아오는 '나'에게 있어서 '자기 세계'란 처음부터 존재하지 않는지도 모른다. 그것은 어쩌면 '안개'로 가득한 무진이라는 외부적 공간이 만드는 어쩔 수 없는 조건인지도 모른다. 그들은 '무진에서는 타인이란 모두 속물'이라고 생각하고, '책임도 무책임도 없는 곳'으로 인식하고 있기 때문이다. 그러므로 그들이 하는 모든 행위는 진지함이 없고 찰나적 유희에 지나지 않는 것이다.

> 나는 그 방에서 여자의 조바심을, 마치 칼을 들고 달려드는 사람으로부터, 누군지가 자기의 손에서 칼을 빼앗아주지 않으면 상대편을 찌르고 말 듯 한 절망을 느끼는 사람으로부터 칼을 빼앗듯이 그 여자의 조바심을 빼앗아 주었다. (…중략…) "서울에 가고 싶어요. 단지 그거뿐예요." 한참 후에 여자가 말했다.11)

'하선생'과의 정사란 결코 사랑의 확인은 아니다. '하선생'에게 있어서 정사란 서울로 가기 위한 하나의 수단이거나 무진에서의 '심심함'을 달래기 위한 일시적 유희인데 비하여, '나'의 행위는 '무진에 대한 선입관'에서 비롯된 현실(서울)에서의 일탈이었고 서울 가기를 꿈꾸는 '하선생'에 대한 연민의 정에 지나지 않는다. 그리고 상경하라는 아내의 전보를 받고 '심히 부끄러운' 결심을 한다.

---

11) 김승옥, 「무진기행」, 『김승옥소설전집』 1, 문학동네, 1995, 149면.

　한 번만, 마지막으로 한 번만 이 무진을, 안개를, 외롭게 미쳐가는 것을, 유행가를, 술집여자의 자살을, 배반을, 무책임을 긍정하기로 하자. 마지막으로 한 번만이다. 꼭 한 번만. 그리고 나는 내게 주어진 한정된 책임 속에서만 살기로 약속한다.[12]

　무진을 떠나면서 '나'의 새로운 결의는 따지고 보면 책임회피며, 현실과의 타협에 지나지 않는다. 그 결과 '나'는 자신의 행위에 대하여 '심한 부끄러움'을 느끼게 되는 것이다. 이러한 '나'의 각오는 '자기 세계'의 구축이 아닌 사회적 규범 속으로 들어갈 것을 다짐하는 것은, 곧 그것은 바로 '자기 세계'의 포기를 의미하는 것이기도 하다.

　「서울, 1964년 겨울」은 사회 속으로 들어가는 것을 두려워하는 젊은이의 삶의 양식을 보여주고 있는 작품이다. 이 작품에는 각기 다른 세 사람이 등장한다. 도수 높은 안경을 쓴 '안'이라는 대학원생, 서른 대여섯 살의 가난뱅이 월부책장수, 그리고 구청 병사계에 근무하는 '나'가 그들이다. 그들은 선술집에서 우연히 만나 끝없는 지적 유희를 벌이고 같은 여관에 투숙하지만 마침내 가난뱅이의 죽음을 확인하고 헤어지는 이야기다. 그들이 주고받는 대화는 지적이고 때론 엉뚱하여 지적 환상주의에 빠져들기도 한다. 그들은 새로운 것, 남들이 모르는 것에 대한 호기심을 갖고 있지만 그것이 자신과 어떤 관계에 있는지, 혹은 어떤 의미를 갖고 있는지에 대해서는 뚜렷한 자각이 없다.

　"아니, 음탕한 얘기가 아닙니다." 나는 강경한 태도로 말했다. "그 얘기는 정말입니다."
　"음탕하지 않다는 것과 정말이라는 것 사이에는 어떤 관계가 있죠?"
　"모르겠습니다. 관계 같은 것은 난 모릅니다."[13]

---

12) 위의 글, 152면.
13) 김승옥, 「서울, 1964년 겨울」, 『김승옥소설전집』 1, 문학동네, 1995, 205면.

　"의미요? 그게 무슨 의미가 있습니까? 난 무슨 의미가 있기 때문에 종로 이가에 있는 빌딩들의 벽돌 수를 헤아리는 일을 하는 게 아닙니다."

　"그렇죠? 무의미한 겁니다. 아니 사실은 의미가 있는지도 모르지만 난 아직 그걸 모릅니다. 김형도 아직 모르는 모양인데 우리 한 번 함께 그거나 찾아볼까요. 일부러 만들어 붙이지는 말고요."

　"좀 어리둥절하군요. 그게 안형의 대답입니까? 난 좀 어리둥절한데요. 갑자기 의미라는 말이 나오니까."14)

　위의 인용에서 확인할 수 있는 것처럼 '나'의 사고는 고립적이고 대상에 대하여 별다른 관심을 기울이지 않는다. 따라서 '의미'라는 말에 어리둥절해지는 것이다. 그 결과 아내의 시체를 세브란스병원에 4천 원에 팔고 그 돈을 하루 밤에 탕진하려는 월부책장수와 함께 하면서도 그의 슬픔에 대하여 별다른 관심을 보이지 않는다. 그리고 마침내 그의 죽음을 방치한다. 그러면서도 그(월부책장수)를 통하여 생활과 삶의 의미를 어렴풋이나마 알게 되자 두려워지는 것이다.

　"김형, 우리는 분명 스물다섯 살짜리죠?"

　"난 분명히 그렇습니다."

　"나두 그건 분명합니다." 그는 고개를 한 번 갸웃했다.

　"두려워집니다."

　"뭐가요?" 내가 물었다.

　"그 뭔가가, 그러니까" (…중략…) 그가 한숨 같은 음성으로 말했다. "우리가 너무 늙어버린 것 같지 않습니까?"15)

　대학원생 '안'은 분명 삶에 대하여 어느 정도 인식하고 있는데 비하여

---

14) 위의 글, 210면.
15) 위의 글, 224면.

'나'는 뚜렷한 '자기 세계'가 없다. 그러나 '안'의 경우 삶이란 두려움의 대상이고, 삶에 대하여 생각하는 것을 '늙어버린 것'으로 인식하는 것이나, 아직도 삶이 무엇인지 모르는 '나'는 다 같이 사회나 역사로부터 일탈하여 불안한 감수성에 매달리거나 허무의지에서 벗어나지 못할 것은 자명한 일이다. 이처럼 「서울, 1964년 겨울」에서 보이는 삶에 대한 불안과 허무의지는 이후 「야행」이나 「서울의 달빛 0장」으로 이어지면서 퇴폐적 일상으로 함몰되기에 이른다.

3. 퇴폐적 일상과 섹스에의 탐닉

초기 단편에서 이미 세계에 대한 뚜렷한 전망을 갖지 못한 허약한 작가의식은 1967년 중앙일보에 『내가 훔친 여름』을 발표하면서 그 이전의 단편소설과는 달리 젊은이의 치기어린 일상과 사회의 퇴폐적 풍속을 관능적으로 그리기에 몰두하게 된다. 이러한 현상은 물론 신문소설이 본질적으로 지니고 있는 대중에의 영합이라는 상업주의적 요소와 일정한 관련을 갖고 있기도 하지만 그보다는 앞에서 검토한 바의 역사와 사회에 대한 확고한 전망의 부재에서 비롯되었다고 할 수 있다. 거기에다 그가 장편소설을 발표한 곳이 1960~1970년대 선보이기 시작한 가장 저급한 주간지였다는 사실은 신문소설이 지니고 있는 특성16)으로서 상업주의적 요소

---

16) 신문소설이 대중성을 획득하는 요인을 김창식은 "① 연재 당시의 사회적 이슈로 부각된 문제를 소재로 하고 있다는 점, ② 독자에게 이미 친숙한 문학적 도식을 통하여 그들에게 기본적인 안정감을 주며 그 결과 작품과 독자와의 거리를 좁히는데 성공하고 있다는 점, ③ 독자들에게 환상과 위안을 제공함으로써 현재의 삶을 보다 견딜만하게 만들어준다는 점, ④ 신문소설이 대중적 성공을 거둘 경우, 그것이 집단적으로 공유된 경험과 관련되어 있다는 점, ⑤ 대중의 정체성을 생산한다는 점"을 들고 있다. 김창식, 「신문소

에서 한 걸음 나아가 저속한 통속소설을 쓰게 된 요인이었으리라 짐작된다. 그 결과 지금까지 김승옥을 논의하는 경우에 장편소설에 대한 논의는 거의 찾아 볼 수 없다. 그런데 김승옥의 장편소설도 『내가 훔친 여름』이나 『60년대식』(『선데이 서울』)은 1960년대의 풍속을 그리면서도 비판의식을 보여주고 있는데 비하여 『보통여자』(『주간여성』)와 『강변부인』(『일요신문』)에 이르러서는 김승옥다운 면모는 사라지고 철저하게 '난잡하고 음란한 성희에 가득 찬'[17] 세계만을 보여주고 있는 것이다. 그러므로 여기에서는 이를 나누어 검토하고자 한다.

1) 권태로운 일상과 속물주의

『내가 훔친 여름』은 어떤 의미에서 「무진기행」과 동궤의 작품이라고 할 수 있다. 이들 작품은 여로소설이라는 기본적 서사구조를 바탕으로 주인공의 일탈을 그리고 있다는 점에서 일치하고 있다. 이 작품에 대하여 "두 젊은이의 자유분방한 국내 여행을 통하여 국내 각 지역의 역사적, 사회적, 도덕적 문제를 훑어보겠다는 야심한 대작이었으나 겨우 여수지방에서 여행은 끝나고 말았다"[18]며 아쉬워하고 있으나, 역사적, 사회적, 도덕적 문제에는 접근하지도 못하고 젊은이의 치기어린 행동이 부각되고 있다. 그럼에도 불구하고 이 작품에는 1960년대 우리 사회의 몇 가지 병리현상을 날카롭게 꼬집고 있음은 사실이다. 그 가운데 대표적으로 꼽을 수 있는 것은 '배지'로 상징되는 신분사회, 지적 허영심, 그리고 대중문화에 대한 오염이 그것이다.

작중 주인공 '나'(이창수)는 가난과 함께 치열한 경쟁으로 인하여 정신

설의 대중성과 즐거움의 정체」, 『오늘의 문예비평』 통권24호, 1997, 91면.
17) 정현기, 앞의 책, 253면.
18) 김승옥, 「나와 소설쓰기」, 『김승옥소설전집』 1, 문학동네, 1995, 14면.

분열증 환자가 되어 서울대 문리대를 휴학하고 고향(무진)에 내려와 무료한 날들을 보내고 있을 때 중학교 때 친구(장영일)가 찾아온다. 그러나 얼굴도 이름도 기억나지 않지만 그가 서울대학교 배지를 달고 있다는 사실만으로 그를 친구로 인정한다.

> 설령 캐보고 캐본 결과로 그가 내 어릴 적의 친구가 아니라고 해도 좋다. 그가 저 배지를 가슴에 차고 있다는 것만으로 써도 그는 나의 친구니까. 비록 그가 조금 전까지는 한 번도 나와 만난 일이 없는 사람이라고 해도, 적어도 내가 학교를 휴학하기 전까지는, 그러니까 지난 2월 이전까지는 그는 구름다리 저편의 법대에서 그리고 나는 그 이편의 문리대에서 얼굴 모르는 친구로 지냈으니까 말이다.19)

현대사회에서 인간에 대한 판단이 인간 그 자체가 아니라 그가 어떤 집단에 속해 있는가에 따라 평가되고 있음을 보여주고 있다. 그 결과 가짜 서울대생인 그들은 우리 사회가 가지고 있는 배지에 대한 맹목적 신뢰를 담보로 귀여운 사기행각을 벌인다. 그들은 무전여행을 통하여 우리 시대의 속물들과 만나게 된다. 지적 허영심에 들떠 있는 다방 아가씨, 돈 많은 집안에 정략적으로 딸을 시집보내려는 아버지, 영화배우 신성일에게 반하여 "오빠, 용서하세요, 하지만 여자의 길은 사랑하는 분을 찾아 그분을 모시고 살아야 하는 섯이랍니다"라는 편지를 남기고 가출했다가 오빠에게 잡혀 고향으로 내려오는 처녀(숙자)가 그들이다. 특히 '나'가 가짜 대학생으로서 긴장을 해소하기 위한 방편으로 '숙자'와 벌이는 정사는 「무진기행」의 경우와 흡사하다.

> "이젠 이름을 알으켜주세요."

---

19) 김승옥, 『내가 훔친 여름』, 『김승옥소설전집』 3, 문학동네, 1995, 12면.

(…중략…)

‘제가 묻기도 전에 미리 이름을 말해버리실까봐 조마조마했어요. 이젠 제 이름도 물어주세요.’

나는 잠깐 어리둥절했다.

그러나 제기랄 이 냄새나는 여름이 어느 영화장면 흉내를 내자는 것을 나는 알아차렸다.

“이름은 헤어질 때 물어보는 거야. 그러기로 돼 있거든.”[20]

신파극의 한 장면 같은 이들의 대화에서 삶의 진지함은 사라지고 권태로운 일상이 3류영화의 한 장면처럼 연출되고 있을 뿐이다. 이처럼 권태로운 일상에서 벗어나기 위하여 무전여행을 감행하여 새로운 세계와 만나지만 그들이 만나는 세계 역시 위선과 배신으로 가득 찬 현실임을 알게 된다. 그런데 그들 주인공들은 오히려 그러한 현실적 모순과 비리를 교묘히 이용할 뿐만 아니라 퇴폐적 사랑을 연출하기에 이른다. 이러한 권태로운 삶에 대한 탐구는 『60년대식』에서 더욱 두드러지게 나타난다.

『60년대식』은 고등학교 윤리교사인 ‘도인’이 가수인 아내와 이혼을 하고 ‘답답하여 죽기로 한다’는 유서를 신문사에 보냈으나 게재되지 않자 자살을 하루 연기하고 자신의 삶을 정리하는 이틀 동안 있었던 이야기다.

아아, 답답하다. 지금 누군가 죽어야 한다.

그것은 바로 나다.

이 시대가 답답하여 견딜 수 없는 모든 사람을 대신하여 나는 죽으려 한다.

누군가가 우리들을 답답하게 만들고 있다. 그 사람에게 우리의 답답함을 알려주기 위하여 나는 죽으려 한다.[21]

---

20) 위의 글, 191면.
21) 김승옥, 『60년대식』, 『김승옥소설전집』 3, 문학동네, 1995, 202면.

유서의 서두인 위의 글에서 '답답하여 죽기로 한다'는 답답함이란 혼미한 1960년대의 시대적 삶이라 할 수 있다. 그리하여 그의 자살 기도는 '세상에 남아있는 사람들에게 세상일이 얼마나 잘못되어 있는가를 보여주려는'[22] 것이기도 하지만 동시에 반복된 일상성과 거기에서 오는 자기 존재의 미미함을 극복하려는 강한 의지의 표현이기도 하다. 그리하여 죽음을 준비하는 이틀 동안 오히려 새로운 세계인식의 계기를 마련하게 된다. 그는 먼저 책과 수첩을 정리하다가 8년 전 대학시절 그가 하숙하고 있던 주인집 딸이자 그의 남성을 실험하기 위하여 범했던 '애경'을 생각하고, 그녀를 다시 만나는 과정에서 많은 사람들을 만나면서 1960년대의 사회에 눈뜨게 된다. 거기에는 아내로 상징되는 '소비인간'을 비롯하여 교묘한 방법으로 하숙생과 딸을 결혼시키는 하숙집 주인, 당시 처음 시행하려던 주민등록제, 결혼상담소의 사기행각, 월남파병과 그에 따른 사회풍속, 밀수공화국을 꿈꾸는 사업가, 사이비 교육자, 포르노영화 등 1960년대의 물신주의에 빠져든 사회의 병리현상이 제시되고 있다. 이러한 소재는 작가의식에 의하여 취사선택된 것이라기보다는 당대 사회현상을 그대로 제시하고 있다고 할 수 있다. 이러한 사회는 분명 어느 정도 양심적인 인물을 '답답하게' 만들기에 충분하다. 그리하여 그는 병든 사회와의 결별(자살)을 위해 주변의 일들을 정리하기 시작한다. 그는 학교에 사직서를 보내고, 대학시절 자신의 남성을 실험하기 위하여 범했던 하숙집 딸 '애경'이 임신했다는 사실을 알자 "당신을 사랑함. 당신과 결혼할 작정임. 내가 떳떳한 사회인이 될 때까지 기다려주기 바람"이라는 편지를 보내고 도망쳐버린 자신의 과오를 사과하기 위하여 그녀를 찾아 나선다. '도인'이 어렵사리 그녀를 찾고 보니 그녀는 '춘목결혼상담소' 직원 '이현숙'이 되어 '돈 많고 가정적이고 젊은 과부역'으로 사기와 매춘을 일삼고 있음을 알게 된다. '도인'은 그녀와 함께 선보는 자리에 동행을 하게 된다. 그리고 함께

---

22) A. 알바레즈, 최승자 역, 『자살의 연구』, 청하, 1998, 123면.

호텔에 투숙하지만 그녀는 선보기로 한 구두쇠영감으로부터 '염치나 도 덕을 돌보기에는 지나치게 강력한 금액'인 20만원을 받고 매음을 한다. 그리고 그녀로부터 다음과 같은 이야기를 듣는다.

"왜 가기 전에 그런 얘기를 하지 않았소?"

"얘길 했더라면 어떻게 됐을까요? 물론 도인씨는 내가 그 영감한테 가는 것을 말렸겠죠. 그렇다면 그 다음에 무슨 일이 있었을까요? 내가 그 사람과 한 짓과 똑같은 짓을 도인씨가 했을 뿐일 거예요. 다른 게 있다면 저 쪽에서는 이십 만원 이 생기는데 이쪽에서는 한 푼도 생기지 않는다는 것뿐이죠. 아니 한 푼도 생기 지 않을 뿐만 아니라 나를 사랑하는 남자에게 더러운 몸을 안겨준 깊은 죄의식 만 남게 되죠. 그건 이중으로 손해를 보는 셈예요."23)

위의 인용에서 보는 것처럼 '애경'의 행위는 퇴폐적일 뿐만 아니라 악 마적이다. 그녀에게 있어서 삶이란 돈이고 돈을 벌기 위해서는 염치고 도덕이고 돌보지 않는다. 이러한 극단적 성의 상품화는 물질적 욕망을 뛰어넘어 쾌락추구의 하나로 전락하기에 이른다. 나아가 파월기술자로 남편을 월남에 보내고 돈푼이나 모은 '오야'의 육탄공세를 통하여 문란 한 성의식을 보여주는가 하면 포르노가 지배하는 세상임을 강조하고 있 다. 아내가 일본에서 사온 '원색춘화집' 한 권이 책 백 권 값에 해당하는 오천 원을 호가하고, 포르노영화를 보는 관중의 태도가 극적으로 제시되 기도 한다.

음탕한 기색은 전연 없고 자못 엄숙하고 심각했다. 동학란을 일으키기 직전 사랑방에서 녹두장군의 열변을 듣고 있는 머슴들의 표정이 아마 이러했으리라. 국회의원의 정견발표장에 모여 있는 사람들도, 목사님의 설교를 듣고 있는 신자

---

23) 김승옥, 앞의 글, 261~262면.

들도, 교향악 연주회장에 모여 있는 사람들도 이들보다 더 진지한 표정은 아닐 것이다. 녹두장군의 머슴들이나 예수의 사도들만이, 다시 말해서 목숨을 걸어놓고 자기의 인생을 구원해보려는 자들만이 가질 수 있는 표정들이었다.[24]

　죽음을 준비하는 이틀 동안 그는 비로소 현실의 모순과 타락의 실상을 보고 삶의 의미를 깨닫게 된다. '이제야 도인은 자기에게 가장 필요한 것이 정열이라는 것을' 알게 되고, 자신은 지금까지 '대상의 중심에는 커녕 그 근처에도 가보지 못한 채 엉뚱한 변두리에서만 빙빙 돌고' 있었음을 깨닫고 '역사는 그의 손이 미치지 않는 곳에서 셔터를 굳게 내려놓고' '완성되어버린 역사를 책에서나 읽을 수 있을 뿐'임을 자각하게 된다. 이러한 작가의 현실인식은 1960년대 중반부터 한일 국교 정상화와 월남 파병에 따른 반대급부를 바탕으로 국민경제의 규모가 확대되면서 소비성향을 부추기기 시작했던 시대적 상황을 바탕하고 있음은 물론이다. 그러나 이 작품은 1960년대의 우리 사회의 병리현상을 고발하고 있음에도 불구하고 감각적이고 관능적인 표현으로 말미암아 통속적 취향을 강하게 드러내고 있다.

2) 빗나간 경쟁과 섹스파티

　김승옥의 소설 가운데 통속성을 문제 삼을 때, 『보통여자』와 『강변부인』이 그 대상이 된다. 이 두 작품은 소설적 구성도, 작가의 비판의식도 없이 당대의 비뚤어진 성의식을 보여주는 '포르노소설'이다.
　이러한 작품이 1960년대 후반에서 1970년대에 나타나게 된 요인은 물론 당시 시대적 조건과 일정한 관련을 지니고 있음은 물론이다. 다시 말

---

24) 위의 글, 305면.

하여 이 시기는 이른바 개발독재라는 특수한 시대상황과 맞물려 경제와 문화는 역방향으로 나가게 되었다. 그 결과 문학은 산업사회에 대하여 깊은 성찰도 없이 상업주의와 손잡고 당대사회의 반영으로서 허위욕망만 제시하기에 급급한 일면이 없지 않았다. 그럼에도 불구하고 이 시기 양식 있는 작가들은 사회 현실의 급격한 변화에 따른 소외, 도시화, 성의 상품화와 같은 문제에 대하여 진지한 탐구를 보여주고 있었던 것이다. 이와는 달리 또 다른 일부 작가들은 상업주의와 손잡고 이들 문제를 단순히 사회의 한 현상으로 보여주고 있을 뿐 반성과 비판이라는 작가의식을 보여주지 못했다. 마찬가지로 김승옥 역시 사회현상의 제시라는 차원을 벗어나 추잡하고 황폐한 작가의식을 드러내고 있다.

『보통여자』는 바람둥이 남자 '명훈'과 한 달 전 결혼을 위해 선을 본 청순한 여자 '수정' 사이에 일어나는 이틀간의 비뚤어진 사랑이야기다. 이 작품은 작중주인공인 '수정'과 '명훈'의 직접적 만남은 별로 없고 같은 시간 서로 다른 공간에서 일어나는 이야기를 병렬적으로 제시하고 있어 작품의 표면에는 별다른 긴장과 갈등이 없다. 따라서 사건의 전개가 구성적이라기보다는 흥미 유발을 위한 사건의 제시에 치중하고 있다. 이를 간단히 요약하면 다음과 같다.

①정오 무렵—수정이 명훈의 전화 오기를 은근히 기다리고 있는 시간, 명훈은 종숙과 점심시간을 여관에서 보낸다.

②저녁 무렵—수정이 사무실을 뛰쳐나와 자살을 하기 위하여 약국을 찾아다니다 우연히 선배의 약국에 들러 자신의 신상이야기를 하게 되는 시간, 명훈은 수정의 집을 방문한다.

③늦은 밤—수정의 늦은 귀가와 같은 시간, 명훈은 수정의 집을 나와 귀가 도중 종숙을 불러내어 함께 여관에 투숙한다.

④다음 날 오전—수정이 명훈에게 사과하기 위해 그의 사무실로 가는 시간 명훈은 조퇴하고 종숙이 머물고 있는 여관에서 병구완을 한다.

⑤저녁 무렵―수정이 명훈의 문병을 위하여 명훈의 집을 방문, 그의 부재를 알고 귀가 도중 약국에 들러 명훈이 종숙과 여관에 함께 있었음을 알게 되는 시간, 명훈은 종숙과 함께 병원에 다녀와 밤늦게 귀가한다.

⑥늦은 밤―수정이 명훈에게 전화로 곧바로 만날 것을 제안하고, 수정의 요구로 함께 호텔에 투숙한다.

위의 요약에서 보는 것처럼 이 작품은 너무나 이질적인 삶을 살아온 남녀 간의 사랑을 다루면서 직접적인 만남보다 스쳐 지나가는 방법을 통하여 두 사람 사이의 긴장과 갈등을 처음부터 배제하고 있음을 알 수 있다. 그 결과 작품의 대부분이 '명훈'의 퇴폐적 여인관계에 초점이 맞추어지고 있다. 이 작품의 주인공인 '수정'은 선을 본지 한 달이 되었지만 '명훈'으로부터 사랑에 대한 어떠한 언질도 받은 바 없으며, 그를 사랑하는 이유도 고작 '친근한 음성'일 뿐이다. 그럼에도 불구하고 그녀의 사랑은 소극적이긴 하지만 내심 강렬하다. 그런데 비하여 '명훈'은 '남아 같은 야심'도 없고 '서울사람이 사는 재미', '구체적이고 현실적인 재미'에 탐닉하는 인물이다. 그는 군복무시절 외출에서 여선생을 만나 외도를 즐겼고 그녀가 서울로 전근을 오면서 계속 관계를 갖고 있으며, 국민학교 동창인 '종숙'의 전화장난으로 만나게 되고, 두 번째 만나서 '점심시간을 여관에서 즐기는 관계'가 되었고, 그런 관계를 반 년 넘도록 계속하는 인물이다. 그만큼 '명훈'에게 있어서 '구체적이고 현실적인 재미'는 여인들과 끝없는 정사이며, 그에게 있어서 여성이란 오직 성적 대상일 뿐이다. 따라서 '수정'에 대한 태도에도 '지저분한 욕망'이 자리 잡고 있는 것이다. 그러면서도 사랑에 대한 책임 같은 것은 회피하고 있다. 그는 '종숙'의 '처녀도둑'이란 말에 강한 불만을 느낀다.

그런데 지금 와서, 첫 교섭 때 앓는 소리 몇 번 냈다는 것만으로써 자기는 순결한 처녀였다고 우겨대고 이쪽을 처녀도둑놈으로 몰아세운다면 곤란한 얘기가

아닐 수 없다. 명훈은 감겨드는 종숙이 어쩐지 두려워졌다.25)

따라서 그는 '종숙'이 임신중절을 한 사실을 알고 '고맙다는 느낌'을 가지면서도 '아기 아버지로서의 권리를 주장하는 시늉'을 적당히 하는 이중성을 보여 주기도 한다. 이러한 생각은 '종숙'도 마찬가지다. 그녀는 '결혼이란 말을 꺼내 명훈이 하루라도 빨리 자기로부터 도망가게 하느니보다는 다른 남편감이 나타날 때까지 이런 관계를 계속하고 싶다'고 생각하고 있다. 이처럼 이들에게 성행위란 사랑도 책임도 배제된 유쾌한 오락에 지나지 않는다.

그런데 이 작품에서 놀라운 사실은 결말부위에 이르러 '수정'과 '명훈'의 사고와 행동이 소설적 필연성과는 아랑곳없이 완전히 역전되면서 철저하게 대중취향의 통속적 멜로드라마로 끝맺고 있다는 점이다. 이를테면 '수정'은 약국 선배가 흥신소에 의뢰하여 확인한 '명훈'의 여자관계를 알고 '명훈'과의 결별을 선언하는 것이 아니라 오히려 육체적 관계를 맺음으로써 다른 여자들과 경쟁할 수 있다고 생각하고 스스로 동침을 요구하는 것이다. 이러한 '수정'의 태도에 대하여 '명훈'은 오히려 그녀의 사랑을 지켜주고 일대일의 비밀스런 관계(관능적인 쾌락)가 아닌 가족 관계를 바탕한 작은 사회에 대한 책임감을 갖기 위하여 육체적 관계에 앞서 그녀로부터 용서를 받는 일이라고 생각한다.

다만 사랑한다는 것만으로써는 상대편에게, 가령 경숙이가 일러준 방법(현장을 습격하라는) 같은 것을 행사할 수 없다는 것, 그런 의미에서 사랑은 결코 권리가 아니라는 것, 그렇다. 사랑이 권리라 하더라도 그 권리란 사랑하지 않아버리는 데밖에는 쓸 수 없는 권리라는 것, 그렇지만 사랑을 권리로 변형시킬 수도 있으리라는 것, 그러기 위해서는 (…중략…) 수정은 오직 그 한 가지 생각에만

---

25) 김승옥, 『보통여자』, 『김승옥소설전집』 4, 문학동네, 1995, 102면.

몰두한 채 광화문 지하도를 목표로 걸었다.[26]

이 여자를 아껴라, 함부로 건드려서는 안 돼! 네가 이 여자에게서 정식으로 용서를 받기 전엔 안 돼! 네 죄가, 이제 와선 어쩔 수 없는 과거 속에서 완성돼버린 것들이라는 점 때문에 이 여자가 용서해 주지 않을 경우를 생각해봐. 그렇게 되면 넌 깨끗이 이 여자로부터 물러나야 하는 거야. 그런데 그런 경우가 올지도 모르는 이 판국에서 네가 이 여자를 소유한다는 것은 새로운 죄를 하나 더 첨가하는 것밖에 되지 않는 수작이야. 아니 그 정도가 아니지. 이 여자는 육체를 너에게 주었다는 이유만으로, 실은 너를 용서하지 못하면서도 너와 결혼할지 몰라. 그렇게 되면 정말 비극이지.[27]

위의 인용에서 보는 것처럼 육체적 관계를 가짐으로써 다른 여자들과 대등한 경쟁을 할 수 있고, 어떻게 하든 경쟁에서 이겨 승리자가 되기를 열망하는 '수정'의 빗나간 경쟁의식에서 통속성의 극치를 보게 된다. 그리고 '명훈'이 마지막으로 모럴리스트의 면모를 보임으로써 건강성을 회복하는 듯 하지만 그의 행위는 작위적인 것이며 통속적 취향의 위장술에 지나지 않는다.

한편 『강변부인』은 김승옥의 장편소설 가운데 가장 통속성을 보여주고 있는데 이 작품에 대하여 작가는 스스로 '흥미위주의 대중소설'임을 전제하면서 모럴리스트임을 자처하고 있다.

불륜이 비어홀처럼 만연해지며 신종 오락처럼 그 유행을 시작한 70년대는 마치 낚시꾼들이 찌를 노려보듯 사회현상의 변화를 주목하고 있는 소설가에게는 소설 소재의 황금어장이었다. 전통윤리 또는 절대가치가 붕괴된 시대에는 모럴리스트들이 할 말이 많아지는 법이다.[28]

---

26) 위의 글, 163면.
27) 위의 글, 185~186면.

사실 1970년대에 접어들면서 급격한 경제성장은 투기바람을 불러일으키고 숱한 졸부를 양산하였다. 그리하여 많은 졸부들은 투기로 번 돈을 주체하지 못하여 '소비인간'으로 전락하기에 이르렀다. 이러한 시대 풍조에 편승하여 상업주의 소설이 활기를 띠면서 '호스티스문학' 또는 '화냥기 있는 여자들을 다룬 문학'29)이 숱하게 쏟아져 나오게 되었다. 이를테면 최인호의 『별들의 고향』, 박범신의 『풀잎처럼 눕다』, 조선작의 『영자의 전성시대』 등을 들 수 있는데 이들 작품의 주인공들은 호스티스 혹은 미혼여성들이며 미약한 대로 그들의 퇴폐적 삶이 사회적 모순에서 기인하는 것임을 은연중에 내비치고 있다고 할 때,30) '화냥기 있는 여자들을 다룬 문학'은 오직 유한마담의 동물적 암컷으로 성적 쾌락만을 추구하고 있는데, 김승옥의 『강변부인』이 바로 그런 소설이다. 거기에는 인물이나 사건이 필연성이 없고, 소설적 갈등도 없을 뿐만 아니라 작가가 주장하는 모럴리스트의 면모도 없다. 거기에는 발정(發情)한 여인들이 연출하는 추잡한 포르노를 통하여 독자의 관음증(觀淫症)을 자극할 뿐이다. 따라서 『강변부인』은 한 편의 소설이라기보다는 '난잡하고 음란한 성희에 가득 찬 지옥영혼들'31)이 벌이는 섹스파티에 지나지 않는다.

이 작품은 '민희'라는 유부녀를 주인공으로 그녀의 남편, 그리고 국회의원 부인 '남여사', 운전기사 김씨, 그리고 가정부 '순자'가 벌이는 추잡스런 포르노그래피라 할 수 있다. 그러므로 이 작품의 논의는 스토리를 살펴보는 것으로 충분할 것이다.

'민희'는 카바레에서 만난 '남진'이란 남자와 남편의 사무실 근처 호텔(남편이 단골로 다니는)에서 정사를 벌이고 나오려는 순간 맞은 편 방에서 남편이 술집 호스티스와 관계를 하고 남편의 요구대로 응하지 않자 싸움

---

28) 김승옥, 「나와 소설쓰기」, 『김승옥소설전집』 1, 문학동네, 1995, 12면.
29) 김종철, 「상업주의소설론」, 『한국문학의 현 단계』 Ⅱ, 창작과비평사, 1983, 105~106면.
30) 김치수, 「문학과 문학사회학」, 『문학사회학을 위하여』, 문학과지성사, 1985, 49면; 김창식, 앞의 글, 123면 참조.
31) 정현기, 앞의 글, 253면.

까지 하는 것을 알게 된다. 그리고 자신과 남편의 행위에 대하여 타협하기에 이른다.

"그런데 언니, 가정이란 그 십 분의 구의 믿음만 있어도 탄탄하게 유지될 수 있는 게 아닐까? 아빠가 나한테 슬쩍 감춰버린 나머지 십분의 일은 나 역시 아빠 몰래 가지고 있는 거고, 그 십분의 일이 나를 아빠의 아내가 아니게 할 수 없고 아빠를 내 남편이 아니게 할 수 없고, 또 그 십분의 일의 부분이 나를 두 아이의 엄마가 아니게 할 수 없고 또 아빠를 두 아이의 아빠가 아니게 할 수도 없을 거고, 또 그것이 아빠의 사업을 훼방하여 돈벌이를 못하게 하지도 않을 것이고, 내가 살림을 하는데 방해를 놓지도 않을 거고."
"그러니까 남편의 외도도 못 본 체 눈감아주고 민희도 계속해서 하고 싶은 대로 하겠다, 그런 얘기가 되나?"32)

결국 '민희'는 '십분의 일의 비밀'을 즐기기로 작정하고도 남편의 운전기사에게 남편의 뒷조사를 부탁했다가 오히려 운전기사로부터 자기 비밀을 미끼로 관계를 강요당하기도 한다. 그러나 '민희'의 비밀 만들기는 계속된다. 그녀는 아이의 학교 선생님을 만나고 나오다 비를 만나 택시를 합승하게 되고 호텔 앞에서 내리게 되자 홀로 호텔에 들어가 발가벗은 채 대학 시절 처음으로 '처녀를 탈취 당했던', '기일'과 폰섹스(phone-sex)를 한다.

"나두 지금 못 참을 지경이야. 훤히 보여. 민희 알몸이 말야. 나두."
"우린 이젠 안 돼. 이 방법밖에 없는 거야. 전화로나."
"좋은 방법을 찾았군. 음성만 떼내어 간통했다구 재판에 걸 수도 없을거구 (…중략…) 그래, 어떻게 해줄까? 무슨 말을 해줄까?"
"사랑한다구 해줘. 내가 최고라구. 옛날처럼."

---

32) 김승옥, 『강변부인』, 『김승옥소설전집』 4, 문학동네, 1995, 209면.

　　“정말이야. 민희만한 여자는 없었어. 여자 중의 여자야. 나 지금 민희의 몸속
　　으로 들어가고 있어. 느껴? 느껴?”
　　“음, 음, 음.” 33)

　　이처럼 음란한 행위를 일삼던 ‘민희’는 남편이 지은 강의원의 주택 준
공식에 부부동반으로 참석하여 이층 침실의 화장실에 들렀다가 강의원
의 부인 ‘남여사’가 젊은 가수와 바깥에 많은 손님이 있음에도 불구하고
정사를 벌이는 것을 욕실에 갇혀서 엿들을 수밖에 없게 된다. 이 사실을
안 ‘남여사’가 그녀의 조카 ‘최양일’로 하여금 입막음을 위하여 ‘민희’와
관계를 갖게 한다. 그러나 이들의 관계가 협박이나 폭력에 의한 것이 아
니고 오히려 그녀의 적극적인 행동에 의하여 이루어지고 있다. 그리하여
‘민희’는 ‘남여사’의 ‘가끔 만나서 몸속의 불이나 끄는’ 섹스파티 공범자
가 된다. ‘먹고 살 걱정만 없다면 그 다음에 할 일은 사랑밖에 없다’고 생
각하는 ‘남여사’는 ‘민희’의 남편이 부산에 출장 중임을 기회로 젊은 두
남자를 대동하고 ‘민희’의 집을 찾아와 춤을 추다가 마침내 ‘남여사’는
침실에서, ‘민희’는 거실에서 한바탕 광란의 섹스파티가 열린다. 그 때 출
장 중인 남편의 전화를 받게 된 ‘민희’는 느닷없이 부산으로 내려가겠다
고 약속을 한다. 그러자 옆에 있던 ‘양일’이 자기 차로 부산까지 데려다
주겠다고 자청하자 두 사람은 저녁 무렵 고속도로를 달린다. 그리고 금
강유원지에 이르러 그곳에서 자고 가기로 하고 남편에게 전화를 한다.
그리고 다음날 아침 여덟시 남편의 기습을 받고 현장이 발각되고 그간의
사실을 확인하게 된다. 그러나 남편은 아내의 행위를 ‘바보짓’으로 간주
하고 ‘민희의 가뜩이나 부어있는 얼굴을 한차례 힘껏 내리치는’ 것으로
끝내고 민희 역시 ‘이 남자 앞에서는 죄인으로서 얻어맞고 지내야’ 한다
는 사실을 깨닫게 된다.

---

33) 위의 글, 246면.

 일제 말기 국책과 체제 순응의 문학

지금까지 『강변부인』을 줄거리 중심으로 살펴보았지만, 여기에서는 새로운 삶에 대한 태도와 세계인식을 끊임없이 상기시켜 삶을 반성하게 하며 삶의 의미를 새롭게 인식시켜주는 요소는 아예 없다. 인간이 이처럼 뻔뻔하고 타락할 수 있다는데 독자는 경악할 뿐이다. 그리고 그것이 아무리 70년대 우리 사회의 비뚤어진 일면이라 하더라도 비판의식 하나 없는 관능적 소재주의는 비난받아 마땅하다. 이 점은 작가도 시인하는 바이지만[34] 그렇다고 작가 스스로 의미부여하고 있는 '어떻게'라는 방법론에 있어서 '작가의 개성이고 독창성'도 찾아 볼 수 없다. 적어도 작가가 비판의식을 가지고 이 문제에 접근했다면 작가의 비판적 목소리(tone)가 있어야 할 것이다. 거기에는 오직 관음증 환자의 진지함만이 있다. 그런가 하면 상업주의 소설이 독자를 사로잡는 가장 강력한 요인으로 소재와 작가의 감각 또는 직관, 그리고 문장[35]이라 할 때 가장 퇴폐적인 소재를 김승옥다운 감각과 문체로 독자를 관음증 환자로 묶어두고 있을 뿐이다.

4. 영광과 좌절

　1960년대를 대표한다고 지적된 김승옥의 문학은 철지히게 1960년대적 상황을 작가의 직관적 감수성을 바탕으로 드러냄으로써 그 이전의 문학과는 변별되는 문학을 창조해 주었고, 그 점으로 인하여 높이 평가되었던 것은 사실이다. 그럼에도 불구하고 그의 문학을 총체적으로 검토하면

---

34) 작가는 『강변부인』에 대하여 "다작을 스스로 경계하면서까지 소설이 천박한 한 토막 이야기여서는 안 된다고 고집하던 나의 신념을 송두리째 훼손시켜버리는 듯 하여 그 역겨움을 견딜 수 없었다"고 술회하고 있다. 김승옥, 「나와 소설쓰기」, 『김승옥소설전집』 1, 문학동네, 1995, 12면.
35) 김종철, 앞의 글, 106면.

1960년대의 불안한 현실과의 대결을 통하여 불안의식을 극복하고 새로운 세계를 모색하기보다는 불안한 감수성에 의지하여 당대적 현실에서 일탈을 꿈꾸거나 현실고의 타협하거나, 아니면 현실과의 대결을 두려워한 나머지 마침내 타락한 현실에 함몰함으로써 통속성의 길로 내닫고 있음을 확인할 수 있었다.

김승옥의 전기소설(단편소설)은 1960년대의 혼란한 시대적 상황 속에서 '자기 세계'를 탐구하고자 한다. 그러나 그가 파악한 '자기 세계'는 세계와 화해하지 못하고 세계로부터 고립되어 존재하고 있거나, 아니면 밝고 건강한 것이 아니라 '지하실'의 세계이고 현실과 동떨어진 '거미줄이 쳐진 세계'로 인식하게 된다. 그 결과 '자기 세계'의 구축을 포기하고 현실과 타협을 시도하거나, 아니면 현실과의 대결을 두려워하기에 이른다. 이러한 현상은 무엇보다도 작가의 현실인식이 투철하지 못한데서 기인하고 있다고 할 수 있다. 그는 1960년대적 상황을 예민한 감수성으로 감각함으로써 독특한 개인적 삶은 보여주었지만 그것이 개인적 삶을 뛰어넘어 역사적 삶으로 확대되는 길을 원천적으로 외면하는 결과를 낳았다.

이처럼 역사적 삶에 대한 외면은 장편소설에 오면서 더욱 위축되면서 허약한 작가의식을 드러내기에 이른다. 그는 1960년대의 사회적 병리현상을 보고자의 자리에서 관찰하는데 머물거나 아니면 당대 사회의 풍속이란 이름으로 비뚤어진 성의식을 노골적으로 제시함으로써 1960년대의 대표작가라는 기존의 평가를 허물어뜨리고 말았다.

이처럼 김승옥의 문학은 양극을 오가면서 영광과 좌절을 동시에 보여주고 있는데 그것은 그의 문학이 신선한 소재와 감수성, 그리고 활기 찬 문체에 의존하면서도 다른 한편으로는 개인과 사회, 혹은 역사와의 대결의식을 회피한 안이한 작가의식에서 비롯된 결과라 하지 않을 수 없다.

매체융합시대 현대문학 연구의 방향

1. 문학 환경의 변화와 문학의 위기

최근 우리 문학의 변화는 이전과는 달리 그 질과 속도에 있어 엄청난 차이를 보여주고 있다. 뿐만 아니라 그 변화를 따라가거나 변화의 방향조차 예측하기가 어렵게 되었다. 그 결과 1990년대부터 이 시대의 문학현상을 두고 '문학의 위기' 혹은 '위기의 문학'이라 일컬으며, 본격적으로 논의되었다.

그런데 '문학의 위기'는 대체로 매체의 변화, 즉 책문화, 종이문화가 이전과 다른 조건에 놓인 것[1]에서 그 원인을 찾고 있는 것이 일반적이며, 많은 논의들은 변화의 과정이나 변화 이후의 문학연구 방향보다는 매체변화가 가져 온 디지털문학[2]의 여러 문제를 집중적으로 논의하고 있다.[3] 그러나 우리가 논의해야 할 것은 '디지털문학'이 아니라 새로운

---

1) 강내희, 「디지털시대의 문학하기」, 『문화과학』 9호, 1996.
2) 여기에서 디지털문학이란 사이버 상에서 실현되는 문학의 총칭으로 사용한다.

변화의 시대(다매체시대)에 한국 현대문학을 어떻게 '연구'해야 할 것인가
하는 문제라 하겠다. 이러한 문제는 특정한 시대의 문학만을 대상으로는
문제를 해결할 수 없고, 문학의 변화와 그 흐름을 검토하는 것에서 해결
의 단초를 찾아야 한다.

　지금 '문학의 위기'라는 것은 물론 이전에 경험하지 못했던 컴퓨터로
대표되는 정보사회[4]의 영향에서 비롯되고 있음은 물론이다. 여기에서 골
드만(L. Goldmann)의 상동성이론(homology)을 빌리지 않더라도 사회란 항상 변
화했고, 거기에 맞추어 문학 또한 끊임없이 변화를 경험했다. 산업혁명은
중세사회를 대표했던 로망스를 밀어내고 소설의 발생을 가져왔고, 이후
사회의 변화에 대응하여 리얼리즘, 모더니즘, 포스트 모더니즘문학을 산
출했다. 사회변화와 거기에 따른 문학의 변화가 일어날 때마다 크든 작든
'문학의 위기'를 경험했던 것은 사실이다. 그럼에도 불구하고 지금 우리
가 문학의 위기에 대하여 매우 민감하게 반응하는 것은 지금의 문학이야
말로 경계선에 서있는 문학[5]이기 때문인지도 모른다. 따라서 새로운 디
지털시대의 문학 변화 또한 '문학의 위기'로 인식되는 것은 자연스러운
일이며, 디지털시대로 대표되는 매체환경의 변화는 사회 환경을 바꾸었

---

3) '디지털시대의 현대문학 연구방법론'을 주제로 발표된 글들은 대체로 "디지털시대＝
　디지털문학"이라는 관점에서 논의를 하다 보니 연구의 대상이 디지털문학이고, 연구방
　법보다는 창작방법을 중시하고 있다. 류철균의 「디지털시대의 한국 현대문학」(『국어국
　문학』 143호, 2006)이나 이용욱의 「디지털시대, 문학연구 방법론의 새로운 모색」(『국어
　국문학』 143호, 2006)을 비롯한 대부분의 논저가 이런 경향을 보이고 있다.
4) 웹스터(Frank Webster)에 의하면 정보사회는 기술적으로는 정보통신기술의 혁명적 발
　전으로 정보의 처리, 저장, 전송이 사회의 모든 영역에 영향을 미치는 것, 경제적으로는
　정보가 부의 일차적인 창조자가 되는 것, 직업적으로는 정보관련산업 종사자가 여타 산
　업 분야의 종사자들보다 많은 것, 공간적으로는 통신망의 연결에 의해 지리적 거리가
　극복되는 것, 문화적으로는 정보의 양이 폭발적으로 늘어나는 것을 뜻한다. 박찬길, 「정
　보시대와 인문학의 위기」, 『디지털시대의 인문학, 무엇을 할 것인가』(김도훈 외편), 사회
　평론, 2001, 16면 재인용.
5) 우찬제는 한국문학의 현재성을 경계선에 서 있는 문학으로 파악하고 그 경계선은 주
　체와 타자, 경쟁과 상생, 디지털신화와 생태학적 신화, 미메시스와 환상 사이의 경계라
　고 했다. 우찬제, 『고독한 공생』, 문학과지성사, 2003, 18면.

고, 거기에 대응하여 인간 삶 또한 바뀌었다. 이러한 변화된 인간 삶을 그려내야 하는 서사의 경우 제재나 주제는 물론 글쓰기 방법에 이르기까지 그 변화의 진폭은 매우 클 수밖에 없을 것6)이다. 그 결과 일부 성급한 사람은 벌써 '소설' 다음에 올 새로운 '서사양식'에 대해 관심을 가져야 한다7)고 주장하기도 한다. 그러나 이러한 변화는 문학에 대한 인식론적 변화의 일면이라고 할 수 있다. 인식론적 변화는 단순히 어떤 종류의 삶을 표현하느냐의 문제가 아니라 그것을 표현하는 방법8)까지도 바꾸어 놓게 마련이다. 특히 소설이 인간의 삶을 문제로 하는 서사양식이라 할 때, 소설의 인식론적 변화란 무엇보다도 인간을 중핵으로 하고, 인간을 둘러싸고 있는 현실을 비롯하여 표현매체, 작가―작품(텍스트)―독자 등 소설과 관련된 제 요소에 대한 인식이 어떻게 변모되었는가를 검토할 필요가 있다. 그런데 이러한 인식론적 변화는 새로운 사회변화와 함께 리얼리즘, 모더니즘, 포스트모더니즘, 디지털시대의 소설로 이어지고 있음이 분명하다. 그러나 최근 논의되고 있는 문학연구의 방향은, 이를테면 "매체융합시대 현대 문학연구"라 했을 때, 매체융합시대의 '문학현상'을 문제로 할 것인가, 아니면 매체융합시대의 '문학연구'에 초점을 둘 것인가 하는 문제부터 분명히 하고 출발하지 않으면 안 된다. 그런데 분명한 것은 문학연구를 목적으로 하는 우리 학계에 주어진 과제는 전자가 아닌 후자임에 이의를 제기할 사람은 아무도 없을 것이다. 그럼에도 불구하고 최근의 많은 논의는 '연구'보다 '문학현상'에 대하여 집중적으로 논의하고 있어 문제의 본질에서 벗어나고 있다고 할 수 있다. 그리하여 이 글에서는 급변하는 오늘의 문학을 이해하기 위해서 이전의 문학의 핵심적 문제가 어떻게 변모되고 있으며, 그 변모가 이전 문학과의 상호관련성 여부를 점검하여 오늘의 문학 연구가 나아가야 할 길을 모색해 보려고 한다.

---

6) 최병우, 『다매체시대의 한국문학 연구』, 푸른사상, 2003, 130면 참조
7) 이용욱, 「디지털시대, 문학연구 방법론의 새로운 모색 1」, 『국어국문학』 143호, 2006, 190면.
8) Ian Watt, *The Rise of the Novel*, a Pelican book, 1981.

2. 문학의 변화와 그 양상

1) 객관적 현실·구성적 현실·가상

‘소설이 무엇인가’라는 본질적 질문은 시대의 변화에도 불구하고 ‘인
간 탐구’라는 명제로 수렴된다. 이때 인간의 삶이란 인간을 포함한 현실
에 대한 인식에서 비롯되는 것이라 할 수 있다. 이것은 리얼리즘은 물론,
모더니즘, 포스트모더니즘, 나아가서 매체융합시대의 소설에도 정도의
차이는 있겠지만 변함이 없다. 따라서 현실에 대한 인식의 변화를 파악
하는 것은 문제의 본질에 접근하는 출발점이 될 수 있다.

리얼리즘이란 그 개념과 범주가 다양하여 한 마디로 이야기하기는 어
렵지만, 적어도 ‘특정한 시기의 역사적 산물로서 리얼리즘을 문제로 할
때, 리얼리즘은 당대의 사회적 현실을 객관적으로 묘사하려는 세계관의
하나9)라고 규정될 만큼 핵심적인 과제는 ‘객관적 현실의 예술적 반영’10)
이었다. 이러한 문학적 이상은 산업혁명 이후 급격히 상승하는 산업주의
와 과학의 영향에서 비롯되었다. 산업주의는 중산층의 지위를 확립시켜
주었고, 놀라울 정도의 부(富)의 추구는 모든 계급을 물질적 이익추구 쪽
으로 내몰았다. 그리고 산업의 발달은 새로운 인간관을 형성하게 했으며,
돈과 권력을 위한 투쟁으로 나타나게 되었다. 특히 화폐에 의한 교환양
식은 문학의 양식에 그대로 적용되었다. 이러한 물질추구의 경향은 외면
세계를 중시하게 했다. 또한 산업의 발달은 진화론과 같은 과학의 발달
을 촉진시켜 이전까지 ‘형이상학적 인간’을 ‘생리학적 인간’으로 바꾸어
놓았다. 동시에 새롭게 대두된 실증주의철학은 이상주의적 관념론을 극
복하고 경험적이고, 현실적으로 주어진 것만을 대상으로 함으로써 경험

---

9) A. 하우저, 『문학과 예술의 사회사』 현대편, 창작과비평사, 1974, 65면.
10) 루카치, 이춘길 역, 『리얼리즘미학의 기초이론』, 한길사, 1885, 51면.

적 인간관을 확립시켰다. 이후 현실 속의 인간에 대한 인식은 '유적 본질 (Gattungswesen)'로 보는 사회주의 리얼리즘과 '실존적 본질'로 보는 모더니 즘으로 양분되었음에도 불구하고, 이 두 경향은 인간을 둘러싼 '현실'에 바탕한 문학이라 할 수 있다.

사실 리얼리즘과 모더니즘은 표면적으로는 반목과 대립을 보여주고 있는 것처럼 보이지만, 다 같이 현재(현실)를 무질서와 파편화된 상태로 파악했고, 문학을 통하여 현실적 질서와 총체성의 회복을 추구했다는 점에서 동질적이라 할 수 있다. 그러나 모더니즘은 리얼리즘이 중시한 외면세계를 부정하고 내면이라는 새로운 현실을 중시했다는 점에서 리얼리즘을 뛰어넘고 있다고 할 수 있다.

리얼리즘과 모더니즘이 중시했던 객관적이고 구체적 현실은 포스트모더니즘에 이르러 새로운 세계인식으로 또 다른 변화를 가져왔다. 그들은 이제 더 이상 현실적 질서와 총체성의 회복에 대한 강한 신념을 지니지 않을 뿐만 아니라 그러한 믿음은 허위이고 기만이라고 말한다. 그러면서 세계의 질서와 총체성이라는 것이 어떤 의미에서는 획일적이고 전체주의적 지배 체제의 미명일 수도 있음을 경계한다. 그렇다고 하여 그들이 현실을 완전히 외면하는 것은 아니다. 그들이 거부한 것은 이전의 구체적이고 객관적 현실이었을 뿐이다. 그들은 궤도 안에서 궤도를 해체하고 초월하며 재구성한다. 따라서 그들은 사회 속에서 저항하는 '인사이드 아웃사이더'11)로 만족한다. 따라서 포스트모더니즘에서 현실이란 우리의 사고에 단순히 반영되는 객관적 세계가 아니라 인간이 창조한 것, 다시 말하여 인간의 관심과 필요에 따라 만들어 내는 것이라고 생각한다. 이러한 생각은 모더니즘과의 단절을 통하여 현실을 구성하기에 이른다. 그결과 포스트모더니즘의 현실이란 작가에 의한 '구성적 현실'일 뿐 객관적 사회현실과는 일정한 거리가 있게 된다.

---

11) 김욱동 편, 『포스트모더니즘의 이해』, 문학과지성사, 1990, 408면.

　포스트모더니즘에서 보여 준 구성적 현실은 디지털문학에 이르러서는 현실 자체가 사라지고 그 자리에 가상과 환상이 자리하고 있다. 디지털 문학은 이전까지 문자문학에서 보이던 현실을 근원적으로 반성하면서 비롯된 것이다. 사이버 공간은 탈 시공간적이기 때문에 '지금―여기'라는 현실은 그 의미를 상실하게 되면서 새로운 리얼리티를 창출하고 작가의 극대화된 상상력에 기초하고 있다. 사이버 공간이란 '거리의 소멸(the death of distance)'이며, '확장 현실'12)이기 때문이다. 그리하여 그들은 현실 대신에 가상과 환상을 중시하게 된다. 이러한 변화는 디지털 매체가 기존의 서사이론을 전복하고 상상력의 자유를 열어 놓았으며, 매체통합을 통하여 매체민주성13)을 확립하게 했다. 그 결과 근대의 실재에 대한 물리학적 믿음을 부정하고 가상현실을 선택하게 되었다. 그런가 하면 가상현실에 대한 중시는 환상적 세계에 대한 관심의 증대로 나타나게 되었다. 이 점에 대하여 우찬제는 환상문학의 성립을 가능하게 한 요인으로, 한 방향으로 나아가는 선형적 서사의 한계인식, 관습적 리얼리즘 서사에 대한 불신, 경험적 리얼리티 파악의 곤혹스러움 혹은 경험적 진실의 재현 불가능성, 현실과 허구 혹은 현실과 환상의 구분이 어려워졌으며, 잠재적 현실이나 꿈꿀 만한 가능 세계인 환상을 통해 효과적으로 현실을 탐문할 수 있기 때문이며, 환상의 진실은 미메시스 혹은 경험의 진실을 반성하게 한다는 점에서 그것은 타자의 상상력이요, 타자의 형식14)이라고 설명한다. 이처럼 디지털 문학에 이르러서 '현실'은 문학현장에서 사라지고 그 자리에 '가상과 환상'이 자리하게 된다.

---

12) 이광래, 『해체주의와 그 이후』, 열린책들, 2007, 318면.
13) 류철균, 「디지털시대의 한국현대문학」, 『국어국문학』 143호, 2006, 85면.
14) 우찬제, 앞의 책, 33~34면 참조.

2) 작가 · 독자 · 작가 ↔ 독자

롤랑 바르트(R. Barthes)에 의하여 '작가의 죽음'이 제기되면서 이전까지 절대적 권위를 누렸던 작가에 대한 새로운 인식이 대두된 것은 잘 알려진 사실이다. 바르트에 의하면 작가(저자)는 현대적 인물인데, 중세부터 나타나서 영국의 경험주의, 프랑스의 합리주의, 종교개혁시대의 개인적 믿음 등으로 변화된 것15)이라고 한다. 실제로 형식주의 비평이 대두하기 이전까지 문학연구란 작가연구라 할 만큼 작가는 '절대적 작가(absolute author)'로 존재했다. 그리하여 르네 웰렉(R. Wellek)조차 예술로서 작품의 창조자(creator)인 작가의 개성과 생활을 통한 작품 설명은 문학연구의 가장 오래되고 가장 좋은 방법16)이라고 했을 만큼 중시되었고, '저자'의 개념이 구체화되면서 사상, 지식, 문학, 철학, 과학의 역사에서 특권적인 개별화17)가 이루어졌다. 그러나 오랜 기간 문학연구에서 절대적 권위를 유지했던 작가에 대한 인식은 정전(canon)으로서의 작품이 텍스트(text)로 전화되면서 무대의 전면에서 물러나게 되었다. 그리하여 절대적 저자의 부재는 다른 한편으로 텍스트가 항구적으로 고정되어 있거나 완전하고도 순수한 지적 존재로 존재하지 않는다는 것을 의미하게 되었다. 그 결과 텍스트는 하나의 의미를 지니는 것이 아니라 언제나 복수적으로 존재하는 것으로 인식하게 된다. 이러한 점과 관련하여 미셸 푸코(M. Foucault)는 글이란 일종의 완결된 것으로 명시하는 것이 아니라 하나의 실천태일 뿐임을 강조한다. 그것은 오늘날 글쓰기는 표현의 차원에서 해방되었으며, 의미를 띠는 내용보다 기표 자체의 본질에 따라 배열되는 기호들의 상호작용으로 인식한다. 그런가 하면 글쓰기는 놀이처럼 전개되기 때문에 글쓰기라는 행위를 저자가 표방하거나 자극하는 것도 아니고, 언어 체계 속

---

15) 롤랑 바르트, 박인기 역, 「저자의 죽음」, 『작가란 무엇인가』, 지식산업사, 1997, 138면.
16) Rene Wellek, *Theory of Literature*, a Peregrine Book, 1970, 75면.
17) 미셸 푸코, 박인기 역, 「저자란 무엇인가?」, 『작가란 무엇인가』, 지식산업사, 1997, 161면.

의 어떤 주체를 고정시키는 것도 아니라고 주장한다. 그리하여 작가의 표지는 작가의 부재라는 특성에 불과한 것이 되어, 글쓰기라는 게임에서 죽은 자의 역할을 떠맡아야 하는 것18)이라고 했다. 그렇다고 푸코가 저자의 기능19)을 완전히 부정하는 것이 아니라 전통적 개념의 저자와는 다른 측면에서 검토할 필요성을 제기하고 있는 것이다. 이처럼 절대적 작가가 권위를 상실하게 된 것은 문학작품은 작가에 의하여 생산되지만 그것이 독자에 의하여 해석될 때 진정한 의미를 확보20)한다는 사실에서 비롯된다. 그것은 작가로부터 독자에게 무게중심의 이동을 가져오게 했다. 이러한 무게중심의 이동은 물론 정전이 텍스트로 이동한 것에서 비롯되고 있음은 물론이다. 움베르트 에코(U. Eco)의 주장에 따르면 텍스트는 발신자로서의 저자와 수신자로서의 독자가 사회적인 의사소통을 형성하는 은유적 표현물이다. 따라서 언어, 이미지, 이념 등이 일정한 맥락 속에서 의미를 생산하며 소통된다. 텍스트는 발신자와 수신자, 저자와 독자, 개인과 집단 사이에서 구체적인 문화적 의사소통의 마당이 된다. 이때 저자는 사회와 현실을 은유적으로 인식한 결과를 담론의 질서 속에서 나름대로 치밀한 구성적 장치로 텍스트를 형성하고, 독자는 그 속에서 미로찾기 놀이처럼 텍스트 형성 원리를 해독하는 가운데 그 같은 소통은 실현된다.21) 이러한 현상은 텍스트가 단 하나의 '신학적'인 의미만을 방출하는 일련의 단어들이 아니라, 그 안에서 어느 것도 독창적이지 않은 다양한 글들이 한데 어우러지고 부딪치는 그런 다양한 공간22)이기 때문이

---

18) 위의 글, 162~163면 참조.

19) 푸코는 저자의 기능을 다음의 4가지로 요약하고 있다. ① 저자의 기능은 담론의 세계를 확정짓고 표현하는 법적 제도적 체계와 연관된다. ② 저자의 기능은 언제나 동일하게 모든 문명의 담론에 영향을 미치지 않는다. ③ 저자의 기능은 담론을 생산자에게 자연스럽게 귀속시켜서 한정하는 것이 아니라, 일련의 특이하고 복합적인 작용에 의해 분명히 한다. ④ 동시적으로 몇 가지 자아, 몇 가지 주체가 생겨날 수 있기 때문에, 저자의 기능이란 전적으로 실제의 개인과만 관련되는 것이 아니다. 위의 글, 176면.

20) 롤랑 바르트, 김희영 역, 『텍스트의 즐거움』, 동문선, 1997 참조.

21) 우찬제, 앞의 책, 77면.

며, 이 공간은 통합되는 공간이 아니라, 전체에 걸쳐 자세히 검토되어야
할 공간이다. 왜냐하면 텍스트는 여러 문화에서 비롯되어 대화로, 패러디
로, 논쟁으로 넘어가는 다양한 글쓰기로 이루어져 있기 때문이다. 그러나
이러한 다양함이 수렴되는 자리가 하나 있는데, 이 자리는 저자가 아니
라 독자23)인 것이다. 따라서 글읽기란 독자가 작가의 의도를 찾아내는
과정이 아니라 텍스트와 독자 사이의 대화의 공간이며 텍스트 속에 존재
하는 수많은 문화적 가치와 질서들이 충돌하고 조화를 이루는 공간24)이
되면서 수용자적인 독자에서 능동적이고 창조적 독자로 된다. 이러한 사
실은 바르트의 '작가의 죽음' 뒤편에 '독자의 탄생'25)이 자리하고 있음을
의미한다. 독자에 대한 새로운 인식은 작가의 시대와 작품의 시대를 거
쳐 야우스(Jauß)의 수용이론과 이저(Iser)의 '독자반응 이론'에 이르러 독자
의 시대를 열었다. 야우스에 의하면 독자란 수동적 존재가 아니라 보다
적극적으로 문학작품의 구체화에 관여하는 존재이기 때문에 작가, 작품
중심의 문학사를 해체하고 독자의 경험을 통하여 비로소 역사화 되고,
문학의 역사성에 대한 정당한 인식은 독자를 통해서만 수행될 수 있게
된다.26)고 주장한다. 이처럼 야우스가 독자를 축으로 한 역사성이라는 거
시적 시점을 취한 것과는 달리 이저는 텍스트와 독자의 관계에 초점을
둔 미시적 시점을 취한다. 그는 독서행위를 텍스트와 독자의 상호작용에
따른 현상학적 분석에 초점을 둔다. 그는 '내포 독자'27)를 상정하고 독자

---

22) 롤랑 바르트, 박인기 역, 「저자의 죽음」, 『작가란 무엇인가』, 지식산업사, 1997, 142면.
23) 위의 글, 145면.
24) 최병우, 앞의 책, 179면
25) 土田知則 외, 『現代文學理論』, 新曜社, 1999, 124면.
26) 야우스, 장영태 역, 『도전으로서의 문학사』, 문학과지성사, 1983, 172~209면 참조.
27) 텍스트 의미생산에 독자의 역할이 강조되면서 학자에 따라 다양한 독자이론을 제시하고
    있는데, 컬러(Jonathan Culler)는 '이상적 독자(ideal reader)', 부스(W. Booth)는 '함의 독자
    (implied reader)', 이저(Iser)는 '내포 독자(implizite Leser)', 피쉬(Fish)는 '소양있는 독자(informed
    reader)', 부라히(D. Bleich)는 '비평가 독자(critic reader)', 리파트르(Riffaterre)는 '원-독자
    (archi-lecteur)'등으로 설정하고 있다. 土田知則 외, 앞의 책, 132~133면 참조.

가 텍스트의 의미를 생성하는 과정을 중시했다. 그의 주장에 따르면, 텍스트의 내부에는 텍스트 외부의 현실세계로부터 가져 온 수많은 지식의 단편이 존재한다. 이 단편은 역사적, 문화적 콘텍스트로부터 분리되어 텍스트 내부에 묻혀있다. 따라서 텍스트의 의미는 소재의 배치구조로서 전략을 밝히는 행위28)라 할 수 있다.

한편, 다매체시대의 문학으로서 디지털(하이퍼텍스트) 문학은 종래 다른 예술과는 다른 인터페이스를 지니고 있는 바, 연결성(connectivity), 몰입(immersion), 상호작용(interactivity), 변형(transformation), 발생(emergence)을 그 특징으로 한다고 할 때, 하이퍼텍스트의 작가는 그 자리를 독자에게 빼앗겼을 뿐만 아니라 고작 데이터 제공자로서의 작가로 자리하게 되었다. 롤랑 바르트의 지적처럼 디지털시대의 작가는 더 이상 작품 뒤의 유일한 목소리, 언어의 유일한 주인, 생산의 유일한 기원이 될 수 없기 때문이다. 하이퍼텍스트 작가는 자신이 간직한 광대한 사전에서 끄집어 낸 언어와 수많은 문화의 부분들로부터 끌어들인 기호와 인용을 뒤섞고 혼합할 뿐이다. 작가의 텍스트는 언어의 상호텍스트적인 저장소로부터 끌어낸 기표들의 연속이다. 이 텍스트에 접근하는 독자 또한 이미 다른 텍스트의 복합체로서 차연과 자유로운 놀이, 산종의 과정에서 자아를 텍스트화29) 할 뿐이다. 이때 작가는 자신의 목소리만을 내세우는 것이 아니라 독자와의 끊임없는 상호소통을 통하여 변화를 가져오고 있다는 점이다. 이러한 변화는 이전의 수동적 독자에서 능동적 독자를 거쳐 하이퍼텍스트에 이르는 디지털 문학에서는 참여적 독자로 자리하게 됨을 의미한다. 하이퍼텍스트의 독자는 텍스트의 기의를 읽어내는 소극적인 독자 / 저자가 아니라 자신의 텍스트를 기존의 네트워크에 연결시켜 텍스트의 기표조차 변경할 수 있는 독자 / 저자가 된다.30) 따라서 하이퍼텍스트문학은 작가

---

28) 위의 책, 127면 참조.
29) 최혜실, 『디지털시대의 문화 읽기』, 소명출판, 2001, 114면.
30) 조지형, 「인문학의 위기와 디지털 인문학」, 『디지털시대의 인문학, 무엇을 할 것인가』

는 쓰고 독자는 읽는다는 고전적 편견을 해체시키고, 독자로 하여금 직접 창작에 참여할 수 있는 길을 열어 놓았다.

3) 정전·텍스트·하이퍼텍스트

종교적 의미에서 사용된 정전(canon)이란 용어가 문학에 원용된 것은 19세기 후반이다. 19세기에 발흥한 인본주의는 특정 문서의 진위나 저자에 대한 관심이 증대하면서, 성경에 버금가거나 대치할 만한 수준 높은 문학 작품일 뿐만 아니라 어떤 특정 저자의 저서라고 할 만한 근거가 밝혀진 책을 '정전'이라고 불렀다. 근대의 문학적 정전은 문학에 대한 인본주의적 숭상과 지배계층의 문화적 민족주의의 표상으로 민족적 특수성에 대한 신념에 기초한 것이다. 알티어리(Altieri)는 정전이란 이상화를 제도화하는 역할을 수행함으로써 문화적 문법이라 할 영역에 사람들을 접하게 하는 제도적 수단으로서의 관리적 기능과 인간 삶의 규범을 인식하게 하는 규범적 기능[31]을 수행하고 있음을 지적하고 있다. 그런가 하면 푸코는 '훈육사회'라고 이름 붙인 1770년 이후 서구의 사적(私的) 제도와 국가 제도에 개인화, 의무적 노동, 시간표, 고립, 시험이라는 관리 체제가 확립되면서 사회적 실천과 지식의 재생산이 요구되면서 문학연구와 민족문학의 정전 작품을 가르치는 것이 중시[32]되었다고 한다.

이처럼 문학연구가 문학 정전을 다른 대중문학(문화) 텍스트들과 분리하며 다른 학문들과 구별하면서, 문학연구는 전문화된 미적 영역을 그 밖의 삶과 분리하는 기존의 문화적 구분을 재생산하였다.[33] 그 결과 문

(김도훈 외편), 사회평론, 2001, 174면.

31) 정재찬, 「문학 정전의 해체와 독서현상」, 『독서연구』 제2호, 1997, 103면.

32) 안토니 이스트호프, 임상훈 역, 『문학에서 문화연구로』, 현대미학사, 1996, 202~204면 참조.

33) 위의 책, 18면.

학연구 방법은 정전이라는 대상의 통일성을 보여줌으로써 그 대상의 가치를 확인시키면서 이러한 초월성을 정전을 통하여 보여주려고 한다.[34] 이처럼 '정전'으로서 문학 작품은 불변의 가치를 지니는 것으로 인식했을 뿐만 아니라, 그것을 자의적으로 해석하는 것을 거부하고, 작품 속에 내재하고 있는 지배 이데올로기를 파악하고, 이를 실천할 것을 암묵적으로 강요했다.[35]

1960년대에 접어들면서 정전이 지니고 있는 이데올로기적 성격이 확인되면서 정전에 대한 비판적 논의가 나타나기 시작했다. 전통적 확신이 상실되거나 유보된 현대사회에서 규범에 대한 새로운 질문이 제기되는 것은 자연스러운 현상이다. 거기에다 전통적 인문교육에서 강조된 보편적 인간다움의 추구라는 명분 아래 지배층의 교양이념이 강제되기도 했다는 사실, 즉 인간에 대한 인간의 지배와 착취를 합리화해 온 이데올로기로 작용하기도 하였다는 사실에 대한 반성이 일어나게 되었으며, 정전의 성립 과정에 의문을 제기했다. 지금까지 정전은 앵글로색슨계 백인, 개신교도, 남성 중산층에 의하여 쓰인 것으로 개신교 계통의 중산층 백인 남성이라는 엘리트의 지배 이데올로기의 지속적 재생산의 방법[36]이라는 주장이 대두했다. 그리하여 이전까지 정전에서 제외된 '비정전'에 속하는 작품에 대한 관심이 확대되었다.

그런가 하면 다른 한편으로 정전이 지니고 있는 통일성에 대한 회의가 나타나면서 문학작품은 본질상 통일되어 있지 않다는 점이 드러나면서 정전 텍스트와 통일되지 않았다는 이유로 정전에서 배제되었던 텍스트

---

34) 위의 책, 25면.
35) 안토니 이스트호프는 포스트모더니즘 이전까지 문학연구(모더니즘적 글읽기)에서는 ①문학 텍스트는 타동사적이 아니라 자동사적으로 취급해야 하며, ②모든 텍스트는 정적인 것이고 분석의 대상, 다시 말하여 '언어적 상형'이 되었으므로 모든 가능한 의미들을 능동적으로 고려해야 하며, ③텍스트가 중요한 주제를 담고 있어 그 주제를 찾아내야 하며, ④텍스트는 통일성을 지니기 때문에 독서 방식은 무한정하게 확장되는 것을 막아야 한다고 했다. 위의 책, 29~30면 참조
36) 이상섭, 『문학비평 용어사전』, 민음사, 2001, 318면 참조

사이의 차별 또한 무의미한 것이 되어버렸다. 따라서 텍스트가 더 이상 완전하고, 자족적인 대상으로 취급될 수 없다면, 텍스트를 구성하는 어떠한 이론과 실천을 뒷받침하였던 경험론도 사라져 버려야 할 것[37]으로 간주되었다. 또 텍스트가 본래 자기 충족적이고 통일성을 가지고 있다면 그 텍스트는 언제나 똑같은 한 가지 방식으로만 해석되어야 할 것이다. 그러나 실질적으로 모든 텍스트는 다양한 방식으로 해석되고 있다는 점에서 정전은 정전으로서의 고유한 자리를 내놓지 않을 수 없게 되었다. 이러한 현상은 포스트모던 철학과 깊은 관계를 맺고 있음은 물론이다. 포스트모던 철학은 지식이나 인간의식에 있어서 궁극적이고 절대적인 기초가 존재한다는 근대철학의 기본 가정과 신념들을 정초주의라는 이름으로 비판, 배격하고 반정초주의(anti-foundationalism)를 기본 입장으로 표방한다.

정전으로서 작품에 대한 비판과 반성은 이전까지 문학 언어의 '전달'에서 '표현'으로 이행을 가져왔다. 바르트는 '전달'과 '표현'의 대립을 '과학'과 '문학'의 대립으로 치환하여 과학의 언어는 전달을 위한 도구에 지나지 않으며, 투명하고 중립적인 것에 가치를 두고 있어 권위적이며, 가부장적 존재인데 반하여, 문학적 언어는 표준으로부터 편차를 드러내고 파생물이나 하위 코드로 자리매김하고 있음을 강조한다. 따라서 문학 텍스트는 해석의 유혹을 거절하고 의미의 폭파와 산종(dissemination)[38]을 가능케 하는 탈중심적인 욕망의 영역[39]임을 강조한다. 그는 이전까지 전통적 개념으로 '작품'이라 불러 온 것을 '텍스트'로, '읽는 것'에서 '쓰는 것'으로 논의의 방향을 전환시켰다. 그러면서 동시에 작품과 텍스트의 차이, 텍스트의 특성을 자세하게 제시[40]하고 있다.

---

37) 안토니 이스트호프, 앞의 책, 33면 참조

38) 바르트에 의하면, 텍스트는 다양한 종자를 씨 뿌리는 것처럼 산재적으로 조직되어 있다. 따라서 거기에는 모든 것을 통합하는 특권적, 중심적인 종자는 하나로 존재할 수 없다.

39) 土田知則 외, 앞의 책, 177면 참조

40) 롤랑 바르트는 작품과 텍스트의 차이, 그리고 텍스트의 특징을, ① 텍스트를 규정된

이처럼 텍스트는 다양한 의미로 산종되는 것이기 때문에 하나의 텍스트가 하나의 의미로 치환되는 닫힌 텍스트이기보다는 저자에 의한 텍스트장치 만들기와 독자에 의한 장치 해석하기의 놀이 관계가 다중적으로 변형 반복되는 열린 텍스트야말로 형식의 변형 생성 가능성, 의미 산출의 개방성, 소통의 역동성 등의 특질[41]을 지니게 된다.

이와는 달리 디지털 문학은 하이퍼텍스트를 기본으로 한다. 하이퍼텍스트는 하이퍼링크와 쌍방향성이라는 컴퓨터의 특성을 결합한 것이다. 하이퍼텍스트는 사용자가 연상하는 순서에 따라 원하는 정보를 얻을 수 있는 시스템, 즉 문장 중 어구나 단어 그리고 표제어를 모은 목차 등이 서로 관련된 문자 데이터 파일로서, 각 노드(node)들이 연결된 네트워크로 구성되어 효율적인 정보검색에 적당하다. 따라서 하이퍼텍스트는 기존 텍스트의 선형성, 고정성, 유한성의 제약에서 벗어나고 있다는 점에서 분명 새로운 서사양식이라 할 수 있다. 그런가 하면 하이퍼텍스트문학은

대상이라고 간주해서는 안 된다—작품은 책이 꽂혀있는 공간의 일정부분을 차지하고 있는 구체적인 것인데 반해, 텍스트는 방법론사의 영역에 속한다. "작품은 서점이나 카드 형태의 도서목록표나 강의표에서 찾아볼 수 있는 것인데 반하여, 텍스트는 스스로 드러내며 어떤 규칙에 따르거나 맞서서 분명히 보여준다. 작품은 손에 쥘 수 있는 것인데 반해, 텍스트는 언어로 파악되는 것이다." ② 마찬가지로 텍스트는 (좋은) 문학으로 끝나지 않는다—텍스트는 발화행위 규칙의 한계까지 나아가는 그런 것이다. 정확히 공식적인 견해의 한계 뒤에 자리 잡고자 하는 것이 바로 텍스트다. ③ 텍스트는 기호 측면에서 접근하고 경험할 수 있는데 반해, 작품은 하나의 기의 차원에서 스스로 끝맺는다—작품은 해석학적인 것에 좌우되고, 텍스트는 끝없이 지연되는 기의를 실천한다. "텍스트를 통제하는 논리는 이해적인 것이 아니라 환유적인 것이다. 따라서 연상하고 연속되고 상호 참조하는 행위는 상징의 힘을 해방시키는 행위와 일치한다. 텍스트는 근본적으로 상징적이다. 우리가 구성상 불가결한 것으로 상징성을 생각하고 파악해서 받아들이는 어떤 작품이 바로 텍스트이다." ④ 텍스튼 다원적이다. 텍스트는 의미와 공존하는 것이 아니라 의미의 산종(dissemination)에 응하는 것이다. ⑤ 작품은 파생되는 과정에서 포착된다—외부세계에 따라 작품을 결정짓기, 작품들 사이에서 이루어지는 작품들의 연속성, 작품을 저자에게 할당하기가 가능하다. ⑥ 작품은 대개 소비의 대상인 반면, 텍스트는 독자에 의하여 텍스트 재생산해 낼 수 있는 방법을 강구하는 하나의 놀이다. ⑦ 텍스트의 마지막 접근방식은 즐거움이다. 롤랑 바르트, 박인기 역, 「작품에서 텍스트로」, 『작가란 무엇인가』, 지식산업사, 1997, 149~157면 참조.
41) 우찬제, 앞의 책, 80면.

문자(전자언어)에만 의존하지 않고 정지화상과 동영상, 그리고 음향이 텍스트와 결합하는 양상으로 변모[42]하여 만화와 같은 형식의 새로운 서사 작품이 등장할 수 있게 된다. 따라서 하이퍼텍스트문학은 산출된 작품이 중요하지 않고 작품을 감상하는 과정들이 중요하며, 작품이 고정되거나 완성되어 있지 않고 작품을 읽는 사람에 따라 결과가 다르게 나타나게 된다.[43] 또한 하이퍼텍스트문학의 독서는 '읽기에서 보기로' '선조성에서 비선조성(하이퍼링크)으로', '느린 진지성에서 빠른 경박성'으로 변화[44]하게 된다.

지금까지 소설의 중심문제가 리얼리즘에서 모더니즘, 포스트모더니즘, 그리고 디지털 문학에 이르기까지 어떻게 변모했는가를 살펴보았다. 그 변모는 사회변화와 일정한 상동관계 갖는 것으로 지금까지 문학의 본령으로서 문자문학을 전자문학으로, 다시 영상문학[45]으로 변화시켰고, 인간 탐구에서 상품생산으로 이어지고, 또 다시 기호(이미지)를 생산하는 단계로 바뀌었다.[46] 이러한 급격한 변화는 마침내 문학의 위기로 인식되기

---

42) 최병우, 앞의 책, 133면.

43) 최혜실, 앞의 책, 123면.

44) 최병우, 앞의 책, 274면.

45) "디지털시대의 서사는 그 속성상 소리와 영상, 문자가 혼합되기 쉬워 통합 매체적 (audio-visual) 성향을 지니기 때문에 미래의 문학은 일종의 통합 서사의 성격을 띨 것"(최혜실, 앞의 책, 95면)이라는 견해와 함께 다매체시대의 새로운 글쓰기는 영상문화(문학)가 주도적 역할을 할 것이라 주장하고 있는데, 영상문학(매체)에 대한 기존 논의에 대해서는 박유희, 「영상매체 논의의 동향과 과제」(『디지털시대의 서사와 매체』, 동인, 2005, 41~61면)에서 자세히 검토하고 있다.

46) 쟝 보드리야르(Jean Baudrillard)는 포스트모던 시대를 과실재의 시대(hyperreal age), 모사의 시대(simulated age)라 했다. 모사물(simulacrum)은 재현(representation)이나 모방(mimesis)과는 다른 차원의 개념이다. 보드리야르는 "모조품은 부재(absence)를 현전(presence)으로 제시할 뿐만 아니라 상상을 실재로 내보임으로써 현실계를 상상계 속으로 흡수해 버린다. 그 결과 상상계와 현실계의 구별은 와해된다"고 했다. 이정호, 『포스트모던 문화읽기』, 서울대 출판부, 1998, 24면 재인용. 따라서 포스트모던 시대는 모조의 시대이며, 끊임없는 이미지의 생산과 재생산이 이루어지게 된다. 과실재의 세계는 실재의 이미지를 생산함으로써 실재 속에 산다는 착각을 일으키게 할 뿐만 아니라 실재 그 자체보다 더 실재 같기를 시도한다. 또한 모더니즘 시대의 특성은 소비재와 상품을 생산하는데 있었다. 그러나 이와는 달리 포스트모던 시대는 기호의 생산에서 그 특성을 찾을 수 있다. 보드리야르는

에 이르렀고, 이 위기가 진정으로 문학의 위기인가를 되물어 보아야 할
시점에 직면했다.

3. 문학인가, 문화인가

1) 새로운 장르로서 디지털예술(문학)

매체융합시대를 대표하는 디지털문학은 분명 새로운 서사양식이라고
할 수 있다. 새로운 양식으로서 디지털문학의 성격을 어떻게 규정할 것
인가에 따라 문학연구의 과제와 방향이 크게 달라질 수 있다. 이 점과 관
련하여 디지털문학은 '문학의 확장'이라는 견해와 함께 새로운 예술장르
의 출현으로 보는 견해가 공존하고 있다. 이를테면 류철균은 조심스럽게
"매체환경의 변화는 디지털시대 한국 현대문학에서는 '문학' 개념의 확
장이 불가피"[47] 함을 지적하면서 문학연구 또한 영상적 재현과 문자적
재현을 창작 과정에서 종합하고, 연구할 필요가 있으며, "영상적 재현의
새로운 리터러시(literacy)가 기존의 문자적 리터러시보다 열등하다고 하는
것 혹은 문학의 위기, 문학의 쇠태의 징조라고 반감을 갖는 것은 일면적
생각"[48]이라고 하여 디지털문학은 문학의 확장이며, 문학연구의 대상임
을 강조한다. 그런가 하면 최병우는 "다매체성을 활용한 사이버소설은
새로운 예술 장르 출현의 문제이지 소설의 영역의 변화나 발전이 아니기

"오늘날의 소비란 (…중략…) 즉시 기호로서, 기호 가치로서 생산되는 단계를 말하며, 기
호(문화)가 상품으로 생산되는 단계"라고 한다. 위의 책, 60면 재인용.
47) 류철균, 앞의 글, 82면.
48) 위의 글, 83면.

때문에 문학의 하위 범주로서 사이버소설이 아니라 예술의 하위범주로서 사이버예술이 될 것"49)이라고 했다. 그런가 하면 이용욱 역시 새로운 서사양식으로 디지털 텍스트와 구별할 것50)을 주장하면서 디지털 서사를 연구하기 위해서는 문학연구 방법론의 전제가 서사물에 대한 연구에서 서사양식에 대한 연구로 옮겨져야 함을 강조하고 있다.

　이처럼 디지털문학의 성격을 둘러 싼 논의는 문학의 위기와 맞물려 있다고 할 수 있는데, 이 문제의 해결은 장르에 대해 어떠한 인식을 갖는가 하는 문제와 직접적으로 관련이 있다. 장르란 선험적이고 고정된 개념이 아니라 역사적 개념임에는 분명하다. 그리하여 츠베탕 토도로프(Todorov)가 장르는 각각의 시대 내부에서 하나의 체계를 이루고 있으며, 이들은 상호관계 속에서만 정의될 수 있다.51)고 했을 때, 디지털문학은 그 이전의 문학과는 판이한 양상을 보여주고 있다. 새로운 장르의 출현이란 '제도의 견고함을 부숴버릴 합법적 기이함(étrangeté légitime)이나 잘 숙고된 반항(indocilité bien réflechie)'이 필요한 것52)이라 했을 때, 디지털문학은 앞장에서 살펴 본 것처럼 기존의 문학과는 판이한 세계이고, 컴퓨터라는 전자매체에 의한 하이퍼텍스트라는 점에서 기존의 장르를 완전히 전복시키고 있다. 따라서 디지털문학은 문학 장르의 확산이 아니라 예외적 문학(Littérature d'exception)53)이거나 아니면 새로운 문화현상으로 그 성격을 자리매김하는 것이 바람직한 것이다. 왜냐하면 이전까지 문학과 유사한 성격

---

49) 최병우, 앞의 책, 166면.
50) 디지털문학 텍스트와 디지털 서사는 다르다. 디지털문학 텍스트는 문자(비록 비트로 표시되지만)로 쓰인 것이지만 디지털서사는 문자와 여타 매체와의 하이브리드이다. 디지털 문학 텍스트는 완결성을 갖지만 디지털서사는 결말이 끊임없이 차연된다. 디지털 문학 텍스트는 서사물이지만 디지털서사는 서사양식이다. 이용욱, 「디지털시대, 문학연구 방법론의 새로운 모색 1」, 『국어국문학』 143호, 2006, 192면.
51) 김현 편, 『장르의 이론』, 문학과지성사, 1987, 13면.
52) 박철화, 『우리 문학에 대한 질문』, 생각의나무, 2002, 223~224면 참조.
53) 레나토 포졸리(Renato Poggioli)는 "관례적이고 공식적 예술과는 달리 예외적 문학(Littérature d'exception)은 상업적 문학과 산업화된 예술의 시대에 나타나는 것"이라 했다. 포졸리, 박인기 역, 「예술가와 현대세계」, 『작가란 무엇인가』, 지식산업사, 1997, 119면.

을 지닌 방송 드라마대본이나 시나리오, 만화가 문학의 장르로 인정받지
못한 것은 서사성의 부족에서 비롯된 것이 아니라 그 자체로서 완결성을
갖지 못하고, 문학 이외의 다른 영역의 도움에 의하여 완결되는 양식이
기 때문에 지금까지 정통문학의 한 장르로 인정받지 못하고 있는 것이다.
따라서 문학과 디지털문학(예술)의 관계는 마치 미술(회화)과 사진의 관계
와 유사한 것이라 할 수 있다. 사진기의 발명에 의한 사진(예술)은 미술의
확산이거나 미술을 위기로 이끌어 미술의 소멸을 가져 온 것이 아니라
스스로 미술과는 다른 사진예술이라는 독자적 영역으로 자리매김한 사
실을 상기할 필요가 있다. 그와 동시에 한국에서는 아직까지 하이퍼텍스
트가 처음의 의도와는 달리 대중매체 문학으로 자리 잡는데 일정한 성과
를 얻지 못하고 있다는 점54)도 눈여겨 볼 필요가 있다. 그런 점에서 디지
털문학은 문학의 확산이 아니라 새로운 서사장르의 하나이며, 생성의 문
학이라고 할 수 있다.

2) 문학연구의 확장과 문화연구

매체변화에 따른 디지털문학의 출현은 그것을 정통문학으로서가 아니
라 새로운 장르의 출현으로 인정하더라도 문학의 지형을 바꾸어 놓은 것
은 사실이다. 그것은 문학의 창작에만 국한된 문제가 아니고 문학연구에
도 새로운 인식과 변화를 가져오게 될 것은 분명하다. 그것은 디지털 매

---

54) 하이퍼텍스트문학은 작가는 쓰고 독자는 읽는다는 고전적 편견을 해체시키고 문학행
위에 대한 고정관념을 불식시킨 공로에도 불구하고 대중매체 문학의 대안이 되기에는
미흡하다. 하이퍼텍스트의 한계는 두 가지로 요약된다. 첫째 하이퍼텍스트의 서사원리
가 콘솔게임과 흡사하여 겉으로는 독자가 자유롭게 선택하여 이야기를 만들어가는 것
처럼 보일지라도 사실은 모든 선택의 가능성들이 이미 작가에 의하여 만들어진 것이라
는 점, 둘째는 애초의 동기는 탈중심화된 이야기로 독자의 사고를 해방시키려는 것이었
으나 실제로는 독자들은 상상력의 방향성을 잃고 당혹감을 느낄 뿐이라는 점이다. 류철
균, 앞의 글, 81면.

체에 의한 수적 재현, 모듈성, 자동화, 가변성, 코드변환이라는 원리에 따라 시각문화와 정보문화의 가능성을 더욱 극대화시킬 것이다. 그 결과 한국 현대문학은 하이퍼텍스트 문학과 이미지, 모션, 사운드, 문자의 결합에 의한 영상문학이라는 두 방향으로 새로운 매체 문학의 가능성[55]을 보여주고 있다. 이러한 매체 융합에 의한 문학은 독자에게 공감과 감동을 통하여 새로운 메시지를 전달한다는 문학 고유의 특질을 외면하기에 이르렀다. 그래서 하이퍼텍스트 작가들은 물론 일부 실험적인 문자 문학의 작가까지도 문학을 예술적 완성으로 보는 것이 아니라 유희처럼 수행의 과정에 의미를 부여할 수 있는 장르로 인식[56]하고 있는 경우도 없지 않다. 그러나 실험적이고, 매체 융합에 의한 디지털문학이 문자문학을 밀어내고 그 자리를 차지할 가능성은 크지 않다. 따라서 현대문학은 에코의 지적처럼 하이퍼텍스트와 전통적 텍스트가 서로 공존해 갈 것이지만, 책(문자문학)만이 가질 수 있는 편이성 때문에 결코 책이 사라지지 않을 것[57]으로 판단한다.

따라서 현대문학 연구는 기존의 문자(책)문학만을 연구할 때와는 달리 컴퓨터의 전산적 기능을 활용하여 그 연구방법과 함께 연구 영역을 확대할 필요가 있다. 그것은 전산인문학적(humanities computing) 방법과 문학을 통한 문화연구로 연구의 지평을 확대할 수 있을 것이다. 전산인문학이란 정보사회가 만들어낸 새로운 연구의 환경(전자도서관으로 대표되는 자료에 대한 접근성의 개선과 같은 것)과 도구들(문학작품의 스타일 분석을 기계적으로 수행하는 소프트웨어 같은 것)을 이용하여 기존의 인문학 연구의 능률을 획기적으로 개선할 수 있을 것[58]이며, 이를 활용한 컴퓨터비평(computer criticism)[59]이

---

55) 위의 글, 75면 참조.

56) 김치수, 『삶의 허상과 소설의 진실』, 문학과지성사, 2000, 50면.

57) 김성도, 『현대기호학 강의』, 민음사, 1998, 216면 참조.

58) 박찬길, 「정보시대와 인문학의 위기」, 『디지털시대의 인문학, 무엇을 할 것인가』(김도훈 외편), 사회평론, 2001, 44면 참조.

59) 컴퓨터비평(computer criticism)이란 선형적인 첫 번째 읽기 이후에 비선형적으로 진행

나 계량문체론(stylometry)[60]과 같이 새로운 정보매체를 이용한 연구 영역이 새롭게 부상할 수 있다.

한편 디지털시대에 있어서 문학연구는 기존의 문학 고유의 연구 영역을 유지하면서, 다른 한편으로 예술이란 고고한 자리에서 벗어나 문화연구로 패러다임을 전환할 필요가 있다. 왜냐하면 현대사회는 서구의 합리주의와 이성주의에 대한 반성과 함께 모든 형태의 지배문화와 지배 이데올로기의 합법성과 억압에 대하여 회의하게 되면서 탈중심 사회로 변모하였다. 이러한 변화는 지금까지 문학연구가 미학적이고 도덕적 가치기준에 바탕을 둔 부르주아적 세계관을 재생산하면서 대중문화에 대하여 문학을 특권화 하는 것에 대하여 반성을 촉진시켰다. 그 결과 의미화 실천[61]으로 문학이 (대중)문화보다 특권적이지 않으며, 문화연구는 의미화 실천으로서 문학을 함께 연구하기에 이르렀다. 문학연구가 문화연구로 그 영역을 확대하기 위해서는 독창적인 글읽기보다는 많은 사람들이 수긍할 수 있는 합의적 읽기(consensual reading)[62]가 요구되며, 예술→생산, 저자가 있는 텍스트→집단 텍스트, 정전→비정전, 남성→여성, 민족문화 →그 타자, 지배계급→노동계급, 중심적 패러다임→탈중심적 패러다임, 학문→학제성, 학문→일상, 단일화된 위치→상대적 위치, 초자아 →자아[63]로 패러다임을 전환할 필요가 있다.

그럼에도 불구하고 문학연구에서 가장 중요한 것은 텍스트의 해석이

되는 두 번째 읽기로서 작품을 공간적으로 읽고 독자/저자로서 참여할 수 있는 창조적인 복수적 읽기/쓰기를 함으로써 새로운 정서적 체험과 표현을 중심으로 하는 비평활동이다. 조지형, 「인문학의 위기와 디지털 인문학」, 『디지털시대의 인문학, 무엇을 할 것인가』(김도훈 외편), 사회평론, 2001, 185면.

60) 계량문체론(stylometry)이란 컴퓨터를 이용하여 문체를 수량적이며 통계적으로 연구하는 것.

61) 의미화 실천이란 의미가 한 상태에서 다른 상태로 전화되는 과정으로, 기표, 이데올로기 그리고 주체의 위치 할당과 같은 작용을 통하여 규정되는 것을 뜻한다. 안토니 이스트호프, 앞의 책, 138면.

62) 위의 책, 175면.

63) 위의 책, 206~217면 참조.

아니라 텍스트의 뒷면에 감추어진 의미를 찾는 일이라 할 수 있다. 그런 점에서 정보사회의 그늘[64]을 정확히 인식하고, 이를 비판하는 것이 필요하다. 왜냐하면 디지털시대에 나타나는 많은 작품들은 가짜욕망을 보여주는 소비 문화적 성격을 강하게 지니고 있기 때문이며, 상상과 이미지에 의한 과실재(hyperreality)가 영상매체에 의하여 끊임없이 만들어지는 소비사회에서 그 실체를 밝히는 작업을 소홀히 할 수는 없기 때문이다.

---

64) 정보사회 혹은 포스트모던사회의 해악은 ① 영상매체의 해악—모방 범죄의 급증, ② 금전만능주의의 해악—상업성의 만연에 따른 과시적 소비, ③ 도덕성의 마비, ④ 관능과 충동에의 유혹, ⑤ 전산망에 의한 정보의 누출, ⑥ 모조(가짜)의 창궐, ⑦ 환경파괴와 공해 등을 들 수 있다. 이정호, 『포스트모던 문화읽기』, 서울대 출판부, 1998, 276~301면 참조.

강상중, 이경덕 역, 『오리엔탈리즘을 넘어서』, 이산, 1997.
李 琨, 「日帝强占期間島小說硏究」, 경남대 박사논문, 2002
계용묵, 「今後如何に書くべきか」, 『국민문학』, 1942.1.
곽건홍, 『일제의 노동정책과 조선노동자』, 신서원, 2001.
권 유, 『이기영소설연구』, 태학사, 1993.
______, 『민촌 이기영의 작가세계』, 국학자료원, 2002.
권 철, 『광복전 중국 조선민족 문학연구』, 한국문화사, 1999.
김경수, 「소설의 공간과 정치적 상상력」, 『현대소설연구』 제5호, 현대소설학회, 1996.
김도훈 외, 『디지털시대의 인문학, 무엇을 할 것인가』, 사회평론, 2001
김문식, 『일제의 경제침탈사』, 민중서관, 1971.
김성곤 편, 『소설의 죽음과 포스트모더니즘』, 도서출판 글, 1992.
김성도, 『현대기호학 강의』, 민음사, 1998.
김양선, 「친일문학의 내적 논리와 여성(성)의 전유양상」, 『실천문학』, 2002년 가을.
김영희, 『일제시대 농촌통제정책연구』, 경인문화사, 2003.
김용제, 「內鮮結婚我觀」, 『內鮮一體』 창간호, 1940.1.
김욱동 편, 『포스트 모더니즘의 이해』, 문학과지성사, 1990.
김윤식, 『안수길 연구』, 정음사, 1986.
______, 『일제 말기 한국작가의 일본어 글쓰기론』, 서울대 출판부, 2003.
김장선, 『위만주국시기 조선인문학과 중국인 문학의 비교연구』, 역락, 2004.
김재용, 「친일문학 작품 목록」, 『실천문학』, 2002년 가을.
______, 「친일문학에 대한 새로운 접근」, 『실천문학』 65호, 2002.
______, 「친일문학의 성격 규명을 위한 시론」, 『실천문학』 2002년 봄.
______, 『협력과 저항』, 소명출판, 2004.
김재용 외, 『친일문학의 내적 논리』, 역락, 2003.
________, 『재일본 및 재만주 친일문학의 논리』, 역락, 2004.
김정호 외, 『두만강 여울물 소리』, 문학과지성사, 1991.
김종욱, 『한국소설의 시간과 공간』, 태학사, 2000.
김진균 외, 『근대주체와 식민지 규율 권력』, 문학과학사, 1997.
김창식, 「신문소설의 대중성과 즐거움의 정체」, 『오늘의 문예비평』 24호, 1997.
김치수, 『삶의 허상과 소설의 진실』, 문학과지성사, 2000.
김하철, 「박노갑·현덕·현경준소설의 작중인물연구」, 서울대 석사논문, 1989.

김현 편, 『장르의 이론』, 문학과지성사, 1987.

김호웅, 『재만조선인문학연구』, 국학자료원, 1989.

노상래, 「김사량의 창작어관 연구」, 『어문학』 제82호, 2003.

______, 「김사량의 창작어관 연구」, 『어문학』 제82호, 2003.12.

______, 「이중어 소설 연구」, 『어문학』 제86호, 2004.12.

류보선, 「개인과 사회의 대립적 인식과 그 의미」, 『문학사상』, 1990.5.

______, 『한국근대문학의 정치적 (무)의식』, 소명출판, 2005.

류양선, 『한국농민문학연구』, 서광학술자료사, 1994.

류철균, 「디지털시대의 한국 현대문학」, 『국어국문학』 143호, 국어국문학회, 2006.

박광현, 「'국민문학'의 기획과 전망」, 『배달말』 제37집, 2005.

박기주, 「1930년대 조선광공업의 기계화와 근로관리 통제」, 『경제사학』 제26호, 경제사학회, 1999.

박유희, 『디지털시대의 서사와 매체』, 동인, 2005.

박종원・류만, 『조선문학개관』 Ⅱ, 인동, 1988.

박철화, 『우리 문학에 대한 질문』, 생각의나무, 2002.

백 철, 『조선신문학사조사』 현대편, 백양사, 1950.

保坂祐二, 『日本帝國主義의 民族同化政策分析』, J&C, 2002.

사에쿠사도시카츠[三枝壽勝], 「1940년대 전반기 소설에 대하여」, 『사에쿠사 교수의 한국문학연구』, 베틀북, 2000.

서경석, 「카프작가의 일본어소설연구」, 『우리말글』 제29집, 2003.

석인해, 「今後如何に書くべきか」, 『국민문학』, 1942.1.

石田耕人(최재서), 「文藝時評」, 『국민문학』, 1942.12.

송민호, 『일제 말 암흑기문학연구』, 새문사, 1991.

신주백, 『만주지역 한인의 민족운동사』, 아세아문화사, 1999.

신순호, 「이기영의 『두만강』 연구」, 『중원인문논총』 제15집, 1996.

신희교, 『일제 말기 소설 연구』, 국학자료원, 1996.

심진경, 「식민/탈식민의 상상력과 연애소설의 성정치」, 『민족문학사연구』 제28집, 2005.

오상순, 『개혁개방과 중국조선족 소설문학』, 월인, 2001.

오양호, 『한국문학과 간도』, 문예출판사, 1988.

______, 『일제강점기 재만조선인문학연구』, 문예출판사, 1996.

______, 『한국문학과 간도』, 문예출판사, 1988.

우찬제, 『고독한 공생』, 문학과지성사, 2003.

兪辛惇, 신승하 역, 『만주사변기의 중일외교사』, 고려원, 1994.

유종호 편, 『문학과 정치』, 민음사, 1980.

유진오, 「國民文學といふもの」, 『國民文學』, 1942.11.

윤대석, 『식민지 국민문학론』, 역락, 2006.

윤영천, 「이용악론」, 『한국근대리얼리즘작가연구』, 문학과지성사, 1988.

윤휘탁, 『일제하 만주국연구』, 일조각, 1996.

이경훈, 『이광수의 친일문학연구』, 태학사, 1998.

이광래, 『해체주의와 그 이후』, 열린책들, 2007.

이기영, 「신체제하의 여의 문학 활동 방침」, 『삼천리』, 1941.

이무영, 「加藤武雄先生へ」, 『국민문학』, 1942.4.

______, 「國語問題會談」, 『국민문학』, 1943.1.

이미림, 「이기영장편소설연구」, 숙명여대 박사논문, 1993.

이북명, 「今後如何に書くべくか」, 『국민문학』, 1942.1.

이상경, 「일제 말기 소설에 나타난 '내선결혼'의 층위」, 『친일문학의 내적 논리』, 역락, 2003.

이상섭, 『문학비평 용어사전』, 민음사, 2001.

이선옥, 「여성주의 시각에서 본 친일문학-평등에 대한 유혹」, 『실천문학』, 2002년 가을.

______, 『이기영 여성소설연구』, 국학자료원, 2002.

______, 「우생학에 나타난 민족주의와 젠더」, 『실천문학』 제69호, 2003년 봄.

이용욱, 「디지털시대, 문학연구 방법론의 새로운 모색」, 『국어국문학』, 국어국문학회, 2006.

이정호, 『포스트모던 문화읽기』, 서울대 출판부, 1998.

이주형, 『이무영』, 건국대 출판부, 2001.

이항재, 『소설의 정치학』, 문원출판사, 1999.

임종국, 『친일문학론』, 평화출판사, 1966.

정재찬, 「문학정전의 해체와 독서현상」, 『독서연구』 제2호, 1997.

정현기, 『한국문학의 사회사적 의미』, 문예출판사, 1986.

조동일, 『한국문학통사』 5, 지식산업사, 1994.

조선총독부 편, 『조선사정』, 조선인쇄주식회사, 소화11~13(1936~1938).

조성일·권철, 『중국조선족 문학통사』, 이회, 1997.

채 훈, 『일제강점기 재만 한국문학 연구』, 깊은샘, 1990.

천이두, 『문학과 시대』, 문학과지성사, 1982.

최병우, 『다매체시대의 한국문학연구』, 푸른사상사, 2003.

최상철, 『중국조선족 언론사』, 경남대 출판부, 1996.

최유리, 『일제 말기 식민지 지배정책연구』, 국학자료원, 1997.

최혜실, 『디지털시대의 문화 읽기』, 소명출판, 2002.

표언복, 「해방을 전후한 창작환경의 차이가 작품에 미친 영향」, 『어문학』 69호, 2000.
한석정, 『만주국 건국의 재해석』, 동아대 출판부, 1999.
한수영, 『친일문학의 재인식』, 소명출판, 2005.
한창호, 『일제의 경제침탈사』, 민중서관, 1971.
현영섭, 『朝鮮人の進むべき道』, 綠旗連盟, 1939,
호테이 토시히로[布袋敏博], 「일제 말기 일본어소설 연구」, 서울대 석사논문, 1996.

岡崎文規, 『新東亞確立と人口對策』, 千倉書房, 昭和16(1941).
宮本節子, 『朝鮮民衆と'皇民化'政策』, 未來社. 1985.
宮田節子, 『朝鮮民衆と 皇民化 政策』, 未來社, 1992
南雲道雄, 『現代文學の低流』, オリジン出版センター, 1983.
大村益夫 편, 『近代朝鮮文學日本語作品集』 3, 綠陰書房, 2002.
德富正敬, 『滿洲建國讀本』, 日本電報通信社, 昭和15(1940).
藤澤忠雄, 『滿洲開拓年鑑』, 康德8(1941).
鈴木隆史, 「戰時下の植民地」, 『岩波講座 日本歷史』 21, 岩波書店, 1977.
瀨沼茂樹, 『完本 昭和の文學』, 冬樹社, 昭和51(1976).
滿洲移民史硏究會 편, 『日本帝國主義下の滿洲移民』, 龍溪書舍, 1976.
尾崎秀樹, 『近代文學の傷痕』, 岩波書店, 1991.
森 武麿, 「農村の危機の進行」, 『講座 日本歷史』, 東京大學出版部, 1985.
三上隆三, 「貨幣學入門」, 『言語生活』 409號, 筑摩書房, 1985.12.
三好行雄 편, 『近代文學史必攜』, 學燈社, 1989.
西尾達雄, 「植民地支配と身體敎育」, 『身體と醫療の敎育社會學』, 昭和堂, 2003.
西田 勝, 「近代日本における戰爭と文學者」, 『戰爭と文學者』, 三一書房, 1983.
松本武祝, 『植民地權力と朝鮮農民』, 社會評論社, 1998.
新渡戶稻造, 『新渡戶稻造全集』 4, 敎文館, 1969.
鈴木裕子, 『從軍慰安婦・內鮮結婚』, 未來社, 1992.
日本近代文學館, 『日本近代文學大事典』, 講談社, 1974.
張貴, 「東北淪陷期の新聞事業」, 『植民地と文學』, オリジン出版センター, 1993.
齊福霖, 『僞滿洲國史話』, 北京社會科學文獻出版社, 2000.
趙鎭基, 「韓國における太平洋戰爭の記憶と文學」, 『社會文學』 23號, 日本社會
        文學會, 2006.
佐藤靜夫, 『昭和文學の光と影』, 大月書店, 1989.
倉橋正直, 「ケシを植える話」, 『近代日本と植民地』, 月報 6, 岩波講座, 1993.
川村 湊, 『異鄕の昭和文學―滿洲と近代文學』, 岩波書店, 1998.
______, 『文學から見る「滿洲」』, 吉川弘文館, 1998.

天澤不二郎, 『開拓政策の展開』, 河出書房, 昭和19(1944).
村松定孝, 『近代日本文學の系譜』, 社會思想社, 1987.
土田知則 외, 『現代文學理論』, 新曜社, 1999.
樋口雄一, 『戰時下朝鮮の農民生活誌』, 社會評論社, 1998.
板垣直子, 『事變下の文學』, 第一書房, 1941.
八尋生男, 『資料選集 朝鮮における農村振興運動』, 友邦協會, 1983.
平野 謙, 『昭和文學史』, 筑摩書房, 1963.
香川幹一, 『滿洲國』, 東京古今書院, 昭和15(1940).
紅野敏郎, 『昭和の文學』, 有斐閣, 昭和55(1980).
荒正人 외, 『昭和文學硏究』, 塙書房, 1953.

A. 알베레스, 최승자 역, 『자살의 연구』, 청하, 1998.
A. A. Berger, 김기애 역, 『*Cultural Criticism*(문화비평)』, 한신문화사, 2000.
Eric S. Rabkin, 최상규 역, 『현대소설의 이론』(김병욱 편), 대방출판사, 1984.
F. K. Stanzel, 김정신 역, 『소설의 이론』, 문학과비평사, 1990.
John Vernon, *Money and Fiction*, Cornell University Press, 1984.
R. 윌리암스, 이일환 역, 『이념과 문학』, 문학과지성사, 1982.
게오르그 짐멜, 안준섭 외역, 『돈의 철학』, 한길사, 1983.
고모리요이치, 송태욱 역, 『포스트콜로니얼』, 삼인, 2002.
롤랑 바르트, 김명복 역, 『텍스트의 즐거움』, 연세대 출판부, 1990.
__________, 박인기 역, 『작가란 무엇인가』, 지식산업사, 1997.
미셸 푸코, 오생근 역, 『감시와 처벌』, 나남출판사, 2003.
안토니 이스트호프, 임상훈 역, 『문학에서 문화연구로』, 현대미학사, 1996.
야우스, 장영태 역, 『도전으로서의 문학사』, 문학과지성사, 1983.
페터 지마, 서영상 역, 『소설과 이데올로기』, 문예출판사, 1997.